기억을 되살리는 남자

LONG SHADOWS

기억을 되살리는 남자

데이비드 발다치 장편소설 | 김지선 옮김

북로드

아주 많은 이들에게
아주 많은 것을 베풀어준
무척 특별한 두 분

지니와 빌 콜웰에게

일러두기

옮긴이 주는 작은 괄호 안에 '옮긴이'를 별도 표기했다.

0 001

"누군데 이 시간에 전화질이야?" 에이머스 데커가 고함을 쳤다.

웬만해서는 들지 못하는 아주 깊은 잠에서 막 깨어난 참이었다. 갈수록 심해지는 불면증은 안 그래도 들쭉날쭉한 데커의 기분에 긍정적 영향을 전혀 주지 못하고 있었다. 데커는 화면에 뜬 전화번호를 확인하지도 않고 수신을 눌렀다. 업무가 업무다 보니 전화는 밤낮 가리지 않고 아무 때나 걸려왔고, 늘 연락처 목록에서만 걸려오는 것도 아니었다.

"에이머스, 메리 랭커스터야." 여자의 목소리는 낮고 가냘팠다. "나 기억해?"

에이머스 데커는 삐걱대는 몸을 일으켜 앉아 수염이 오돌토돌 돋은 턱을 문질렀다. 전화기 화면을 보고 그제야 거의 새벽 3시가 다 됐음을 알았다.

"안 그래도 뭘 잊기가 거의 불가능한 내가 널 잊었겠어? 그게 말이 돼, 메리?" 데커는 양 뺨을 찰싹찰싹 두들기며 머릿속의 안개를 몰아내려 했다. 이윽고 전화가 이 시각에 걸려왔다는 사실에 촉각이 곤두섰다. 그 자체로 경고나 다름없었다.

데커는 긴장된 목소리로 덧붙였다. "메리, 무슨 일 있어? 왜 이 시간에 안 자고 있어?"

메리 랭커스터는 데커가 오하이오주 벌링턴 경찰서에서 일하던 시절 파트너였다. 조기 치매 진단을 받은 지 좀 됐는데, 병은 지속해서 악화일로를 걷고 있었다. 메리의 뇌는 혼자 무너지지 않고 나머지 신체까지 같이 끌어내렸다.

"별일 없어. 그냥, 잠이 안 와서."

데커가 듣기엔 전혀 별일 없는 것처럼 들리지 않았다. 하지만 마지막으로 통화한 지도 한참 됐으니, 어쩌면 이게 이제 메리의 평소 상태일지도 몰랐다.

"나도 잠을 잘 못 자."

"그냥, 목소리가 듣고 싶었어. 지금 꼭 들어야 할 것만 같아서. 어렵게 용기 내서 전화한 거야."

"나한테는 아무 때나 전화해도 돼. 한밤중도 괜찮아."

"시간이란 걸 이해하기가 너무 힘들어, 에이머스, 낮 다음에는 밤이라는 게. 하지만 그러고 보면 지금은 모든 게 너무 이해하기 힘들어. 그리고…… 너무 절망스러워. 왜냐하면…… 매일…… 내가…… 점점 더…… 사라져가는 것 같아."

메리의 말이 얼마나 비극적이고 얼마나 진실인지 사무치게 아는 데커는 한숨이 나왔다. "알아, 메리. 왜 그런 기분이 드는지 알아."

"그래. 너라면 알 거라고 믿었어."

메리의 목소리에 약간은 힘이 생겼다. 부디 긍정적인 신호이길. 데커는 속으로 빌면서 삐걱대는 침대 머리 판에 등을 기댔다. 마치 그 나무판이 허리를 지탱해주면 이 예기치 못한 상황에 대처할 힘이 생기기라도 할 것처럼. 좁은 침실의 어둠 속을 구석구석 살폈다. 이미 몇 년째 살고 있는 방인데도 마치 방금 이사 들어온 것처럼 보였다. 어쩌면 그냥 잠깐 들렀다 떠날 곳 같기도 했다.

데커는 FBI 자문이었다. 그 한참 전에는 프로 미식축구 선수로 뛰다가 머리를 다쳐서 죽음의 문턱까지 갔다 왔다. 그리고 그 사건으로 뇌 구조가 바뀌면서 그전까지는 그런 게 존재하는지조차 몰랐고 알 필요도 없었던 두 가지 새로운 기질을 갖게 됐다. 하나는 과잉 기억 증후군, 다른 말로 완벽한 기억력, 그리고 또 하나는 공감각이었다. 후자는 특정한 것들을 아무 관련 없는 색깔들과 연관 짓는 증상이었다. 예컨대 데커의 경우, 시신은 형광 파란색과 연동됐다. 그렇게 미식축구 선수 생명이 끝나면서 데커는 고향으로 돌아가 경찰이 됐고, 이후 형사가 됐다. 그러니 시신을 보는 건 그리 드문 일이 아니었다.

데커와 랭커스터는 파트너로 함께 많은 사건을 성공적으로 해결했다. 완벽한 기억력이란 형사에게는 신이 주신 선물이나 다름없었지만, 한 인간에게는 100톤짜리 차꼬와 족쇄를 찬 격이었다. 시간은 데커의 지나간 불행을 조금도 덜어주지 못했다. 굳이 말하자면 오히려 더 보탰다.

데커는 워싱턴 DC에서 친구가 소유한 건물에서 살고 있었다. 그 친구란 멜빈 마스로, 데커와 처음 만났을 때는 텍사스주 사형수 감방에 갇혀 있었다. 데커가 마스의 무죄를 입증한 덕분에 마스는 누명을 쓰고 수형생활을 한 데 대해 큼지막한 재정적 보상을 받았다. 그 일부로 이 아파트 건물을 샀고, 최근에는 결혼해서 캘리포니아로 이사 갔다.

데커의 오랜 FBI 파트너인 알렉스 재미슨은 뉴욕으로 전보됐는데 월스트리트의 투자은행가와 사랑에 빠진 모양이었다. FBI의 예전 상사인 로스 보거트는 은퇴해 애리조나로 가 골프를 배우고 있는데 아직은 영 서툴다고 했다.

그리하여 데커는 이제 혼자였다. 뭐, 언젠가는 그렇게 될 줄 알았지만. 그러다 보니 이 시간에 걸려왔다 해도 예전 파트너의 전화가 반갑지 않을 리 없었다.

"어떻게 지내, 메리? 그냥 인사치레 말고, 진짜로 어떻게 지내냐고."

"그냥 그래." 메리가 대답했다. "매일이…… 시련이야."

"하지만 목소리는 좋아 보이는데."

"내가 문장을 술술 말할 수 있어서 그런 거겠지. 그…… 야…… 약이 도움이 돼. 때로는. 지금이 그때고. 보통…… 보통 때는 안 그래. 보통은…… 안 좋아."

데커는 대화의 방향을 돌리기로 마음먹었다. "얼이랑 샌디는 어때? 아마 자고 있겠지." 얼과 샌디는 메리의 남편과 딸이었다.

"클리블랜드로 얼의 어머니를 만나러 갔어. 어머니는 별로 안 좋으셔. 머지않아 떠나실 것 같아. 나이도 많으시고, 사실 나처럼 정신을 놓으셨거든."

"정신 잘 붙잡고 있는 것 같은데, 왜."

"그래, 음……."

"잠깐, 두 사람이 클리블랜드에 있다면, 네 옆에는 누가 있어?" 마지막으로 만나러 갔을 때는 요양사가 있었다.

"지금은 괜찮아, 에이머스. 여기 있으면 난 괜찮아."

"모르겠어, 메리. 난 뭔가가 썩 개운치가 않아."

"내 걱정은 안 해도 돼."

메리는 거의 옛날 메리로 돌아간 것처럼 들렸다. 거의.

하지만 다른 뭔가가 있었고, 데커는 그게 마음에 들지 않았다.

0 0 002

데커는 차가운 목재 바닥에 커다란 맨발을 디뎠다. "한번 만나러 가려고 했어. 너무 오래됐지. 하지만 목소리만 들어서는 훨씬 나은 것 같아…… 저번보다."

"그래, 너무 오래됐어. 오래돼도 너무 오래됐지. 네가 아니라. **내 가.**"

데커는 몸을 펴고 창밖을 바라보았다. 어둠 속에서 도시의 불빛들이 이쪽을 향해 께느른하게 깜빡이고 있었다. "그게, 음, 무슨 말인지 잘 모르겠어." 데커가 대답했다. "아무래도 아직 잠이 덜 깼나 봐." 변명하듯 덧붙였지만, 사실은 메리의 말이 두서없다는 걸 알고 있었다.

"이게…… 끔찍해. 내 머리…… 속에 있는 게. 이게…… 끔찍해."

"알아, 메리. 너한테 그런 일이 안 생겼으면 정말 좋았을 텐데." 데커는 말을 멈추고 좀 더 공감 어린 말을 짜내려고 애썼다. 예전의 데커였다면 식은 죽 먹기였겠지만, 지금으로서는 거의 불가능에 가까웠다. "난…… 치료법이 있었으면 좋겠다."

"너도." 메리가 말했다. "너도 치료법이 없잖아." 그 말에는 둘 다 언젠가는 결국 머리의 병 때문에 망가질 거라는 사실에서 메리가 느끼는 연대감 비슷한 감정이 배어났다.

"우린 그 점에서 무척 비슷하지." 데커가 동의했다.

"하지만 **다르기도** 해." 메리의 말에는 전에 들은 적 없는 비꼬는 투가 섞여 있었다. 그건 뭐랄까, 일종의 악화 증상이었다. 적어도 데커가 느끼기엔 그랬다.

어떻게 반응해야 할지 몰라서 데커는 그냥 침묵을 지켰다. 그냥 가만히 앉아 전화기 너머로 들려오는 메리의 숨소리에 귀를 기울였다. 길어지는 침묵 속에서 뭔가가 서서히 쌓여가는 게 느껴졌다. 마치 막 이륙하려 하는 비행기의 추력처럼. 그예 침묵을 깨려 했지만 메리가 한발 빨랐다.

"계속 달라져?" 메리가 나지막한, 계산된 어조로 물었다.

데커는 그 질문이 무슨 뜻인지 정확히 이해했다. "그런 것 같아." 데커가 대답했다. "하지만 머리가 달라지는 건 누구나 마찬가지야, 메리, 건강하든 아니든. 멈춰 있는 건 없어. 정상이든 아니든. **정상** 이 뭐든 말이야."

"하지만 내가 아는 사람 중에 진짜로…… 내가 겪고 있는 걸 진짜로 이해할 수 있는 사람은 너 하나뿐인걸."

그때 전화기 너머로 뭔가 소리가 들렸고, 데커는 메리가 자기 머리를 때리고 있는 게 아닌가 싶었다. 마치 그 안에 있는, 자신을 서서히 죽이고 있는 뭔가를 떼어내려는 것처럼. 데커는 할 말을 떠올리려 애썼다. 메리를 다시 대화로 끌어올 말을.

"하지만 네가 상담을 받고 있는 줄 알았는데. 나한테는 도움이 됐거든. 너한테도 그럴 거야."

"상담을 받긴 했지. 하지만 도중에 그만뒀어."

"왜?" 커가는 불안을 억누르며 데커가 물었다.

"내가 알아야 할 건 다 알았거든. 그다음부터는 그냥 시간 낭비니까. 그리고 난 낭비할 시간이 없어, 에이머스. **씨발** 단 1초도 없다고." 메리가 불쑥 내뱉은 그 욕설은 마치 발사된 총에서 나오는 연기처럼 잠시 그 자리에 머물렀다.

"메리, 제발 무슨 문제인지 말해줘. 분명 무슨 일이 있는 거지."

메리가 발사된 총탄처럼 날카롭게 부르짖었다. "난 오늘 샌디를 잊어버렸어. 그 애랑 애 아빠가 클리블랜드로 떠나기 직전에. 샌디를 잊어버렸다고."

"사람들은 늘 이름을 잊어버려, 메리." 다소 안심한 투로 데커가 말했다. 데커는 결국 그것이 대화가 향할 방향이라고 느꼈다. 하지만 메리가 다시 입을 열었을 때, 그 생각은 바뀌었다.

"샌디의 **이름**을 잊은 게 아니야. 난…… 그 애의 **존재**를 잊어버렸어." 그 후 다시금 긴 침묵이 흘렀다. 여자의 숨소리, 그리고 뒤이어 너무나 건조하고 길게 끌어서 마치 목이 졸린 듯한 흐느낌 소리만 들렸다.

"메리, 너……."

데커의 말은 들리지도 않는 양, 메리가 말을 이었다. "너한테 전화하기 직전에야 그 애가 떠올랐어. 그것도 그 애 이름이 적힌 사진이 보여서였지. 내가 나한테 딸이 있다는 걸 잊었다고, 에이머스. 얼마 동안 내게 샌디 랭커스터는 존재하지 않았어. 그게…… 얼마나 끔찍한지 이해가 가?"

데커는 메리의 푹 꺼진 뺨을 따라 굴러떨어지는 눈물이 보이는

14

것만 같았다.

"난 거의 그러기 직전까지 갔었어……. 영영. 내 아이를 잊어버리릴 뻔했다고. 내 살과 피를."

"넌 혼자 있으면 안 돼, 메리. 무슨 말인지는 알겠는데 믿기질 않는다. 어떻게 얼이 널 혼자 두고……."

메리가 말을 잘랐다. "얼은 내가 혼자인 걸 몰라. 이건 얼이 바란 게 아니야. **보통은** 이럴 일이 없게 무척 조심하거든."

데커는 숨죽인 불안 속에서 굳은 몸을 일으켰다. 메리의 태도는 뭔가 의뭉스러웠고, 그보다 훨씬 심각한 것은, 냉정하고 의기양양하다는 것이었다. 데커는 전신에 식은땀이 맺히는 걸 느꼈다.

"그럼 누구랑 같이 있어? 도우미?"

"그랬지. 하지만 내가 가라고 했어."

데커는 당황한 어투로 말했다. "그게 말이 돼? 도우미는 가면 안 되는……."

"난 **총**이 있어, 에이머스. 내 예전 근무용 자동 권총. 놓은 지 한참 됐지. 하지만 손에 착 붙거든. 총기 잠금장치 번호가 기억나지 뭐야. 믿어져? 다른 건 거의 다 잊어버렸는데, **그건** 기억이 나더라니까. 내 생각이지만 아마…… 일종의 **신호**인 것 같아." 메리가 무심한 어투로 덧붙였다.

데커의 전신 근육이 팽팽히 긴장했다. "잠깐만 기다려, 메리. 잠깐만 기다려."

"그 여자한테 총을 겨눴어. 그랬더니 가더라. 아주 잽싸게. 너한테 전화하기 직전에. 내가 그 여잘 깨웠거든. 총으로. 그러면 잠이 번쩍 깨지. 너도 알잖아."

데커는 이제 아마도 평생 가장 또렷하게 깨어 있었다. 어떻게,

어떻게든 머리를 짜내려고 주위를 절박하게 둘러보았다. "있잖아, 메리, 총을 당장 내려놔. 그냥 내려놔. 그리고 가능한 한 총에서 멀리 떨어져 앉아. 그리고 눈을 감고 심호흡을 해. 2분만 기다리면 사람을 보낼게. 아니, 1분만. 그냥 1분이면 도와줄 사람이 갈 거야. 전화 안 끊을 테니까 너도 끊지 마. 그냥 잠깐만 통화 대기로 돌리고……."

메리는 한마디도 듣고 있지 않았다. "난 내 딸을 잊어버렸어. 새, 샌디를 잊어버렸어."

"그래, 하지만 결국엔 떠올렸잖아. 그게 중요해. 그건…… 넌 침착해야……."

데커는 가슴을 움켜쥐었다. 숨이 거칠어졌고 심장이 귓가에서 윙윙대고 있었다. 폭발할 것만 같은 떨리고 시끄러운 소음. 옆구리가 따끔거렸다. 한 걸음도 떼지 않았는데 마치 장거리 달리기라도 한 기분이었다. 속이 울렁거리고 몸이 덜덜 떨리고…… 힘이 쭉 빠졌다.

머리를 바삐 굴렸다. 분명히 도우미가 경찰에 신고했을 것이다. 분명히 경찰이 이미 가는 중일 것이다.

"내일은 어쩌지?" 메리의 목소리가 그 생각을 끊고 들어왔다. "내일은 그 애를 기억할까? 얼은? 아니면 너는? 아니면…… 나는? 그러니 도대체 무슨 의미가 있어? 네가 좀 말해볼래?"

"메리, 들어봐……."

"그 애가 얼마나 서럽게 울었는지 몰라. 내 어린 딸. '엄마가 내가 누군지 모른대요.' 그 말을 몇 번이나 했는지 몰라. 얼마나 슬퍼하고 낙심하던지. **내가** 그 애한테 그 짓을 한 거야. 내 어린 딸한테. 내가 그렇게 사랑하는 사람한테 어떻게 그런 상처를 줄 수가

16

있지?" 이제 냉엄해진 메리의 어조에, 데커의 전신에서 솟구친 피가 다시 얼어붙었다.

"들어봐, 메리, 잘 들어, 응? 넌 이겨낼 거야, 응? 이겨낼 수 있게 내가 도와줄게. 하지만 우선 총을 내려놔야 해. 지금 당장." 데커는 떨리는 몸을 지탱하려고 한 손으로 벽을 짚었다. 메리의 손에 들린 총을 상상했다. 메리가 그걸 뚫어져라 응시하며 이런저런 선택지들을 저울질하는 모습을 상상했다. 데커의 맨발에 닿는 바닥이 물처럼 출렁거렸다. 마구 일렁이는 바다 위의 배 갑판에 서 있는 기분이었다. 데커는 메리를 지금 서 있는 벼랑에서 도로 끌어올 바로 그 말을 찾아 머릿속을 뒤졌다. 메리가 경찰 생활을 하면서 적어도 한 남자의 목숨을 빼앗았던 그 소형 자동 권총을 내려놓게 만들 말을. 바로 그 말을 떠올릴 수만 있다면, 이 일은 그저 한 에피소드로 끝날 것이다. 하지만 그 반대 방향으로 가기가 너무 쉬웠다.

데커는 다시 입을 열려고 했다. 도움을 청하라고 메리를 설득하려 했다. 할 말은 다 준비됐다. 막 입 밖으로 내려는 참이었다. 그 말을 들으면 메리가 총을 내려놓을 거라는 확신이 있었다.

그 순간, 들리지 않기만 기도했던 소리가 들렸다.

단 한 방의 총성. 랭커스터를 아는 데커는 그것이 주도면밀한 조심성과 정확성으로 이루어졌다고 믿었다. 랭커스터는 관자놀이나 턱이나 입안을 총알 삽입 지점으로 선택했을 것이다. 그 셋 모두 목적을 달성하기엔 충분했다.

그리고 그 후 메리 랭커스터의 시신이 바닥에 부딪치는, 질식할 것만 같은 쿵 소리가 들렸다. 데커는 메리가 죽었다고 확신했다. 메리는 평소 치밀하게 계획했고 정확하게 실행했다. 그런 사람들은 자신을 죽이는 데도 탁월했다.

"메리? 메리!" 데커는 전화기에 대고 고함쳤다. 반응이 없자 힘이 쭉 빠져나갔다. '왜 고함을 치고 있지? 메리는 죽었어. 이미 알고 있잖아.'

데커는 벽에 기대어 자신의 커다란 덩치를 바닥으로 끌어내리는 중력에 몸을 맡겼다. 랭커스터의 시신도 지금 그런 모습으로 바닥에 누워 있으리라.

데커는 살아 있었다. 랭커스터는 그렇지 않았다. 지금 그 차이는 데커에게 그리 중요하지 않았다. 저 멀리 1,500킬로미터쯤 떨어진 곳에서는 죽음의 형광 파란색이 일렁이고 있겠지만, 데커가 미동도 없이 앉아 있는 이 작은 방에는 아무런 빛도 없었다.

수년 전, 입에 총구를 넣고 스스로 목숨을 끊으려던 에이머스 데커는 1센티미터 거리에서 방아쇠를 멈췄다.

하지만 지금, 데커의 일부는 메리 랭커스터처럼 죽어 있었다.

0 003

'재는 재로, 흙은 흙으로. 뻔한 헛소리.' 데커는 생각했다.

끝은 늘 그런 식이었다. 평소 청바지나 주름진 면바지에 헐렁한 스웨트셔츠가 아니면 불편해하는 데커가 지금은 정장을 입고 흙바닥에 파인 영원의 침상을 내려다보고 있었다. 메리 랭커스터의 유해를 담은 관이 곧 그 빈 공간을 채울 것이다.

공기는 쌀쌀했고 빗방울이 툭툭 떨어졌다. 오하이오주의 이 지역에서는 흔한 봄 날씨로, 겨울의 자취가 성에 낀 유리창에 마치 이슬 맺힌 거미줄처럼 매달려 있었다. 많은 사람이 모였다. 얼과 메리 랭커스터는 아는 사람이 많았고 두루두루 좋게 지냈으며 샌디는 학교에서 친구를 많이 사귀었다. 데커는 지역 경찰들 속에 섞여 있는 예전 동료들을 보았다. 다들 시무룩한 표정으로 땅바닥만 내려다보고 있었다.

알렉스 재미슨은 임무 때문에 올 수 없었지만 대신 카드와 조의를 보냈다. 로스 보거트는 화환도 함께 보냈다. 그 두 사람은 랭커스터를 잘 몰랐지만 데커는 그래도 두 사람이 오지 못한 게 아쉬웠다. 평소에는 혼자 있는 게 더 좋았지만 오늘만큼은 달랐다.

관은 닫혀 있었다. 총탄이 입 안에서 위쪽으로 발사되는 바람에 장의사의 마법 같은 화장술도 메리 랭커스터에게는 통하지 않았다. 그래서 시신을 보여주는 건 불가능했다.

데커는 얼 랭커스터를 바라보았다. 잿빛인 얼굴과 황망한 표정 때문에 몇 년은 늙어 보였다. 학습 장애가 있는 십 대 딸 샌디의 손을 꼭 붙들고 있었다. 아이는 이곳저곳을 두리번거리며 자신만의 독특한 방식으로 이 상황을 받아들이느라 바빴다. 데커는 아이가 다른 사람과 동일한 방식으로 죽음을 이해하지 못할 수도 있다는 걸 알았다. 어쩌면 적어도 지금은 그게 다행일 수도 있겠지만 그리 머지않아 엄마가 가버렸다는 걸 알게 될 것이다. 그리고 엄마가 언제 돌아올지 궁금해하겠지. 총이 발사되었을 때 실제로 어떤 일이 일어났는지를 설명해야 하는 얼의 처지를 생각하면 아득할 따름이었다. 그걸 잘할 방법이란 존재하지 않을 것이다. 하지만 그래도 해야만 하는 일이었다. 샌디는 설명을 들을 자격이 있었으니까.

샌디가 갑자기 데커를 보더니 깜짝 놀란 아빠의 손아귀를 뿌리치고 데커에게 달려왔다. 거대한 남자를 올려다보는 아이의 얼굴이 마치 어두운 바닷속에서 반짝이는 등불 같았다.

"에이머스 데커 아저씨죠." 아이가 쾌활한 투로 말했다.

이건 둘이 하는 놀이였다. 아니, **아이가** 하는 놀이였다. 그리고 데커의 대답은 늘 같았다. 비록 지금은 말이 입 밖으로 잘 나오지 않았지만.

"나도 알고 있단다. 그리고 넌 샌디 랭커스터지."

샌디가 씩 웃으며 대꾸했다. "나도 알아요."

샌디가 말을 마치자마자 데커의 얼굴이 일그러졌다.

'난 그 애가 누군지 잊었어. 잠시 동안 내게 샌디 랭커스터는 존재하지 않았어.'

딸의 존재를 기억하지 못한다는 것. 메리 랭커스터에게 있어 그보다 더 큰 죄는 없었다. 그게 방아쇠에 손가락을 걸고 당길 힘을 주었을 거라고, 데커는 확신했다.

그때 손을 쿡 찌르는 느낌에 눈을 뜬 데커는 샌디의 작고 가느다란 손가락이 자신의 길고 굵은 손가락을 감고 있는 것을 보았다.

"에이머스 데커?" 샌디가 다시 말했다. 샌디는 데커를 열띤 눈으로, 어쩌면 지나치게 열띤 눈으로 쳐다보고 있었다. 데커는 샌디가 뭘 물어보려는 건지, 듣지 않아도 알 수 있었다. 그리고 당황해서 어쩔 줄 몰랐다. "엄마 어디 있어요? 사람이 너무 많아요. 엄마 어디 있는지 보여요? 엄마한테 할 말이 있는데."

데커는 샌디에게 한 번도 거짓말한 적 없었다. 단 한 번도. 이제 와서 거짓말할 엄두는 나지 않았고, 그래서 그저 침묵을 지켰다.

"샌디!" 얼이 달려와서 딸의 손을 잡았다. "미안해요, 에이머스."

데커는 손을 내저어 사과를 일축하고 몸을 틀어 눈물을 닦았다. 그리고 얼에게 몸을 기울여 샌디가 듣지 못하도록 귓속말로 속삭였다.

"정말 미안해요, 얼."

얼이 데커의 팔을 꼭 잡았다. "고마워요. 저기, 식이 끝나고 집에서 소소하게 모임을 가질 거예요. 데커도 왔으면 좋겠어요. 메리도…… 그러길 바랐을 거예요."

데커는 가고 싶은 마음이 조금도 없었지만 고개를 끄덕였다. 얼은 데커의 표정을 읽은 듯 이렇게 말했다. "음, 만나서 반가웠어요."

데커가 샌디를 내려다보니 아이는 데커를 뚫어져라 쳐다보고 있었다. 아이의 표정에는 배신감이 담겨 있는 듯했지만, 어쩌면 그냥 데커가 자신의 죄의식을 투영하고 있는 것일지도 몰랐다.

얼이 나지막이 말했다. "경찰한테 들었는데…… 아내가 전화했었다면서요. 고마워요…… 애써줘서."

"그때 내가 좀 더……."

"알아요."

데커는 장례식장에서 준비한 차를 향해 걸어가는 아빠와 딸의 뒷모습을 지켜보았다. 나머지 문상객들은 제각기 흩어지기 시작했다. 몇몇은 데커를 향해 고개를 끄덕이거나 눈빛을 보내거나 서글픈 미소를 지어 보였다. 하지만 다가오는 사람은 아무도 없었다. 다들 데커를 너무 잘 알고 있었다.

그리고 그때 데커는 혼자였다. 자신이 원했던 대로.

묘지 일꾼들이 관을 구덩이로 내리기 시작하자, 데커는 몸을 돌려 무덤들 사이를 기계적으로 걸어갔다. 그리고 특정한 나무 옆의 특정한 자리에 다다라 멈췄다. 완벽한 기억력이 아니라도 이곳을 기억하는 데는 아무런 문제가 없었다. 그저 애도하는 마음만 있으면 됐다. 이건 데커에게 힘겨운 순례였다. 그리고 쉬운 순례란 없었다.

커샌드라 데커. 몰리 데커. 어머니와 딸. 데커의 아내, 두 사람의 아이. 평생의 사랑, 데커의 살과 피. 살인자의 손이 두 사람을 데커에게서 앗아갔다. 데커가 마지막으로 찾아왔을 때 거기 두었던 꽃은 그 아래에 누운 시신들처럼 오래전에 사그라져버렸다. 데커는 꽃의 파편을 쓸어버리고 쌍둥이 무덤 옆에 무릎을 꿇었다.

예전에, 죽은 가족을 성묘하러 여기 왔을 때, 메릴 호킨스라는 죽음을 앞둔 남자가 숲에서 나타나 데커에게 정의를 요구했다. 데커가 강력계 형사로 처음 맡았던 사건과 관련된 일이었다. 데커는 그 도전을 받아들였고, 그 과정에서 젊은 시절의 자신이 틀렸고 더 나이 든 자신이 옳다는 것을 입증했다. 그리고 호킨스는 정의를 얻었다. 아무리 늦었어도, 그리고 이미 세상을 떠났어도.

데커는 또한 자기 가족의 살인범도 뒤쫓았다. 두 사건 모두에서 정의를 구현했지만, 그건 의심할 바 없이 공허한 성과였다. 정의가 피해자들에게는 너무 늦게 주어졌다는 사실이 그 성과를 갉아먹었다. 제아무리 강 같은 정의라도 죽은 이들을 되살릴 수는 없었다. 진실을 알아낸 데서 오는 만족감은 그 상실에 비하면 하찮을 따름이었다.

데커는 아내와 아이에게 해야 했던 말을 전했다. 그런 다음 차가운 땅바닥에서 몸을 일으켜 왼편을 응시했다. 거기엔 빈자리가 있었다.

'내 자리.' 데커는 몇 번이나 그 자리에 들어가 누울 뻔했다. 그중 한 번은 자기 손으로, 자기 집에서 앉은 자세로 살해당한 자신의 딸을 응시하다가.

'내 완벽한 기억력도 언젠가는 고장 나서 딸이 있었다는 것조차 잊게 될까?'

랭커스터의 집에 경찰이 도착했을 때, 데커는 아직 전화기를 붙들고 있었다. 우선 출동 경관에게 상황을 설명한 후 형사와 통화했다. 예전에 알던 남자였다. 둘 다 잘 알던 사람이 세상을 떠난 데 대한 슬픔을 주고받았다. 이미 이루어진 선택과 그 뒤의 동기를 그저 무력하게 납득할 수밖에 없었다.

데커는 렌터카로 돌아갔다. 이튿날 아침 DC행 항공편이 예약돼 있었다. 거기 도착하면 무엇이 기다리고 있을지 알 수 없었다.

그리고 에이머스 데커는 자신이 거기에 관심이 있긴 한지도 알
수 없었다.

0 004

데커를 기다리고 있던 편지는 시카고의 인지연구소에서 보낸 거였다. 데커를 비롯해 거기 있던 모든 사람들은 그곳을 줄여서 CI 라고 불렀다.

데커는 몇 가지 통상적인 검사를 위해 한 달 전에 그곳에 다녀 왔다. 미식축구 경기에서 부상당해 그곳에 환자로 입원한 이후로 매년 받아온 검사였다.

아파트 문 안쪽에 여행 가방을 내려놓고 굵은 손가락으로 편지 를 찢어 열었다.

평소의 짤막한 통보와는 다른, 여러 장에 걸친 편지가 데커를 놀 라게 했다. 그야 평소에는 그다지 알려줄 만한 사실이 없었으니까. 하지만 이번에는 달랐다.

데커는 자리에 앉아 편지를 처음부터 끝까지 두 번 읽었다. 완벽 한 기억력 덕분에 이미 그 내용이 머릿속에 영원히 새겨졌음에도.

이윽고 편지를 한 장 한 장 갈가리 찢어 쓰레기통에 던져 넣었다.

‘흠…… 좋아.’

휴대전화가 윙윙거렸다. 문자를 보자 저절로 끙 소리가 나왔다.

즉시 워싱턴 현장 사무소로 가라는 FBI 상관의 명령이었다. 데커는 찢어진 편지가 들어 있는 쓰레기통에 흘끗 눈길을 주고는 차열쇠를 움켜쥐고 문간을 나섰다.

· · ·

"에이머스 데커, 새 파트너를 소개하지. 특수요원 프레더리카 화이트야." 로스 보거트의 후임인 존 탤벗이 무슨 신제품이라도 소개하는 게임쇼 사회자 같은 투로 말했다.

데커는 그 거대한 키로 160센티미터쯤 되는 흑인 여성을 내려다보았다. 여자는 산 같은 데커를 올려다보았다. 이 뜻밖의 상견례에서 어느 쪽이 더 놀랐는지는 가늠하기 어려웠다.

"새 파트너요?" 데커가 탤벗에게 물었다. "난 새 파트너를 요청한 적 없는데요. 알렉스는……."

"특수요원 재미슨은 복귀하지 않을 거야. 적어도 당분간은 말이지. 그리고 우린 자네와 협력하도록 볼티모어에서 화이트 요원을 소환했어."

화이트는 줄곧 데커에게서 시선을 떼지 않았다. 무슨 생각을 하는지 알 수 없는 표정이었다. 30대 중반의 여자는 47킬로그램쯤되어 보이는 마르고 자그마한 몸집이었지만 강단 있어 보였다. 캐러멜 색 머리카락은 FBI 규정에 맞는 길이로 잘라서 거북 등딱지같은 큰 머리핀 두 개로 고정했다.

데커는 화이트의 왼쪽 콧구멍에 난 작은 구멍을 눈여겨보았다.

FBI 규정에 따르면 근무 중에 그런 장신구를 착용하는 것은 금지였다. 오른쪽 재킷 소매 끝 천 밑에는 간신히 보일락 말락 한 초록색 흔적이 드러났다.

타투였다.

화이트는 데커와의 키 차이를 30센티미터 안쪽으로 줄여주는 굽 5센티미터짜리 지퍼 부츠를 신고 있었다. 텔레비전 경찰 드라마에 나오는 여자 배우들과는 달리, FBI 요원에게 스틸레토는 금지였다. 검은 재킷과 정장 바지에 버튼을 끝까지 채운 흰 셔츠를 받쳐 입었고, 역시 텔레비전과 달리 가슴골은 보이지 않았다. 얇은 입술과 무감정한 녹색 눈동자, 그리고 그 위의 가늘고 검은 눈썹. 끝이 날카로운 코와 높은 광대뼈, 돌출된 턱. 이 여자는 온통 날카로운 모서리로 이뤄져 있었다.

"악수해도 **괜찮아**, 두 사람." 탤벗이 격려하듯 말했다.

두 사람은 악수를 나누지 않았다. 그저 마치 상대방이 자신에게 덤벼들까 봐 두려운 듯 그 자리에 꼼짝 않고 서 있기만 했다.

전액 연금 수령과 FBI 탈출만이 지상 목표인 탤벗은 의미심장한 미소를 지으며 짐짓 유쾌한 척 이렇게 말했다. "두 사람이 서로를 잘 알아갈 수 있게 난 이만 비켜드리지."

탤벗의 등 뒤로 문이 닫혔다.

"혹시나 해서 말해두는데, 나도 파트너를 요청한 적 없어요." 화이트가 말했다.

"그럼 왜 여기 있죠?"

화이트가 그림같이 완벽한 눈썹 치켜올리기를 선보였다. 콧구멍 측면의 구멍이 어쩌면 억누른 에너지나 분노로 파르르 떨렸다.

"FBI의 녹을 받는 와중에 내게 선택권이 있는 줄은 전혀 몰랐는데요. 어쨌든 20초 전까지는 당신 파트너가 될 줄 몰랐어요.”

“그럼 그 점에서는 우리 둘이 공통점이 있군요.” 데커가 말했다. “하지만 난 새 파트너와 협력하고 싶지 않아요.”

“그럼 **당신은** 다른 선택지가 있나요?” 화이트가 물었다.

“아닌 것 같네요.”

“난 알렉스 재미슨을 알아요. 좋은 요원이죠. 그 사람한테 당신 이야기를 들었어요.”

“왜요? 방금 전까지는 나랑 파트너가 되는지도 몰랐다면서요.”

“말이라는 게 퍼지거든요, 데커. FBI에 당신 같은 사람이 흔한 것도 아니고요.”

“뭐라고 하던가요?”

“우리 둘만의 비밀이에요. 그건 그렇고, 난 보통 프레디라고 불려요. 혹시 궁금할까 싶어서요.”

“이러면 서로 알 만큼 안 건가요? 난 그렇거든요.” 데커가 말했다.

“나도 충분해요. 하지만 지금 여기서 나가버리면 텔벗이 우리가 점심을 같이 먹거나 하게 만들 거예요. 아마 그러길 바라진 않을 것 같은데요.”

데커는 창가로 가서 구름 낀 하늘을 올려다보았다. 머릿속에도 구름이 껴 있었다. 변화라면 딱 질색인데, 여기서는 사방이 변화로 포위당한 꼴이었다. FBI를 떠나지 않으려면 프레더리카인지 프레디인지 하는 새 파트너를 견뎌야 할 것이다. 어느 쪽 시나리오가 더 나쁠까? 알 수 없는 노릇이었다.

“예전 오하이오주 시절 파트너 일은 들었어요. 정말 비극이에요. 조의를 표해요.” 화이트가 덧붙였다. 진심인 것 같았다.

데커는 돌아보지 않았다. “좋은 경찰이었죠. 그런 식으로 가면 안 되는 사람이었는데."

"그래도 되는 사람도 있나요?"

"떠오르는 사람이 몇 명 있네요."

"나에 관해 궁금한 거 없어요?"

살짝 호기심이 생긴 데커가 화이트를 돌아보고 물었다. "당신한 테는 뭐가 제일 중요하죠?"

"난 이혼했어요. 아이가 둘 있고요. 엄마가 같이 살면서 아이들을 봐줘요. 난 필라델피아에서 자랐어요. 3남 2녀였죠."

"였다고요?"

"오빠 하나는 다른 갱단이랑 총격전 와중에 총에 맞아 죽었고 하나는 감옥에 있는데 다 늙어서야 나올 거예요. 제일 맏오빠는 보스턴에서 국선 변호사로 일해요. 언니는 테크 사업을 운영하면서 팰로앨토에서 내가 평생 벌어도 못 살 비싼 집에서 살죠."

"모르는 사람한테 늘 이렇게 개방적이에요?"

"당신은 내 **파트너**니까요. 당신은 내 뒤를 맡고 난 당신 뒤를 맡 죠. 좋아요. 내 우선순위의 핵심 요약을 마무리하자면, 난 하워드 대학교를 졸업하고 조지타운에서 석사를 땄어요. 13년 전 FBI에 들어왔죠. 근무 도중에 두 번 총을 쏴봤고요. 난 덩치가 작지만 위 체급하고도 싸우고 아주 세게 물어요. 가라테 검은 띠인데, 무술이 좋아서가 아니라 얻어맞기 싫어서 배운 거예요. 신체적으로도, 상 징적으로도요. 얼간이들이나 농땡이나 개소리는 안 참아주는 편인 데, 바로 여기 FBI에서 그 세 가지를 필요 이상으로 자주 접하곤 하죠. 내가 서 있는 자리를 늘 확실히 파악하고 싶어 하고요. 유색 인종인 걸로도 모자라 여성이다 보니 그게 내 장래의 안녕에 필수 요건이라고 보거든요. 내 가족한테도 그렇고요. 그리고 나한테 그

29

것보다 더 중요한 건 없어요."

"아이들은 몇 살인가요?"

"아홉 살하고 열두 살, 딸이랑 아들요. 아들 이름은 우리 아버지를 따라서 캘빈이라고 지었고 딸은 재클린인데 재키라고 불러요."

"전남편하고 공동 양육권인가요?"

"재키가 배 속에 있을 때 전남편이 남편도 아버지도 자기랑은 안 맞는다고 판단했어요. 그래서 내가 양육권을 완전히, 영구적으로 가졌죠. 캘빈은 심지어 제 아버지를 기억도 못 해요. 아주 환상적이죠."

"아직 볼티모어에 삽니까?"

"오늘 아침까지는 볼티모어에서 **일하고** 있었죠."

"여기로 이사 올 생각이에요?"

"여기 집값이 감당이 된다면요. 영화관 뒷자리에서 잘 게 아니면 아마 힘들겠지만. 두고 봐야죠. 더러 새 임무가 취소되는 경우도 있으니까요."

"그래요, 더러 그런 경우도 있죠." 데커는 그렇게 되길 속으로 빌었다.

"당신은요?"

"내가 뭐요?" 데커가 되물었다.

"말해줄 거 없어요?"

"알렉스하고 얘기했다면 나에 관해 알아야 할 건 다 알았을 텐데요."

"하지만 아무래도 본인한테 직접 듣는 게 제일 좋죠."

"난 자신에 관해서든 다른 누구에 관해서든, 조금이라도 좋은 얘기 안 합니다."

화이트는 데커에게 지지 않는 기세로 쏘아붙였다. "저기요, 당신은 생각했던 것보다는 작네요."

화이트를 내려다보며 데커가 대꾸했다. "난 벽이에요. 하지만 **기댈** 생각은 접어요."

"그냥, 알렉스 말대로라면 무슨 270센티미터에 360킬로그램은 될 것 같았거든요. 그 묘사에 비하면 당신은 뭐랄까 새우 급이죠. 도저히 실망을 억누를 수가 없네요. 하지만 그렇다 해도, 우린 문제없는 거죠, **파트너**?"

데커는 조금의 거짓도 없이 대답했다. "지금으로서는 정말이지 아무래도 상관없어요."

"함께 일하는 사람들에게 늘 이런 식인가요?"

"초반에는, 그렇습니다."

"음, 우리 그럼 얼른 초반을 찍고 넘어가죠."

데커가 화이트를 흘끗 보고는 말했다. "당신은 분명 훌륭한 요원일 겁니다. 난 당신한테 아무 유감 없어요. 하지만 이런 변화는 나랑 안 맞아요. 그리고 난 살면서 이런 변화를 대다수 사람들보다 더 많이 겪었고요."

화이트가 데커의 머리를 올려다보았다. "미식축구 선수였다죠? 클리블랜드 브라운스? 브라운스는 질색이에요. 난 뼛속 깊이 이글스 팬이거든요. 볼티모어 레이븐스도 극혐이에요. 지금 내가 챙겨 보는 건 그게 다예요."

"난 이젠 정말이지 미식축구는 관심 끊었어요."

화이트가 데커의 머리를 다시금 바라보았다. "네, 그건 이해가 갈 것 같네요."

그때 문이 열리고 문간에 탤벗이 나타났다. 몇 분 전의 쾌활한 사람은 어디로 사라졌는지, 잔뜩 먹구름이 낀 표정이었다.

"두 사람한테 첫 사건이 생겼네. 플로리다로 가주게. 당장."

"무슨 일이죠?" 데커가 물었다.

"연방 판사와 그 여자의 경호원이야. 둘 다 죽었어."

O 005

"어머니들은 신이 주신 선물이라니까요." 화이트가 비행기에서 데 커 옆 좌석에 앉으며 말했다. "특히 급하게 부탁할 게 있을 때는요."

"출장 중에 어머니가 아이를 봐주시는 건가요?"

"네. 안 그러면 난 일을 그만둬야 해요. 아이 맡기는 비용이 말도 안 되게 비싸거든요. 맡길 데나 있다면 말이지만. 다행히도 엄마가 젊어서 날 낳으신 덕분에 아직 힘이 넘치시죠."

"아이가 다섯이면 금방 노화가 올 텐데요."

"거기다 일도 하셨어요. 학교 교감이셨는데 우리 다섯이 전부 거 길 다녔죠. 아빠는 필라델피아의 경찰이셨고요. 돈은 별로 못 버셨 죠."

"아버지는 은퇴하셨나요?"

"근무 중에 돌아가셨어요."

"유감이네요."

"시에서 어머니한테 보상금으로 한 몫 챙겨줬죠."

"왜 그랬죠?" 데커가 호기심 어린 말투로 물었다.

"아빠를 쏜 남자도 경찰이었거든요. 아빠 피부색이 마음에 안 들었던 거죠. 그 후 경찰이 사고로 위장해 사건을 덮으려 했어요. 20년 전, 내가 아직 고등학생일 때였죠."

"문명이 늘 진보하는 건 아니죠. 때로는 퇴보하기도 해요."

"당신이 그런 말을 하다니 뜻밖이네요."

"왜요?" 데커가 물었다.

"솔직히, 나도 잘 모르겠어요."

제트기가 이륙한 후 화이트가 말했다. "플로리다의 사건에 관해 받은 이메일 읽었어요?"

데커가 고개를 끄덕였다.

"어떻게 생각해요?"

"아무 생각도 안 합니다. 이메일에 담긴, 다른 사람의 눈으로 본 사실들은 나한테는 아무 의미도 없거든요. 난 내 눈으로 직접 봐야 해요."

"음, 내가 읽은 바로는 내부자 소행 같던데요. 아니면 적어도 그 짓을 저지른 남자가 원래는 몰라야 했을 것들을 알고 있었거나요."

"아직 합리적 근거가 없는 가정을 하고 있군요."

"예를 들면요?" 화이트가 물었다.

"살인범이 한 명이라는 거. 그리고 남자라는 거."

"그냥 일반적으로 말한 거였어요."

"난 구체적인 걸 훨씬 좋아합니다. 그러니 당신이 그렇게 생각하는 이유를 좀 들려주시죠." 데커가 대꾸했다.

"범인, 또는 **범인들**은 판사의 일과를 알았어요. 강제 침입도 없었고요. 살해당한 개인 경호원에게서는 방어흔이 발견되지 않았는데, 그건 그 남자가 당시 위협을 파악하지 못했다는 뜻이죠. 판사 역시 살해당할 당시 방어한 흔적이 없었어요. 심지어 도와달라고 비명을 지르지도 않았죠."

"그렇다면 어쩌면 살인범과 아는 사이였을지도 모르겠네요. 경호원 역시도요."

"하지만 방금 자기 경호원을 죽인 사람한테 왜 문을 열어주죠?" 화이트가 물었다.

"그런 일이 벌어졌다는 걸 몰랐거나, 뭔가 좀 더 계획적인 범행이었을 수도 있겠죠. 판사는 이혼했어요. 전남편은 같은 지역에 살고요."

"맞아요. 그래서 전남편이 용의선상에 있어요."

"배우자들, 그것도 특히 전 배우자들은 늘 그렇죠."

"내가 그걸 모를까 봐요." 화이트가 대꾸했다.

한 시간 반 후 비행기가 점차 고도를 떨어뜨렸고 이내 포트메이어스 근처 사우스웨스트플로리다 국제공항에 착륙했다. 렌터카가 두 사람을 기다리고 있었다.

화이트가 운전대를 잡았고, 데커는 4도어짜리 준중형차 조수석에 몸을 욱여넣었다.

차들의 행렬에 끼어들 때 화이트가 데커를 건너다보았다. "미안해요, 이것밖에 없대요. 요즘에는 렌터카 물량이 달려서요."

"난 조금이라도 편안한 차는 타본 적도 없어요. 그러니 애초에 기대도 안 했습니다."

"지역 RA 요원이 현장에 나가 있어요." 화이트가 말했다. RA 요원이란 FBI의 위성 사무소를 가리켰다.

"알아요."

"시신들도 아직 거기 있어요. 아무래도 우리를 위해 치우지 않은 거겠죠."

데커가 화이트를 빤히 보며 물었다. "지금 나 엿 먹이려는 거예요?"

"아뇨, 정보를 주려는 건데요."

"그러지 말아요."

"당신이 까칠하게 굴 때가 종종 있다고 알렉스한테 **들었어요.**"

"당신은 아직 내 짜증을 구경도 못 했어요. 그 강을 건너지 않는 게 좋을 겁니다."

"미리 알려줘서 고마워요." 화이트가 대꾸했다. "난 내가 어디 서 있는지 알고 있고 싶거든요."

데커는 기억 저장고를 불러내 줄줄 읊었다. "'유색인종인 걸로도 모자라 여성이다 보니 그게 내 장래의 안녕에 필수 요건이라고 보거든요. 내 가족한테도 그렇고요.'"

"알렉스한테 당신 기억력이 때로 짜증 날 때가 있다는 말도 들었어요. 하지만 극복하려고 노력했다고요."

데커가 창밖으로 맑은 하늘을 올려다보며 말했다. "플로리다는 늘 별로였어요. 내가 오하이오주립대에서 공을 잡고 있을 때, 우린 플로리다대와 플로리다주립대, 마이애미대로 원정 경기를 가곤 했죠. 거기서는 1분 1초도 견디기 힘들었는데, 단순히 그쪽 선수들이 우리보다 훨씬 빠르고 더 잘해서는 아니었어요."

"왜요? 너무 더워서? 아니면 노인네들이 너무 많아서? 아니면 둘 다?"

"아뇨, 왜냐하면 내가 중서부 출신 촌놈이라서요."

"무슨 뜻이죠?"

"난 모래라면 딱 질색이에요."

O 006

　　그들은 오션뷰 시의 보안 주택단지로 차를 몰아갔다. 네이플스에서 북쪽으로 30분쯤 떨어진 곳이었다. 근처 만에서 들려오는 쇄파의 포효가 달리는 내내 차를 따라왔다.

　　"엽서에서 나온 것 같은 풍경이네요." 화이트가 경비소 앞에 렌터카를 세우며 말했다.

　　"우리가 가는 곳은 그렇지 않죠." 데커가 대꾸했다.

　　조그마한 경비소에서 경비원이 나왔다. 40대 남자로, 멋이 잔뜩든 걸음걸이로 보면 호화로운 주택단지의 보안요원이라기보다는 네이비실에 더 어울릴 법했다.

　　"어떻게 도와드릴까요?" 창문을 내리는 화이트에게 남자가 물었다.

　　화이트는 FBI 신분증을 내보였다.

　　"화이트와 데커입니다. 줄리아 커민스 판사의 살인 사건 관련 일로 왔어요."

　　"아, 맞아요, 맞아요." 남자가 데커를 곁눈질하며 말했다. 화이트는 아직 검은 정장에 흰 셔츠를 입고 있었지만 데커는 면바지와 빛바랜 진푸른색 스웨트셔츠 차림이었다.

"저 위 북쪽에서 오셨나 봐요." 경비원이 말했다. "여긴 스웨트셔츠를 입을 만한 날씨가 드문데."

"지난 24시간 동안 여기 들어온 방문객과 주민들의 목록을 제출했습니까?" 데커가 물었다.

"누구한테 제출해요?"

"경찰에요." 화이트가 대답했다.

"아직 요청을 못 받았는데요."

"좋아요, 그럼 지금 요청하죠." 데커가 말했다.

"제 상관한테 먼저 확인받아야 할 것 같은데요."

"그럼 얼른 가서 그렇게 하시죠. 기다리고 있겠습니다. 그 정보가 당장 필요하거든요."

"그런 일에는 영장이 필요하지 않나요?"

"당신이 판사와 경호원을 살해했습니까?" 화이트가 물었다.

남자가 한 걸음 뒤로 물러섰다. "무슨! 말도 안 되죠."

"그럼 영장은 필요 없어요. 이 문을 드나드는 사람들은 프라이버시 같은 건 기대하지 않아요. 그리고 이건 살인 사건 조사고요. 그러니 우린 적어도 지난 24시간 동안 누가 언제 여기 왔는지를 알아야 합니다."

"그러니까 상관한테 전화하시죠." 데커가 말했다. "그리고 판사의 집으로 그 정보를 가져오세요. 기다리고 있겠습니다."

"어, 알겠습니다."

"그리고 문을 열어주시고요." 화이트가 말했다.

"아, 그렇죠." 남자가 재빨리 문을 열자 차는 게이트를 통과했다.

"저게 이곳의 보안 수준이라면 두 사람밖에 안 죽은 게 놀랍네요." 화이트가 지적했다.

"음, 우리가 아직 모르는 더 많은 살인 사건이 있을지도 모르죠." 데커가 대꾸했다.

커민스의 집은 흰색 치장 벽토 벽과 붉은색 타일 지붕으로 이루어진 중세풍 디자인의 대저택으로, 그늘지고 조용한 막다른 골목에 자리 잡고 있었다. 식물들은 나이가 많았고 잘 관리된 듯 보였다. 경찰과 온 사방에 주차된 위장 순찰차들, 그리고 앞뜰에서 선선한 미풍에 떨고 있는 노란 범죄현장 테이프가 그 고요함을 어지럽히고 있었다.

데커가 진입로에 주차된 파란색 세단을 보며 말했다. "죽은 경호원의 차였을지도 모르겠네요."

"그걸 어떻게 알죠?"

"이곳의 다른 차들은 전부 경찰차거나 플로리다 정부나 연방 정부 번호판을 달고 있으니까요."

"커민스 판사의 차일 수도 있잖아요."

"200만에서 300만 달러는 돼 보이는 집에 사는 사람은 찌그러진 10년 된 마즈다를 몰지 않아요. 그리고 아마 그 세 칸짜리 차고에 세웠을 겁니다. 진입로에 내버려두지 않고요. 거기다 범퍼 스티커를 좀 봐요."

화이트가 스티커를 읽었다. "'연방이 당신을 지켜보고 있다.'"

"**연방** 판사의 차에서 흔히 볼 만한 문구는 아니죠."

두 사람은 차를 연석에 세우고 앞문의 보안을 통과한 후 과학수사대원이 챙겨준 장화와 비닐장갑을 착용하고 안으로 들어섰다.

데커는 즉시 불타는 듯한 형광 파란색 환영에 두들겨맞고 압도

당했다. 공감각 능력이 발동한 것이다. 사실상 데커의 삶은 과잉 기억과 고속도로의 클로버 모양 출구처럼 서로 엇갈린 감각 경로들에 지배당했다.

비틀거리지 않으려고 한 손으로 벽을 짚었다. 형광 파란색에 직격당하면 순간적으로 몸의 균형 감각이 작별을 고하기 때문이다.

'심호흡해. 들이쉬고 내쉬고.'

화이트는 아무 말 없이 데커를 빤히 보기만 했다. 데커는 그 시선에 즉시 의혹을 품었다. 나중에 어떻게 된 건지 알아봐야 할 것이다. 새 파트너는 그저 침묵하는 것만으로도 데커의 신경을 건드리고 있었다.

땅딸막한 남자가 마치 미팅을 앞두고 이사회실에 들어오는 최고경영자라도 되는 듯한 태도로 현관으로 들어섰다. 40대 후반으로, 다림질된 정장 바지에 네이비블루 재킷 차림이었다. 타이와 셔츠에는 흠 하나 없었고, 머리카락마저 다림질한 것처럼 보였다. 이목구비는 날카로웠고 표정은 그보다도 더 날카로웠다.

정확히 데커가 혐오하는 부류의, 격식 따지는 관료주의 개자식이었다.

남자가 신분증을 보여주었다. "포트마이어스 위성 사무소 소속 FBI 특수요원 더그 앤드루스입니다."

'어련하시겠어.' 데커는 생각했다.

"그리고 그쪽은요?" 앤드루스가 물었다.

화이트가 신분증을 꺼냈다. 데커는 아무 말 없이 문간을 응시했다.

"그리고 이쪽은 에이머스 데커입니다." 화이트가 대답했다. "우린 방금 DC에서 왔어요."

앤드루스의 표정이 시무룩해졌다. "외지에서 요원들을 보낸다는 이야기는 못 들었습니다. 방금 시신들을 여기 놔두라는 명령을 받았어요. 이유는 못 들었고요."

"음, **우리**가 그 이유입니다." 화이트가 말했다.

앤드루스는 데커의 격식 없는 옷차림을 보고 말했다. "그쪽 분신분증은 못 봤는데, 이름이 뭐라고 하셨죠? **데커?**"

데커는 웅장한 현관을 둘러보았다. 값비싼 물품들이 세심하게 구비돼 있었다. 주문 제작 페인트와 벽지. 대형 골동품 벽시계가 한쪽 구석에서 똑딱거리고 있었다. 다채로운 색상의 두툼한 러그는 고가의 물건인 게 분명했다. 데커는 이곳 구석구석에서 피 냄새를 맡을 수 있었다. 단순히 상상이 아니었다. 시신이 근처에서 썩어가고 있었고, 그 악취는 모르려야 모를 수 없었다.

층계로 이어지는 벽에 손 모양의 핏자국이 보였다. 층계에 깔린 러그에도 핏자국이 있었다. 그 옆에는 숫자 콘들이 있었는데, 과학수사대가 현장에서 작업 중이라는 표시였다. 온 사방에 지문 채취용 분필가루가 보였다. 카메라가 찰칵거리는 소리와 웅얼거리는 말소리도 들렸다. 모든 것이 응당한 절차대로 진행되고 있었다. 이제 데커는 이 개자식을 상대해야 했다. 아무리 내키지 않는다 해도.

데커는 남자에게 눈길도 주지 않고 말했다. "우린 조사를 돕기 위해 파견됐습니다."

"이 사건은 우리가 잘 처리하고 있습니다. 그리고 난……."

데커는 남자를 지나쳐 옆방으로 갔다.

"어이!" 모퉁이를 돌아 사라지는 데커를 향해 앤드루스가 부르짖었다. 그리고 화이트를 돌아보고 따졌다. "저 사람은 도대체 왜 저럽니까?"

"나처럼, 그냥 자기 일을 하고 있는 것뿐이에요. 그리고 혹시 우리가 여기 온 게 불만이면 본부에 직접 말하세요. 하지만 지금 우린 우리 일을 할 겁니다. 당신하고 똑같이요."

화이트는 옆방으로 데커를 따라갔다.

앤드루스도 서둘러 따라갔다.

0 007

데커는 법 집행 분야에서 일하면서 범죄현장을 충분히 경험했다. 그리고 각 현장의 모든 세부사항을 기억했다. 이 현장은 일상적이면서도 몇몇 점에서는 독특해 보였다.

여기는 판사의 서재나 홈 오피스였다. 책장, 책상, 작은 가죽 소파, 목제 파일 캐비닛, 매끈한 데스크톱 컴퓨터, 그리고 탁상용 복사기. 집 뒤편으로 뚫린 창 하나. 벽에 걸린 그림들, 자질구레한 장신구들, 목제 마룻바닥 위에 깔린 색색의 동양풍 러그들. 어지럽혀진 흔적은 전혀 없었다. 뭔가를 황급히 뒤졌거나, 강도가 들었거나 몸싸움이 벌어졌음을 보여주는 증거는 전혀 없었다. 모든 게 제자리에 깔끔하게 정돈돼 있었다.

그리고 바닥에 시신이 있었다. 하지만 판사가 아니었다. 남자였다. 경호원임이 분명했다. 보통 연방 판사에게 배정되는 연방보안관이 아니라 개인 경호원이었다. 나이는 30대로, 180센티미터의 키에 군살 없는 몸매였다. 바짝 깎은 갈색 머리가 마치 두개골에 부드러운 모자를 얹어놓은 듯했다. 보안요원의 제복이 아니라 검은 맞춤 정장과 흰 셔츠 차림이었는데, 셔츠 중앙에 붉은 얼룩과 구멍 두 개가 보였다. 물론 그 두 구멍이 그 피와 죽음의 원인이었다. 범인이 일을 확실히 처리하고 싶었던 모양이다.

총집에 든 총의 끝부분이 남자의 재킷에서 튀어나와 있었다. 데커는 무릎을 꿇고 정장의 제조사 라벨을 확인했다. 아르마니. 손목시계는 까르띠에였다. 신발은? 페라가모.

'흥미롭군.'

죽은 남자는 바닥에 대자로 드러누워 있었고 꺼진 눈동자는 천장에 매달린 작은 샹들리에를 올려다보고 있었다. 수염을 보니 면도한 지 이틀 정도 지난 듯했다. 더는 이 세상 사람이 아닌데도 잘생겨 보였다. 비록 지나치게 창백했지만. 표정에는 충격이 아로새겨져 있었다. 죽은 사람이 그런 감정을 가질 수 있다면. 그리고 어떤 사람들은 그럴 수 있다는 걸 데커는 잘 알았다.

업무를 처리하고 있는 과학수사대를 곁눈질하던 데커는 그중 한 대원에게 접근했다. 파란 작업복을 입고 마스크를 쓴 40대의 여성으로, 아이패드에 뭔가 정보를 입력하고 있었다. 화이트도 데커를 따라갔다.

"검시관이세요? 예상 원인과 사망 시각은 나왔습니까?"

깜짝 놀란 얼굴로 데커를 본 여자는 주위를 둘러보다 문간에 서 있는 앤드루스를 발견했다. 앤드루스는 마지못해 고개를 끄덕여 보이고는 데커 옆으로 걸어가 섰다.

"네, 제가 검시관 **맞아요**. 헬렌 제이컵스입니다. 가슴에 총창 두 개가 있는데, 심장을 관통한 듯해요. 즉사했어요. 사망 시각은 자정에서 새벽 2시 사이예요."

화이트가 물었다. "강제 침입의 흔적은 없나요?"

"전혀요." 앤드루스가 대답했다. "그리고 누가 두 분을 여기로 보냈습니까, 화이트 요원?"

"워싱턴 현장 사무소의 존 탤벗 지부장요. 번호를 알려주면 그분 연락처를 문자로 보내드리죠. 미리 연락이 갔을 줄 알았어요."

앤드루스가 번호를 알려주자 화이트는 바로 문자를 보냈다.

"뭔가 없어진 건 없나요?" 화이트가 물었다.

"아직 확인 중이에요. 당장 눈에 띄는 건 없네요."

"사망자 이름은요?" 화이트가 물었다.

"앨런 드레이먼트요." 제이컵스가 대꾸했다.

"개인 경호원이었다고 들었는데요." 데커가 말했다. "어디 소속인가요?"

"감마 프로텍션 서비스요." 앤드루스가 대답했다. "그쪽에 연락을 취했고 곧 신문 준비가 될 겁니다."

"제복이 아니라 정장을 입었네요?"

"감마는 경호 수준이 다양해요. 쇼핑몰, 창고, 사무실 경비, 뭐 그런 업무들을 하죠. 이런 수준의 경호를 위해서는 더 숙련된 요원들을 두고 있고요."

"더 숙련됐다고요? 이 사망자처럼요?" 데커가 남자를 자세히 들여다보며 물었다.

"이 사망자처럼요." 앤드루스가 쏘아붙였다. "원숭이도 때로는 나무에서 떨어지죠."

화이트가 물었다. "경호원은 왜죠? 판사가 위협을 받고 있었나요?"

"감마에 그걸 확인 중입니다." 앤드루스가 약간 짜증 섞인 투로 말했다.

"만약 그게 사실이라면 왜 연방보안관이 아니죠?" 화이트가 물었다. "보통 연방 판사는 그쪽을 이용하지 않나요?"

"이미 말했지만, 그걸 확인 중입니다." 앤드루스가 이제는 씩씩대며 대꾸했다. "하지만 판사는 원하면 개인적으로 경호원을 고용할 수 있었어요. 돈이 있으니까요."

데커가 앤드루스를 보며 물었다. "판사와 아는 사이였습니까?"

"지인이었죠. 난 오션뷰에 살아요. 여긴 뭐랄까, 작은 마을 같은 곳이죠."

"드레이먼트가 화기를 발사했나요?" 화이트가 물었다.

"총집에 그대로 들어 있는데요." 앤드루스가 대꾸했다.

"범인, 또는 범인들이 드레이먼트가 그걸 발사하고 나서 도로 총집에 넣어놨을 수도 있죠." 데커가 지적했다.

앤드루스가 흠칫하고는 말했다. "확인해보죠."

"살인자의 흔적은요?" 화이트가 물었다.

제이컵스가 대답했다. "현재까지 우리가 발견한 지문들은 판사의 것이고, 드레이먼트의 것도 소수 있습니다. 하지만 다른 사람들 것도 좀 있는데, 아직 주인은 밝혀내지 못했어요. 발자국도 발견하지 못했고요. 여기 서재와 위층 복도, 그리고 사망자의 침실 바닥은 경재로 돼 있어요. 거기서는 뭘 얻어내기가 힘들죠. 비가 오거나 하지도 않았고요. 그래서 우린 신발 자국을 발견하지 못했습니다."

"그리고 판사의 시신은요?" 데커가 물었다. "상처를 입은 후에 어떻게 계단까지 갈 수 있었죠?"

제이컵스는 대답하기 전에 데커에게 잠시 호기심 어린 눈길을 던졌다. "들어오실 때 계단에 깔린 러그에서 혈흔을 보셨죠. 그리고 여기서 나가는 경재 바닥에서도요."

"그 작은 콘들을 놔뒀으니 볼 수밖에 없었죠. 하지만 그보다 눈에 확 띈 건 계단 옆 벽에 찍힌 손바닥 모양의 핏자국이었습니다. 분명히 판사의 손자국이었겠죠. 가슴에 총 두 방을 맞은 드레이먼트가 혼자 힘으로 이 방을 나갈 수는 없었을 테니까요."

제이컵스가 말했다. "난 판사가 여기서 한 번 칼에 찔린 후 위층 자기 침실에서 살해당했다고 봅니다."

"가봅시다." 데커가 말했다. '봅니다'가 영 마음에 들지 않았다.

일행은 러그가 깔린 층계의 증거들을 피해 2층에 도달했다. 앤드루스가 두 사람을 침실로 안내했다.

"살인자는 아래층에서 피를 안 밟았나요?" 화이트가 물었다.

"네, 안 밟으려고 주의한 것 같습니다." 제이컵스가 말했다.

줄리아 커민스 판사는 짧은 흰색 테리클로스 로브 차림으로 침대에 누워 있었다. 벌어진 로브 틈새로 검은 팬티와 흰색 캐미솔이 드러났다. 누군가가 눈에 안대를 씌워놓았지만 눈 부분에 구멍이 뚫려 있었다. 옷은 온통 피 칠갑이었고 침대 스프레드와 양손 역시 마찬가지였다. 발바닥과 무릎도 예외는 아니었다.

"여러 차례 칼에 찔렸어요." 제이컵스가 말했다. "공식 집계는 아니지만 10회예요. 방어흔은 제외하고요. 사망 원인은 자상으로 인한 출혈 과다입니다."

"그러니까 아래층에서 공격당하고 이리로 뛰어 올라왔고, 침입자가 따라 올라와 끝장을 냈군요." 화이트가 말했다.

"그런 것 같습니다." 제이컵스가 조심스럽게 동의했다.

"그렇게 여러 번 찔렀다는 건 개인적 원한이죠." 데커가 지적했다.

앤드루스가 끼어들었다. "하지만 우린 밟아야 할 절차들이 있어요. 이건 복잡한 범죄현장입니다."

데커는 뒤엉킨 시트들을 보며 매트리스가 박스 스프링과 어긋나 있다는 사실을 머리에 입력했다.

데커의 생각을 읽기라도 한 듯, 화이트가 말했다. "저기서 몸싸움이 벌어진 것 같네요."

"방어흔이라고 하셨죠?" 데커가 여자의 상박에 난 다수의 상처를 보며 물었다.

제이컵스가 대답했다. "맞아요. 사람이 칼이나 둔기로 공격당하면 팔로 막는 게 흔한 일이죠. 다중 자상. 하지만 치명상은 아마 아래쪽 흉골에 난 상처였을 겁니다. 위치와 깊이로 보아, 대동맥을 곧장 절단한 것 같아요. 부검을 하면 확실해지겠죠."

"손톱 밑에 뭔가 흔적은 없습니까?" 화이트가 물었다.

"1차 검사에서는 아무것도 발견되지 않았어요. 부검하면서 더 자세히 살펴봐야죠."

"양손과 무릎과 발바닥의 혈흔은요?" 데커가 지적했다.

앤드루스가 대답했다. "판사가 아래층에서 습격당한 후 자기 피를 밟고 넘어져서 무릎에 피가 묻었다고 하면 설명이 되죠. 벽의 손자국은 여기로 뛰어 올라올 때 몸을 지탱하려고 짚었을 테고, 그때 계단 러그에 피가 튀었을 거고요."

"성폭행 흔적요?" 데커가 물었다. 앤드루스의 이론이 썩 와닿지 않는 눈치였다. 데커의 머릿속에서는 계단과 서재에 튄 혈흔의 이미지가 지나가고 있었다.

제이컵스가 대꾸했다. "1차 검사를 했어요. 그런 흔적은 없더군요. 검시를 하면 더 확실히 알게 되겠죠. 하지만 성폭행을 당한 것 같지는 않아요."

데커는 안대를 보았다. "살인범들이 우리에게 이 작은 상징을 남겨주다니 고맙네요."

앤드루스가 앞으로 다가왔다. "왜 안대를 씌우고 굳이 눈구멍을 잘라내서 눈이 보이게 했을까요?"

"안대는 아마 사후에 씌워졌을 겁니다." 제이컵스가 지적했다.

"그야 당연하죠." 데커가 불쑥 내뱉었다.

"상징이라고 했나요?" 화이트가 안대를 보며 물었다.

데커가 말했다. "이 여성은 판사였어요. 정의는 맹목적이어야 한다고 하죠. 이 판사의 경우에는 그렇지 않았던 것 같네요. 아니면 적어도 살인범이 보기에는요. 일부러 눈이 보이게 했으니까요. 죽은 사람이 볼 수 있다면 말이지만."

앤드루스는 날카롭게 숨을 훅 들이켰다. "젠장, 그게 사실일 수도 있겠네요."

"안대는 어디서 났을까요?" 데커가 물었다.

"판사의 벽장에서요." 제이컵스가 대답했다. "판사가 갖고 있던 손수건으로 만든 거예요."

"그러면 살인범이 벽장이나 여기에 뭔가 흔적을 남기지는 않았나요? 발자국이나, 판사를 찌를 때 튄 피의 흔적이라든가?" 화이트가 물었다.

"현재까지는 아무것도 발견하지 못했습니다. 아직 지문을 채취 중인데, 물론 용의선상에서 배제하기 위해 가족과 친구의 지문을 채취할 겁니다."

데커가 말했다. "그럼 이건 순간적인 흥분 때문이었을 수도 있겠군요. 살인은 확실히 그랬던 것 같고요. 그리고 범인은 이미 만들어져 있는 안대를 가져오는 대신 판사의 손수건을 사용했어요. 범인이 뭘로 구멍을 뚫었죠?"

"거기 사용됐을 만한 피 묻은 물건은 아무것도 나온 게 없습니다."

"어쩌면 범인이 칼을 이용한 뒤 가져갔을 수도 있죠." 화이트는 그렇게 말하고 죽은 여자 옆에 놓인 증거 봉투에 든 카드에 눈길을 던졌다. "카드는 여기서 발견된 건가요?" 화이트가 물었다.

제이컴스가 고개를 끄덕였다. "사실은 판사의 몸 위에 놓여 있었어요."

화이트는 투명 비닐 봉투에 든 카드를 보고 거기 적힌 글자를 읽었다. "'레스 입사 로키토르(Res ipsa loquitor).'"

그리고 자신을 보고 있는 데커와 눈을 마주쳤다.

"저 카드나 잉크와 일치하는 종이나 펜이 있나요?" 데커가 물었다.

"펜은 일반적인 제품이지만 여기 카드에 있는 것과 일치하는 건 아직 못 찾았습니다." 앤드루스가 대답했다. "범인이 가져온 게 분명해요."

"카드에 지문은 있나요?" 화이트가 물었다.

"없어요."

"범인이 카드를 가져왔다면 **확실히** 계획범죄라는 증거네요." 화이트가 지적했다.

"네, 맞아요." 데커가 말했다. "하지만 거기에 안대와 광적인 칼부림을 더하면 이건 무척 모순적인 범죄현장이 되죠."

방 안을 둘러보던 데커의 눈길이 침대 옆 협탁에 놓인 사진에 가 멎었다.

사진 속의 망자 양옆에는 어른 남자와 십 대 남자아이가 함께 있었다.

앤드루스가 장갑 낀 손으로 사진을 집어 들고 말했다. "물론 커민스 판사님입니다. 그리고 전남편 배리 데이비드슨과 아들인 타일러고요. 배경으로 미루어 클럽에서 찍은 것 같네요."

"클럽요?" 화이트가 물었다.

"하버 클럽요. 저 아래 해변에 있어요. 한 5분 거리죠. 거기 회원이었어요. 음, 판사님은요."

"그럼 전남편과 아들은요? 어디 있습니까?"

"배리 데이비드슨에게 연락을 해뒀어요. 근처에 살아요."

"알리바이는요?"

"아들과 같이 있었대요. 이번 주에는 아들을 그쪽에서 맡았거든요."

"그래서 아들이 알리바이다?" 데커가 물었다.

"네. 아들이 큰 충격을 받았다고 들었습니다."

"몇 살인가요?"

"열일곱 살요."

"전남편과 아들도 개인적으로 아십니까?" 데커가 물었다.

"배리 데이비드슨은 만난 적 있어요."

"그리고 이 클럽을 아시나 보네요. 사진을 보고 알아보신 걸 보니."

"네. 나도 하버 클럽 회원이거든요."

데커는 남자의 값비싼 정장과 신발을 훑어보았다. "바깥에 서 있는 렉서스가 당신 차인가요?"

"네, 맞습니다. 그게 왜요?"

"아닙니다. 마즈다는 드레이먼트의 차인가요?"

"네." 제이컵스가 두 남자 사이에서 불안한 표정으로 대답했다.

데커가 물었다. "그래서, 지난밤 이곳에서 일어난 일에 대한 당신의 이론은 뭔가요, 앤드루스 요원?"

앤드루스는 화이트를 바라보며 잠시 생각을 정리했다. "이만하면 꽤 명확한 것 같은데요. 강제 침입 흔적은 전혀 없으니, 두 문 중 하나가 열려 있었거나 범인, 또는 범인들이 허락을 받고 들어온 거죠. 판사가 속옷 차림이었다는 사실로 미루어 전 드레이먼트가 먼저 총에 맞았다고 믿습니다. 자기 침실에 있던 판사는 무슨 소리를 듣고 로브를 걸치고 아래층으로 내려갔다가 공격당한 거죠. 그리고 자기 방으로 도로 뛰어 올라가서 아마 문을 잠그고 숨으려 했겠지만 여의치 않았죠. 범인들은 판사를 여기서 살해했어요. 그후 카드를 남기고 안대를 씌웠죠."

"드레이먼트가 그 사람을 안으로 들였다면 분명히 아는 사이였어야 해요. 드레이먼트의 지인이었거나, 아니면 판사의 지인이었거나." 화이트가 말했다.

"하지만 살인이 자정에서 2시 사이에 일어났다면 방문객이 오기에는 꽤 늦은 시간인데요." 데커가 말했다.

"드레이먼트가 한패여서 문을 열어줬는데 뒤늦게 마음이 바뀌었다면, 또는 살인범이 목격자를 남겨두지 않을 의도였다면요?" 화이트가 말했다.

앤드루스가 말했다. "확실히 말은 되죠."

"경찰에 시신들을 신고한 건 누굽니까?" 데커가 물었다.

"옆집 이웃인 도리스 클라인이 신고 전화를 했어요. 오늘 아침 집 뒤편 덱에 나가서 커피를 마시며 아이패드를 읽는데 커민스의 집 뒷문이 열린 게 보였답니다. 혹시 무슨 일이 생긴 건 아닌지 보러 갔는데, 그때는 9시 이후였고요. 판사는 보통 그전에 법정에 출근하려고 집을 나서거든요. 클라인은 뒷문으로 부엌에 들어가 서재로 가서 드레이먼트의 시신을 봤어요. 그 후 집으로 뛰어 돌아가 경찰을 불렀죠. 그리고 경찰은 판사의 시신도 추가로 발견했고, 판사가 연방 소속이니 우릴 부른 거죠. 난 이미 연방보안관을 불러서 조사에 합류하게 했어요. 그동안 꽤 할 일이 많았죠. 하지만 이제 클라인을 신문할 생각입니다."

데커는 무심하게 고개를 끄덕이고 방 안을 한 번 더 살펴보며 모든 세부사항을 기억 클라우드에 입력했다. 기억 클라우드, 지금 데커는 자신의 기억력을 그렇게 불렀다. 자신이 완벽한 기억력을 가졌다는 걸 처음 알았을 때는 "하드 드라이브"라고 불렀지만, 시대가 바뀌면 그에 맞춰 변화해야 하는 법이다.

데커의 과잉 기억 증후군은 형사에게는 엄청나게 유용한 도구였지만 때로는 무거운 짐이기도 했다. 전 세계에 그 증상으로 진단받은 사람이 100명도 안 된다는데, 그중 하나가 된 것이 썩 달가운 일은 아니었다.

과잉 기억 증후군을 가진 사람들은 개인적 사건이나 과거의 기억 같은, 대체로 자전적인 것들을 주로 기억했다. 가차 없는 기억의 물줄기 때문에 그 사람들은 과거에 머물러 살기 쉬웠다. 데커 역시 어느 정도는 분명히 그랬지만, 다른 점이 있었다. 데커가 듣거나 보거나 읽은 거의 모든 것은 영구적으로 머릿속에 입력됐고, 원하면 아무 때고 불러낼 수 있었다.

데커는 제이컵스를 돌아보고 물었다. "판사의 사망 시각은요?"

"대략 드레이먼트와 동일한 범위예요. 자정에서 새벽 2시요. 그 언저리에서 약간 더 좁혀볼 수는 있을 것 같은데, 그 범위인 건 꽤 확실해 보여요."

데커는 명함을 건네며 말했다. "드레이먼트의 총과 성폭행 가능성에 관해 조사해보고 알려주세요."

"알겠습니다."

데커가 앤드루스를 보고 말했다. "입구의 경비원에게 지난 24시간 동안 이곳에 들어온 사람들의 명단을 달라고 했습니다. 여기로 가져올 겁니다."

"나도 그렇게 하려고 했어요." 앤드루스가 말했다.

"좋아요, 우린 주파수가 맞는군요. 경비원을 기다리는 동안 가서 클라인 부인과 이야기를 나눠보죠."

데커는 방을 나갔다.

앤드루스가 몸을 빙글 돌려 화이트를 보고 말했다. "데커하고 파트너가 된 지는 얼마나 됐습니까?"

화이트가 시계를 보고 대답했다. "아, 여섯 시간쯤요."

0 008

도리스 클라인은 일행에게 문을 열어주고 집 안을 통과해 뒤편 베란다로 인도했다. 여자는 50대 후반으로, 파마 머리에 아주 두꺼운 화장을 하고 있었다. 두껍다는 건 데커의 판단이었다.

'하지만 내가 뭘 쥐뿔이나 알겠어?'

클라인은 흰색 정장 바지에 오렌지색 셔츠를 입었는데, 반쯤 말아 올린 소매 밑으로 얼룩덜룩한 구릿빛 흑점이 찍힌 탄탄하고 태닝된 상박이 드러났다. 키는 168센티미터 정도에 마른 편이었는데, 아마 흡연이 몸매 비결인 듯했다. 뒤뜰을 내다보는 스크린 처진 베란다 테이블에 카멜 담배 한 갑과 보라색 지포 라이터가 놓여 있었다. 그 너머에는 가느다란 야자수들과 작은 관목이 보였고, 그 앞에는 수영장이 있었다. 냄새로 미루어 물은 소금물이 분명했다. 그 공간을 둘러싸고 있는 스크린들 사이로 해변으로 이어지는 오솔길이 보였다. 만의 칙칙한 회색 땅이 그 바로 너머에 펼쳐져 있었다. 갈매기들이 인간 눈에는 보이지 않는 먹이를 쫓아 맑은 하늘을 가로질러 하강하다 잠수했다.

클라인의 집은 줄리아 커민스의 집보다 작았고 관리도 부족한 듯했다. 치장 벽토가 떨어져 나간 곳이 몇 군데 보였고, 소금기를 띤 무거운 공기 때문에 심하게 녹슨 옥외 열펌프가 데커의 눈길을 끌었다. 잔디와 조경 역시 관심이 부족해 보였다. 단순히 무심함 때문인지 아니면 판사에 비해 더 가벼운 지갑 탓인지는 모를 노릇이었다.

"어젯밤 댁에 혼자 계셨습니까?" 데커가 물었다.

코로 담배 연기를 뿜어낸 클라인은 유리잔을 향해 손을 뻗으며 고개를 끄덕였다. 잔에 든 액체는 오렌지 주스 색이었지만 알코올 냄새가 데커의 코를 찔렀다.

"맞아요. 난 이혼했고 애들은 다 커서 집을 떠났거든요. 밖에 나갈 일도 별로 없죠. 전남편이 청구서만 잔뜩 남겨놓고 이혼수당은 얼마 안 줬거든요. 불행히도 그 남자 쪽 변호사가 더 유능했죠."

"오늘 아침 있었던 일을 자세히 설명해주시겠습니까?" 화이트가 물었다. 여자가 그런 개인 정보를 그토록 아무렇지 않게 늘어놓는 게 놀라운지, 눈을 동그랗게 뜨고 있었다.

"9시쯤 여기 나왔는데 뒷문이 열린 걸 보고 이상하다 했어요. 아침 그 시간이면 줄리아는 이미 한참 전에 법원으로 출근한 후거든요. 그리고 그 문은 거의 안 쓰다시피 하고요. 집에서 차고로 그냥 곧장 가죠."

"잘 알고 지내셨습니까?" 데커가 물었다.

"우린 이웃이었고 오래전부터 친하게 지냈어요."

"이런 일이 생겨서 마음이 많이 아프시겠어요." 화이트가 끼어들었다.

클라인은 입술을 일자로 다문 채 크리스털 재떨이에 재를 털었다. "난 눈물이 헤픈 사람이 아니에요. 하지만 줄리아가 죽어서 너무 괴로워요. 그 친구를 좋아했어요. 무척요. 우린 친한 친구였어요. 서로 흉금을 털어놨죠. 하지만 난 살면서 시궁창을 엄청 겪었어요. 가장 좋은 방어법은 그냥 적당히 거리를 두는 거예요. 적어도 그게 내 철학이죠."

"그래서, 집 안을 살펴보다 서재에서 남자의 시신을 발견하셨나요?" 데커가 물었다.

"무서워서 죽는 줄 알았어요. 곧장 뛰쳐나와 경찰을 불렀죠. 아마 한 3분 만에 출동한 것 같아요. 여기서 그리 멀지 않은 곳에 경찰서가 있거든요."

"죽은 남자를 아셨습니까?" 화이트가 물었다.

"줄리아의 집에서 **본 적은** 있어요. 말은 한 번도 안 나눠봤지만요."

"판사가 혹시 경호가 필요한 이유를 말한 적이 있습니까?"

"아뇨, 없었어요. 판사들은 으레 위협받고 그러지 않나요? 젠장, 요즘 같은 때에 누가 안 그러겠어요? 소셜 미디어를 좀 봐요. 고아들을 도와주자는 글 같은 걸 올리면 아동성도착자 인신매매범으로 공격당할걸요. 온라인에서는 다들 개가 된다니까요."

"그렇지만 협박을 받아서 경호원을 고용했다는 말을 판사가 실제로 했나요?" 데커가 물었다.

"아뇨, 하지만 그건 아니었을 것 같아요. 그냥 말이 그렇다는 거죠."

"어젯밤에 뭔가 보거나 들으신 게 있습니까?" 화이트가 물었다. "그러니까 자정에서 2시 사이나, 아니면 그 전이나 그 후라도요. 전조등 빛이 옆집 진입로로 접어들었다든가? 총성은요? 비명이나 높아진 언성은? 싸우는 소리는?"

여자는 고개를 젓고는 날카로운 헛기침을 했다. "난 밤에 양압기 (CPAP)를 사용하고 앰비엔(수면제 브랜드명 - 옮긴이)을 먹어요. 무슨 소리가 났어도 전혀 못 들었을 거예요."

"방범 시스템은 있나요?" 데커가 물었다.

"아, 그럼요. 하지만 보통은 켜지 않아요."

"어째서죠?" 화이트의 목소리에 호기심이 묻어났다.

"음, 우린 보안 게이트와 24시간 경비가 있으니까요."

데커가 말했다. "판사 역시 그랬죠. 게다가 개인 경호원도 있었고요. 확실히 그걸로는 부족했죠."

클라인은 자신감을 잃은 표정으로 재떨이에 재를 털었다. "무슨 말씀인지 알 것 같네요."

"판사의 반대편 집 사람들은 어떻습니까?" 데커가 물었다.

"펄먼 부부요? 그 사람들은 뉴욕에 있어요. 지난주에 갔는데 내일 돌아올 거예요."

"커민스하고는 아는 사이였습니까?" 앤드루스가 물었다.

"그럼요, 다 같이 친하게 지냈어요. 마야, 그러니까 펄먼 부인은 은퇴한 변호사라서 줄리아하고 잘 통했죠. 트레버는 남편인데 재혼이에요. 아, 그리고 줄리아한테 그 경호 회사를 쓰라고 추천한 게 아마 그 두 사람일 거예요."

"왜 그랬을까요?" 화이트가 물었다.

"아주 확실한 건 아닌데, 펄먼 부부가 전에 이용한 적이 있는 것 같아요. 왜 썼는지는 모르겠어요. 직접 물어보셔야 할 거예요."

데커와 화이트는 눈빛을 교환했다.

"판사의 전남편과 아들 타일러를 아십니까?" 데커가 물었다.

"네. 배리하고 타일러 데이비드슨요. 커민스는 줄리아의 결혼 전

성인데, 결혼한 후에도 바꾸지 않았어요. 덕분에 이혼하고 나서 서류 변경을 할 필요가 없었죠. 원래대로 돌릴 필요가 없었으니까. 이혼하기 전에는 옆집에 다 같이 살았어요. 배리는 아직도 근처에 살아요. 제가 이혼하기 전에는 함께 외출하곤 했죠. 이혼 후에 줄리아와 저는 여전히 함께 어울리거나 집에서 여자들만의 밤을 보내곤 했어요. 요리를 하거나 음식을 사 와서 백포도주를 마시며 홀마크 영화를 보거나 했죠. 비록 요즘 들어서는 줄리아가 좀 달라졌지만요."

"어떻게요?" 화이트가 물었다.

"한 1년쯤 전부터 외출이 잦아졌어요. 저녁을 먹으러 나가거나 춤추러 가거나 했죠. 클럽도 가고요. 예전보다, 어떻게 말하지, 음, 옷을 훨씬 젊어 보이게 입었어요. 오해는 하지 마시고요. 줄리아는 정말 아름다웠어요. 저보다 열 살은 젊었고요. 인생을 즐기는 것 같았죠. 안 될 거 있나요?"

클라인의 입술이 일그러지더니 갑자기 눈물이 눈가에 맺혔다.

"그러면 타일러의 양육권은 부부가 공유했나요?" 화이트가 낮은 목소리로 물었다.

클라인은 손으로 눈물을 찍어냈다. "네, 일주일씩 교대로요. 하지만 타일러는 1년 반쯤 지나면 대학에 갈 테니 그때쯤이면 그것도 끝이었겠죠. 인제 줄리아가 갔으니 바로 끝이겠지만……" 클라인은 잔을 내려놓고 카멜 담배를 비벼 끄더니 한 손으로 얼굴을 가리고 흑 소리를 토했다. "저…… 죄송해요. 줄리아가 정말 가, 갔다는 생각이 방금 화, 확 시, 실감 난 것 같아요."

화이트가 주머니에서 화장지를 꺼내어 건넸다.

클라인이 눈물을 닦으며 고맙다고 하고는 잠시 마음을 가라앉힌 후 쉰 목소리로 말을 이었다. "줄리아는 무척 좋은 사람이었어요. 정말 세심했죠. 이혼한 나를 정말 잘 챙겨줬어요."

"최근에 뭔가 문제가 있다는 말을 들으신 적 있나요? 낯선 차가 돌아다니거나 누군지 모르는 사람들이 어정거리는 걸 본 적은요?" 데커가 물었다.

클라인은 고개를 젓고 단숨에 술잔을 비웠다. "아뇨, 전혀 아니었어요. 다시 말하지만, 여긴 보안 주택단지라 뜨내기들이 못 들어와요. 적어도 원칙적으로는요."

"경호원에 관한 이야기는 정말 전혀 없었나요? 가까운 친구 사이치고는 좀 이상하네요."

클라인은 카멜을 한 대 더 피워 물고 새로 연기를 내보냈다. "저기요, 안 그래도 두어 번쯤 그거 관련해서 물어보려고 했어요. 하지만 딱 자르더라고요. 전 줄리아의 뜻을 존중해서 더는 캐묻지 않았어요. 그냥 줄리아 같은 위치에 있는 사람이라면 으레 겪는 일이겠거니 했죠."

"확실히 해두려고 여쭤보는 건데, 커민스가 실제로 경호원에 관해서는 말했는데, 왜 경호원을 두는지는 말을 안 했다는 건가요?" 데커가 물었다.

"맞아요."

"배리나 타일러를 마지막으로 보신 게 언제입니까?" 앤드루스가 물었다.

"타일러는 지난주에 여기서 엄마랑 같이 지냈어요. 배리는 3주쯤 전에 봤고요. 무슨 볼일이 있어서 들렀다고 했는데, 아마 타일러를 데리러 온 거였겠죠."

"타일러는 보통 여기서 아빠 집으로 어떻게 갔습니까?" 화이트가 물었다. "양친이 그 아이를 데려다주고 데려오고 했나요?"

"자기 차가 있었어요. BMW 컨버터블이고 통행증도 있어서 보통 직접 운전했죠. 하지만 제 아버지가 데려다줄 때도 있었고 줄리아가 배리의 콘도까지 차로 태워다 주기도 했어요. 우버를 타고 와서 내리는 것도 두어 번쯤 봤고요. 아, 그리고 자전거도 있어요. 한 3킬로미터쯤이라 가까운 거리니까요."

"그러니까 그때 마지막으로 배리를 보신 거군요? 3주쯤 전에?" 데커가 물었다.

"아뇨, 그게, 이제 생각해보니 클럽하우스에서 봤어요. 어, 한 일주일쯤 전에요."

"하버 클럽 말씀입니까?" 데커가 물었다.

"아뇨, 우린 여기에 클럽하우스랑 골프코스가 있어요. 꽤 만만찮죠. 골프 치세요?"

"아뇨. 거기엔 왜 왔었죠?"

"글쎄요, 골프를 치고 있던데요. 나인 홀요. 그 후 점심을 먹었고, 저랑 인사도 나눴어요."

"그럼 아직 회원인가 보군요?" 화이트가 물었다.

"아, 그럼요. 이혼한 후에도 전부 다 그대로 유지했어요. 사실, 모르긴 몰라도 그게 이혼 조건 중 하나였을 수도 있겠죠."

"직업이 뭡니까?"

"자기 사업을 운영해요. 투자나 뭐 그런 쪽요. 꽤 잘나가요. 그리고 줄리아의 그 아름다운 집도 있고요. 수영장에 커다란 베란다도 있고. 수영장은 우리 집도 있지만 더 작죠. 하지만 이젠 그걸 유지할 돈이 없어요." 클라인이 씁쓸하게 내뱉었다. "조만간 살림을 줄여야 할 거예요."

"이혼 전에는 배리가 가장이었나요?" 화이트가 물었다.

"그렇다고 보긴 힘들죠. 판사가 되기 전에 커민스는 힘 있는 변호사였고 돈을 잔뜩 벌었어요. 그리고 뉴욕의 본격적인 부잣집 출신이죠. 왜, 신탁 자금이니 하는 그런 것들 있잖아요. 아버지가 월스트리트의 거물이라 유산으로 수백만 달러를 물려받았죠. 외동딸이었고요. 아직 쉰도 안 됐는데 벌써 가다니." 클라인이 비통한 표정으로 고개를 저었다.

"커민스의 유산 상속인이 누군지 아십니까?" 앤드루스가 물었다.

클라인이 다시 자신을 추스르고 대답했다. "아마 타일러겠죠. 확실히는 모르지만요. 외동아들이었으니까요. 배리한테는 한 푼도 안 남겼을 것 같은데, 확실히 알려면 변호사에게 확인해야겠죠."

"변호사가 누군지 아십니까?" 화이트가 물었다.

"덩컨 트로터요. 제 일도 맡고 있어서 알아요. 사실 줄리아한테 추천받았죠. 사무실은 펠리컨 웨이에 있어요. 이곳 중심가예요. 그건 그 사람한테 전부 들으시면 돼요." 클라인이 뒤로 기대앉아 물었다. "뭐, 더 있나요?"

화이트가 앤드루스와 시선을 교환했다. 앤드루스는 고개를 저었다. 데커는 스크린이 쳐진 지붕 너머로 하늘을 바라보고 있었다.

"데커, 클라인 씨에게 뭔가 더 물어볼 것 있나요?"

"이혼한 이유가 뭐였습니까?" 데커가 물었다.

"저요?"

"아뇨, 줄리아와 배리요."

클라인이 어깨를 으쓱했다. "사람들은 이혼을 왜 할까요?"

"제가 여쭤봤는데요."

"문제가 있었어요. 모든 결혼이 그렇듯요. 더 자세한 건 배리한테 들으세요. 하지만 아마 자기 관점에서만 말하겠죠."

"그럼 **당신의** 관점은 뭡니까? 친한 친구였다고 하셨죠. 이혼하기 전에는 부부 동반으로 함께 만나셨고요. 무척 개인적인 정보를 공유하셨으니 틀림없이 의견이 있으실 텐데요." 데커가 추궁했다.

"왜 그런 데 관심을 갖죠?"

"막말로 아내가 살해당했을 경우 범인은 대부분 남편이거든요. 전처와 전남편의 경우도 마찬가지고요."

클라인이 볼을 부풀렸다. 그 이야기가 내키지 않는 게 분명했다. "줄리아는 가능한 한 정석적이었어요. 한편 배리는, 음, 절차를 좀 무시했죠."

"어떻게?"

"그냥, 그다지 규칙 같은 걸 따르는 사람이 아니었어요."

"예를 들어주실 수 있나요?" 화이트가 물었다.

"5년쯤 전에 감사를 받았어요. 알고 보니 배리가 뒤로 호박씨를 깐 게 들통났거든요. 그래서 엄청난 벌금을 때려 맞았고, 감옥 문턱까지 갔다 왔죠. 줄리아는 증언석에 서는 걸로 끝났고요. 그게 더 일찍 들통났다면? 줄리아는 아마 판사 임용에 떨어졌을 거예요. 그 직후 이혼을 신청했죠."

"그 일로 줄리아가 마음고생을 했나요?" 화이트가 물었다.

"그렇다기보다는 격분했죠. 아마 그게 안 그래도 순탄치 못했던 결혼생활의 끝을 앞당긴 것 같아요."

"왜 안 그래도 순탄치 못했죠?" 화이트가 물었다.

"배리가 도무지 철이 안 들었거든요. 언제까지나 남대생으로 살고 싶어 했죠. 넋 놓고 술이나 퍼 마시고 놀러 다니기나 하면서요."

"바람을 피웠나요?" 화이트가 물었다.

"제가 아는 한은 아니었어요. 사실은 오로지 줄리아 하나만 사랑했던 것 같아요."

앤드루스가 말했다. "그렇군요. 뭐, 더 있나요, 데커?"

데커는 다시금 하늘을 올려다보았다. 데커가 아무 말도 하지 않자 화이트는 수첩을 집어넣고 일어섰다. "음, 시간 내주셔서 감사합니다. 아마 후속 질문을 드리게 될 겁니다."

"그냥 이 짓을 저지른 자를 꼭 잡아주셨으면 해요."

"저희도 그러고 싶습니다."

앤드루스가 자리에서 일어나 데커를 내려다보았다. "준비됐어요, 데커? 우린 이제 가려고요."

데커가 클라인을 보고 말했다. "판사가 죽었다고 누구한테 들었습니까?"

"뭐라고요?" 클라인이 화들짝 놀란 표정으로 되물었다.

"서재에서 드레이먼트의 시신을 봤지만 위층에 있는 판사의 시신은 못 보셨죠?"

"맞아요."

"경찰이 여기 와서 말해주던가요?"

"아뇨. 그냥 그럴 거라고 생각했어요. 내 말은, 줄리아가 살아 있다면 집에 왔을 테니까요. 뜰에서 줄리아를 봤을 거예요. 아마 어젯밤에 직접 경찰에 신고했겠죠."

"그래서 어젯밤 판사가 집에 있었을 거라고 그냥 짐작하신 건가요?"

"네, 그러니까 경호원이 거기 있었겠죠. 그렇게 생각했는데요."

데커는 고개를 끄덕이고 일어섰다. "알겠습니다."

"댁의 질문에 담긴 혐의가 썩 유쾌하진 않네요." 클라인이 짜증스럽게 말했다.

　"상관없습니다. 늘 있는 일이니까요."

0 009

커민스의 집으로 돌아가 보니 정문에서 본 경비원이 기다리고 있었다. 남자가 인쇄물 몇 장을 내밀었다.

"여기, 지난 24시간 동안의 출입자 명단입니다."

앤드루스가 받으려고 손을 내밀었지만 데커가 더 긴 팔로 먼저 낚아챘다.

"고마워요. 잠깐 요약 좀 해줄 수 있나요? 이곳의 특성도 아울러서?"

경비원이 말했다. "음, 확실히 여기 주민들이 많이 드나들었습니다. 그분들은 서명 없이도 들어올 수 있고요."

"하지만 이 단지의 이름이 달린 차량 몇 대에서 전자 태그를 봤는데요. 그러니 틀림없이 집주인들이 드나든 **기록**이 있을 거고요. 맞죠?"

"그건 방금 드린 인쇄물에 있습니다."

"고마워요. 요약은요?"

"아, 네, 그 기간 동안 100명 훌쩍 넘는 사람이 드나들었습니다."

"그게 많은 건가요, 적은 건가요? 아니면 평소와 같은 건가요?" 데커가 물었다.

"약간 많은데, 골프 시합 때문이었습니다."

"어제 열린 시합요?"

"네."

"방문객들이 정문을 통과하려면 어떤 서류가 필요한가요?"

"방문객 명단에 있어야 합니다. 집주인이 초청했거나 임시 통행증이 있어야 하죠. 현장 노동자들도 보통 그렇게 하지만, 정말 자주 오는 몇몇 사람들은 무기한 정문 통행증이 있습니다."

"이런 무기한 통행증은 어떤 형식인가요?"

"형식요? 무슨 말씀이신지……."

"차 앞창에 집주인들처럼 정문을 열어주는 전자 태그가 있나요? 아니면 대시보드에 놓는 종이 같은 거라든가?"

"음, 사실 둘 다일 수도 있고 그중 하나일 수도 있습니다."

"그럼 종이 쪽은 실제로 드나든 사람에 대한 기록이 없겠군요?"

"네. 그러니까, 명단을 남기지 않습니다. 그냥 종이 통행증이 아직 유효한지만 확인하죠. 그리고 드나드는 차량 수를 기록합니다. 그리고 노동자들은 오후 6시까지는 나가야 하고요." 남자가 덧붙였다.

"차 한 대에 사람들이 왕창 타고 들어오면요? 종이나 전자 통행증으로 머릿수를 세서 몇 명이나 들어오는지 확인합니까?" 데커가 물었다.

"네?" 경비원이 어리둥절한 표정으로 되물었다.

"그러니까……." 화이트가 설명했다. "다섯 명이 차 한 대를 타고 들어왔다고 치면, 그 차에 다섯 명이 그대로 타고 나가는지 확인하느냐고요."

"음……."

"그럼 아니라는 거군요." 데커가 손에 든 종이들을 똥 덩어리라도 보는 듯한 눈빛으로 보며 말했다.

"맞습니다."

"그리고 근무시간 후에 들어오는 방문객들은요?"

"비상 전화가 있어서, 외부 보안 서비스에 전화해서 명단 등재 여부를 확인해야 합니다."

"그러면 자전거를 타거나 걸어서 오는 사람들은요?"

"음, 그분들은 보통 거주민이나 방문객들이죠."

"그럼 차량만 확인한다는 건가요?"

"음, 네."

"여기 감시 카메라가 있습니까?"

"음, 네, 하지만 카메라가 계속 고장 나서요. 공중의 염분 탓인 것 같습니다. 하지만 여긴 정말 안전한 곳이라서요."

데커가 한숨을 푹 내쉬고 말했다. "이젠 아니죠. 혹시 수상해 보이거나 판사에 관해 캐묻거나 안절부절못하거나 이곳에 어울리지 않아 보이는 누군가를 본 적 있습니까?"

"아뇨, 하지만 외부 보안 서비스도 확인해보셔야 할 겁니다."

"그렇게 하죠." 앤드루스가 대꾸했다. "고마워요."

남자는 측면에 **보안**이라고 새겨진 하얀색 혼다를 몰아 자리를 떴다.

"이곳 보안 상황은 아마 거주민들이 생각하는 것만큼 좋지는 않은 것 같네요." 화이트가 지적했다.

"이런 유형의 보안 주택단지가 전형적으로 좀 그렇죠." 앤드루스가 말했다. "진짜 부자들은 정교한 보호를 겹겹으로 받고 있지만요."

"**애매한** 부자여서 딱하게 됐네요." 데커가 말했다. "이제 전남편하고 아이를 찾아가 이야기를 나눠보죠."

"두 사람은 콘도에서 우릴 기다리고 있어요."

"아까 클라인이 여기서 3킬로미터쯤 된다고 했죠." 데커가 말했다.

"맞습니다." 앤드루스가 대꾸했다.

화이트가 말했다. "그리고 전남편은 차에 보안 태그를 가지고 있는 모양이고요."

"만약 그렇다면, 그리고 어젯밤 여기 왔었다면, 그 기록에 있어야 해요." 앤드루스가 지적했다. "그건 내가 보관해야 할 것 같은데요."

데커는 화이트를 흘끗 보고 인쇄물 뭉치를 앤드루스에게 건넸다. "얼마든지 드리죠."

"제 차를 타고 가도 됩니다. 신문 끝난 후 다시 여기로 태워다 드릴 수 있어요. 어디 묵으십니까?" 앤드루스가 자신의 렉서스로 두 사람을 이끌며 물었다.

"더블트리요." 화이트가 대꾸했다. "아직 체크인은 안 했어요."

"그리 멀지 않군요. 거기 식당이 좋죠."

"배리 데이비드슨하고는 얼마나 잘 압니까?" 데커가 물었다.

"있죠, 혹시 어떤 있지도 않은 이해충돌 같은 것 때문에 날 이 사건에서 배제할 생각이라면⋯⋯." 앤드루스가 쏘아붙였다.

"내가 **생각하는** 건 그저⋯⋯." 데커가 말을 잘랐다. "이 사건을 **해결하는** 겁니다. 혹시 도움이 될 만한 정보가 있습니까?"

앤드루스가 화이트를 돌아보자 화이트가 말했다. "우린 경쟁 상대가 아니에요, 앤드루스 요원. 입장이 바뀌었다면 나 역시 짜증이 났을 거예요. 하지만 우린 명령을 따를 뿐이에요. 당신하고 똑같이요. 그러니 그냥 서로 잘 지내면서 이 짓을 저지른 자식을 잡아넣을 수 있도록 노력하자고요."

앤드루스가 데커를 쏘아보았다.

"동의요." 데커가 말했다.

"그 사람은 잘 모릅니다. 딱 한 번 골프 같이 친 게 다예요. 토너먼트에서 짝이 됐죠. 지금까지 몇 번 가벼운 대화를 나눈 적은 있지만 그게 답니다."

"업무 면에서 평판이 좋나요?"

"나쁜 평은 못 들어봤어요. 실제로 내 친구 중에 그 사람 고객이 몇 명 있어요. 썩 흡족해하는 것 같던데요."

"그리고 당신은 5년 전의 그 세금 일은 몰랐습니까?"

앤드루스는 불편한 기색이었다. "그 일에 관해서는 동네에 소문이 좀 돌았어요. 하지만 나하고는 상관없는 일이니까요."

"그리고 아이는요?"

"고등학교 2학년이에요. 미식축구로 벌써 대학 몇 군데에서 확실히 관심을 샀죠. 경기하는 걸 봤는데, 정말 잘하더군요."

"말썽을 일으킨 적은요?"

"내가 아는 한은 네모반듯한 아이예요. 지역 경찰 몇 명이 내 친구인데, 그 애가 뭘 어쨌다는 이야기는 한 번도 못 들었어요. 내가 보기엔 자기 앞날이 밝다는 걸 잘 알고, 그걸 망칠 생각이 없는 아이 같아요. 학교에서도 우등생이죠."

"그 애에 관해 많이 아시는 것 같네요." 화이트가 말했다.

"일종의 동네 스포츠 스타거든요. 자기 포지션에서 전국 순위에 들었어요. 그리고 고2 때 주립 헤비웨이트 레슬링 타이틀도 땄죠."

"정말 뛰어난가 보네요." 데커가 말했다.

화이트가 말했다. "데커는 오하이오주립대에서 뛰었고, 그 후 클리블랜드 브라운스에서 뛰었어요. 하지만 난 그걸로 데커를 욕할 생각은 없어요."

앤드루스가 데커의 거대한 몸집을 올려다보며 물었다. "정말인가요? 클리블랜드 브라운스라고요? 그다음에 경찰이 된 겁니까? 좀 희한한 경력 전환이네요."

데커가 화이트를 내려다보며 말했다. "시시각각 더 희한해지고 있죠."

1 | 10

차는 그림 같은 풍경과 널따란 해변, 하늘을 맴도는 새들과 높이 솟은 콘도들, 그리고 튼튼한 정문과 높은 벽 뒤에 숨은 바닷가 대저택들을 지나쳐 달렸다. 하지만 가는 내내 데커는 그런 풍경은 전혀 아랑곳없이 뒤창 밖에 시선을 꽂은 채 오로지 머릿속의 그림들만을 보았다.

아내도 딸도 죽어 무덤 속에 누운 지 오래전이었다. 바로 최근에는 메리 랭커스터가 스스로 절박한 선택을 내렸다. 그리고 멀쩡히 잘 살아 있는 알렉스 재미슨과 멜빈 마스와 로스 보거트는 모두 각자 자기 삶을 살러 떠났다.

'그리고 난 여기서 새로운 파트너와 함께 있지…… 그리고 이 업무와. 두 건의 새로운 살인 사건, 거기에 늘 따라붙는 퍼즐 맞추기, 신문, 질문, 거짓말, 더 많은 질문과 대립과 무고한 자와 죄지은 자 양쪽이 계속해서 뱉어내는 빤한 거짓말. 그리고 사건은 해결되고 나는 다음 사건을 향해 떠나겠지.'

플로리다에서 노스다코타로, 그리고 그 사이의 모든 지점으로.

다시 앞을 보니 화이트가 조수석에서 데커를 돌아보고 있었다. 화이트는 데커가 한 번도 보지 못한 삶의 한 조각을 겪었다. 그 때문에 강력하고 맹렬한 방어의식을 갖게 됐을 뿐만 아니라 약삭빠르고 비밀스러운 태도를 취하게 됐다. 자신에게 불리하게 정해진 법칙들에 따라야 한다는 것을 알았으니까. 그런 법칙이 존재한다는 사실은 모든 이를 불안하게 해야 할 텐데, 어쩐지 그런 일은 절대 일어나지 않았다.

"지금 당신 머릿속 생각을 좀 사고 싶은데 그러기엔 내 돈이 모자랄 것 같네요." 화이트가 웃음을 띠며 말했다.

데커는 고개를 돌렸다. 머릿속에서는 메리 랭커스터가 권총을 쥔 떨리는 손을 들어 총열을 입에 넣고 눈을 감은 채 가능한 한 가장 비극적인 방식으로 삶을 끝내는 장면이 펼쳐지고 있었다.

이윽고 랭커스터의 얼굴은 지워지고, 딸이 앉아 있는 변기를 응시하는 데커 자신의 얼굴이 보였다. 아버지와 딸은 서로에게서 채 30센티미터도 떨어져 있지 않았다. 한쪽은 무력함 속에서 상상 가능한 인간의 한계 너머로 무너지고 있었고, 반대쪽은 그 시선을 똑바로 마주했지만 아무것도 보지 못했다. 그야 죽은 자는 볼 수 없으니까. 데커는 근무용 권총을 꺼내어 입에 넣었다. 글록 총구는 알싸한 쇠 맛이 났고, 총기용 오일이 혀에 묻어났다. 데커는 몰리를 보고 눈을 감았다. 손가락이 방아쇠로 미끄러졌고, 딸과 아내와 죽음으로 다시 만나기까지는 아주 약간의 힘이면 충분했다. 그토록 단순한, 사격 연습장에서 수천 번은 했고 현장에서 업무 중일 때도 몇 번쯤 했던 그 동작이면 충분했다.

하지만 메리 랭커스터와 달리, 데커는 총을 도로 입에서 꺼내고 경찰이 나타나기를 기다렸다.

'내가 너무 겁쟁이였나? 메리에게는 넘쳤던 용기가 내게는 부족했나? 게다가 메리는 딸과 남편을 남겨두고 갔다. 내게는 그런 선택지가 없었고, 나라면 그런 선택을 할 수 없었을 것이다.'

"데커?"

문득 생각에서 깨어난 데커는 걱정스럽게 자신을 바라보는 화이트의 표정에 짜증이 났다.

"얼마나 더 가야 합니까?" 데커가 앤드루스에게 툭 던지듯 물었다.

"곧 보안 게이트에 도착할 겁니다."

"이 동네에 보안 게이트가 없는 집에 사는 사람도 있긴 한가요?" 데커가 물었다. "이곳이 **그렇게** 빌어먹게 위험합니까?"

혹시 농담인지 확인하려는 듯 뒷거울로 데커를 흘끗 본 앤드루스가 대답했다. "우리 동네에는 보안 게이트가 없어요. 내가 그만큼 돈을 못 버나 봅니다."

"누가 데이비드슨을 찾아가서 이야기를 나눴나요?" 화이트가 물었다.

"지역 경찰이요. 그냥 커민스의 사망을 알리려고요. 나머지는 우리 몫이죠."

"우린 알리바이를 확인해야 할 겁니다." 화이트가 말했다. "그리고 전남편의 콘도 수색영장은요?"

"판사의 시신은 오늘 아침에야 발견됐어요." 앤드루스가 말했다. "한 번에 한 걸음씩만 갑시다. 그리고 수색영장을 신청할 근거는 전혀 없어요."

"아직은 없죠." 데커가 바로잡았다.

일행은 보안을 통과해 엘리베이터를 타고 콘도 4층으로 올라갔다. 그곳에서는 뒤쪽에 펼쳐진 널따란 만이 한눈에 들어왔다. 엘리베이터 문이 열리고, 세 사람은 커다란 나무문이 있는 작은 대기실에 서 있었다. 앤드루스가 문을 두드리자 잠시 후 다가오는 발소리가 들렸다.

십 대 아들은 약 190센티미터에 110킬로그램의 거한이었다. 진푸른색 운동용 압박 반바지에 흰색 탱크톱을 입었고 발은 맨발이었다. 데커는 아이의 불끈불끈한 사두근과 두꺼운 장딴지, 넓은 어깨와 흐느적거릴 정도로 길고 근육질인 팔을 눈여겨보았다. 아이의 몸집은 이미 대학생에 가까운 듯했다. 이제 어느 정도 빠른 발과 민첩한 근육만 있다면 아마 대학에서도 잘나갈 것이다. 하지만 NFL은 전혀 다른 이야기였다. 그곳의 깔때기는 바늘구멍처럼 좁았다.

앤드루스는 젊은이에게 자신의 배지와 신분증을 보여주고는 데커와 화이트를 소개했다. "타일러? 아버지가 여기 계시는 걸로 아는데?"

"취하셨어요." 마치 자신도 뭔가에 취한 듯 웅얼거리는 말투로 타일러가 대답했다. 하지만 동공은 멀쩡해 보였다. "코가 비뚤어지게 마셨죠." 고개를 젓는 아이의 표정은 고통으로 잔뜩 일그러졌고 눈은 울어서 충혈돼 있었다. "엄마가 정말……?"

"그래, 타일러, 유감스럽게도 그렇다." 앤드루스가 대답했다.

타일러의 거대한 손이 말려 울퉁불퉁한 주먹을 쥐었다. "이 짓을 한 씨발놈이 누구든, 내가 죽여버릴 거예요."

앤드루스는 아이의 어깨에 한 손을 얹었다. "아니, 그건 아니야, 타일러. 이걸 해결하는 건 우리 일이고, 우린 그 일을 해낼 거야. 우린 이 짓을 저지른 자를 찾아낼 거고, 놈들이 평생 햇빛을 못 보게 할 거야. 자, 이제 우린 네 아버지와 꼭 해야 할 이야기가 있어."

"그리고 너하고도." 데커가 끼어들었다.

앤드루스는 그 말에 얼굴을 찌푸렸지만 고개를 끄덕였다. "그리고 너하고도. 하지만 부디 아버지에게 안내해주렴."

타일러는 몸을 돌려 복도를 앞장서 갔다. 일행은 한쪽 벽에 기대세워진 값비싸 보이는 자전거를 지나쳤다. 충전팩이 콘센트에 꽂혀 있었다.

"자전거가 좋네." 데커가 말했다.

"아버지가 사주셨어요. 플로리다는 평지가 많지만 50에서 60킬로미터를 빠른 속도로 달리고 나면 모터가 고마워지거든요."

데커는 주위를 둘러보며 미니멀리즘 가구와 장식들, 수많은 반짝이는 금속과 유리, 그리고 강렬한 플로리다의 햇빛을 활용하기 위해 흰색으로 칠해진 벽들을 눈에 담았다. 뒤쪽 창들은 만의 풍경을 한눈에 보여주었는데, 장난감만 해 보이는 배들이 수면을 천천히 건너가거나 닻에 매인 채 제자리에서 까딱거리고 있었다.

이윽고 타일러가 문 하나를 밀어 열고 일행에게 안으로 들어가라는 몸짓을 했다.

가죽 안락의자에 앉아 있는 남자는 배리 데이비드슨임이 분명했다. 맨발에 청바지와 흰색 폴로셔츠 차림이었다. 납작한 배 위에 진한 색 액체가 든 잔을 얹고, 한 손으로 잔을 느슨하게 쥐고 있었다. 눈은 감고 있었는데, 데커는 남자가 깨어 있는지 어떤지 분간이 가지 않았다. 아니, 살아 있긴 한 걸까.

"데이비드슨 씨?" 앤드루스가 말했다. "이야기를 좀 나누러 왔습니다."

데이비드슨은 아무 반응도 없었다.

"아빠!" 타일러가 거대한 손을 아버지의 어깨에 얹고 난폭하게 흔들었다.

잔이 양옆으로 흔들리면서 들어 있던 액체가 남자의 셔츠와 청바지에 엎질러졌다. 남자의 눈이 번쩍 뜨이고 안락의자가 앞으로 확 기울었다. 데커가 민첩하게 움직여 잡아주지 않았다면 배리 데이비드슨은 바닥에 넘어졌을 것이다.

"뭐야? 누구야?" 데이비드슨이 고개를 젓고 눈을 급히 깜빡이며 내뱉었다.

"경찰이에요, 아빠. FBI예요. 아빠랑 할 얘기가 있대요!"

타일러는 고개를 젓고는 역겨워하는 표정을 지으며 이제는 빈 잔을 집어 들어 탁자에 올려놓았다.

방 안은 홈 오피스처럼 꾸며져 있었다. 목제 파일 캐비닛, 선반 시스템, 탁상용 인쇄 및 복사기, 우편물에 찍는 소인기를 비롯한 사무실 용품과 장비들이 보였다. 디지털 웹캠이 부착된 대형 컴퓨터 모니터가 커다란 유리 상판 책상에 놓여 있었다. 데커는 여기서 바삐 줌 화상 회의를 하는 데이비드슨을 상상했다. 열린 프랑스풍 도어 밖으로 지붕 덮인 발코니가 보였다.

데이비드슨은 눈을 비비고 자기 뺨을 몇 대 친 후 앤드루스를 올려다보았다.

"내가 아, 아는 분인데, 맞죠?"

"더그 앤드루스입니다. 전에 필드에 한 번 같이 나갔죠. 하버 클럽에서요."

아직 멍한 눈을 한 데이비드슨이 떨리는 손으로 앤드루스를 가리켰다. "맞아요, 맞아요, 난 사람 이름을 절대 잊지 않죠. 비거리는 1,000야드도 넘지만 퍼팅은 거지 같았죠. 그립이 완전히 틀려먹었고 백스윙이 너무 많았어요."

앤드루스가 민망해하는 미소를 띠며 화이트를 보았다. "다행히 골퍼로 전향할 생각은 없습니다."

데커가 앞으로 나서서 말했다. "전처분의 사망 사건으로 말씀을 좀 나누러 왔습니다."

데이비드슨이 고개를 끄덕였다. 머리가 마치 금방이라도 토할 것처럼 흔들리고 있었다. 화이트는 분출물의 궤적에서 벗어나려고 한 걸음 뒤로 물러섰다.

"맞아요, 마, 맞아요." 데이비드슨이 말했다. "죽…… 었죠."

"씨발 누군가가 엄마를 **살해했어요, 아빠.**" 타일러가 쏘아붙였다. "정신 좀 차려요, 네?"

앤드루스가 한 손을 들어 올렸다. "그만, 타일러, 아빠는 괴로워서 그러시는 거야."

"나도 괴로워요. 제일 괴로운 건 엄마였고요. 내가 취한 것 같아 보여요?" 타일러는 다시금 아버지에게 역겨워하는 표정을 지어 보였다.

앤드루스가 말했다. "과학수사팀이 나중에 지문을 채취하러 올 겁니다."

"왜요?" 타일러가 물었다.

"용의선상에서 배제하려고. 집 전체에 네 지문이 있을 거야, 타일러. 넌 한 달에 보름을 거기서 지내니까. 하지만 거기 남아 있을 지도 모를 다른 지문에 집중하려면 너랑 네 아버지의 지문을 확인해야 해."

"나, 난 저, 전처 집에 안 간 지 보름쯤 됐어요." 데이비드슨이 말했다. 눈동자가 안와 속에서 마구 굴러다니고 있었다. "마지막으로 타일러를 데리러 갔었죠."

"우린 그래도 선생님의 지문을 채취해야 합니다." 앤드루스가 말했다.

"줄, 줄리아는 주, 죽었어요." 데이비드슨이 흐느낌을 토했다.

데커가 남자의 어깨에 한 손을 얹으며 말했다. "데이비드슨 씨, 가서 샤워를 좀 하시고 새 옷으로 갈아입으시죠. 저희가 커피를 타드리고 물도 좀 드리겠습니다. 수분 공급을 하면 술도 좀 깰 겁니다. 그런 다음에 이야기하죠, 네? 정말 중요한 일입니다. 어떤 살인 사건이든 첫 48시간이 가장 중요합니다."

데커가 데이비드슨을 부축해 일으키고 타일러를 보니 팽팽한 가슴 앞에 팔짱을 낀 채 창밖을 내다보고 있었다. 데커는 앤드루스를 보고 말했다. "욕실로 데려가죠."

타일러가 외쳤다. "옷은 저 주세요. 술 냄새가 빠지게 세탁기에 넣을게요."

데커와 앤드루스는 데이비드슨을 부축해 욕실로 데려가 물을 틀고 타월과 미용용품을 꺼냈다. 데이비드슨이 옷을 벗고 샤워실에 들어간 후 데커는 앤드루스를 데이비드슨과 함께 남겨두고 지저분한 옷을 타일러에게 건넸다. 그리고 세탁실로 가는 타일러를 따라갔다.

"제가 아빠 뒤치다꺼리를 하게 될 줄은 몰랐네요." 타일러가 세탁기에 옷을 던져 넣고는 시무룩하게 말했다. "제 옷은 아까 세탁했어요. 오늘 아침 일찍 친구들이랑 조깅하고 나서 흠뻑 젖었거든요. 전 땀이 정말 많아서요."

"그래, 나도 그래. 하지만 우린 대다수 사람보다 피부 면적이 더 넓으니까."

"그렇겠죠."

타일러는 세탁기를 작동시키고 벽에 기대서더니 갑자기 흐느끼기 시작했다.

데커는 아이를 잠시 그대로 놔둔 후 말했다. "뭐 좀 갖다줄까, 타일러?"

"아, 아뇨." 타일러는 마음을 진정시키려고 얼굴을 문지른 후 갑자기 데커의 거대한 몸집을 훑어보며 말했다. "공 좀 잡아보셨을 거 같아요."

"오하이오주립대. 그리고 NFL에 잠깐 있었지. 브라운스에서 아주 짧게 있었어."

"오하이오주립대요? 저 거기서 장학금 제의를 받는데. 그리고 세 군데 더 있고요."

"멋진 학교야. 프로그램이 좋지. 나머지 세 곳은?"

"앨라배마랑 조지아랑 스탠퍼드요."

"최고 중의 최고네. NFL에서 뛰고 싶니?"

타일러는 고개를 저었다. "전 그 수준이 아니고 앞으로도 절대 못 될 거예요."

"네 나이의 젊은 애들은 대개 그렇게 객관적인 자기 평가는 못할 거야. 보통 자기 정도면 충분히 잘한다고 생각하지."

"전 평생 절 객관적으로 평가해왔어요. 제가 하고 싶은 건 사업이에요. 실리콘밸리에서요. 멋진 일은 주로 거기서 일어나잖아요."

"음, 다 좋은 학교들이지만 아마 넌 스탠퍼드에 가면 좋을 거야. 그리고 거기 오펜스 스타일은 프로에 가깝지. 그러니 타이트 엔드인 넌 공을 많이 잡게 될 거야."

타일러는 호기심이 동한 눈치였다. "제가 타이트 엔드 포지션인 건 어떻게 아셨어요?"

"네 체격이 그래. 키도 그렇고, 손이 온통 물집이랑 찰과상투성이잖아. 특히 손바닥하고 손끝이."

"쿼터백으로도 보일 텐데요."

"쿼터백은 공을 던지지, 잡지는 않아. 피부가 너 정도로 거칠어지려면 그 돼지가죽과 고속도로 자주 접촉해야 해."

"그럼 와이드 리시버일 수도 있잖아요."

"와이드 리시버이기엔 넌 너무 우람해. 그 친구들은 날씬하고 발이 번개같이 빠르지. 그리고 그 포지션에 네 체격을 낭비할 고등학교 코치는 없어. 네 그 우람한 체격이면 어떤 포지션이든 할 수 있는데 말이야. 그리고 러닝 플레이에서 추가 라인맨으로 써도 되고."

"네, 제가 하는 게 거의 정확히 그거예요. 대학 때 어떤 포지션이셨어요?"

"OLB." 데커가 말했다. 아웃사이드 라인배커의 줄임말이었다.

"아저씨 덩치야말로 그러기엔 너무 큰데요."

"그 후로 몸이 불었지. 하지만 난 발이 빠른 편이었어. 코치들은 시험 삼아 디펜스 라인에 날 써봤지만 당시에도 그 녀석들은 모두 150킬로그램 이상이었어. 그리고 120킬로그램이었던 나는 오펜스 라인에 맞서서 버티기에는 역부족이었고. 상대의 태클 포지션에 비하면 난 중학생처럼 보였지. 오하이오주립대는 빅 리그에서 뛰지만 NFL은 아예 다른 행성이야. 브라운스 시절 내가 필드에서 뛸 때는 주로 스페셜 팀 소속이었어. 주전에는 낄 가망이 전혀 없었지."

"우리 상대 고교 팀들은 40야드를 4.3초에 뛰는 것쯤은 우습다는 식이에요."

그때 화이트의 목소리가 들렸다. "음, 전문가 간의 대화를 끊고 싶지는 않지만, 두 분······?"

두 남자가 돌아보니 화이트가 1미터쯤 떨어진 곳에 서 있었다.

데커가 화이트를 본 후 타일러에게 말했다. "여기서 이야기하고 싶니, 아니면 다른 데로 갈래?"

"해변은 어때요?"

화이트가 데커를 보고 눈썹을 치켜올렸다. "저 바깥의 모래밭 말이야?" 화이트가 말했다.

"좋아." 데커가 말했다. "여기서 기다릴래요, 화이트 요원? 우리를 찾으면 어디 갔는지 말해줘요."

화이트는 반발하려는 눈치였지만 타일러를 보고는 천천히 고개를 끄덕였다. "좋아요, 미식축구 선수 두 분이 둘만의 시간을 가지게 해드리죠."

두 거한이 자리를 뜨고 혼자 남은 화이트는 의자에 앉아 기다렸다. 입술은 잔뜩 부풀리고, 시선은 데커의 넓은 등에 꽂은 채였다.

"난…… 음, 너희 어머니 일은 유감이다." 모래밭에 다다라 남쪽으로 방향을 틀며 데커가 말했다. 데커는 신발과 양말을 벗고 바지를 말아 올렸고, 타일러는 양손에 슬리퍼를 벗어 들고 있었다. 데커는 이런 사회적 상황에 서툴렀다. 젊었을 때, 뇌 부상을 당하기 전에는 공감도 위로도 할 수 있었을뿐더러 말주변도 좋았다. 하지만 이제 임사 체험을 하고 난 후로는 전혀 불가능한 것들이었다.

"꿈에서 깨어나면 엄마가 저한테 손을 흔들고 있을 것만 같아요."

"그 심정 안다. 그래서, 실제로 어머니를 마지막으로 본 게 언제니?"

"지난주를 엄마 집에서 보냈어요, 이번 주에는 아빠 집에 있었고요."

"왔다 갔다 지내기 힘들지 않니?"

"처음에는 그랬는데 그 후엔 일정에 적응됐어요. 음, 엄마하고는요. 아버지는 일정이랄 게 별로 없었고요."

"그래서, 일주일 전에 엄마를 마지막으로 본 거니?"

"아뇨, 사흘 전에 점심을 같이 먹었어요. 엄마네 골프 클럽하우스에서요."

"그때 어머니는 법원에 계시지 않았니?"

"반차를 내셨다고 했어요."

"괜찮아 보이시던? 무슨 문제 같은 건 없고?"

"네, 멀쩡해 보였어요."

"엄마의 개인 경호원을 만난 적 있니?"

"아뇨. 지난주에 엄마 집에 있을 때는 경호원을 못 봤어요."

데커는 그 말에 놀랐지만 아무 말 않기로 했다. "그런데 경호원이 있다는 이야기를 엄마한테 듣긴 한 거니?"

"네, 점심때 들었어요. 그래서 제가 무슨 일 있느냐고 물어봤어요."

"그랬더니 뭐라시던?"

"판사다 보니 무슨 말도 안 되는 일이 있다고, 혹시 몰라서 그런다고요."

"더 구체적으로는 말씀 안 하시고?"

"네. 하지만 옛날에도 위협을 받은 적이 있는데 아무 일 없었어요."

"거기 있는 동안 너도 위험할 수 있겠다는 걱정은 안 했니?"

"전 덩치가 크잖아요. 제 몸은 제가 지킬 수 있어요. 하지만 엄마 걱정은 늘 됐어요. 세상엔 미친놈들이 많잖아요, 왜."

"거기 있을 때 뭔가 이상한 건 못 봤니?"

"네. 전 학교 끝나고 집에 오면 꽤 녹초가 돼 있거든요. 보통 저녁을 먹고 음악을 좀 듣다가 숙제를 하고 곧장 자러 가죠."

"1년 내내 훈련 일정이 있니?"

아이가 고개를 끄덕였다. "우린 주 대회 2위여서 다들 우리를 노리고 있어요. 우릴 이긴 팀은 주전 절반이 졸업해서 떠났는데, 우린 아직 다 남아 있거든요. 전 2학년 때 주 전체 베스트 팀에 선발

됐어요. 그리고 장학금 제의까지 받았지만, 작년보다 더 잘해야 한다고 생각해요. 웨이트룸, 유산소, 전술, 패스랑 블로킹 훈련. 끝이란 게 없죠."

"대학에 가도 똑같아. 그리고 프로로 가면 그게 그냥 생활이 되지."

"어쩌면 언젠가는 내 팀을 살 만큼 돈을 벌겠죠."

"그렇지. 그래서 넌 엄마가 걱정할 만한 건 아무것도 보지도 듣지도 못했다?"

"아빠 빼고는요."

"그게 무슨 말이니?" 데커가 날카롭게 파고들었다.

타일러의 얼굴에 갑자기 공포가 서렸다. "아뇨, 어, 제 말은 그냥, 음, 아빠는 절대 철이 안 드는 어린애 같아요. 그게 잘못됐다는 건 아니고요. 아빠는 뭐랄까, 그냥 인생을 너무 사랑해요."

"무슨 말인지 안다. 하지만 그게 이혼의 원인이었니?"

"네, 무슨 어이없는 세금 문제 때문에 엄마가 속을 무척 끓였거든요. 5년쯤 전이었는데, 엄마가 판사가 된 뒤였어요. 엄마는 그 직후에 이혼을 신청했어요. 전 정말 이해가 안 갔어요. 그러니까, 세금 때문에 이혼을 한다는 게 말이 돼요? 두 분 다 돈은 넘쳐났는데요. 어쨌든, 엄마는 이혼 후 아빠가 사는 방식을 마음에 안 들어 했어요. 그리고 제가 아빠네 집에 있을 때 아빠가 여자 친구를 집에 재우는 것도 안 좋아했죠. 그러면 안 되는 거라고요."

"넌 어떻게 생각했는데?"

"음, 솔직히 인정할게요. 젊은 여자들이 거의 딸랑 티셔츠 한 장만 입고 콘도를 뛰어다니거나 발코니나 수영장 가에서 태닝하는 건 꽤 보기 좋긴 했지만, 사실 얼마쯤 지나니까 좀 질리더라고요. 심지어 아빠가 아무리 관리를 잘한다 해도 거의 쉰 살이잖아요. 스물몇 살짜리 여자들은 아빠가 아니라 아빠의 돈을 좋아하는 거죠."

"그래서, 넌 어젯밤에 아빠랑 같이 있었니? 여기서?"

"네. 7시쯤에 왔어요. 같이 저녁을 먹고 텔레비전을 좀 보다가 숙제를 하고 자러 갔죠."

"몇 시에?"

"10시 반이나 그쯤에요. 전 피곤했거든요."

"그러면 아빠는?"

"사무실에서 말하는 소리가 들렸어요. 제 방이 바로 옆이거든요. 아빠는 전 세계에 고객이 있어서 일하는 시간대가 달라요. 전 아빠 줌 미팅 때문에 맨날 자다가 깨요. 상대방이 아시아나 뭐 그런 데에 있어서 큰 소리로 말해야 한다고 생각하는 것 같아요."

"자다가 깼을 때 혹시 시간을 봤니?"

"몇 번요. 그리고 바로 다시 잠들지 못했어요. 한 번은 1시쯤인가 그랬어요. 6시에 일어나서 달리기를 하러 가야 해서 화났던 게 기억나요."

"그랬구나."

"그리고 2시 이후에 한 번 더요. 애플워치를 본 기억이 나요. 그리고 3시 직전에 다시요."

"그랬구나."

"그리고 잠들려고 애쓰고 있는데 아빠가 사무실에서 **그 전에** 방 안을 서성이면서 할 말을 준비하는 소리가 들렸어요. 그러니까, 고객들한테 할 말요. 늘 그러거든요."

"그럼 내가 정리를 해볼게. 넌 아빠가 줌 통화를 하거나 서성이면서 할 말을 연습하는 소리를 들었다는 거지? 정확히 언제?"

"음, 거의 확실히 자정 전에서 거의 3시까지요."

"그동안 **잠시도** 잠들지 않았다는 거니?"

"아뇨, 네. 잠들긴 했죠. 3시쯤 아버지가 일어나서 사무실을 나가는 소리가 들렸어요. 그러니 어쩌면 그 후에 콘도를 나갔을 수도 있겠지만 제 생각엔 아닌 것 같아요. 아빠가 제 방 앞을 지나간 다음에 아빠 방문이 열렸다 닫히는 소리가 들렸어요. 이상한 삐걱대는 소리가 나거든요. 그다음에 샤워기 트는 소리가 들렸고요."

"3시에 샤워를 하시니?"

"이미 말씀드렸듯, 사업 때문에 이상한 시간대에 일하세요. 그리고 저처럼 땀을 많이 흘리세요. 특히 고객들을 대하실 때는요. 고객들이 무척 까다롭대요. 그리고 샤워를 하면 마음을 가라앉히는 데 도움이 되잖아요. 잠자기 전에 긴장을 푸는 데 도움이 된대요. 그리고 아빠는 보통 자러 가기 전에 술을 한잔하세요."

데커는 그 모든 것을 머리에 새겼다. "그렇구나, 고맙다."

"아빠는 엄마를 사랑하셨어요. 무척요. 아빠는 이 일 때문에 완전히 무너졌어요. 아침 내내 울면서 술을 물처럼 마셨어요." 아이는 말을 멈추고 바다를 바라보았다. "어느 정도는 아빠가 이제 제 유일한 보호자라는 사실 때문에 겁에 질려 있는 것 같아요. 더는 온갖 책임을 엄마한테 미룰 수 없으니까요. 보통은 엄마가 저에 관한 책임을 몽땅 맡으셨죠. SAT 준비, 학교 과제, 병원 예약, 프롬 준비는 다 됐는지, 대학을 결정하고 리크루터를 상대하고, 성적 가지고 절 들볶는 것까지요. 제 시합 때마다 한 번도 빠짐없이 보러 오셨어요. 그리고 제가 더 어렸을 때는 온갖 스포츠를 다 했는데 엄마는 늘 같이 계셨어요. 심지어 제 리틀 리그 팀의 코치를 맡기도 하셨을 정도니까요."

"슈퍼우먼이셨네. 거기다 변호사셨고 나중에는 판사까지 되셨으니 말이야."

"네, 엄마가 연방 판사가 됐을 때 우린 다들 정말 자랑스러워했어요. 망할 미국 대통령은 엄마를 후보에 올리지 않을 수 없었죠. 제 말은, 정말 멋지지 않아요?"

"꽤 멋지지."

타일러가 고개를 저었다. "이제 앞으로 무슨 일이 일어날까요?"

"네가 고등학교를 마치고 좋은 대학교에 가서 엄마를 자랑스럽게 만드는 거지."

"하지만 엄마가 안 계시는데, 제가 정신 똑바로 차리고 해낼 수 있을지 모르겠어요."

"그런 생각이 들 것 같으면, 네가 앞으로의 삶에 대비할 수 있게 엄마가 들였던 그 모든 노력을 떠올리렴. 그건 엄마한테 가치 있는 일이었으니, 너한테도 반드시 가치 있는 일일 거야. 그게 네 어머니를 존중하는 방식이지."

타일러가 묘한 표정으로 데커를 보았다. "아저씨도 가까운 사람을 잃어보신 적이 있는 것 같아요."

데커는 그 젊은 아이에게서 자신의 젊을 적 모습을 보았다. 운동 능력만큼은 자신감이 있었지만 그 나머지는 아무것도 확신하지 못했던 자신의 모습을.

"우린 모두 가까운 사람을 잃어봤단다, 타일러. 중요한 건 거기에 어떻게 대응하느냐야. 왜냐하면 그걸 망쳐버리면 다른 모든 건 정말이지 의미를 잃고 말거든."

"새벽 2시부터 한 3시쯤까지 홍콩 고객과 줌 화상회의를 했습니다. 그 전에는 베이징의 다른 고객과 자정에서 1시까지 대화를 나눴고요. 약 11시 15분쯤부터 베이징 회의를 준비했고 홍콩 미팅은 베이징 통화가 끝난 후에 준비했어요. 둘 다 우리보다 열두 시간 빠르죠. 그 후 샤워를 하고 스카치위스키 한잔 한 후 자러 갔고요."

배리 데이비드슨은 샤워를 하고 옷을 갈아입은 후였다. 커피 두 잔과 물 두 병쯤을 마시고 나니 좀 더 정신이 들고 침착해진 듯했다. 바람을 좀 쐬겠다고 밖으로 나간 타일러를 제외하고 나머지는 모두 데이비드슨의 사무실에 앉아 있었다.

"우린 그 영상통화 녹화본을 확인하고 그 사람들과 이야기를 나눠봐야 할 겁니다." 앤드루스가 말했다.

"정말 나를 줄리아의 살인 용의자로 생각하는 겁니까?" 데이비드슨이 쏘아붙였다.

데커가 말했다. "배우자와 전 배우자는 알리바이가 확립되기 전까지는 항상 용의선상에 있죠."

"난 어젯밤 줄리아의 집 근처에 얼씬도 안 했어요."

화이트가 데커를 건너다보고 말했다. "좋아요, 우리 거기서 시작하죠. 데이비드슨 씨, 부인과 이야기하셨을 때, 혹시 부인이 어떤 우려 같은 걸 언급한 적은 없었나요? 누군가와 문제가 있다거나? 어쩌면 다루고 있는 사건에 관해서라든가?"

"줄리아와 저는…… 우린 정말이지 아내의 일에 관해서는 별로 얘기한 게 없어요. 전 변호사가 아니라서, 그쪽 세계는 거의 다른 나라죠. 그리고 아내는 정말이지 제가 뭘 해서 먹고사는지 잘 몰랐어요. 우리 가족을 부양하기엔 충분한 소득이었지만요."

"전 부인이 부유한 집안 출신이라고 들었습니다. 그리고 변호사와 연방 판사는 소득이 높죠." 화이트가 말했다.

"제가 가장이었다고 말하는 건 아닙니다. 비록 아내보다 제가 훨씬 더 벌긴 했지만요. 제가 알기로 판사가 되면서 아내는 보수가 엄청나게 깎였어요."

"그건 국회에 따질 일이겠죠." 데커가 말했다. "전 부인과 마지막으로 만나거나 대화하신 게 언제입니까?"

"며칠 전이었어요. 타일러가 먹는 알레르기 약에 관해서 이야기하자고 하더군요. 이른 봄부터 복용을 시작해야 하거든요. 전 1년 내내 지르텍을 달고 살죠."

"그러면 마지막으로 **보신** 게 언제입니까? 보름쯤 전에 타일러를 데리러 전 부인 댁에 가셨다고 하셨죠."

"줄리아는 그때 집에 없었어요. 잠깐 생각 좀 해볼게요. 네, 학교에서였어요. 일주일쯤 전에요. 학교에서 시상식이 있었죠. 타일러가 올해의 선수상을 받게 됐거든요."

"잘됐네요." 화이트가 말했다. "두 분 다 분명히 자랑스러우셨겠어요."

"그 애는 열심히 노력했으니 그럴 자격이 있죠. 전 고교 시절 운동이랑은 거리가 멀었고 대학에 가서도 스포츠는 전혀 안 했어요. 그 애 덩치는 제가 물려준 거지만 줄리아는 뛰어난 수영선수에 테니스 선수였죠. 그 애의 운동능력은 제 엄마한테서 물려받은 게 분명해요." 일행을 올려다보는 데이비드슨의 얼굴에 비통함이 아로새겨져 있었다. "어떻게…… 줄리아가 어떻게 죽었습니까? 아무도 말을 안 해주더군요."

화이트가 데커를 쳐다보자 데커가 입을 열었다. "전 부인은 칼에 찔려 돌아가셨습니다, 데이비드슨 씨."

"맙소사." 데이비드슨이 양손에 얼굴을 파묻었다.

앤드루스가 휴대전화를 꺼냈다. "시신에 뭔가가 남겨져 있었습니다."

데이비드슨이 고개를 들었다. "네?"

앤드루스가 휴대전화를 들어 올렸다. "이 쪽지요."

데이비드슨이 물었다. "'레스 입사 로키토르'? 라틴어 같네요. 무슨 뜻인가요?"

"당신이 거기에 관해 뭔가 알려주실 수 있었으면 했는데요. 그리고 또한 전 부인에게 혹시 어떤 적이 있었는지 어떤지도요."

"전 라틴어는 모릅니다. 그리고 제가 아는 한 아내는 적이 없었어요."

앤드루스가 말했다. "그분의 과거 재판 기록에 대한 기초적인 조사를 마쳤습니다. 마약, 조직폭력, 갱단 관련 사건을 다수 맡았더군요. 매우 위험한 인물들도 몇몇 있었죠."

"아…… 아마 그랬겠죠. 전 그쪽은 별로 생각을 못 해봤어요." 데이비드슨이 말했다.

"그리고 개인 경호원이 있었죠. 혹시 이유를 아십니까?" 데커가 물었다.

"타일러가 제 엄마랑 점심을 먹고 나서 그거랑 관련해서 뭐라고 했었어요. 그래서 제가 어떻게 된 건지 알아보려고 줄리아한테 문자를 보냈죠. 답장은 못 받았고요."

데커가 생각에 잠긴 표정으로 고개를 끄덕였다. "**당신은** 적이 있습니까?"

데이비드슨이 놀란 표정으로 올려다보았다. "경호원을 둔 건 **줄리아**였지 제가 아니었는데요."

"어쩌면 전 부인이 좀 더 경계심이 있어서 그랬을 수도 있죠. 그래서, 적이 있습니까?"

데이비드슨이 고개를 돌렸다. "아, 아뇨. 적은 없었어요. 저기요, 전, 전 여기서 그만 끝내야겠어요. 토…… 토할 것 같습니다." 그러고는 방을 뛰쳐나갔다.

일행은 밖으로 나가 앤드루스의 차를 둘러싸고 모였다.

"타일러랑 얘기해서 뭐가 나온 거 있어요?" 화이트가 물었다.

"아버지의 알리바이를 모든 면에서 확인해줬어요. 그러니 제 아버지를 보호하려고 거짓말하는 게 아니라면, 그리고 사망 시각이 맞다면 배리는 용의선상에서 제외해도 될 것 같아요. 타일러는 어머니 집에 있는 동안 경호원은 못 봤지만 어머니에게서 경호원 이야기는 들었다고 했어요. 업무와 관련된 어떤 어이없는 일 때문이었다고요. 어이없다는 건 아마도 타일러의 입에서 나온 표현일 겁니다. 판사가 아니고요."

"어떻게 거기서 경호원을 못 봤을 수가 있죠?"

"음, 경호원이 내내 바깥에 있었다면, 그리고 타일러가 자는 사이에 왔다 갔다면 그럴 수도 있잖아요. 그 정보는 회사에 확인해봐야겠죠."

"그래서 전남편은 무고하다?" 화이트가 물었다.

데커가 대답했다. "꼭 그런 건 아니죠. 이건 청부 살인일 수도 있어요. 그러면 전남편의 알리바이는 아무 의미가 없어지죠."

데커가 차에 올라 문을 닫자 휴대전화가 울렸다. 아는 번호였다.

얼 랭커스터였다.

13

"얼, 무슨 일 있어요?" 데커가 불안하게 물었다.

"샌디 때문에요, 에이머스."

데커는 창자가 꼬이는 기분이었다. "샌디요?! 무슨 일이죠? 괜찮아요?"

"샌디에게 엄마 이야기를 하려고 했어요. 하지만 도저히 입이 안 떨어지더라고요."

데커는 한시름 놓았다. "얼, 경찰서에 정말 좋은 애도 상담사들이 있어요. 그 사람들이랑 이야기하게 해주면……."

데커의 말을 자르고 끼어드는 얼 랭커스터의 목소리에는 지독한 좌절감이 묻어났다. "그거야 해봤죠, 에이머스. 소용없었어요. 문제는……."

"뭔데요?"

"샌디가 **당신**하고 이야기하고 싶어 해요."

"나하고요!"

데커는 차 시동을 거는 앤드루스를 흘끗 보았다. 화이트는 호기심 어린 표정으로 데커를 보고 있었다.

데커가 목소리를 낮췄다. "왜 나하고 이야기하고 싶어 하죠?"

"당신이라면 절대 자기한테 거짓말 안 할 거래요."

"문제는, 얼. 난 사건 때문에 플로리다에 와 있어요. 지금은 몸을 뺄 수 없어요."

"괜찮아요. 그냥 **통화만** 하고 싶대요. 지금 혹시 가능해요? 보통 고집을 부리는 게 아니에요."

데커가 아직도 자신을 빤히 보고 있는 화이트를 쳐다보았다. "지금 나랑 이야기하고 싶어 한다고요? 내가 뭐라고 말해야 하죠?"

"그건……." 얼의 목소리가 낮아졌다. "엄마가 어쩔 수 없이 떠나긴 했지만 늘 널 내려다보고 있을 거라고요. 널 지켜보고 있을 거라고. 그런 얘기 있잖아요." 그리고 샌디에게 말하는 소리가 들렸다. "좋아, 샌디. 됐어, 여기 바꿔줄게."

전화기가 넘어가면서 부스럭거리는 잡음이 들렸다.

이윽고 샌디의 목소리가 들렸다. "에이머스 데커예요?"

데커는 순간 끊을까 생각했다. 하지만 희망에 부풀어 있을 샌디의 조그만 얼굴이 떠올라 도저히 그럴 수 없었다. "그래, 샌디. 에이머스 데커야."

"엄마가 보고 싶어요, 에이머스 데커. 그런데 아무도 엄마가 어디 갔는지 말 안 해줘요. 엄마가 어디 갔는지 아저씨가 말해줄래요? 제발?"

샌디는 여느 때처럼 큰 소리로 말하고 있었는데, 화이트의 표정으로 미루어 다 들리는 게 분명했다. 화이트는 자신을 향한 데커의 무력한 시선을 마주하고는 재빨리 고개를 돌렸다.

데커가 말했다. "메리는…… 네…… 엄마는 떠나야만 했단다, 샌디."

"아니에요! 다른 사람들은 그렇게 말했지만, 엄마는 절대, 절대 저한테 인사도 없이 떠날 리가 없어요. 엄마는 절 사랑해요. 아저씨는 저한테 거짓말하고 있어요. 원래는 절대 거짓말 안 하면서." 샌디가 울음을 터뜨렸다.

데커는 얼이 일러준 말을 생각해봤지만, 샌디는 거짓말인 걸 곧장 간파할 테고, 그러면 상황은 더 나빠지기만 할 게 분명했다. 샌디는 비록 지적 장애가 있을지언정 어떤 면에서는 데커보다 더 날카로웠다. 그리고 이건 마음에 관련된 문제라 바로 그, 어떤 면에 해당했다.

"샌디, 아저씨 말 좀 들어줄래?"

"엄마가 떠났다고 할 거면, 싫어요. 안 들을래요." 샌디가 목멘 소리로 대꾸했다.

"너……." 데커는 자신이 지금 이 말을 하려 한다는 걸 스스로도 믿기 힘들 지경이었다. 하지만 다른 말은 전혀 떠오르지 않았다. 샌디를, 그 애 엄마처럼 실망시키고 싶지는 않았다. "아저씨 딸 몰리 기억하니? 너랑 같이 놀았었지."

샌디의 목소리가 즉시 밝아졌다. "당연하죠. 당연히 기억해요. 저한테 아주 잘해줬는걸요."

"그러면 몰리가 어느 날 떠난 것도 기억하지, 응?"

"마, 맞아요."

"난 그 애가 떠나길 바라지 않았어. 하지만 그 애는 가야만 했단다. 왜냐하면, 음, 그 애가 가고 싶어서 간 건 아니었어. 아저씨를 떠나고 싶지 않았지만, 떠날 수밖에 없었지."

"엄마는 몰리한테 무슨 일이 생겼다고 했어요. 누가 몰리를 아프

게 했다고요."

"맞아. 누군가가 아저씨 딸을 다치게 했고, 그 애는 떠나야만 했어, 샌디."

앤드루스가 화이트와 눈을 마주쳤다. 충격받아 어쩔 줄 몰라 하는 얼굴이었다. 화이트는 고개를 젓고 손가락에 입술을 갖다 댔다.

"그리고 아저씨네 아줌마도 그랬어요." 샌디가 말했다. "기억나요."

"그래, 아줌마도 그랬지, 둘 다 동시에 떠났어. 누군가가 그렇게 만들었지. 두 사람은 떠나고 싶어 하지 않았지만."

"작별 인사를 했어요?"

"샌디, 눈을 감아보렴."

"네? 왜요?"

"그냥 그렇게 해, 제발, 중요한 일이야."

"알았어요."

"감았니?" 데커가 물었다.

"네."

"자, 이제 엄마 생각을 하렴. 뭘 하고 계시니?"

"절 보고 웃고 있어요. 엄마는 절 보면 늘 웃어요."

"맞아. 네 엄마는 나한테 네 이야기를 할 때면 늘 웃고 있었지. 왜냐하면 널 세상에서 가장 사랑하니까. 내가 몰리를 사랑하듯이 말이야."

그 말에 화이트는 주먹을 꽉 쥐고 입을 눌렀다. 감은 눈꺼풀 틈새로 눈물이 새어 나왔다.

"아저씨는 눈을 감으면 몰리가 보여요?" 샌디가 물었다.

"그래, 보여, 항상. 그 애 엄마도 보인단다. 그리고 난 그게 그 두 사람이, 그리고 네 엄마가, 작별 인사를 하지 않은 이유라고 생각해. 왜냐하면 그렇게 작별 인사를 하면 우릴 다시는 못 본다는 뜻이거든. 하지만 그렇지 않아. 넌 지금 네 엄마가 보이지? 나도 눈을 감으면 몰리와 그 애 엄마가 보인단다. 난 지금 그 두 사람이 보이고 두 사람은 날 보고 웃고 있어. 그래서 작별 인사가 없는 거야. 늘 거기 있으니까, 샌디. 우리가 그냥 눈을 감고 안녕 하고 인사만 하면 우리를 보러 온단다. 바로 거기, 우리 곁에 있어. 언제나."

"안녕, 엄마." 샌디가 말했다. "저예요, 샌디."

"그리고 네게 아무 대답도 해주지 않아도, 샌디, 마음속에서 넌 늘 엄마가 무슨 말을 할지 정확히 알고 있어. 몰리는 늘 날 **아빠**라고 불렀지. 그래서 지금 난 몰리가 날 그렇게 부르는 게 들린단다."

"엄마는 절 샌디댄디라고 불러요."

"알아. 그리고 아마 지금도 널 그렇게 부르고 있을 거야."

"엄마 목소리가 들려요. 정말, 정말로 들려요. 저예요, 엄마, 샌디댄디예요."

"그래, 나도 들리는구나."

"엄마한테 아빠가 사준 새 드레스를 보여줄 거예요."

"분명히 아주 마음에 들어 하실 거야."

"아저씨는 정말 에이머스 데커예요? 맞아요?"

"그래, 난 정말 에이머스 데커야."

'좋든 나쁘든.'

잠시 후 얼이 전화기를 넘겨받았다. "맙소사, 에이머스, 무슨 말을 어떻게 했는지 몰라도, 샌디는 완전히 달라졌어요. 신나게 깔깔 웃으면서 위층으로 뛰어 올라가 '샌디댄디'를 되풀이하고 있어요." 얼이 말을 멈췄다. "에이머스, 듣고 있어요?"

"듣고 있어요."

"정말 고마워요."

"네, 저기요, 그만 끊어야겠어요."

데커는 전화를 끊고 전화기를 내려다보았다.

의문으로 가득한 앤드루스의 표정을 본 화이트가 말했다. "렌터카 업체까지 태워다 주세요. 내 생각에 우린 이제 호텔에 체크인하고 식사를 좀 해야 할 것 같아요. 그리고, 아마, '술'도 한잔하고요."

차가 출발하자 화이트는 남몰래 데커를 훔쳐보았다.

데커는 그저 휴대전화만 들여다보고 있었다.

14

"혹시 그 이야기를 할 마음이 있는지 물어보진 않을게요. 뭐라고 대답할지 아니까요."

데커와 화이트는 더블트리의 식당에 앉아 있었다. 식사는 끝났다. 데커는 맥주를 마셨고 화이트는 메를로 포도주가 담긴 잔을 어루만지고 있었다.

데커는 화이트의 말을 무시하고 맥주잔을 비웠다. 그만 가려고 일어서려는 순간, 화이트가 말했다. "난 아이가 셋이었어요, 데커. 이제는 둘밖에 없고요."

데커가 도로 자리에 앉아 물었다. "무슨 일이 있었나요?"

"서로 라이벌인 갱단들이 우리 동네에서 난리를 일으켰어요. 온 사방에 총알세례를 퍼부었는데, 그중 하나가 우리 집 벽을 뚫고 들어왔죠. 내 아들인 돈테가 그 소음을 듣고 침대에서 일어나 앉았는데, 총알이 그 애의 여기를 곧장 관통했어요." 화이트가 떨리는 손가락을 왼쪽 관자놀이에 갖다 댔다.

"유감입니다. 그게 언제 일어난 일인가요?"

"5년 전요." 화이트는 말을 멈추고 아래를 내려다보았다. "돈테는 둘째였어요. 난 애들을 줄줄이 낳았어요. 내 생물학적 시계가 똑딱거리고 있었고, 난 셋까지 낳고 싶었어요. 그 정도는 충분히 감당할 수 있을 거라고 생각했죠. FBI에 다니는 것도요. 전남편이 집을 나갔을 때 내 배 속에는 재키가 있었어요. 다행히도 엄마가 와서 날 살려줬죠. 난…… 난 그 일이 있었을 때 집에 없었어요. 밖에서……." 흐느낌이 터져 나왔지만 화이트는 재빨리 억눌렀다. 냅킨으로 입을 훔치고 다시 고개를 들었지만 데커와 눈을 마주치지는 않았다. "난 임무 때문에 밖에 있었어요." 화이트가 말을 맺었다.

데커는 손가락으로 테이블을 초조하게 두드렸다. 침묵을 깨고 싶지는 않았다. 무슨 말을 해야 할지 몰랐기 때문이다. 하지만 마침내 뭔가 말하기로 마음먹었다. 그런 가슴 미어지는 고백을 하기까지 얼마나 큰 용기가 필요했을지 사무치게 느껴졌다. 그러니 화이트는 데커에게서 위로의 말을 들을 자격이 있었다.

"샌디는 내 옛 파트너의 딸이에요. 일종의 지적 장애가 있어서, 엄마 일을 제대로 이해하지는 못해요. 그래서 그 애 아빠가 나한테 전화한 거죠. 샌디와 나는…… 우린 일종의 신뢰 관계가 있거든요."

"그 애한테 당신이 해준 말은 정말 좋았어요, 데커. 정말 그 상황에 딱 맞는 말이었어요."

"평소엔 내 가족에게 일어난 일에 관해 말하지 않아요. 그냥…… 나다운 일이 아니거든요."

"나도 그래요. 하지만 그냥 우리 사이의 장벽을 깰 필요가 있다고 생각했어요."

"무슨 말인지 알아요."

"시간이 치유해준다고들 하지만, 난 잘 모르겠어요. 전혀요."

"시간이 꼭 치유를 해주는 건 아니에요. 그래도 더 넓은 시각에서 보게 해주고, 상실감을 흐려지게 하죠. 하지만 나한테는 그렇지 않아요." 데커는 머리에 손가락 하나를 갖다 대고 말을 이었다. "난 잊어버리질 못해요. 아주 조금도요. 아무것도 흐려지지 않고, 아무것도 나아지지 않죠. 매일 새로운 영화가 개봉돼요. 하지만 동일한 영화죠."

"하지만 좋은 시절도 기억할 수 있는 거죠? 다른 사람들보다 훨씬 더 잘 기억하죠. 난 돈테와의 추억을 조금씩 잊어가고 있어요. 그러고 싶지 않지만, 아이가 둘이고 내 모든 걸 잡아먹는 직업이 있으니까요."

데커는 입을 문질렀다. "그걸로는 위안이 안 돼요. 차원이 다르죠."

"무슨 말인지 알아요. 그리고 개인적 이야기는 이제 그만했으면 하는 거죠? 자, 우리 다시 업무 이야기로 돌아갑시다. 오늘은 어땠던 것 같아요?"

데커는 자동적으로 다시 초점을 맞췄다. "배리 데이비드슨은 뭔가 감추는 게 있어요. 다만 그게 뭔지를 모르겠어요. 타일러는 아프고 혼란스러워하고 있고요. 감마 프로텍션 서비스 쪽과 이야기해서 판사를 경호한 이유를 알고 싶어요. 그리고 그 쪽지가 무슨 뜻인지도 알고 싶고요. '레스 입사 로키토르.'"

"전에 들어보긴 했는데, 확실히 하려고 구글에 검색해봤어요. 법률 용어예요. '사실추정의 원칙'이라는 뜻이에요."

"맞아요, 나도 확인해봤어요. 분명히 중요할 거예요. 적어도 살인범에게는요. 그렇다는 건 우리에게도 중요하다는 뜻이죠."

"그게 판사가 담당한 사건과, 과거의 뭔가와 관련이 있을 것 같아요? 안대도요? 어쩌면 어떤 피고인이 판사한테 엿 먹었다고 생각했을 수도 있겠죠. 정의의 여신은 눈이 멀지 **않았다**, 뭐 그런?"

데커가 말했다. "타일러는 엄마가 경호를 받는 이유가 판사라는 지위와 관련이 있을 거라고 생각했어요. 하지만 판사가 아들에게 솔직히 말하지 않았을 수도 있죠. 전남편과 뭔가 관계가 있었을지도 몰라요. 배리 데이비드슨은 돈이 있고 잘나가는 국제적 사업을 운영하고 있죠. 타일러한테 듣기로는 파티를 즐기고, 젊은 여자들을 불러들인다고 했어요. 어쩌면 누군가의 비위를 건드렸거나 뒤가 구린 고객의 자금을 횡령했다거나 해서 이게 그 결과였을 수도 있겠죠. 상대가 판사를 죽임으로써 데이비드슨에게 복수했다는."

"아니면 당신이 전에 추측한 것처럼 데이비드슨이 누굴 고용해서 범행을 저질렀을 수도 있고요. 어느 쪽이든, 우린 데이비드슨의 재무 기록을 살펴봐야 해요."

"그거라면 앤드루스가 이미 하고 있어요. 하지만 다른 누군가가 배리와의 원한관계 때문에 판사를 살해했을 가능성도 한번 이야기해보죠."

"하지만 왜 배리가 아니라 판사를 죽이죠?" 화이트가 물었다.

"배리를 죽이면 돈을 되찾지 못할 수도 있으니까요."

"만약 그렇다면 배리는 범인이 누군지 알겠죠? 그리고 어쩌면 우리한테 감추고 있는 게 그것일 수도 있고요."

데커가 말했다. "결국 우리한테 말할 수도 있고, 직접 놈들을 뒤쫓을 수도 있고, 겁나서 입을 다물 수도 있겠죠. 난 입을 다문다에 한 표. 아니면 겁을 잔뜩 집어먹고 숨어버릴 수도 있고요."

"당신 요약이 마음에 드네요. 아주 깔끔하고 질서정연해요."

데커가 화이트를 몰래 곁눈질했다. "형광 파란색 이야기는 재미슨한테 들었겠죠?"

화이트는 대답하지 않고 그저 흔들림 없는 눈길로 데커를 가만히 응시했다.

"판사의 집에 가서 내가 그 '순간'을 겪었을 때요. 당신 표정을 봤어요. 내게 죽음은 곧 형광 파란색이에요. 당신은 그걸 알고 있었죠. 얼굴에 다 드러났어요."

"네, 사실 들었어요." 화이트가 인정했다.

"그냥 오래전에 잡담 나누다 우연히 들은 게 아니잖아요. 내 파트너로 배정된 **후에** 재미슨에게 전화를 했겠죠."

"좀 변명해주자면 재미슨은 아무 말도 안 하고 싶어 했어요. 혹시 그걸 의심하는 거면, 당신한테 철저히 의리를 지켰어요. 하지만 난 우리 둘 다 여자 요원이라는 점을 이용했죠."

"여자 요원 간의 교류관계에 관해 내가 더 알아야 할 게 있나요?"

"알 필요가 생기면 알려줄게요." 잠시 입을 다물었던 화이트가 다시 말을 이었다. "혹시 내 말이 신경에 거슬렸어요?"

"아뇨, 사실 당신이 지금까지 한 말 중에서 그게 유일하게 날 웃겼어요."

화이트가 입을 쩍 벌렸다. "당신이 웃었다고요? 난 못 봤는데요."

"난 속으로 웃어요."

화이트가 졌다는 웃음을 지었다. "아무렴 그러시겠죠."

두 사람은 각자 방으로 올라갔다.

· · ·

화이트는 즉시 집으로 전화해 어머니와 아이들과 차례로 통화했다.

집을 떠난 지 얼마 안 됐는데도 그간 많은 일들이 있었다. 가족의 목소리를 들으니 좋았다. 특히 인생에서 많은 변화가 일어나고 있는 지금은 더욱 그랬다.

한편 그동안 데커는 침대에 앉아서 창밖을 내다보고 있었다. 태양은 오래전에 흐려졌지만 유리를 통해 만의 포효하는 파도 소리가 고스란히 전해졌다.

데커는 눈을 감고 손에 총을 쥐고 있는 메리 랭커스터의 모습을 다시 한번 그려보았다. 총을 들어 올려 입에 넣고 혀에 총구를 얹는 모습을. 총을 그런 식으로 들려면 무척 부자연스러웠기 때문이다. 그 후 손가락이 미끄러져 방아쇠를 당겼을 것이다. 아마도 눈을 감았을 테고, 생각이 멋대로 헤매도록 놔뒀을 것이다.

그리고 그 후……

데커는 눈을 뜨고 자리에서 일어나 창가로 다가갔다. 눈앞에 펼쳐진 대양에 가슴이 뻐근해졌다. 광막하고 사방으로 뻗어 있고 무한하고 유연하지만 그럼에도 어쩐지 혼란스럽고 투박하고 예측 불가한 존재. 아내와 아이를 잃은 후 데커가 원하는 건 늘 혼자 있는 것뿐이었다. 마음속 한구석에서는 여전히 그런 심정이었다. 하지만 또 다른 한구석에서는 아무도 남지 않는 게 두렵기도 했다. 때로는 그냥 세상에 자신과 자신의 머릿속만 존재하는 듯했다.

'내 머릿속은 끊임없이 변화하고 있다. 내 삶의 다른 부분처럼. 늘 요동치고 절대 안정되지 않는다. 그리고 인지연구소 사람들에 따르면 앞으로는 더한층 평탄치 않을 것이다.'

얼마 후 휴대전화가 울렸다. 모르는 번호였는데, 이름이 안 뜨는 걸 보니 연락처 목록에도 없는 번호였다.

"데커입니다." 데커가 말했다.

"데커 요원, 헬렌 제이컵스예요. 검시관, 기억하죠?"

"기억합니다, 제이컵스 씨. 그래서, 드레이먼트의 총은요?"

"발사되지 않았어요. 하지만 다른 게 있어요."

"뭐죠?"

"심장에 맞은 총 두 방이 사망 원인이에요. 그건 확실해요."

"그런데요?" 데커가 재촉했다.

"그런데 그것 말고도 목에 쑤셔 넣은 지폐 다발이 발견됐어요."

데커는 잠들어 있던 화이트를 깨워 검시관의 사무실로 차를 몰았다. 지면에 납작 붙은 듯한 그 단층 콘크리트 건물은 어찌나 흉물스러운지, 인간의 유해를 그곳으로 가져가 절개하는 게 합법이라는 사실이 부당하게 느껴질 정도였다.

헬렌 제이컵스가 앞문에 나와 두 사람을 맞이했다. 긴 흰색 실험실 가운을 입고, 둥글게 틀어 올린 머리에는 파란 수술용 모자를 쓰고 있었다.

화이트가 말했다. "앤드루스 요원에게도 연락했나요?"

"네. 그런데 전화를 안 받아서 문자를 남겨뒀어요."

"갑시다." 데커가 조바심치며 말했다.

제이컵스는 흠집투성이인 흰색 벽과 싸구려 강화마루로 된, 흐린 형광등이 켜진 긴 복도를 앞장서 갔다. 보안 카드로 문을 열더니 일행을 안으로 안내했다.

방 안에는 스테인리스강 탁자들과 싱크대와 수많은 배수구와

스트라이커 톱과 수술용 메스를 비롯한 의료 도구들, 쇠 지렛대 비슷한 연장 하나, 장기 측정용 저울, 바퀴 달린 탁자 위에 놓인 아이패드들이 갖춰져 있었다. 검시관이 발견한 사실들과 의견을 실시간으로 녹음할 수 있도록 천장에서 늘어져 있는 마이크들도 보였다.

한쪽 벽에는 시신이 안치된 침대들을 서랍처럼 당겨서 꺼낼 수 있는 캐비닛이 있었다. 데커는 그 벽을 죽음의 벽이라고 불렀다.

제이컵스가 잠긴 문을 열자마자 형광 파란색이 데커를 때렸다. 데커는 자신에게 멎은 화이트의 시선을 눈치채고 눈을 마주쳤다. 데커의 표정을 본 화이트는 날카롭게 고개를 돌렸다.

해부용 탁자 위에 앨런 드레이먼트가 누워 있었다. 절개는 이미 마쳤지만 몸통 앞을 가로지른 Y자 모양 절개는 아직 봉합 전이었다. 남자는 내장을 드러내고 있었다. 아니, 정확히 말하면 남자에게서 들어낸 내장들이 전용 봉투에 든 채로 원래 제자리였던 빈 공간을 다시 채우고 있었다.

제이컵스는 장갑 낀 한쪽 손으로 피부를 도로 당겨 남자의 얼굴을 다시 짜맞췄다.

그리고 겸자를 이용해 입을 크게 벌리고 입 안에 조명을 비췄다. "이제 보이죠. 두 분이 오셨을 때 꺼내려고 놔뒀어요."

두 요원은 시신을 내려다보았다. 화이트는 까치발을 들어야 했다. "사후에 집어넣은 게 확실합니까?" 데커가 물었다.

"네, 거의 확실해요."

데커가 제이컵스에게 다시 물었다. "거의 확실하다고요?"

"가슴의 총상이 사망 원인인 게 확실해요. 그 상황에서 심장이 정상적으로 뛰고 있었다는 건 출혈이 증명하죠. 하지만 몸에는 통제, 방어흔 또는 투쟁의 흔적이 전혀 없었어요."

데커는 제이컵스의 다음 말을 예측했다. "목에 지폐 다발이 쑤셔 넣어지는데 저항하지 않을 사람은 없겠죠."

"교살당하는 것과 비슷했을 거예요." 화이트가 덧붙였다. "맞서 싸운 게 아니라면 그 전에 피해자를 제압해야 했을 겁니다."

제이컵스가 말했다. "그리고 구토반사가 일어났을 거고, 후두와 혀에 그 증거를 비롯한 징후들이 남았을 거예요. 하지만 그런 건 아무것도 없어요. 그저 사람이 죽은 **후에** 목에 이런 물체를 쑤셔 넣으면 생기는 마모 흔적뿐이죠."

데커는 화이트를 흘끗 보고 말했다. "어떤 종류의 메시지인가요? 처벌이나 복수?"

"그렇다면 판사가 **아니라** 드레이먼트가 과녁이었다는 얘기가 되잖아요." 화이트가 말했다.

"누가 그 남자가 과녁이 아니라고 했죠?"

"그러면 왜 굳이 판사를 죽이죠……?"

"판사는 아래층으로 내려와서 상황을 목격하고 공격당했죠. 위층으로 도망쳤고, 범인은 거기서 판사의 숨통을 끊었습니다." 데커는 말을 멈췄다. "하지만 그러면 **판사**에게 남겨진 쪽지와 안대는 도대체 뭐였죠?"

"어쩌면 그냥 수사에 혼란을 주려고 그랬을 수도 있죠." 화이트가 제의했다.

데커가 제이컵스에게 말했다. "입에서 지폐를 꺼내세요."

제이컵스는 다른 겸자를 집어 들고 그 지시에 따랐다. 죽은 남자의 입에서 서서히 돈이 나왔다. 그 통로를 통해 뭔가가 나오는 건 이번이 마지막이었다.

제이컵스가 탁자에 깔린 깨끗한 천 위에 돈을 놓았다.

데커는 상자에서 꺼낸 라텍스 장갑을 끼고 신중하게 지폐를 한 장 한 장 펼쳐놓기 시작했다.

"조지 워싱턴이나 에이브러햄 링컨이나 앤드루 잭슨처럼은 안 보이는데요." 화이트가 데커를 곁눈질하면서 지적했다.

지폐에는 정면을 보고 있는 흰 턱수염 기른 남자와 왼쪽을 응시하는 검은 수염 기른 남자가 찍혀 있었다.

"나로드나 반카 슬로벤스카." 데커가 읽었다. "페트데시아트. 50달러 정도 되겠네요."

화이트가 전화기를 꺼내어 검색을 했다. 잠시 기다리자 결과가 나왔다.

"슬로바키아 지폐인 코루나예요. 2008년까지 사용됐고, 이제는 유로로 대체됐죠. 그 두 남자는 성 키릴로스과 성 메토디오스예요."

"그러면 살해당한 연방 판사의 개인 경호원이 총에 맞아 죽은 후에, 입속에 더는 법적 통화가 아닌 슬로바키아 구권이 쑤셔 넣어졌다는 건가요?" 데커가 물었다.

데커는 말린 지폐를 펴고 금액을 계산한 후 휴대전화를 꺼내어 온라인 환전 계산기를 이용해 달러로 환산했다.

"구 환율로는 50달러도 안 나가네요."

"하지만 지금은 쓸모없죠." 화이트가 지적했다.

"누군가가 일종의 의견 표명을 한 것 같네요." 제이컵스가 생각에 잠긴 투로 말했다.

"우린 앨런 드레이먼트에 관해 모든 걸 알아내야 해요." 데커가 말했다.

"앨런을 고용한 감마 프로텍션 서비스가 그 좋은 시작 지점이 되겠죠." 화이트가 대꾸했다.

116

이튿날 아침, 일행은 75번 주간고속도로를 타고 감마 프로텍션 서비스의 본부가 있는 마이애미를 향해 동쪽으로 두 시간 가까이 달렸다. 본부는 바닷가에 서 있는 매끈한 고층 건물이었다. 앤드루스 요원은 두 사람과 함께 차를 타고 가는 길에 드레이먼트의 입에 들어 있던 현금에 관해 처음 들었다.

유리로 마감된 엘리베이터를 타고 올라가는 도중 데커가 말했다. "경호 서비스는 정말 보수가 좋은가 보군요."

"혹시 그쪽에 몸담을 생각 해본 적 있어요?" 앤드루스가 물었다.

데커가 앤드루스를 보고 대답했다. "아니요."

"돈이 훨씬 짭짤하잖아요."

"돈이 그렇게 간절했던 적이 없어서요."

경호 에이전시의 철통같은 정문에 다다른 일행은 인터콤을 통해 음성으로 작동되는 카메라에 신분증을 제시했다. 그러자 삐 소리와 함께 문이 열리고 널찍한 복도가 나왔다.

유리와 금속 재질로 이루어진 공간에 눈에 확 띄는 색상의 낮고 반짝이는 소파들이 놓여 있었다. 말쑥하게 차려입은 남자들과 여자들이 중요하고 급한 일이라도 있는 듯 서둘러 오갔다.

일행은 넓은 대서양이 한눈에 보이는 회의실로 안내받아 기다렸다.

5분 후, 30대 후반으로 보이는 한 여자가 남자 둘과 여자 둘을 뒤에 달고 들어왔다. 젊고 말쑥하고, 심각한 표정에 맞춤 정장을 입은 그 넷은 모두 같은 기계에서 찍어낸 것 같았다. 남자들의 넥타이는 완벽한 매듭을 자랑했고 포켓스퀘어는 타이와 같은 색상이었다. 여자들의 머리는 조각한 것 같았고 치마는 딱 무릎길이였으며 구두 굽 높이는 딱 떨어지는 5센티미터였다.

데커는 이 모두를 관찰하고 한숨을 쉬었다. '제발 나중에 후회할 헛소리를 내뱉지 않고 이 사회적 시련을 통과할 수 있기를.'

앞장서 들어온 여자가 데커와 화이트와 앤드루스를 차례로 보았다.

"앤드루스 요원님? 사이버 보안 관련 회의에서 뵙지 않았던가요? 우리, 같은 패널에 있었죠?"

"맞습니다." 앤드루스가 웃음을 지으며 대답했다. "이쪽은 제 동료인 에이머스 데커와 프레더리카 화이트 요원이고, 이쪽은 감마의 최고경영자인 카시미라 로입니다."

로는 일행과 악수를 나누고 앉으라고 권했다. 데커는 로의 측근들이 앉지 않는 것을 알아차렸다. 다들 그냥 벽에 기대서서 손을 몸 앞에 가지런히 모은 채 FBI에서 온 침입자들을 내려다보고 있었다.

데커는 벽에 일렬로 걸린, 전 세계의 각각 다른 시간대를 보여주는 시계들을 쳐다보았다. 그리고 그중 넷째 시계를 보고 흠칫했다.

"이미 짐작하시겠지만, 저희는 앨런 드레이먼트와 커민스 판사에게 일어난 일로 매우 크게 우려하고 있습니다." 로가 입을 열었다. "생각도 못 할 일이었습니다."

"음, 실제로 일어났으니 **누군가에겐** 그렇게 생각도 못 할 일은 아니었겠죠." 데커가 지적했다.

로가 데커를 보았다. "당신도 FBI 요원인가요?" 로의 시선은 데커의 면바지와 바지 위로 빼 입은 주름진 흰 셔츠에 머물렀다.

"맞습니다." 앤드루스가 재빨리 대신 대답했다. "워싱턴에서 왔습니다. 화이트 요원도 마찬가지고요."

로는 그 말에 눈썹을 치켜올렸다. "이 임무를 맡기엔 당신 혼자만으로 충분하고도 넘칠 것 같은데요, 더그."

데커는 로를 자세히 뜯어보았다. 검은 머리와 창백한 피부에 키는 약 173센티미터쯤, 군살 없이 탄탄한 몸매였다. 옷차림은 스타킹까지 온통 검은색 일습이었고, 구두 굽은 5센티미터 높이였다. 손톱은 프로답게 말끔히 정리돼 있었고 화장은 연했지만 효과적이었다. 그리고 데커는 로의 초롱초롱 빛나는 갈색 눈동자가 계속 자신을 향하고 있음을 알아차렸다. 마치 호기심 가득한 안테나 같았다. 경계심 강한, 복잡한 여자라고 데커는 판단했다.

화이트가 끼어들었다. "연방 판사이니 병력 증원은 당연하죠. 보통 이런 업무는 연방보안관이 담당인데, 판사는 사설 경호원인 드레이먼트를 고용했어요."

"그리고 우린 판사가 왜 사설 경호를 필요로 했는지 알고 싶습니다." 데커가 말했다.

"업무상 비밀유지 의무를 어기지 않고 이 이야기를 하는 게 가능할지 모르겠네요." 로가 데커를 똑바로 보며 말했다.

"그 의무는 판사가 죽은 즉시 깨졌다고 보는데요." 데커가 받아쳤다.

로가 점잖은 웃음을 띠며 대꾸했다. "그렇게 간단한 문제가 아니랍니다, 데커 요원님."

데커는 요원이라는 직함을 바로잡아주지 않았다. 자신에게는 그다지 중요한 문제가 아니라서였다. "음, 저희한테 그 부분을 설명 좀 해주시겠습니까?"

"우리는 신뢰를 바탕으로 고객과 관계 맺고 있습니다. 그건 사람이 죽는다고 사라지지 않죠."

"음, 당신들은 그분을 보호하는 데 실패했고, 우리가 범인을 잡는 데 그 설명이 도움을 줄 수도 있습니다. 왜 당신네가 그걸 문제 삼는지 이해가 안 가네요. 판사도, 판사의 가족도 문제 삼지 않을 텐데요."

로의 얼굴에 떠오른 불쾌감을 알아차렸는지, 앤드루스가 재빨리 끼어들었다. "데커의 말은 정의가 구현되고 커민스 판사의 살인범이 죄의 대가를 치르는 게 모두에게 최선이라는 뜻입니다."

화이트가 맞장구쳤다. "그리고 판사가 귀하의 회사를 고용해야 했을 정도로 우려했던 게 뭔지 알면 그 목적을 이루는 데 정말 도움이 될 것 같고요."

로는 자기 뒤에 일렬로 서 있는 사람들을 돌아보았다. 한 남자가 서둘러 앞으로 나와 뭐라고 귓속말했다. 로가 대답으로 뭐라고 말하자 남자는 고개를 끄덕였다.

남자는 벽으로 돌아갔고, 로는 데커와 나머지 일행을 다시 돌아보았다.

"회사 법무팀에 확인을 좀 해보겠습니다. 물론 전적으로 협조하고 싶지만, 고객 기밀을 위협하지 않는 방식을 택하고 싶네요."

"판사가 드레이먼트 씨를 구체적으로 지목했나요?" 데커가 물었다.

로가 데커를 보고 무뚝뚝하게 대답했다. "제가 알기로는 아닙니다."

"우린 더 확실한 대답을 듣고 싶은데요." 데커가 말했다.

"지금 제가 아는 바로는 아닙니다." 로가 단호하게 대답했다.

화이트가 말했다. "판사와 이 문제로 처음 만나셨습니까, 아니면 원래 알고 계셨습니까?"

"터놓고 말하자면, 전 줄리아 커민스와 몇 번 같이 일을 했고 같은 조직 소속인 적도 있었습니다. 하지만 전 이 일 담당이 아니었습니다. 판사님의 문제가 뭐였는지 전 자세히 모릅니다. 판사님이 그 회사에 경호를 요청하셨겠죠. 그게 아니면 드레이먼트가 판사님 댁에서 판사님을 경호하고 있지 않았을 테니까요."

"그러면 **실제** 담당자와 이야기하는 게 더 나으려나요?" 데커가 물었다.

"그건 알아봐야 할 겁니다. 말씀드렸듯, 회사 법무팀에 문의해야 합니다."

데커는 그 말에 대한 반응을 보려고 앤드루스를 곁눈질했다. 그리고 앤드루스가 아무 반응도 보이지 않자 다시 입을 열었다. "분명히 말씀드려야겠네요. 전 질문을 한 게 아닙니다. 그 담당자가 누구입니까? 우린 그 사람을 만나야겠습니다."

"저희 감마 직원들이 좀 충격받은 상태라는 걸 이해해주시리라 믿습니다." 로가 날카롭게 대꾸했다.

"십 대에 어머니를 잃은 커민스 판사의 아들에 비할 바는 아니겠지요." 데커가 받아쳤다.

"네, 물론 그렇죠. 제 얘기는 다른 사람들하고는 무관합니다." 로가 서둘러 대꾸했다.

"그리고 잘 아시겠지만, 이런 조사의 핵심은 속도입니다. 그러니 판사가 귀하의 회사를 고용한 이유는 더 빨리 알아낼수록 더 좋습니다."

"새로운 진척 상황이 있었나요?" 로가 앤드루스를 보며 물었다.

앤드루스가 입을 열었다. "음, 사실……."

데커가 불끈 치솟는 분노를 억누르려 애쓰며 끼어들었다. "**뭐라도** 좋으니 우리에게 말해줄 만한, 도움이 될 만한 게 있습니까?"

로가 천천히 앤드루스에게서 시선을 돌렸다. "앨런 드레이먼트는 좋은 요원이었습니다. 한 번도 문제를 일으킨 적이 없어요."

"가족이 있었습니까?" 화이트가 물었다.

로가 당황한 표정을 지었다. "왜요?"

"그냥 기본적인 건 전부 확인해야 해서요. 그리고 사망 사실을 고지해야 하니까요."

"제가 아는 한은 독신이었습니다. 아이는 없었던 것 같지만 확인해보죠. 죄송하지만 감마가 워낙 급속도로 성장하는 바람에 직원들의 개인적인 사항을 제가 전부 상세히 알지는 못합니다."

"당연하죠, 당연하죠." 앤드루스가 말했다.

"감마가 사업을 시작한 지 얼마나 됐습니까?" 동료의 비굴함에 다시금 성질을 억누르려 애쓰며 데커가 물었다.

"43년입니다."

"그럼 아마 당신이 태어나기도 전이었겠군요?"

"네. 제 아버지인 카나크 로가 당시에 다른 이름으로 감마를 세웠습니다. 그때는 마이애미비치에서 네 블록 떨어진 번화가에 있었죠. 이제 우리는 십여 개국에 천 명 넘는 직원을 두고 있습니다. 플로리다에만 사무실이 일곱 곳 있어요."

"믿기 어려울 정도의 성공이죠." 앤드루스의 말에 데커가 힐끗 쏘아보았다.

"아버님의 배경을 말씀해주시겠습니까?" 화이트가 물었다.

"어릴 때 저희 조부모님을 따라 미국으로 이민 오셨어요. 시민권을 얻고 대학 졸업장을 따고 첩보부에 들어가셨죠. 나중에 감마의 전신을 창립하셨고요."

"지금은 은퇴하셨나요?" 화이트가 물었다.

"아뇨, 아버지는…… 배에서 사고가 있었어요. 3년 전에요." 로가 창밖을 내다보았다. "저 바깥에서, 대서양에서요."

"유감입니다." 화이트가 말했다.

"그때 제가 감마 운영을 넘겨받았습니다. 저는 첩보부에 5년간 몸담은 후 줄곧 여기서 전업으로 일하고 있고요. 아버지의 발자취를 따랐죠. 그 후 실무를 맡으며 이 자리로 올라와서 2인자 자리에 있었는데 그때 아버지가……."

"판사의 담당자와는 언제 이야기할 수 있습니까?" 데커가 끼어들었다. "그리고 우리가 알기로는 판사가 위협을 받았을 가능성도 있었다는데요. 그게 사실이고 귀사가 거기에 관해 기록을 가지고 있다면 그것도 필요합니다."

로가 잔뜩 내리뜬 눈으로 데커를 흘겨보았다. 불쾌감에 입술이 말려 올라갔다. "꽤 완강하시네요. 경호원이 되시면 딱이겠어요."

"지금은 그저 좋은 조사관이 되려고 노력 중입니다. 그 담당자가 지금 이곳에 있습니까? 지금 당장 그분과 이야기를 나누고 싶은데

117

요. 뭔가 위협 내용에 관한 기록이 있습니까? 있다면 복사본을 부탁드립니다."

"이미 말씀드렸듯, 전⋯⋯."

"네, 압니다. 파일을 확인하고 **회사 법무팀**과 이야기하셔야겠죠." 데커가 로 뒤에 서 있는 남자들을 보며 말을 이었다. "지금 **당장** 저 중 한 분을 보내서 그걸 처리해주시면 어떨까요? 별로 바쁘지 않아 보이는데요. 그리고 우린 빈손으로 돌아가기에는 너무 먼 길을 왔습니다. 분명히 그 점을 이해해주실 거라고 믿습니다."

앤드루스는 헛기침을 하고 얼굴을 찌푸렸지만 화이트의 표정은 데커 못지않게 단호했다.

로가 직원들을 향해 손가락을 튕기자 직원들은 잠시 서로 얼굴을 마주 보았다. 이윽고 한 명이 휴대전화 화면을 두드리며 방을 나갔다.

데커가 벽의 시계를 다시 한번 쳐다보자 로도 데커의 시선을 따라 고개를 돌렸다.

"전부 우리가 지점을 두고 있는 지역들입니다." 로가 설명했다.

"네, 그건 알겠습니다. 하지만 **브라티슬라바** 시간으로 맞춰진 시계는 여기서 처음 봐서요."

"그곳은⋯⋯."

"슬로바키아의 수도죠." 데커가 끼어들었다.

화이트와 앤드루스는 그 말에 서로 놀란 시선을 주고받았다.

로가 말했다. "제 이름인 카시미라의 유래가 그곳이에요. 진짜 기원은 게르마니아일 거라고 저는 생각하지만, 아버지는 체코슬로바키아 출신 슬로바키아 사람이셨어요. 체코와 슬로바키아 공화국으로 갈라지기 한참 전에 그곳을 떠나셨죠."

"소비에트 통치하였던 그곳을 떠나오기는 쉽지 않았을 텐데요."
데커가 말했다.

"소비에트 점령 때문에 아버지가 그곳을 떠나신 거예요. 더 나은 삶을 원하셨죠." 로가 씩 웃으며 말을 이었다. "슬로바키아에서 '카시미라'는 '평화의 사령관'이나 뭐 그 비슷한 뜻이래요."

"거기에도 지점이 있습니까?" 앤드루스가 물었다.

"네, 작지만요. 저는 각 해외 지점에 가능하면 2년에 한 차례씩은 나가려고 노력해요. 하지만 브라티슬라바에는 3년째 못 가고 있죠."

"아버님의 **사고** 이후로요?" 데커가 말했다.

로가 약간 경계심 어린 눈으로 데커를 보며 대답했다. "네, 맞아요."

데커가 막 다른 질문을 하려는데 아까 방을 나갔던 여자가 다른 여자를 데리고 돌아왔다.

여자가 말했다. "이쪽은 앨리스 랜서입니다. 앨런 드레이먼트와 커민스 판사에 관해 더 많이 알려드릴 수 있을 겁니다."

데커가 랜서를 돌아보았다. 랜서는 매력적인 얼굴에 거동이 근엄한, 40세 정도 되어 보이는 금발 여성이었다. 중키에 날씬한 몸매를 지니고 있었다.

그러나 갑자기 얼굴이 퍼렇게 질리더니 힘겹게 숨을 몰아쉬며 가슴을 움켜쥐었다.

잠시 후 여자는 의식을 잃고 바닥에 쓰러졌다.

117

"근처 병원으로 이송됐답니다." 통화를 마친 앤드루스가 데커와 화이트에게 알렸다.

일행은 감마 경호 서비스가 위치한 건물 앞에 나와 서 있었다. 랜서가 쓰러진 후 구급차가 호출됐고, 여자는 의식을 되찾지 못한 채 이송됐다. 로와 부하들은 보안이 통제된 감마의 복도로 다시 사라졌고, 경호복을 입은 무장한 남자가 데커 일행을 밖으로 안내했다.

데커가 말했다. "우린 언제 그분과 이야기할 수 있을까요?"

앤드루스가 어깨를 으쓱했다. "모르겠어요. 얼른 가능하길 빌어야죠."

"그리고 판사가 받았을 위협을 기록한 파일은요?" 데커가 덧붙였다.

앤드루스가 쏘아붙였다. "저기요, 데커. 방금 한 여자분이 쓰러졌어요. 난 그분이 무사했으면 좋겠습니다. 지금은 거기에 집중하면 어떨까요?"

데커는 호기심 어린 시선으로 자신을 보는 화이트에게 말했다. "감마에 우리가 이야기해볼 만한 다른 사람이 있습니까?"

"그냥 그 랜서라는 여자분이 다인 것 같은데요." 앤드루스가 대꾸했다.

"이 망할 놈의 커다란 회사에서 그 사람이 뭔가를 아는 유일한 사람이라고요?" 못 믿겠다는 투로 데커가 따졌다.

"그럴 가능성이 아주 높아요." 앤드루스가 말했다. "알아야 할 것만 알려주는 원칙이죠."

화이트가 말했다. "어쩌면 내 망상인지도 모르지만, 뭔가를 알고 있는 유일한 사람이 우리랑 대화하기 직전에 실신해 쓰러진다는 건 우연치고는 좀 이상하지 않아요?"

앤드루스가 말했다. "아, 제발. 그건 좀 너무 간 것 아닙니까? 내 말은, 우리가 상대하는 사람들은 합법적인 사람들이라고요. 감마는 훌륭한 평판을 가지고 있어요."

"슬로바키아 지폐와, 카나크 로가 그곳 출신이라는 건요?" 화이트가 물었다. "그것도 그냥 또 다른 우연이라고요?"

데커가 말했다. "그리고 분명히 말해두는데, 난 두 번은 고사하고 한 번의 우연도 믿지 않습니다."

앤드루스는 자신감을 잃은 눈치였다. "음, 그건 **사실** 이상하긴 했죠. 인정할게요."

"난 그걸 단순히 이상한 정도로 보지 않아요. 여길 보라고 고함치는 실마리라고 보죠." 화이트가 말했다.

"음, 우리 너무 서두르지는 맙시다." 앤드루스가 대꾸했다. "엉뚱한 실마리를 추적하느라 시간을 낭비하는 건 바람직하지 못하니까요."

데커가 말했다. "앨런 드레이먼트의 목에는 옛날 슬로바키아 화폐가 쑤셔 넣어져 있었어요. 감마는 구 슬로바키아 출신인 남자가 세웠고요. 딸의 이름은 슬로바키아식이고, 회사는 슬로바키아 수도에 지점을 두고 있죠. 그 모든 게 우연이라면 난 FBI에서 은퇴하고 다른 곳에서 버거나 뒤집겠습니다. 알몸으로요."

화이트가 그 말에 콧방귀를 뀌었다.

앤드루스가 말했다. "좋아요, 나도 거기에는 동의합니다. 그래서 그게 이 모든 게 감마를 가리킨다는 겁니까? 드레이먼트는 거기서 일했기 때문에 살해당했고? 판사의 죽음은 부수적 피해였고요?"

데커가 말했다. "우린 드레이먼트의 살인에 뭔가 상징적 요인이 있었는지, 아니면 그냥 감마와는 상관없는 개인적인 이유로 과녁이 됐는지를 판단해야 합니다."

"그걸 어떻게 알아내죠?" 앤드루스가 물었다.

"우리가 해야 할 일을 해야죠. 랜서가 어느 병원으로 이송됐습니까?" 데커가 물었다.

"못 들었는데요."

"그러면 당장 전화해서 알아냅시다. 왜냐하면 그 여자분이 깨어났을 때 우리가 거기 있어야 하니까요."

앤드루스가 어딘가에 전화를 걸더니 말했다. "좋아요, 알아냈습니다. 지금 차로 가면 돼요. 멀지 않아요."

20분 후, 일행은 코럴게이블스 근처의 하든 병원에 도착했다. 4층 건물로, 데커가 가본 그 어떤 병원보다도 더 호화로워 보였다.

"하든이라고요?" 데커가 물었다.

앤드루스가 말했다. "개인 병원이고 싸지 않죠."

"누가 아니래요." 화이트가 로비의 네온 안내판을 가리키며 맞장구쳤다. "여긴 식당에 **스파**까지 있네요."

리셉션 구역으로 가자 매끈한 파란 바지 정장에 흰 블라우스를 입은 젊은 여자가 검은 화강암과 줄무늬 목재로 된 콘솔 뒤에서 일행을 맞았다. 데커는 아프고 다친 사람들을 위한 곳이 아니라 5성 리조트에 온 기분이었다.

"어떻게 도와드릴까요?" 여자가 물었다.

앤드루스가 배지를 내보이며 말했다. "우린 앨리스 랜서를 만나러 왔습니다. 방금 입원했는데요."

"네, 알겠습니다. 확인해보죠."

컴퓨터 앞에 앉아 자판을 두드리던 여자가 이윽고 화면을 보며 말했다. "여기 오셔서 절차를 밟으셨는데 아직 시스템에 병실 번호가 등록되지 않은 것 같네요. 잠시 앉아 계시면 등록되는 대로 알려드리죠."

데커는 좀 길다 싶게 여자를 빤히 본 후 대기구역으로 가서 의자에 앉았다. 화이트와 앤드루스도 합류했다.

"오래 안 걸릴 거예요." 앤드루스가 말했다.

"이미 오래 걸렸어요." 데커가 지적했다. "그리고 1초 1초 지나가고 있죠."

프런트데스크에서 눈길을 떼지 않는 데커의 불안한 안색을 살피며 화이트가 물었다. "뭘 생각하고 있어요, 데커?"

"한 단어요."

"그게 뭔데요?" 화이트가 물었다.

"**같네요.**"

데커는 일어서서 프런트데스크로 갔다. 여자가 데커를 올려다보았다. "네? 아직 아무것도 안 떴는데요."

"왜 병실 번호가 등록되지 않은 것 '같네요'라고 하셨죠?"

"네?"

"'같네요'라고 하셨잖아요. 그건 혼선이나 불확실성이 존재한다는 뜻이죠."

여자는 민망해하는 표정을 지었다. "아, 그게, 그냥 저희는 빈 병실이 꽤 많고, 절차를 마친 다음에야 병실이 배정되거든요."

"절차에 따라 병실이 배정되지 않았을 수도 있나요? 분류한 다음 어쩌면 그냥 내보냈을지도 모르잖아요."

"아뇨, 시스템 기록상으로는 그렇지 않은데요."

"기록엔 어떻게 나와 있죠?" 화이트와 앤드루스가 따져 묻는 데커 옆에 가서 섰다.

"절차를 밟고 입원했지만 방이 배정되지 않았다고요."

"그런 일이 전에도 있었습니까?" 화이트가 물었다.

"음, 아뇨, 제 말은, 그런 일은 드물어요."

"그리고 **실제** 그런 일이 일어났을 때는 이유가 뭐였습니까?" 데커가 물었다.

"그분이 무슨 이유에선지 입원을 거부했어요. 다른 말로, 의료진의 조언을 무시하고 병원을 나가버렸죠."

데커가 말했다. "입원 절차는 어디서 진행됩니까? 우린 당장 거기로 가야겠습니다."

"하지만 그건 안 되는…… 그건 오로지……."

데커와 마찬가지로 인내심을 잃은 게 분명한 화이트가 배지를 들어 올리고 부르짖었다. "이거 보이죠? 우리를 거기로 **당장** 데려다주지 않으면 사법방해죄로 체포될 겁니다."

"맙소사." 여자가 눈물을 쏟기 직전의 얼굴로 펄쩍 뛰어 일어나며 말했다. "이쪽이에요."

여자가 보안문 앞에서 벽에 붙어 있는 인식기에 보안 카드를 들어 올려 문을 열자 일행도 뒤따라 통과했다.

일행은 긴 복도를 서둘러 지나가 다른 보안문을 또 통과했다. 그러자 일련의 큐비클이 나타났다. 컴퓨터에 정보를 입력 중인 사람들과 그 옆에서 의자에 앉아 있는 사람들이 보였다. 벽 옆에 세워진 들것에 누워 있는 사람들도 있었다. 몇몇 들것 옆에는 응급구조사들이 서 있었는데, 환자 상태 확인을 기다리는 듯했다.

"여기가 입원 사무실이에요." 여자가 말했다.

주위를 둘러보던 데커는 책상에서 막 일어서려 하는 여자에게 서둘러 다가갔다.

"우린 앨리스 랜서를 찾고 있는데요. 방금 여기 입원했습니다."

"전 누군지 모르겠는데요."

옆 큐비클에 앉아 있던 다른 여자가 말했다. "그분은 가셨어요."

데커가 여자를 보고 물었다. "갔다고요? 입원을 거부했습니까?"

"아뇨. 형사 두 명이 와서 데려갔어요."

1 18

"전국 지명 수배를 냈습니다." 앤드루스가 말했다. "그리고 코럴 게이블스 경찰서하고 통화했고요. 자기네 사람들이 하던 병원에서 어떤 여자를 데려갔다는 건 금시초문이랍니다."

일행은 병원 앞에 세워놓은 차 안에 있었다.

화이트가 말했다. "그럼 형사들은 가짜였다? 병원 직원은 경찰 배지가 진짜처럼 보였고 랜서가 그 남자들을 따라갔다고 했죠."

"지금 상황으로 보면 진짜 경찰은 아닌 것 같네요." 앤드루스가 말했다. "도대체 이게 무슨 망할 놈의 상황이죠?" 그리고 뒷좌석에 서 창밖을 우울하게 내다보고 있는 데커를 보고 물었다. "뭔가 짐 작 가는 거 있어요, 데커?"

"아무래도 랜서는 우리를 만나고 싶지 않았던 모양입니다."

"기절한 척하고 자기 친구 두 명을 불러서 병원을 빠져나갔다는 건가요?" 화이트가 물었다.

데커는 여전히 창밖을 보며 대답했다. "그냥 그 여자와 친구 두 명이 다가 아닌 것 같아요. 이런 일을 그렇게 신속하게 처리하는 건 쉽지 않죠. 즉각적으로 동원할 수 있는 자원이 필요할 테니까요. 그리고 만일의 사태를 대비한 비상 대책도 필요하고요."

앤드루스가 말했다. "감마가 이 일에 개입했다고 생각하는 건 설마 아니죠?"

"감마에서 우리에게 뭔가 알려줄 수 있는 사람은 분명히 한 명뿐이었는데, 우린 그 여자와 이야기하지 못했어요. 그리고 이제 우린 여기 나와 있고, 그 사람들은 안전한 고치 안에 있고요."

"로가 기록의 복사본을 제공하겠다고 했잖아요." 앤드루스가 맞섰다.

"아뇨, 그렇지 않았어요. 우리에게 뭔가 제공할 수 있을지 어떨지는 회사 법무팀에서 결정할 거라고 했죠." 데커가 바로잡았다.

앤드루스가 입을 열었다. "맞아요, 그렇게 말한 것 같네요."

"그러니 법무팀이 법정에 가지 않고는 감마의 문서를 내줄 수 없다고 하더라도 놀라 자빠지진 말아요. 그리고 그 뻘짓이 얼마나 시간을 잡아먹을지는 다들 이미 알죠. 법의 시계가 다 가버리게 하는 전략은 요즘 꽤 인기가 있거든요. 그리고 그때가 되면 이미 너무 늦은 후일 수도 있고요." 데커가 앤드루스를 돌아보며 말을 이었다. "그리고 당신이 로한테 미리 전화를 걸어 약속을 잡은 덕분에 그쪽은 준비할 시간을 벌었어요. 그냥 랜서의 단독 행동일지, 감마의 일부나 전부가 가담했을지, 난 모르겠습니다. 하지만 놈들은 신속히 움직였어요."

앤드루스가 화이트를 보며 물었다. "어떻게 생각해요?"

"그보다는 이렇게 물어야 할 것 같은데요. 우리가 너무 늦기 전에 감마에서 필요한 정보를 얻어낼 수 없다면, 어디 가서 얻어내죠?"

데커가 대답했다. "내 짐작으론 판사는 그 위협을 문서 기록으로 남겨놨을 것 같아요. 집에서는 발견되지 않았어요, 맞죠? 아니면 혹시 자동응답기의 메시지 같은 거라든가."

앤드루스가 말했다. "자동응답기는 없었어요. 하지만 우린 판사의 휴대전화와 컴퓨터를 아직 확인 중이에요."

"그러면 법원을 통해 얻어내야 하겠죠." 데커가 말했다.

"그러려면 우리 법무팀과 이야기해야 할 겁니다." 앤드루스가 지적했다.

"난 **그** 법원을 말한 게 아닙니다. 커민스 판사의 방을 말한 거예요. 거기 증거가 있을지도 모르니까요. 그리고 같이 일한 직원들하고도 대화해봐야 하고요."

"안 그래도 그럴 계획이었어요." 앤드루스가 말했다.

"그리고 병원의 CCTV 기록도 얻어내야죠. 랜서의 탈출을 도운 자들을 볼 수 있을지도 모르니까요."

"좋아요, 그건 나한테 맡겨요."

"그리고 거기 간 김에 앨리스 랜서의 집도 둘러보죠."

"주소를 모르는데요." 앤드루스가 말했다.

"알아요." 데커가 말했다.

"어떻게요?"

"병원 입원 양식에서 봤어요."

"그게 정확히 기억난다고요?" 앤드루스가 물었다.

"그 걱정은 안 해도 될 거예요." 화이트가 끼어들었다.

"우린 수색영장이 없는데요." 앤드루스가 지적했다.

"랜서는 실종됐습니다. 무사 여부 확인 목적이 통하지 않나요?" 데커가 물었다.

"글쎄요, 그리고 그건 지역 경찰 업무죠. FBI가 아니고요."

"랜서는 연방 판사의 살인의 잠재적 증인입니다."

"상관없어요. 그리고 명확히 말하자면, 난 수정헌법 4조를 건드리는 초보적 실수로 기소를 말아먹을 생각은 추호도 없어요."

앤드루스를 보는 데커의 표정에는 전에는 없던 작은 존경심이 담겨 있었다.

• • •

랜서는 마이애미쇼어라는 동네에 살았는데, 감마 빌딩에서 차로 반 시간 거리였다. 잘 관리된 1인 가구 주택단지로, 두 개의 작은 상업 지구와 넓은 차도, 그리고 수많은 나무들로 이루어져 있었다.

"그레이터마이애미의 위성도시예요." 앤드루스가 설명했다. "그리고 은퇴자들도 많이 살고요. 하지만 플로리다주는 대부분 그렇죠. 은퇴해서 여기 살 생각 해본 적 있어요, 데커?"

"아뇨. 집까지 얼마나 더 가야 하죠?"

"다음 거리예요."

차는 치장 벽토로 둘러져 있고 녹색과 흰색 줄무늬 어닝이 창문 위에 드리워진 작은 방갈로의 진입로로 접어들었다. 땅딸막한 야자나무 한 그루가 집 앞에 서 있었다. 잔디는 바투 깎였고 화단은 살풍경했다. 일행이 차에서 내린 후, 데커는 창문을 통해 한 칸짜리 차고 안을 들여다보았다.

"비어 있네요. 차는 아직 직장에 있나 봅니다."

"우린 수색영장이 없어요. 아까도 말했지만요." 앤드루스가 대꾸했다.

"하지만 주위를 둘러보는 건 괜찮겠죠?" 데커가 물었다. "당신이 수색영장을 신청해서 받기 전까지는요?"

"네. 집 바깥은요. 그리고 그냥 눈에 보이는 것들은요."

뜰 가장자리를 둘러보니 그다지 사용한 흔적이 없었다. 집 뒤편에는 작은 목제 덱이 있었는데 앉아 있을 만한 실외 가구는 없었다. 뒤뜰도 앞뜰만큼이나 관리가 안 된 듯 보였다.

데커는 큰 키를 이용해 창 안을 들여다보려 했지만 이렇다 할 것은 보이지 않았다.

"도와드릴까요?"

돌아보니 한 여자가 옆집 뜰에서 데커를 바라보고 있었다. 나이는 70대쯤으로, 하얗게 센 머리와 펑퍼짐한 몸매에 흰색 운동복 바지와 남색 긴소매 셔츠를 입고 정형외과 신발을 신고 있었다. 체인에 매달린 안경이 목에서 달랑거렸다.

세 사람 모두 여자에게 신분증을 보여주었다.

여자가 안경을 쓰고 가까이 다가왔다. "FBI라니! 무슨 일이 생겼나요?"

"성함이 어떻게 되시죠?" 앤드루스가 물었다.

"도로시 스테드먼이에요."

"여기 오래 사셨나요?"

"15년 넘었죠."

"랜서 씨에 관해서 좀 말씀해주실 수 있을까요?" 화이트가 물었다.

"그렇게 잘은 몰라요. 난 오래전에 은퇴했어요. 그래서 우린 마주칠 일이 별로 없었어요."

"마지막으로 보신 게 언제입니까?" 데커가 물었다.

"오늘 아침에 차 타고 나가는 걸 봤어요. 마이애미에서 일하는 것 같던데."

"평상시랑 같아 보이던가요?"

"네, 그러니까, 평소랑 다른 건 전혀 없어 보였어요."

"최근에 이야기하신 적 있습니까?" 데커가 물었다.

그 말에 잠시 생각에 잠겼던 여자가 입을 열었다. "아, 며칠 전에 요. 산책을 하고 있더군요. 저녁이었어요. 아주 잠깐 잡담을 했어 요. 날씨 얘기 같은 거요."

"찾아오는 사람이 많았나요?"

"난 몇 명 못 봤어요. 그러니까, 가끔 있었죠."

앤드루스가 전화기를 꺼내어 앨런 드레이먼트의 사진을 띄우고 여자에게 보여주었다. "이 남자는요?"

여자가 말했다. "네, **확실히** 봤어요. 앨리스를 보러 여러 번 왔었 어요, 적어도 내가 알기로는요. 둘이 만나는 사이인가 보다 했죠."

"연인 사이처럼 보였나요?" 화이트가 물었다.

"딱히 그렇지는 않았어요. 그냥 내 짐작이 그랬다는 거죠. 앨리 스한테 무슨…… 무슨 일이 생겼나요?"

"그걸 알아내려는 중입니다. 또 말씀해주실 만한 게 있나요?" 데 커가 물었다.

"조용하게 살았어요. 별로 말이 없었죠. 아이 이야기는 한 번도 못 들었고요. 아마 법 집행이랑 관련된 일을 하나 보다 했어요."

"왜 그렇게 생각하셨죠?" 화이트가 물었다.

"언젠가 차에 타는 걸 보는데 허리띠에 총이 있더라고요."

앤드루스가 명함을 건넸다. "다른 게 생각나면 부디 전화 주십시 오. 그리고 랜서 씨가 다시 돌아온 걸 보시면 부디 곧장 저에게 알 려주시고요."

"당신한테 알리라고요? 앨리스한테 뭔가 문제가 생긴 건가요?"

"이미 말씀드렸듯, 아직 알아보는 중입니다." 데커가 말했다. "감사합니다."

일행이 차에 다시 오르자 화이트가 말했다. "그럼 드레이먼트와 랜서는 어쩌면 만나는 사이였다?"

데커가 말했다. "드레이먼트는 살해당했고 랜서는 실신을 위장해서 우리의 신문을 피했어요. 이건 연애 문제가 아니에요. 그 이상의 뭔가가 있죠."

"도대체 둘이 무슨 일로 엮인 걸까요?" 앤드루스가 물었다.

데커가 대꾸했다. "둘 다 감마에서 일했어요. 그게 공통분모일 수도 있겠죠."

"감마가 **관련됐다는** 건가요?" 앤드루스가 물었다.

"꼭 그런 건 아닙니다. 하지만 우리 열린 마음을 좀 가져볼까요?" 데커가 덧붙였다.

"감마처럼 훌륭한 평판을 가진 조직이 그럴 거라고는 도저히 믿기지……."

데커가 말을 잘랐다. "네, 그런 얘기는 가서 버니 메이도프(버나드 메이도프, 전직 투자 상담사로 사상 최대 규모의 폰지 사기 주동자 – 옮긴이)의 투자자들한테나 하시죠. 그리고 그 드레이먼트 사진은 어디서 났습니까?"

"감마 웹사이트에서요."

"그리고 랜서에 대한 수색영장을 요청해야 합니다."

"그럴 겁니다." 앤드루스가 단축 다이얼을 누르고 전화기를 귀에 갖다 대며 말했다.

"그럼 이제 법원으로 갑시다." 데커가 말했다.

포트마이어스 연방법원은 퍼스트스트리트에 있었다. 데커가 보기엔 이전에 본 다른 연방 법원 대다수와 똑같아 보였는데, 다만 앞쪽에 야자수들이 심어져 있다는 게 달랐다.

일행은 보안요원에게 신분증을 제시하고 무기 소지를 허락받았다. 그리고 법원 보안을 담당하는 보안관보 켄 케인에게 안내됐다. 앤드루스는 데커와 화이트에게 케인이 자기 친구라고 알려주었다.

"우린 같이 골프를 칩니다."

"플로리다주에서는 **모두가** 골프를 치나요?" 데커가 끙 소리를 내며 물었다.

"그게 사람들이 이곳을 찾는 주된 이유의 하나거든요, 데커." 앤드루스가 쏘아붙였다.

케인은 머리가 반쯤 센 50대 남자로, 183센티미터쯤 되는 덩치에 잘 맞는 파란 블레이저와 회색 정장 바지 차림이었다. 데커가 보기에는 허튼소리는 절대 안 통하는 진지한 남자 같았다. 하지만 데커의 첫인상이 늘 맞는 건 아니었다.

케인은 악수를 나누고 말했다. "젠장, 커민스 판사님이 돌아가셨다니 믿기질 않네요. 그렇게 좋은 분도 또 없었는데."

앤드루스가 말했다. "알아요, 켄. 충격이 컸죠."

"제가 어떻게 도와드리면 될까요?" 케인이 말했다.

앤드루스는 커민스가 협박을 인지했을 가능성에 관해 설명했다. 그리고 아마도 그런 위협 때문에 감마를 고용했을 가능성에 관해서도 말했다.

"도대체 뭐죠?" 케인이 탄식을 토했다. "그런 위협을 왜 우리에게는 전혀 알리지 않으셨을까요?"

"알리지 않은 게 확실합니까?" 데커가 물었다. "제 말은, 당신만이 아니라 여기의 다른 누군가한테도요."

"이 법원에서 연방 판사에 대한 위협은 모두 **제** 담당입니다. 절차가 명확히 잡혀 있어요. 커민스 판사님은 전에도 위협을 받은 적이 있어요. 여긴 남부 플로리다고, 난폭한 갱단들과 마약 밀매꾼들이 드글거리죠. 그리고 커민스 판사님은 그런 사건들을 적잖이 담당했고요. 우린 늘 그분을 보호했죠. 왜 우리한테 말씀 안 하셨는지 도무지 이해가 안 갑니다."

"최근에 뭔가 걱정거리가 있다거나 하는 말도 전혀 없었나요?" 앤드루스가 물었다.

"네, 전혀 없었어요."

"그리고 감마를 고용한 것도 전혀 모르셨고요?" 화이트가 물었다.

"네, 몰랐습니다." 케인이 씹어뱉듯이 대답했다.

"감마는 잘 아십니까?" 데커가 물었다.

"존재는 알고 있죠. 카나크 로가 강연한 보안 회의에 몇 번 간 적이 있습니다."

"그분 따님은 아십니까?" 데커가 물었다.

"카시미라요? 몇 번 만난 적은 있지만 썩 잘은 모릅니다."

"그래도 뭔가 생각한 게 있으시다면요?" 데커가 물었다.

"돈은 많이 벌죠."

"개인적으로는요?"

"아무래도 첩보부에 있었던 친구니까, 자기 분야에 관해서는 빠삭하죠. 그 부친은 자기 업무에 탁월했고요. 카시미라는, 음, 아버지보다 훨씬 **사업** 중심적이었어요. 회사를 떠맡은 후로 규모를 거의 두 배로 키웠죠. 마이애미의 그 커다란 사무실 건물 보셨나요? 2년 전에 매입한 겁니다. 감마는 6층을 쓰고 나머지는 세를 주죠. 그것만으로도 한 재산 벌 겁니다."

데커는 남자가 말하는 동안 자세히 살펴보았다. '케인이 로를 질투하나? 분명히 그런 것 같은데.'

"영민한 사업가인가 보네요." 화이트가 말했다.

케인이 말했다. "인생은 돈이 다가 아니죠. 그 친구는 아마 우선순위를 좀 재점검해야 할 겁니다."

"왜 그런 말은 **남자** 사업가한테는 잘 안 할까요?" 화이트가 물었다.

"우리 커민스의 판사실을 수색해야 합니다." 데커가 끼어들었다. "그리고 그분의 비서든 서기든, 우리를 도와줄 만한 사람과 이야기를 나눠봐야 합니다."

"저를 따라오시죠." 케인이 화이트를 노려본 후 말했다.

"세라 앵스트롬과 댄 사익스입니다." 케인이 20대 중반의 두 사람을 소개했다. "이번 회기 판사님의 담당 서기입니다."

그들은 커민스 판사의 대기실에 있었다.

큰 키와 마른 몸에 금발과 창백한 피부를 가진 앵스트롬은 시무룩한 표정을 짓고 있었다. 검은 재킷과 정장 바지에 흰색 블라우스 차림이었다. 그보다 몇 센티미터쯤 더 작은 사익스는 축 늘어진 자루 같은 몸매에 검은 테 안경을 쓰고 있었다. 검은 머리카락은 다소 길었고 반팔 셔츠 주머니에는 펜을 꽂고 있었다.

데커는 두 사람의 표정에서 슬픔과 불신과 공포를 그 순서대로 읽어냈다. 둘 다 판사가 최근에 어떤 위협을 받았을 가능성에 관해 전혀 아는 바 없다고 대답했다.

"더 이전이라면요?" 화이트가 물었다.

사익스가 대답했다. "한 8개월쯤 전에 리코 사건을 맡으셨어요. 멕시코의 카르텔과 엮여 있는 지역 갱단이죠. 피고인 둘이 공개 법정에서 판사님을 위협했어요."

케인이 말했다. "그리고 우린 사건이 끝나고 두 달 후까지 판사님께 경호를 제공했어요. 그 후 위험도를 재평가하고 더는 필요치 않다고 판단했죠."

"놈들이 그 위협을 이제 실행에 옮겼을 수도 있죠." 앤드루스가 말했다.

화이트가 덧붙였다. "우린 사건 파일과 관련된 서류가 필요할 겁니다."

사익스가 말했다. "당연히, 필요하면 뭐든 드려야죠."

데커가 앵스트롬을 돌아보고 물었다. "혹시 누군가 이 일에 관련됐을 만한, 짐작 가는 사람이 있습니까?"

앵스트롬의 표정에 공포가 서렸다. "저요? 아뇨, 전 전혀 모르겠는데요. 그러니까, 커민스 판사님의 사건들 중 이곳의 다른 판사님들과 다른 건 전혀 없었어요."

케인이 말했다. "그건 사실입니다."

"판사가 총 몇 분이나 있죠?" 데커가 물었다.

케인이 말했다. "여기서 근무하시는 지역 법원 판사님들은 열두어 분 남짓해요. 고위 판사님도 그 정도 되고, 치안 판사님은 스물네 분이 넘죠."

"그리고 **다들** 업무에 바쁜가요?" 화이트가 말했다.

"플로리다 미들 디스트릭트는 1962년에 설립됐어요." 케인이 말했다. "1920년대 이후로 처음 열린 연방지방법원이었죠. 남부의 밀린 사건들을 처리할 목적이었어요. 이제는 미들 디스트릭트의 담당 건수가 더 많아요. 플로리다의 양안에서 내륙 지역까지, 더 넓은 지역을 다루거든요. 포트마이어스, 탬파, 올란도, 오칼라, 그리고 저기 먼 잭슨빌까지요. 그러니, 네, 무척 바쁘시죠."

데커가 두 서기를 보고 물었다. "판사님 밑에서 일한 지 얼마나 됐습니까?"

앵스트롬이 대답했다. "여기 온 지 거의 1년쯤 됩니다."

"전 네 달 전에 왔어요." 사익스가 대답했다. "제 전임 서기가 결혼해서 다른 지역으로 갔거든요."

"그리고 **지금** 판사님의 안건 목록에는 위협을 받을 만한 게 전혀 없나요?" 데커가 물었다.

"특별한 건 전혀 없었어요." 사익스의 대답에 앵스트롬도 고개를 끄덕였다.

"어떤 남달라 보이는 방문객이 찾아온 적 있습니까?" 화이트가 물었다.

케인이 대답했다. "아뇨, 그런 건 전혀 없었어요. 이곳 방문객들은 보통 가족이나 친구나 업무상 동료들이죠."

"그리고 리코 사건 이후로는 전혀 없었고요?" 데커가 물었다.

"네." 앵스트롬이 대답했다.

"판사의 비서는 어디 있습니까?" 화이트가 물었다.

"오늘 병가를 냈습니다." 사익스가 대답했다.

데커가 케인을 보았다. "우린 그분 집주소가 필요합니다."

케인이 대답했다. "이름은 패티 켈리입니다. 20년 넘게 여기서 일했죠. 아주 빠릿빠릿하세요."

"잘됐네요. 그러면 우리에게 빠릿빠릿한 답을 줄 수도 있겠군요." 데커가 서기들을 보고 말했다. "그러는 동안, 판사님의 현재 안건 목록을 앤드루스 요원에게 보내줄 수 있나요? 기소, 공식 요청, 사건 개요도요."

"형사요, 민사요?" 사익스가 물었다.

"둘 다요. 사람들은 돈 때문에도 얼마든지 살인을 저지를 수 있거든요."

"바로 드리겠습니다." 사익스가 대답했다.

케인이 말했다. "제가 다른 판사님들의 보안에도 더 신경 써야 할까요? 그분들에게도 물론 이 일에 대한 알림이 갔는데, 걱정하고 계신 눈치라서요."

데커가 말했다. "그건 보안관님 업무니까 제가 어떻게 하라고 말할 순 없습니다. 하지만 경호를 늘려서 해로울 건 없겠죠."

"맞아요."

"이제, 우린 판사실을 보고 싶은데요."

케인이 일행을 안으로 안내하자, 데커는 방 한복판에 서서 주위를 둘러보았다. 방은 연방 판사의 지위에 걸맞게 널찍했다. 광 낸 목재, 책장, 커다란 책상, 안락한 의자들이 몇 개나 있었다. 데커는 책상 위에 놓인 사진들을 살펴보았다. 타일러의 사진들이 나이대별로 있었다. 그중 한 액자에는 우스꽝스러운 표정의 사진으로 직접 만든 카드가 들어 있었는데, 어린아이의 글씨로 '사랑해요 엄마'라고 휘갈겨 씌어 있었다. 역시 타일러인 게 분명했다. 배리 데이비드슨의 사진은 한 장도 없었다.

다른 액자에는 커민스, 도리스 클라인 그리고 또 다른 여자의 사진이 있었다.

"왼쪽 세 번째 사람이 누군지 혹시 아십니까?" 데커가 액자를 들어 올려 물었다.

"마야 펄먼입니다." 케인이 대답했다. "전에 여기 법원에 출정하셨던 변호사세요. 물론 커민스 판사님 법정에는 안 섰고요. 두 분이 친구였거든요. 1년쯤 전에 은퇴하셨어요."

"그분을 아십니까?"

"아, 당연하죠. 이미 말씀드렸듯, 여기서 사건들을 맡으셨어요. 많이 맡으셨죠. 그래서 법원에 자주 오셨어요. 정말 좋은 분이셨고, 변호사로서도 상당히 뛰어나셨죠."

"분야가 뭐였습니까?"

"형사 변호사요."

"흥미롭군요." 데커가 데스크톱 컴퓨터를 곁눈질하며 물었다. "커민스 판사의 노트북과 휴대전화는 집에 있었죠?"

"네." 앤드루스가 말했다. "검사 중입니다. 그리고 이것도 검사할 겁니다."

이윽고 앤드루스는 캐비닛을, 데커와 화이트는 책상 서랍을 뒤지기 시작했다.

나중에, 수색을 마친 후 데커는 다시 서기들을 돌아보고 물었다. "'레스 입사 로키토르.' 혹시 무슨 뜻인지 압니까?"

앵스트롬이 말했다. "라틴어예요. '사실추정의 원칙'이라는 뜻이죠."

사익스가 덧붙였다. "민사 사건에서 쓰이는 개념이에요. 부주의, 그런 거죠. 입증의 책임을 피고인에게 넘기는 거예요."

"예를 들어 설명해주시죠." 데커가 말했다.

"채소 캔에 동물의 신체 부위가 들어 있거나. 비행기 엔진에 불이 붙거나 고층건물에서 떨어진 에어컨 유닛에 맞아 누군가가 사망했다거나 하는 것처럼, 결과 자체로 피고인의 부주의, 또는 어떤 불법적이거나 소송을 야기할 수 있는 행위가 존재한다고 말하는 거죠. 다른 말로, 그런 일이 일어났다는 건 누군가가 반드시 잘못을 저질렀다는 뜻이라고요. 형사 사건에는 적용되지 않습니다. 물론 입증 책임은 늘 정부 측에 남죠."

일행은 패티 켈리의 집주소를 얻어 법원을 나섰다.

"켈리를 아세요?" 데커가 앤드루스에게 물었다.

"아뇨, 모릅니다. 하지만 그분에 관해서 나쁜 말은 한마디도 못 들어봤습니다. 커민스가 법원에 합류한 이후로 줄곧 판사님과 함께 계셨죠."

10분간 차를 몰아 일행은 잔디밭은 거의 없고 키 크고 작은 야자수와 색색의 수많은 바위와 자갈이 방점을 찍어주는, 수수하지만 잘 관리된 집들로 이루어진 동네에 도달했다. 데커는 돌과 자갈이 여기서 인기 있는 이유는 물을 안 줘도 되고 햇빛에 타 죽지도 않기 때문일 거라고 짐작했다.

기아 SUV 최신 모델이 진입로에 서 있었다.

일행은 문을 두드리고 기다렸다. 마침내 다가오는 발소리가 들렸다.

다만 문을 연 사람은 패티 켈리가 아니었다.

2 2 221

"누구시죠?" 희끗희끗한 머리에 펑퍼짐하고 축 늘어진 몸매를 가진 60대 남자가 물었다.

앤드루스가 배지를 보여주고 대답했다. "저희는 패티 켈리 씨를 만나러 왔는데요. 실례지만 누구십니까?"

"전 패티의 남편인 스티브 켈리입니다. 판사님 일로 오신 건가요?"

"네. 어떻게 아셨죠?"

"오늘 아침 법원에서 누가 전화를 했더군요."

"부인은요?"

"집에 없는데요."

데커가 말했다. "오늘 병가를 내셨던데요."

"어젯밤 잠을 설쳤어요. 시간을 좀 내야겠다고 하더군요."

"어디로 가셨는지 아십니까?"

"아마 상점에 갔겠죠. 어젯밤 쇼핑을 좀 해야 한다고 했어요. 제가 밖에서 일하고 집에 다시 들어왔을 때는 이미 나가고 없었어요.

아마 판사님 일을 머리에서 몰아내려고 갔겠죠. 나간 지 이제 몇 시간쯤 됐어요."

"전화하실 수 있나요?" 데커가 물었다. "그리고 저희가 기다리고 있다고 알려주시겠습니까?"

"그럼요." 켈리가 전화기를 꺼내어 전화를 걸었다. 통화가 곧장 음성사서함으로 넘어가자 켈리는 메시지를 남겼다. "금방 다시 전화가 올 겁니다. 늘 그러니까요."

그러나 5분이 지나도 전화기는 울리지 않았다.

데커가 말했다. "문자를 보내보시죠."

켈리는 그렇게 하고 5분 더 기다렸다.

"무슨 상점이죠?" 화이트가 말했다.

"음, 갈 데가 꽤 많았어요. 하지만 보통 식료품점은 마지막에 들르죠. 바로 길 위의 해리스 티터요. 거길 지나오셨을 수도 있겠네요."

"차종은 뭐죠?" 앤드루스가 물었다.

"흰색 도요타 캠리요. 맞춤제작 번호판이 달려 있어요. '서니 (SUNNY).' 플로리다를 뜻하는 거죠."

데커가 앤드루스를 보고 말했다. "혹시 돌아올지도 모르니 여기서 기다리시죠. 우린 해리스 티터에 가보겠습니다. 먼저 만나는 쪽이 전화로 알려주기로 하죠." 그리고 켈리에게 물었다. "혹시 부인 사진이 있습니까?"

켈리는 선반에 놓인 액자 사진을 건넸다. 화이트는 휴대전화로 사진을 촬영했다.

데커는 사진을 보았다. 패티 켈리는 백금발을 바투 깎은, 60대 초반의 매력적인 여성이었다. 군살 없는 몸매에 키는 165센티미터 정도였다. 어쩐지 친숙해 보이는 인상이었는데, 데커는 자신의 개인 클라우드에서 즉각 기억을 떠올릴 수 없다는 사실에 놀랐다.

'음, 인지연구소에서는 내가 변화를 더 많이 겪게 될 거라고 했지. 어쩌면 이것도 그중 하나이려나.'

데커와 화이트는 렌터카에 올라 해리스 티터로 향했다.

주위를 둘러보았지만 '서니'라는 번호판을 단 흰색 캠리는 눈에 띄지 않았다. 데커는 주차장을 돌아다니며 차를 찾고, 화이트는 상점 안으로 들어갔다.

20분 후, 둘 다 빈손으로 다시 켈리의 집으로 향했다. 스티브 켈리는 몇 번이나 아내에게 전화를 걸어보았지만 소용없었다.

"집을 나가시기 전에 혹시 무슨 전화를 받지는 않았나요?" 데커가 물었다.

켈리는 유선 전화를 확인해보았지만 최신 메시지는 바로 전화하면 금선물로 거액의 소득을 얻을 수 있다는, 전날 밤에 녹음된 스팸 메시지가 전부였다.

"휴대전화로는요?" 화이트가 물었다.

"모르겠습니다. 말씀드렸듯, 전 뒤뜰에서 정원을 관리하고 있었습니다. 전화가 왔어도 바깥까지는 안 들렸을 겁니다." 켈리가 불안한 눈빛으로 일행을 보았다. "전 확실히 아내가…… 그러니까, 아내한테 무슨 일이 생긴 건 아니겠지요, 설마?"

아무도 그 질문에 대답하지 않았다.

"혹시 전화가 오면 저희한테 전화하라고 말씀해주시겠습니까?" 데커가 명함을 건네며 말했다.

"곧장 전화드리죠. 분명히 곧 돌아올 겁니다. 아마 지금 당장에라도 돌아올 겁니다." 남자는 먼 곳을 바라보며 대답했다. 입은 쩍 벌어지고 눈은 근심으로 가늘어졌다.

차에 올라 그곳을 떠날 때 앤드루스가 물었다. "어떻게 생각합니까?"

"잠재적 증인들이 우리 눈앞에서 계속 사라지고 있는 것 같습니다. 이제 그런 일이 발생하지 않을 곳으로 갑시다." 데커가 말했다.

"그게 어디죠?" 화이트가 물었다.

"앨런 드레이먼트의 집요. 앨런은 없지만 우리를 도와줄 뭔가가 있을지도 모르죠."

"하지만 앨런은 마이애미 근처에 살잖아요." 앤드루스가 말했다. "여기서 왕복 네 시간 거리인데요."

"오늘 다른 할 일이라도 있습니까?" 데커가 쏘아붙였다.

"켈리 부인에 관해서는 어떻게 생각해요?" 화이트가 끼어들었다.

"판사와 함께 일했으니 다른 사람들은 모르는 걸 알 수도 있죠. 그리고 지금은 실종됐을 수도 있고요."

"납치당했다면 분명히 남편이나 누가 목격했을 텐데요." 화이트가 반박했다.

"전화나 문자로 꾀어냈을 수도 있죠." 앤드루스가 대꾸했다.

데커가 앤드루스를 보고 말했다. "맞아요. 그리고 스스로 나타나지 않는다면 우린 그 꾀어낸 게 누군지를 알아내야 합니다. 통화 기록을 곧장 조사해야겠죠."

앤드루스는 전화로 통화 기록을 요청한 후 패티와 패티의 차에 공개 수배를 내겠다고 했다.

달리는 차 안에서 데커는 눈을 감고 지금까지 알아냈거나 알아내지 못한 모든 사실을 마치 아주 섬세한 먼지 이불처럼 자신 위에 내려 앉혔다. 하지만 답답하게도, 머릿속에 떠오르는 건 입에 총을 문 메리 랭커스터의 모습이 전부였다. 다시 눈을 뜨고 운전대에 앉은 화이트의 뒤통수를 응시했다.

'지금은 내 뇌가 기묘한 감정의 대장정을 펼칠 때가 아니야.'

앞좌석에서는 앤드루스가 FBI의 동료들과 통화하면서 켈리의 통화 기록을 확보하고 공개 수배에 필요한 서류 작업을 처리하고 있었다.

데커는 이 짓거리를 얼마나 더 할 수 있을지 궁금했다. 데커의 일부분은 이번 사건을 해결할 수 있을지 어떨지에 조금도 관심이 없었다. 이런 일은 처음이었다. 메리의 자살 때문인가? 샌디의 절박한 애원 때문인가? 아내를 안은 지도, 몰리의 뺨에 입을 맞춘 지도 너무 오래돼서인가?

딸이 살아 있었다면 지금은 십 대, 고등학생일 것이다. 프롬에 갈 준비를 하고 있겠지. 어쩌면 대학 입시를 준비하고, 인생을 준비하고 있겠지. 하지만 아이는 엄마의 무덤 옆 관 속에 누워 있었다. 아무런 잘못도 하지 않았는데도.

'책임은 모두 내게 있다. 항상 내게 있다.'

앤드루스가 마침내 전화기를 집어넣었다. "좋아요. 일이 진행되고 있어요." 그리고 데커를 보고 말했다. "내 말 들었어요?"

데커는 태양을 응시했다. 그 불타는 표면 전체에 죽은 딸의 모습이 아로새겨져 있었다. 어쩌면 내 뇌와 불완전한 기억력도 태양처럼 불타버리는 건 아닐까.

어쩌면 그게 데커에게 일어날 수 있는 가장 좋은 일일지도 모른다. 이대로 더 계속한다는 건 지금으로서는 도저히 상상도 가지 않았기 때문이다.

2 222

앨런 드레이먼트는 랜서의 집에서 20분쯤 떨어진 아파트에 살았다. 아파트는 매끈한 고층건물이 아니었다. 바다와 멀찍이 떨어진 3층 건물로, 낡고 허름해 보였다. 그리고 마치 모텔처럼 현관문이 곧장 길가로 열리는 형태였다.

"아마 2년쯤 있으면 철거될 겁니다." 앤드루스가 말했다. "구역을 재조정하고 15층쯤 올리면, 어쩌면 바다 전망을 갖게 되겠죠. 큰돈을 벌 거예요."

"네, 그리고 20년 후면 **여기가** 해안이 되겠죠." 데커가 지적했다.

"재미없거든요." 앤드루스가 되쏘았다.

"재미있으라고 한 말 아닌데요."

앤드루스가 화이트를 보았다. "여기 사는 우리는 기후 변화 문제에 민감합니다."

화이트가 물 쪽을 바라보며 대꾸했다. "나라도 그럴 것 같네요. 다들 너무 가까이 사니까요. 하지만 난 볼티모어에 살아요. 우리도

147

문제가 있죠. 누군들 안 그럴까 싶지만요. 다만 난 이너하버하고는 멀찍이 떨어져 살아요. 내 가격대를 한참 벗어나니까."

"로가 플로리다주에 지점이 일곱 곳 있다고 했죠?" 데커가 물었다.

"네, 실제로 네이플스에도 하나 있고요."

"그럼 왜 굳이 두 시간 거리에 사는 드레이먼트한테 커민스 판사의 경호를 맡기죠? 네이플스 사람을 왜 안 쓰고요?"

앤드루스가 말했다. "그거 좋은 질문이네요."

화이트가 끼어들었다. "드레이먼트가 그날 밤 판사를 경호하고 있었다면, 그 집에서 잔 건가요?"

"잠을 안 잤을 수도 있죠." 데커가 말했다. "아마 밤새 순찰을 돈 후 판사가 출근한 동안은 어디 다른 데 가서 눈을 붙였을 겁니다. 하지만 아마 숙박비는 감마에서 내줘야 하겠죠. 내 짐작이지만."

"그 부분은 내가 확실히 알아보겠습니다." 앤드루스가 말했다.

일행은 건물 3층에 있는 드레이먼트의 아파트로 향했다.

"여기 수색영장에 문제 있나요?" 데커가 물었다.

"누군가와 동거 중이면 그럴 수 있죠." 화이트가 지적했다. "그리고 그게 살인범이면요. 그러면 수정헌법 4조에 걸려요. 왜냐하면 아무리 살인범이라 해도 법적으로 프라이버시가 보장되거든요. 직접 알아봐요."

데커가 고개를 끄덕였다. "맞아요. 자, 그럼 문을 두드리고 동거인이 있는지 알아보죠. 영장 없이 수색을 하려면 법적 권리를 가진 사람이 수색에 **동의**해주는 게 최선이니까요."

드레이먼트의 아파트 문 앞까지 가자 데커는 총을 꺼내고 말했다. "좋아요, 어쩌면 이게 기회일 수도 있어요."

문은 살짝 열려 있었다.

앤드루스와 화이트도 무기를 꺼냈다.

데커가 앤드루스를 곁눈질했다. "여긴 당신 관할인데, 어떻게 하고 싶습니까?"

"내가 앞장설 테니 당신은 왼쪽, 화이트는 오른쪽을 맡아요." 앤드루스가 데커 옆을 지나치며 고함쳤다. "FBI입니다. 신분을 밝히세요. 당장!" 반응은 없었다. "FBI입니다. 들어갑니다." 앤드루스는 문을 박차고 거실로 들어섰다. 데커는 앤드루스의 왼쪽을 맡고 화이트는 오른쪽을 맡았다. 세 사람의 총이 몸 앞에서 호를 그렸다.

"젠장." 데커가 말했다. "우리가 한발 늦었네요."

그곳은 샅샅이 수색당한 후였다.

일행은 누가 없는지 확인하려고 재빨리 주위를 탐색했다. 사망자도, 부상자도, 숨어 있는 자도 없었다.

데커가 말했다. "관리 사무소에 확인해서 어젯밤이나 오늘 여기서 누굴 본 사람이 있는지 알아봐요. 그리고 드레이먼트가 마지막으로 목격된 게 언제인지도요. 그리고 과학수사팀한테 연락을 해야 할 겁니다. 우린 드레이먼트에게 동거인이 있는지 어떤지 확실히 모르니, 영장을 받아요."

"그러죠."

데커의 측정에 따르면 그곳은 겨우 92제곱미터 남짓했다. 얼마 안 되는 가구는 전부 싸구려에 낡은 것들뿐이었다. 어쩌면 애초에 집에 딸린 옵션일 수도 있었다. 개인 사진은 눈에 띄지 않았다. 여기 누가 살았는지 확실히 보여줄 만한 것은 전혀 없었다.

앤드루스는 관리 사무소와 직원들을 신문하고 30분쯤 후에 돌아왔다.

"아무도 뭘 보지도 듣지도 못했답니다. 관리인과 현장 잡역부가 다였어요. 관리인은 술 냄새가 났고 잡역부는 뒤뜰의 픽업트럭에서 작업 중이었는데 영문을 모르는 눈치더군요."

"가사도우미 서비스나 그런 것도 전혀 없고요?" 데커가 물었다.

"네. 자기 집은 각자 청소한답니다. 양 옆집 문을 두드려봤는데 아무도 안 나왔어요. 내 명함이랑 드레이먼트에 관해 아는 게 있으면 연락 달라는 쪽지를 붙여놓고 왔어요. 관리인 말로는 월세도 따박따박 들어왔고 아무 문제도 없었대요. 자기가 알기로는 방문객도 없었다는데, 얼마나 신경 써서 봤을지는 모르죠. 그리고 드레이먼트 말고 다른 입주자는 없었답니다."

"잠깐 수색했을 뿐이지만 여기엔 업무 관련한 건 아무것도 안 보이던데요." 화이트가 말했다. "홈 오피스도, 노트북 컴퓨터도 없었어요. 파일이나 서류도 없고요."

"그리고 커민스의 집에 있던 시신에서는 전화기가 발견되지 않았고요." 앤드루스가 말했다. "사람들은 일부러 위험을 무릅쓰지 않아요. 범인들이 전화기를 가져갔다면 껐을 겁니다. 우린 추적이 가능하니까요. 랜서의 경우도 마찬가지고요."

"패티 켈리의 전화번호를 알아내서 추적 가능한지 확인해봐요." 화이트가 제의했다.

"바로 처리하죠." 앤드루스가 말했다. "그리고 난 영장이 떨어질 때까지 아파트 출입을 막아두죠. 다른 입주자가 없다고 해도, 혹시라도 다른 누가 여기 살고 있지 말란 법은 없으니까요."

"좋은 생각이에요." 화이트가 말했다.

데커는 난간 너머로 아래쪽 주차장을 내려다보았다. 오늘 하루는 한 트럭 분량은 될 질문들을 낳았고, 답은 하나도 없었다. 사실, 매분 매초 더 복잡해지기만 했다.

'이 사건은 내 최고 기량을 필요로 할 거야. 하지만 내가 그럴 수 있을지 잘 모르겠군.'

데커와 화이트가 머무는 호텔에는 좌석 네 개짜리 을씨년스러운 바가 하나 있었는데, 데커는 거기서 한 자리를 차지하고 반쯤 빈 버드와이저 병을 어루만지고 있었다. 텔레비전에서는 하키 게임이 방영 중이었다. 둔한 하키복을 입고 얼음 위를 지치는 남자들과 밤 11시에 21도의 기온에서 부드럽게 흔들리는 호텔 앞 야자수들을 동시에 보니 기묘한 위화감이 들었다.

전화기를 바에 내려놓고 발신자 목록을 훑었다. 메리 랭커스터가 새벽 2시 58분에 전화를 했었다. 목숨을 끊기 약 7분쯤 전이었을 것이다.

총을 입에 넣은 여자의 모습이 다시금 엉망이 된 데커의 머릿속에 떠올랐다. 그리고 랭커스터를 말릴 말 한마디도 떠올리지 못한 채 그냥 덩그러니 서 있는 자신의 모습도.

선수 경력만이 아니라 예전의 데커라는 사람에게도 종지부를 찍은 미식축구장의 그 사고 이후 병원에서 깨어났을 때, 데커는 자신에게 무슨 일이 일어난 건지 몰랐다. 두 번 죽은 당신을 되살렸다는 의사들의 설명을 듣는데 마치 남 이야기를 듣고 있는 기분이었다.

의사들은 뇌의 외상이라고 했다. 그런 정도의 부상을 본 건 처음이었다고. 어떻게든 살려만 보자고 있는 힘을 다했다고. 데커가 그날 자신에게 일어난 일을 진정 제대로 이해한 건 그로부터 몇 주나 지나서였다.

그 후 시카고의 인지연구소에서 오래 머무르면서, 역시 뇌에 부상을 입은 다른 사람들을 만났다. 그리고 그 외상은 그들 모두에게서 놀랍고 새로운 정신적 초능력을 깨웠다.

'초능력, 그렇다. 난 아무것도 잊지 못한다. 거의 아무것도. 내게 죽음은 형광 파란색으로 보이고, 다른 것들은 때때로 오렌지색이나 분홍색이나 녹색으로 보인다. 커다랗고 나쁜 숫자들이 날 덮치러 온다. 난 사람들 앞에서는 마치 댄스파티에 처음 간 여드름투성이 열네 살짜리 남자애처럼 어쩔 줄 모른다. 전에는 술술 나왔던 말이 꽉 막혀서 안 나온다. 전에는 거슬리는 게 아니라 재미있는 사람이었고, 말도 가려서 할 줄 알았고 공감도 할 줄 알았는데. 그래도 공감 부분은 이제 좀 나아지긴 했다. 내 몸은 전과 똑같은데, 그 몸 안에는 다른 사람이 살고 있다. 하지만 그건 나로부터 가족을 앗아갔고, 그래서 난 절대 용서하지 못할 것이다…… 나 자신을.'

데커는 눈을 감았다. 그 수많은 생각의 무게가 고스란히 내려앉으면서 떡 벌어진 어깨가 축 처졌다.

"말동무해줄까요?"

고개를 들자 화이트가 서 있었다. 청바지와 진홍색 블라우스로 갈아입고 검은 발레 플랫을 신고 있어서 키가 아주 작아 보였다.

"좋으실 대로."

화이트는 데커 옆자리에 앉아 데커의 휴대전화를 흘낏 보았다. 화면은 꺼져 있었다.

"전화 기다려요?"

데커는 전화기를 주머니에 넣으며 대꾸했다. "아뇨."

화이트는 바텐더를 손짓으로 불러 봄베이 사파이어를 넣은 진 토닉을 주문했다. "우린 오늘 많은 일을 했어요. 사실 플로리다주를 이 끝에서 저 끝까지 두 번이나 가로질렀죠."

"하지만 알아낸 건 별로 없죠." 데커가 바로잡았다.

"아직은 초기잖아요. 시작 지점은 늘 있는 거죠. 그리고 시작 지점에는 늘 수많은 질문과 혼란스러운 시궁창이 있고요."

"**그리고** 종결 지점도 마찬가지죠. 상황이 어떻게 전개되느냐에 따라서."

화이트는 나온 술을 한 모금 마셨다. "당신에 관해 찾아봤어요, 데커. FBI에서 맡은 사건에 한 번도 실패한 적 없죠."

"옛날 오하이오주에서 신참 형사로 처음 맡은 사건에서 난 엉뚱한 남자를 감옥에 보냈어요. 아주 오랜 세월이 지나고 그 남자가 내게 그걸 알려줬죠. 내가 틀렸고 자신이 맞았다는 것을 증명하라는 숙제를 내게 줬어요."

"그래서 그렇게 했나요?"

"네. 하지만 그 남자를 구하기엔 너무 늦었죠. 내게 도전장을 던진 그날, 누군가가 그 남자를 살해했거든요. 내가 그 남자의 시신을 발견했죠."

"그때 어떤 심정이었어요?"

데커는 맥주잔을 비우고 손짓으로 한 잔 더 주문했다. 그리고 화이트를 돌아보고 말했다. "어떤 심정이었을 것 같아요? 거지 같은 심정이었죠. 내가 좆같이 서툴렀던 탓에 어떤 남자의 인생에서 긴 세월을 날려먹었으니까요. 난 선입견을 갖고 사건에 임했고, 끝내 거기서 벗어나지 못했죠."

"거기서 배움을 얻었나요?"

"네, 그랬죠. 그 남자한테는 너무 늦었지만요."

화이트가 잔을 들어 올렸다. "축하해요. 당신도 완벽하지 않군요."

"지금 그게 문제입니까?"

"문제는 우리가 가진 능력으로 최선을 다해 우리 임무를 완수하려고 노력한다는 거죠. **내가** 신참이었을 때는 증거보관의 연속성 (증거가 원본이거나 원본과 동일한지 판단하는 중요한 기준 – 옮긴이) 문제로 실수를 한 번 저질렀어요. 그러고는 터무니없는 실마리를 좇느라 시간을 낭비했죠. 증언석에 서서 준비 부족으로 교활한 피고인 변호사들에게 두 번이나 당했고요. 이건 텔레비전 드라마가 아니에요, 데커. 우린 실수를 저질러요. 인간이니까요. 항상 제대로 해내진 못해요. 늘 광고까지 포함해서 한 시간 내에 사건을 해결하는 게 아니라고요."

"어쩌면 당신은 그럴지도 모르죠." 데커는 짧게 대꾸했다. 하지만 어찌나 맥이 풀린 어조인지, 화이트는 딱히 불쾌해하지 않는 눈치였다.

화이트가 말했다. "그래서, 이제 랜서와 켈리가 실종됐죠. 드레이먼트와 커민스는 죽었고요. 전남편에게는 알리바이가 있죠."

"알리바이 제공자는 아들이고, 어쩌면 일부 통화는 영상으로 남아 있을 수도 있겠죠. 우린 정말 그 줌 통화를 했는지 확인해야 해요. 그 모든 게 한데 맞아떨어진다면, 살인을 직접 저질렀을 수는 없어요. 하지만 누군가를 고용했을 순 있죠, 이미 말했듯이."

"입에 들어 있던 슬로바키아 지폐는요?"

"진짜 그런 의도거나 어쩌면 수사에 혼선을 주려는 수작일 수도 있죠.' '아니면 어쩌면 둘 다거나.' 데커는 문득 생각했다.

"전남편의 범행 동기는요?"

"커민스의 변호사인 덩컨 트로터와 이야기해봐야죠. 어쩌면 유산의 향방과 관련이 있을지도 모르니까."

"옆집 사람은 타일러에게 갈 거라고 생각했죠. 배리 데이비드슨이 아니고요."

"그래도 동기에서 배제할 수 없어요. 배리는 타일러가 성인이 될 때까지 그 돈을 관리하면서 야금야금 갉아먹을지도 모르죠."

"자기 혼자서도 꽤 잘나가는 것처럼 보이던데요."

"겉보기로는 모르는 거죠. 그리고 심지어 타일러에게 전부 간다고 해도, 우리가 아직 모르는 개인적 살해 동기가 있을 수 있어요. 두 사람은 **이혼했고** 그다지 사이가 좋았던 것 같지는 않던데요."

"맞아요."

"그리고 난 아무래도 감마가 우리의 질문에 답하길 거부할 것 같아요."

데커는 아무 말도 없이 고개를 끄덕였다. 그리고 새로 나온 맥주를 마치 실마리라도 되는 것처럼 들여다보았다.

"모쪼록, 판사의 컴퓨터나 휴대전화에서 우리한테 도움이 될 만한 게 나오길 빌어봐야죠."

"네." 데커가 심드렁하니 대꾸했다.

화이트가 데커를 응시했다. "알렉스가 당신은 못 말린다고 하더군요. 오로지 사건 생각뿐이라고. 하나님이 직접 오신대도 당신은 못 막을 거라고요."

데커가 화이트를 곁눈질하며 말했다. "그래서요?"

"그래서, 오해하지는 말고요, 하지만 지금은 그런 사람처럼 안 보여요."

데커는 맥주를 벌컥벌컥 마시고 대꾸했다. "어쩌면 지금은 아닐지도 모르죠."

"랭커스터의 자살 때문인가요?"

데커는 자리에서 일어나 술값을 계산하고 그곳을 나왔다.

2 224

화이트는 떠나는 데커의 뒷모습을 바라보았다. 거대한 남자가 터벅터벅 걸어가는 모습을. 화이트가 존경하는 많은 사람들은 데커가 FBI 역사상 단연코 가장 끈덕진 조사관이라고 했다. 그렇다, 직접 상대하려면 짜증 나고 답답하고, 때로는 위태롭고, 법적 한계선에 불안할 정도로 가까이 가는 남자. 하지만 그 남자는 맡은 일을 완수했다. 벽을 뚫고 길을 막아서는 모든 이를 타넘었다. 그게 누구든, 위계서열에서 얼마나 높이 있든.

그리고 오늘 그런 모습도 약간 보여주긴 했지만, 지금 이 순간은 그런 남자처럼 보이지 않았다.

그리고 데커는 화이트의 새 파트너였다.

화이트는 진토닉을 홀짝였지만 사실 아무런 맛도 느껴지지 않았다.

'젠장, 나 좆된 거 아니야?'

전화기를 꺼내어 집에 전화를 걸었다. 어머니인 세레나가 받았다. 늦은 시간이라 아이들은 잠자리에 들었다고 했다.

"애들은 잘 있어. 하지만 목소리를 들으니 **네가** 안 괜찮은 것 같구나, 프레더리카."

어머니는 딸을 무슨 일이 있어도 프레디라고 부르지 않았다.

"그냥 사건 때문에요. 문제들이 있어요."

"네 사건은 늘 문제가 있잖니. 특히 초반에는 더 그렇고. 지금 상황은 뭐가 다른데?"

"파트너가 달라요." 화이트는 어머니에게 데커에 관해 이야기했다. 뇌 외상과 가족을 잃은 사연을 들려주었다. "열의가 없어 보여요. 그리고 이 조사가 혹시라도 시궁창에 처박힌다면 나 역시 그 꼴이 될 거예요. 난 이전되고 싶지 않아요. 도대체 왜 나를 데커의 파트너로 낙점했는지도 모르겠어요."

"모른다고? 정말?"

화이트가 이마에 고랑을 지었다. "도대체 무슨 말이에요, 엄마?"

"너 돈테가 죽었을 때 네가 어떻게 됐는지 기억하니?"

"그걸 내가 어떻게 잊어요?"

"음, 확실히 잊었구나. 그냥 그때를 생각해봐. 그리고 기도하렴. 난 네가 결국 거기 도달할 거라고 믿는다."

"우리 가족이 그 온갖 거지 같은 일을 겪었는데, 엄마는 어떻게 그렇게 긍정적일 수 있어요?"

"넌 나쁜 일을 당한 게 우리 가족뿐이라고 생각하니?"

"우리 몫보다 더 많이 겪었잖아요."

"내가 아는 어떤 사람들은 폭력에 아이들을 **몽땅** 잃었어."

"인종차별주의자인 백인 경찰이 아빠 머리에 총알을 박았어요. 아빠가 저항했다는 이유로요. 그리고 경찰서의 사기가 떨어질까 봐 놈은 감옥에서 하루도 안 되어 나왔죠. 그리고 놈들은 그걸 사고로 위장해서 덮어버렸고요. 네, 우린 돈을 받긴 했지만, 그렇다고 쌤쌤은 아니죠. 아빠가 돌아온 것도 아니잖아요."

"네 말이 전부 다 정확히 맞아, 프레더리카. 그리고 넌 네 평생 그걸 떠안고 살겠지, 나처럼. 하지만 그게 네 삶을 **이끌고** 너라는 사람을 규정하게 놔두면, 넌 이 세상에서 절대 긍정적이거나 생산적인 삶을 살지 못할 거야."

"전 엄마가 이해가 안 가요. 정말 이해가 안 가요."

"어쩌면 네가 새 파트너를 **이해** 못 하는 것과 똑같은 거 아닐까."

"데커가 만약 이 사건을 망친다면 내 경력은 순식간에 망가져버릴 거예요. 난 아이들을 대학에 보내야 해요. 계속 위로 올라가야 한다고요."

"난 네 아이들을 대학에 보낼 돈이 있어."

"아뇨, 그건 **엄마** 돈이죠. 아빠 돈이고요. 그 돈은 받기 싫어요."

"네 고집 때문에 아이들의 앞길이 막혀도 좋다는 거니?"

"그 애들은 내 애들이고, 내 애들은 내가 부양할 거예요. 엄마 아빠가 우릴 위해 그랬던 것처럼요. 두 분은 도와줄 부자 친척들이 없었잖아요. 그리고 저도 그 길을 밟지 않을 거예요. 엄마는 절 그런 식으로 키우지 않았어요."

"그냥 기도하렴, 프레더리카. 그냥 기도를 해."

전화를 끊은 화이트는 고개를 저었다. 돈테가 목숨을 잃은 이후로는 기도도, 교회도 뚝 끊어버렸다.

'이제 와서 다시 시작할 생각도 없어. 아빠가 살해당할 때 하나님은 어디 있었지? 돈테가 죽었을 때는? 씨발 우리 동네 근처에는 코빼기도 안 보였지.'

잠시 후 화이트는 맥박과 혈압이 확 치솟는 걸 느꼈다.

'젠장!' 공황 발작이 처음 시작된 건 이미 한참 전이었다. 업무와 관련해서 그런 적은 한 번도 없었다. 늘 아이들과 관련해서였다. 그리고 이제 그 증상이 다시 고개를 든 건 어머니와의 대화 때문이었다. 심호흡을 하고 마음을 가라앉히려 의지력을 모았다.

직장에서 이 일을 아는 사람은 아무도 없었다. 직장 동료들에게 그런 압박감을 감당 못 하는 사람으로 보이고 싶지 않았다. 원인이 뭐든 간에. 치료나 상담을 받을까 하는 생각도 해보았지만, 그보다는 스스로 관리해보자고 결심했다.

남은 술은 카운터에 그대로 놔두고 방으로 돌아갔다.

그리고 프레더리카 화이트는 에이머스 데커 못지않게 잠을 이루지 못했다.

25

데커는 랭커스터가 입에 총구를 집어넣는 모습을, 그 망할 놈의 환영을 머릿속에서 도저히 몰아낼 수 없었다. 심장이 마치 귓가에서 뛰고 있는 것만 같았다. 그 소리는 사라지지도 않고 무시할 수도 없었다. 침대에서 계속 뒤척이던 데커는 결국 두 손 들었다.

일어나서 옷을 입고 밖으로 나갔다. 해변까지 걸었다. 새벽 2시였다. 신변의 안전은 두렵지 않았다. 아무래도 큰 총을 가진 거한이니까. 하지만 어차피 지금은 안전 같은 것에 관심도 없었다.

모래밭 가장자리에서 망망대해를 바라보았다. 바다는 늘 그랬듯 쿵쿵 울리고 소용돌이치며 자기 일에만 열중했다.

별이 흩뿌려진 하늘에는 연기 같은 구름 줄기가 몇 개가 흩어져 있었다. 더 높은 고도에서 만을 가로질러 어딘가로 향하는 제트기의 비행운이 보였다.

이윽고 데커는 다시 시선을 땅으로 돌리고 짠 공기를 폐 깊숙이 들이마셨다.

모래밭을 걷기 시작했다. 바삭거리는 모래가 데커의 커다란 발 밑에서 단단히 다져져 발걸음을 붙들어주었다. 왠지 기분 좋았다. 느슨한 알갱이들이 한데 모여 단단한 덩어리를 형성하다니. 아니면 그냥 지치고 잔뜩 긴장한 머리에서 어떻게든 희망적인 생각을 짜내고 싶었을 뿐인가?

'그렇다, 아마 확실히 그럴 것이다.'

데커는 물가로 걸어가 털썩 주저앉아 무릎을 세우고 양팔로 감쌌다.

데커와 캐시는 몰리가 여섯 살 때 디즈니 월드에 함께 갔었다. 미식축구와 무관한 일로 플로리다에 간 것은 그때가 유일했다. 이번을 빼면 말이다.

세 사람은 신나게 즐기고 은행 계좌를 바닥까지 긁어 썼다. 하지만 그럴 가치는 충분했다. 미키 마우스와 도널드 덕과 구피와 친구들이 함께했던 아침 식사가 떠올랐다. 몰리는 처음에는 겁나서 데커 뒤에 숨어 고개만 빼꼼 내민 채 지나가는 만화 캐릭터들을 엿보았다. 하지만 차츰 마음이 안정됐는지 결국 숨어 있던 곳에서 나와 도널드와 손을 잡고 미키와 함께 사진을 찍었다. 캐시의 눈에 눈물이 고였고, 그 감정을 전혀 이해 못 하는 데커였지만 딸이 키 큰 구피에게 입을 맞출 수 있도록 안아 올려주었다.

다소 바가지를 쓰긴 했어도 멋진 여행이었다. 어쩐지 100만 년은 지난 것처럼 느껴졌다. 어쩌면 그게 사실일지도 모른다.

데커는 조개껍데기를 집어 들고 자세히 들여다보았다. 흰색과 회색 바탕에 여기저기 금이 간 조개는 데커의 거대한 손바닥 위에서 몹시 가냘파 보였다.

'그래서, 넌 뭘 할 건데, 데커? 시신 몇 구와 확인할 것들이 잔뜩 있고, 대부분은 철저한 개소리다. 전혀 터무니없는 헛소리들이 튀어나올 테지만, 난 그걸 말이 되게 만들어야 하겠지. 그게 가능하다면. 그리고 과연 그게 가능할지 모르겠다. 아니, 심지어 그러고 싶은지조차 모르겠다. 이 두 가지는 커다란 의문이다.'

데커는 다시 일어나 계속 걸었다.

저 멀리 파도 위로, 살면서 만난 중요한 사람들의 모습이 하나하나 떠올랐다. 아내와 딸과는 달리, 그 사람들은 여전히 살아 있었다.

우선 멜빈 마스. 마스는 한때 사형수 감방에 갇힌 신세였지만 지금은 사랑하는 여자와 함께 멋진 삶을 살고 있었다. 그리고 지금은 은퇴했지만 데커와 함께 수십 건의 사건을 해결한 로스 보거트. 그리고 한때는 오하이오주 벌링턴에서 기자로 일했고 지금은 정식 FBI 요원으로서 나쁜 놈들을 혼내주며 좋은 일을 하고 있는 젊은 여자도 있었다.

데커는 전화기를 꺼내어 단축 번호를 눌렀다. 제발 재미슨이 전화를 받아주길.

알렉스 재미슨은 첫 신호음에 바로 전화를 받았다.

"얼마나 더 있으면 당신이 나한테 전화를 걸까 생각하던 참이었어요." 재미슨이 말했다.

"한밤중에 전화해서 미안해요."

"차에서 야간 감시 근무를 하던 중이었어요. 그리고 당신은 내가 세상에서 유일하게 통화하고 싶은 사람이고요. 그래서, 새 파트너하고는 어떻게 잘 지내요?"

"그냥 지내요. 잘은 아니고요."

"도대체 뭘 기대했는데요? 당신은 결국 에이머스 데커잖아요."

데커는 그 말에 자신도 모르게 웃음을 지었다. "그 사실을 매일 되새기게 되네요. 좋은 게 아닌 건 확실해요."

"화이트는 좋은 요원이에요, 데커. 정말 날카롭죠. 나보다 경험이 더 많아요. 그리고 나보다 훨씬 힘든 일을 겪었고요."

"알아요. 본인한테 들었어요."

"당신한테 어느 정도 말했을 수는 있겠죠. 전부는 아니겠지만."

"'프레디'한테 들은 것보다 둘이 더 가까운 사인가 봐요."

"많은 여성 FBI 요원들이 서로 가까운 사이예요. 실제로는 아니라도, 적어도 마음속으로는요. 우리는 수가 많지 않잖아요. 적어도 남자들에 비하면요."

"이제는 화이트에게 기회를 주라고 말할 차례인가요?" 데커가 심드렁하게 대꾸했다.

"아뇨. 당신 **자신에게** 기회를 주라고 말할 차례예요. 프레디는 잘 해낼 거예요, 데커. 당신이 있든 없든요. 난 프레디 걱정은 안 해요. **당신**이 걱정이죠."

"메리 때문에요?"

"여러 가지 때문에요."

"난…… 난 인지연구소에서 편지를 받았어요. 거기서 연례 검진을 받은 후에요."

"뭐라던가요?"

"뭐가 많더군요."

"나쁜 거요?"

"썩 좋지는 않죠."

"관리 가능한 건가요?"

"모른대요. 그러니 나도 모르죠."

"유감이에요, 에이머스." 재미슨이 말했다. 갑자기 북받친 감정

165

에 목소리가 갈라졌다.

데커는 파도를 향해, 그리고 재미슨을 향해 어깨를 으쓱했다. "예상 못 한 것도 아니잖아요. 언젠가는 대가를 지불해야죠."

"그게 문제가 아니에요. 당신은 살과 피로 이루어진 인간이에요. 감정을 느끼는 인간. 그것도 보통 사람 이상으로요."

"문제는, 이곳의 사건이…… 복잡해요."

"안 그런 사건도 있나요?"

"내 말은, 정말 복잡하다고요. 그리고 잘 모르겠어요…… 내가 해낼 수 있을지."

재미슨의 침묵이 하도 길어져서 데커는 전화가 끊겼나 생각했다.

"인정해야겠네요. 방금 그 말에는 정말 놀랐어요. 당신은 늘 어떻게든 해내잖아요."

"내 의도는 아니에요."

"한 가지 확실히 해두죠. 사건이 얼마나 복잡하든 난 걱정 안 해요. 당신은 해결할 능력이 있으니까. 원하기만 하면요."

"그리고 그게 문제죠." 데커가 말했다.

"전에 나한테 그랬죠. 일이 없으면 당신은 아무것도 아니라고."

"그건 그 자체로 안쓰럽죠, 알아요."

"그때도 지금도 난 그렇게 생각 안 해요. 당신은 생계를 꾸리기 위해 평범한 일을 하지 않아요. 우리 모두가 살고 있는 이 좆된 세상에서 정의를 찾죠. 죽은 사람에게 목소리를 주고요. 죄지은 자에게 죄를 묻죠."

"예전에는 그렇게 생각했어요. 이제는 그냥 절대 잡지 못할 걸 뒤쫓고 있는 것만 같아요."

"당신은 절대 그렇게 생각하지 않았어요. 중요한 건 오로지 악행을 저지른 자가 무사히 빠져나가지 못하게 하는 거라고, 당신이 나한테 몇 번이나 그렇게 말했는지 헤아릴 수도 없는걸요. 우리가 그걸 놓쳐버리면 다른 건 모두 의미 없어진다고 했잖아요. 우리 모두가 어떤 세상에서 살게 될지는 오직 그 하나에 달려 있다고요. 당신이 그 말을 기억하는 걸 난 알아요. 꼭 완벽한 기억력 때문이 아니라도요."

"그 말 그만해요, 알렉스, 왜냐하면 내 기억은 전혀, 빌어먹을 손톱만큼도 **완벽하지** 않으니까요."

"그렇다면 그건 누구나와 마찬가지죠. 저기, 연구소에서 온 편지에 뭐라고 씌어 있는지 난 모르고 나한테 말해주지 않아도 돼요. 하지만 최악의 내용이라면, 앞으로 그걸 어떻게 할지는 당신이 결정해야 해요. 그 질문에 답할 수 있는 건 당신 혼자뿐이에요."

"난…… 난 당신이 필요해요, 알렉스."

"진실은, 당신이 당신 일을 해내는 데에는 나도, 그 누구도 필요하지 않았다는 거예요. 난 때로는 그저 당신이 몇 번이고 쉽게 할 수 있는 일을 경외감 속에 가만히 서서 지켜보기만 하는 유능한 조수에 불과했어요. 그리고 지금은 돌아갈 여건이 안 되지만 언젠가는 **반드시** 돌아갈 거예요."

"하지만 뉴욕의 그 남자는요? 진지한 사이인 줄 알았는데요."

"알고 보니 그 남자는 내가 생각한 사람이 아니었어요. 그리고 난 아무래도 대도시 사람은 아닌 것 같고요."

재미슨은 침묵에 잠겼고, 데커의 귀에는 재미슨의 침착하고 규칙적인 숨소리밖에 들려오지 않았다. 데커 자신의 숨소리와는 전혀 달랐다.

"내가 이 일을 해낼 수 있을지 모르겠어요, 알렉스."

"당신이 원하기만 **한다면** 기필코 해낼 수 있어요. 그리고 원하지 않는다 해도, 그것 역시 전혀 잘못이 아니에요. 그리고 난 바로 옆에서 당신을 지지할 거예요. 하지만 내가 당신을 알아서 하는 말인데, 지금 어떤 기분이든, 당장 떠나버린다 해도 내일 아침이면 열 배는 더 괴로운 기분으로 깨어날 거예요. 내가 당신에 관해 모든 걸 안다고는 말할 수 없어요. 아무도 남한테 그럴 수는 없으니까요. 하지만 난 이 세상에서 그 누구보다도 당신을 잘 알아요. 그리고 그게 사실이라는 것도 알고요. 당신도 알죠."

다시금 긴 침묵이 이어졌다.

"고마워요, 알렉스." 데커가 말했다.

"난 당신이 이걸 알았으면 해요. 내가 온 마음을 다해 믿는 중요한 거거든요, 에이머스."

"그게 뭐죠?"

"**나한테 당신이** 필요하다는 거요. 나머지 세상이 그렇듯이요."

2 226

데커는 오전 6시 정각에 일어났다. 비록 잠은 얼마 자지 못했지만 새로워진 기분으로 동트는 창밖을 내다보며 재미슨과 나눈 대화를 복기했다.

재미슨의 목소리를 들으니 몹시 좋았다. 재미슨의 말은 데커를 겸손하게 만들었다. 정신을 차려야 한다는 걸 깨닫게 했다. 그리고 만약 이 일에, 미식축구 이후로 유일하게 잘하는 이 일에 등을 돌린다면 남은 생을 도대체 어떻게 보낼 셈인가? 매일 어떻게 침대에서 일어날까? 어떻게 다시금 과거의 심연으로 빠져들지 않을 수 있을까?

데커는 미신을 믿지 않았다. 하지만 잠자리에 들던 바로 그 순간 딸을 보았다. 몰리는 뭐라고 말하려 했다. 데커는 무슨 말인지 간절히 알고 싶었지만 알아들을 수 없었다. 몰리가 거기 있다고 생각하게 한 건 피곤에 지친 뇌가 데커를 속였기 때문이었다.

중요한 건, 데커가 절대 실제 눈으로 몰리를 보지 않았다는 것이다. 그런 식으로 본 건 아니었다. 어쩌면 몰리는 데커가 교차로에서 있다고 말해줄 수 있었을지도 모른다.

'그리고 아마 그게 사실이겠지.'

아내, 캐시가 뭐라고 말할지는 알았다. '당신은 절대 포기하는 사람이 아니야. 한 번도 그런 적 없었어. 상황이 힘들어지면 당신은 그냥 더 큰 삽을 가져다가 불에 탄 흙을 뒷길로 퍼 나르지.'

그리고 어쩌면 이제 데커는 몰리가 무슨 말을 하려는지 알 것 같았다. 재미슨이 하고 싶은 말도.

그래서 샤워와 면도를 마치고 평소보다 열심히 칫솔질을 하고 깨끗한 옷으로 갈아입고 머리를 빗었다. 그러고는 팔꿈치에 패치를 댄 코듀로이 재질의 단벌 재킷을 입었다. 비록 낡고 유행에 지났지만, 그래도 재킷은 재킷이었다.

정각 7시 30분에 호텔 식당에 도착해 기다리자 몇 분 차이로 화이트와 앤드루스가 나타났다.

화이트가 데커를 위아래로 훑어보며 깔끔하게 다듬은 외양과 재킷을 눈여겨보았다. "전쟁에 나갈 준비가 된 것 같네요, 데커."

"그럴지도 모르죠." 데커가 앤드루스를 보며 말했다. "우리 먹을 것과 커피를 얼른 사 와서 훑어봐야 하는 것들을 훑어봅시다."

"지명 수배 결과는 아직 없었어요." 앤드루스가 식사를 하면서 말했다. "켈리의 전화기는 추적이 안 되는 걸 보면 꺼져 있는 게 분명해요. 하지만 랜서와 드레이먼트의 자택에 대한 수색영장이 발부 중이에요. 사실 오늘 아침 중으로 나올 겁니다."

"잘됐네요." 데커가 말했다. "그리고 보안 게이트의 출입자 목록은요?"

"확인을 맡겨놨는데, 추적할 만한 실마리는 전혀 안 나왔어요.

내가 지금까지 들은 바로는 거기엔 별게 없어요. 거기에 따르면 드레이먼트는 저녁 8시경 정문을 통과했어요. 데이비드슨이 자기가 말한 시각에 두 고객과 줌 통화를 했다는 것도 확인했고요. 그리고 그 외의 관련 시간대는 타일러가 알리바이를 제공했다고 했죠. 타일러에게서 공식 진술을 받아야 할 겁니다."

"맞아요. 하지만 내가 이미 말했듯이 데이비드슨이 사람을 고용해 판사를 죽였다면요?"

"데이비드슨의 재무 상황은 내가 확인할 수 있어요. 거액의 지출이나 현금 인출 내역이 없는지 알아봐야죠. 청부업자는 현금을 좋아하니까요."

"좋아요." 데커가 말했다. "감마에 관한 거나, 판사가 뭔가 위협을 받았다는 정보는요?"

"어젯밤 감마 법무팀에서 이메일을 받았어요. 당신 추측대로, 정보를 원하면 법정으로 가야 할 거라고 하네요."

데커는 기억 클라우드를 훑으며 판사가 받은 위협에 관해 아는지 사람들에게 물어본 상황을 모두 떠올렸다. 결과는 혼란스럽기만 했다. "좋아요, 또 뭐가 있죠?" 데커가 물었다.

"어젯밤 늦게 판사의 담당 사건 자료를 일람했어요. 살펴볼 만한 사건은 없는 것 같아요. 리코 사건도 포함해서요."

화이트가 말했다. "안대랑 현장에 남아 있던 그 기묘한 쪽지와 관련된 뭔가가 있었으면 했는데."

앤드루스가 커피를 마저 마시고 두 사람을 응시했다. "오늘 일을 시작하고 싶은 특정한 지점이 있나요?"

"당신과 화이트가 가서 영장을 받아 오고 랜서와 드레이먼트의 집을 확인하면 어떨까요?"

이 말에 화이트는 데커에게 죽음의 레이저 같은 눈길을 쏘았지만, 데커는 짐짓 모른 척했다.

"그럼 당신은 뭘 하고요?" 앤드루스가 물었다.

"판사의 집으로 다시 가보려고요."

"왜요?" 화이트가 날카롭게 물었다.

"다시 살펴보려고요. 나중에 다시 만나죠." 데커는 작별 인사로 한 손을 들고 말했다. "렌터카 키는요?"

화이트는 데커에게 열쇠를 던지고 차갑게 덧붙였다. "자요, 데커. 드라이브 즐겨요."

데커가 떠난 후 앤드루스와 화이트는 침묵 속에 가만히 앉아 있었다. 마침내 앤드루스가 먼저 입을 열었다. "뭔가 내가 알아야 할 진척 상황이 있나요?"

데커의 등 뒤를 계속 응시하던 화이트가 마침내 앤드루스를 돌아보고 말했다. "혹시 알게 되면 나한테도 꼭 말해줘요."

2 27

화이트에게는 엿 같은 짓이었을 것이다. 데커도 모르지 않았지만 그럼에도 감행했다. 나름대로 이유가 있었다. 합당한 이유까지는 아니라 해도, 나름의 이유이긴 했다.

그리고 데커의 머릿속에는 한 가지 생각이 있었고, 그걸 따라가봐야만 했다. 혼자서. 때로 데커에게는 혼자 가는 게 최선이었다.

커민스의 보안 주택단지로 가 신분증을 보여주고 보안을 통과했다. 전과 동일한 경비원이 있었다.

"제가 보내드린 게 혹시라도 도움이 됐나요?" 남자가 물었다.

"작업 중입니다." 데커가 액셀을 밟아 속도를 높이며 대꾸했다.

과학수사대는 여전히 집 안에 있었다. 데커는 장갑을 끼고 부츠를 신고 곧장 침실로 향했다. 시신들은 치워졌지만 헬렌 제이컵스에게 이메일로 범죄현장에서 찍은 피해자들의 사진을 받아두었다.

개인 클라우드가 지난밤과 오늘 이른 아침의 장면들을 체 치고있었다. 그리고 기억의 형판 하나를 다른 형판 위에 얹으면 수많은 모순점이 튀어나왔다. 여기 온 건 그것 때문이었다.

데커는 복도를 사이에 두고 커민스의 방 맞은편 방문을 열었다. 방 안은 깔끔함 그 자체였다. 없는 게 없으면서도 모든 게 제자리에 있었다. 이게 타일러 데이비드슨의 방임을 알려주는 건 오로지 책장에 놓인 미식축구공 두 개와 책상 위에 펼쳐진 고교 교과서 몇 권뿐이었다.

'내 십 대 시절 침실하고는 아예 딴판이군. 난 당시 게으름뱅이였고 지금도 그렇지. 하지만 타일러는 확실히 집중력이 있고 체계적이야. 적어도 엄마 집에 있을 때는.'

판사의 방으로 돌아간 데커는 의자에 앉아 그 공간을 머릿속에 한 부분씩 차례차례 천천히 새겼다. 그리고 전화기를 꺼내어 커민스 판사의 사진을 자세히 훑었다. 한 장 한 장 차례차례, 발톱에서 손톱, 머리카락, 얼굴, 그리고 옷까지. 이윽고 욕실로 가서 서랍과 화장대와 욕실장을 주의 깊게 뒤졌다. 옷장 역시 똑같이 수색했다.

그 후 다시 아까 앉았던 의자에 앉아 앨런 드레이먼트의 시신 사진들을 보았다. 가슴에 난 총알구멍 두 개. 정장. 그리고 그 밖의 모든 것들을.

기억의 프레임이 하나하나 차례차례 머릿속의 단계들을 미끄러지듯 통과했다. 모든 차이점이 검토되고 분석됐다.

'좋아, 마침내 하나로 합쳐지는 느낌이군.'

데커는 아래층으로 내려가 식기세척기를 들여다보고 예상했던 것을 발견했다. 재활용품함도 마찬가지였다. 과학수사팀은 이 모든 것을 기록했지만, 아무도 아직 그걸 한데 짜맞추지는 못했다. 지금까지는. 그리고 이전에 보았어야 했을 것이 데커의 머릿속에서 이제야 명확해지고 있었다.

'왜냐하면 지금까지는 이 사건에 발을 반만 걸치고 있었으니까. 그게 이유지.'

드레이먼트는 앨리스 랜서를 알았다. 랜서의 집에 갔었다. 그건 이상한 일도 아니었다. 두 사람은 실제로 동료였으니까. 랜서는 드레이먼트가 커민스에게 배정된 이유와 판사가 받은 위협에 관해 뭔가를 알았을 법한 사람이었다. 하지만 랜서는 실종됐고 랜서의 집은 난장판이 돼 있었다. 패티 켈리 역시 실종됐다. 데커는 그 세 사람 사이에 무슨 관계가 있는지 전혀 알지 못했다. 반드시 뭔가 관계가 있어야 한다는 확신이 섰을 뿐이었다.

기억 분석과 여기서 발견한 사실들을 기반으로, 데커는 헬렌 제이컵스에게 전화를 걸어 한 가지 질문을 했다. 그 후 더 상세한 질문을 했는데, 제이컵스는 그 답을 알지 못했다.

"바로 알아볼게요." 제이컵스는 거의 사과 조로 대답했다.

데커는 과학수사대가 욕실 쓰레기통 내용물에 관해 작성한 목록을 이미 점검했지만, 거기에는 있어야 할 것이 빠져 있었다.

변기를 내려다보았다. **그래, 아마 변기에 버렸겠지.**

그리고 만약 데커의 생각이 옳다면, 이 사건은 전혀 다른 차원을 띠게 될 것이다.

집을 나온 데커는 구형 노란색 메르세데스 컨버터블에서 식료품을 꺼내고 있는 도리스 클라인과 마주쳤다.

"좀 도와드릴까요?" 데커가 물었다.

클라인은 데커를 돌아보았다. "좋죠. 왔다 갔다 수고를 좀 덜겠네요."

데커는 봉투 두 개를 들고 클라인은 하나를 들었다. 데커가 든 봉투들은 쨍그랑 소리를 냈다. 봉투 안을 들여다보니 보드카, 스카

175

치, 진 병들이 들어 있었다. 클라인의 기호품들임이 분명했다. 크래커 몇 상자와 가방에서 삐져나온 웨지 치즈도 보였다.

"파티하세요?" 데커가 클라인의 집으로 따라 들어가며 물었다.

클라인이 약삭빠른 표정으로 데커를 보며 대꾸했다. "네, 혼자만의 파티죠. 혹시 당신이 관심이 있다면 모르지만."

"근무 중이라 죄송합니다. 게다가 아침으로 먹은 달걀하고 잘 안 맞을 것 같네요."

데커는 부엌 식탁에 봉투를 내려놓고 그 공간을 둘러보았다. 어둡고, 아주 깨끗하지는 않고, 가구들은 오래됐다. 온 사방에 서글픈 공기가 가득했다.

데커는 자신을 지켜보는 클라인의 눈길을 알아차렸다.

"뭘 기대했는데요?" 클라인이 물었다. "내 전남편이 구한 변호사가 더 유능했다고 했잖아요. 집은 나한테 왔고 현금은 남편한테 갔죠. 이제 전남편은 환호작약하며 세계여행 중이고 난 잔디 깎는 고등학생 아르바이트비도 간신히 주죠."

"불공평한 것 같네요."

"내가 바보 같았어요. 남편이 바람을 피운 후에도 믿었죠. 한 번도 아니었는데. 다 내 잘못이에요."

"잘못은 남편 쪽에 있는 것 같은데요."

클라인이 보드카 병을 따서 유리잔에 부었다. 토닉을 살짝 따르고 손가락으로 섞었다. "처음부터 당신이 마음에 들었어요. 줄리아를 누가 죽였는지는 알아냈어요?"

"알아내는 중입니다. 커민스와 드레이먼트가 함께 있는 걸 보신 적 있나요?"

"드레이먼트라면, 죽은 남자요?"

"네."

"그럼요. 그러니까, 그 남자가 몇 주 전부터 밤에 몇 번 왔었거든요."

"**몇** 번요? 그럼 **매일** 밤은 아니었군요."

"음, 차가 거기 없을 때가 있어서요. 그래서 그냥 없었겠거니 짐작한 거예요."

데커는 식탁 의자에 앉아 클라인을 바라보았다. "판사님과 친구 사이였던 건 알지만, 그래도 여쭤봐야 할 게 있습니다."

클라인은 맞은편에서 속이 뻔히 보인다는 표정으로 데커를 보며 술을 홀짝였다. "두 사람이 같이 잤느냐고 물으려는 거죠?"

"네, 하지만 왜 그렇게 생각하셨죠?"

"그 남자는 젊고 잘생겼고 줄리아는 여전히 젊고 예쁘고 독신이고 혼자였어요. 저라면 눈 깜빡할 사이에 그 남자랑 같이 침대에 뛰어들 거예요. 이곳 남자들은 대체로 대머리에 뚱보거든요. 그리고 그 남자들은 오로지 골프 생각밖에 없어요. 미국 남성에 대한 믿음을 바닥으로 끌어내리죠."

"더 구체적인 건요?"

클라인이 내숭 떠는 표정으로 데커를 보았다. "그냥 남자들은 절대 눈치 못 채지만 여자들은 눈치채는 것들이 있답니다."

데커가 의자에 등을 기대며 대꾸했다. "**제가** 눈치챈 것들을 알려드리죠. 드레이먼트는 타이를 매고 있지 않았습니다. 감마 프로텍션에서는 확실히 모두가 정장 차림이죠. 그 시간에, 남자는 판사의 집 밖이 아니라 **안에** 있었어요. 식기세척기에는 포도주 잔 두 개가 들어 있었고 재활용품함에는 빈 메를로 병이 있었죠. 판사는 살해당했을 때 화장을 하고 립스틱을 발랐고 향수도 뿌리고 있었어요.

잠들어 있었다고는 전혀 보이지 않죠. 매니큐어와 패디큐어는 욕실 화장대에 있던 병과 같은 색깔이었어요. 아마 그날 밤 바른 걸 겁니다. 그건 정말이지 손님이 올 걸 기대하지 않는다면 하지 않는 일이죠. 체리색의 유달리 강렬한 색상이었어요. 포도주 잔에도 묻어 있었죠."

클라인이 씩 웃으며 말했다. "계속하세요, 데커 요원님. 이제 막 본 궤도에 오르신 것 같네요."

"옷장 바닥에 옷들이 있었는데, 모두 속옷이었습니다. 그날 밤 뭘 입을지 고민 중이었던 것처럼요. 립스틱 자국이 찍힌 휴지 몇 장이 쓰레기통에 들어 있었는데, 판사가 바른 것과 동일한 색이었어요. 아마 너무 많이 발라서 닦아냈거나, 드레이먼트가 자기 얼굴에 남은 키스 마크를 지운 거겠죠. 침대 시트는 엉망진창이었고 매트리스는 박스 스프링에서 몇 센티미터쯤 어긋나 있었어요. 우린 그게 살인범과의 몸싸움 때문이라고 짐작했죠. 하지만 전 이제 그게 두 사람이 열정적으로 관계를 맺은 흔적이라고 생각합니다."

"적어도 줄리아는 가기 전에 마지막으로 재미를 보긴 했군요." 클라인이 생각에 잠긴 투로 말했다. 입술이 떨리고 있었다. 클라인은 잔을 들고 벌컥벌컥 마시며 잠시 마음을 가라앉혔다. "그리고 당신 관찰력에 관해서는 꼭 짚고 넘어가고 싶네요. 난 두 사람이 서로를 바라보는 눈빛을 두어 번 목격했어요. 그리고 줄리아한테 그 남자에 관해 물어봤더니 과잉반응하면서 전부 일 때문이라고 하더군요. 그래서 '너무 방어적인데' 하는 생각이 들었죠."

"어제는 그 말씀을 안 하셨잖아요."

"안 물어보셨으니까요."

"우리 질문은 원래 일반적입니다."

클라인이 잔을 들어 올렸다. "음, 이젠 알게 되셨죠."

"보안 게이트 기록에 따르면 드레이먼트는 그날 밤 8시경 도착했습니다. 보통 그 시각에 오나요?"

"대략 그렇죠. 사실 제 생각엔 지난주에는 전혀 안 왔던 것 같아요. 그리고 살해당하기 이틀 전에 줄리아의 집에 있었고요. 적어도 그때는 차가 보였거든요."

"이웃집에 사는 펄먼 부부가 오늘 언제쯤 돌아오는지 아시나요?"

"비행기가 11시쯤에 도착해요. 아마 12시 반이나 그쯤이면 여기 돌아올 거예요."

"커민스 판사님 일을 알려주셨나요?"

클라인이 고개를 저었다. "난…… 난 그럴 엄두가 안 났어요. 마야랑 줄리아는 무척 친했거든요. 전화로 할 만한 이야기는 아니죠." 클라인이 술잔을 비웠다. "그래서, 그 정보를 가지고 뭘 하실 건가요?"

"언제나 그렇듯 계속 파헤쳐야죠. 진실은 그럴 가치가 있으니까요."

그리고 그 집을 나오면서, 데커는 그 말이 실제로 기분을 나아지게 해줬다는 걸 깨달았다.

"데커 요원님 생각이 맞았어요." 헬렌 제이컵스가 말했다.

그들은 영안실에서 줄리아 커민스의 시신 위로 머리를 맞대고 있었다. 예의 형광 파란색 쓰나미는 이미 한 차례 왔다 갔지만, 데커는 아직 약간 창백했고 떨고 있었다. 그 무엇 못지않게 그 반응이 싫었다. 약하고 무력한 존재가 된 기분이었다. 그리고 지금 반응을 들킨다면 남들도 그렇게 생각할 게 분명했다.

'공감각은 엿이나 먹어.'

"죽기 전에 섹스를 했나요?" 데커가 물었다.

"네. 제가 확인했어요. 범죄현장에서 만났을 때 말씀드렸듯, 나중에 확인했죠. 하지만 사실 제가 찾으려 했던 건 **폭행**의 흔적이었어요. 아무래도 살해당한 상황이니까요. 전신을 살펴봤어요. 팔, 다리, 그리고 목을 손으로 눌러서 생긴 멍, 특히 가슴에서 빨거나 물어뜯은 흔적, 안구와 구개의 점상출혈, 입술 안쪽과 귀 뒤의 멍 등, 일반적으로 성폭행의 영향을 받는 모든 부위를 확인했죠. 면봉과

폴리 카테터(요도를 통해 방광에 배치되는 얇고 유연한 튜브 – 옮긴이)
를 이용해 질 내부도 확인했고요. 그 부위는 물리적, 해부학적 구
조 때문에 폭행 흔적을 탐지하기가 쉽지 않아서, 질 확대경과 자외
선도 사용해 검사했어요. 그 모든 검사 결과 성폭행 가능성은 낮아
보였죠."

"그래서, 명확한 성폭행 흔적을 찾아내지 못했기 때문에 그 방면
으로는 거기서 중단했다는 겁니까?"

"맞아요. 전 폭행이 없었다는 걸 섹스가 없었다는 뜻으로 해석했
어요." 제이컵스가 민망한 표정으로 말을 이었다. "섣불리 그런 결
론을 내리지 말았어야 했어요. 하지만 피해자의 폭력적인 죽음 때
문에 제가 영향을 받은 것 같아요. 합의된 섹스가 그런 식으로 끝
나는 경우는 절대 없으니까요. 적어도 저는 못 봤어요."

"그리고 옷을 입은 채로 발견됐죠. 속옷 차림이었지만 그래도 입
고 있었어요. 일종의 의식적 살해 같은 게 아닌 이상, 일반적인 성폭
행 가해자는 굳이 시간을 들여 피해자에게 옷을 도로 입히지 않죠."

"그 사실이 제 생각에도 영향을 미친 것 같아요. 그리고 옷은 전
혀 찢어지거나 상한 데가 없었어요. 칼자국을 빼면요. 성폭행이라
면 범인은 늘 옷을 찢거든요. 특히 속옷을요. 자신의 공격성과 지
배력을 과시하려는 거죠. 하지만 요원님의 문자를 받고 나서 더 깊
이 파헤쳐봤어요. 질 주위에 아주 미미한 흔적들이 있었어요. 아주
살짝 부어오른 흔적요. 거의 모든 성폭행에서 볼 수 있는 조직 손
상이나 멍은 전혀 없었어요. 그리고 다시 살펴보니 질 윤활유를 사
용한 흔적도 아주 미미하지만 존재했죠."

"그렇다면 그 접촉은 계획된 거다?"

"보기로는요."

"남자가 콘돔을 사용했나요?"

"틀림없이 그랬을 거예요. 질에 정액의 흔적은 전혀 없었어요. 그건 확실히 확인했어요."

"콘돔을 변기에 내려보낸 것 같습니다. 그게 중요한 건 아니지만요. 판사는 혼자 살았어요. 그리고 난 둘 다 틀림없이 사후에 샤워를 했을 거라고 생각합니다. 그리고 그 후 판사는 시신으로 발견됐을 때 입고 있던 옷을 입었죠. 욕실 빨랫감 통에는 젖은 타월과 목욕수건들이 들어 있었어요."

"그럴싸하네요."

"DNA 대조 검사가 지금도 가능한가요?"

"섹스를 하면 샤워를 한다 해도 남는 다른 노폐물이 있으니, 그걸 통해 가능하길 빌어야죠. 그리고 시트에는 그게 잔뜩 있어야 하는데, 시트는 확보했어요. 그리고 타월과 목욕수건도 검사할 수 있고요. 대조할 만한 대상이 있나요?"

데커는 다른 탁자에 놓여 있는 드레이먼트의 시신을 가리켰다. "바로 저기 있는 저 남자요."

제이컵스가 눈썹을 치켜올렸다. "좋아요, 제가 합의 섹스의 가능성을 놓친 건 인정하지만 판사가 경호원이랑 잤을 거라는 생각은 미처 못 했어요. 하지만 있을 수 있는 일이죠."

"드레이먼트의 개인 소지품을 가지고 있습니까?"

제이컵스는 잠긴 캐비닛 앞으로 데커를 이끌고 갔다. 안에는 라벨이 달린 증거 비닐 봉투가 다수 들어 있었다.

"옷이랑 신발이랑 지갑을 포함한 개인 물품들이에요."

데커는 하나하나 주의 깊게 검사했다. 정장과 시계와 신발에 관해서는 이미 알고 있었다. 지갑을 펼쳤다. 신용카드 세 장이 들어 있었는데, 하나는 개인 플래티넘 아메리칸 익스프레스 카드였다.

"고마워요."

"아들이 시신을 확인하러 왔어요." 제이컵스가 불쑥 말했다.

데커의 시선이 곧장 제이컵스를 향했다. "타일러가 왔다고요? 아버지가 아니고요?"

"그분은 올 엄두를 못 냈다고 하더군요."

"젠장. 어떻게 진행됐나요?"

"여기 목까지 드러내서, 아이가 볼 수 없도록⋯⋯."

"그렇군요."

"울더라고요. 하지만 사실 꽤 잘 견뎌냈어요. 나라면 그러지 못했을 텐데."

"인생은 때로는 정말 지독하죠." 데커가 웅얼거렸다. "지문은 어때요? 운이 좀 있었나요?"

"대조해볼 만한 건 전혀 발견 못 했어요. 타일러의 지문은 잔뜩 나왔지만 어머니 방에는 하나도 없었어요. 그리고 배리 데이비드슨의 것도 전혀 없었고요." 제이컵스가 아이패드를 집어 들고 아래로 스크롤했다. "옆집에 사는 도리스 클라인의 것도 몇 개 나왔어요. 커민스가 이용한 가사도우미의 지문들도 있었고요. 다른 몇 개는 용역회사니 공조 설비니 배관이니 하는 쪽과 관련된 거였어요. 앤드루스가 확인해봤는데 전부 알리바이가 있었어요."

"하지만 도리스 클라인은 없었죠, 맞죠?" 그 말에 제이컵스가 고개를 들자 데커가 말을 이었다. "클라인은 혼자 삽니다. 그 사람이 시신들을 발견했죠. 그날 밤 집에 있었고요."

"그, 그래요. 맞는 것 같네요. 하지만 그 사람이 범인일 가능성이 있다고 보세요? 제가 지문을 채취했을 때 그 사람은 판사의 죽음에 진심으로 충격받은 기색이었는데요."

"난 아니라는 게 명확히 입증되기 전에는 누구든 뭐든 가능하다고 생각합니다."

제이컵스가 기묘한 표정으로 데커를 보고는 어깨를 으쓱했다. "여기 오신 김에, 제가 또 찾아낸 걸 보여드리죠."

그러고는 데커를 이끌고 작업대 위에 놓인 컴퓨터로 갔다. "계단에서 발견된 혈흔과 위층 침실로 올라가는 계단 벽에 찍힌 손바닥 혈흔을 검사했어요."

"판사가 아래층에서 공격당한 후 위층 침실로 도망치면서 흘린 피를 말하는 거죠?"

"음, 처음에는 그렇게 생각했어요. 하지만 계단과 손바닥 자국의 혈흔은 판사의 것이 아니었어요. 드레이먼트의 거였죠."

데커는 두 시신을 흘긋 보았다. 둘은 서로 1미터쯤 떨어져 누워 있었지만 조사의 진척 상태로 보면 서로 몇 킬로미터는 떨어져 있는 거나 다름없었다.

"그러면 판사는 아래층에서 공격당한 게 아니다?"

"음, 적어도 아래층에서 **피를 흘리지는** 않았어요."

"그러면 드레이먼트는 아마도 총에 맞았을 때 집을 나서는 길이었겠군요. 판사는 두 발의 총성을 듣고 아래층으로 내려왔고요. 시신을 발견하고, 드레이먼트의 피가 묻었고, 뒤이어 위층으로 뛰어 올라가면서 드레이먼트의 혈흔을 남겼다?"

"그렇게 된 것 같아요." 제이컵스가 말했다.

"하지만 만약 총을 쏜 범인이 여전히 거기 있었다면, 왜 아래층에서 판사를 죽이지 않았죠?"

"그러려고 했는데 놓쳤을 수도 있죠."

"드레이먼트에게서 발견된 두 개 빼고 다른 총구멍은 없었어요." 데커가 지적했다.

"물론 그 말씀이 맞아요. 그리고 판사는 총에 맞은 게 아니라 칼에 찔렸죠."

데커는 구두 굽을 축 삼아 몸을 뒤로 흔들거렸다. '판사는 총에 맞은 게 아니라 칼에 찔렸다. 도대체 왜 이전에는 그 간극을 보지 못했을까? 이건 초기억력의 문제도 아닌데?'

"드레이먼트를 죽인 게 몇 구경이었죠?" 데커가 물었다.

"9밀리요. 두 발 다 몸 안에 그대로 남아 있었어요. 총을 발견할 수만 있다면 탄도 비교를 하기 딱 좋은 상태예요."

제이컵스는 다른 증거 비닐 봉투에 든 총탄들을 보여주었다. "1미터 남짓한 거리에서 발사됐어요. 시신에 화약에 의한 화상 같은 다른 흔적은 없었고요."

"말이 되네요. 그러면 드레이먼트는 맞붙어 싸워서 무기를 빼앗을 기회가 없었겠죠. 그럼 이제 판사를 죽이는 데 이용된 칼에 관해 좀 알려주시겠습니까?"

제이컵스는 죽은 여자의 자상과 척도를 함께 보여주는 컴퓨터 파일을 띄웠다.

"날은 톱 모양이고 길이는 약 15센티미터로 추정돼요."

"상박의 방어흔 네 군데와 양손의 두 군데요?"

"맞아요. 불행히도 손톱 밑에는 아무 흔적도 없었어요. 아마도 칼을 막는 데만 집중해서 범인을 붙잡지 못했겠죠."

"맞아요."

"그리고, 이전에 보고했듯, 몸통에 자상 열 군데가 있어요. 치명상을 포함해서요."

데커는 고개를 저었다.

"왜 그러세요?"

"별거 아닐 겁니다. 고마워요."

데커는 그곳을 나와 열기와 태양 아래로 들어섰다.

'총, 칼, 무심함 대 광기. 난 도대체 무슨 생각을 하고 있었담? 음, 아예 생각을 안 하고 있었지. 안 그래?'

누군가에게 총을 쏜 후 목격자를 쫓아가 싸우다 굳이 칼로 죽이는 경우는 없다. 판사는 아마 목청이 찢어지도록 비명을 질렀을 것이다. 아무리 클라인이 양압기를 달고 수면 유도제를 복용하고, 펄 먼 가족은 멀리 가 있어서 그 비명을 들을 사람이 주위에 아무도 없었다 해도. 그래도, 범인은 그냥 총으로 쐈을 것이다. 드레이먼트에게 그런 것처럼. 탕, 탕. 비명도, 몸싸움도 필요 없다. 칼로 여러 번 찌르는 데 필요한 만큼 가까이 가지 않아도 된다.

그렇다면 이제는 개인적 동기의 살인 한 건과 아마도 비개인적 동기의 살인 한 건이 대략 동시에 한집에서 일어난 셈이다.

그게 불합리한 이유가 아무리 많다 해도, 데커는 이제 한 가지 생각을 떠올리고 있었다.

'우리 앞에 있는 건 한 명이 아니라 두 명의 살인범이다. 그리고 아무리 말도 안 되는 소리 같아도, 그 둘은 서로의 존재를 몰랐던 듯하다.'

2 229

　12시 반쯤 메르세데스 세단 한 대가 그 집의 끝이 휘어진 진입로에 들어와 멈춰 섰다. 단정히 깎은 백발에 블레이저와 검은 정장 바지 차림의 70대 초반 남자가 운전석 뒷자리에서 내렸다. 키는 180센티미터쯤에 호리호리한 몸매였다. 뒤이어 은발을 길게 기르고 풍성하게 부풀어 오르는 남색 스커트에 흰색 긴소매 블라우스를 입은, 역시 큰 키와 호리호리한 몸매의 50대 후반 여자가 조수석 뒷자리에서 내렸다.

　운전기사가 차에서 내려 트렁크를 열고 바퀴 달린 여행용 가방 두 개를 꺼냈다.

　남자는 운전기사에게 팁을 주고 가방을 받았다.

　데커는 벤츠가 떠나자마자 곧장 렌터카를 진입로로 몰고 들어갔다.

　차에서 내려 물었다. "펄먼 씨, 펄먼 부인, 맞으신가요?"

　펄먼 씨가 데커를 돌아보았다. "네? 누구시죠?"

데커는 신분증을 내밀었다. "FBI에 협력 중인 에이머스 데커입니다."

펄먼 부인이 남편에게 날카로운 시선을 던졌다. "FBI라고요? 도대체 무슨 일이야, 트레버?"

트레버는 집 쪽을 바라보았다. "맙소사, 이게 무슨 일이죠? 혹시 집에 강도라도 들었나요?"

데커는 두 사람에게 더 가까이 다가갔다. "아니요. 하지만 옆집에서 범죄가 **발생했습니다.**"

펄먼 부부는 동시에 주위를 두리번거렸다. "옆집이라면 누구 말씀이시죠?" 남자가 물었다.

"줄리아 커민스요. 집에 들어가서 이야기 좀 나눌 수 있을까요?"

"우린 긴 여행에서 방금 돌아왔어요." 트레버가 여행 가방들을 가리키며 저항했다.

"시간 많이 안 뺏겠습니다. 그냥 몇 가지만 여쭤보면 됩니다."

트레버가 마지못해 수긍했다. "알겠습니다."

집 내부는 넓고 흐르는 듯한 도면에 중립적인 색이 많이 쓰였고 저 멀리 만을 향해 활짝 열린 뒤창이 여러 개 나 있었다.

데커는 값비싼 가구들과 벽의 유화들과 받침대 위에 놓인 조각들을 훑어보았다. 도리스 클라인과 달리 펄먼 부부는 집을 관리할 형편이 되는 모양이었다.

벽에는 돛단배를 탄 펄먼 부부의 사진과 멋 부린 선상 모자를 쓰고 순양함의 키를 잡고 있는 트레버 펄먼의 사진이 있었다. 사진 속에서 부부는 행복하고 아무 걱정 없어 보였다. 하지만 지금 두 사람의 모습은 전혀 그렇지 못했다.

트레버는 여행 가방들을 한쪽 구석에 놓고 아내를 돌아보았다.

"혹시 커피 좀 줄 수 있어, 마야?" 그리고 데커를 보고 말했다. "좀 드릴까요?"

"네, 감사합니다."

세 사람은 커피 잔을 들고 베란다로 나갔다. 트레버가 버튼을 누르자 유리벽이 열렸다.

"집이 참 좋네요." 데커가 말했다.

"저도 마음에 듭니다." 트레버가 말했다. "자, 범죄라고 하셨죠?"

"네, 이런 말씀 드리게 되어 유감이지만, 커민스 판사님의 집에서 두 건의 살인이 있었습니다. 판사님과 경호원이 살해당했습니다."

마야는 작은 비명을 내질렀고 하마터면 커피를 쏟을 뻔했다. 트레버는 멍한 눈으로 데커를 응시했다. 자신의 귀로 들은 말을 믿지 못하는 듯했다.

"줄리아……가…… 살해당해요?" 트레버가 말했다.

"네. 그리고 경호원인 앨런 드레이먼트도요."

"맙소사." 마야가 울부짖었다. 그리고 자리에서 일어나 비틀대다 눈을 질끈 감은 채 소파에 쓰러졌다.

"마야! 마야!" 남편이 아내의 뺨을 가볍게 두들기며 데커에게 소리쳤다. "물 좀요, 저쪽에 냉장고가 있어요."

데커가 냉수 병을 갖고 왔을 때 마야는 남편의 도움으로 의식을 되찾고 일어나 앉아 있었다. 물을 마시자 혈색도 돌아왔다.

"난…… 난…… 정신을 좀 차리게 시간이 필요해요."

"물론 그러시겠죠." 데커가 말했다.

트레버는 아내를 부축해 거실에서 데리고 나간 후 다시 베란다에 돌아와 앉았다.

"아내와 줄리아는 무척…… 친했어요."

"그렇다고 들었습니다. 유감입니다."

"혹시…… 도대체 어떻게 된 건가요?"

"말씀드렸듯, 누군가가 판사님과 경호원을 살해했습니다. 아직 용의자는 특정 못 했습니다. 부인과 이곳을 얼마 동안 떠나 계셨나요?"

"지난주 내내요. 우린 마야의 아이들을 만나러 뉴욕에 갔었어요. 마야와 전남편 사이의 아이들이죠." 남자가 마지막 문장을 덧붙였다.

"마지막으로 커민스 판사님을 보거나 대화를 하신 게 언제입니까?"

트레버는 커피 잔을 협탁에 내려놓았다. "우리가 떠나기 이틀쯤 전에 본 것 같아요. 그냥 지나가다가요. 인사만 나눈 게 다예요. 마야라면 출발하기 전에 줄리아를 봤거나 이야기를 했을 수도 있어요." 트레버는 잔뜩 긴장한 얼굴로 데커를 올려다보며 말을 이었다. "줄리아가…… 어떻게…… 살해당했나요?"

"그 부분은 말씀드릴 수 없습니다. 커민스 판사님에게 감마 프로텍션 서비스를 추천하셨다고 들었는데요?"

남자의 목소리가 갈라졌다. 트레버가 말했다. "네, 네, 우, 우리가 추천했습니다."

"이유가 뭐였죠?"

트레버는 커피를 홀짝이고 진정했다. "마야는 변호사였어요. 피고측 변호사였죠. 모든 사건에서 승소하는 변호사는 없잖습니까. 자기 아내와 아이들에게 성폭력을 저지른 혐의로 기소된 남자가 패소한 적이 있어요. 감옥에 갔죠. 하지만 6개월쯤 전에 나왔어요. 그 남자는 아무래도 마야가 일을 잘못했다고 생각한 모양이에요. 협박을 했죠. 심지어 두어 번은 집 근처까지 왔었어요. 우린 접근금지 명령을 신청했지만 그 남자는 명령을 어겼습니다. 그래서 감마를 고용했죠."

"앨런 드레이먼트였나요?"

"전⋯⋯ 전 모르겠어요. 어떻게 생겼죠?"

데커는 휴대전화에 사진을 띄웠다. "이 남자입니다."

트레버가 사진을 보고는 고개를 저었다. "모르겠어요. 그 남자일수도 있겠죠. 하지만 딱 한 명은 아니었어요. 얼마쯤 지나면 그 사람이 그 사람 같아 보이죠."

"이해합니다. 얼마나 오래 보호를 받으셨죠?"

"한 달쯤이었던 것 같아요."

"부인의 옛 의뢰인은 어떻게 됐습니까?"

"같은 사회 복귀 시설 동료를 공격해서 거의 죽일 뻔했어요. 구치소에서 다시 재판을 기다리고 있는데, 모쪼록 이번에는 영영 못 나오길 빌어야죠."

"부인께서 이제 저와 이야기하실 수 있을까요? 그러면 제가 다시 오지 않아도 되니까요."

"확인해보죠."

트레버가 자리를 뜬 사이 데커는 커피 잔을 비우고 자리에서 일어나 베란다를 서성였다.

집에서 온 가족이 살해당한 이후로 데커는 집을 소유한 적이 없었다. 그 이후로는 기억하고 싶지 않을 만큼 오랫동안 월마트 주차장 뒤쪽의 종이 상자에서 살았다. 현실에서 내게 절대 일어나지 않을 거라고 믿었던 일들이 실제로 일어나면 생각이 완전히 달라지는 법이다. '난 절대 이 악몽에서 벗어나지 못할 거야.'

정크푸드만 먹고 운동과는 담을 쌓은 탓에 데커는 45킬로그램이나 불었다. 몸이 너무 무거워서 일어나는 것조차 힘들 정도였다.

데커를 거리의 삶에서, 그리고 거리의 죽음에서 구해준 건 단 하나였다. 어느 날 아침에 눈을 떠서 그 '집'의 종이 천장을 봤을 때, 문득 아내와 딸이 지금 모습을 본다면 얼마나 수치스러워했을까 하는 생각이 들었던 것이다.

회복은 하룻밤 새 이뤄지지 않았다. 거의 1년이나 걸렸다. 그 시간 동안 데커는 지역의 장기 체류 호텔에서 살았고, 그곳 식당을 새로 시작한 탐정업 사무실로 이용했다.

몇 안 되는 의뢰인들이 처음 찾아왔을 때, 데커는 의뢰인들이 자신의 꼬락서니를 역겨워한다는 걸 알았다. 거대함 그 자체에다 썩 위생적으로 보이지 않고, 텁수룩한 턱수염을 길게 기르고 태도에도 전혀 호감 가는 구석이 없는 남자. 데커가 망하지 않은 것은 오로지 자기 일을 빌어먹게 잘한 덕분이었다. 데커가 해결 못 하는 건 거의 없었다.

'이 사건에도 그게 통했으면 좋겠군.'

"데커 요원님?" 여자 목소리에 돌아보니 펄먼 부부가 베란다 입구에 서 있었다. 트레버는 아내의 손을 잡고 있었는데, 여자의 낯빛은 여전히 창백했지만 침착해 보였다.

"아까 일은…… 죄송해요."

"사과하실 필요 없습니다. 충격적이었겠죠, 압니다. 시간 많이 빼앗지 않겠습니다. 그냥 가능하면 몇 가지만 여쭤보겠습니다."

부부는 데커 맞은편에 앉았다.

"마지막으로 커민스 판사님을 보거나 이야기를 나누신 게 언제입니까?"

"우리가 뉴욕으로 떠나기 직전에 통화했어요. 그러니 아흐레쯤 됐죠. 그냥 우리 여행에 관해서 잠깐 이야기했어요. 뭔가 급한 연락이 필요할 상황 같은 것에 대비해서요. 우린 늘 서로 그렇게 하거든요."

"그리고 마지막으로 실제로 보신 게 언제입니까?"

"그 이틀 전요. 같이 술 한잔했어요. 법원 근처에서요."

"판사님은 괜찮아 보였나요? 걱정거리 같은 건 없고요?"

"네, 멀쩡해 보였어요."

"그 법원에서 일하시나요?"

"네, 하지만 물론 줄리아와 같은 법정에 서지는 않았어요."

"이전 의뢰인에게 협박을 받으신 적이 있다고 남편분께 들었는데요?"

"네, 제럴드 가비요. 피고인 변호사가 사람들한테 욕먹게 만드는 부류죠. 전 유죄를 확신했지만, 그래도 누구나 변호를 받을 자격이 있거든요. 전 꽤 유리한 합의를 얻어주었지만 그 남자는 생각이 달랐어요."

"그래서 감마 프로텍션 서비스를 고용하셨나요?"

"네."

"그 회사에 관해서는 어떻게 알게 되셨습니까?"

"법원의 누군가한테 들은 것 같아요. 게다가 이름 있는 회사고요."

"앨런 드레이먼트를 아셨습니까? 남편분은 부인의 경호원 중에 그 남자가 있었는지 확실히 모르시던데요."

데커가 드레이먼트의 사진을 보여주었다.

"네, 낯익은 얼굴 같아요. 하지만 언급하셨듯, 몇 사람이 바뀌어가며 우리를 경호했어요. 남자도 있었고 여자도 있었죠. 그 사람들 이름을 전부 기억하진 못해요. 다들 자격증 같은 걸 갖고 있었고, 우린 그 사람들의 신원을 확인할 수 있게 이름과 사진이 담긴 보안 이메일을 받았어요."

"혹시 그 이메일을 찾아봐주실 수 있을까요?"

트레버가 끼어들었다. "그런 세부 정보는 당연히 감마에서 받으실 수 있을 텐데요?"

"당연히 그렇게 생각하시겠죠, 안 그렇습니까? 하지만 그쪽에는 지금 뭔가 **인사** 문제 같은 게 있는 모양입니다."

마야가 말했다. "나중에 찾아볼 수 있어요. 지금은 가서 좀 누워야겠어요. 너무 끔찍한 충격이었거든요."

마야가 일어서자 남편도 함께 일어섰다. "지금은 여기까지인 것 같네요." 남편이 말했다.

트레버는 데커를 문간으로 안내한 후 등 뒤로 문을 굳게 닫았다.

데커는 햇살 아래 서서 온기를 느끼며 대양의 소리에 귀를 기울였다. 어딘가에서 골프공을 때리는 '딱' 소리가 들렸다. 나무들 사이로 이어진 카트 길에서 60대로 보이는 자전거 탄 두 사람이 반대편에서 세련되게 꾸며진 골프 카트를 타고 오는 다른 커플에게 손을 흔들었다. 다들 행복하고 만족스러워 보였다.

데커는 걸어서 차로 돌아왔다.

'난 절대 여기로 이사 오지 않을 거야.'

330

막 출발하려는데 전화기가 울렸다. 모르는 번호였다.

"데커입니다."

"로 씨가 통화를 원하십니다."

잠시 후 귀에 익은 목소리가 들렸다. "데커 씨, 카시미라 로입니다. 혹시 좀 만날 수 있을까요?"

"전 얼마든지 좋습니다. 처음 뵈었을 때 마무리가 미진했죠. 안 그렇습니까?"

"네, 그랬죠."

"사무실에서요?"

"아뇨, 내 집에서요. 마이애미비치에 있어요. 다시 조수를 바꿔드리죠. 주소를 알려드릴 거예요."

"언제요?"

"가능한 한 빨리요."

"뭔가 각별히 하고 싶은 말씀이 있는 건가요?"

"그냥 가능한 한 빨리 여기로 오세요. 전화 다시 바꿀게요."

데커는 휴대전화에 주소를 입력하고 다시금 마이애미를 향해 출발했다.

...

데커가 보기에 그 고층건물은 초현대적이고 값비싸고 시크해 보였다. 그리고 데커에게 그건 마음에 안 든다는 뜻이었다. 당장이라도 저스틴 비버, 또는 데커가 알지도 못하는 어떤 젊고 유명한 연예인이 데커의 예금 잔고 총액보다 더 비싼 찢어진 청바지를 입고 건물에서 나와 람보르기니에 올라탈 것만 같았다.

보안을 통과했다. 경비원과 컨시어지 둘 다 데커의 구겨지고 멋과는 거리가 먼 옷차림과 흠집투성이인 신발에 영 마뜩지 못한 눈길을 보냈다.

'이게 내가 가진 것 중에서는 그나마 좋은 것들인데.'

데커는 엘리베이터를 타고 올라가 넓은 복도 끝에 있는 흰색 더블도어로 향했다.

노크를 하자 메이드 제복을 입은 젊은 여자가 즉시 문간에 나왔다.

'맙소사, 정말 아직도 저런 복장을 입게 한다고?'

신발을 벗어달라는 여자의 요청에 데커는 마지못해 따랐다. 양말이 썩 좋은 상태가 아니라 냄새가 났기 때문이었다. 데커는 늘 발에 땀이 많았는데, 이곳의 습기가 거기에 한몫 거들었다.

여자는 높은 흰색 기둥들이 양편으로 늘어서고 호화스러운 카펫이 깔린 복도로 데커를 안내했다. 창문으로 된 벽은 대양을 면해 있었고, 나머지 벽들은 본격적인 예술품으로 보이는 것들로 뒤덮여 있었다.

메이드가 복도 끝의 한 문을 노크하자 들어오라고 하는 여자 목소리가 들렸다.

데커는 작고 내밀한 방에 발을 들여놓았다. 안락한 가구와 가스 벽난로를 갖춘 방이었다. 이 기후에서 과연 벽난로를 쓸 일이 얼마나 될지 궁금했다.

로가 의자에서 일어섰다. 흰색 주름치마와 진푸른색 재킷에 흰색 블라우스를 받쳐 입고 있었다. 구두는 플랫이었고, 머리카락은 뒤로 둥그렇게 말아 올렸다. 데커와 악수를 나눈 로는 뭔가 마시겠느냐고 물었다.

"전 정보면 충분합니다." 데커는 로 맞은편에 앉으며 대꾸했다.

"당신에 관해 알아봤어요, 데커 씨. 개의치 않으셨으면 좋겠네요."

"안 하셨다면 놀랐을 겁니다. 하시는 사업을 감안하면요."

그 말에 웃음 짓는 로를 보고 데커는 예쁜 웃음이라고 생각했다. 치아가 많이 드러났고, 전문직 여성이라기보다는 소녀 같아 보였다. "터놓고 말씀드려도 될까요?" 로가 말했다.

"전 그편이 좋습니다. 저도 늘 그러거든요."

"제가 이야기해본 사람들은 거의 다 당신이 도무지 멈출 줄 모르는 모터를 갖고 있다고 하더군요. 정의를 실현하려는 심오한 욕망을 가지고 있다고요. 그리고 정말 짜증 나는 자식이라고도 했죠."

"너무 정중한 묘사인데요."

그 소녀 같은 미소가 사라지고 전문직 여성의 가면이 자리를 잡았다. "앨리스 랜서의 소재는 파악되지 않았습니다."

"맞아요. 혹시 패티 켈리라는 이름의 여성을 아십니까?"

"모르는 것 같은데요. 왜죠?"

"커민스 판사의 비서였습니다. 역시 튄 것 같습니다."

로는 진심으로 놀란 눈치였다. "그게 앨리스의 실종하고 관계가 있다고 생각하시나요?"

"당신 생각은 어떻습니까?"

"이 시점에서 당신이라면 그 가능성을 배제할 수 없겠다고 **생각하죠.**"

"판사가 받은 위협과 관련된 기록을 찾으셨습니까? 아니면 커민스가 보호를 필요로 했을 만한 이유라든가?"

"우리 쪽 기록을 찾아보고 있어요. 하지만 그걸 공개하려면 법무팀을 통해 허가를 받아야 해요."

"하지만 전 동료에 대한 약간의 예우를 기대했습니다. 뭐라 해도 이 먼 길을 왔으니까요. **당신의** 초대를 받아서요."

"흠, 전 포도주 한잔하려고 하는데 혹시 생각 있으신가요?"

"전 포도주는 늘 별로라서요. 혹시 맥주 있습니까?"

로는 일어서서 유리로 된 캐비닛 문을 열고 따놓은 적포도주 병을 꺼낸 다음 머리 위 캐비닛에서 잔을 하나 꺼내어 넉넉히 따랐다. "도스 에퀴스 괜찮으세요?"

"좋죠."

로는 냉장고에서 맥주병을 꺼내 잔에 따라 데커에게 건네고는 다시 자리에 앉아 포도주를 홀짝였다. "아버지 덕분에 포도주를 좋아하게 됐어요."

"체코슬로바키아에서도 포도주를 생산했나요?"

"아뇨, 캘리포니아에서요. 아버지는 처음에 거기로 이민 오셨어요. 십 대 때 대학 학비를 벌려고 2년간 포도밭에서 일하셨죠. 그 후 동부의 대학에 가시고 첩보부에 들어갔다가 거길 나와 감마 프로텍션의 전신을 세우셨죠."

"보통 분이 아니셨던 것 같네요."

"맞아요." 로가 창밖으로 눈길을 던지며 말했다. "정말 그리워요."

"분명 그러시겠죠. 그래서, 만나자고 하신 이유가……?"

로는 데커를 돌아다보았다. 얼굴에는 데커가 읽어낼 수 없는 표정이 떠올라 있었다. "앨런 드레이먼트의 목에서 슬로바키아의 구권 뭉치가 발견됐다고 알고 있는데요."

데커는 자세를 똑바로 고쳐 앉아 여자를 쏘아보았다. 솟구치는 분노를 굳이 숨기려는 노력도 하지 않았다. "그걸 어떻게 아셨죠?"

"제가 알았다고 화나셨군요. 하지만 전 온 사방에 자원이 있어요. 그냥 제가 하는 사업의 본질이죠."

"자원은 자원이고, 진행 중인 연방 범죄 수사에 관한 기밀 정보를 빼내는 건 얘기가 다르죠."

"그게 사실인가요?" 로가 물었다.

"사실이라면요? 그게 당신한테 무슨 의미가 있죠?"

"당신은 이미 우리 아버지와 그 나라의 관계에 관해 아시죠."

"하지만 당신 아버님에게 적이 있었더라도 놈들의 손은 그분에게 닿지 않죠. 그리고 어쨌든 그 원한을 왜 드레이먼트한테 풀죠?"

"첫 질문에 관해서, 감마는 곧 아버지나 다름없었어요. 아버지는 가셨어도 회사는 아직 남아 있죠."

"그럼 놈들이 당신 아버님이 세운 회사를 무너뜨리고 싶어 한다는 말입니까?"

"그럴 수도 있죠. 확실히 한 가지 가능성이긴 하죠."

"그리고 내 둘째 질문은요?"

"난 놈들이 왜 앨런 드레이먼트를 노렸는지 몰라요. 내가 처음 한 생각은 가장 뻔한 거였어요. 진짜 과녁은 판사였고, 드레이먼트 는 판사를 지키려다 죽었다고요." 로가 데커를 올려다보며 말을 이었다. "그게 아직도 진실일 수 있을까요?"

"뭐든 안 될 건 없죠."

"하지만 그럴 가능성이 낮다고 생각하시나요?"

"목에 들어 있던 지폐 때문에요? 놈들이 판사를 살해하려고 집 으로 찾아오는 길에 이제는 폐기된 슬로바키아 지폐를 챙겨온 게 우연 같아 보이지는 않네요."

"하지만 수사에 혼선을 주려는 수작일 수도 있잖아요. 딴 길로 새게 만들려는?"

"놈들은 드레이먼트가 판사를 경호 중이라는 걸 분명히 알았을 겁니다. 그리고 아마도 드레이먼트를 고용한 게 누군지도 알았겠 죠. 당신 아버님의 배경이, 체코슬로바키아 출신이라는 사실이 얼 마나 잘 알려져 있습니까?"

"알려질 만큼 알려졌죠. 우리 사무실의 시계를 보셨잖아요." 로 가 웃음을 지으려 애썼다.

데커에게 이건 헛수고였다. 이미 그날 밤 그 집에 서로 무관한 두 살인범이 있었다고 믿고 있었으니까. 하지만 그 믿음이 틀렸을 가능성도 있었다.

"그럼 당신의 이론은 누군가가 감마에게 보복을 하려 했다는 거 군요. 그래서 드레이먼트를 죽이고, 입에 슬로바키아 지폐를 집어 넣은 후 목격자를 제거하려고 판사를 죽였다?"

"한 가지 가능성이죠." 로가 대꾸했다.

"왜 드레이먼트를 노리죠? 당신네에 소속된 수많은 경호원 중에서요? 그리고 왜 근무 중일 때를 택하죠? 그건 경호 대상까지 죽여야 한다는 뜻이 될 수도 있는데?"

로는 생각에 잠긴 표정으로 포도주를 홀짝였다. "그렇게 말하면 가능성이 낮게 들린다는 거 알아요."

데커는 맥주를 벌컥 마셨다. "어떤 식으로 말하든 마찬가지죠."

로는 데커를 응시했다. "그래서, 그러면 당신 이론은 뭐죠?"

"그게 목적인가요?"

"무슨 말이죠?"

"당신은 나를 만나자고 불러내서는 이론이랍시고 헛소리를 던져서 내가 저격하게 만들었어요. 내가 영리해 보이고 싶어서 **내** 이론을 말해주길 바란 거겠죠. 당신은 사실 우리 조사가 어디까지 진척됐는지 알고 싶은 겁니다."

로는 점잖게 웃음을 짓고 잔을 한쪽에 내려놓았다. "감마에 와서 일할 생각 없나요? 당신 같은 사람이 필요해요."

"그건 잘 안 될 겁니다."

"왜요?"

"난 넥타이를 안 매거든요. 장례식 때만 빼고요."

로는 앞으로 몸을 당기고 더 간절한 표정을 지었다. "난 이 일이 감마에 부정적 영향을 미칠까 봐 우려돼요."

"비록 내가 매력 넘치는 사람이긴 하지만, 홍보 일은 안 합니다."

"언론이 이미 우리 경호원 한 명이 살해당했다는 떡밥을 물었어요."

"전 댁네 사업에는 정말이지 관심이 없습니다. 그냥 두 사람을 살해한 누군가를 잡고 싶을 뿐이죠."

"그건 이해가 가지만, 난 챙겨야 할 사람들이 많거든요."

"잘됐네요, 당신은 그 사람들을 챙기세요, 난 내 일에 집중하죠."

"영 협조적이지 않으시네요."

"사건에 관해 알아서는 안 될 정보를 손에 넣고 그 대가로 한마디도 안 해주면서 더 많은 걸 알아내려고 한 사람에게 내가 협조적이어야 합니까?"

로가 눈을 내리깔았다. "내가 자초한 것 같네요."

데커는 맥주를 내려놓고 일어섰다. "난 다시 일하러 가야겠습니다."

"혹시…… 해변 산책을 좀 같이 해줄 수 있어요?"

"내가 정말 해변을 좋아할 사람 같습니까?"

"그냥 몇 분만요. 제발요?"

3 331

이 여행에서 데커가 모래밭에 온 건 이번이 세 번째였다.

로는 신발을 벗었고, 데커는 양말을 벗어 외투 주머니에 집어넣었다. 늘 그렇듯 데커는 로보다 키가 한참 컸다. 침묵 속에서 1분쯤 걸은 후, 로가 걸음을 멈추고 바다를 바라보았다.

"저 바깥에서였어요. 저기 어딘가에서."

"아버님이 어떻게 돌아가셨는지 말씀하지 않으셨죠."

"네, 안 했어요."

"뭐, 제가 알 바는 아닙니다만."

"당신 알 바가 아니면 당신을 여기까지 데려오지 않았겠죠."

데커는 수평선을 바라보았다. "좋아요, 듣고 있습니다."

"낚시를 하러 가신 것 같아요. 심해 낚시를 좋아하셨거든요."

"혼자서요?"

"모르겠어요."

"어떻게 모를 수가 있죠?"

"음, 적어도 제가 아는 한 같이 나간 사람은 없었어요. 하지만 그 렇다고 혼자였다는 뜻은 아니죠."

"아버님 말고 다른 실종 신고는 없었나요?"

"제가 아는 한은요."

"음, 누군가가 **실제로** 같이 있었다면, 돌아와서 어떻게 된 일인지 당신한테 알리지 않았을까요?"

"아무도 돌아오지 않았어요. 배는 사라졌어요. 유해는 전혀 발견 되지 않았죠. 뭔가 일이 일어났을 법한 이유도 끝내 알아내지 못했 고요."

"파편도, 배가 뒤집혔는지를 알려줄 기름 유출도 없었다고요?"

"아버지가 가셨을 거라고 짐작되는 지역을 짧게 수색하긴 했어 요. 하지만 수중 수색은 하지 않았어요. 배가 가라앉았다는 증거가 전혀 없었거든요. 그리고 거대한 지역이고요. 거기다 비행 계획을 기록해야 하는 비행기와 달리 선박 여행은 계획을 기록할 필요가 없거든요. 정기적인 어업선들은 같은 지역에서 조업하지만 물론 그건 아버지에게는 해당사항이 없었죠."

"그럼 실종 신고는 누가 한 겁니까?"

"아버지랑 자주 같이 낚시를 갔던 친구분요. 이튿날까지 아버지 가 돌아오지 않은 걸 아무도 몰랐어요. 토요일에 나가서 나중에 일 요일 낮까지 아무도 배가 없어진 걸 알아차리지 못했죠. 그 후, 이 미 말했듯, 아버지가 가셨을 법한 곳에 수색팀을 보냈어요. 아무것 도 발견하지 못했죠. 하지만 아버지는 그 지역에 머무르지 않았을 수도 있어요. 그곳은 수심이 너무 깊거든요. 아버지가 배를 비운 동안 배가 가라앉았을 수도 있죠. 그러나 이미 말했듯, 그렇다는 증거는 전혀 발견되지 않았어요."

"그럼 아버지가 돌아가셨는지는 어떻게 알죠?"

"왜냐하면 3년간 아버지의 소식이 전혀 없었으니까요. 살아계셨다면 저한테 연락했겠죠. 돌아가신 게 분명해요. 아버지는 절대 저를 이런 어둠 속에 두실 분이 아니에요."

"거기 해적이 있습니까?" 데커가 물었다.

"밀수꾼이 있죠. 아버지가 놈들을 마주치셨을지도 몰라요. 전 그쪽 가능성과 관련해서도 알아봤죠. 하지만 아무런 성과도 없었어요." 로가 데커를 돌아보고 말을 이었다. "그게 슬로바키아 돈이 범죄현장에서 발견된 것 때문에 내가…… 우려하는 이유예요."

"그게 아버님의 실종과 어떤 식으로든 관계가 있을 것 같아서요?"

"그리고 아버지에게 일어난 일을 설명하는 데 도움이 될지도 모르죠. 3년 만에요." 로는 말을 멈추고 데커를 돌아보았다. "왜냐하면 난 꼭 알아야만 하거든요, 데커 씨."

"당신은 딱 이 방면의 조사에 특화된 회사를 가지고 있습니다, 로 씨."

"부디 카시미라라고 불러주세요. 그리고, 네, 저도 알아요. 하지만 우리 업무의 대부분은 **경호**죠. 조사를 하긴 하지만, 전 이 일을 살펴봐줄 참신한 눈이 필요해요. 외부자의 눈이요. 그리고 내 직원들은 지난 3년간 그 문제를 해결하려고 **실제로** 노력했어요. 다들 아무 성과도 내지 못했죠."

"난 이미 직업이 있습니다." 데커가 반박했다.

"돈이 발견됐다는 새로운 사실이 있으니 당신한테는 다른 선택지가 없을 수도 있죠. 난 드레이먼트와 판사의 살인이 어쩐지 아버지의 실종과 관련 있을 것 같아요."

데커는 쪼글쪼글해진 하얀 발가락을 내려다보았다. "흥미로운 이론이군요."

"그리고 옳다고 입증될지도 모르죠. 아닐 수도 있지만 무시할 수
는 없어요. 아직은요."

데커가 고개를 드니 로가 애원하는 눈길로 뚫어져라 바라보고
있었다.

"네, 당신이 맞아요. 무시 못 합니다. 아직은요."

"그럼 살펴볼 건가요?"

"난 증거가 이끄는 곳으로 따라갑니다. 그리고 그게 당신 아버지
에게 일어난 일을 향해 날 이끈다면, 그것 역시 내가 가는 곳이겠죠."

"고맙습니다, 데커 씨. 고마워요."

두 사람은 발을 씻은 후 로의 아파트로 돌아갔다.

로가 파일을 하나 내밀었다. "이게 아버지의 실종에 관해 내가
가진 전부예요."

데커는 파일을 받아 들고 말했다. "당신 아버지는 체코슬로바키
아를 떠났을 때 아직 어린아이였나요?"

"네, 맞아요."

"그렇다면 거길 떠날 때 개인적인 적이 있었을 리 없겠군요. 나
머지 가족은요?"

"그분들에 관해서는 말씀이 거의 없으셨어요. 평범한 농부였다
는 것 말고는요."

"조부모님에 관해서는요? 예컨대 혹시 정계에 연이 있었다거나
부자였다거나? KGB에 협력했고 어쩌면 핵무기에 관한 비밀을 가
지고 국외로 도피해서 소비에트의 분노를 샀다거나?"

"그분들은 제가 태어나기도 전에 돌아가셔서 뵌 적도 없어요. 하
지만 사진이라면 봤죠. **실제로** 평범한 농부들이셨어요. 소비에트

지도층에게 그분들은 아무것도 아니었을 거예요."

데커는 파일을 응시했다. "그렇다면, 다른 조건에 차이가 없다면 아버님이 실종되게 만든 건 **이** 나라에 있는 적들이었을 수도 있겠군요."

"하지만 슬로바키아 돈은요?"

"그건 많은 의미를 가질 수 있습니다, 카시미라. 하지만 당신이 드레이먼트와 랜서의 배경에 관한 파일을 주면 내게는 도움이 되겠죠. 예컨대 그 사람들이 감마에 들어오기 전에 무슨 일을 했는지 같은 것들요. 우리가 법원에 안 가고도 그걸 받을 수 있을까요?"

"그건 내가 처리할 수 있을 것 같아요."

"앤드루스 요원에게 보내주세요. 따돌림 당했다고 생각하지 않게요."

"하지만 당신이 알아야 할 게 또 하나 있어요. 아버지는 말기 환자셨어요. 살날이 몇 달밖에 안 남은 상태였죠. 그래서 배를 타고 나가고 싶어 하셨던 것 같아요. 아마도 마지막으로요."

데커는 로를 날카롭게 응시했다.

"그게 중요하다고 생각하세요?" 로가 물었다.

"전 사건에서 중요하지 않은 건 없다고 생각합니다. 그렇지 않다는 게 결정적으로 입증되기 전까지는요."

"그러면 뭔가 알아내면 나한테도 알려줄 건가요?"

"그럴 **수 있는** 건 알려드리죠. 하지만 내 조사에 해가 될 수 있는 건 아무것도 말해주지 않을 겁니다. 슬로바키아 돈에 관해 다른 누가 이미 그랬던 것처럼요." 데커는 파일을 들어 올렸다. "그리고 혹시라도 오해할까 봐 말해두는데, 이걸 줬다고 해서 **당신**이 용의선상에서 배제된 건 아닙니다."

데커는 카시미라 로와 하늘 높이 솟은 로의 멋진 마이애미비치 콘도에 등을 돌리고 그곳을 떠났다.

"그래서, 아무것도 없어요?" 데커가 물었다.

화이트와 데커가 서 있는 곳은 마이애미에서 30분 거리에 있는 앨리스 랜서의 말끔한 작은 방갈로 앞이었다. 데커는 화이트에게 전화하고 로의 높다란 콘도에서 거기로 곧장 차를 몰았다.

"공식 용어로 말하자면 '씨발 꽝'이에요. 드레이먼트의 아파트도 똑같은데, 놀랍진 않죠. 누가 와서 이미 다 뒤지고 갔으니." 화이트는 옆집을 보았다. "하지만 뭔가가 있긴 했어요. 이웃 여자가 창밖으로 차가 진입로에 들어오는 걸 봤대요. 덩치 큰 남자 둘이 차에서 내려 집으로 들어갔답니다."

"언제요?"

"랜서가 사라진 직후에요."

"그래서 그 남자들이 랜서를 빼돌려 곧장 여기로 왔다?" 데커가 말했다.

"그런 것 같아요."

"그리고 랜서는 못 봤대요?"

"네." 화이트가 대답했다. "또 모르죠. 약에 취해서 트렁크에 갇혀 있었을지."

"그리고 이웃은 경찰에 신고를 안 했고요?"

"랜서가 실종됐는지 몰랐으니까요. 하지만 경찰을 부르려고는 했대요. 그런데 그때 두 남자 중 하나가 잠긴 문을 열고는 마치 집주인인 양 당당하게 들어가더래요. 그래서 랜서의 친구인가 보다 한 거죠."

"번호판은 봤답니까?"

화이트가 고개를 저었다. "하지만 차를 설명해줬어요."

"흠, 적어도 우리와 이야기한 다른 이웃보다는 도움이 됐네요. 그래서, 랜서의 집도 이미 뒤지고 갔나요?"

화이트가 말했다. "드레이먼트의 집하고는 달랐어요. 하지만 뭔가 수색이 이루어진 것 같은 느낌이 들었어요. 그리고 이 집엔 노트북도 데스크톱도 없었고요."

"이웃이 그 남자들이 뭔가 내가는 걸 봤답니까?"

"아뇨, 그 뒤에 산책을 나가서 그 남자들이 가는 건 못 봤대요."

"좋아요, 그럼 놈들은 여전히 우리보다 두어 걸음 앞서 있네요. 계속 그렇게 놔둘 순 없어요."

"당신은 그동안 뭘 했어요, 데커?"

그 순간 앤드루스가 집에서 나왔다.

"알려줄게요. 좀 있다가요."

화이트가 앤드루스를 건너다보았다. "오랜만이네요."

"네. 여긴 뭐가 별로 없나 봅니다."

앤드루스가 다가왔다. "우린 한 발짝씩 뒤처지고 있어요. 하지만 사람들이 아직 현장을 조사 중이니 뭔가 유용한 걸 찾아낼지도 모르죠. 그쪽은 상황이 어떻게 됐나요?”

“아직 진행 중이에요.”

“전 사무실로 돌아가 진척 상황 보고서를 쓰고 과학수사팀 상황을 확인할까 했어요. 두 분은 나중에 오션뷰에서 저녁 같이 드실래요?”

“네, 좋습니다. 돌아가면 전화 드리죠.” 데커가 말했다. “우리도 보고서를 넣어야 해요. 화이트 요원과 저는 우리 차로 같이 돌아가 겠습니다.”

앤드루스는 두 사람에게 양 엄지를 세워 보이고 자기 차로 갔고, 데커 역시 화이트와 함께 렌터카를 몰아 출발했다.

채 10미터도 못 가서 화이트가 불만을 토해냈다. “파트너한테 버림받는 건 사절이에요.”

“그건 내가 설명할 수…….”

“닥쳐요. 내 말 아직 안 끝났거든요? 사실 이제 막 시작했어요. 난 좋은 요원이고 오랫동안 등골이 빠지게 일해왔고 당신이든 누구든 날 이따위로 대할 순 없어요.”

“저기요, 난…….”

화이트가 데커의 얼굴 앞에 한 손가락을 세웠다. “나 아직 안 끝났으니까 닥쳐요, 도니!”

“당신이 〈위대한 레보스키〉를 좋아하는 줄은 몰랐네요.” 그게 그 고전 영화의 대사라는 걸 모를 데커가 아니었다.

“또 한 번만 나한테 그 짓을 하면 번개같이 당신의 엉덩이를 걸어차줄 거예요. 그러면 무하마드 알리가 무덤에서 돌아와 당신을 샌드백으로 사용한 줄 알게 될걸요. 내가 가라테 검은띠가 두 개라는 건 이미 말했죠. 그러니 난 당신 엉덩이를 **얼마든지** 걸어차줄 수 있어요. 당신 덩치가 아무리 커도요."

"나도 노력하고 있……."

화이트가 데커의 팔을 찰싹 때리며 말을 이었다. "아직 **안** 끝났어요, 데커. 그리고 이 사건이 어떻게 끝나든, 끝나는 즉시 난 당신한테서 벗어날 거예요, 빌어먹을. 그 뒤엔 당신은 그 멍청한 심리전을 계속하고 다른 사람을 엿 먹여도 돼요. 왜냐하면 난 안 참아줄 거니까. 난 당신의 개수작을 참지 않을 거고 당신은 내 경력을 망쳐버릴 수 없어요. 자, 내가 씨발 무슨 말 하는지 알아들었어요?"

잠시 침묵이 흘렀다.

"데커, 나 당신한테 **질문한** 거예요."

"그냥 당신 말이 다 끝났는지 몰라서요."

"젠장, 끝난 게 다행인 줄 알아요."

"당신 말이 맞아요. 난 당신을 엿 먹였고 그러지 말아야 했어요. 내 잘못이었고 미안해요."

"도대체 애초에 왜 그런 짓을 한 거죠?" 화이트가 부르짖었다.

데커는 곧장 대답하지 않았다. "난 변화에 잘 대처하지 못해요. 그리고 당신은 알렉스가 아니고요. 하지만 알렉스였어도, 알렉스하고도 오랫동안 쉽지 않았어요."

"네, 알렉스한테 들었어요. 하지만 당신은 결국 알렉스한테 누그러졌죠. 알렉스한테 기회를 줬어요. 나는 왜 다른데요?"

"당신은 다르지 않아요. 아마 **내가** 다르겠죠."

"무슨 뜻이에요?"

"무슨 뜻인지 나도 몰라요. 하지만 내가 아는 건 우리가 해결해야 할 사건이 있고 그걸 해결하려면 우리 둘이 협력해야 한다는 거예요."

"그리고 왜 내가 당신한테 다시 기회를 줘야 하죠?"

"타당한 이유가 하나도 안 떠오르네요." 데커가 수긍했다.

화이트가 말했다. "좋아요. 당신이 또 나한테 개수작을 부리려 했다면 쐈버렸을지도 몰라요."

두 사람은 잠시 침묵 속에 차를 달렸다.

"좋아요, 오늘 뭘 알아냈죠?" 화이트가 물었다.

데커는 드레이먼트와 커민스가 잠자리를 가졌다는 자신의 이론을 들려주었다.

"검시관이 그날 밤 판사가 합의에 의한 섹스를 했다고 확인해줬어요. 그리고 물리적 증거가 상대가 드레이먼트였을 가능성을 입증하고요. 시트의 DNA로 확인이 가능하겠죠. 만약 그게 사실이라면 드레이먼트는 아마도 그 일이 일어났을 때 집을 나서는 길이었을 겁니다. 판사는 아마도 위층 침대에 있었을 거고요. 총소리를 듣고 아래층으로 뛰어 내려왔겠죠."

"젠장, 어떻게 그걸 확인해볼 생각을 했죠?" 화이트가 경악해서 물었다.

"아무도 판사가 실제로 위협을 받았다고 확실히 말하지 못했어요. 판사는 전에 실제로 위협을 받은 적이 있었죠. 그 일이 일어났을 때 판사가 뭘 했을까요? 판사는 연방보안관에게 알렸고 거기서 경호를 받았어요. 직접 나가서 경호업체를 고용하거나 하지는 않죠. 그럴 필요가 없으니까요. 그러니 드레이먼트가 거기 있었을 또 다른 이유는 성적인 거였죠. 도리스 클라인도 같은 생각을 했어요."

화이트는 당혹스러운 표정으로 고개를 내저었다. "하지만 왜 굳이 그런 속임수를 쓰죠? 판사는 독신이었잖아요. 드레이먼트도 그랬고요."

"그게 우리가 알아내야 하는 거죠. 그리고 펄먼 부부하고도 이야기해봤어요. 뉴욕에서 막 돌아왔거든요. 그다지 도움은 안 됐어요. 그 부부가 감마를 커민스에게 추천했답니다. 마야 펄먼이 전에 변호했던 의뢰인에게 협박을 받은 적이 있어서요. 두 사람은 살인 시점에 거기 없었으니 아무것도 본 게 없어요. 하지만 마야 펄먼은 정말 충격을 받았더군요. 판사와 친한 사이였죠."

다음으로 데커는 카시미라 로와의 만남에 관해 이야기했다. "그게 내가 마이애미에 갔다가 당신을 만나러 랜서의 집으로 간 이유입니다."

"그래서, 로는 자기 아버지에게 무슨 일이 일어났는지를 **당신**이 알아내기를 바란다?"

"만약 커민스에게 무슨 일이 일어났는지를 알아내는 데 그게 필요하다면 난 그렇게 할 겁니다."

"정말 그 둘이 관련이 있다고 생각해요?" 화이트가 물었다.

"드레이먼트의 목구멍에 쑤셔 넣어진 슬로바키아 돈만 없었어도 그렇게 생각 안 하겠죠."

"로가 랜서나 드레이먼트에 관해 무슨 말을 하던가요? 아니면 협박 기록이 있다거나?"

"물어봤는데 책임을 '자기 직원들'과 '법무팀'에 미루더군요. 하지만 자기 아버지의 실종 사건을 살펴봐주면 뭔가 보상이 있겠죠. 그 보상이 우리가 법원에 가지 않고도 그 정보를 얻는 거면 좋겠고요."

"하지만 데커, 감마에서 만약, 아니 만약이 아니라 필수지만, 커민스 판사에게 드레이먼트의 파견 비용을 청구했다면, 판사는 틀림없이 경호가 필요한 이유를 감마 측에 제공했어야 할 거예요. 그리고 드레이먼트가 경호를 맡게 될 걸 어떻게 확신하죠?"

"문제는, 난 애초에 드레이먼트가 감마 측의 파견으로 거기 간 게 아닐 거라고 생각해요. 도리스 클라인 말로는 드레이먼트가 매일 밤 거기 오지는 않았답니다. 난 드레이먼트가 그냥 커민스랑 자려고 거기 간 거라고 생각해요. 애초에 감마를 통한 게 아니었어요."

"하지만 그러면 감마는 왜 우리가 갔을 때 처음부터 그렇게 말하지 않았죠?"

"아마 랜서한테 그 얘기를 하게 하려고 한 것 같아요. 그리고 우리가 본 그 일이 일어났고요."

"하지만 로는 판사가 고객인지 아닌지 알았어야 하지 않나요?"

"어쩌면 몰랐을 수도 있겠죠…… 워낙 큰 회사니까요."

"하지만 펄먼 부부가 커민스에게 감마를 추천했다면서요. 그러니 분명히 경호가 필요하긴 했을 거예요."

"알아요. 그 부분이 당혹스러워요. 그리고 판사는 어쩌면 감마의 누군가에게 경호에 관해 이야기했을지도 모르죠. 하지만 난 드레이먼트의 목적이 경호였다고 생각하지 않아요. 아니면 경호였다 해도, 드레이먼트는 판사에게 그 외에 뭔가를 추가로 제공하고 있었던 거죠. 하지만 드레이먼트가 거기 매일 밤 있지 않았다는 건요? 그건 내가 보기에 표준 경호 절차에 어긋나요. 그건 감마 측에 확인하면 되겠죠. 그리고 판사의 재무 기록을 통해서도 확인할 수 있고요. 만약 실제로 감마를 고용했다면 판사는 비용을 지불한 기록이 있어야 해요."

"그럼 드레이먼트는 그저 잘못된 장소에 잘못된 시간에 있었다? 심지어 목에서 돈이 발견됐는데도요?"

"아뇨. 난 드레이먼트와 판사가 별개의 **두** 범인에 의해 살해당했다고 생각해요. 서로 약간 다른 시간대에요."

화이트는 하마터면 좌석에서 벌떡 일어날 뻔했다. "뭐라고요!"

데커는 검시관이 확인해준, 벽과 카펫의 혈흔의 주인이 커민스가 아니라 드레이먼트였다는 사실을 설명했다.

"판사는 아마도 총성을 듣고 아래층으로 내려왔다가, 그 후 도로 위층으로 올라갔어요. 왜 아래층에서 경찰에 신고하지 않죠?" 데커가 물었다.

"하지만 드레이먼트를 죽인 자가 신고를 막으려고 판사를 쫓아갔을 가능성은 여전히 남잖아요."

데커는 고개를 저었다. "그 두 범죄는 서로 철저히 별개였어요. 만약 총을 가진 범인이 목격자의 입을 막으려 한다면, 여자가 목청이 찢어지도록 비명을 지르고 목숨을 걸고 맞서 싸울 수 있게 굳이 천천히 칼로 죽이는 건 말이 안 되죠. 그리고 드레이먼트의 피가 판사에게 묻었다는 건 판사가 그 남자를 만졌다는 뜻일 수밖에 없어요. 내가 이미 말했듯, 판사는 아마도 총성을 듣고 서재로 가서 거기 누워 있는 시신을 발견하고 상처를 건드렸을 겁니다. 아마도 심폐소생술을 하려고 했겠죠. 그리고 만약 놈들이 판사를 죽일 작정이었다면 판사를 찾으러 갔을 겁니다, 판사가 아래층으로 내려오길 기다리지 않고요. 판사가 방문을 잠그고 숨어서 경찰을 부를 수도 있잖아요."

"다 말이 되네요. 하지만 판사의 구멍 뚫린 안대는요? 그리고 그 쪽지의 법률 문구는요?"

"판사와 깊이 관련된, 어떤 무척 개인적인 의미가 있는 것일 수 있겠죠. 그건 두 살인이 서로 별개의 사건이라고 하면 말이 돼요. 그리고 드레이먼트의 목구멍에 있던 돈과 무척 상이한 범죄 요소

216

들이 아니었으면 난 아마 드레이먼트가 판사를 경호하다 죽었고, 그 후 놈들이 판사를 쫓아가 죽였다고 생각했을 겁니다. 하지만 이 일은 그런 식으로 일어나지 **않았어요**. 적어도 내 생각은 그렇습니다."

"그리고 이걸 기다렸다가 앤드루스도 같이 있을 때 말하지 않고 지금 말해주는 이유는요?" 화이트가 물었다.

"왜냐하면 로가 드레이먼트의 목에 들어 있던 슬로바키아 돈에 관해 알고 있더라고요. 자기 '자원'에서 얻었다고 했어요. 난 그 **자원**이 앤드루스라고 생각해요."

"앤드루스가 확실히 로에게 좀 거슬릴 정도로 공손해 보이긴 했지만, 앤드루스가 말한 건지는 확실히 모르잖아요."

"확실히 알게 될 겁니다."

"어떻게요?"

"내가 물어볼 거거든요."

"그리고 정말 앤드루스가 말했다면요?"

데커는 화이트를 쏘아보았다. "그러면 가라테 검은 띠 두 개나 있는 당신이 무하마드 알리로 변신해서 **그 남자** 엉덩이를 걷어차 야죠."

3 333

두 사람이 호텔 근처까지 갔을 때 데커의 전화기가 울렸다. 배리 데이비드슨이었다. 몹시 허둥지둥하는 눈치였다.

"아들이 없어졌어요. 타일러가 오늘 학교 끝나고 집에 안 왔어요. 전화도 걸어보고 문자 메시지도 남겨놨는데, 친구들도 어디 있는지 아무도 모른대요."

"좋아요, 좀 진정하세요. 우리가 바로 가겠습니다."

두 사람은 보안문을 통과해 엘리베이터를 타고 올라갔다. 데이비드슨이 현관으로 나와 기다리고 있었다.

두 사람을 서둘러 안내하는 데이비드슨의 숨결에서 술 냄새가 훅 풍겼다.

"마지막으로 타일러를 보거나 이야기를 나눈 게 언제였습니까?" 화이트가 물었다.

"오늘 아침 8시쯤에요. 학교 가는 길에요."

"등교를 이렇게 빨리 다시 할 줄은 몰랐네요." 데커가 말했다.

"그 애는…… 그 애가 그러고 싶다고 했어요. 이 일을 그만 생각하고 싶다고요."

"친구들하고는 통화했다고 하셨죠?" 화이트가 물었다.

"네, 한 아이가 타일러가 학교를 일찍 나섰다고 했어요. 그리고 타일러는 전화를 받지도 문자에 답을 하지도 않았어요. 보통은 바로 답이 오는데도요."

"어쩌면 전화기를 안 가지고 있나 보죠." 데커가 말했다.

"늘 전화기를 가지고 다닙니다." 데이비드슨이 맞섰다.

"경찰은 아직 아무것도 안 할 겁니다. 그 애가 위험이나 곤경에 처해 있다는 게 확실해지기 전에는요." 화이트가 말했다.

데이비드슨은 의자에 축 늘어져 유리잔에 손을 뻗었다. 아마도 위스키인 듯했다.

"그리고 술에 취하는 건 이 상황에 도움이 안 되죠." 데커가 지적했다. "타일러한테 아버지가 필요한 상황이라면요."

데이비드슨은 손을 거두고 죄의식 가득한 눈으로 두 사람을 보았다. "난…… 난 걱정돼요. 그 애가…… 모르겠어요. 자신을 해칠까 봐요."

"그런 일을 할 거라는 낌새를 풍겼나요?" 화이트의 목소리에 시급함이 묻어났다.

"아뇨, 하지만 엄마를 잃은 건 이번이 처음이니까요." 데이비드슨이 쏘아붙였다.

"평소에 자주 찾는 곳이 있나요? 생각할 게 있거나 혼자 있고 싶을 때 자주 가는 곳이라든가?"

"아뇨, 특별한 곳은 없어요."

"여자 친구는요?" 화이트가 물었다.

"있었지만 한 달 전에 헤어졌어요. 전화해봤는데 아무 연락도 없었대요."

"평소의 일과는요?" 데커가 물었다.

"6시쯤에 일어나서 달리기를 하죠. 보통 다른 선수들하고 같이 해변을 달려요. 그 후 여기 건물 체육관에서 운동을 하죠. 그건 그렇고 여분의 웨이트 운동을 하려고 내가 돈을 추가로 내야 했어요." 데이비드슨이 자랑스럽게 덧붙였다. "안 그러면 우리 타일러에게도 부족했거든요. 그다음에는 학교에 가죠. 거기서 운동을 좀 더 하고요. 그 후 집에 옵니다. 보통 6시쯤이면 도착하죠."

"그렇군요. 하지만 지금은 겨우 7시 반인데요." 화이트가 말했다.

"하지만 난 정오 이후로 계속 전화했어요. 아이가 어쩌고 있는지, 혹시 내 도움이 필요하지는 않은지 궁금하기도 하고…… 아이 엄마 장례식에 쓸 음악을 고르는 걸 도와주려고요."

"친구가 언제 타일러가 학교를 나섰다고 하던가요?" 데커가 물었다.

"2시경에요. 하지만 어디로 가는지는 말 안 했답니다."

"학교에서 그냥 보내줬다고요?" 화이트가 물었다.

"그냥 자습만 남아 있었거든요."

"오늘 아침에 학교를 일찍 나올 거라거나 어디 간다는 이야기를 했나요?"

"아뇨, 그런 이야기는 전혀 없었어요."

"차는 가져갔나요?" 화이트가 물었다.

"네."

"학교 주소를 알려주세요." 데커가 말했다.

데이비드슨은 주소를 적어서 데커에게 건넸다.

"여기 온 김에, 전 부인에 관해 몇 가지 여쭤봐도 되겠습니까?" 데커가 물었다.

"뭘요?" 데이비드슨이 짜증스러운 기색으로 되물었다.

"부인이 혹시 누군가를 만나고 있었나요? 그러니까 이성관계로 요." 데커가 물었다.

그 질문에 데이비드슨의 표정이 시무룩해졌다. "모르겠어요. 난…… 난 늘 아내와 다시 좋아지길 바랐어요, 아세요?"

데커가 화이트를 응시했다. "아뇨, 우린 몰랐습니다. 더 자세히 말씀해주시겠습니까?"

"우린 문제가 있었어요. 줄리아는 극복 불가능하다고 생각하는 것 같았죠."

"당신은 아니었고요?" 화이트가 물었다.

"전 좀 못 말리는 낙천주의자 같아요." 데이비드슨이 음울한 미소를 지으며 말했다.

"하지만 당신의 낙천주의는 통하지 않았죠. 그게 짜증 났나요?" 데커가 물었다.

"그게 도대체 무슨 뜻이죠?" 데이비드슨이 부르짖었다.

"당신은 전 부인과 재결합하고 싶어 했습니다. 전 부인은 그러고 싶지 않았고요. 이제 그분은 죽었죠."

"난 줄리아를 죽이지 않았어요. 난 여기 있었다고요. 타일러가 확인해줬잖아요. 그리고 난 줌 통화 중이었어요."

"전 코비드 이전에는 '줌'이 그냥 동사인 줄만 알았습니다." 데커가 말했다. "여전히 그랬으면 좋겠고요."

"그만 나가서 내 아들을 찾아보는 게 어떻겠습니까? 그 애를 좀 찾으라고요, 빌어먹을!"

"혹시 어디 여행 갈 계획은 없으시죠?" 데커가 물었다.

"왜요?"

"앞으로도 계획하지 마세요."

3 334

"아까 거기서 그 남자의 목줄을 꽤 세게 잡아당겼죠." 차로 돌아와 출발할 때 화이트가 말했다. "왜 그랬어요?"

"난 보통 뭐든 끊어질 때까지 당겨보거든요."

"그리고 데이비드슨은요? 정말 그 남자가 아내를 죽일 수 있다고 생각해요?"

"그 남자는 동기가 있어요. 질투죠. 전처와 드레이먼트의 사이에 관해 알았다면요. 기회는 없지만, 만약 일을 대신해줄 누군가를 고용했다면 그건 무의미해지죠."

"만약 청부업자가 정말 판사의 집으로 갔다면 차가 문을 드나든 기록이 있어야 해요."

"확실히 그 수많은 허점을 피해 갈 방법이 있을 겁니다."

"그렇겠죠. 하지만 당신은 드레이먼트와 커민스를 죽인 범인이 서로 별개라고 생각하잖아요. 데이비드슨이 아직 전처를 사랑했다면, 그 남자가 고용한 청부업자가 전처의 연인까지 죽이는 것도 이상하지 않죠."

"네, 그랬겠죠."

"하지만 당신 생각은 다른가요?"

"난 지금 데이비드슨이 드레이먼트는 고사하고 심지어 자기 아내를 죽였다는 데도 확신이 없어요. 그래도 역시 두 사건의 범인은 별개라고 생각합니다. 만약 드레이먼트를 쏜 자가 커민스도 죽였다면, 그자는 거기 계속 있었을 거예요. 그런데 뭐 하러 칼을 들고 위층으로 쫓아 올라가죠? 총격자는 드레이먼트에게 9밀리 두 방을 박아 넣었어요. 9밀리 탄환이 두 개밖에 안 들어가는 권총이 있다는 얘기는 들어본 적도 없고요. 총격범에게는 커민스를 제거할 총탄이 남아돌았을 겁니다."

"당신 주장은 꽤 설득력이 있어요, 데커, 그건 인정할게요. 총격범이 총을 쏘고 자리를 떴다. 판사가 달려 내려와 드레이먼트를 살리려고 애쓰는 사이에 둘째 범인이 칼을 들고 들어와서 판사를 죽인다."

"아니면 판사의 부엌에 있던 칼을 썼을 수도 있죠. 검시관은 15센티미터짜리 톱니 날이라고 했어요. 그 묘사에 부합하는 주방용 칼이 수두룩하죠. 혹시 없어진 칼이 있는지 확인해봐야 할 겁니다."

"그러면 드레이먼트의 살인은 미리 계획된 거지만, 커민스의 살인은 순간의 충동 때문이었다?"

"어쩌면요." 데커가 말했다.

"그렇다면 우리가 다루고 있는 건 믿기 어려운 우연이군요."

"그리고 난 지극히 평범한 우연도 썩 마음에 안 드는데, **믿기 어려운** 우연은 말할 것도 없죠."

"당신에게 유머감각이 있는 줄은 미처 몰랐네요."

"필터가 없다고 유머감각도 없는 건 아니죠." 데커가 한마디했다.

"우리 지금 어디 가요?"

"타일러를 찾으러요."

"그 말은, 어디 있는지 안다는 건가요?" 화이트가 물었다.

"아마도요."

...

고등학교에 도착한 그들은 학교의 마스코트가 군주임을 알았다.

"민주주의 국가에서 군주라니. 난 그게 늘 웃기더라고요." 방문
객 주차장에 차를 세울 때 화이트가 말했다.

"난 요즘 들어 민주주의 국가에서 웃긴 걸 아주 많이 봤는데, 하
나도 안 웃기더군요."

두 사람은 차에서 내렸다. 학교 운동장 뒤편으로 향하는 데커에
게 화이트가 물었다. "어디로 가는 거예요?"

"타일러의 세계로요."

"타일러의 세계라고요?" 화이트가 걸어가는 길에 물었다.

데커가 조명이 환히 켜진 미식축구 구장을 가리켰다. "저기요."

더 가까이 다가가자 타일러가 보였다. 반바지에 웃통을 깐 채로
다른 젊은 남자가 던지는 미식축구공을 잡으며 구장을 온통 뛰어
다니고 있었다.

두 사람은 문을 통과해 펜스 쳐진 구장을 둥그렇게 두른 트랙으
로 가는 외야석 계단으로 내려갔다.

"시설 좋네요." 화이트가 말했다. "내가 다닌 고등학교 미식축구
구장은 주차장에 가까웠는데."

"발이 빠르네요." 데커가 타일러가 루틴(운동 선수들이 최고의 능력을 발휘하기 위해 습관적으로 하는 동작이나 절차 – 옮긴이)을 하는 것을 지켜보며 말했다. "컷(순간적으로 방향을 전환해 수비를 따돌리는 미식축구의 기술 – 옮긴이)도 좋고요."

"당신이 그렇다면 그런 거겠죠."

"안녕, 타일러!" 데커가 외쳤다.

데커와 화이트를 본 타일러는 공을 하나 더 잡고는 허리띠에 끼워놓은 수건으로 얼굴의 땀을 닦고 친구에게 그만하자는 신호를 보낸 후 두 사람에게 다가왔다. 몸통이 땀으로 번들거렸고 모든 근육이 선명하게 두드러졌다.

"뭐죠?" 타일러가 숨을 몰아쉬며 말했다. 허리를 숙여 벤치에 놓인 G2 병을 낚아채 꿀꺽꿀꺽 들이켰다.

"아버지가 걱정하고 계셔. 전화를 했는데 네가 안 받았다며."

"휴대전화를 저기 차에 놔뒀어요." 타일러가 펜스 바깥 구장 반대편 끝에 주차된 남색 BMW 컨버터블을 가리키며 말했다. "그리고 시간이 가는 줄 몰랐어요. 무슨 큰일이라고요."

"나한테는 큰일이 아니지. 하지만 네 아버지한테는 큰일이야."

타일러는 음료를 비우고 팔과 다리를 닦았다.

"움직임이 좋네." 데커가 말했다.

"네, 전 열심히 노력해요."

"하지만 넌 오른쪽보다는 왼쪽 컷이 더 빨라. 오른발이 주력이라서 그렇지."

데커를 보는 타일러의 눈빛에는 이제 확실히 관심이 드러났다.

"대학에, 특히 네가 목표로 하는 대학들에 가려면 균형이 잡혀야 해. 그렇지 않으면 널 상대하는 라인배커나 세이프티나, 아니면 코너가 몇 경기 만에 그 약점을 파악하고 네가 우측으로 컷할 때마다 공에 덤벼들 거야. 그러면 인터셉션이지. 겨우 밀리초의 차이지만, 쿼터백 정해진 시간에 정해진 지점으로 공을 던지는 경우엔 상대가 너보다 먼저 도달할 거야."

"엄마가 고용한 대학 트레이너도 같은 말을 했어요. 그걸 연습할 수 있게 훈련 과제를 줬죠."

"잘됐네. 계속 훈련해. 하지만 왼쪽을 여덟 번 연습하면 오른쪽은 열두 번 연습해. 오른쪽보다 왼쪽 다리로 스쾃을 몇 번 더 해서 근육량을 키우고. 오른 다리와 맞먹을 수 있도록 왼 다리로도 균형 훈련을 해. 그쪽으로 빠른 트위치 훈련을 하는 것도 나쁘지 않아. 그리고 엉덩이 유연성을 최대화해야지. 그러면 네 로테이션과 가동 범위가 개선될 거야. 같은 문제를 가진 사람이 아주 많아. 양쪽을 동등하게 만들 수는 없다 해도 근접할 수는 있어. 그러면 네 쿼터백은 널 아주 좋아할 거야."

"제대로 아시네요."

"오랫동안 **내** 삶이었거든." 데커가 펜스에 몸을 기대며 물었다. "아버지는 어떠시니? 여전히 술을 많이 드시니?"

"술도 술인데 아마 약을 하시는 것 같아요." 타일러의 표정에 갑자기 두려움이 어렸다. "저기요, 그냥 한 말이었어요. 혹시 아빠가……."

데커가 손을 휘저어 일축했다. "우린 마약단속국이 아니야. FBI지. 하지만 네 아빠는 약을 하시면 안 돼. 옥시코돈인 줄 알고 먹었는데 사실 펜타닐이면 침대가 아니라 관짝에 눕게 될 테니까."

"네, 그럴 것 같네요. 아버지가 그러시지 않게 제가 잘 챙길게요."

"넌 아버지를 좋아하지, 안 그러니? 아버지에게 화나긴 했지만 말이야."

"저한테는 아빠와 엄마밖에 없었어요. 이제는 아빠밖에 없죠. 그래서 아빠가 정신을 차리고 이 일을 극복했으면 좋겠어요."

데커는 BMW를 보았다. "차가 좋구나. 엄마가 사주신 거니? 아니면 아빠가?"

"아빠가요. 엄마는 못마땅해하셨어요. 하지만 전 책임감이 있어요. 술도 안 마시고 약도 안 해요. 학교에 가고 미식축구를 하고 항상 조심하고 겸손하게 행동해요."

"그럼 넌 고등학교 시절 나보다 훨씬 낫구나."

"아저씨는 프로에 가셨잖아요." 타일러가 지적했다.

"난 죽어라 노력했어, 하지만 운도 따랐지. 그리고 내 경력은 오래가지 못했어."

"후회하세요?"

"그냥 구장에서 뛴 마지막 플레이만."

"무슨 일이 있었는데요?"

"긴 이야기야. 굳이 다시 할 가치 없는. 아빠가 심장마비 일으키기 전에 전화 드려, 알겠지?"

타일러는 눈을 내리깔고 민망한 표정을 지었다. "전화기를 일부러 차에 놔뒀어요."

"알아. 그 모든 일에서 벗어나고 싶었겠지. 여기로 나와서, 경로 연습을 하고, 공을 잡아서 끝까지 가는 것 말고는 아무것도 생각하기 싫었겠지."

타일러가 고개를 들고 미소를 지었다. "마치 나이 든 저 자신과 이야기하는 것 같아요."

"어떤 면에서는, 타일러, 그게 사실일 거다."

"우리 지금 어디 가요?" 고속도로를 타고 동쪽으로 오션뷰 중심가를 향해 달리는 차 안에서 화이트가 물었다.

"덩컨 트로터, 커민스의 부동산 담당 변호사를 만나러요. 유산 상속자가 누군지 알아보려고 저녁에 약속을 잡았어요."

"그동안 바쁘게 움직였네요. 그래서, 트로터가 우리한테 뭘 말해 줄 것 같아요?"

"많은 살인 사건에서, 돈의 향방을 좇는 건 꽤 좋은 원칙이죠."

• • •

트로터는 여원 체격에 고수머리는 회색으로 셌고 이마에는 주름이 가득한 60대 남자였다. 정장이 아니라 짙은 남색 폴로셔츠에 회색 정장 바지 차림이었다. 그리고 윙팁 구두가 아니라 플립플롭을 신었다. 남자의 법률 제국은 시내 중심가에서 두어 블록 떨어진

단층 사무실 건물의 방 몇 개로 이루어져 있었다.

두 사람은 어수선한 사무실에서 주인과 마주 앉았다. 직접 문을
열어준 트로터는 비서가 한참 전에 퇴근했다고 했다. 줄리아 커민
스의 유언장에 관해 묻자 컴퓨터 자판 몇 개를 두드리더니 화면을
들여다보았다.

"줄리아 일은 정말 너무 끔찍했어요. 그런 악몽 같은 일이 일어
나다니." 가냘프고 새된 목소리는 한 30센티미터도 못 가서 공기
중으로 흩어졌다.

데커는 실제로 트로터의 말을 들으려고 몸을 앞으로 숙여야 했
다. 그 목소리를 들으니 왜 그 남자가 법정 변호사가 아닌지 알 수
있었다.

"네, 비극적이었죠." 화이트가 말했다. "그리고 우린 그 짓을 저
지른 범인을 알아내야 해요. 그래서 여기 온 거고요."

"네, 네, 물론이죠. 배리가 참 받아들이기 힘들어했어요." 남자가
무테안경을 이마로 들어 올리고 이해한다는 표정을 지었다. "줄리
아를 결코 잊지 못했거든요, 왜. 여전히 사랑했죠."

"그럼 이혼은 커민스 씨의 생각이었나요?" 화이트가 물었다.

"아, 의심의 여지가 없죠. 전 남의 이야기는 잘 안 합니다. 이해
하시죠. 우리 업계에서는 상식이거든요."

"그래서 그 두 사람과 친분이 있으셨나요?" 데커가 물었다.

"네. 그렇게 고객을 늘리는 거죠. X가 Y에게 저를 추천해주고 Y
는 또 Z에게 추천해주고."

"타일러를 아세요?"

"좋은 젊은이죠. 놀라운 운동선수고요. 제 엄마를 존경했어요."

"아버지는요?"

트로터가 안경을 도로 내려썼다. "그냥 타일러가 아버지 같고 배리가 아들 같은 관계라고 할까요. 다시 말하지만, 전 남의 이야기는 안 합니다. 사실 애초에 줄리아가 왜 배리랑 결혼했는지 궁금해요."

"사랑은 미친 짓을 하게 만들죠." 데커가 말했다.

"그래서 그게 이혼의 이유였던 건가요? 배리가 끝끝내 철이 안 들어서?" 화이트가 물었다. "**평생** 어린애를 키우고 싶어 하는 여자는 많지 않죠."

"그게 아주 중요한 이유였다고 봅니다. 그리고 배리는 45세 때, 초기 중년의 위기를 겪었어요. 고가의 자동차를 사고 무슨 대학생처럼 옷을 입고 줄리아가 자기랑 같이 훨씬 젊은 사람들과 어울려주길 바랐죠."

"우린 어쩌면 판사님도 최근에 중년의 위기를 겪었을지도 모른다는 말을 들었습니다." 데커가 말했다. "더 유행하는 스타일로 입고, 외출도 더 많이 하고, 춤도 추고, 클럽도 가고?"

"음, 네, 저도 그걸 눈치챘어요. 치맛단 끝이 살짝 더 올라갔고 굽은 약간 더 높아졌죠. 하지만 제 알 바도 아니고, 줄리아의 선택을 제가 뭐라고 하겠습니까." 변호사가 재빨리 덧붙였다.

"배리가 바람을 피운 적 있나요?" 데커가 물었다. "우린 배리가 지금 아주 젊은 여자들을 만난다고 알고 있는데요."

"아뇨, 전 사실 배리가 그 무엇보다도 줄리아를 사랑했다고 생각합니다." 트로터가 말했다. "하지만 줄리아는 마침내 배리의 '새로운 방식'에 지쳤고 그 후 세금 문제가 생겼는데 배리가 그것 때문에 하마터면 감옥에 갈 뻔했어요. 확실히 그게 줄리아에게 마지막 지푸라기였나 봅니다. 그 직후 이혼을 신청했죠."

"당신이 그걸 맡으셨나요?" 화이트가 물었다.

"저요? 아뇨, 아뇨, 아뇨. 전 이혼 사건을 다루지 않습니다. 그러기엔 간이 작아서요."

"찾으시던 건 찾으셨습니까?" 데커가 남자의 컴퓨터를 바라보며 재촉했다.

"네, 네, 찾았어요. 그게, 줄리아는 무척 부자였어요."

"얼마나 부자였는데요?"

"집을 빼고도, 줄리아의 재산은 2,000만 달러는 나갑니다. 전부 유동 자산, 주식, 채권으로요. 포트폴리오에서만 나오는 수익도 1년에 100만 달러가 넘어요."

"그리고 그게 누구한테 가죠?" 데커가 물었다.

"기부 의향이 좀 있고 이런저런 사람들에게 소소하게 가는 것들도 있지만, 부동산의 큰 부분은 타일러 데이비드슨 앞으로 된 신탁에 들어가 있어요."

"신탁이군요. 그래서 누가 신탁 관리자죠?"

"배리 데이비드슨요. 집행자이기도 해요. 이혼 후에 줄리아가 그걸 바꿀까 하는 이야기를 했지만 끝내 실행하지는 못했죠."

"신탁의 조건은 뭐죠?" 화이트가 물었다.

"꽤 정석적이에요. 원본은 3차로 분할해서 발행될 겁니다. 타일러가 25세, 28세, 31세가 됐을 때요. 그전까지 타일러는 교육을 받거나 사업을 시작하거나 주택을 구매하는 것 같은 목적을 위해 신탁 관리자에게 요청할 수 있어요. 꽤 정석적이죠. 아, 그리고 집도 타일러에게 갑니다. 배리가 매각하기로 결정하지 않는다면요. 만약 매각한다면, 그 수익금은 신탁에 들어가죠."

"그렇다면 타일러는 부자다?"

"음, 확실히 기금을 다 받으면 부자가 되겠죠. 관련 세금을 모두

제한 다음에도요."

"그리고 신탁 관리자는 거기서 뭘 얻죠?"

"합당한 보상요. 그리고 지출되기 전까지 신탁 자금을 관리할 권한도요."

"커민스가 전남편을 신탁 관리자로 계속 놔두다니 재미있네요." 데커가 말했다.

"네, 하지만 이미 말씀드렸듯, 줄리아는 바꾸려고 했어요."

"실제로 그렇게 말했나요?"

"네. 하지만 그러지 못했죠."

"제가 그분에 관해 들어온 것하고는 다르네요. 효율적이고 조직적이고 뭘 할 때는 신속하게 실행하는 사람처럼 들렸거든요."

트로터가 의자에 등을 기댔다. "그게, 그 말씀이 정확히 맞습니다."

"하지만 신탁 관리인과 집행인을 바꾸고 싶다는 이야기를 본인에게서 직접 들으신 건가요?" 화이트가 물었다.

"들었습니다. 몇 번이나요. 그리고 한번은 제가 물어본 적도 있고요."

"그랬더니 어떤 반응을 보이던가요?"

"그럴 때가 아니라고요."

"그게 무슨 뜻이죠?" 데커가 물었다.

"난 정말 모르겠어요. 어쩌면 신탁 관리인에서 아버지를 배제하면 타일러가 속상해할 거라고 생각했을지도 모르죠. 하지만 마지막으로 그 이야기를 한 건 6주 전이었어요."

"레스 입사 로키토르." 데커가 말했다.

"뭐라고요?"

"그 구절은 커민스의 사망과 연관이 있습니다. 판사가 그 구절을 입에 올린 적이 있었나요?"

"아뇨, 한 번도요. 로스쿨을 졸업한 후로 저는 한 번도 쓴 적 없습니다. 그런데 그게 줄리아의 죽음과 어떤 식으론가 관련이 있다고요? 정말 이상하군요."

"시시각각 더 이상해지고 있죠." 데커가 말했다.

"난 로에게도 다른 누구에게도 그 정보를 발설하지 않았습니다."
앤드루스가 분개해서 내뱉었다.

세 사람은 이탈리아 음식점의 야외 탁자에 앉아 있었다. 데커와
화이트는 앞서 약속한 대로 늦은 저녁 식사를 같이하려고 그곳에
서 FBI 요원과 만났다.

"흠, 로가 알고 있던데요." 데커가 말했다.

"그럼 다른 누군가한테서 들었겠죠. **당신이** 언급하지 않은 게 확
실합니까?"

"난 아무것도 아무한테도 **언급하지** 않습니다." 데커가 대꾸했다.

화난 기색이 역력한 앤드루스가 의자에 등을 기대고 백포도주
잔을 홀짝였다.

"출입문 기록을 검토해서 뭔가 나온 게 있나요?" 화이트가 달래
는 투로 물었다.

"아직은 아무것도요. 그리고 배리가 청부업자를 고용했다 해도

정문으로 들어왔을 것 같지는 않습니다. 난 배리의 재무 기록에 대한 영장을 청구했어요, 이미 말했지만요. 곧 확보될 겁니다." 앤드루스가 포도주 잔을 내려놓으며 말을 이었다. "자, 드레이먼트와 랜서의 배경에 관해 감마로부터 정보를 얻긴 했어요. 감마에 들어오기 전에 드레이먼트는 워싱턴 DC에서 국회 경비대 소속으로 일했답니다."

"흥미로운 행적이군요. 거기서 이곳까지 와서 사설업체로 가다니." 데커가 말했다. "드레이먼트는 양다리를 걸치기엔 너무 젊었는데요." 데커가 말한 양다리란 정부 직원이 전액 연금을 확보한 후 다른 일자리로 가는 관행을 가리켰다.

"어쩌면 감마가 거부할 수 없는 제안을 했을지도 모르죠." 앤드루스가 추측했다.

"그게 맞다면 좀 알고 싶네요." 데커가 말했다.

"카시미라와 만나셨다고요?" 앤드루스가 물었다.

"그랬죠. 자기 아버지에게 무슨 일이 일어난 건지 내가 알아내주길 바라더군요. 랜서와 드레이먼트에 관한 파일들을 내주기로 한 이유가 그겁니다. 내가 특정 조건하에 그걸 살펴보겠다고 했거든요."

앤드루스가 놀란 표정을 지었다. "하지만 그건 당신이 맡은 사건이 아니잖습니까."

"난 우리 사건과 관련 있을 경우에만 그걸 살펴볼 겁니다. 로에게도 그렇게 말했어요."

"하지만 그게 가능합니까? 카나크 로가 죽은 지 아마 3년은 됐을 텐데요."

"그리고 누군가가 로의 고국의 지폐를 드레이먼트의 목구멍에 쑤셔 넣었죠. 그건 어마어마한 우연이든가 아니면 그 두 사건 사이에 뭔가 공통분모가 있는 겁니다. 비록 오랜 시간을 사이에 두고 있다 해도요."

앤드루스가 냅킨을 초조하게 만지작거리며 말했다. "그럴 수도 있겠네요."

"그리고 앨리스 랜서의 배경은요?" 화이트가 물었다.

앤드루스가 헛기침을 하고 입을 열었다. "랜서는 감마에서 6년 전부터 일했어요. 드레이먼트도 대략 비슷했죠. 랜서는 감마에 들어가기 전에 몇 년 동안 변호사로 일했어요. 그 후에 홍보일을 하다가 워싱턴 DC의 한 정치 단체에 들어가 로비스트가 됐죠."

"그럼 드레이먼트와 기본적으로 동일한 도시의 같은 무대에 있었다는 거군요."

"네. 그러니 두 사람은 당시 서로 아는 사이였을지도 모릅니다."

화이트가 물을 한 모금 마시고 말했다. "변호사, 그다음엔 홍보담당, 그리고 그다음엔 정치 단체의 로비스트, 그리고 이제는 사설 경호 회사에서 일한다고요? 참 신기한 경력 전환이네요."

데커가 말했다. "모두 개인적 목표가 뭐냐에 달린 거죠."

화이트가 앤드루스를 보고 물었다. "가족은요? 드레이먼트와 랜서의 가족은 어떻게 되죠?"

"드레이먼트의 가족은 시애틀에 살아요. 부모님은 생존해 계시고 형이 하나 있어요. 그쪽에 사망을 알렸어요. 유해를 수습하러 올 겁니다."

"그러면 랜서는요?" 화이트가 물었다.

"알아봤더니 앨리스 랜서는 고아였어요. 입양한 부모는 비행기 사고로 사망한 지 10년 좀 넘었고, 형제자매는 없었어요. 그리고 랜서의 생물학적 부모에 관해 알아낼 방법도 전혀 없었고요."

앤드루스의 말에 데커의 머릿속에서 뭔가가 딱 하고 제자리에 맞아떨어졌다. '좋아, 그거 흥미로운데.'

"그렇다면 거기서 막다른 골목이군요." 화이트가 지적했다.

"그런 것 같네요. 그리고 랜서나 패티 켈리는 여전히 행방이 묘연합니다. 마치 지구상에서 사라져버린 것만 같아요."

"누군가가 경찰과 대화하려고 할 때마다 그런 일이 일어나는 것 같군요. 재미있어요." 데커가 끼어들었다.

"인제 뭘 할 거죠?" 앤드루스가 물었다.

"우린 덩컨 트로터에게서 커민스 판사의 죽음으로 인해 전남편이 2,000만 달러도 넘는 재산의 신탁 관리자가 됐다는 걸 알게 됐습니다."

앤드루스는 하마터면 포도주를 쏟을 뻔했다. "젠장. 줄리아가 부자인 건 알았지만 **그렇게까지** 부자인 줄은 몰랐네요."

데커의 휴대전화가 진동했다. 문자 메시지였다. "검시관이 보낸 거예요. 내가 직감이 하나 있었는데, 알고 보니 그게 맞았네요."

"무슨 감이었는데요?" 앤드루스가 물었다.

"앨런 드레이먼트가 판사를 경호하는 게 아니라 판사와 자고 있었다는 거요."

"뭐라고요!" 앤드루스가 불쑥 내뱉었다.

데커는 앤드루스에게 자신이 범죄현장에서 발견한 것과 검시관이 확인해준 것을 간략히 설명했다. 또한 두 살인의 범인이 각기 별개라는 이론도 말했다.

앤드루스는 생각에 잠긴 얼굴로 고개를 끄덕였다. "인정해야겠네요. 살인 방법이 각각 다른 게 나도 신경 쓰였어요. 보통은 어느 한쪽만 보이거든요. 하지만 데커, 트레버 펄먼은 자기가 감마를 판사에게 추천했다고 했어요. 그리고 줄리아는 경호가 필요하다는 말을 자기 아들한테도, 다른 사람들한테도 했고요."

"도리스 클라인한테 듣기로 드레이먼트는 매일 밤 거기 있지 않았답니다. 그리고 다른 경호원도 없었고요. 그건 경호 방식치고는 좀 기묘하죠."

"하지만 애초에 협박이 없었다면 왜 감마를 찾아갔을까요?" 화이트가 물었다.

"그건 모르겠습니다. 하지만 그게 사실이었던 것 같아요. 경호원과 자지는 않죠. 그리고 경호원이 그냥 출근을 안 하는 일도 없고요."

"그러면 판사는 사실 누군가를 두려워하지 않았다?" 화이트가 물었다.

데커가 화이트를 보았다. "아, 난 판사가 누군가를 두려워**했다고** 생각합니다. 그리고 그 사람이 판사를 죽였죠."

3 337

저녁 식사 후에 데커는 호텔방에 앉아서 벽을 응시하고 있었다.

지금은 사건을 생각하고 있지 않았다. 시카고의 인지연구소에서 받은 편지 생각을 하고 있었다.

친애하는 데커 씨, 귀하의 최근 뇌 스캔 결과 다양한 이상이 발견된 바, 추가적인 검사와 감시가 요구됩니다. 초기적인 병변들이 새로 나타나고 있고, 이전에는 영향받지 않았던 대뇌의 영역들이 변화할 위험성이…….

이 대목에서 데커는 편지 내용을 생각하기를 그만뒀다.

'병변들. 이전에는 영향받지 않았던. 다양한 이상. 변화할 위험성이…….'

그중 단 하나도 마음에 들지 않았다.

그뿐만이 아니었다. 대학 시절 데커의 팀이나 상대 팀에서 뛰었고

240

그 후 NFL로 간 남자 중 네 명이 지난 3년간 조기 사망을 맞았다.

하나는 루게릭병으로, 하나는 심장마비로, 하나는 2형 당뇨병으로 인한 뇌졸중으로.

그리고 마지막 하나는 자살로 생을 마감했다. 뇌는 보스턴 대학교의 만성 외상성 뇌질환 센터에 뇌질환이 있었는지 분석할 목적으로 기증됐다. 분석 결과 있었다고 밝혀졌다.

'현실적으로, 나한테 남은 시간이 얼마나 되지? 난 프로에서 오래 뛰지도 않았어. 하지만 미식축구를 오래 했고 그날 받은 충격으로 아마도 NFL에서 5년 뛴 데 맞먹는 손상을 입었을 거야.'

데커는 비좁은 방 안을 둘러보았다. '그리고 난 정말 이런 식으로 그 남은 시간을 보내고 싶은 건가?'

하지만 다른 한편 지금 이 순간에는 인생을 바꾸는 그 어떤 결정도 내릴 수 없음을 알고 있었다. 그래서 침대에 누운 채로 사건 생각에 골몰했다. 모든 사건이 그렇듯 당혹스러웠다. 하지만 이 사건의 차이점은 더 깊이 들어갈수록 더 당혹스러워진다는 거였다. 심지어 알아냈다고 믿은 사실들, 예컨대 커민스와 드레이먼트가 성관계를 가졌다는 것, 그리고 이게 같은 집에서 몇 분 간격으로 저질러진 서로 무관한 두 건의 살인 사건이라는 사실은 더 깊이 파고들수록 더 납득이 안 됐다.

드레이먼트의 입에 들어 있던 외국 화폐는 카나크 로와, 적어도 로의 집안과 관련이 있어 보였다. 카시미라는 그게 그 3년 전에 일어난 아버지의 실종 및 추정상 사망과 연루돼 있다고 믿는 모양이었다. 로 가족이 지금의 슬로바키아에 적이 있다면, 앨런 드레이먼트의 살인범 역시 그곳 출신일까? 만약 그렇다면 그들을 법 앞에 세울 수 있을 가능성은 낮았다.

그리고 거기다 줄리아 커민스의 살인이 있었다. 그건 드레이먼트와는 달리 개인적 원한이 이유였다. 다수의 자상은 증오로 불타오른 광기를 말했다.

배리 데이비드슨, 누구나, 심지어 본인 입으로도 커민스를 여전히 사랑했다고 말한 전남편이 그 죽음의 배후일까? 문제는 남자의 알리바이가 매우 탄탄하다는 거였다. 그리고 데이비드슨이 청부업자를 고용했다면, 그 청부업자가 과연 판사에게 그런 광기 어린 공격을 자행했을까? 밀접한 접촉은 범인의 DNA를 비롯해 과학수사를 위한 증거들을 남길 수 있었다. 말이 안 됐다.

하지만 데이비드슨이 용의선상에서 배제된다면 누가 남지? 커민스가 만나는 또 다른 상대가 있었나? 이혼한 지 한참 된 커민스가 남자를 앨런 드레이먼트 하나만 만났을 것 같지는 않았다. 커민스는 젊고 매력적이고 연방 판사였으며 돈도 많았다. 누군가에게는 꽤 큰 월척이었을 것이다.

도리스 클라인과 마야 펄먼을 다시 찾아가봐야 할 것이다. 다른 만나는 상대가 있었는지, 또는 판사에게 퇴짜 맞거나 차인 다른 누군가가 있었는지 알아봐야 할 것이다.

데커는 시계를 보았다. 늦은 시각이었지만 클라인은 아직 안 잘지도 모른다. 어쩌면 마야 펄먼도 그럴지도 모르지. 여행을 다녀왔고 친구가 죽었다는 충격적인 소식을 들었다 해도. 적어도 시도할 가치는 있었다.

굳이 화이트를 성가시게 할 필요는 없겠지. 화이트는 오늘 밤 줌통화로 아이들의 숙제를 도와줄 거라고 했다.

데커는 호텔을 나서 보안 주택단지를 향해 차를 몰았다. 입구 경비소에 영상 링크를 통해 신분증을 보여준 후 출입 허가를 받았다.

커민스의 집 앞 진입로에 차를 세웠다. 경찰은 모두 떠났지만 범죄현장은 아직 공식적으로 개방되지 않았다. 데이비드슨이 아내의 재산의 집행자이자 신탁 관리자로서 조만간 이곳에 와서 이 집과 그 안의 집기들을 어떻게 처리할지 결정해야 할 것이다. 데커는 타일러가 과연 자기 어머니가 그렇게 잔혹하게 살해당한 집을 그대로 갖고 있으려 할지 의심스러웠다.

클라인과 펄먼의 집은 둘 다 불이 켜져 있었다. 클라인의 집에 먼저 가보기로 했다.

문을 두드렸지만 대답은 없었다. 문 양옆의 창을 들여다보았지만 움직임은 눈에 띄지 않았다. 차는 진입로에 서 있었다.

'술 취해 뻗었나?'

강제 진입할 명분이 없는 데커는 펄먼의 집으로 가서 문을 두드렸다. 잠시 후 여자 목소리가 들렸다. "누구세요?"

"에이머스 데커입니다. FBI요. 시간 좀 있으십니까?"

"많이 늦었는데요."

"오래 안 걸릴 겁니다. 그리고 저는 친구분의 살인범을 잡으려 최선을 다하고 있습니다. 그러려면 시간이 핵심입니다."

데커는 죄책감을 살짝 건드려주면 효과가 있을 거라고 판단했다.

"아, 알겠어요."

여자가 문을 열었다. 마야 펄먼은 회색 정장 바지와 연푸른색 셔츠에 샌들 차림이었다.

마야가 들어오라는 몸짓을 하고 문을 닫았다. 두 사람은 거실에 마주 앉았다. 벽은 마야의 바지와 동일한 색이었다.

"남편분은 안에 계신가요?"

"잠자리에 들었어요. 여행이 좀 힘들었던 데다 저보다 나이가 좀

많아서요. 우린 재혼이에요." 마야가 묻지도 않은 설명을 덧붙이고
는 물었다. "그래서, 뭐가 필요하시죠?"

"커민스 판사님이 누군가를 만나고 있었는지 혹시 아십니까?"

"누군가를 만나고 있었냐는 건, 데이트를 했느냐는 건가요?"

"네."

마야는 뒤로 기대앉아 긴 한숨을 내뱉었다. "이혼한 후에 줄리아
는 얌전히 지냈어요. 흔히들 그렇듯요. 줄리아와 배리는 마지막 몇
년을 안 좋게 보냈어요. 싸움도 말다툼도 잦았죠. 줄리아는 잘해보
려고 했어요. 정말로요. 하지만 배리가 뭐랄까 중년의 위기 같은
걸 겪었고 다시 스무 살로 돌아간 양 굴었어요. 줄리아가 판사 임
명을 받은 직후에 세금 문제가 크게 터졌어요. 배리가 뭔가, 범죄
는 아니어도 그 직전까지 간 짓을 했거든요."

"네, 그건 다른 분들에게서 이미 다 들었습니다. 그리고 줄리아
가 **얌전히 지낸** 다음에는요?"

"그 온라인 데이팅 앱을 사용한 건 알아요. 거기서 데이트를 몇
번 했는데 별 소득은 없었어요. 적어도 제가 알기로는요."

"그분은 분명히 이곳 남자들한테 관심을 꽤 많이 얻었을 텐데요."

"그렇게 생각하시겠죠. 하지만 나이가 웬만큼 있는 남자들은 대
개 자기들이 관심을 받고 싶어 하고 돈 있는 쪽이 자기들이길 바
라거든요. 줄리아가 판사라는 것도 아마 도움이 되지 않았을 거예
요. 그리고 그런 남자들은 직업 면에서도 자기들이 왕이 되고 싶어
하죠. 그런 데에 전혀 개의치 않는 남자들은, 음, 또 나름의 문제가
있고요."

"돈을 노리고 유혹하려 한다거나?"

"바로 그거죠."

"그럼 그냥 어딘가에서 우연히 만나서 호감을 가진 남자는 없었나요? 아니면 우연히 만나서 문제가 된 남자라든가?"

펄먼이 불안한 표정으로 몸을 앞으로 당겨 앉았다. "줄리아를 살해했을 정도로 심각한 문제를 말씀하시는 건가요?"

"그 범죄는 실제로 열정과 관련된 요인이 있어 보였습니다. 분노와 관련된 요인요. 보통 누군가의 재산을 노리는 경우에는 그렇게까지 안 가거든요. 그리고 위장으로 그러기도 어려운 것이, 커민스 씨에게 한 짓을 하려면 정말 화가 났어야 할 겁니다."

마야는 몸서리를 치고는 도로 의자 쿠션에 몸을 기댔다. "사실 줄리아가 옛날에 알았던 남자에 관한 이야기를 한 적이 있어요. 그러니까, 이곳으로 오기 전 옛날요."

"그게 누구죠?"

"뉴욕 사람이었어요. 줄리아가 이곳으로 왔을 때는 아직 이혼하기 전이었어요. 이혼 후에는 잠깐 만났었어요. 오래는 안 갔지만……."

"안 갔지만?"

"음, 줄리아는 그 이야기를 하면서 불안해했어요. 그 남자가 통제욕이 무척 강한 것 같다고 했죠."

"이름을 아십니까?"

"그게 다예요. 이름은 몰라요. 왠지 저한테 말을 안 했어요. 이상하죠. 그냥 전반적인 얘기만 했어요. 그리고 끝난 후에는 난 더 묻지 않았죠."

"혹시 알 만한 사람을 아십니까?"

"도리스라면 알지도 몰라요. 줄리아랑 무척 가까웠거든요. 저보다 더 가까웠죠. 적어도 최근에는요. 어쩌면 둘은 이혼했고 저는 아니어서 그랬을 수도 있겠죠."

"알겠습니다. 다음 질문인데요, 판사의 비서인 패티 켈리를 아셨습니까?"

"그냥 오다가다 본 정도예요. 줄리아는 제 사건을 맡은 적이 없었어요. 당연한 거지만요. 왜요?"

"그냥 여쭤봐야 해서요."

마야가 고개를 저었다. "그냥 이 모든 일이 일어났다는 게 믿기지 않아요. 마치 깨어나지 못하는 악몽을 꾸고 있는 것 같아요."

"그럼 앨런 드레이먼트는요? 당신을 경호했던 걸 기억하십니까?"

"네, 그랬던 것 같아요."

"그보단 더 확실한 대답이 필요합니다. 감마가 보낸, 보안 인력이 포함된 이메일을 찾으셨습니까?"

"네, 전달해드릴 수 있어요."

데커는 이메일 주소를 알려주었다. "감사합니다. 그러면 드레이먼트가 당신을 경호했는지를 확인할 수 있겠죠."

"또 다른 건요?"

"지금은 그게 다입니다. 두 분은 당분간 댁에 계실 건가요?"

"우린 그럴 계획이었어요. 하지만 옆집에 살인 사건이 일어났으니……."

"음, 혹시 어디 다른 곳에 가게 되면 저한테 미리 알려주시겠습니까?"

"왜요? 잠깐만요, 설마 우리가 용의자는 아니죠?"

"저희는 항공사에 확인해봤습니다. 두 분이 뉴욕에 가셨다가 살인 사건 **후에** 돌아왔다는 확인을 받았습니다."

"저랑 전남편 사이의 아이들을 만나러 갔었어요. 둘 다 다 커서 거기 살거든요. 우리가 일주일 내내 거기 있었다고 그 애들이 확인해줄 수 있어요."

"좋습니다. 하지만 제가 몇 가지 더 여쭤봐야 할 수도 있습니다."

"음, 그래서 이걸 쓰는 거잖아요, 안 그래요? 이게 있으면 지구상의 거의 어디에 있든 연락이 가능하니까요." 마야는 휴대전화를 들어 올리며 그렇게 말하고 자리에서 일어나 말을 맺었다. "안녕히 가세요, 데커 요원님."

3 3 338

"클라인 씨?" 데커는 다시 여자의 집 문을 노크하고 있었다. "도리스?"

데커는 한 걸음 물러서서 집 정면을 올려다보았다. 차는 여전히 진입로에 서 있었다. 문을 밀어보았지만 잠겨 있었다.

집 뒤로 돌아가서 울타리를 열었다. 클라인이 커민스의 집 문이 열려 있는 걸 봤다는 위쪽 덱에는 아무도 없었다. 베란다 문을 연 데커는 그 자리에 얼어붙었다.

수영장 물에 뭔가가 떠 있었다. 아니, 누군가가.

'빌어먹을.'

데커는 더 잘 보려고 베란다에 들어섰다. 도리스 클라인인 것 같았지만 확신할 수는 없었다. 여자는 얼굴을 아래로 하고 있었다.

데커는 서둘러 다가가 무릎을 꿇고 여자의 팔을 붙잡았다.

여자가 머리통이 떨어져 나갈 듯한 비명을 지르며 물에서 고개를 들었다. 데커인 걸 확인하자 비로소 비명이 멈췄다.

경악한 데커는 팔을 놓아주고 엉덩방아를 찧었다. 클라인은 물속으로 들어갔다 잠시 후 다시 나왔다. 물을 튀기고 뱉어내며 수선을 피웠다.

주저앉아 있는 데커를 본 클라인이 고함을 쳤다. "당신 도대체 왜 그러는 거예요?"

"죽은 줄 알았어요."

"**명상** 중이었어요. 난 물속에서 명상하거든요."

"얼굴을 아래로 해서, 이 밤 시간에요?"

"내 집인데, 내 마음이죠. 그리고 전에 만났던 정신과 의사가 권한 거예요. 부력 탱크에서 하는 그런 거 있잖아요. 뭐, 난 그럴 돈이 없어서 그냥 내 집 수영장에서 하지만요. 등을 대고 떠 있다가 몸을 뒤집고 숨을 참아요. 폐 기능이 향상되지 않을까 싶어서요. 그리고 당신, 운 좋은 줄 알아요. 보통은 알몸으로 하거든요."

"금연을 하면 **실제로** 폐가 좋아지는 데 도움이 될 텐데요."

"금연이라면 이미 셀 수도 없을 만큼 했죠."

클라인은 수영장 계단을 올라왔다. 원피스 수영복에 짧은 치마 차림이었다. 의자에 놓여 있던 커다란 타월로 물기를 말린 후 몸을 감싸고 테이블 앞에 앉았다. 앞에는 아마 진이나 보드카가 든 듯한 잔이 놓여 있었다.

클라인은 탁자 위에 놓인 담뱃갑을 집어 들고 지포 라이터로 불을 붙였다. 연기를 뿜어내며 술잔을 들고 말했다. "한잔할래요? 이 시간에 근무 중일 리는 없잖아요."

"맥주 있습니까?"

"저쪽 냉장고에요."

데커는 야외 주방에 설치된 작은 냉장고에서 코로나 맥주병을 꺼내어 뚜껑을 따고 클라인의 맞은편에 앉았다.

클라인이 말했다. "자, 여기서 뭘 하고 있는지, 어쩌다 날 심장마비에 걸리게 하기로 작심했는지 설명 좀 해주시죠?"

"그건 죄송합니다. 아까 와서 노크했는데 대답이 없으셔서요."

"한 시간 전에는 베란다에 있었어요. 난 밤중 이 시간에 여기 오는 걸 좋아해요. 아주 어둡고 조용하고 평화롭거든요."

"펄먼 부인과 이야기를 나누고 있었습니다. 제 질문에 본인은 모른다면서 당신이 알지도 모른다고 하시더군요."

클라인이 연기를 뿜어냈다. "좋아요, 물어봐요."

데커는 펄먼이 말한, 뉴욕에서 이곳으로 온 남자 이야기를 했다.

"둘이 잠시 만났다고 들었어요. 그리고 끝난 다음 줄리아는……문제가 생겼다고 들었는데, 혹시 그 일에 관해 아십니까?"

클라인이 고개를 끄덕였다. "그 남자 얘기라면 들었어요. 데니스 랭글리예요. 로스쿨을 같이 다녔죠. 줄리아가 아직 이혼하기 전에 그 남자가 이곳으로 왔어요. 마치 상사병 걸린 강아지마냥 줄리아를 쫄래쫄래 따라다녔죠. 줄리아가 이혼한 다음에는 본격적으로 들이대기 시작했고요. 둘이 만났어요. 잠시 사이가 좋았던 적도 있었고, 섹스를 했을 수도 있겠죠. 그 얘긴 줄리아한테 못 들었지만요. 그러고 그 뒤에 끝나버렸어요."

"무슨 일이 있었습니까?"

"줄리아가 헤어지고 싶어 했어요. 그 남자가 너무 통제욕이 강한 것 같다면서요."

"마야 펄먼도 그러더군요. 그 남자 이름은 몰랐지만요. 줄리아는 왜 마야에게 그 이야기를 안 했을까요?"

"마야도 랭글리를 알았을걸요. 둘 다 변호사니까요. 그리고 어쩌

250

면 줄리아는 그 남자를 만나는 걸 알리고 싶지 않았을지도 모르죠. 저한테 혼자만 알고 있으라고 했어요. 전 그렇게 했고요. 지금까지는요."

"랭글리는 어디 삽니까?"

"여기 이 동네에서 변호사로 일하고 있어요."

"분야가 뭐죠?"

"형사요. 제가 듣기로는 유능하대요. 그 남자가 줄리아를 죽였을 수도 있을까요?"

"차인 남자가 그런 짓을 하는 게 처음 있는 일도 아니지 않습니까?"

"남자들은 도대체 왜 그 모양이죠?"

"우린 뜻대로 하는 데 너무 익숙하거든요. 그리고 테스토스테론이 너무 많죠. 그리고 머리가 모자란다는 문제도 있고요."

클라인이 잔을 들어 올렸다. "마지막 말에 한 표."

"랭글리에 관해 더 아시는 게 있습니까?"

"나이는 줄리아 또래였고 키 크고 잘생겼고 외향적이고 매력적이에요."

"꽤 월척인 것 같네요."

"네, 하지만 제가 알기로는 테드 번디(1970년대에 주로 활동한 미국의 연쇄 살인 - 옮긴이)도 그랬죠."

"이 부근에서 그 남자를 마지막으로 보신 게 언제인가요?"

"이 부근에서는 한 번도 못 봤는데요. 하지만 누군지는 알고, 시내에서 본 적 있어요. 둘이 헤어진 지 6개월쯤 됐을 거예요."

"커민스가 찬 겁니까? 본인이 그렇게 말하던가요?"

"네. 사십 대, 오십 대에 누구랑 헤어진 얘기를 하는 게 좀 실없어 보이죠. 내 나이에 '남자 친구'가 있는 것도 그렇고요. 하지만 난 없잖아요?"

"있었으면 하십니까?"

"하루 중 어느 때에 묻느냐에 따라 다르죠. 아니면 술을 얼마나 마셨느냐에 따라."

그 말에 데커가 씩 웃자 클라인도 마주 웃어 보이고 말했다. "우리가 서로를 잘 모른다는 건 알아요. 하지만 난 사람들을 금방 읽어내는 편인데, 당신이 웃을 줄 아는 사람인지 몰랐어요."

"때로는 저도 저한테 놀란답니다."

"결혼반지가 안 보이네요. 이혼했어요? 아니면 평생 독신?"

데커의 웃음이 흐려졌다. "둘 다 아닙니다. 아내와 사별한 지 좀 됐어요."

"아, 정말 유감이네요. 그리고 나 때문에 웃음이 사라졌네요. 내가 그런 멍청한 짓을 잘해요."

데커는 건성으로 어깨를 으쓱했다. "멍청하지 않습니다. 완벽하게 유효한 질문이었어요."

"부인을 무척이나 그리워하시는 것 같네요."

"맞아요."

"아이는 있나요? 서로 살가운 사이인가요? 그러면 도움이 되죠. 개인 경험으로 알고 있는 사실이에요."

"딸이 있었습니다. 하지만 그 애도 잃었죠."

"맙소사. 사고였나요? 둘이 같이?"

"사고는 아니었습니다. 누군가가…… 살해했습니다."

데커는 왜 자기가 이 이야기를 하고 있는지 스스로도 몰랐지만, 왠지 하는 게 맞는 것 같았다. 아니면 해야 하거나. 아니면 뭐든.

"맙소사, 정말 미안해요." 클라인이 손을 뻗어 데커의 손을 움켜쥐었다. "하지만 이 말만 할게요. 당신 가족은 한때 함께 있었어요. 늘 그 추억이 당신을 붙잡아줄 거예요. 내가…… 내가 아이들이 다 커서 자기들 인생을 살러 떠났다고 했죠. 사실 꼭 그런 건 아니었어요. 셋은 그래요. 하지만 제일 위 아이는 겨우 여섯 살 때 암으로 잃었어요. 전 아마 그 후로 10년은 울었을 거예요. 그러다 울음을 멈췄죠."

"왜요?"

"그 애가 아프고 죽어가는 모습보다 살아 있고 건강한 모습을 기억하기 시작했거든요. 다시 힘들어질 때도 있어요." 클라인은 잔을 들어 올렸다. "이렇게요. 하지만 대체로 효과가 있죠."

"그리고 죄의식을 느끼지는…….."

"아직 살아 있다는 데요? 당연히 느끼죠. 하지만 그건 극복하든가 아니면 자살하는 수밖에 없죠." 클라인이 데커에게 날카로운 눈빛을 보냈다. "난 후자는 추천 안 해요. 내 말은, 정말 진심으로요."

"그것도 경험에서 나온 말처럼 들리네요."

"필요한 정도를 넘는 경험에서 나온 말이에요. 그리고 혹시 정말 죄의식을 느끼고 싶다면 자살을 시도해봐요. 그들의 무덤 위에 침을 뱉는 기분이죠."

"왜 그렇죠?" 데커가 강렬한 눈빛으로 클라인을 보며 물었다.

"왜냐하면 그들이 동의 **없이** 빼앗긴 걸, 당신이 당신 자신에게서 빼앗으려 하는 거니까요."

"그걸 그런 식으로 말하는 건 처음 듣네요."

"나도 전에는 한 번도 그렇게 생각한 적 없었어요. 그러다 갑자기 그 생각이 내 심장을 찔렀죠."

253

호텔로 돌아온 데커는 침대에 앉아 카시미라 로가 보낸 카나크로에 관한 파일을 펼쳤다.

파일에는 카나크의 사진도 포함돼 있었다. 육십 대 정도일 때 찍은 것 같았다. 마치 대리석으로 조각하고 군데군데에 강철로 강조점을 준 듯한 얼굴이었다. 만만찮은, 어쩌면 절대 꺾이지 않을 듯한 남자. 빈손으로 이 나라에 와서 그렇게 대단한 회사를 세울 수 있으려면 강인함과 회복력은 물론이고 어쩌면 무자비함도 갖춰야 할 것이다.

데커는 카나크가 첩보부에서 일하면서 대통령을 여럿 경호했다는 걸 알게 됐다. 그 후 첩보부에 몸을 담고 연금을 확보하는 대신, 카나크는 그곳을 떠나 마이애미로 와서 감마의 전신인 경호업체를 시작했다.

파일에 따르면 사업은 급속도로 성장했고 이름만 들어도 놀라운 고객들의 긴 명단을 확보했다. 그리고 카시미라는 그것을 한 차원 더 끌어올렸다.

그 후 데커는 카나크가 사라진 날에 다다랐다. 카나크는 1일 항해를 예정하고 키웨스트에 있는 정박소를 떠났다.

배는 갑판 아래에 수면실이 있었고 작은 주방도 있었다. 카시미라는 데커에게 평소 아버지가 이른 아침에 나가서 땅거미가 깔리기 한참 전에 키웨스트의 집으로 돌아왔다고 했다. 하지만 카나크는 돌아오지 않았다.

왜 불치병 말기인, 그리고 아마도 몸이 쇠약해졌을 남자가 심해 낚시를 하려고 혼자 바다로 나갔을지 의문스러웠다. 데커는 심해 낚시 경험은 없었지만 TV에서 본 적은 있었다. 커다란 물고기와 싸워서 낚으려면 때로는 엄청난 힘과 스태미너가 필요했다. 그리고 혼자 그걸 해낸다는 건 젊고 건강한 사람에게도 충분히 힘든일이었다.

하지만 어쩌면 딸의 짐작대로 카나크는 그냥 마지막으로 배를 타고 나가보고 싶었는지도 모른다.

데커는 왜 카시미라가 아버지를 만류하지 않았는지 이해가 안 갔지만, 카시미라는 파일에 딸린 쪽지에 이튿날 아버지가 돌아오지 않은 후에야 아버지가 나간 걸 알게 됐다고 설명해놓았다. 전에 만났을 때 언급했듯, 확실히 아버지의 계획을 알았던 유일한 사람은 카나크의 오랜 낚시 친구로, 그날 거기 없었기 때문에 친구가 돌아오지 못했다는 걸 몰랐다.

카나크가 앓고 있던 불치병이 뭐였는지에 관한 정보는 없었지만 데커가 생각하기에 그게 중요할 것 같지는 않았다. 원인이 뭐든, 카나크는 사형선고를 받은 상태였다.

데커는 로가 삶이 몇 달밖에 안 남았다는 걸 알고 배를 출발해

망망대해로 떠나는 모습을 상상했다.

'내가 원하는 것보다 더 일찍 그 지점에 도달하게 될까? 그리고 남은 나날이 갈수록 짧아질 때 난 무슨 생각을 하게 될까?'

데커는 자신이 아내와 딸을 생각할 거라고 믿었다. 아마도 두 사람을 다시 만나는 생각을 하겠지. 물론 사후 세계가 실제로 존재한다면.

하지만 카시미라는 아버지와 무척 가까웠던 듯했고, 따라서 데커는 그 남자가 딸을 그렇게 괴로움 속에 내버려둔다는 게 납득이 가지 않았다. 그렇다면 누군가 다른 자가 카나크를 여행에서 돌아오지 못하게 한 것일까?

파일을 닫고 다시 침대에 앉아 휴대전화를 집어 들고 파일에 있던 번호를 입력했다. 카나크 로의 친구로, 그 여행 계획을 알았던 남자였다. 이름은 대니얼 가르시아였는데, 사업상이 아니라 낚시 때문에 친해진 사이라고 했다. 꽤 늦은 시간이라, 받을 거라는 기대 없이 그냥 걸었다.

"여보세요?"

"가르시아 씨?"

"네?"

데커는 자신이 누군지, 왜 전화했는지 설명했다.

"네, 전화가 올지도 모른다고 카시한테 들었어요. 제가 어떻게 도와드릴까요?"

"카나크 로가 그날 바다에 나간 것에 관해 아시는 걸 말씀해주시면 됩니다."

"그 친구가 돌아오지 않을 걸 알았다면 절대 못 가게 말렸을 겁니다."

"그러셨겠죠. 그분의 병이 뭐였는지 아십니까?"

"췌장암요. 지독한 병이죠. 발견됐을 때는 거의 늘 너무 늦은 후예요. 4단계 진단을 받으면 살날이 1년쯤 남죠. 카나크는 3개월쯤 남았었어요. 온갖 약물과 진통제를 복용했죠."

"혹시 혼자 배를 타고 나갈 만한 상태였습니까?"

"제 말은, 그 친구의 상태로는, 일상생활은 가능했어요. 네, 통증은 있었지만 그 친구를 보면 죽어가고 있다는 건 몰랐을 겁니다. 〈지오파디!〉의 그 친구, 알렉스 트레벡을 보세요. 거의 마지막까지 일하다 갔죠. 강인한 친구였어요. 카나크도 그랬죠."

"하지만 그분이 심해 낚시를 가셨을 거라고 진심으로 생각하십니까? 제 말은, 심지어 건강하고 힘셀 때도 쉽지 않은 일이잖아요."

"저기요, 제가 만약 그 친구가 그 배로 낚시를 갈 거라고 믿었다면 같이 갔을 겁니다. 그건 사람이 최소한 두 명은 필요한 일이에요. 아뇨, 그 친구는 그냥 **카시**를 한 번 더 띄우고 싶었을 겁니다."

데커는 파일에서 카나크 로가 자기 배에 딸 이름을 붙였다는 걸 알았다.

"그렇군요."

"**카시**는 멋진 배였어요. 스카우트사의 38피트형으로 보 길이가 12피트였죠. 엔진은 야마하 3기통이고요. 선실이 참 아름다웠는데, 대다수 심해 낚싯배는 4에서 8인승 소형 모터보트죠. 간이 침상, 캐비닛형 가스레인지, 평면 텔레비전, 샤워, 싱크대, 그리고 변기에 심지어 에어컨까지 있어요. 그리고 3기통 엔진이라 정말 잘 나갔죠. 전 그 친구랑 같이 여러 번 그 배를 탔어요."

"그리고 돌아오지 않았을 때는요?"

"전 그날 출타할 일이 있었어요. 이틀날 늦게야 돌아왔죠. 선착장으로 갔어요. **카시**는 제 배의 옆옆 선대(船臺)에 매어져 있었거든요. 그 선대가 비어 있는 걸 보고 걱정이 됐죠."

"그전까지 아무도 몰랐다니 놀라운데요."

"그 선착장엔 시도 때도 없이 사람들이 드나들거든요. 그리고 누가 드나드는지 24시간 감시하고 있는 사람도 없죠. 하지만 전 카시한테 전화했어요. 그 애는 헬리콥터를 타고 곧장 날아왔어요. 오는 길에 제 아버지에게 전화를 했지만 연락이 안 됐죠. 제가 키웨스트의 그 친구 집에 가봤는데 비어 있더군요. SUV는 차고에 있었고요. 틀림없이 택시나 우버를 타고 선착장에 간 거겠죠."

"보통 그럽니까?" 데커가 물었다.

"때로는, 운전할 기분이 아니면요."

"그렇다면 딸이랑 매일 통화하는 건 아니었나 보군요?"

"평소엔 매일 합니다. 하지만 그 애는 출장에서 막 돌아온 참이었죠. 사실, 제 전화를 받았을 때는 마이애미의 집으로 돌아온 직후였어요."

"바다에 밀수꾼이 있었다고 하던데요." 데커가 말했다.

"있어요. 하지만 보통은 낮에 활동하진 않죠. 그리고 왜 굳이 다른 배를 건드리죠? 그래 봤자 자기들만 곤란해질 뿐인데."

"어쩌면 거기서 보아서는 안 될 뭔가를 보았을 수도 있겠죠."

"어쩌면요." 가르시아는 썩 믿기지 않는다는 투였다. "하지만 그럼 **카시**는 어떻게 된 거죠? 1만 5,000파운드짜리 배를 숨기기는 힘들어요. 그리고 배가 침몰했다는 흔적도 끝내 발견되지 않았고요. 그리고 뭔가가 반드시 수면으로 떠올랐을 겁니다. 기름이 새어 나오거나, 잔해나. 모든 조각을 다 주울 수는 없잖습니까."

'그리고 인간 유해도.' 데커는 생각했다.

"그분과 마지막으로 이야기한 때가 언제죠?"

"그 친구가 나가기 이틀 전요. 저한테 그 여행 이야기를 하더군요. 그때 그 친구가 낚시를 생각하는 게 아니라는 걸 알았어요. 그렇게 뭘 모르는 친구가 아니죠. 제 말은, 대어를 낚으러 가려면 반드시 키잡이가 있어야 해요. 각종 장비를 쓰거든요. 온갖 폴대랑 낚싯줄을 온 사방에 널어놓죠. 그리고 미끼도 다양해요. 수면용, 무게추, 연, 순풍용, 역풍용, 해저용 등등. 전부 다 필요하죠."

"보통 얼마나 멀리까지 나가세요?"

"음, 청새치, 돛새치, 그리고 황다랑어는 보통 25킬로미터쯤 나가야 잡히는데, 어쨌든 제 경험으로는 그렇습니다. 그래서 **심해** 낚시라고들 부르는 거죠. 우린 30킬로미터에서 40킬로미터쯤 나가곤 해요. 파도가 정말 거세지고 날씨가 나빠질 때도 있지만 카나크는 고참이거든요. 우린 함께 많은 폭풍을 견뎠어요. 젠장, 한 번은 거의 쿠바까지 날려갈 뻔했죠. 엄청난 경험이었어요. 하지만 카나크가 나간 날은 하늘에 구름 한 점 없었죠."

"하지만 그분의 몸 상태를 감안하면 걱정이 안 됐습니까?"

"솔직히 말하면 그 친구가 5, 6킬로미터 이상 나가려고 했을 것 같지 않아요. 그냥 마지막 한 번 더 가까이서 바다를 보고 싶었던 거겠죠."

"그분에게 무슨 일이 일어났을 것 같습니까?"

"난들 아나요. 난 그 친구가 배를 타고 그대로 천국까지 곧장 가버린 것 같아요."

4 440

이튿날 아침 데커는 화이트와 만나 간단히 아침 식사를 때우고 전날 밤 클라인과 펄먼과 만난 이야기를 했다. 대니 가르시아와의 통화 내용도 들려주었다.

"클라인이 우리랑 처음 만났을 때 랭글리 이야기를 안 했다는 게 놀라운데요."

"대신 변명해주자면 우리가 안 물어봤죠."

"그럼 이 남자랑 이야기를 해봐야겠네요."

"맞아요. 주소를 알아냈어요."

"앤드루스도 끼워줄 건가요?"

"안 그래도 돼요?"

"그 사람이 정말 마음에 안 드나 봐요?"

"내 취향이 아니에요."

"나는요? 나도 아니에요?"

데커는 분개한 한숨을 쉬었다. "날 도발하지 말아요. 가뜩이나 잠도 설쳤는데.”

“이 랭글리란 남자는 흥미로울지도 모르겠네요.”

“그럴지도요. 아니면 그냥 꽝이거나. 주소를 알려줄게요. 앤드루스한테 전화해서 거기서 만나자고 해줘요.”

· · ·

데니스 랭글리의 회사는 우아한 벽돌 타운하우스 건물이었다. 내부 공간은 값비싼 가구들과 섬세한 취향으로 가득했다. 로즈라는 호리호리하고 예쁜 젊은 여자가 데커와 화이트를 랭글리에게 안내했다. 여자는 자신이 “랭글리 씨의 개인 비서, 준법률가, 사무실 매니저, 회계사를 도맡고 있”다고 말했다. 또한 데커의 물음에 대한 대답으로 랭글리가 젊은 소속 변호사 두 명과 함께 일하고 있다고도 말해주었다.

랭글리는 클라인의 말마따나 큰 키에 군살 없는 몸매를 가진 미남이었으며 옷차림 또한 품위가 엿보였다. 검은 머리카락에는 새치가 몇 가닥 섞여 있었는데, 연륜보다는 우아한 중후함을 풍겼다. 랭글리는 커다란 사무실 공간에서 두 사람을 반갑게 맞아 몸짓으로 의자를 권했다. 데커는 로즈가 천천히 방을 나서면서 상사에게 보내는 흠모의 표정을 놓치지 않았다. 여자는 아마도 상사가 볼 것을 기대해서인지 엉덩이를 절묘하게 빙그르르 돌리고 긴 머리를 쓸어넘겼다. 데커 옆에 앉아 있는 앤드루스는 꼼지락거리며 불편해하는 기색이 역력했다. 데커는 랭글리에게서 눈을 떼지 않았고, 화이트는 무릎에 손을 얹고 방 안의 모습을 머릿속에 새겼다. 그 공간은 그 주인인 남자처럼 호화롭게 꾸며져 있었다. 한쪽 벽에 놓인 책장은 사진과 증명서, 그리고 지역 바 협회에서 받은 듯한 트로피로 가득했다.

"언제쯤 오시려나 기다리고 있었습니다." 랭글리가 말했다. 그 깊은 바리톤 음성은 덩컨 트로터의 떨리는 팔세토와 극과 극처럼 달랐다.

"먼저 찾아오셨어도 됐을 텐데요." 데커가 말했다.

랭글리가 씩 웃으며 대꾸했다. "그건 저답지 않은 일이죠. 하지만 지금 여기서 당신 질문에 대답하고 있지 않습니까."

"커민스 판사의 죽음에 별로 충격을 안 받으신 것 같네요." 앤드루스의 어투에는 의혹이 담겨 있었다.

"우린 헤어진 지 좀 됐어요. 사실 전 다른 사람을 만나고 있죠. 하지만 오해는 마세요. 줄리아는 멋진 사람이었고, 여러분이 범인을 꼭 잡으시길 바라고 있습니다."

'마치 자신이 용의선상에 오를 수 있다는 걸 알고 하는 말 같군.' 데커는 생각했다.

데커가 말했다. "그냥 기초적인 사실 확인을 위해 여쭤보는 건데, 판사가 살해당한 당일 밤 자정에서 새벽 2시까지 어디 계셨습니까?"

"음, 그 시각에 전 침대에 있었습니다. 대다수 사람들처럼요."

"혹시 그걸 입증해줄 사람이 있나요?" 화이트가 물었다.

"제 여자 친구 글로리아요. 전 글로리아 집 침대에 같이 있었습니다."

"성은 뭐죠?" 화이트가 수첩을 펼치며 물었다.

"글로리아 체이스요."

"어디 사시나요?"

"여기 오션뷰에요. 제 사무실에서 한 10분 거리죠."

"저희는 체이스 씨와 직접 만나 당신의 알리바이를 확인해야 할 겁니다."

"직접 물어보시죠."

"만나고 있을 당시에는 커민스의 집에 얼마나 자주 가셨습니까?" 화이트가 물었다.

"전 그 사람 집에 한 번도 안 가봤어요."

화이트가 눈을 깜빡였다. "여자랑 만나면서 집에 한 번도 안 가봤다고요?"

"오라는 말이 없어서요. 저야 물론 가고 싶었지만 줄리아는 제 집에 오는 걸 더 좋아했어요."

"육체적 관계가 있었습니까?" 화이트가 물었다.

"그건 개인적인 문제인데요."

"살인도 그렇죠."

랭글리가 한숨을 푹 쉬고는 의자에 등을 기댔다. "제 집에서 꽤 여러 번요. 그리고 한 번은 호텔에서요."

"호텔이라면?" 데커가 물었다.

"마이애미에 같이 갔었어요. 주말여행으로요." 랭글리는 말을 멈추고 덧붙였다. "줄리아는 이혼하고 꽤나 해방감을 느낀 것 같더군요."

"어째서요?" 화이트가 물었다.

"로스쿨 때는 꽤 수줍음을 타고 얌전한 타입이었거든요. 술도 안 마셨을 정도로요. 그때 만나보려고 했는데 안 됐어요. 여기 와서 이렇게 오랜 세월이 지나고 만나니까 많은 게 변했더군요. 이혼하고 나서 줄리아는 전과는 달리…… 음, 아시죠, 뭐랄까…… 대담해졌죠. 뭐든 하고 싶은 대로 했어요."

"그렇군요." 화이트가 말했다. "남자들의 경우에는 그걸 자신감이 넘친다고 하는 것 같던데요."

"맞습니다." 랭글리가 유들유들한 미소를 지으며 대꾸했다.

"우리가 듣기론 판사 쪽에서 헤어지자고 했다고요." 화이트가 말했다.

"전 양방향이었다고 봅니다. 한때 좋았고, 그때가 간 거죠."

"당신이 통제욕이 있었다고 하던데요." 화이트가 말했다.

"전 제가 단호하고 결단력 있는 사람이라고 생각하고 싶지만, 줄리아도 내성적인 성격은 아니었어요. 전 줄리아가 싫어하는 걸 굳이 하려고 설득할 마음은 없었어요. 우리가 줄리아가 선택한 장소에서만 섹스를 했다는 사실이 많은 걸 알려준다고 보는데요. 젠장, 전 확실히 줄리아를 통제하려 하지 않았어요."

"총기를 소지하고 계신가요?" 앤드루스가 물었다.

"네. 은닉 휴대 허가를 받았죠."

"저희한테 보여주실 수 있습니까?"

"왜요? 탄도학 때문에요?"

앤드루스는 대답하지 않았다.

"물론이죠, 보여드릴 수 있습니다. 몇 달째 사용하지 않았어요. 그냥 가끔 꺼내서 사격장에 가져가죠."

"총이 필요하신가요?" 화이트가 물었다.

"음, 수정헌법 2조에 따르면 **필요하든** 필요 없든 전 총기를 소유할 수 있습니다. 그리고 플로리다주 법은 총기 소유에 관해 무척 자유주의적이죠. 그리고 전 형사 변호사고요. 제 고객들 중에는 폭력적인 사람들도 있거든요. 만약 고객들이 제 일처리가 마음에 들지 않으면? 그리고 그 사람들의 친척과 친구들이 저한테 뭔가 할 말이 있으면? 그래서 총을 샀죠."

"커민스 판사가 당신 사건을 맡은 적 있습니까?" 화이트가 물었다.

"아이고. 줄리아는 절대 그런 걸 허용할 사람이 아니었어요. 우린 사귀기 전에 이미 로스쿨 시절부터 친구였죠. 줄리아 쪽에서 먼저 거부했을 겁니다."

"그래서, 당신은 총이 있고, 당신과 헤어진 판사는 다른 사람에게 당신이 통제욕이 있다고 했죠." 앤드루스가 말했다. "그리고 판사는 위협을 받고 있었기 때문에 경호 서비스를 알아봤고요."

"전 알리바이도 있습니다. 그리고 줄리아를 협박한 적도 없어요. 전 절대 줄리아를 다치게 하지 않았을 겁니다. 그리고 이미 말했듯 전 이미 잊었어요." 랭글리가 앤드루스를 뜯어보며 말했다. "제발, 더그. 그냥 내가 법정에서 FBI를 정기적으로 납작 때려눕힌다고 해서 여기 와서 그렇게 열받아 뒤집어질 건 없잖아."

데커가 앤드루스에게 날카로운 시선을 던졌다. "두 분이 서로 아는 사이인 줄은 몰랐네요."

랭글리가 킥킥 웃었다. "전 지역 형사 변호사 협회 회장입니다. FBI와 몇 번이나 맞섰는지 기억도 잘 안 나네요. 제 기록을 확인해보면 아시겠죠."

"자네가 유죄인 사람들을 자주 풀어줬다는 데는 동의할게." 앤드루스가 이를 악물고 말했다.

"그 유죄 여부는 아무리 말해도 결론이 안 날 텐데. 그리고 고객들은 재판에서 지라고 나한테 돈을 주는 게 아니잖아, 더그. 안 그래?"

"새 여자 친구분의 연락처를 좀 알려주실 수 있습니까?" 데커가 물었다.

"로즈가 드릴 겁니다. 그리고 권총을 확인하시려면 저희 집으로 사람을 보내시면 돼요. 거기에 총기 금고에 넣어두거든요. 거기서 뵙죠."

"그래서, 최근에는 어떤 유죄인 고객을 맡고 계신가요?" 화이트가 물었다.

"매일이 새로운 기회죠." 랭글리가 비꼬았다.

"나쁜 놈들을 **잡을** 기회겠죠. 적어도 저희에게는요." 화이트가 받아쳤다. "그냥, 혹시 우리가 그중 하나와 마주 앉아 있는 건지 궁금해서요."

"정 그러고 싶으시면 제 뒤나 캐면서 실컷 시간을 낭비하십쇼. 제가 어떻게 말리겠습니까."

"얼룩 한 점 없으시다?" 화이트가 말했다.

"그런 사람이 있겠습니까?"

"우리가 찾아내려면 찾아낼 게 있다는 건가요?"

"가능성이야 얼마든지 있죠. 아마 저도 여러분한테서 뭔가를 찾아낼 수 있을 겁니다. 그래서요?"

"그거 협박인가?" 앤드루스가 끼어들었다.

랭글리는 심드렁한 표정으로 앤드루스를 응시했다. "그냥 말하자면 그렇다는 거야." 그리고 데커를 보고 말했다. "줄리아와 같이 죽은 다른 사람이 있다면서요."

"그건 어디서 들으셨습니까?"

"말 그대로 온 사방에서요."

"감마 프로텍션 직원이었던 남자였죠. 그 회사 아십니까?"

"카시미라 로가 대표죠."

"그분을 아세요?"

"만난 적 있습니다. 어떤 회담 같은 데서요. 엄청나게 영리하고

용의주도한 사람이죠.”

“그분 아버지는 아셨습니까?”

“아뇨. 그래서, 줄리아가 경호를 필요로 했다는 겁니까? 왜요?”

“판사였으니까요. 표적이 되죠.” 데커가 대꾸했다. “피고인측 변호사와 똑같이요.”

랭글리가 그 말에 씩 웃었다. “제 몸은 제가 지킬 수 있습니다.”

“커민스에게서 경호가 필요하다는 말을 들은 적 있습니까?” 화이트가 물었다.

“아뇨, 하지만 우린 헤어진 지 좀 됐어요. 살해당한 경호원이 누구였습니까?”

“그건 ‘말 그대로 온 사방에서’ 못 들으셨습니까?” 데커가 되물었다.

“그런 것 같네요.”

“앨런 드레이먼트였습니다.”

랭글리가 고개를 저었다. “모르는 사람이네요.”

“상호 합의하에 헤어졌다고 하셨는데요.” 화이트가 말했다. “확실한 이야기인가요?”

“줄리아는 미인에 부자였어요. 하지만 제 생각에 다시 한 남자한테 정착할 생각은 없었던 것 같아요. 어쩌면 그래서 그랬겠죠.”

“당신이 프러포즈하고 거절당한 건가요?” 화이트가 물었다.

“솔직히 말하면, 줄리아에게 프러포즈하는 상상을 안 해본 건 **아닙니다.**”

“하지만?” 데커가 물었다.

“하지만 답은 거절이었겠죠.”

“어쩌면 당신이 그분 타입이 아니었나 봐요.” 화이트가 말했다.

랭글리가 화이트를 건너다보았다. "그건 아니었던 것 같습니다. 줄리아는 두려웠던 것 같아요."

"뭐가요?" 데커가 물었다. "다시 불행한 결혼을 하게 될까 봐요?"

"아뇨. 제 생각에 줄리아는 그냥…… 뭔가를 두려워했던 것 같습니다. 아니면 누군가를요."

441

그날 오후, 데커는 호텔방에 앉아서 검시관이 보낸 최신 보고서를 읽고 있었다. 시트와 타월에는 앨런 드레이먼트의 DNA가 **실제로** 남아 있었다. 그건 드레이먼트와 판사가 성관계를 가졌다는 뜻이었다. 그리고 둘 다 그날 밤 섹스 후에 죽었다.

배리 데이비드슨이 해당 시각에 줌 통화를 하고 있었다는 사실은 앤드루스가 확인해주었다. 그리고 타일러의 말이 진실이라면 그건 데이비드슨이 전처를 죽일 수 없었다는 명확한 알리바이였다. 사망 시각은 확고했고, 절대적인 시간이 부족했다. 그리고 심지어 사망 시각 앞뒤로 약간 에누리를 두더라도, 커민스의 집으로 갔다가 돌아오기엔 시간이 너무 빡빡했다. 그리고 배리 데이비드슨은 아내를 살해하고 침착하게 고객들과 줌 통화를 할 수 있는 사람처럼 보이지는 않았다. 하지만 흔치 않은 광기의 살인이라 해도, 청부업자를 고용했을 가능성이 아예 사라지는 건 아니었다. 앤드루스는 데이비드슨의 재무 기록에 대한 정보가 곧 확보될 거라

269

고 했다.

휴대전화를 들여다보았다. 마야 펄먼이 감마에서 받은 메시지를 상세히 설명하는 이메일을 보냈다. 앨런 드레이먼트는 **실제로** 그들에게 배정됐던 보안 인력 중 하나였다. 그러나 앨리스 랜서는 그 목록에 없었다.

그다음 이메일은 로가 보낸 거였는데, 줄리아 커민스가 감마와 경호를 위해 계약을 맺지 **않았고** 심지어 그런 서비스를 문의한 적도 없다는 내용이었다. 이로써 데커의 이론은 맞는 것으로 입증됐다. 그럼에도 커민스 판사는 경비소에 드레이먼트의 이름을 말해두었고, 그래서 앨런은 아무 때나 그곳을 드나들 수 있었다. 두 사람이 만나는 사이였음을 생각하면 타당한 이야기였다.

데커는 앤드루스에게 문자를 보내 로의 이메일 내용을 알렸다.

앤드루스는 데이비드슨의 메르세데스도 타일러의 BMW도 살인 당일 밤 보안 게이트에 접근한 적이 없다는 답장을 보냈다.

'흠, 배리가 누군가에게 청부했다면 충분히 그럴 수 있지.'

데커는 호텔의 자기 방에 있는 화이트에게 전화해 지금까지 상황을 알려주었다.

"판사가 감마를 고용한 적도 없다고요? 그럼 판사와 드레이먼트는 어쩌다 엮이게 된 거죠?" 화이트가 물었다.

"커민스의 집에 다시 가봅시다. 확인할 게 좀 있어요."

• • •

두 사람은 보안 게이트를 통과해 판사의 집으로 차를 몰았다.

데커는 열쇠를 요청해 앞문에 달린 경찰 자물쇠를 열었다. 집 안에 들어가자 화이트가 물었다. "뭘 다시 확인하고 싶은데요?"

"전부 다요." 데커는 입구 벽에 몸을 기댔다. "이제 우린 드레이먼트가 공식적으로 판사를 경호하고 있었던 게 아닌 걸 알았어요. 돈을 받고 온 게 아닌 거죠."

"그러면 감마는 왜 그 미팅 때 우리한테 벽을 쳤죠? 그냥 처음부터 그렇게 말했으면 됐잖아요."

"로는 커민스가 자기네 고객이 아니라는 걸 몰랐을 수도 있어요. 그리고 알았다 해도, 도대체 드레이먼트가 커민스의 집에서 뭘 하고 있었는지 궁금했을 수도 있겠죠. 아마도 상황이 흘러가는 방향을 파악하기 전까지는 어느 쪽이든 한 발 뺀 채로 있고 싶었을 겁니다. 회사에 악영향이 갈지도 모르니까요."

"좋아요, 말이 되는 것 같네요. 영민한 여자니까요."

"로가 보낸 이메일을 보면 드레이먼트의 업무 기록에 휴가 중이라고 적혀 있답니다. 하지만 포트마이어스에서 주간 업무를 약간 처리하기도 했대요."

"그럼 커민스와 만날 때는 커민스의 집에서 밤을 보냈다는 건가요? 그날 밤 거기 있었잖아요."

"가능하죠. 로는 드레이먼트가 출장비로 호텔 숙박비 같은 걸 청구했다는 이야기는 없었어요. 감마에는 아마 그런 걸 처리하는 공식 채널이 있을 텐데 말이죠. 그리고 숙박비를 청구했다면 포트마이어스의 업무는 그냥 네이플스 지점에 소속된 직원한테 맡겼을 겁니다."

"하지만 트레버 펄먼은 판사가 감마에 관해 물어봤다고 했잖아요. 그걸 경호가 필요하다는 뜻으로 이해했고요."

"맞아요. 그리고 판사는 타일러와 점심을 먹으면서 **실제로** 경호를 받고 있다고 했죠. 타일러는 그걸 아빠한테 말했고요. 그래서 배리가 문자로 물어봤지만 판사는 대답을 안 했죠."

"그렇다면 판사가 모두에게 거짓말을 한 거다?"

"어쩌면 새 남자 친구가 생긴 걸 배리한테 알리기 싫었나 보죠. 그래서 경호가 필요하다는 핑계를 지어내 타일러한테 말한 거 아닐까요. 아버지 귀에 들어갈 걸 알고요."

"음, 판사가 데니스 랭글리랑 만났다는 건 확실히 다들 알았잖아요."

"그건 확실히 모르죠. 마야 펄먼은 그냥 누가 있다는 것만 알고 이름은 몰랐어요. 가장 가까웠다는 도리스 클라인은 누군지 알았지만 아무한테도 말하지 말라는 당부를 받았죠. 그리고 랭글리는 적어도 자기 출입증으로 판사의 집에 오지는 않았어요. 그리고 랭글리의 말을 믿는다면 두 사람은 랭글리의 집에서만 섹스를 했고, 한 번은 그걸 하려고 저기 마이애미까지 갔죠."

"하지만 판사가 드레이먼트와 섹스를 하든 랭글리와 섹스를 하든 그걸 누가 상관하죠?"

"우선 전남편이 있죠. 그리고 랭글리가 자기 말과는 달리 여자한테 차이고 드레이먼트한테 밀려나는 걸 순순히 못 받아들일 수도 있고요. 그리고 우린 랭글리의 새 여자 친구한테 아직 알리바이를 확인하지 않았어요. 물론 남자 친구를 위해 거짓말을 할 수도 있지만요."

"랭글리의 총을 가져다 탄도학 검사를 했어요. 드레이먼트를 죽인 무기와는 일치하지 않았어요."

"알아요. 앤드루스가 문자로 알려줬어요. 하지만 랭글리한테 다른 총이 있을 수도 있죠. 그리고 만약 드레이먼트를 죽였다면 우리한테 **그** 총을 줬을 리 만무하고요. 범행 무기는 바다에 던져버렸을지도 모르죠."

"랭글리는 판사가 뭔가 또는 누군가를 두려워하는 것 같았다고 했어요, 데커."

"그건 랭글리의 말이 사실일 경우죠. 판사가 **실제로** 뭔가를 두려워했다면 경호를 고용했어야 하지 **않나요?** 한데 그러지 않았죠. 하지만 이미 말했듯 나 역시 판사가 **실제로** 누군가를 두려워했다고 생각하긴 해요."

"하지만 당신은 드레이먼트를 죽인 누군가가 판사를 죽이지 않았다고 생각하잖아요. 그러니 적어도 당신 이론에 따르면 그 범죄들은 서로 접점이 **없죠.**"

"한 차원에서는 그렇지만, 다른 차원에서는 접점이 있을 수도 있어요."

"젠장, 데커, 당신은 이 사건을 정말 복잡하게 만드네요."

"이게 복잡한 사건이라면 난 그걸 맞게 펼쳐놓고 있는 겁니다. 우리 우선 침실로 가보죠."

두 사람은 층계를 올라가 둘러보았다.

데커는 눈을 감고 벽에 기댔다. 뭔가가 몹시 신경에 거슬렸다. 그리고 그때, 제삼자들과 나눈 대화와 밝혀진 사실들이 층층이 펼쳐지던 데커의 머릿속에 경악스러운 모순이 떠올랐다.

'고마워, 초능력.'

눈을 번쩍 떴다. "우린 드레이먼트가 살해당한 후에 감마에 갔었어요. 드레이먼트가 왜 여기 있었는지 궁금했죠. 드레이먼트가 판사를 경호 중이었다고 생각했으니까, 맞죠?"

"맞아요." 화이트가 대꾸했다.

"감마 측은 자기네 법무팀의 검토를 받지 않고는 아무것도 밝힐 수 없다고 했고요. 하지만 우리는 압박했죠."

"그래요, 그래서요?"

"그래서 그쪽에서는 앨리스 랜서를 불러다 우리에게 설명하게 하려 했어요."

"하지만 랜서는 기절해 쓰러졌고, 가짜 경찰 두 명을 따라 병원에서 사라졌죠."

데커가 고개를 끄덕였다. "하지만 이제 우린 판사가 **애초에** 감마와 계약하거나 심지어 고용에 관해 문의한 적도 없다는 걸 알게 됐어요. 그렇다면 왜 굳이 랜서를 불러다 우리에게 있지도 않았던 일에 관해 설명하게 했을까요? 랜서가 우리한테 무슨 말을 해줄 수 있다고?"

화이트가 어리둥절한 표정을 지었다. "난…… 랜서는……. 젠장, 이건 말이 안 되잖아요."

"랜서를 데려온 여자는 랜서가 우리에게 드레이먼트에 관한 정보를 줄 수 있을 거라고 했어요. 드레이먼트가 판사의 경호 담당으로 배정된 데 관한 구체적인 이야기는 전혀 없었죠."

"대화 내용은 정확히 기억이 안 나요." 화이트가 말했다.

"하지만 **난** 기억합니다. 그러니 우린 거기 있는 모든 직원 중에서 왜 하필이면 랜서가 우리에게 설명할 담당자로 지목됐는지 감마 측에 확인해 알아내야 해요." 데커는 휴대전화를 꺼내어 번호를 입력했다.

"누구한테 전화하는 거예요?"

"카시미라 로요." 데커가 대답했다.

"아무 말도 안 해줄 텐데요. 그 여자는 변호사들 뒤에 꽁꽁 숨어 있잖아요."

"이번에는 말해줄 것도 같아요……. 카시미라? 네, 데커입니다. 저기요, 당신 아버님 파일을 검토했고 대니 가르시아와 통화했는데, 생각난 게 좀 있고 따라가볼 단서도 있어요. 하지만 내 사건에 관한 질문의 답을 하나 해줘야겠어요."

데커는 랜서에 관해 물었다.

"맞아요, 네. 그렇군요…… 그렇습니까? 랜서가 그랬어요? 알겠습니다, 네, 고마워요. 아버님 일은 다시 연락드리죠. 고마워요."

데커는 전화를 끊고 바닥을 내려다보았다.

"내 참!" 화이트가 쏘아붙였다. "로가 뭐라고 해요?"

데커가 화이트를 올려다보고 말했다. "감마가 랜서를 지목한 게 아니래요. **랜서가** 카시미라가 회의실에서 내보낸 직원에게 가서 자기가 그 질문에 대답해줄 수 있다고 했답니다."

"그러니까 랜서가 자진해서 우리를 만나겠다고 했다는 거예요?"

"네, 하지만 우리와 만나지 않았죠, 안 그래요? 한마디도 내뱉기 전에 실신한 척하고는 이제 자취를 감췄죠."

화이트가 생각에 잠긴 표정을 지었다. "그럼 우리가 오는 걸 보고, 우리가 뭘 물을지 예상하고, 그 후 기회를 포착했다?"

"하지만 왜 굳이 앞으로 나섰다가 사라지죠? 그냥 그림자 속에 숨어 있으면 우리는 자기가 개입한 줄도 전혀 모를 텐데? 감마는 판사를 경호하고 있지도 않았잖아요."

"랜서가 왜 나섰는지 로가 말하던가요?" 화이트가 물었다.

"확실히는 모르지만 랜서와 드레이먼트가 감마에서 가깝게 일했대요. 드레이먼트가 현장직이고 랜서는 감독이었다고요. 하지만 그래도, 랜서는 그냥 침묵을 지켰으면 됐을 거예요. 우리는 랜서를 신문할 이유가 전혀 없었을 거고요."

"하지만 도망치고 싶었다면 그런 연기를 할 수도 있죠."

데커가 말했다. "하지만 그냥 좀 기다렸다가 이사를 가거나 이직을 하든가, 아니면 은퇴하고 풍경화를 그리러 토스카나로 떠난다고 하면 되잖아요? 뭐가 그렇게 급했을까요?"

화이트가 대꾸했다. "왜냐하면 드레이먼트가 그렇게 된 후로, 자기도 똑같은 일을 당할까 봐 겁이 난 거죠. 우리가 거기 온 걸 기회로 삼아 재빨리 행동에 나선 거예요."

화이트를 보는 데커의 표정에는 감탄이 어려 있었다. "프레디, 어쩌면 당신 말이 맞을지도 모르겠어요. 대단해요."

화이트가 웃음을 지어 보였다.

"왜요?"

"당신이 날 프레디라고 부른 건 처음이라서요. 그렇게 부르니까 좋네요."

데커가 방 안을 둘러보며 말했다. "내 생각에는 범인이 드레이먼트를 서재에서 살해하고 그 직후 떠난 것 같아요. 그 후 둘째 범인이 들어와서 죽은 드레이먼트 옆에 무릎 꿇고 있는 커민스를 보고 위층으로 쫓아 올라가 살해한 거죠."

"그래서 둘째 범인이 거기 있었고, **역시** 기회를 포착했다?" 화이트가 말했다.

"드레이먼트가 죽는 걸 보고 자신의 진짜 과녁인 판사를 쫓아갔을 수도 있죠."

"범인이 꼭 남자라는 법은 없잖아요. 혹시 앨리스 랜서가 드레이먼트를 죽였을 수도 있을까요? 어쩌면 두 사람 사이에 우리가 모르는 모종의 관계가 있었을 수도 있어요. 둘이 단순한 동료 이상이었다든가. 랜서의 옆집 사람이 드레이먼트가 랜서 집에 자주 드나들었다고 한 걸 생각해봐요. 둘이 만나는 사이인 줄 알았다잖아요."

"그러면 랜서는 왜 커민스 판사를 가만 놔뒀죠? 자기를 신고하라고?"

"살인범이 둘이라는 당신 이론 역시 랜서가 **두 사람을 다** 죽였다는 것만큼 설득력이 없어요." 화이트가 지적했다. "랜서는 총으로 드레이먼트를 죽였어요. 덩치 크고 힘센 남자한테 자기가 도리어 제압당할 위험을 피하려고요. 그 후 아마 총소리를 들은 커민스가 무슨 일인지 확인하려고 아래층으로 내려오길 기다렸죠. 커민스가 내려오자 랜서는 칼로 커민스를 공격하고 위층으로 쫓아 올라가 그 자리에서 죽여요. 랜서와 드레이먼트가 연인이었고, 어쩌면 둘 사이가 멀어졌는데, 랜서가 커민스에 관해 알고 질투심에 사로잡혔을 수도 있죠. 실제로 왕왕 있는 일이잖아요. 그러면 커민스에게 저지른 그 광기 어린 공격이 설명이 돼요."

"그리고 랜서가 드레이먼트의 목에 슬로바키아 구권을 욱여넣고요?" 데커가 물었다.

"감마에서 일했으니 그 연관 관계를 알지 않겠어요? 그냥 혼선을 주려는 거죠. 구멍 뚫린 안대니 '레스 입사' 어쩌고 하는 헛소리랑 같이요."

"음, 우리가 랜서를 찾아낼 수만 있다면 많은 게 확실해지겠군요."

"그러길 빌어야죠."

데커가 말했다. "이제 서재에 좀 가서 확인해보죠."

두 사람은 드레이먼트의 시신이 발견된 아래층의 장소로 갔다.

그리고 둘 다 너무 급히 멈춰서는 바람에 서로 부딪쳐버렸다.

형광 파란색이 온 사방에서 데커를 강타하고 있었다.

두 사람은 방금 앨리스 랜서를 발견했다. 하지만 랜서는 두 사람에게 아무것도 알려주지 못할 것이다.

42

데커와 화이트는 자신들이 발견한 앨리스 랜서의 유해가 들것에 실려 커민스의 집을 나가는 것을 지켜보았다.

앤드루스가 검시관인 헬렌 제이컵스와 통화를 마치고 다가왔다.

"총에 맞았답니다." 앤드루스가 말했다. "가슴에 두 방요. 드레이먼트와 똑같아요."

"죽은 지 얼마나 됐죠?" 데커가 물었다. "사후경직 단계는 확실히 이미 지났던데요."

"제이컵스는 병원에서 사라진 지 얼마 안 돼서일 거라고 추측하더군요."

데커는 멍한 눈빛이었다. 이 새로운 정보를 처리하고 있는 게 분명했다.

"하지만 어떻게 시신을 집 안에 갖다놨죠?" 앤드루스가 물었다. "그리고 위험을 감수하고 그런 짓을 해야 할 이유는요?"

"상징적인 거죠." 데커가 앤드루스를 보고 말했다. "드레이먼트와 랜서, 한 콩깍지 안의 콩알 두 개. 그러니 다음 질문은 뻔하죠."

앤드루스가 이해가 간다는 듯 고개를 끄덕였다. "제이컵스에게 물어봤어요. 이미 확인했더군요. 랜서의 목 안에도 말린 지폐 뭉치가 있었답니다."

"빌어먹을." 화이트가 내뱉었다. 데커를 보고 말했다. "네, 랜서가 드레이먼트와 판사의 살인범이 아닌 건 확실하네요. 내 생각이 틀렸어요. 이건 서로 별개인 두 살인자가 있다는 당신 이론과 맞아떨어져요."

"하지만 총 대 칼, 전문적인 총격 대 광기 어린 공격이라는 차이점 말고 그 이론을 뒷받침할 다른 근거가 있습니까, 데커?" 앤드루스가 물었다.

"네, 아무도 슬로바키아 지폐를 판사의 목에 집어넣지 않았다는 거죠." 데커가 지적했다. "그리고 동일범이 아니라면 커민스를 칼로 찌른 범인은 목에 들어 있던 돈에 관해 절대 알지 못했을 겁니다. 시신을 겉으로 봐서 보이는 것도 아니고요."

앤드루스가 고개를 끄덕여 수긍했다. "맞아요. 그럼 이제 우리 앞에는 시신만 세 구 있고 용의자는 없네요. 하지만 드레이먼트와 랜서의 접점은 도대체 뭐죠? 둘이 감마에서 같이 일했고 드레이먼트가 랜서의 집에 드나드는 게 목격됐다는 걸 빼면요."

"적어도 그건 실마리죠." 데커가 지적했다. "우린 그 접점을 알아내야 해요. 그리고 랜서는 얼굴에 멍이 들어 있었어요."

"네, 나도 봤어요."

화이트가 말했다. "그건 놈들이 랜서를 살해하기 전에 폭행했다는 뜻이죠."

데커가 덧붙였다. "놈들은 정보가 필요했어요. 얻어냈을지 궁금하네요."

앤드루스가 말했다. "랜서가 놈들에게 필요한 뭘 알았을까요? 뭔가 감마에 관한 거? 이런, 너무 나간 것 같긴 하지만 이게 **실제로** 카나크 로의 실종과 관련됐을 수도 있을까요?"

"어쩌면요." 데커가 대답했다. "하지만 왜 3년을 그냥 흘려버리죠?"

"어쩌면 뭔가가 이제 막 밝혀졌을 수도 있죠." 화이트가 대꾸했다. "그리고 놈들은 거기에 대응해야 했고요."

데커가 화이트에게 날카로운 시선을 던졌다. 순간 눈동자가 번뜩였지만 아무 말도 하지 않았다.

도리스 클라인과 펄먼 부부는 클라인의 집 뜰에서 경찰의 일거수일투족을 지켜보고 있었다.

트레버 펄먼이 데커 일행에게 다가갔다. 파리한 낯빛과 추레한 행색이, 일전에 만난 사람과는 딴사람 같았다. 트레버가 말했다. "너무 많이 캐물으면 안 되겠지만, 죽은 사람이 배리나 타일러는 아니었죠? 맞나요?"

"아뇨." 앤드루스가 대답했다. "하지만 그렇게 생각하신 이유가 있나요?"

"줄리아가 죽었으니까, 그냥 그 집에 있던 사람이 그 두 사람일 수도 있다고 생각해서요."

데커가 물었다. "오늘이나 어젯밤에 뭔가 수상한 걸 보셨나요?"

"아뇨. 일찍 잠자리에 들었고 낮에는 거의 밖에 있었어요. 방금 집에 들어와서 마침 딱 이 상황을 보게 됐죠. 저희가, 그러니까, 혹시 저희도 위험할 수 있나요? 아내가 겁먹어서 제정신이 아니에요. 도리스도 그렇고요."

앤드루스가 말했다. "이 문제가 해결될 때까지 지역 경찰이 순찰을 돌게 하겠습니다."

"고맙습니다." 펄먼은 아내를 데리고 집으로 들어갔다.

데커는 몸짓으로 클라인을 불렀다.

"맙소사." 클라인이 말했다. "시신이 또 나오다니. 도대체 이게 무슨 놈의 상황이죠?"

"뭔가 보셨습니까?" 앤드루스가 물었다.

"언제요?"

"어젯밤이나 오늘 아무 때나요."

"죽은 게 누구예요?"

"여자로, 이 동네 사람은 아니었습니다. 다른 곳에서 살해당해 판사님의 집으로 옮겨졌어요." 화이트가 말했다.

"아니, 난 누가 시신을 들여가는 건 못 봤어요. 혹시 그게 궁금하신 거면요. 아까 당신과 데커가 앞문으로 들어가는 건 봤죠. 하지만 그게 다예요."

"차가 진입로로 들어오거나 낯선 사람이 지나가거나 하지는 않았나요?" 데커가 물었다.

"아뇨, 전혀 없었어요. 사실은 아주 조용했어요."

"흠, 좀 더 눈과 귀를 열어두셔야겠는데요."

"트레버 말로는 경찰이 순찰을 돌게 할 거라면서요?"

"네." 앤드루스가 대답했다.

"음, 정말 다행이네요. 내 인생은 충분히 빨리 지나가고 있어서, 누가 굳이 서둘러 끝내줄 필요는 없거든요."

클라인은 성큼성큼 집으로 걸어가 문을 닫았다.

앤드루스가 고개를 내저었다. "겁먹은 걸 탓할 수는 없죠."

"네, 맞아요." 화이트는 그렇게 대답했지만 데커는 그냥 하늘의

한 점을 뚫어져라 바라보고 있었다.

"무슨 생각 해요, 데커?" 앤드루스가 알아차리고 물었다.

"패티 켈리를, 또는 그 시신을 찾아내려면 얼마나 걸릴지 생각 중입니다."

데커는 걸음을 옮겼다.

"어디 갑니까?" 앤드루스가 물었다.

데커는 어깨 너머로 외쳤다. "호텔로요. 하지만 내일 아침엔 다시 감마에 가볼 겁니다. 같이 가고 싶으면 그러시든가요."

"감마는 왜요?" 화이트가 물었다.

데커가 걸음을 멈추고 뒤돌아보았다. "랜서와 드레이먼트는 정확히 동일한 방식으로 살해당해 정확히 같은 장소에 놓였어요. 그러니 분명히 직접적인 관계가 있을 겁니다. 그리고 우린 그 관계가 정확히 뭔지 알아내야 해요. 지금 우리가 아는 건 드레이먼트가 랜서의 집에 갔었다는 겁니다. 두 사람 사이에 모종의 관계가 있었을지도 몰라요. 하지만 두 사람은 함께 **일했으니** 그건 쉬운 단서죠."

"하지만 감마는 전에는 아무 말도 안 했잖아요." 앤드루스가 따졌다.

"두 번째엔 그런 선택지는 **없습니다.**" 데커가 대꾸했다.

동일한 회의실이었지만 이번에 거기 있는 감마 측 사람은 카시미라 로 혼자였다. 이번에도 온통 검은색 일습으로, 마치 상복 같았다. 그리고 한 손에는 티슈를 들고 있었다.

"앨리스는 고속 승진 중이었어요. 어떨 때는 저 자신을 보는 것 같았죠."

데커와 화이트와 앤드루스는 테이블 맞은편에 앉아 있었다.

"살해당했다니 믿기질 않아요. 그리고 앨런 드레이먼트가 발견된 곳에 놓여 있었다니." 로는 데커를 보고 말을 이었다. "앨리스한테 혹시, 그 지폐가……?"

데커는 아무 말도 하지 않았지만 아마 표정만으로도 충분했을 것이다.

"내가 어떻게 도와드리면 될까요?" 로가 물었다.

"우선 드레이먼트와 랜서가 직장에서 어떤 관계였는지부터 말씀해주시면 좋겠죠. 드레이먼트가 때때로 랜서의 집에 갔었다는 건 이미 알고 있습니다."

"전…… 전 그건 몰랐는데요."

"감마에 친목 금지 정책이 있습니까?" 화이트가 물었다.

"사실은 있어요."

"그러면 아마 자기들 관계를 비밀로 했겠군요."

"또 뭘 비밀로 했을지 궁금하네요." 데커가 말했다.

"무슨 뜻이죠?" 로가 물었다.

"커민스 판사는 당신네 회사를 고용하지 않았습니다. 그런데도 랜서는 자진해 나서서 우리에게…… 정확히 무슨 이야기를 하려 한 걸까요?"

"아, 무슨 말인지 알겠어요. 드레이먼트가 판사를 경호하러 거기 간 게 아니라면, 앨리스가 거기에 관해 뭘 알겠느냐는 거죠?"

"그들이 따로 부업을 하고 있었던 게 아니라면 말이죠. 하지만 그건 금지일 것 같은데요." 화이트가 말했다.

"네, 맞아요. 우리 요원들은 모두 전업직이에요. 프리로 뛰는 건 허락되지 않죠. 그러면 책임 문제로 난장판이 될 테니까요."

"그렇겠죠." 데커가 말했다. "하지만 랜서는 우리에게 무슨 말을 하기도 전에 실신해서 병원으로 실려 갔고, 가짜 사복 경찰 두 명이 나타나서 데려갔습니다. 처음에 전 그게 랜서가 꾸민 일인 줄 알았어요. 하지만 이젠 아무래도 그 가짜 경찰들이 랜서의 친구들이 아니었던 것 같습니다."

"당신은…… 당신은 그 사람들이 앨리스를 죽였다고 생각해요?"

"그랬다면 작정하고 당신네한테 혐의를 씌우려 한 거죠."

"드레이먼트가 판사를 경호한 게 아니라면 거기서 도대체 뭘 한 거죠?" 로가 물었다.

데커가 대답했다. "거기서 한 일은 개인적인 거였습니다. 그보다 더 개인적일 수 없을 정도로요."

잠시 어리둥절한 표정이던 로가 이윽고 눈을 휘둥그레 떴다. "그 말은……?"

"네, 맞습니다."

"하지만 그러면 판사를 왜 죽이죠? 목격자라서?"

"우리 드레이먼트와 랜서에게 집중합시다. 두 사람이 여기서 함께 일했다고 알고 있는데요?"

"네, 앨리스는 드레이먼트의 직속상관이었어요. 드레이먼트의 업무를 감독하는, 일종의 사수였죠. 드레이먼트 한 명이 아니었어요. 앨리스가 감독하던 현장 요원이 아마 스무 명은 될 거예요."

"하지만 죽은 건 드레이먼트 혼자죠."

"네."

"우린 지난 약 두 달간 드레이먼트의 업무 일정을 봐야 합니다. 그리고 랜서와 주고받은 통신 기록도요."

로는 뭐라고 말하려 했지만 망설이다 고개를 내리깔았다. "유감스럽지만 그건 아무래도……."

데커가 말을 잘랐다. "좋아요, 그럼 우린 언론에 전부 공개할 수밖에 없습니다. 아시죠, 감마 직원들이 온 사방에서 죽어가고 있다는 게 알려지면 현재와 미래의 고객들은 이 회사와 멀찌감치 거리를 두고 싶어 할지도 모릅니다. 그러면 우린 대중의 도움을 받아서 당신이 답변을 거부하는 질문들의 답을 얻을 수도 있겠죠."

로가 인상을 찌푸렸다. "지금 협박하는 건가요?"

"아뇨, 그냥 선택지를 드리는 겁니다."

"핵폭탄을 터뜨리라는 게 선택지를 주는 건가요?"

"그냥 일반 화기 정도라고 하죠. 제가 핵폭탄을 터뜨리면 이 정도가 아닐 겁니다."

"난 우리가 유의미한 업무 협약 관계를 맺고 있다고 생각했는데요."

"관계는 쌍방향일 때만 성립합니다. 자, 어떻게 하시겠습니까? 당신네 기록을 뒤져서 우리가 그쪽 직원들을 죽이고 있는 자들이 누군지 밝혀낼 수 있게 도와주든가, 아니면 우리가 상세한 사항을 언론에 폭로하게 해서 당신 사업이 침몰하는 꼴을 보든가."

로가 앤드루스를 보고 물었다. "더그, 이분이 하려는 일이 합법적이거나 FBI의 승인을 받은 건가요?"

앤드루스는 로에게서 시선을 떼지 않았다. "솔직히 모르겠습니다. 하지만 전 전적으로 지지합니다."

데커가 로 쪽으로 몸을 기울였다. "실종된 여성이 한 명 더 있습니다. 전 그분이 당장이라도 시신으로 발견될 거라고 봅니다. 어쩌면 이 모든 상황을 질질 끄는 게 당신은 괜찮을지 몰라도 전 아닙니다. 그리고 당신 아버님도 괜찮아하지 않을 겁니다."

로의 얼굴이 확 붉어졌다. "우리 아버지를 이 일에 끌어들이지 말아요. 당신은 그분을 알지도 못하잖아요."

"알아야 할 건 전부 알고 있습니다. 그분은 첩보부에 계셨죠. 대통령의 목숨을 지키기 위해 총탄을 맞겠다는 맹세를 하셨고요. 그분이 빨간 테이프 따위가 사람 목숨을 구하는 걸 가로막게 놔뒀을 것 같습니까?"

로는 티슈를 구겨 주머니에 집어넣고는 자리에서 일어섰다. "기록을 가져다드리죠."

"고맙습니다." 데커가 대꾸했다.

"체스를 아주 잘 두실 것 같아요." 로가 말했다.

"어쩌면요, 제가 체스를 배운다면 그럴 수도 있겠죠. 그런데 도무지 시간이 안 나네요."

로가 방을 나갔다.

앤드루스가 의자에 등을 기대고 긴 한숨을 내쉬었다. "맙소사, 내가 방금 그 말을 했다는 게 안 믿기네요. 하지만 젠장, 속이 후련해요."

"당신은 DC로 이전돼야 해요, 더그." 화이트가 말했다. "내가 듣기로, 이런 일은 데커한테는 매일 있는 일이에요."

"어떻게 안 잘리고 버티는 거죠, 데커?" 앤드루스가 물었다.

데커가 대답했다. "내가 잘리는 걸 조금도 겁내지 않는 걸 알거든요. 방탄복 같은 거죠."

앤드루스가 화들짝 놀란 표정을 지었다. "도대체 난 왜 그런 생각을 한 번도 못 했을까요?"

44

"좋아요." 데커가 서류 읽기를 마침과 동시에 맥주잔을 비우고는 내뱉었다.

일행은 앤드루스의 사무실 한구석의 작은 회의실에 모여 있었다. 탁자 위에는 로에게서 받은 문서들이 널려 있었다. 화이트는 마지막 한 조각 남은 식은 피자를 우적대며 창밖을 내다보았다. 해가 진 지 벌써 몇 시간이나 지난 후였다.

"여긴 뭐가 별로 없네요." 앤드루스가 말했다. "두 사람은 업무를 함께 담당했어요. 많은 업무를요. 펄먼과 같은 단지 주민을 두 명 더 경호했죠. 그 단지에 경호가 필요한 사람들이 그렇게 많을 줄은 몰랐네요."

"그 사람들은, 아니 적어도 그중 대부분은 돈이 있죠." 데커가 지적했다. "그리고 다른 사람들은 늘 그 돈을 노리고 있고요." 데커는 뒤로 기대앉아 눈을 문질렀다. "우린 드레이먼트와 랜서가 감마에 오기 **전**에 관해 더 많은 걸 알 필요가 있어요."

앤드루스가 말했다. "두 사람이 감마에 들어오기 전부터 서로 알았을 거라고 생각해요? 둘 다 같은 시기에 DC에 있었잖아요."

"그랬다면 우리가 알아내야죠."

문이 열리고 젊은 여자가 머리를 빼꼼 내밀었다. "더그, 병원에 요청했던 CCTV 영상이 드디어 왔어요."

"까맣게 잊고 있었네요. 왜 그렇게 오래 걸렸대요?"

여자는 노트북을 가져와 일행 앞에 놓았다. "재생 버튼만 누르세요."

데커가 말했다. "병원 내부에서만 찍은 건가요, 아니면 주차장 영상도 있나요?"

"안타깝게도 카메라 각도 때문에 병원을 나서는 선명한 이미지는 전혀 없어요. 그리고 차에 타는 영상도 없고요."

여자는 등 뒤로 문을 닫고 방을 나갔다.

세 사람은 노트북 위로 몸을 숙이고 영상을 재생했다. 몇 분쯤 걸렸지만 이윽고 두 남자가 구급차 직원들이 이용하는 입구에서 접수 구역으로 들어오는 게 보였다. 배지를 보여주고는 들것에 놓인 랜서에게 다가갔다. 한 남자가 뭐라고 말을 걸자 랜서는 깜짝 놀란 표정으로 천천히 일어나더니 들것에서 내려와 남자들에게 이끌려 나갔다.

"체포하는 것 같아요." 화이트가 말했다.

"어쩌면 실신한 게 **진짜**였는지도 모르겠네요." 데커가 지적했다.

"이걸 대중에 공개하고 경찰과 다른 기관들을 이용해 찾게 할 수도 있어요." 앤드루스가 그렇게 말하는 순간 휴대전화가 울렸다. 전화기를 내려다본 앤드루스는 "젠장" 하고 내뱉었다.

"뭔데요?" 화이트가 물었다.

"켈리의 휴대전화가 꺼지기 전의 활동이 확인됐어요. 발신자 불명의 번호로부터 문자가 수신됐는데, 아마 대포폰으로 보낸 것 같아요. 어쩌면 상점을 나서기 직전에요."

"무슨 내용인데요?" 화이트가 물었다.

대답 대신 앤드루스는 자기 전화기를 들어 보였다. 화면에 뜬 문자는 한 단어였다.

데커는 타임스탬프를 확인했다. "그러면, 랜서가 회의실로 들어가기 몇 분 전에 켈리는 '도망쳐'라는 문자를 받았다는 건가요?"

"그렇죠." 앤드루스가 대답했다.

"그리고 그 문자는 랜서가 보낸 거고요?" 화이트가 물었다.

데커가 자리에서 벌떡 일어섰다.

"어디 가요?" 화이트가 물었다.

"패티 켈리의 남편을 만나러 갈 겁니다."

45

집 안의 전등은 전부 켜져 있었고, 스티브 켈리는 첫 노크 소리에 문간에 나왔다. 사면초가에 몰린, 어쩔 줄 모르는 표정이었다.

"전…… 전 패티 소식을 알려주러 온 경찰인 줄 알았어요."

"좀 들어가도 될까요?" 데커가 물었다.

켈리가 한쪽으로 비켜서자 일행은 집으로 들어갔다.

"이, 이렇게 오신 이유가 혹시 아내가……."

"아닙니다." 데커가 말했다. "우린 부인을 찾으려고 최선을 다하고 있습니다. 살아 계신 상태로요."

다들 자리에 앉은 후 데커가 말했다. "부인은 도망치기 직전에 누군가로부터 경고를 받았습니다."

"무슨 말씀인지 모르겠네요." 켈리가 말했다. "무슨 경고요? 그리고 누구한테서요?"

"확실히는 모릅니다. 앨리스 랜서라는 인물이 실종된 것과 가까운 시각이었습니다. 혹시 그분을 아십니까?"

"아뇨, 모르는데요. 들어본 적도 없어요."

"부인도요?"

"아내한테서도 못 들어본 이름입니다. 그게 누군데요?"

"요주의 인물이죠." 데커의 답은 그게 다였다. "앨런 드레이먼트라는 이름의 남자는요?"

켈리가 고개를 젓자 데커는 앤드루스를 돌아보고 말했다. "두 사람의 사진을 보여주세요."

사진을 본 켈리는 드레이먼트를 가리키며 말했다. "그 젊은 남자는 한 번 본 적이 있긴 합니다."

"어디서요?" 화이트가 물었다.

"그 남자가 길을 걸어가다가 멈춰서 패티한테 말을 걸었어요. 전집에서 신문을 읽고 있다가 두 사람을 봤죠. 아내한테 누구냐고 물었더니 그냥 길을 물었다고 하더군요."

"그 말을 믿으셨나요?" 데커가 물었다.

켈리가 불쾌한 표정으로 대꾸했다. "당연히 믿었죠."

주위를 둘러보던 데커는 선반에 놓인 사진들을 보고 그리로 다가가서 자세히 살펴보았다. "이게 부인의 예전 사진입니까?"

"네. 서른여덟 살이었어요. 멕시코로 신혼여행 가서 찍은 사진이라 정확히 알죠. 전 재혼이고 패티는 초혼이었어요."

"아이는 없으시고요?" 데커가 물었다.

"전 전처와의 사이에 두 아이가 있었어요. 패티는 아이를 원하지 않았고 저도 불만 없었죠."

"부인의 결혼 전 삶에 관해 혹시 좀 아십니까?" 화이트가 물었다.

"아내는 원래 웨스트코스트 출신이었어요. 그러다 언젠가 플로리다주로 왔죠. 얼마 동안은 준법률가로 일하다가 그 후에 법원에 일자리를 얻었어요. 얘기할 만한 가족은 없었어요. 아니면 그냥 말 안 했을 수도 있고요."

데커는 개중 한 사진을 가져다 화이트와 앤드루스에게 보여주었다.

둘이 동시에 입을 쩍 벌리자 켈리는 어리둥절한 표정을 지었다. 켈리가 물었다. "이 사진이 뭔가 중요한 건가요?"

앤드루스가 자기 휴대전화에 앨리스 랜서의 사진을 띄우고 켈리의 사진 옆에 나란히 놓았다. 이제 켈리가 입을 쩍 벌릴 차례였다.

사진 속의 두 여자는 거의 쌍둥이 자매처럼 똑 닮아 보였다.

"맙소사, 도대체 이게 무슨 뜻이죠?"

데커가 말했다. "우린 랜서의 뒷조사를 했습니다. 입양됐고 양부모가 비행기 사고로 목숨을 잃었다는 걸 알았죠. 생모가 누군지 알 것 같습니다. 당신 부인이죠. DNA로 확인했을 겁니다."

이건 일전에 데커에게 돌아온 기억이었다. 패티 켈리의 사진을 처음 보았을 때 왠지 낯익어 보인다고 생각한 이유가 바로 그거였다. 나이를 더 먹은 후에도 딸인 앨리스와 너무 닮았기 때문이었다. 이제 두 여자의 대략 비슷한 나이 때의 사진을 나란히 보니 둘이 혈연관계임이 명확히 보였다.

"도대체 이게 무슨 놈의 상황이죠?" 켈리가 탄식했다.

"부인과 앨리스 랜서와 앨런 드레이먼트, 아까 길을 물었다고 한 남자는 아무래도 어떤 일에 함께 연루된 것 같습니다." 데커가 설명했다. "랜서와 드레이먼트는 죽었습니다. 살해된 시점은 다르지만 정확히 동일한 방식이었고 시신 또한 정확히 동일한 장소에서 발견됐습니다. 하지만 그 모든 일이 일어나기 전에 랜서가, 또는 랜서의 지령을 받는 누군가가 부인에게 문자를 보내서 도망치라고 알렸습니다. 그리고 부인은 그렇게 하셨죠."

데커가 설명하는 내내 켈리의 덩치는 점점 더 쪼그라들어, 급기야 소파에 완전히 삼켜져버린 듯했다.

"주, 죽었나요?"

"부인이 어딘가에 숨고 싶어 하신다면, 어디로 가실까요?" 화이트가 물었다.

켈리는 무력하고 당황한 얼굴로 입술을 꾹 다물었다. "전…… 전 모르겠어요. 그러니까, 아내가 뭔가로부터 숨어야 할 거라는 생각은 한 번도 해본 적이 없어서요."

"알겠습니다. 질문을 좀 바꿔보죠." 화이트가 말했다. "부인이 뭔가를 피하려 하신다면 어디로 가실까요? 명상을 한다거나? 긴장을 풀고 쉰다거나?"

"우린 키라르고섬에 작은 해안 별장이 있어요. 부모님이 물려주신 거죠. 전 별장이라고 부르지만 사실은 그냥 낚시용 오두막이에요. 손을 좀 봐서 팔면 아마 짭짤한 돈을 좀 만져볼 수 있겠지만, 끝내 그러지 못했죠. 전 마지막으로 간 지 2년쯤 됐지만 패티는 거길 무척 좋아했어요. 아시죠? 험프리 보가트랑 로렌 버콜의 영화에 나온 거기요."

"네, 그리고 에드워드 G. 로빈슨이 무시무시한 갱 역을 했죠." 데커가 대꾸했다. "저희는 그곳 주소가 필요합니다. 당장요."

295

446

시간은 이미 11시가 넘어 있었지만 일행은 다시 길에 올랐다.

"지역 경찰에게 알려야 할까요?" 출발할 때 앤드루스가 물었다.

데커가 고개를 저으며 대답했다. "아뇨, 괜히 겁을 주면 켈리가 뭔가 어리석은 짓을 저지르거나 심지어 더 깊숙이 숨어버릴지도 모릅니다. 그냥 가능한 한 빨리 거기로 가죠."

앤드루스는 플로리다주를 서쪽에서 동쪽으로 가로지르는 주간 고속도로 제75호선으로 접어들었다. 그 후 플로리다 유료고속도로에서 남쪽으로 꺾어 플로리다 국도 제1호선을 탔다.

"좋아요. 5분이면 도착합니다." 앤드루스가 말했다.

데커가 시계를 보았다. 출발한 지 세 시간 남짓 지났다.

"목적지 바로 앞에서 멈춰요." 데커가 몇 분 후 말했다.

차는 해변과 나란히 달리는 좁은 차선으로 접어들었다. 주위는 조용하고 아무런 움직임도 없었다. 구름이 달을 뒤덮어 온 세상이 음울한 어둠 속에 잠겨 있었다.

앤드루스는 차를 세우고 나지막이 말했다. "틀림없이 저 끝에 있는 집일 겁니다."

스티브 켈리의 말은 과장이 아니었다. 이곳 집들은 실제로 낚시용 오두막에 불과했다. 몇 채는 쓰러지기 직전이었고 나머지도 그보다 썩 나을 게 없었다. 밀물이라 백파 소리가 요란했다.

일행은 차에서 내려 차도를 벗어나 집을 향해 조용히 걸어가기 시작했다.

"저기 앞에 있는 게 켈리의 차예요." 화이트가 나지막이 말했다.

실제로 흰색 캠리에는 '서니' 번호판이 달려 있었다.

데커는 앞쪽으로 가고 화이트와 앤드루스는 뒤쪽으로 돌아갔다. 뜰에는 야자수 잎사귀와 쓰레기와 썩어가는 생선 대가리들이 흩어져 있었다. 양편의 오두막들은 모두 불이 꺼져 있었고 차도 서 있지 않았다. 유일하게 사람이 있는 오두막이 켈리의 것인 듯했다.

'혹시 떠난 건 아니겠지?'

데커는 앞문으로 서서히 다가가 문 왼쪽에 난 작은 창으로 집 안을 들여다보았다. 총집에서 권총을 꺼내어 방아쇠에 손가락을 얹었다.

측면에서 문으로 다가가 노크했다.

"FBI입니다, 켈리 부인. 문을 여세요."

안에서 인기척이 들렸다.

"난…… 난 총이 있어요." 여자가 떨리는 목소리로 말했다.

"저희도 그렇습니다." 데커가 말했다. "제가 신분증을 문틈으로 넣겠습니다. 확인하세요. 저희는 부인과 이야기해야 합니다."

잠시 후 문이 열리고 몇십 년 후의 앨리스 랜서처럼 보이는 여자가 나타났다. 청바지와 연푸른색 스웨터 차림에 맨발이었다. 오른손에는 총을, 왼손에는 데커의 신분증을 들고 있었다.

패티가 신분증을 데커에게 도로 건네자 데커는 총을 내려놓으라고 요구했다. 패티는 요구에 응해 협탁에 총을 내려놓았다.

그때 뒷문으로 화이트와 앤드루스가 들어왔다. 여자는 두 사람을 돌아보았다.

"켈리 부인, 우린 부인에게 여쭤볼 게 아주 많습니다." 앤드루스가 말했다.

패티는 입술을 오므리고 고개를 끄덕였다. "그러시겠죠. 우선 앉으세요."

그곳에는 낡은 천이 씌워진 소파와 흠집투성이인 작은 커피 테이블과 흔들거리는 의자 두 개가 있었다. 오랫동안 폐쇄돼 있었던 듯, 곰팡이 냄새가 났다.

다들 자리에 앉았고, 패티는 길고 뼈가 드러난 손가락으로 무릎을 꼭 쥐었다.

데커가 패티를 살펴보고 말했다. "우선, 당신이 앨리스 랜서의 생모입니까?"

"네. 난 그 애가 태어난 직후 입양을 보냈어요. 무직이었고 아기를 부양할 방법이 없었거든요. 그래도 내가 태어나서 한 일 중에 그게 가장 힘들었어요."

"하지만 두 분은 어느 시점에서 재회했죠." 화이트가 말했다.

"맞아요. 어떻게 했는지는 모르겠지만 앨리스가 절 찾아냈죠."

"그래서 따님이 여기로 온 건가요? 어머니 가까이에 있으려고?" 앤드루스가 물었다.

"그렇게 들었어요. 그 애는 전에 DC 지역에 살았고 거기서 일했어요. 이제는 차로 겨우 두 시간 거리에 살죠."

"따님이 나타났을 때 엄청 놀라셨겠네요." 데커가 말했다.

"경악했다는 말이 더 가깝죠. 하지만 문을 열고 그 애를 처음 본 순간 내 딸이구나 했어요."

"네, 정말 닮으셨더군요."

"앨리스가 발견됐나요? 무사한가요?"

앤드루스와 화이트는 난감한 시선을 교환했지만 데커는 켈리에 게서 시선을 떼지 않았다.

"따님이 부인에게 문자로 도망치라고 알렸죠?"

켈리는 무릎을 내려다보았다. "네, 네, 맞아요."

"우린 거기에 관해서 전부 알아야 합니다."

"제가 뭘 별로 많이 아는 것 같지는 않아요."

"그럼 아시는 걸 말씀해주시죠."

"앨리스는 감마 프로텍션 서비스에서 일해요."

"그건 압니다. 앨런 드레이먼트의 상관이었는데 그 남자는 커민스 판사의 집에서 살해당했죠."

패티의 눈에 눈물이 차올랐다. "커민스 판사님이 죽었다니 믿기질 않아요. 정말로요. 그렇게 좋은 분은 또 없었는데."

"혹시 그분이 왜 경호를 원하셨는지 아십니까?"

"아뇨, 전 몰라요."

"뭔가 협박을 받으셨나요?"

"제가 알기론 아니에요." 패티는 얼굴이 상기되면서 목소리가 낮아졌다.

데커가 말했다. "어쨌든 경호는 필요하지 않으셨죠? 아닌가요?"

패티가 데커를 올려다보고 물었다. "그럼 왜 감마를 집으로 부르죠?"

데커는 아무 말도 하지 않았다. 그냥 뚫어져라 보기만 했다. 그러다 마침내 입을 열었다. "혹시 말썽을 피하려고 그러시는 거면, 진실이 가장 좋은 방법입니다. 다른 방법을 택한다면 위험한 상황에 처하게 될 겁니다. 그리고 드레이먼트가 살해**당했다는** 걸 잊지 마시고요."

"하지만 그 남자는 커민스 판사님을 경호하다 살해당한 거 아닌가요?"

데커는 대화를 완전히 원점으로 돌리기로 결심했다. "그러면 왜 따님이 어머님에게 도망치라고 한 겁니까? 무엇으로부터 도망치죠? 그리고 무엇 때문에요?"

패티의 감은 눈꺼풀 밑으로 눈물이 새어 나왔다. "앨리스와 앨런은…… 뭔가를 알아냈어요."

"그게 뭡니까?" 데커가 물었다.

"저도 몰라요, 저한테는 말을 안 해줬어요. 하지만 뭔가 중요한 거였죠. 그리고…… 두 사람은 그걸 이용해서……."

"뭘 하죠? 돈을 버나요?"

패티가 눈을 뜨고 데커를 올려다보았다. "전 말렸어요. 하지만 제 말을 안 들었죠. 전…… 전 그 애가 무사하기만 빌고 있어요. 앨런은 처음부터 마음에 안 들었어요. 너무…… 약삭빨랐죠."

"그럼 왜 아무것도 모르는 부인에게 도망치라고 하죠?" 앤드루스가 물었다.

"이 일에 연루된 사람들은 그 애가 저한테 뭔가 말했을 거라고 생각할 수도 있으니까요. 우리 관계를 알아낼지도 모르고요. 그래서 앨리스가 저한테 경고한 거죠."

"남편을 두고 오셨죠." 데커가 지적했다. "그 사람들은 남편분도 뭔가를 안다고 생각할 수도 있습니다. 그분을 죽였을 수도 있어요."

패티가 공포에 질린 얼굴로 데커를 보았다. "그 생각은 못 했어요. 너무 겁에 질렸거든요. 그 사람들이…… 그 사람들이 남편을 해친 건 아니죠? 해쳤나요?"

"아직은 아닙니다. 남편분은 부인을 무척 걱정하고 있어요. 남편한테 한마디도 없이 떠나셨으니까요. 전화에도 문자에도 대답 안 하셨고요."

패티는 한숨을 토했다. "전 어쩌면 좋을지 몰랐어요. 그 문자를 받고 나서…… 앨리스한테 전화해봤는데 안 받더라고요. 수십 번 걸어보고 전원을 껐어요." 그리고 데커를 다시 올려다보았다. "그 애가…… 그 애가……?"

"같이 가주셔야겠습니다, 켈리 부인." 데커가 말했다. "저희는 부인을 보호할 수 있습니다. 하지만 부인이 전적으로 협력해주셔야 합니다."

"제가 아는 건 다 말했어요."

"아닌 것 같은데요. 그리고 최소한도, 아마 더 잘 기억할 수 있는 것들이 있을 겁니다." 데커가 패티의 팔꿈치에 손을 갖다 대며 말했다. "갑시다. 저희 차로 가시죠."

"제 차는요!"

"그건 저희가 알아서 처리하겠습니다. 가방 있으세요?"

"저기 저거예요." 패티가 구석의 작은 더플백을 가리켰다.

화이트가 가방을 챙기고 시계를 확인한 후 말했다. "갑시다. 갈 길이 멀어요. 아침 식사 때쯤에나 도착하겠네요."

일행은 밖으로 나왔다. 앤드루스가 앞장서고 데커는 패티와 나란히 걸었다. 화이트가 등 뒤로 문을 닫았고, 네 사람은 앞뜰의 모래밭으로 들어섰다.

첫 총탄이 앤드루스를 쓰러뜨렸다. 둘째 총탄은 패티 켈리의 이마를 직통으로 꿰뚫었다.

데커와 화이트는 모래밭에 몸을 납작 눕히고 총을 꺼내 과녁을 찾았다. 차가 시동을 걸자 두 사람은 일어서서 앞으로 내달렸다. 둘 다 차 미등을 향해 총을 쏘았지만 빗나갔다.

두 사람은 쓰러진 사람들에게로 돌아갔다.

앤드루스는 숨을 쉬고 있었지만 켈리는 이미 이 세상 사람이 아니었다.

화이트가 구조 전화를 걸었고 데커는 의식을 잃은 앤드루스의 어깨를 지혈했다.

구급차가 경찰과 함께 도착하자 데커는 사람들을 도와 앤드루스를 들것에 눕혔고, 구급차는 부상당한 앤드루스와 그 옆을 지키는 화이트를 싣고 가장 가까운 병원을 향해 내달렸다.

뒤에 남은 데커는 몸을 돌려 패티를 보았다. 패티는 이제 홀아비가 된 남편의 낚시 오두막 앞 모래밭에 시신으로 누워 있었다. 죽음의 방식은 전혀 평화롭지 못했지만 그래도 망자의 표정만은 평화로워 보였다.

형광 파란색의 커다란 파도가 데커를 집어삼키고 있었다. 데커는 자신이 아직도 거기 익숙해지지 못했다는 사실이 놀라웠다. 여전히 숨이 멎고, 여전히 속이 뒤집히고 머리가 핑핑 돌았다. 하지만 죽음이 그런 반응을 일으키는 건 어쩌면 당연한 게 아닐까. 그것도 데커가 주로 마주하는 유형의 죽음들이라면 말이다.

데커는 시신에서 눈길을 돌리고 눈을 감았다. 켈리는 죽었고 앤드루스는 부상당했다. 두 경우 다 전혀 공정하지 않았다. 조금도 공정하지 않았다.

데커는 눈을 뜨고 형광 파란색이 현기증과 함께 흩어지게 했다.
그 후 다시 업무 태세로 돌아갔다.

앤드루스는 회복 가능한 상태였지만 그러려면 시간이 좀 필요했다. 수술을 마치고 오션뷰의 병원으로 전원됐다. 이제 데커와 화이트의 원정팀이 지역 팀의 업무까지 떠맡게 됐다.

패티 켈리의 시신은 포트마이어스로 이송되어 현재 헬렌 제이컵스가 부검 중이었다. 스티브 켈리는 아내의 사망 소식을 전달받았다. 범인에 관련된 실마리는 전혀 없었다. 데커도 화이트도 차를 제대로 보지 못했다. 뒤쪽에는 번호판이 달려 있지 않았다.

키라르고의 경찰들을 상대하고 화이트와 함께 돌아와 혼자 호텔방에서 늦은 아침 식사를 하던 데커는 불현듯 패티 켈리가 딸이 살해당한 것도 몰랐다는 사실을 떠올렸다.

'지금 와서 그런 게 무슨 상관이지?'

마지막으로 커피를 한잔하고 있는데 화이트가 문을 노크했다. 방금 샤워했는지 머리가 아직 젖어 있었고, 새 옷으로 갈아입었고 의욕이 넘쳐 보였다. 화이트가 자리에 앉아 데커를 보았다.

"누군가가 어젯밤 우릴 미행했어요." 화이트가 말했다. "아니면 어쩌면 패티가 어디 있는지 알아냈거나요."

"아뇨, 만약 그랬다면 우리보다 선수 쳤을 겁니다. 스티브 켈리의 집에서부터 따라온 게 분명해요."

"그런 건 전혀 못 봤는데요."

"그야 놈들은 아마추어가 아니니까요." 데커는 갑자기 한 가지 생각이 떠올랐다. "렌터카에 뭔가를 심어놓은 건 아닌지 확인해봅시다."

"그렇게 생각해요?"

"그러면 많은 게 설명되겠죠."

화이트는 통화를 마치고 전화기를 내려놓았다. "패티가 죽기 전에 우리에게 몇 가지 말해주긴 했죠."

"아마도 민감한 유형의 정보를 알아냈다고 했죠. 드레이먼트와 랜서는 그걸로 협박해서 돈을 뜯어내고 있었어요."

"다만 그 결과는……?" 화이트가 말했다.

"쥐덫에 손이 끼었죠."

"그들이 협박하려 한 대상은 위험한 사람들이었어요."

"보통 돈 없고 힘없는 사람을 협박하지는 않죠."

화이트가 고개를 끄덕였다. "그렇겠죠. 패티가 상대가 누군지, 그 정보가 뭔지 몰랐을 것 같아요?"

"그건 이제 영영 알 수 없겠죠, 아닌가요?"

"그럼 우린 이제 출발점으로 돌아온 거네요. 그리고 요원 하나를 잃었고요. 위쪽에 전화해서 지원을 좀 알아볼까요? 포트마이어스나 어쩌면 마이애미나 탬파에서?"

"아뇨." 데커가 단호하게 말했다. "그냥 우리 둘이 합시다."

"그건 날 믿는다는 뜻인가요?"

"그리고 꼭 필요한 경우가 아니면 또 다른 사람을 개입시키고 싶지 않다는 뜻이기도 하죠. 누가 새로 와서 우리랑 발을 맞추려면 너무 오래 걸릴 거고 우린 시간이 없어요."

"FBI 요원이 총에 맞았어요. 이런 일은 심각하게 취급되죠. 난 우리 생각이야 어떻든 저 위에서 요원들을 한 분대쯤 파견해서 온 사방을 헤집게 하지 않는 게 놀라운데요."

"군대는 땅을 진흙탕으로 만들기 쉽죠. 그리고 중요한 건 요원의 수가 아니에요. 현장에 나와 있는 요원들이 실제로 뭘 하느냐죠."

"사람들이랑 같이 일하는 걸 정말 안 좋아하는군요?"

데커가 자리에서 일어나며 말했다. "준비됐어요?"

"무슨 준비요?"

"감마에 다시 갈 준비요."

"정말 그 사람들이 뭔가 숨기고 있다고 생각해요?"

"그래요. 그리고 심지어 자기들은 모를 수도 있어요."

· · ·

"로 씨는 오늘 안 계세요." 감마 프런트데스크의 접수원이 말했다.

"어디 계시죠?" 데커가 물었다.

"전 그 정보를 제공할 권한이 없습니다."

"음, 내가 카시미라한테 전화해서 당신한테 지시하면 되겠군요."

"로 씨를 아세요?"

"제 여동생이나 다름없죠." 데커가 말했다.

여자는 의심스러운 눈으로 데커를 보며 말했다. "그럼 **여동생**분한테 전화를 거시면 되겠네요."

데커는 구석으로 가서 전화를 걸었다. 전화는 곧장 음성사서함으로 넘어갔다. 음성을 남긴 데커는 접수원에게 돌아갔다. "좋아요, 우린 앨리스 랜서와 앨런 드레이먼트, 또는 그중 한쪽을 담당한 사람과 이야기를 해야 합니다."

"그건 확인해봐야 하는데요."

"잘됐네요. 확인하시는 동안 바로 여기서 기다리죠."

여자는 짜증이 잔뜩 난 표정으로 수화기를 들어 전화를 연달아 몇 통 걸더니 마침내 수화기를 내려놓고 말했다. "지금은 다들 자리에 안 계신 것 같네요."

"**당신은** 그 두 사람을 알았나요?" 화이트가 물었다.

"그냥 인사만 하고 지냈어요."

"그리고 이제 둘 다 죽었습니다. 당신네 창립자인 카나크 로가 이민 오기 전에 살았던 나라의 화폐를 입안에 쑤셔 넣은 채로요." 데커가 말했다. "엄청난 우연이지요."

"전 처음 듣는 이야기지만 우연처럼 들리지는 않는데요."

"그렇죠, 그렇게는 안 들리죠. 그렇지 않습니까?" 데커가 대꾸했다. "그게 우리가 여기 온 이유를 설명해주죠."

"무슨 말씀을 드려야 할지 모르겠네요."

"또 다른 여성이 어젯밤 죽었습니다. 이 사건과 연관돼 있죠. 그리고 FBI 요원 한 명이 총에 맞았고요."

"그건 정말 유감이지만 여기에는 손님을 도와드릴 분이 안 계십니다."

화이트는 데커의 얼굴에 쌓여가는 좌절감을 보았다.

"흠, 아무것도 안 해줘서 정말 고맙네요." 화이트는 그렇게 쏘아붙이고 데커의 소맷자락을 잡고 밖으로 끌고 나갔다.

건물 밖으로 나오자 화이트가 말했다. "좋아요, 다 날려버리고 싶은 건 아는데, 나도 마찬가지예요. 하지만 그러면 안 돼요. 그들은 변호사들로 우리를 폭격할 테고, 그 후 DC로 전화가 가면 우린 이 망할 사건에서 곧장 끌려 나갈 거예요. 그러면 당신은 분명히 더 열받겠죠."

데커는 화이트의 말은 들리지도 않는 듯 부루퉁한 표정이었지만 이윽고 긴 한숨을 내쉬고 말했다. "당신 말이 맞아요. 이건 어리석은 방법이었어요. 이제 우린 영리한 방법을 써야 해요."

"그게 뭐죠?"

"미식축구 경기에서 진정한 승리 전략은 구장 밖에 있어요. 영상을, 경기 계획을 보고 상대 팀과 그들의 성향을 연구하죠. 상대보다 더 상대를 잘 아는 거예요. 그러면 찰나의 우위를 점할 수 있지만, 그거면 충분해요."

"그래서 우리가 할 일은……?"

"앨리스 랜서와 앨런 드레이먼트가 정확히 누구였는지, 뭐였는지를 알아내는 거죠. 난 이번이 두 사람의 첫 협박 사업이 아닐 것 같아요."

48

"킹스턴 그룹이에요." 포트마이어스 위성 사무소에 있는 앤드루스의 작은 사무실에서 화이트가 의자에 앉으며 말했다. "랜서는 거기서 처음에는 홍보 이사로, 나중에는 로비스트로 일했어요. 킹스턴은 이 업계에서 오랫동안 활동한, K 스트리트(백악관에서 세 블록 떨어진 거리로, 로비 회사와 로펌 등등이 늘어서 있어 '로비의 거리'로도 불린다 – 옮긴이)에서도 존경받는 업체죠. 랜서는 5년간 거기 있었어요. 기록이 좋고 문제가 제기된 적도 없어요. 그러기 전에는 DC의 아이비리그 회사에서 회사 변호사로 일했고요. 회사 사람이랑 통화해봤는데, 랜서가 거기 있을 때 이상한 일은 전혀 없었대요."

데커는 노트북 화면의 페이지 몇 개를 훑어보고 있었다. "드레이먼트와의 관계는요?"

"내가 통화한 사람들은 전혀 모르던데요. 하지만 사귀었거나 친구로 어울렸을 수도 있겠죠. 꼭 직업적 관계여야 하는 건 아니잖아요. 랜서 쪽이 꽤 연상이었지만 그게 무슨 상관이겠어요?"

"서로 가까이 살았나요?"

"비교적으로요. 하지만 같은 동네는 아니었어요."

"업무상 접점은 없었고요?" 데커가 물었다.

"음, 로비 회사가 실제로 의회에서 활동을 많이 했어요. 그리고 드레이먼트는 의회 복합지구에서 보안 일을 했고요. 두 사람의 업무상 서로 마주쳤을 가능성은 얼마든지 있어요. 뭐, 랜서가 저 위에서 누군가에게 로비를 하고 있는데 마침 드레이먼트가 근무 중이었다거나. 드레이먼트가 랜서의 눈에 띄었다거나. 둘이 사귀었을 수도 있겠죠. 늘 있는 일이니까."

데커는 화이트의 말을 곱씹어보았다. '드레이먼트가 랜서의 눈에 띈 거죠.'

"하지만 둘 사이의 접점에 관해서 확실한 건 없고요?"

"네. 하지만 티 안 나게 이어갔을 수도 있죠."

"둘 중 누가 결혼한 적 있나요?" 데커가 물었다.

"기록상으론 없어요. 유부남이나 유부녀여서, 그것 때문에 관계를 비밀로 했을 수도 있다고 추측하는 거죠?"

"네. 좋아요, 우리 논리적으로, 단계별로 짚어봅시다. 이유 없는 살인은 없어요. 특히 이런 상황에서는요. 이제, 커민스의 경우엔 동기가 다수 있죠. 드레이먼트와 랜서와는 별도로요. 하지만 그 둘의 경우엔, 살인범에게 잘못을 저질렀거나, 살인범이나 살인을 청부한 자들에게 위험한 정보를 가졌다면 그게 동기가 되죠." 데커는 캐묻는 듯한 시선으로 화이트를 올려다보았다.

"좋아요, 나도 같은 생각이에요. 하지만 그들이 뭔가 카나크 로와 감마에 대한 상징적 행위로 살해당했을 가능성은요? 입안에 든 돈을 생각해봐요."

데커는 고개를 저었다. "어쩌면, 드레이먼트와 랜서가 서로 아무 접점이 없었다면 나도 그렇게 생각했을지도 몰라요. 하지만 그렇지 않았죠. 그 둘이 그저 카나크 로나 감마 프로텍션 서비스의 상징적 대리물로만 과녁이 됐다는 건 개연성이 너무 떨어져요. 그리고 패티 켈리는 그들이 돈을 노리고 무슨 짓을 하고 있었다고 알려줬죠."

"당신은 그게 협박과 관련됐다고, 그리고 두 사람이 쥐덫에 손이 끼었다고 생각했죠. 아마 그게 살해당한 이유였을 거라고요."

"하지만 그건 **또한** 어떤 식으로든 카나크 로와, 카나크의 고국과 관련이 있기도 하죠. 슬로바키아 돈이 입속에 있었던 이유가 그거고요."

"하지만 데커, 로가 이 나라에 온 건 수십 년 전이에요······. 사실 드레이먼트나 랜서가 태어나기도 한참 전이라고요."

"상관없어요. 접점이 실제로 존재한다면 그게 사건의 모든 측면을 설명해줄 겁니다."

화이트가 고개를 저으며 말했다. "음, 지금으로서는, 그냥 도무지 이해가 안 돼요. 그리고 난 어떤 사건이든 다양한 가능성을 열어두고 싶어요. 오로지 한길로만 갔다가 그게 **잘못된** 길로 밝혀지면 너무 많은 시간이 낭비되잖아요."

"하지만 그게 옳은 길로 밝혀지면 시간이 **절약된** 거죠." 데커가 반박했다. "앤드루스의 상태는요?"

"깨어났고 아주 고통스러워해요. 하지만 운이 좋아요. 총탄이 오른쪽으로 몇 센티미터만 더 갔어도 다시는 깨어나지 못했을 테니까요."

"앤드루스의 몸에 박힌 총탄과 패티를 죽인 총탄의 탄도학은 어때요?"

"드레이먼트와 랜서에게서 나온 것과 일치하지 **않았어요.** 아마 라이플 총탄이었을 거예요. 왜냐하면 확실히 멀리서 날아왔거든요."

"이미 말했지만, 우린 드레이먼트와 랜서의 DC 시절에 관해 더 많은 걸 알아내야 해요."

"직접 가서 확인해야 할까요? 이미 전화 통화로 알아낸 것 말고 뭘 얼마나 더 찾아낼 수 있을지 난 잘 모르겠어요."

"**당신은** 그리로 날아가서 확인하면 돼요. 난 여기 남아서 실마리를 좀 추적해보죠."

화이트가 시무룩한 표정으로 따졌다. "또 날 따돌리려는 거예요? 난 우리가 그 단계는 넘어선 줄 알았는데요."

"분열시켜 정복하라는 말도 있잖아요." 데커가 불편한 표정으로 말을 멈췄다. "그리고……."

"그리고 뭐요?" 화이트는 이제 대놓고 싸우자는 투였다.

"그리고 당신이 아이들을 보고 싶어 할지도 모른다고 생각했어요."

데커를 뜯어보는 화이트의 표정에서 독기가 싹 빠져나갔다. "좋아요, 그 대답 덕분에 산 줄만 알아요. 그래서, 내가 뭘 알아내길 바라는 거예요?"

"이게 드레이먼트와 랜서의 첫 협박 사업이 아닐 것 같다고 아까 말했죠. 어쩌면 DC에서 마무리하지 못한 걸 여기서 다시 시작했을 수도 있어요."

"그럼 꽤 형편없는 협박꾼들이네요. 드레이먼트는 낡은 차를 몰았고 볼품없는 아파트에 살았으니까요. 랜서의 집은 꽤 소박했고요."

"하지만 드레이먼트는 카르티에 시계를 차고 아르마니 정장을 입었어요. 둘 다 진품이었죠. 그리고 개인 플래티넘 아멕스 카드도 있었어요."

"빌어먹을." 화이트가 말했다. "이제 생각해보니까 랜서의 집에 있던 옷은 전부 명품이었고 가방도 그랬어요. 당연히 짝퉁일 줄 알았는데. 그러면 두 사람을 죽인 놈들의 동기는요?"

"그건 돈보다 중요한 뭔가예요."

"그게 뭔데요?"

"그걸 우리가 알아내야죠."

49

이튿날 아침 데커는 화이트를 공항까지 태워다주었다.

"가족한테 안부 전해줘요. 어쩌면 나중에 만나게 될지도 모르겠네요."

화이트는 데커에게 칼날 같은 시선을 던졌다. "어쩌면 그럴지도 모르죠. 당신이 우리 협력관계에서 당신 몫을 다하면요."

그후 데커는 앤드루스 요원이 이전된 병원으로 차를 몰았다. 앤드루스는 패배자의 공허한 표정으로 침대에 일어나 앉아 있었다.

데커는 앤드루스 옆에 앉아서 요원을 넘겨다보았다. "얘기할 수 있겠어요? 아니면 그냥 쉬고 싶어요?"

"난 진통제를 잔뜩 맞았어요. 하지만 정신이 또렷할**뿐더러** 지루해요. 이렇게 와줘서 반가워요."

"알겠습니다."

"패티는 죽었나요?" 앤드루스가 물었다.

데커는 고개를 끄덕였다.

"내가 살아 있는 게 요행이었나 보군요." 앤드루스가 말했다.

"누구나 그렇죠."

"당신 조수는 어디 갔어요?"

"조수 아닌데요. 파트너죠. DC로 돌아갔어요."

앤드루스는 깜짝 놀란 표정이었다. "사건을 포기할 건 아니죠?"

"아뇨, 범위를 확장하는 중이죠. 카나크 로하고는 아는 사이였습니까?"

"이미 그렇다고 말했잖아요."

"좀 더 말해주세요." 데커가 말했다.

"알고 싶은 게 뭡니까?"

"뭐든지요. 난 그 사람에 관해 아무것도 모르니까요."

"인상적인 남자였어요. 누구한테나 존경받았죠. 딸보다 훨씬 더요." 마지막 말을 덧붙이는 앤드루스의 어투에 약간 심통이 들어 있다고 데커는 생각했다.

"카시미라한테 뭔가 불만이 있어 보이네요." 데커가 말했다.

앤드루스는 다친 어깨를 문지르며 말했다. "어쩌면 그럴 수도 있겠죠."

"왜요?"

"딱히 이유는 없어요." 앤드루스가 눈길을 피하며 대꾸했다.

"음, 내가 하나 대보죠. 당신은 감마에 자리를 얻으려 했는데 퇴짜 맞았어요. 어쩌면 너무 융통성이 없어서?"

앤드루스가 입을 쩍 벌렸다. "도대체 무슨 수로 알아낸 겁니까?"

"몰랐습니다. 확실히는 몰랐죠, 지금까지는요. 하지만 당신과 감마 **그리고** 카시미라 로 사이에는 뭔가 이상한 게 있었어요. 당신은 그 회사에 관해 좀 지나치게 유난을 떨었고 많은 걸 알고 있었죠.

그리고 고급스러운 생활을 좋아하는 것 같고요, 그게 잘못이라는 건 아닙니다."

앤드루스는 등을 기대고 눈을 감았다. "아마 난 이 사건 조사에서 빠지는 게 맞았을 것 같네요. 당신이 제의했던 것처럼."

"우린 모두 인간이니까요."

"카나크 로에 관해 또 뭘 알고 싶습니까?"

"성공적이고 존경받았고. 뭐 더 없습니까?"

"민간 부문에서 안 먹히는 **융통성 없는** 요원의 의견을 정말 듣고 싶습니까?"

"난 임무 수행 중에 하마터면 죽을 뻔한 고참 FBI 요원의 의견을 듣고 싶은 겁니다."

앤드루스가 눈을 떴다. "그렇게 말해줘서 고마워요."

"그게 사실이니까요. 난 세심한 배려심 같은 건 모릅니다."

앤드루스가 한숨을 푹 내쉬었다. "카나크 로에 관해 아마 다른 누구에게도 말하지 않았던 걸 말해드리죠."

"그게 뭡니까?"

"난 한번 그분과 같이 심해 낚시를 갔었어요, 아, 한 4년쯤 전의 일입니다."

"낚시를 좋아하시는 줄은 몰랐네요."

"당시엔 민간 부문으로 넘어갈 생각을 하고 있었어요. FBI에서 35년 치 전액 연금을 눈앞에 두고 있었는데, 감마의 젊은 친구들이 버는 돈은 FBI에서 주는 돈의 두 배였죠. 로와 안면을 트면 취업 가능성이 더 높아지지 않을까 싶었어요. 안타깝게도 그분은 내가 미처 입사 신청을 할 준비가 되기 전에 돌아가셨죠. 그리고 카시미라 체제하에서 난 합격하지 못했고요." 앤드루스가 데커를 곁눈질로 보았다. "당신 말이 맞아요. 그들은 내 생각이 '틀에 박혀 있고 너무 관료주의적'이라고 여겼어요. 카시미라는 당신이라면 당장 채용하겠죠."

"계속하세요."

"우린 배에서 즐거운 하루를 보냈어요. 그분 친구인 대니 가르시아도 같이 갔죠. 우린 맥주를 마셨고 청새치 두어 마리를 잡고 커다란 참치도 거의 잡을 뻔했어요. 돌아가는 길에 내가 한껏 신이 나 있는데 그분이 그러시더군요."

"뭐라고요?"

"말기 췌장암 진단을 받았다고요." 앤드루스가 재는 듯한 눈길로 데커를 보았다. "놀란 표정이 아니네요."

"가르시아한테 들었거든요."

"맞아요. 어쨌든, 그분은 생각이 많아 보였어요. 죽음이 내 얼굴을 똑바로 들여다보고 있다면 아마 누구나 그렇게 되겠죠. 1년쯤, 운이 좋으면 18개월쯤 남았다고 하시더군요."

"그리고 또 무슨 말을 하던가요?"

"우선 짚어두자면, 그분이 정말이지 확실하게 터놓고 말한 건 아니에요." 앤드루스가 데커를 빤히 보며 말을 이었다. "하지만 난 그분이 뭔가를 바로잡고 싶어 했던 것 같아요, 데커. 과거에 했던 어떤 일을요. 삶의 막바지에서 느끼는 후회와 참회랄까요. 흔히들 그러잖아요."

"네, 맞아요. 뭔가 구체적인 건요?"

"없었어요. 있었다면 벌써 당신한테 말했을 겁니다. 그리고 솔직히 카나크와 이 사건이 어떤 식으로든 접점이 있을 거라고는 전혀 생각 못 했고요."

"회한이라. 최근일까요, 아니면 먼 과거일까요?"

"모르죠. 그분은 딸 이야기를 하셨어요. 딸이 너무 자랑스럽다고 하셨죠. 하지만 그 말에는 뭔가가 느껴졌어요. 다른 뭔가요. 뭔지 콕 집어 말할 수는 없지만요."

"한번 노력해보세요. 최대한 추측해보세요."

앤드루스의 표정이 잠시 고통으로 일그러졌다. 자기 몸에 연결된 선들 중 하나의 조절기를 보고는 버튼을 눌렀다. "모르핀은 신의 선물이에요."

"맞습니다."

"내 짐작엔 카나크가 사실 자기 딸이 회사의 미래를 맡을 적임자라는 확신이 없었던 것 같아요."

"왜요? 몹시 유능해 보이는데요. 지극히 전문적이고 영리하잖아요. 거기다 의욕도 넘치고요."

"어쩌면 의욕이 **지나치게** 넘치는 건 아닐까요." 앤드루스가 말했다.

"무슨 뜻입니까?"

"한계를 너무 밀어붙이고 있을지도 모른다는 뜻입니다. 너무 멀리까지요. 사실은 벼랑 바로 너머까지."

"지금 내가 생각하는 그 뜻이 맞습니까?"

"내가 지금 아버지의 실종에 카시미라가 어떤 식으로든 얽혀 있을 가능성을 내비치는 거냐고요? 네, 어쩌면 그게 내 말뜻일 수도 있겠죠."

화이트는 DC에 착륙해서 즉시 택시를 잡아타고 WFO, 즉 워싱턴 현장 사무소로 향했다. 거기서 존 탤벗과 만나 현재까지 사건 정황을 알려주고 DC에 돌아온 이유도 보고했다.

"데커랑 단둘이 일하기는 괜찮은가?" 탤벗이 물었다.

"네. 괜찮습니다." 탤벗이 자신을 보는 눈길이 영 못마땅했던 화이트는 묻지도 않은 말을 불쑥 내뱉었다. "좋은 요원이에요."

"좀 정통적이지 않을 수는 있지."

"전 데커와 제가 상황을 잘 통제하고 있다고 생각해요. 그리고 지역 경찰도 관여하고 있고요. 가끔 주방에 요리사가 너무 많으면, 아시죠."

"**자네**가 결정하게, 화이트 요원."

이유는 모르지만 화이트는 탤벗이 이 상황에 흡족해하는 것 같다고 느꼈다.

만나봐야 할 사람들과 잇따라 약속을 잡은 후, 화이트는 첫 회의 장소로 가는 길에 어머니에게 전화했다.

"애들은 잘 있어요?" 화이트가 물었다.

"그야 엄마를 보고 싶어 하긴 하지만 잘 있어. 지금은 학교에서 열심히 공부하고 있겠지. 넌 어떠니?"

"전 사실 DC에 있어요. 오늘 밤 엄마랑 애들 보러 갈게요."

"정말 잘됐다. 새 파트너랑은 잘 맞니?" 어머니가 물었다.

"한 차례 간증의 시간을 거치고 나니 상황이 원만해진 것 같아요."

"그럼 사건은?"

"돼가고 있어요. 천천히요."

"흠, 그럼 그만 가서 일하렴, 우리 딸."

. . .

화이트의 첫 신문 상대는 킹스턴 그룹에서 앨리스 랜서의 후임 홍보이사로 일하고 있는 펠리시아 캠벨이었다. K 스트리트에 본부를 둔 로비업체인 킹스턴 그룹은 번잡하고 잘나가는 듯 보였다. 30대의 캠벨은 기운이 넘쳤다.

"앨리스 소식은 너무 충격적이었어요." 캠벨이 의자에 앉으며 말했다. 널찍한 사무실에는 업계의 트로피와 아마도 정치가를 비롯한 고객들과 찍은 듯한 사진들이 수두룩했다.

"그 소식은 어떻게 알게 되셨나요?" 화이트가 물었다.

"뉴스에서 봤죠. 그리고 누가 회사 소셜 미디어 계정에 올렸고요."

"랜서에 관해 뭔가 말씀해주실 수 있을까요?"

"우리의 재직 기간이 겹친 건 1년밖에 안 돼요. 비록 그분은 당시 로비스트로 완전히 자리를 잡으셨지만 신참인 저를 가르치고 이끌어주셨죠. 전 최근 홍보이사에서 로비스트로 승진했고 파트너십으로 가는 고속도로에 올랐어요."

"축하드립니다. 랜서는요?"

"자기 일을 아주 잘했어요. 다들 앨리스를 좋아했죠. 정말 승진 가도를 달리고 있었어요."

"그럼 왜 그만뒀을까요?"

"그게, 저도 몇 번쯤 그 생각을 했어요. 한 번도 그럴싸한 답을 찾지 못했죠."

"물어보신 적은 있나요?"

"다소 급작스럽게 그만두셔서요." 캠벨은 잠시 말을 멈췄다 다시 입을 열었다. "전…… 제 생각엔……." 그리고 말끝을 흐리며 화이트에게 경계심 어린 시선을 던졌다.

"뭔가 문제가 있었을지도 모른다고 생각하셨나요?"

"그건 아니에요. 제 말은, 전 아무것도 들은 게 없어요."

"혹시 여기…… **뭔가** 들어봤을 법한 분이 계신가요?"

"드레이크 씨라면 도와드릴 수 있을지도 모르겠네요."

"드레이크 씨가 누구죠?"

"제롬 드레이크는 창립 파트너 중 한 분이에요. 앨리스하고 긴밀하게 협력하셨죠."

"그분을 얼른 만나뵙고 싶네요."

• • •

시무룩한 표정에 조곤조곤한 말씨를 가진 제롬 드레이크는 화이트를 잠시 위아래로 훑어보고는 건물 구석에 위치한 자기 사무실의 창밖을 내다보았다. 기운 넘치는 캠벨과 놀라울 정도로 대조되는 남자였다.

"그럼, 앨리스 랜서에 관해 뭐든 말씀해주시면 고맙겠습니다." 화이트가 입을 열었다.

"제가 뭘 알려드릴 수 있을지 잘 모르겠네요."

"뭔가 선택지가 있다는 것처럼 들리는데요."

"저기요, 뭘 알고 싶은지 먼저 말씀해주시면 제가 한번 그 선택을 내려보죠."

"앨리스 랜서는 왜 이곳을 떠났습니까? 잘나가고 있었던 것 같은데요."

"어떤 면에서 앨리스는 복잡한 사람이었어요. 다른 면에서는 무척 단순했고요."

"그걸 좀 더 상세히 설명해주셔야겠는데요."

"앨리스는 성공을 좋아했어요. 인생에서 가장 좋은 것들을 누리고 싶어 했죠."

"그게 단순한 건가요, 복잡한 건가요?" 화이트가 물었다.

"아마 짐작이 가시겠지만 그건 단순한 부분이었습니다."

"그러면 복잡한 부분은요?"

"인생에서 가장 좋은 것들을 **어떻게** 얻었는가죠."

"랜서는 당신 회사를 다니면서 풍족함을 누린 것 같은데요. 그 후 회사를 떠나 마이애미에 있는 민간 보안팀에 합류했죠. 제가 알기로 랜서는 이직하면서 연봉이 삭감된 것 같던데요."

"여기 보수도 짜지는 않았어요. 그건 말씀드릴 수 있습니다. 홍보이사로 일할 때도 이미 여섯 자리 연봉을 받았죠. 로비스트가 된 다음에는 더 받았고요."

"하지만 그걸로도 모자랐던 건가요?"

"아마도요."

"그래서, 어디서 복잡해진 거죠?"

남자는 꼼지락거리며 눈길을 피했다.

"그분은 죽었습니다, 드레이크 씨. 당신을 고소할 수 없어요. 전 그냥 진실을 원할 뿐입니다."

남자가 좀 더 자세를 바르게 고쳐 앉고 입을 열었다. "이런 회사에는 기밀 정보가 많이 들어옵니다. 적에 대한 조사는 우리 업무 중 하나죠. 하지만 우린 적들만 조사하는 게 아니라 고객들도 조사합니다. 어디에 먼지가 있는지 알면 우리가 그걸 관리해서 역으로 돌려놓을 수 있다는 이론이죠. 그중 일부는 나중에 의도적으로, 전략적으로, 그리고 고객의 동의하에 유출되기도 합니다. 일부는 어떤 주장을 위해 직접적으로 이용되기도 하고요."

"그리고 일부는요?" 화이트가 물었다.

"절대 빛을 보지 못하죠."

"그리고 랜서가 거기서 이득을 보려 했다?"

"제 짐작은 그렇습니다. 적어도 두 번은요."

"그 사례에 관해 더 말씀해주실 수 있나요?"

"그냥 이렇게만 말씀드리죠. 문제의 두 고객이 우리 회사를 마치 뜨거운 감자처럼 내팽개쳤고 그 이후로 그 일에 관해서는 입도 뻥긋 안 하려 할 거라고요."

"그리고 그 이유가…… 뭐라고 생각하시죠?"

"앨리스 랜서가 기밀 정보를 이용해 이 고객들을 협박하려 한 것 같습니다. 고객들은 랜서에게 돈을 줬지만 그 후 당연히 저희 회사와의 모든 관계를 끊었죠."

"왜 그냥 경찰에 가지 않았을까요?"

"정치는 더러운 사업입니다, 화이트 요원님. 먼지와 진흙이 늘 날아다니죠. 들러붙을 때도 있고 안 들러붙을 때도 있지만요."

"그래도 선은 있겠죠?"

"네, 있습니다. 그리고 저는 랜서가 알아낸 게 그 선을 넘은 것 같습니다. 그 고객들은 **자기들이** 감옥에 가거나 경력이 절단날 위험을 무릅쓰고 당국에 신고할 엄두는 못 내죠."

"하지만 왜 고객들이 당신 회사나 신부나, 아니, 하다못해 변호사나 다른 누군가에게 그런 기밀 정보를 주는 걸까요?"

"고객들이 그 정보를 앨리스에게 **주었다고** 누가 그럽니까?"

이제는 화이트가 자세를 고쳐 앉을 차례였다. "랜서가 직접 알아냈다는 말인가요?"

"앨리스와 손을 잡은 누군가요."

"혹시 이름을 좀 대주실 수 있나요?"

남자가 고개를 저었다.

"그런 일을 알고 계셨는데, 왜 랜서는 여기서 해고되지 않았죠?"

"우린 상호 이득을 위해 헤어지기로 했습니다."

"그리고 당신은 확실히 랜서의 새 직장에 랜서의 위반사항을 알리지 않았죠."

"이미 말했듯, 우린 협약을 맺었습니다."

남자는 화이트의 시선을 피해 양손을 내려다보았다.

"랜서가 **당신**에 관해 알아낸 게 **그렇게** 심각한 거였나요?" 화이트가 물었다.

"유감이지만 회의는 이만 마쳐야 할 것 같습니다, 화이트 요원님."

화이트의 다음 목적지는 국회였다. 거기서 경찰 쪽 사람과 만났다.

에드 내시는 대머리에 몸매가 날렵했고 등이 꼿꼿했다. 허튼소리는 절대 참아주지 않을 인상이었고, 실제로도 그랬다.

"앨런 드레이먼트라면 기억합니다." 내시가 말했다. "살해당했다고 하셨나요?"

"연방 판사의 집에서요."

"왜 그 친구가 판사를 경호하고 있었죠? 그건 연방보안관의 업무인 줄 알았는데요."

"사정이 복잡합니다." 화이트는 말을 주의 깊게 골랐다. "만약 제가, 물론 이건 가정이지만, 이렇게 말한다면 어떨까요? 드레이먼트가 판사를 경호하는 것과는 무관한 다른 이유 때문에 거기 있었다고 하면요."

역겨움이 내시의 얼굴을 뒤덮었다. "어디 맞혀보죠. 드레이먼트가 그 여자와 자고 있었나요?"

"왜 그런 생각을 하셨죠?"

남자가 앞으로 몸을 숙였다. "기밀 서약을 깰 생각은 없지만, **저도** 가정을 하나 던져드리죠. 드레이먼트가 여기 있을 때 국회의원과 이 건물에 있는 여성 직원 몇 명도 그 친구를 **경호원으로** 고용했다고 하면 어떨까요?"

"좀 더 자세히 말씀해주시겠습니까?"

"DC에 살려면 돈이 많이 듭니다. 꽤 많은 의원들이 사무실에서 아예 살다시피 하죠. 금지하려고는 하지만, 정치가들이 어디 규칙을 들은 척이나 하던가요? 그래서 퇴근 후 안락하고 사적인 만남 장소를 가질 수 있죠. 그리고 많은 사람들이 근처의 아파트와 타운 하우스를 같이 쓰고 있어요. 하지만 그런 건 거의 늘 타운 밖에 있어요. 그래서 빈 공간이 많죠."

"드레이먼트가 거기서 뭘 얻어냈습니까?"

"뻔한 것 말고요?"

"네, 그것 말고요."

"드레이먼트는 귀를 땅에 붙이고 다녔습니다. 뭔가를 들으면, 자기한테 득이 되게 써먹었겠죠."

"유부녀인 의원들과 바람을 피운다든가?"

"제가 알기로 그 친구는 옷을 잘 입었고 늘 현금이 두둑해 보였어요. 저기요, 우린 무슨 증거 같은 건 전혀 없었어요. 아니면 그 친구는 철퇴를 맞았겠죠. 제가 장담합니다." 남자가 서둘러 덧붙였다. "하지만 추측만 가지고 여기서 누군가를 치워버릴 수는 없어요. 그 친구는 꼬리를 아주 잘 감췄죠."

"여자들이 눈치를 채고 서로 경고를 해줄 텐데요."

"바로 그렇게 된 것 같습니다. 왜냐하면 마침내 우리 쪽에 진정이 들어올 만큼 들어와서 드레이먼트에게 자발적으로 그만둬달라고 했을 때, 드레이먼트는 전혀 반발하지 않았거든요."

"하지만 드레이먼트의 인사 기록에 오점이 남지 않았나요?"

"네, 안 남았습니다." 내시가 인정했다. "긁어 부스럼이니까요. 게다가, 그랬다 해도 경찰 인력이 워낙 궁해서 그 친구는 새로 일자리를 구하는 데 아무 문제 없었을 겁니다."

"그 남자는 다시 경찰로 돌아가지 않았어요. 플로리다주로 가서 감마 프로텍션 서비스에 취직했죠."

내시의 얼굴에 호기심이 어렸다. "카나크 로의 회사 말입니까?"

"네, 맞아요. 그분을 아셨나요?"

"그분이 대통령경호실 정복경찰대에 근무하실 때 저는 겨우 스무 살짜리 신참 경찰이었습니다. 제가 여기 오기 전 일이죠. 물론 전 그분이 민간 부문에서 얼마나 성공을 거두셨는지 압니다. 그분이 회의 같은 데서 말씀하시는 것도 몇 번 들었고, 정보부 동창회 같은 때도 몇 번 오셨어요. 그분이 혹시 돌아가셨거나 그런 건가요?"

"그런 겁니다. 혹시 앨리스 랜서라는 여자분을 아시나요?"

남자는 잠시 생각에 잠겼다 입을 열었다. "아뇨, 전혀 떠오르는 게 없네요. 그게 누구죠?"

"감마에서 드레이먼트와 함께 일했습니다."

"그 여자하고도 잤나요?"

"그건 잘 모릅니다. 하지만 국회에서 얼마 동안 로비스트로 일했고 귀를 땅에 붙이고 다녔고 어쩌면 거기서 이득을 봤다는 얘기가 있어요. 드레이먼트처럼요." 화이트는 전화기를 꺼내어 사진을 화면에 띄웠다. "이게 랜서입니다. 물론 혹시 보셨다면 그때는 더 젊었겠지요."

내시가 말했다. "네, 사진을 보니 알겠네요. 이름은 몰랐지만, 때때로 국회에서 몇 번 봤어요. 예쁜 여자였죠."

'더는 그렇지 않지만.' 화이트는 생각했다. "그분은 K 스트리트의 로비업체인 킹스턴 그룹에서 일했습니다."

"흡혈귀들 같으니. 그래서, 드레이먼트와 한패였나요?"

"어쩌면 그 훨씬 이상이었죠. 그분과 드레이먼트가 함께 있는 걸 보신 적 있나요?"

"아뇨, 하지만 제가 보기는 힘들었을 겁니다. 대체로 책상 앞에만 앉아 있은 지 한참 됐거든요."

"혹시 경찰에 드레이먼트와 어울렸던 친구가 있었을까요? 뭔가 알지도 모르니까요."

내시가 전화기를 집어 들었다. "마침 떠오르는 사람이 있습니다."

화이트가 씩 웃었다. "도와주려는 열의가 넘치시는 것 같네요. 저야 당연히 불만 없지만, 흔한 일은 아니라서요."

내시가 번호를 눌렀다. "전 앨런 드레이먼트가 마음에 안 들었습니다. 그게, 오해는 하지 마세요. 그 친구가 죽어서 잘됐다는 건 아닙니다. 하지만 당신이 이 문제를 해결하는 걸 도울 수 있다면 기꺼이 할 겁니다."

• • •

5분 후 30대 초반의 남자가 사무실로 들어왔다. 국회 경관의 제복 차림이었다.

"화이트 요원, 이쪽은 스탠 대니얼스 경관입니다."

악수를 나눈 후 화이트는 남자에게 랜서의 사진을 보여주고 랜서와 드레이먼트에 관해 물었다.

"아, 당연하죠. 앨리스요. 네, 앨런하고 만나는 사이였어요. 그러니까, 제가 알기로는요."

"왜 주저하시죠?" 화이트가 물었다.

"앨런이 저한테 그 여자랑 잤다고 하긴 했는데, 앨런은 치마만 둘렀다 하면 아무하고나 잤거든요. 그래서 두 사람을 커플이라고 불러도 될지 잘 모르겠네요. 가끔 앨런 집에 가면 앨리스가 와 있곤 했어요."

"둘이 어떻게 만났죠?" 화이트가 물었다.

"솔직히 잘 모르겠습니다. 앨리스가 국회에 자주 왔던 건 아는데, 물론 앨런도 그랬죠. 앨리스는 정말 예뻤고, 뭐랄까, 옷도 섹시하게 입었고, 앨런은, 음, 그건 이미 말씀드렸죠."

"네, '치마만 둘렀다 하면'요. 혹시 그 둘이 뭔가 이상한 이야기를 하는 걸 들은 적 있나요?"

대니얼스가 어리둥절한 표정을 지었다. "그게 무슨 말씀이시죠?"

"뭔가 성적인 것만이 아니라 사업에 더 가까운 이야기라든가?"

"그렇게 말씀하시니 재미있네요. 둘은 확실히 풍문에 관심이 많았어요. DC에서 일어나는 모든 일을 알고 있었죠. 그건 제가 확실히 말씀드릴 수 있어요. 그러니까, 정계 사람들에 관한 그런 것들 있잖아요."

"다른 건요?"

"한번은 제가 그 친구 집에 갔는데 문이 열려 있길래 그냥 들어갔어요. 아무도 없더군요. 앨런의 노트북이 테이블에 펼쳐져 있길래 흘낏 보게 됐죠. 스프레드시트에 이름들이랑, 저야 잘 모르지만, 그 이름들과 관련된 정보가 적혀 있는 것 같았어요."

"정보라면 어떤 종류요?"

"전 정말 잘 몰라요. 마침 그때 누가 들어오는 소리가 들리길래 문 앞으로 가서 방금 들어온 척 문을 여는 시늉을 했죠. 앨리스가 다른 방에서 들어와서는 저를 보더니 가서 노트북을 덮더라고요."

"그래서 그걸 보니까 어떤 생각이 들었나요?"

"둘이 뭔가 꿍꿍이가 있다고요. 다만 뭔지를 몰랐죠."

내시가 화이트를 보고 말했다. "그걸 알아내는 건 요원님 몫인 것 같네요. 제가 요원님 입장이 아니라 다행입니다."

5 552

글로리아 체이스는 오션뷰의 고급스러운 지역에, 남자 친구인 데니스 랭글리의 집에서 차로 조금만 가면 되는 거리에 살았다. 커민스의 집에서도 차로 약 20분 거리였다. 30대 중반의 눈이 번쩍 뜨이는 미인인 체이스는 긴 금발과 꿰뚫어 보는 듯한 파란 눈동자를 가졌고 긴 구릿빛 다리를 더 부각시키는 짧은 흰색 치마를 입고 있었다. 집도 비싸 보였지만 집주인은 더한층 비싸 보였다.

데커는 신분증을 제시하고 현관을 통과했고, 두 사람은 작고 빛으로 가득한 주방 옆 공간에서 마주 앉았다.

"당신도 변호사인가요?" 데커가 물었다.

"아뇨, 전 제 사업이 있어요. 플로리다주의 스타트업을 돕는 인터넷 서비스 플랫폼이죠. 아주 잘나가요. 돈을 찍어내고 있죠."

"축하드립니다! 바깥의 애스턴 마틴은 새로 뽑으신 것 같더군요."

"맞아요. 데니스에 관해 묻고 싶으신 게 있다고요."

"맞습니다."

"줄리아 커민스가 살해당한 날 밤 저랑 같이 있었다는 이야기는 분명히 그이한테 벌써 들으셨겠죠."

"들었습니다."

"데니스는 파리 한 마리 못 죽일 사람이에요." 체이스가 말했다.

"파리는 한 마리도 **안** 다쳤습니다. 살해당한 건 그분의 전 여자 친구였죠."

체이스가 자세를 고쳐 앉았다. 다리를 꼬고 팔도 꼬았다. 신문할 때면 흔히 볼 수 있는 고전적인 방어 자세였다. 데커는 얘기하다 보면 그 자세를 보게 될 거라고 예상했지만 이렇게 빨리 보게 될 줄은 몰랐다.

"그날 밤 랭글리가 언제 당신 집에 왔습니까?"

"아, 8시쯤요."

"그리고 언제 나갔죠?"

"이튿날 아침에요. 법원 출두 일정이 있어서요."

"그날 밤 계속 같이 있었습니까?" 데커가 물었다.

"화장실 갈 때 빼고는요."

"하지만 집을 나선 적은 없다는 거죠?"

체이스는 약간 모호한 표정을 짓고 약간 더 방어적인 태도를 취했다. "주류점에 급히 가서 진을 좀 더 사왔어요."

"나가 있던 시간이 얼마나 됩니까?"

"15분에서 최대 20분요."

"그게 몇 시였죠?"

"자정쯤요."

"20분쯤인 게 확실합니까?" 데커가 물었다.

"네! 저희 동네로 접어들기 직전에 리카르도스라는 24시간 주류점이 있거든요."

"당신한테 물리력을 쓴 적이 있었나요? 학대했다든가?"

"전혀요. 그랬다면 2초 만에 차버렸을 거예요. 전 그런 걸 참지 않아요."

"어떤 남자들은 여자들이 좋아하지 않아도 개의치 않죠."

"데니스는 그런 남자가 아니에요. 아주 상냥하고 점잖답니다."

"총기를 소지한 점잖은 남자라."

"그이는 얼마든지 자신을 보호할 권리가 있어요."

"혹시 그분에게서 줄리아 커민스 이야기를 들으신 적이 있습니까?" 데커가 물었다.

"몇 번쯤요. 그리고 한번은 실제로 만나기도 했죠."

데커가 몸을 굳혔다. "그렇습니까? 그게 언제였죠?"

"데니스와 만나기 시작한 지 아마 한 달쯤 지나서였을 거예요. 카페 미디라고, 네이플스에 있는 작은 프랑스 음식점에 갔는데 거기 있더군요."

"혼자요?" 데커가 물었다.

"아뇨, 어떤 아이랑 같이 있었어요."

"아이요?"

"아이라고 했지만 사실 거대했어요. 운동선수 같더군요."

"아들입니다. 타일러." 데커가 휴대전화에서 사진을 보여주었다.

"네, 얘 맞아요."

"또 누가 같이 있었나요?"

"네, 더 나이 든 여자요. 꼬챙이같이 말랐고 파마 상태가 엉망이었어요. 그리고 술 냄새가 폴폴 풍겼죠."

"도리스 클라인인가요?"

"저야 모르죠. 자기 이름을 말 안 했으니까. 하지만 고주망태였어요."

"그래서 어떻게 됐나요?"

"데니스가 저를 그 사람들 테이블로 데려가서 인사시켰죠. 솔직히, 뭐랄까, 커민스한테 날 자랑하려고 그런 것 같아요."

"커민스는 어떻게 반응하던가요?"

"유쾌하게 대해줬어요. 잠시 대화를 나눴고, 그게 다였어요. 우린 거길 나왔죠."

"판사에게서 어떤 인상을 받았습니까?" 데커가 물었다.

"꽤 착실한 사람 같았어요. 데니스가 왜 끌렸는지 알겠더군요. 같이 있던 친구는 무척 다른 사람 같았지만요. 전 그 둘이 친구라고 생각하지 못했을 거예요."

"두 사람은 이웃에 살죠. 타일러하고는 이야기해봤나요?"

"아뇨, 하지만 저를 쳐다보긴 했죠." 체이스가 입꼬리를 올리며 말했다. "확실히 붉은 피를 가진 미국인 남성이었어요."

"또 말씀해주실 수 있는 건 없습니까?"

"그냥 데니스가 그 일과 아무 상관이 없다고 확신한다는 거요. 전 폭력적이고 소름 끼치고 통제욕이 강한 남자들을 만나봤어요, 데커 요원님. 아무리 숨기려고 해도 얼마쯤 지나면 확실히 낌새가 보이죠. 데니스는 전혀 그렇지 않아요."

"좀 더 잘 감추는 사람들이 있죠."

"엉뚱한 데를 뒤지고 계신 것 같아요."

"전 많은 곳을 뒤집니다. 맞는 곳을 찾을 때까지요."

"판사의 집에서 남자도 한 명 죽어서 발견됐다고 알고 있는데요."

"맞습니다."

"둘이 만나는 사이였나요?" 체이스가 물었다.

"확실히는 모릅니다."

"어떻게 확실히 모를 수 있죠? 아무도 몰랐나요?"

"복잡합니다." 데커가 대꾸했다.

"아무래도 살인은 그럴 때가 많겠죠."

"사실 살인 행위는 보통 무척 단순합니다. 복잡한 건 그걸 제외한 나머지 전부죠."

"안녕, 타일러, 아버지 집에 계시니?" 노크 소리에 콘도 문을 열어준 타일러에게 데커가 물었다.

타일러는 면 반바지 차림에 반소매 셔츠를 바지 밖으로 빼 입고 있었다.

"저녁 먹으러 나가려고 준비 중이세요."

"내가 좀 들어가서 기다려도 될까?"

"안 될 거 없죠."

둘은 인접한 방으로 가 마주 앉았다. 만에서 폭풍이 형태를 갖추고 있었다. 널따란 창이 마치 앞으로 데커의 머릿속에서 일어날 일을 그대로 보여주는 액자 같았다.

"조사는 어떻게 돼가나요?" 타일러가 웅얼거렸다. "뭐 좀 알아내셨어요?"

"그러려고 노력 중이란다. 네이플스의 카페 미디라는 음식점에서 너희한테 아는 척했던 남자랑 여자 혹시 기억하니?" 타일러가 모호한 표정을 짓자 데커는 이렇게 덧붙였다. "도리스 클라인이 같이 있었던 것 같고, 여자는 키가 크고 금발에 아름다웠지. 넌 뭐랄까 그 여자를 위아래로 훑어본 것 같고." 데커는 점잖은 어투를 유지했다.

타일러가 씩 웃었다. "아, 네. 그 여자요. 젠장, 그게, 와. 그 여자는, 막, 와…… 드레스가 터지려고 하더라고요. 사진을 찍어두는 건데."

"그래. 그 남자는 누군지 알았니?"

"아뇨. 하지만 엄마랑 이야기하는 걸로 봐서는 변호사 같았어요. 저야 모르지만, 말하는 거로 봐서는요."

"사실, 그분과 네 엄마는 예전에 만나는 사이였어."

타일러가 놀란 표정을 지었다. "정말요? 아빠가 그 후에야 온 게 다행이었네요."

"잠깐만, 아버지가 거기 계셨니?"

"제 기억엔 막 들어오시던 참이었어요. 그 사람들이 그만 가려고 할 때요."

"왜 너희 아버지가 너랑 엄마랑 같이 식사를 하셨니?"

"제 생일이었거든요."

"너희 아버지가 그 남자가 하는 말을 혹시 들었을 수도 있을까?"

"모르겠어요, 젠장. 솔직히 말해 제 신경은 온통 그 여자한테 쏠려 있었거든요. 하지만 아빠는 그 두 사람이 간 직후에 우리 테이블에 오셨으니까, 가까이 계셨겠죠. 왜요? 그게 왜 중요한데요?"

"중요하지 않을 수도 있어."

"타일러?" 누군가가 불렀다.

"여기 있어요, 아빠."

잠시 후 배리 데이비드슨이 흰 정장 셔츠 소매를 매만지며 방으로 들어왔다. 진회색 정장에 갈색 태슬 로퍼를 신고 있었다.

　"여기는 무슨 일이죠?" 데커를 본 데이비드슨이 물었다.

　"그냥 몇 가지 여쭤볼 게 있어서요, 데이비드슨 씨."

　"저는 타일러랑 저녁 먹으러 나갈 겁니다. 그리고 도대체 줄리아의 유해를 언제쯤 보내줄 겁니까? 우린…… 우린 장례식을 치러야 해요." 남자는 아들을 불안하게 쳐다보았다. "줄리아는…… 줄리아는 화장을 원했어요."

　"오래 안 걸릴 겁니다." 데커가 대꾸했다.

　데이비드슨은 벽에 붙은 바에서 술 한 잔을 탄 후 의자에 무너지듯 앉았다. 타일러는 그런 아버지를 말없이 지켜보았다, 표정은 역겨움으로 가득했다.

　"물어볼 게 뭔데요?" 데이비드슨이 물었다.

　"질문에 대답해주시면 그 대가로 저도 몇 가지 알려드리죠."

　"몇 가지라면?"

　"전 부인의 집에서 살해된 남자는 경호를 하고 있던 게 아니었습니다. 그분과 자고 있었죠."

　타일러가 불쑥 내뱉었다. "뭐라고요? 엄마랑 잤다고요?"

　데커는 데이비드슨에게서 시선을 떼지 않았다. "놀란 표정이 아니시네요, 데이비드슨 씨."

　"줄리아는 뭐든 자기 마음대로 할 수 있었어요. 제가 알 바 아니죠."

　"알고 계셨습니까? 두 사람의…… 관계에 관해서요."

　"아뇨, 하지만 말씀드렸듯, 줄리아는 뭐든 자기 마음대로 할 수 있었어요."

"하지만 확실히 남모르게 하고 싶어 했죠."

"구체적으로 무슨 뜻입니까?"

"그분은 드레이먼트가 거기 있는 이유를 설명하려고 자신이 협박받고 있다고 거짓말했습니다."

"하지만 엄마는 협박을 받은 **적이** 있어요." 타일러가 끼어들었다. "저한테 그렇게 말했다고요. 맞죠, 아빠?"

"당신한테도 그렇게 말했습니까, 데이비드슨 씨?"

"저는 이미 그 질문에 대답했습니다. 줄리아한테 문자로 물어봤는데 대답을 못 들었다고요."

"전 그냥 그 대답을 수정할 기회를 드리고 싶었습니다. 혹시 필요하다면요."

"전 이미 한 말을 뒤집을 이유가 전혀 없습니다." 데이비드슨이 차갑게 내뱉었다. "제 통화 기록을 확인하시죠. 전 그 문자 한 통을 보낸 게 답니다. 통화도 몇 주째 안 했어요."

"제가 듣기로는 전 부인을 여전히 사랑하셨다고 하던데요. 그리고 전 부인과 화해하길 바랐다고 본인 입으로 말씀하셨고요."

"아빠?" 타일러가 물었다. "그게 정말이에요?"

데이비드슨은 아들과 눈을 맞추지 않았다. "좋아요, 제가 그렇게 말했습니다. 하지만 정말 마음속 깊숙이에서는 이미 끝났다는 걸 알았어요. 전 삶에서 다음 단계로 나아갔습니다. 이혼한 지도 벌써 몇 년은 지났잖아요." 데이비드슨이 자리에서 일어났다. "자, 더 물어보실 게 없으면 우린 이만 나가봐야겠습니다. 예약에 늦을 것 같아서요."

"메르세데스 S600을 모시죠?"

"네."

"여기 차고에 카메라가 있습니까?"

"네, 그리고 영상을 확인하시면 제 메르세데스가 한 번도 차고를 나가지 않은 걸 아실 겁니다. 그리고 전 타일러의 차도 안 탔어요. 그리고 제가 줄리아네 보안 게이트를 통과한 기록도 없고요."

데커가 데이비드슨을 뚫어져라 보았다. "기록을 확인하신 겁니까?"

"보안 게이트를 지나간 기록이 없다는 걸 **안다고요**. 전 콘도를 한 번도 안 떠났으니까요. 이미 말씀드렸듯이요."

"제가 다 말했잖아요, 데커 요원님." 타일러가 맞장구쳤다. "아빠는 여기 **있었어요**. 제가 들었어요. 아빠가 집을 나갔다면 제가 알았을 거예요."

데이비드슨이 언성을 높였다. "그리고 내가 아내를 무참히 살해하고는 다시 돌아와 태연하게 회의를 하는 게 가능하다고 진심으로 생각하는 겁니까? 제 고객들에게 확인해보시죠. 전 줌 통화를 했을 때 피에 뒤덮여 있지 않았어요, 빌어먹을!"

"아빠!" 타일러가 외쳤다. "진정하세요. 아빠는 엄마를 안 죽였어요, 됐죠?"

데커는 이 모든 대화를 머리에 새긴 후 말했다. "그분이 '무참히 살해당했다'고 누가 그러던가요?"

데이비드슨은 흔들리는 눈빛으로 아들을 보았다. "당신이…… 당신이 줄리아가 칼에 찔렸다고 했잖아요. 당신한테 들었는데요." 데이비드슨이 덧붙였다.

"아, 전 제가 한 말을 정확히 **기억합니다.** 하지만 전 '무참히 살해당했다'고 한 적은 없습니다. 사실 그분이 몇 번이나 칼에 찔렸는지 말하지 않았습니다. 단 한 번이었을 수도 있죠."

데이비드슨은 불안하게 입술을 핥았다. "그래서 그 남자는요? 그 남자도 칼에 찔렸나요?"

데커가 자리에서 일어났다. "두 분이 그만 저녁 식사를 하러 가시는 게 좋겠네요."

5 554

호텔로 도로 차를 몰아오는 길에 데커의 휴대전화가 울렸다.

전화를 받자 화이트가 말했다. "잘됐네요, 아직 살아 있다니. 새 파트너에게 급히 익숙해져야 하는 일은 없었으면 했거든요."

"뭔가 유용한 걸 찾아냈습니까?" 데커가 물었다.

화이트는 몇 분에 걸쳐 드레이먼트와 랜서에 관해 알게 된 것을 데커에게 알려주었다.

"그래서 예전부터 협박 동업자였다는 건가요?"

"그리고 둘 다 마지못해 천막을 걷고 다른 놀이터로 떠나게 됐죠." 화이트가 말했다.

"랜서가 플로리다주로 온 건 이해가 가요. 어머니가 여기 있으니까. 왜 감마인지가 궁금하네요?"

"그야 더러운 비밀이 필요하니까요. 그리고 잘나가는 회사고요."

"그리고 조사업체는 그런 비밀들을 손에 넣기에 좋은 플랫폼이 겠죠." 데커가 동의했다. "그래서, 국회에서 만난 건 맞는데 정확히 어떻게 만났는지는 아직 모른다?"

"랜서는 로비스트였고 드레이먼트는 경호원이었어요."

"그리고 둘 다 부업을 하고 있었죠."

"어쩌면 원래는 각자 따로 일했는데 그것 때문에 서로 알게 됐
는지도 모르죠."

"어쩌면요." 데커가 말했다.

"그래서 **당신**은 뭘 알아냈죠?"

데커는 글로리아 체이스와 배리와 타일러 데이비드슨과의 만남
에 관해 들려주었다.

"그래서, 랭글리와 글로리아 체이스가 이 식당에서 커민스 판사
를 실제로 만났다는 거죠."

"네. 그리고 배리 데이비드슨도 그걸 보고 대화를 넘겨들었을 수
도 있고요."

"둘이 만났던 걸 데이비드슨이 알았을 것 같아요?"

"거긴 뭐랄까 좁은 동네잖아요. 타일러는 놀랐지만 배리는 아닌
것 같았어요. 그리고 우리한테 커민스와 화해하고 싶다고 말하긴
했지만, 삶에서 다음 단계로 넘어갔다고 말했어요. 그러나 거짓말
임이 분명해요. 그리고 또 다른 게 있어요." 데커는 데이비드슨이
'무참히 살해당했다'고 말한 것을 알려주었다.

"데이비드슨이 그걸 알았을 리는 절대 없어요." 화이트가 말했
다. "우린 그 사실을 공개하지 않았잖아요."

"그냥 칼에 찔렸다는 내 말을 바탕으로 추정했을 뿐이라고 주장
하더군요."

"그걸 믿어요?"

"삶에서 다음 단계로 넘어갔다는 것보다 더 믿지 않죠."

"그래서 데이비드슨이 어떻게 전처를 죽였다고 생각해요?"

"모르죠. 거기 가서 전처를 살해한 다음 줌 미팅 시간에 맞춰 돌아온다? 가능하다고 봅니다. 하지만 타일러는 아버지가 그날 밤콘도를 나선 적이 없다고 단언했어요."

"검시관은 사망 시각에 아주 확신이 있던데요. 심지어 타일러가 대준 알리바이가 없더라도 배리가 그 살인을 저지르기엔 시간이 너무 빠듯했을 거예요. 그리고 그 후에 곧장 줌 미팅을 한다고요?"

"네, 데이비드슨도 실제로 그 부분을 지적했죠." 데커는 잠시 뜸을 들였다 입을 열었다. "아이들은 잘 있어요?"

"지금 만나려고 볼티모어로 차를 몰고 가는 중이에요. 아침에 도로 비행기를 타고 돌아가려고요. 여기서 내가 더 확인했으면 하는 게 없다면요."

"없는 것 같네요. 당신은 아주 잘해줬어요. 우린 이제 두 사람이 거기서 협박 작전을 꾸미고 있었다는 걸 알았어요. 아마도 여기서도 작전을 운영하고 있었겠죠."

"패티의 살인범에 관한 단서는요?"

"없어요. 8킬로미터쯤 떨어진 곳에서 버려진 차 한 대가 발견됐죠. 번호판도 없었고 깨끗이 닦여 있었어요. 망할 놈의 것에 지문하나 없더군요. 누군지 몰라도 벌써 예전에 튀었어요."

"우리를 덮치려고 근처에서 어슬렁거리고 있는 게 아니라면요."

"그럴 수도 있겠죠." 데커가 수긍했다.

"그러니 조심해요. 알렉스한테서 그 얘기도 들었어요. 당신이 사건을 맡으면 자신의 안전에 관해서는 조금도 신경 쓰지 않는다고."

"네, 그걸 고치려 노력 중입니다."

"앤드루스는 어때요?"

"병원에 가서 만났어요. 감마에 취직하려다 퇴짜 맞은 적이 있다고 하더군요."

"젠장, 농담해요? 그런데도 아직 이 사건을 맡고 있다고요?"

"그 일로 약간 죄책감을 느끼고 있는 것 같아요. 뭐, 결국 다쳐서 벤치 신세가 됐지만요. 카나크 로와 4년 전에 낚시를 갔었는데, 그때 말기 암 얘기를 들었답니다. 로가 과거에 한 어떤 일을 바로잡고 싶어 하는 것 같더래요. 하지만 그게 뭔지는 못 들었고요. 그리고 로가 딸이 감마를 미래로 이끌 적임자인지 확신이 없는 것 같았다고도 했어요. 어쩌면 비용을 지나치게 절감한다거나? 그리고 또 다른 이야기도 했어요."

"뭐죠?"

"카시미라가 아버지의 실종과 뭔가 관계가 있을지도 모른다고요."

"뭐라고요! 그걸 믿어요?"

"아뇨, 하지만 안 믿지도 않죠. 가족한테 안부 전해줘요. 그리고 다시 돌아와요. 당신이 필요해요."

전화를 끊고 데커의 마지막 말을 되새기는 화이트의 얼굴에 환한 웃음이 번졌다.

　화이트는 꽉 막힌 도로에서 한 시간 반 걸려 볼티모어에 도착했다. 10시 넘은 시간이었고 피곤했지만 동시에 들뜨기도 했다. 연립주택 앞에 차를 세웠다. 미리 전화를 해둬서, 캘빈과 재키가 앞문에서 엄마를 기다리고 있었다.

　포옹과 입맞춤, 그리고 또 한 번의 포옹. 이윽고 화이트는 아이들을 위층으로 데려갔다.

　아들인 캘빈은 하루가 다르게 성장 중이었다. 인정하고 싶지 않았지만 키와 체격은 확실히 제 아버지를 닮은 모양이었다.

　"엄마, 보여드릴 게 있어요. 잠깐만 기다리세요." 아이가 말했다.

　그리고 자기 방으로 뛰어가서는 잠시 후 무술 띠를 들고 나왔다.

　"태권도에서 초록 띠를 받았어요. 그리고 사범님이 보라색 띠도 곧 따게 될 거래요."

　"정말 멋지다, 캘." 화이트가 말했다.

　"몇 년 지나면 검은 띠를 딸 거고, 그 후 엄마가 가라테에서 검은 띠 두 개를 딴 것처럼 저도 검은 띠 두 개를 딸 거예요.”

아이는 방어 자세를 취하며 엄마에게 웃음을 지어 보였다.

화이트가 마주 웃으며 아이와 똑같은 자세를 취하자 지켜보던 재키가 손뼉을 쳤다.

“좋아, 어디 실력 좀 볼까.” 화이트가 말했다.

아이가 발차기와 정권 찌르기를 하자 화이트는 못 막는 척 뒤로 물러났다. 아이의 기술이 얼마나 정확하고 유연한지, 뿌듯한 웃음이 절로 나왔다.

“검은 띠를 생각보다 더 빨리 딸 수도 있겠는걸.” 잠기는 목소리와 눈물이 차오르는 눈을 들키지 않으려 애쓰며 화이트가 말했다.

'아이는 내가 여기 없을 때 초록 띠를 땄어. 내가 여기 없어서 제 할머니와 같이 도장에 가야 했지.'

화이트는 아이들을 재우러 갔고, 아이들은 엄마가 없는 사이에 어떻게 지냈는지 이야기했다. 학교, 친구들, 과제, 운동 등등. 재키는 고양이를 꼭 키우고 싶다고 했지만 캘빈은 혹시나 알레르기가 있을까 봐 썩 반기지 않았다.

화이트는 어쩌면 DC로 이사 가게 될 수도 있다고 알려주었다. 아이들은 친구들과 헤어지게 될까 봐 깜짝 놀랐지만 화이트는 당장은 아닐 거라고 안심시켜주었다. 그냥 비슷한 처지인 다른 FBI 직원과 함께 통근하면 된다고.

그 후 아이들에게 재미있는 이야기를 두 가지쯤 들려주고 불을 껐다. 잠들 때까지 옆에 앉아 기다려준 후 입을 맞추고 방을 나왔다. 하지만 그대로 가지 않고 문간에서 멈춰서 몸을 돌려 자신이 만든 가장 위대한 두 창조물을 응시했다.

'사실은 셋이어야 하는데.'

화이트는 목이 메고 가슴이 울렁이는 걸 느꼈다. 심장 박동이 빨라지고 있었다.

'빌어먹을!'

한 손을 문설주에 얹고 치솟는 불안을 억누르며 몸을 진정시켰다. 공황장애가 또 덮쳐 오고 있었지만 화이트는 저항했다. 심호흡을 하고 좋은 것들을 떠올리며 억지로 심장 박동을 떨어뜨리려 했다. 빌어먹을. 수치스럽고 나약한 존재가 된 기분이었다. 그래서 화가 났고, 화는 전혀 도움이 되지 않았다.

천천히 방으로 가서 신경과 위를 진정시키려 세수를 했다. 워킹맘들이 흔히 그렇듯, 자신의 빈자리가 아이들의 삶에 돌이킬 수 없는 해를 입히게 될까 봐 두려웠다. 난 아이들의 삶에서 중요한 순간들을 놓치고 있어. 거창한 걸 말하는 게 아니었다. 아침에 집에 같이 있으면서 아이들에게 아침 식사를 차려준다든가 하는 사소한 것들. 공항으로 출발하기 전에 그럴 생각이었다. 하지만 이미 놓친 다른 수많은 아침은 어쩌지?

'너무 많았다.'

그리고 늦은 밤에 서둘러 나누는 이야기로는 도저히 부족했다. 하지만 뭘 어쩌란 말인가? 직장을 그만두라고? 출장은 안 해도 되는 9시 출근 5시 퇴근 책상 앞 업무를 요청하라고? FBI에서 그런 건 통하지 않았다. 적어도 계속 위로 올라가고 싶다면. 그리고 화이트는 위로 올라가고 싶었다. 아니면 무슨 의미가 있겠는가?

공황 발작이 다시 고개를 드는 게 느껴졌다. 변기 뚜껑을 깔고 앉아 호흡 명상을 하면서 아이들과 함께 보낸 시간을 떠올렸다. 마침내 다시 평정이 찾아왔다.

아래층에 내려가보니 어머니가 찻주전자와 그레이엄 크래커를 차려놓고 기다리고 있었다. 화이트가 어렸을 때부터 가장 좋아하는 거였다.

세레나 워싱턴은 딸보다 키가 크고 몸집도 더 풍만했지만 이목구비는 비슷했다. 어머니의 눈은 딸과 마찬가지로 민활하고 사소한 것도 놓치지 않았다.

"뭔가가 오려는 거지, 프레더리카? 좀 정신이 없어 보인다."

"괜찮아요, 그냥 좀 피곤해서 그래요." 화이트는 어머니에게 눈을 보이지 않으려고 몸을 돌렸다. 붉어진 눈과 불안한 표정을 감추고 싶었다.

"여기 돌아온 목적은 달성했니?" 어머니가 물었다.

"충분히 달성했어요. 내일 플로리다로 돌아가요." 화이트는 주위를 둘러보았다. "차보다 좀 더 독한 게 있으면 좋겠는데."

"그건 나한테 맡기렴."

어머니가 자리에서 일어나서 스카치위스키 한 병과 텀블러 두 개를 가지고 돌아왔다. 텀블러에 술을 따라 딸 앞에 놓았다. "우리 강아지들은 잘 지내고 있어. 널 보고 싶어 하지만 말이야."

"저도 알아요. 내야 할 청구서만 없다면 아이들과 한시도 떨어지지 않을 거예요."

"그러면 아이들은 싫어할걸. 떨어져 있으니 더 애틋해지는 거지. 가까이 있으면 무뎌지는 법이야."

"엄마랑 아빠는 그런 식으로 버텼어요?"

"그래, 다만 내가 네 아버지한테 계속 일깨워줘야 했지. 네 아버지는 아이들과 떨어져 있는 걸 좋아하지 않았거든."

"엄마도 일했잖아요."

"하지만 네 학교에서였잖니. 이야기가 달라. 난 너희를 많이 봤지." 어머니가 짓궂은 미소와 함께 덧붙였다. "그게 좋았든 나빴든 말이야."

"전 그냥 아이들이 늙은 엄마를 모른 체하지 않는 착한 사람으로 자랐으면 좋겠어요. 적어도 요양원에 있는 날 만나러 와주면 좋겠죠."

화이트는 그 가볍게 내뱉은 말에 어머니가 고개를 돌리는 것을 보고 입술을 깨물었다.

"미안해요, 엄마. 말이 이상하게 나왔어요."

"네가 야구선수로 홈런을 300개 때리면 명예의 전당에 오를 수도 있겠지. 하지만 부모로서 400을 때린다는 건 그냥 모든 것에 실패했다는 뜻이야."

"아빠가 그렇게 살해당하는 바람에, 랜들과 프랭크는 그것 때문에 망가졌어요." 화이트가 말했다. "둘은 어렸고 지옥을 겪었죠. 동네 사람 절반은 우리를 미워했고 아빠를 죽인 인종차별주의자 개새끼가 억울하게 당한 거라고 생각했어요. 그리고 랜들과 프랭크가 그 공격을 고스란히 당했죠. 그 일이 일어났을 때 전 고등학교를 막 졸업했고 데니스와 테디는 이미 대학에 가 있었어요. 엄마는 갑자기 아이 다섯이 딸린 홀어머니가 됐죠. 그리고 그중 두 아이는 매일 그들과 엄마가 어떻게 손써볼 수도 없는 상황에 갈기갈기 찢겼고요. 엄마가 거기에 관해 뭘 할 수 있죠?"

"난 날 변명할 생각은 없다, 프레더리카. 그리고 너도 날 위해 변명해줄 필요 없어."

두 사람은 스카치위스키를 천천히 부드럽게 목으로 넘겼다.

화이트는 다시 불안이 올라오는 것을 느끼고 한 모금 더 마셨다.

'부드럽게, 천천히, 프레더리카. 넌 할 수 있어. 해야만 해.'

어머니가 손을 뻗어 화이트의 손을 움켜잡았다. 눈길을 마주친 순간, 어머니의 표정에서 화이트는 어머니가 자신의 생각을 정확히 읽고 있음을 느꼈다.

"제가 아이들을 망쳐버릴까 봐 겁나요, 아시죠." 화이트가 황급히 내뱉었다.

"아가들은 괜찮을 거야."

"그 애들은 아가가 아니에요, 엄마. 벌써 반은 성인이라고요. 잘못될 여지가 너무 많아요. 그리고 엄마가 늘 저나 그 애들 곁을 지켜줄 수 있는 것도 아니고요."

"캘빈이랑 재키는 내 살과 피나 다름없어. 넌 내가 그 애들을 위해 못 할 게 있을 것 같니?"

화이트는 고개를 돌리고 눈을 질끈 감았다. '내가 아이들을 망쳐버리면 어쩌지? 아이들이 내 오빠와 동생들이 걸은 길을 걷게 되면? 둘 중 하나라도 그렇게 되면, 난 홈런 500개를 때리고도 내 가장 중요한 본업에 실패한 사람이 될 거야.'

"넌 아이들을 망치지 않을 거야, 프레더리카. 너 자신이 그렇게 놔두지 않을 테니까. 그리고 나도 절대 안 놔둘 거고."

화이트는 다시 눈을 뜨고 전직 교감의 확신에 찬 시선을 마주했다. "약속해요?"

"얘야, 난 약속할 필요도 없어, 안 그러니? 난 여기 있잖니. 입에 발린 말이 아니라 행동으로 보여주고 있지."

화이트는 고개를 끄덕이고 엄마의 손을 힘주어 잡았다 놓았다.

어머니가 말했다. "그래서, 데커라는 친구하고는 어떻게 되어가니?"

"사실 좋아졌어요. 저더러 모두한테 안부 전해달래요."

"그래서, 그 사람도 아이를 잃었다고?"

화이트의 시선이 얼마 안 남은 위스키 잔을 떠나 어머니의 커다랗고 조심스러운 눈동자로 향했다. "네, 맞아요."

"그러면 너희 둘은 서로 이해할 수 있겠구나."

그 말에 화이트의 이마에 고랑이 졌다. "무슨 뜻이에요?"

"동병상련이라는 거지, 프레더리카. 좋은 시절만 겪어서는 사람의 본질을 알 수 없어. 나쁜 시절을, 끔찍한 시절을 겪어봐야 알게 되지. 둘 다 지독한 아픔을 겪었고 어떤 면에서는 절대 치유되지 않을 거야. 난 안다. 나도 아픔을 겪었으니까. 하지만 그건 또한 두 사람 사이의 끈이 될 수도 있어. 너희는 강력한 공통점이 있잖니. 그걸 이용해 끔찍한 사건을 어쩌면 긍정적인 뭔가로 바꿔놓을 수도 있어. 둘 다 말이야."

화이트는 불신이 가득한 눈으로 어머니를 보았다. "우린 그냥 업무상 동료예요, 엄마. 같이 **일하고** 있을 뿐이고, 그 이상도 이하도 아니에요. 절친이 될 일은 없어요. 비록 똑같은 상실을 겪었다 해도 우린 아주 다른 사람들이에요. 그리고 그 남자가 정말 내 마음에 드는지조차 모르겠어요. 그러니 엉뚱한 생각은 하지 마세요. 그리고 저한테 그렇게 되길 **기도하라고** 하지도 마시고요. 전 그럴 시간도 생각도 없어요. 혹시 모를까 봐 말하는 건데, 전 지금 생각해야 할 게 너무 많아요."

"음, 네가 그걸 그렇게만 본다면 할 수 없지." 어머니의 어투에는 실망감이 묻어났다.

"이 상황에서 제가 볼 **수 있는** 건 그게 다인 것 같아요. 엄마는 저만큼 그 사람을 모르시잖아요. 그리고 전 정말이지 데커를 전혀 몰라요."

"내가 보기엔 네 생각보다 더 잘 아는 것 같은데. 적어도 가장 중요한 점에서는 말이야."

"엄마는 왜 거기에 신경을 쓰세요?"

"내가 거기에 신경 쓰는 건, 널 신경 쓰기 때문이란다."

휴대전화가 울렸을 때 데커는 막 잠에서 깨려던 참이었다.

하지만 곧장 받지 않고 뜸을 들였다. 그럴 때마다 매번 나쁜 일이 일어나는 것 같아서였다.

"여보세요?"

카시미라 로가 말했다. "좀 만나야겠어요."

"언제요?"

"지금요."

"왜요?" 데커가 물었다.

"중요한 일이에요."

"난 오늘 밤 마이애미까지 운전할 생각은 없어요."

"안 그래도 돼요. 당신 호텔 로비에 와 있으니까."

데커는 일어나 옷을 입고 몇 분 만에 아래층으로 내려갔다.

로는 접수데스크 앞을 불안하게 서성이고 있었다. 청바지와 굽이 낮은 부츠에 흰 블라우스 차림이었고, 길고 검은 머리카락은 빵 모양으로 틀어 올렸다.

"뭐가 그렇게 중요하죠? 그리고 내가 여기 묵고 있는 건 어떻게 알았고요?"

"난 조사업체를 운영해요. 내 차에 가서 같이 좀 앉을래요?"

로는 데커를 이끌고 밖으로 나와 검은 포르셰 SUV로 갔다. 로가 먼저 타고 데커는 조수석에 몸을 욱여넣었다.

데커가 로를 건너다보며 말했다. "이제 됐나요? 무슨 일입니까?"

"더그 앤드루스에게 무슨 일이 일어났는지 들었어요."

"더그는 괜찮을 겁니다. 패티 켈리에게 무슨 일이 일어났는지도 들었겠군요? 판사의 비서요."

"네."

데커는 켈리가 랜서의 생모라는 말은 하지 않았다. 이미 알고 있을 것 같았다.

"저기요, 난 당신한테 완전히 솔직하지 못했어요." 로가 인정했다.

"젠장, 제발 그런 말은 삼가주시죠. 너무 놀라서 심장마비가 올 것 같으니까."

"그런 비꼼은 내가 자초한 거겠죠."

"네, 맞아요."

로가 데커에게 날카로운 시선을 던졌다. "내가 앨리스 랜서에 관해 긍정적인 얘길 했지만, **의혹**도 몇 가지 있어요."

"예를 들면?"

"그 하나로, 정직성요."

"음, 그건 큰 건데요. 무슨 의혹인지 말씀해주시죠."

"고객 한 분이 진정을 냈어요. 몇 달 전에요."

"그 진정은 어떤 내용이었습니까?"

"감마에게 경호를 받는 과정에서 어떤 물건이 하나 없어졌다고요."

"랜서는 현장에서 일하지 않잖아요."

"앨리스가 아니라 드레이먼트가 담당이었죠. 하지만 앨리스가 직접 감독하고 있었어요."

"무슨 물품이죠?"

"목걸이. 값나가는 거요."

"고객은 왜 드레이먼트를 의심했죠?"

"그 장신구가 사라졌을 때 집에 있었던 건 자기 말고는 드레이먼트뿐이었다고 하더군요."

"그래서 어떻게 하셨습니까?"

"앨리스한테 직접 따졌어요. 앨리스는 드레이먼트 편을 들면서 그 혐의는 사실이 아니라고 했어요. 그 여자가 이상한 사람이고 우리한테 돈을 안 주려고 그러는 걸 거라고요."

"그 고객은 왜 경호를 요청했습니까?"

"남편이 해외에서 근무하는데 협박을 받았거든요. 미국 대기업 지사의 최고경영자였어요. 위협이 가족에게까지 넘어왔죠. 그래서 그쪽 회사에서 우리를 고용했고요."

"그러면 심지어 요금을 그 부부가 내는 것도 아니었군요?"

"그렇죠. 하지만 앨리스는 그런 재무적인 부분까지는 몰랐을 수도 있어요."

"그래서 거짓말이라고 의심하셨군요?"

"네. 그리고 목걸이는 나중에 장물 거래 현장이 급습당하면서 발견됐어요."

"그렇다면 어쩌면 드레이먼트는 무고했을 수도 있겠네요."

"아뇨, 전 그렇게 믿지 않아요. 그 장물 거래 장소는 심지어 플로리다도 아니었어요. 거기로 팔아넘긴 거죠. 그곳은 장물 거래의 본거지로 유명해요."

"랜서나 드레이먼트를 도둑맞은 장신구와 엮을 만한 확고한 증거가 있습니까?"

"아뇨."

"내가 어떻게 하길 바라는 건지 모르겠네요."

"나도 잘 모르겠어요." 로가 데커를 응시했다. "그들의 정직성을 의심할 만한 뭔가를 발견하셨나요?"

"왜 당신이 또 낚시를 하러 왔다는 느낌이 들죠? 만약 그런 거라면 난 다시 자러 갈 겁니다."

"아니에요. 맹세해요. 이건 내 사업에 치명적일 수 있어요. 우리 평판이 더럽혀지면……?"

"당신 사업이 당신 인생에서 가장 중요한 건가요?"

"아버지가 일구신 사업이니까요. 그리고 **아버지**는 내 인생에서 가장 중요한 존재였죠."

"지금까지 알아낸 것들을 바탕으로 내가 말할 수 있는 건, 정직함은 랜서나 드레이먼트의 최우선점은 아닌 것 같았다는 겁니다." 데커는 로를 보고 말을 이었다. "이 말을 들으니 기분이 어때요? 그러니까, 두 사람은 결국 당신 밑에서 일했잖아요."

"기분이 썩 좋진 않네요." 로가 잠시 침묵에 잠겼다 다시 입을 열었다. "우리 아버지에게 일어난 일에 관해 뭔가 알아낸 게 있나요?"

"이미 말했듯 여기저기 물어봤습니다. 하지만 저는 실제로 해결해야 할 다른 사건이 있어서요."

"이해해요. 그냥 혹시나 제 바람은……."

"왜 당신 머리 위에 다른 게 매달려 있다는 생각이 들까요?"

"왜 그런 말씀을 하시죠?"

"왜냐하면 그저 방금 우리가 나눈 얘길 하려고 오밤중에 여기까지 그 먼 길을 차를 몰아 올 필요는 없었거든요. 그냥 전화나 이메일로 해도 충분했죠. 그래서, 다른 뭔가가 **있는** 겁니까? 왜냐하면 당신은 지금 토할 것 같은 얼굴을 하고 있거든요."

로는 운전대에 얹힌 손가락을 초조하게 까딱거렸다. 이윽고 시동을 걸고 안전띠를 맸다. "마음 단단히 먹어요. 갈 곳이 있어요."

"어디요?"

"당신 질문에 대한 답을 **보여주러요.**"

5 **57**

네이플스 외곽에 자리 잡은 싸구려 모텔 주차장에 차를 세웠을 때는 자정이었다.

데커는 로를 보았지만 로는 똑바로 앞만 보고 있었다.

"좋아요." 데커가 말했다.

로가 고개를 돌려 데커를 보았다. "앨런 드레이먼트가 좋은 사람이 아닌 건 알고 있었어요."

"개인적으로 아십니까?"

로가 고개를 끄덕였다.

"당신이 협박을 받았나요?"

로가 다시 고개를 끄덕였다.

"어떻게요?" 데커가 물었다.

"당신은 FBI를 위해 일하죠."

"불법적인 일인가요?"

로는 그 질문에 흔들리지 않았다. "아뇨, 하지만…… 어디 가서 자랑할 일도 아니에요."

"랜서도 관여했나요?"

"어떨 것 같아요?"

"둘이 꽤 끈끈한 팀인 것 같으니, 전 그렇다는 쪽에 걸겠습니다. 한 콩꼬투리에 든 썩은 콩 두 알이랄까요." 데커는 모텔을 보고 말을 이었다. "당신 비밀을 지키기 위해 대가를 얼마나 지불했습니까?"

"지불은…… 몇 가지 방식으로 이루어졌어요."

"그중 하나는 여기서였죠. 당신이 드레이먼트와 하고 싶지 않았던 뭔가를 했나요? 침대에서?"

로가 침을 삼켰다. 아마 흐느낌을 억누르기 위해서였으리라. 자세히 지켜보고 있지 않았더라면 데커는 아마 그 미세한 고갯짓을 놓쳤을 것이다.

"드레이먼트가 어떻게 알아냈죠?"

"확실히는 모르겠어요. 아마 날 미행했을 수도 있겠죠."

"당신이 어디 가서 자랑할 일도 아닌 걸 한 현장으로 미행한 건가요?"

로는 긴 한숨을 내쉬고 데커를 돌아보았다. "난 마이애미의 부유하고 정치적으로 힘있는 **유부남**의 집에 갔었어요. 그 후 드레이먼트가 사진과 영상을 보여줬죠…… 나와 상대의…… 특정한 행위를 찍은 걸요. 그게 어떻게 가능했는지 모르겠어요. 그걸 보고 전 큰 충격을 받았죠."

"그리고 당신은 드레이먼트**와** 랜서가 당신 말고 다른 사람들을 대상으로도 협박 사업을 하고 있다는 걸 알았습니까? 그리고 당신이 협박받는 처지라 거기에 눈감은 건가요?"

로의 감은 눈꺼풀 밑으로 눈물이 새어 나왔다.

"그렇다는 뜻으로 받아들이겠습니다." 데커가 말했다. "그리고 다른 지불 방식은 뭐였습니까? 그들의 정체를 폭로하지 않는 거요?"

"네."

"그리고 당신은 목걸이가 사라졌을 때 그다지 심하게 추궁하지 않았죠, 안 그래요? 랜서에게 직접 따졌다고 한 건 사실이 아니죠. 내 말이 틀렸습니까?"

"네, 맞아요. 하지만 전 괴로웠어요. 이건 제 사업이니까요. 적어도 협박으로 그들은 피해자들에게 정체를 감출 수 있었죠."

"하지만 그들은 당신에게는 정체를 드러냈죠. 드레이먼트는 당신을 자기 침대에 끌어들이려 했고, 당신이 그들의 협박 사업을 덮어줘야 했으니까."

"그런 식으로 말하니까 내 책임이 엄청난 것 같네요."

"협박범의 요구 조건을 들어주기 시작하면 한도 끝도 없다는 걸 당신은 잘 알죠, 안 그렇습니까?"

"난 고객들의 협박 사건도 처리하니까, 네, 맞아요. 잘 알죠." 로가 말을 멈추고 눈물을 닦았다. "그냥 나한테 그런 일이 일어날 거라고는 한 번도 생각 못 했어요."

데커는 의자에 등을 기대고 긴 한숨을 내쉬었다.

"왜요?" 로가 데커를 건너다보며 말했다. "뭔가 할 말 있어요?"

"네. 이제 지불은 중지됐죠. 그리고 당신에게는 확실히 드레이먼트와 랜서 두 사람을 죽일 동기가 있었고요."

로는 머리를 창에 기댔다. "그건 당신 말이 맞는 것 같네요."

"하지만 당신이 두 사람을 죽였다면, 왜 굳이 이 모든 걸 나한테 와서 고백하죠? 당신만 입을 다물었다면 아무도 몰랐을 텐데요.

당신은 자유롭고 깨끗해졌을 겁니다."

"하지만 여기서는 아니죠." 로가 관자놀이를 짚으며 말했다.

"그래서, 왜 나한테 말한 겁니까?"

"그건, 당신 도움을 받으려면 당신한테 진실을 감춰서는 안 될 것 같아서요."

"이제부터 그렇다는 거겠죠. 지금까지는 잘만 감췄으니까요."

"내가 알려준 사실을 가지고 뭘 할 건가요?"

"내가 당신 비밀을 폭로라도 할까 봐 걱정하는 거면, 그럴 필요 없어요. 사건 해결에 필요하지 않고서는 그럴 일은 없습니다. 난 사람들에게 수치를 주는 취미는 없어요. 뭐, 협박 건과 관련해 당신을 공범으로 엮을 수는 있겠지만 난 이곳에 연쇄살인 사건을 해결하러 왔지 이 난장판에 엮이려고 온 게 아닙니다."

"그게 내가 바랄 수 있는 최선인 것 같네요."

"그 유부남을 사랑합니까?"

"그렇다고 생각했어요. 하지만 그 후 내가 그냥 불행한 결혼생활의 짧은 심심풀이 대상이었던 걸 알았죠."

"유감이군요."

"아버지가 아셨다면…… 돌아가셨을 거예요. 무척 신앙심이 강하셨거든요. 간통은 대죄죠."

"당신이 한 일이 옳다고는 말하지 않겠습니다. 하지만 당신은 자기 삶을 살아야 해요. 아버지가 원했을 삶이 아니고요."

"그건…… 남자를 만나기가 힘들어요. 나 같은 여자는……."

"……크게 성공한 여자라서요? 네, 저도 많이 봤습니다. 하지만 당신 문제는 아니죠. 잘못은 남자들한테 있어요. 하지만 그냥 짚어두자면, 우리 남자들이 다 그런 건 아니에요."

"하지만 그 잘못으로 타격을 입는 건 **나** 같은 여자들이죠."

"아마 그렇겠죠. 하지만 데이트라는 분야는 정확히 내 전문은 아니라서요."

"하지만 살인범을 잡는 건 당신 전문이죠. 그리고 드레이먼트와 랜서가 사람들을 협박하고 있었으니, 협박 대상들에게는 살해 동기가 있었겠죠."

"네, 그랬을 겁니다. 혹시 그 부분에 관해 알려줄 정보가 있습니까?"

"어쩌면요. 다만 특정한 조건이 있어요."

"예를 들면?"

"당신이 내 아버지에게 무슨 일이 일어났는지 알아내기 위해 더 애를 쓴다거나."

"좋아요. 계약 성립."

로는 놀란 표정이었다. "당신이 그렇게 쉽게 양보할 줄은 몰랐는데요."

"난 아무것도 양보하지 않았습니다."

"이해가 안 가요." 로가 어리둥절한 표정이었다.

"당신 아버님에게 무슨 일이 생겼든, 난 그게 내 사건과 관련이 **있다고** 봅니다. 그러니 한쪽을 해결한다면 다른 쪽도 해결하게 되겠죠."

"어떻게 그렇게 확신하죠?"

"협박 사업의 통화는 돈입니다. 랜서와 드레이먼트는 그 업계에 있었고요. 문제는 두 사람이 지지 않고 물어뜯는 사냥감을 만났다는 겁니다. 그것도 세게요. 그래서 결국 목에 그 구권이 쑤셔 넣어졌죠. 하지만 그냥 아무 구권이 아니었어요. 그들은 당신 아버님

고국의 구권을 사용했죠. 그러니 난 랜서와 드레이먼트가 누구든, 자기들 살인자의 어떤 약점을 알고 있었든, 그게 카나크 로와 직통으로 연결된다고 생각하고 있습니다."

이튿날 늦은 아침, 데커는 화이트에게 줄 커피 한 잔을 손에 든 채 공항에서 기다리고 있었다.

"서비스를 하려면 **이쯤은** 돼야죠." 화이트가 커피를 받아 들며 말했다.

"당신한테 알려줄 게 있어요." 데커가 터미널을 나와 차에 오르며 말했다. 그리고 카시미라 로에게 들은, 랜서와 드레이먼트에게 협박당한 사연을 들려주었다.

"이런, 망할." 화이트가 탄식했다. "그 사람은 정말 많은 걸 감추고 있었군요."

"아마도 자기가 사면초가에 처했다고 생각했을 겁니다. 그리고 아버지의 실종 문제와도 여전히 씨름해야 하고요."

"인제 우린 드레이먼트와 랜서가 뭐에 연루됐는지 알았죠. 두 사람의 살해 동기가 밝혀졌어요."

"그럼 커민스 판사는요?" 데커가 물었다.

"별개의 살인범이 있었다고 생각하는 건 아는데, 그래도 난 거기 완전히는 동의 못 하겠어요. 그냥 한 명이었다고 하는 편이 훨씬 더 말이 돼요."

"훨씬 더 말이 된다고 꼭 진실은 아니죠."

"그럼 우린 다시 원점으로 돌아간 건가요?" 화이트가 물었다.

"사건들이 가느다란 직선을 이룬다고 생각해요?"

"아뇨, 하지만 진척이 **약간이라도** 있으면 정말 기분 좋겠죠. 두 사람을 죽인 누군가는 어쩌면 협박당하고 있었을지도 몰라요. 협박은 제일 확실한 동기죠. 그냥 그게 누구였는지만 밝혀내면 우린 살인범을 잡을 수 있어요."

데커는 듣는 둥 마는 둥 하는 눈치였다.

"방금 내 말……."

"당신 말은 들었어요. 협박이 동기라는 데는 나도 생각이 같아요. 적어도 랜서와 드레이먼트의 살인에 관해서는요."

"하지만 커민스는 아니다?"

"어쩌면 협박보다 더 강력한 동기가 있었겠죠."

"그게 뭔데요?"

"알게 되면 말해줄게요. 그리고 내 생각에 랭글리의 알리바이는 약간 위태로워요."

"어떻게요? 그 남자가 살인을 저지르고 다시 여자 친구 집으로 돌아올 시간이 있었을까요?"

"아니겠죠. **만약** 글로리아 체이스의 말이 진실이라면요."

"아니라고 생각할 만한 이유가 있나요?"

"찾게 될지도 모르죠." 데커가 대꾸했다.

"우리 이제 어디 가요?" 화이트가 물었다.

"어떤 돈을 확인하려고."

. . .

그 투자회사는 크고 성공했고 투명하게 운영됐으며 국제적으로도 유명했다. 적어도 회사에서 내놓은 보도자료에 따르면 그랬다. 화강암 건물에 자리 잡은 오션뷰 지사는 대리석 바닥과 단단한 목제 벽에 정교한 가구를 비롯한 인테리어를 자랑했다. 벽에 걸린 유화들이 목적지로 걸어가는 데커와 화이트를 내려다보았다.

"벽에 걸린 고객 수수료라. 저걸 보면 늘 마음이 편안해지죠." 데커가 말했다.

"고도로 발달한 자본주의죠."

줄리아 커민스의 개인 재무 관리자는 스튜어트 존스였다. 존스는 두 사람을 구석에 자리 잡은 커다란 자기 사무실로 안내했다. 존스는 차와 커피와 물을 권했지만 두 사람은 전부 사양했다.

50대 남성인 존스는 머리 손질에 대단히 공을 들인 티가 났다. 데커는 남자의 희끗희끗한 머리카락에서 아직도 반짝이는 젤을 본 것 같았다. 맞춤 정장에, 보기에도 비싸 보이지만 실제로도 비쌀 게 분명한 구두를 신고 있었다. 넥타이는 그야말로 예술 작품이었고, 치아는 비현실적으로 완벽해 보였다.

"줄리아에게 일어난 일은 너무 끔찍했어요." 존스가 가죽 의자에 털썩 주저앉으며 말했다. "너무 끔찍해요."

"맞습니다. 그리고 우린 그 짓을 저지른 자들을 찾으려는 중입니다." 데커가 대꾸했다.

"두 분께 행운과 신의 가호를 빌어드리겠습니다." 존스의 대답에는 열의가 묻어났다.

"저희에게 필요한 건 전화로 미리 알려드렸죠." 데커가 말했다.

"그럼요, 그럼요." 존스가 앞으로 당겨 앉아 손을 입으로 막고 기침을 했다. "저희가 고객 정보 비밀 유지를 최우선시한다는 점은 꼭 알아주셨으면 합니다."

"우리가 당신 고객을 죽인 자를 찾아내는 걸 최우선시한다는 점도 꼭 알아주셨으면 합니다." 데커가 대꾸했다. "그러니 제 에이스가 당신 킹을 이기죠."

존스는 눈에 띄게 얼굴을 찡그리고 책상의 가죽 상판을 내려다보았다. 그 위에는 종이 한 장 없었다. 데커는 책상이 사무실과 마찬가지로 단순히 전시용이 아닌가 하는 강력한 의심이 들었다. 실제로 일을 하는 것은 독점 알고리즘으로 돌아가는 컴퓨터들이고, 존스 같은 사람들은 그저 일한 척 생색만 내는 게 아닐까.

'하지만 솔직히 내가 뭘 알겠어? 투자할 돈 한 푼 없는 내가.'

"아까 통화로는 줄리아가 뭔가 협박을 당했다고 생각하시는 것 같던데요."

"그분은 부유했습니다. 사람들은 양심이 없죠. 그래서 그분을 과녁으로 노리고요."

"그래서 그분이 뭔가 불규칙하게, 거액을 인출하거나 지급한 기록이 있는지 아셔야 한다고요?"

"네."

존스는 컴퓨터 쪽으로 몸을 돌려 자판을 두드리기 시작했다. "전 그분의 계좌를 검토하려고 분기마다 그분과 만났습니다. 아주 탁월한 투자자이자 고객이셨어요. 순자산이 무럭무럭 자라고 있었죠. 어찌나 짜릿하던지."

"네, 그 말씀을 들으니 제가 다 짜릿하네요." 화이트의 말은 데커에게서 보기 드문 미소를 이끌어냈다.

존스가 말을 이었다. "진짜 거액을 이체하려면 줄리아는 반드시 정해진 경로에 접속해서 승인해야 했어요. 무슨 착오 같은 게 아니고 고객이 이체 실행을 원한다는 걸 확인하는 절차죠."

"그러면 당신 쪽의 책임도 면할 수 있고요." 데커가 지적했다.

"네, 맞습니다."

"그렇다면 그분이 거액을 이체했다면 당신은 아시겠군요." 데커가 말했다.

"네, 하지만 본인의 당좌예금구좌를 통해서 할 수도 있었을 겁니다. 그쪽은 제가 그렇게 정기적으로 감시하지 않거든요. 그리고 결국은 그분 돈이니까요."

화면을 잠시 스크롤하던 존스가 고개를 저었다. "이례적인 건 전혀 눈에 안 띄네요. 6개월 전까지 거슬러 올라갔는데도요."

"그렇군요." 데커가 말했다. "앨리스 랜서나 앨런 드레이먼트나 감마 프로텍션 서비스 앞으로 이체된 돈이나 발행된 수표가 있었나요?"

존스는 검색어를 입력하고 잠시 기다렸다. "아뇨, 그 이름으로는 아무것도 없습니다."

"그리고 거액 현금 인출도 없었고요?"

"네. 그랬다면 경고가 떴을 겁니다. 그러니 그분이 협박을 당하고 있었던 것처럼은 안 보이네요." 존스가 말했다.

"음, 협박의 대가가 항상 돈은 아니죠." 화이트가 지적했다.

"맞아요, 그렇습니다." 존스의 얼굴에 갑자기 놀라움이 어렸다. "맙소사, 맞아요. 전 제발 줄리아가…… 제 말은……"

"도와주셔서 감사합니다." 데커가 말했다.

밖으로 나오자 화이트가 말했다. "음, 막다른 골목이었네요."

"아뇨, 확인을 하나 마친 거죠."

"판사를 협박한 게 아니라면, 커민스와 드레이먼트는 어떻게 엮인 거죠?"

"거기엔 **당신이** 이미 답을 한 것 같은데요. 우린 그냥 협박 문제가 아닌 걸 확인하러 여기 온 거예요."

화이트가 놀란 표정을 지었다. "**내가** 이미 답을 했다고요?"

"난 드레이먼트가 커민스의 눈에 **띄었다고** 생각해요. 당신이 랜서와 드레이먼트가 국회에서 어떻게 엮이게 됐는지를 설명할 때 그렇게 말했죠."

"네, 맞아요. 젊고 잘생겼으니까. 흔한 일이죠. 하지만 커민스가 그랬다고요?"

"감마는 판사 동네의 다른 고객들을 경호했어요. 바로 옆집의 펄먼 부부를 포함해서요. 판사는 그 부부에게 경호에 관해 물어보고 감마를 추천받았죠. 그리고 우린 드레이먼트가 마야의 경호 조에 속해 있었다는 확인을 받았어요. 어쩌면 커민스는 그냥 드레이먼트를 보고 반했을 수도 있죠. 그리고 내가 들은 바로 드레이먼트는 꽤 사람을 끄는 매력이 있고 커민스처럼 부유하고 아름다운 여자와 잠자리를 하는 걸 마다하지 않을 남자였고요."

"좋아요, 하지만 그러면 왜 협박 때문에 경호가 필요하다는 복잡한 이야기를 굳이 지어내죠? 그 얘긴 이미 한 번 했지만, 그래도 아직 뒤죽박죽이에요."

"판사는 정말이지 자기가 다른 남자들과 만나거나 잠자리를 한다는 걸 남에게 알리고 싶어 하지 않았어요. 데니스 랭글리를 만날 때 얼마나 조심했는지 생각해봐요. 호텔에서 섹스하려고 마이애미까지 그 먼 길을 운전해 갔잖아요. 랭글리는 끝내 판사의 집에 초대받지 못했죠. 하지만 판사가 드레이먼트를 **자기** 집에 들일 유일한 방법은 드레이먼트의 경호를 받는 거였어요. 그건 아마도 판사가 드레이먼트를 낙점한 또 다른 매력이었을지도 모르죠. 드레이먼트는 직업 자체가 위장이 기본이었으니까."

"데커, 그렇게까지 하려면 판사는 틀림없이 누군가를 두려워하고 있었어야 해요."

"음. 판사의 두려움은 **근거가 있었음이** 밝혀졌죠, 안 그렇습니까?"

"아직도 그게 남편이라고 생각하는 건가요?"

"남편은 가장 뻔한 답이죠. 하지만 직접 하는 건 불가능했어요. 타일러가 대준 줌 통화 알리바이를 감안하면요. 물론 누군가를 고용했을 수는 있겠죠. 다만 배리의 재무 기록을 확인한 결과로는 눈여겨볼 만한 지출 건은 전혀 보이지 않았어요. 암호 화폐도 생각해봤는데, 난 그게 정확히 어떤 방식인지 몰라요. 하지만 배리는 실제로 '무참히 살해당했다'는 표현을 썼죠."

"어쩌면 친구에게 부탁해 공짜로 아내를 죽였을 수도 있어요. 그러면 지출 내역이 없는 게 설명되겠죠."

"내 생각에 그 정도로 친한 친구는 세상에 존재하지 않을 것 같은데요." 데커가 의견을 밝혔다.

데커가 운전대를 잡았고 두 사람은 다시 커민스의 동네로 돌아왔다. 차는 보안 게이트를 지나 커민스의 집 앞에 섰다.

"범죄현장을 다시 돌아보려고요?" 화이트가 물었다. "또 다른 시신을 발견하는 것만은 제발 사양이에요."

"아뇨, 이번 여행 목적은 이웃을 만나는 겁니다."

데커는 앞장서서 펄먼의 집으로 가 문을 두드렸다. 문을 열어준 트레버 펄먼은 베이지색 골프 반바지에 흰색 폴로 셔츠 차림이었다.

"줄리아 일과 관련해서 뭔가 새로운 소식이 있나요?" 펄먼이 물었다.

"아직 조사 중입니다."

"다른 요원은 어디 있죠?"

"병원에 있습니다."

"무슨 사고라도 있었나요?"

"사고는 아니고요. 혹시 시간 되시면 몇 가지 여쭤봐도 괜찮을까

요?"

"사실 시간이 안 됩니다. 4인 골프 경기 약속이 있어서요."

"부인은 안에 계신가요?"

"네, 하지만 꼭 이래야 합니까? 우리가 아는 건 이미 다 말씀드 렸는데요."

"재미있는 게, 계속 물어보면 사람들이 새로운 기억을 끄집어내 거든요." 데커가 대꾸했다.

펄먼은 뒤돌아 집 안을 향해 외쳤다. "마야, FBI에서 오셨어. 난 나가야 해." 그리고 데커에게 무뚝뚝하게 내뱉었다. "제발 아내를 너무 자극하지 마세요."

두 사람이 집에 들어서자 마야 펄먼이 복도로 나왔다. 흰 정장 바지에 물방울무늬 블라우스를 입고 머리에는 블라우스와 색을 맞춘 반다나를 두르고 있었다. 두 사람을 본 게 전혀 반갑지 않은 눈치였다.

트레버 펄먼이 말했다. "난 가봐야 해, 여보. 골프 약속에 이미 늦었어."

마야가 멍하니 고개를 끄덕이자 펄먼은 서둘러 차고로 향했다. 그리고 잠시 후 멋들어진 벽돌색 골프 카트를 타고 진입로를 쌩하 니 나가는 펄먼이 보였다.

마야가 말했다. "이쪽으로 오세요."

두 사람은 마야를 따라가 수영장 가에 앉았다. 쨍쨍한 햇살 아래 기온은 이미 27도까지 올라갔다.

"날씨가 늘 이런가요?" 데커가 물었다.

"대체로요. 남플로리다에서는 7, 8월이 무척 견디기 힘들 때가 있죠. 하지만 그럴 때를 위해 에어컨이 있는 거니까요. 그래서, 이

373

번엔 뭘 도와드리면 될까요?"

"앨런 드레이먼트는 줄리아 커민스와 잠자리를 갖고 있었습니다."

마야가 입을 쩍 벌렸다. "**설마**, 농담이시겠죠."

"우린 확실한 증거가 있습니다. 그리고 이웃인 도리스 클라인은 이미 그럴 거라고 의심하고 있었고요."

"나한테는 그런 말 없던데요."

"아마도 그냥 신중을 기한 거겠죠." 화이트가 끼어들었다.

"그래서 저희가 궁금한 건, 혹시 드레이먼트가 부인을 경호하고 있을 때 커민스 씨가 여기 왔거나 드레이먼트와 뭔가 접점이 있었느냐는 겁니다." 데커가 물었다.

펄먼은 뒤로 기대앉아 생각에 잠겼다. "확실히 우리가 경호를 받던 당시에 줄리아가 몇 번 와서 술이나 식사를 함께한 적이 있어요. 우린 경호를 왜 받는지 말해줬죠. 줄리아는 저한테 이런 일이 생겨서 안타깝다면서 위로해줬어요. 만약 그때 드레이먼트가 근무 중이었다면 줄리아는 그 남자를 봤거나 심지어 이야기를 나눴을 수도 있겠죠. 그 남자는 집 주위를 돌아다니며 문이랑 창문을 살펴보곤 했거든요. 아니면 자기 차에 가서 얼마 동안 앉아 있거나요. 때때로 주변을 돌아보거나 화장실을 쓰려고 집에 들어오기도 했어요."

"그리고 그 후 얼마쯤 지나서 커민스가 자기도 경호가 필요하다는 이야기를 했죠. 그게 언제였습니까?"

"아, 잘 모르겠어요. 정확히 기억이 안 나요. 술자리에서 그랬을 수도 있고요."

"남편도 같이 계셨습니까?"

"아닌 것 같아요. 아니, 맞아요, 줄리아랑 저 둘만이었어요. 우린 밖에서 한잔하고 있었죠."

"자기가 협박을 받고 있다고 하던가요?" 화이트가 물었다.

"그렇게 직접적으로 말하지는 않았던 것 같아요."

"아니면 그냥 그 서비스를 제공하는 회사에 관해 알고 싶어 했나요?"

"이름을 묻긴 했어요. 그래서 알려줬죠. 맞아요, 이제 기억나네요. 술자리를 마치고 돌아와서 줄리아는 트레버랑 저랑 같이 앉아서 좀 더 상세한 이야기를 했어요."

"드레이먼트나 누군가 특정한 인물에 관해 구체적으로 묻던가요?"

"그건 아니었던 것 같아요. 하지만 트레버가 우리를 경호하는 인력의 사진을 줄리아한테 보여주긴 했죠."

"드레이먼트가 그중에 있었나요?" 데커는 휴대전화를 꺼내어 드레이먼트의 사진을 마야에게 보여주었다.

"네, 우리가 줄리아에게 보여준 사람 중에 있었던 것 같아요."

"커민스가 그 남자를 주목했나요?"

마야는 약간 민망한 표정을 했다. "네, 맞아요. 이제 기억나요. 줄리아는…… 그 남자가…… 섹시해 보인다고 했어요."

화이트와 데커는 시선을 교환했다. 데커가 말했다. "이전에 말씀 나눴을 때 그걸 알았다면 좋았을 텐데요."

"방금 기억났어요. 게다가 전 두 사람이 같이 잤을 거라고는 생각도 못 했는걸요. 그래서 그 남자를 전혀 중요하게 여기지 않았어요. 정말 두 사람이 같이 자는 사이였던 게 확실한가요?"

"네." 화이트가 대꾸했다. "왜 그렇게 못 믿으시죠? 그 남자는 젊고 잘생겼잖아요. 그리고 판사님이 자기 입으로 그 남자가 섹시하다고 했고요."

"그냥, 줄리아가 그보다는 눈이 높을 줄 알았어요. 제 말은, 자기 집에 오는 아무 남자랑 같이 잔다고요? 그 남자가 잘생겼든 아니든 그게 문제가 아니죠. 게다가 자기 경호원이었잖아요. 그건 전혀 프로답지 못해요. 줄리아는 철저히 프로다운 사람이었어요."

"하지만 그 남자는 커민스를 경호한 게 아니었습니다." 데커가 대꾸했다. "커민스는 감마를 고용하지 않았어요. 그저 드레이먼트에게 반해서, 이름을 알고 싶었던 거죠."

"이런, 세상에." 마야가 외쳤다. "원하기만 하면 어떤 남자든 손에 넣을 수 있었던 줄리아가 **경호원**을 쫓아다녔다고요?"

화이트는 살벌한 눈빛으로 마야를 노려보았지만 아무 말도 하지 않았다.

데커가 말했다. "데니스 랭글리는 6개월 전까지 커민스 씨가 만나던 남자입니다. 부인은 커민스 씨가 남자를 만나는 건 알았지만 이름은 모르셨죠. **그 남자**는 부인 기준에 맞습니까?"

마야는 경악한 표정으로 뒤로 기대앉았다. "정말요? 데니스라고요? 전 줄리아의 집에 그 남자가 온 건 한 번도 못 봤는데요. 그리고 줄리아한테서 무슨 말도 못 들었고요."

"그 남자를 아십니까?"

"당연하죠. 제가 활발하게 활동하는 형사 변호 분야에서 꽤 이름이 있는 남자예요. 법조계가 워낙 좁다 보니 다들 서로 알고 지내거든요." 마야는 생각에 잠긴 표정을 지었다. "그 남자가 왜 줄리아와 한 번도 같은 법정에 안 서는지 가끔 궁금했어요."

"그 남자에 관해 뭔가 알려주실 만한 게 있습니까?"

"좋은 변호사예요."

"그리고요?"

"여자 보는 눈이 높기로 유명하죠. 그리고 여자들이 끊이지 않았고요."

"최근에 그중 한 분을 만났습니다. 글로리아 체이스라고, 아십니까?"

"모르겠는데요. 하지만 아마 돈이 많고 미인이겠죠."

"맞습니다." 데커가 말했다. "하지만 왜 그렇게 말씀하시죠?"

"왜냐하면 그게 데니스의 철칙이거든요. 외모와 돈이 그 남자의 기준이죠. 애초에 줄리아에게 혹한 이유도 그거 같아요."

"통제욕이 강하다고 하던데요." 데커가 말했다.

"그럴 것 같네요. 법정에서 본 적 있어요. 일은 잘하지만, 그 매끈한 간판 뒤에는 제 마음에 안 드는 뭔가가 있죠. 그리고 일전의 그 사건도 있었고요."

"무슨 사건요?" 데커가 날카롭게 물었다.

"내부 비밀을 누설하고 싶지는 않아요."

"그리고 저희는 연쇄 살인을 해결하고 싶습니다, 펄먼 부인." 화이트가 쏘아붙였다.

마야는 무릎에 손을 얹고 차분한 태도를 취했다. "1년쯤 전이었어요. 어떤 매춘부와 관련된 일이었는데 결국 불기소로 끝나고 쉬쉬하고 넘어갔죠. 전 그 여자가 매수된 것 같아요."

"좀 더 구체적으로 말씀해주실 수 있나요?" 화이트가 물었다.

"폭행당했어요."

"랭글리에게요?"

"랭글리는 당연히 부인했지만, 그 사건 시각에 그 여자랑 있는 걸 목격한 사람이 있어요. 그리고 그 여자는 처음에 범인으로 랭글리를 지목했고요."

"하지만 그 후…… 철회했나요?" 화이트가 물었다.

"네. 제 생각엔 돈이 넘어간 것 같아요. 하지만 아무도 실제로 뭘 증명하진 못했죠. 그리고 그 여자는 이곳을 떠났고요."

화이트가 데커를 보았다. "좋아요, 커민스 씨는 왜 그런 평판을 가진 남자를 만났죠? 분명히 알고 있었을 텐데요."

"어쩌면 위험한 면이 좋았나 보죠."

"그리고 랭글리와 커민스는 뉴욕대 법학대학원 동창이기도 하죠. 랭글리는 커민스가 그때에 비하면 무척 달라졌다고 하더군요. 훨씬 대담해졌다고요. 친구에 관한 그런 평가에 동의하십니까?"

"음, 전 줄리아가 경호원이었던 남자랑 같이 잘 줄은 몰랐으니, 제 생각만큼 줄리아를 잘 알지는 못했나 봐요. 하지만…… 줄리아는, 케케묵은 표현을 빌리자면, 이혼 후에 남자관계가 좀 복잡했던 것 같네요."

"음, 확실히 누군가는 그게 거슬렸던 거겠죠." 화이트가 지적했다.

60

데커와 화이트의 다음 목적지는 도리스 클라인의 집이었는데,
문을 두드려도 아무도 나오지 않았다.

"차는 차고에 있어요." 데커는 창 안을 들여다보며 말했다. "하지
만 빈자리가 있는데, 골프 카트 자리일지도 모르겠네요."

"어쩌면 클라인도 골프를 치러 갔나 보죠." 화이트가 말했다.

"이 주에서는 그게 아주 유행인가 봐요."

두 사람은 다시 차에 올랐지만 데커는 기어를 넣지 않았다. 화이
트를 보고 말했다. "그래서, 다음엔 뭘 할 겁니까?"

"법원으로 돌아가서 커민스의 서기와 이야기하려고요. 특히 세
라 앵스트롬하고요."

"판사가 그 여자에게 속이야기를 했을 것 같아서요?"

"여자들은, 데커, 남자들보다 훨씬 더 그래요. 남자들은 그냥 안
에만 욱여넣어두죠. 폭발할 때까지요. 그건 그렇고, 우리 어머니가
당신한테 안부 전해달래요. 당신이 마음에 드나 봐요."

"하지만 만난 적도 없는데요."

"그게 이유일지도 모르죠." 화이트가 싱긋 웃으며 대꾸했다.

차를 출발시키며 데커 역시 싱긋 웃었다.

. . .

세라 앵스트롬은 사무실에서 두 사람을 맞았다. 엄숙한 옷차림이었고 분위기 역시 복장과 일치했다.

"제 얘기가 무슨 도움이 될지 잘 모르겠네요."

화이트가 말했다. "판사님에게서 개인 생활에 관해 뭐라도 들은게 있다면 도움이 될 겁니다. 아무리 사소해 보이는 거라도요. 중요할 수도 있어요."

"전 그런 정보를 누설하는 게 정말이지 내키지 않네요."

"세라." 화이트가 말했다. "누군가가 당신의 상사를 살해했어요. 그것도 잔혹하게요. 당신이 우리에게 말하는 건 절대 다른 데로 퍼지지 않을 거고, 판사님이 신경 쓰실 것도 아니잖아요. 우리가 원하는 건 오로지 판사의 목숨을 빼앗은 누군가를 찾는 것뿐이에요. 당신도 분명히 그걸 원하겠죠."

잠시 불안한 표정으로 두 사람을 번갈아 보던 앵스트롬은 마침내 고개를 끄덕이고 의자 등받이에 몸을 기댔다. "전 데니스 랭글리에 관해 알아요. 커민스 판사님은 저랑 댄 사익스에게 말씀하셨는데, 제 생각엔 아마 뭔가 문제가 생길 때를 대비해 미리 알려주려 한 것 같아요. 전 그 남자가 영 마음에 안 들었어요. 법원에서 많이 봤는데, 그냥 늘 자기 생각밖에 안 하는 것 같았어요. 으스대며 돌아다녔죠."

"그래서 판사가 그 남자를 만난다는 데 놀라셨나요?" 데커가 물었다.

앵스트롬은 그 질문에 생각에 잠기는 듯했다.

"제발, 세라, 말해줄 수 있는 거면 뭐든 다 좋아요." 화이트가 매달렸다.

"제가 여기 왔을 때 판사님은 이혼한 지 2년쯤 됐었어요. 그분은 아름답고 똑똑하고 무척 부자였죠. 전 그분이 부잣집 출신인 걸 알고 있었어요. 그러다가 한번은 판사님 댁에 갔는데 집이 어찌나 아름답던지. 그리고 옷도 전부 명품이었어요. 휴가 때는 남프랑스와 이탈리아는 물론이고 멀리 일본과 오스트레일리아까지도 가셨죠. 멋진 삶을 사셨어요."

"그분의 최근 삶에 관해서도 말씀해주시죠." 데커가 말했다.

"제가 처음 여기 왔을 때 판사님은 남자관계랄 게 없었어요. 그러니까, 진지한 만남은 없었죠. 하지만 그 후에, 갑자기 남자들을 잇따라 만나기 시작하셨어요. 랭글리도 그중 하나였고요. 마치 스위치가 켜진 것 같았죠."

"50대가 멀지 않았으니까요. 어쩌면 좀 고삐를 풀어놓고 즐기고 싶었나 보죠." 데커가 말했다. "중년의 위기는 남자들만 겪는 게 아니니까요."

"어쩌면 그래서였을 **수도** 있겠죠. 판사님은 전에는 너무 딱딱했어요. 하지만 나중엔 옷을, 음, 더 젊게 입으시기 시작한 것 같아요. 머리도 멋있게 바꾸고 금발 하이라이트를 넣었죠. 다이어트도 하고 살도 빼셨어요. 그럴 필요도 없었는데요. 제 생각엔 얼굴에 시술도 좀 하신 것 같아요. 옷은 제가 보기에도 정말 비싼 것 같더라고요. 하지만……"

"어쩌면 엄밀히 말해 나이에 어울리지는 않는?" 화이트가 시사했다.

"제가 알 바는 아니지만요." 앵스트롬이 단호하게 말했다. "그분이 무슨 옷을 입든 자기 마음이죠. 하지만 그냥 변하신 것 같았어요. 전 그게 좀 인상적이었어요."

"'인상적인' 남자들은 없었나요?" 데커가 물었다.

"그다지 없었어요. 하지만 판사님이 랭글리를 만나는 걸 알고는 놀랐죠."

"판사님이 그 남자 이야기를 한 적이 있습니까?"

"딱 한 번요. 사실, 그 남자가 판사실로 찾아왔을 때 전 두 사람이 키스하는 걸 봤어요. 랭글리가 가고 나서 판사님은 저한테 웃으면서 걱정 안 해도 된다고 하셨어요. 자기 일은 자기가 알아서 하시는 분이니까요. 그리고 그냥 재미로 그러는 거라고 하셨어요. 그 남자랑 결혼하지는 않을 거라고, 비록 남자 쪽에서 그걸 원한다 해도요."

"그렇게 말한 겁니까?" 데커가 물었다. "그 남자가 자기랑 결혼하고 싶어 한다고?"

"네. 전 안심했죠. 제 말은, 전 그 남자가 소름 끼치는 인간이라고 생각해요. 제가 처음 여기 왔을 당시 그 남자랑 어떤 매춘부에 관한 소문이 자자했죠."

"네, 그 이야기는 들었습니다. 판사님이 당신에게 그 이야기를 한 적이 있나요?"

"아뇨."

데커가 말했다. "랭글리한테 듣기로는 판사님 집에 한 번도 초대를 못 받았다던데요. 두 사람이…… 관계를 맺을 때는 랭글리의 집으로 갔답니다. 그리고 한 번은 마이애미의 어떤 호텔에도 갔고요."

앵스트롬의 얼굴이 충격으로 핼쑥해졌다. "이상하네요. 왜 그러셨을까요? 판사님이 무슨 유부녀도 아니었잖아요. 그분은 뭐든 마음대로 하셔도 됐어요. 어디든 원하는 곳에서요."

"랭글리는 판사님이 아마 뭔가를 두려워하고 있었다는 식으로 설명하던데요."

"판사님이 두려워한 게 **그 남자**가 아니었던 게 확실한가요?" 앵스트롬이 물었다.

"판사님이 랭글리가 무섭다는 말을 한 적이 있습니까?"

"아뇨. 하지만 랭글리와 헤어지면서 그럴 때도 됐다고 하셨어요. 너무 요구가 많아졌다고. 너무, 뭐랄까, **집착**한다고요. 그래서 '잘라내야' 했다고 하셨죠……. 실제로 그 표현을 쓰셨어요."

화이트는 데커를 한번 보고 앵스트롬에게 말했다. "랭글리의 여자 친구가 판사님의 살인 시각의 알리바이를 제공했습니다."

"글로리아 체이스 말인가요?"

"그 이름을 어떻게 아세요?"

"그야 랭글리가 그 여자를 만난다고 온 세상에 떠벌리고 다니니까요. 엄청 잘나가는 무슨 사업가라는 모양이죠. 그리고 무척 아름답고요. 랭글리는 그 여자를 무슨 커다란 트로피처럼 취급해요." 앵스트롬이 잠시 후 말을 이었다. "생각하면 재미있어요."

"뭐가요?" 화이트가 물었다.

"제 친구 하나가 군사무소에서 일하거든요. 저한테 랭글리랑 체이스를 거기서 봤다고 하더라고요."

"언제요?" 데커가 물었다.

"어제요."

"군사무소에는 무슨 일로 왔답니까?" 화이트가 물었다.

"친구 말로는 혼인 신고를 하러 왔다던데요."

"당신이 운전해요. 난 검색할 게 있으니까." 법원을 나와서 데커가 말했다.

차에 오른 후 화이트가 말했다. "내가 맞혀볼게요. 배우자 증언에 관한 플로리다 법을 찾아보려는 거죠?"

데커는 퉁명스레 고개를 끄덕였다. 그리고 차가 출발할 때 화면을 스크롤하더니 이렇게 말했다. "좋아요, 플로리다는 배우자에게 면책 특권이 없어요. 하지만 배우자 의사소통 특권은 있어요. 그러니 둘이 결혼하면 랭글리는 아내가 자신과 나눈 비밀 대화를 증언하지 못하게 할 수 있어요. 두어 가지 예외만 빼고요. 그리고 영리한 형사 변호사라면 그런 예외를 피해 가겠죠."

"하지만 그 여자는 이미 랭글리의 알리바이를 댔잖아요, 데커."

"만약 거짓말이었다면요? 랭글리가 그 여자에게 그렇게 말하라고 시켰고, 그 대화에 면책권이 있어서 랭글리가 거짓말하라고 시켰는지 추궁할 수 없다면요."

"하지만 그 여자가 그날 밤 랭글리가 자기랑 같이 있었다고 하면 우리가 그 남자를 어떻게 기소하죠?"

"혼인 신고가 확정되기 전에 그 여자와 이야기를 해봐야죠."

"정말 랭글리가 우리가 찾는 살인범이라고 생각해요?"

"내가 보기엔 통제욕이 강하고 교활하고 소름 끼치는 타입 같았어요. 그런 남자들이라면 많이 만나봤는데, 대다수는 자기 그림자도 무서워하는 겁쟁이들이었죠. 하지만 살인이 일어나려면 단 **하나의** 예외만 있으면 돼요. 그리고 내 생각이 맞다면, 그래서 살인자가 두 사람이라면, 랭글리가 범인으로 밝혀진다 해도 반쪽짜리 답밖에 찾지 못했다는 걸 유념해야죠."

"다시 말하지만, 살인자가 두 명이라는 이론에 난 확신이 없어요. 비록 랭글리가 사람 목구멍에 외국 화폐를 집어넣는 짓을 하고 키라르고까지 우리를 미행해 켈리를 죽이고 FBI 요원을 저격할 인간처럼은 안 보이지만요. 하지만 또 모르죠, 소시오패스일지."

"우리 글로리아 체이스의 이웃과도 대화를 나눠봅시다. 그리고 랭글리의 이웃과도요. 그 사람들이 그날 밤 랭글리를 봤을지도 모르죠."

• • •

랭글리가 사는 고급스러운 동네에서 두 사람은 눈에 확 띄었다. 랭글리의 양 옆집 사람들은 살인 사건 이전부터 집을 비운 상태였다. 길 건너편 집 사람은 아무것도 보지 못했고 심지어 랭글리의 차가 그날 밤 거기 있었는지도 말해주지 못했다. 랭글리의 차고는 두 칸짜리였기 때문이었다.

"교통 카메라 영상을 찾아보면 돼요." 화이트가 제의했다. "톨게이트를 지났을 리는 없으니, 거기서는 아무것도 안 나올 거예요. 랭글리의 집에서 체이스의 집까지의 경로를 따라가면서 그날 밤 그 근처에서 뭘 본 사람이 있는지 알아보죠."

"랭글리는 검푸른색 벤틀리를 모니까, 만약 봤다면 쉽게 잊지는 못했을 거고요."

"그걸 어떻게 알아요?"

"전에 만나러 갔을 때 사무실 앞에 서 있던데요." 데커가 말했다.

"하지만 그게 랭글리의 차인지 어떻게 알아요?"

"장식 번호판에 LAW−1이라고 돼 있었어요. 천재가 아니라도 알 수 있죠. 그리고 랭글리의 직원이나 동료가 벤틀리를 몬다면, 우리 가서 **랭글리**한테 입사 지원서나 냅시다."

화이트가 분한 표정을 지었다.

"왜요?" 눈치챈 데커가 물었다.

"내가 그 벤틀리와 번호판을 봤어야 했는데."

"내가 더 유리하죠. 난 보고 들은 건 전부 기억하니까. 거의 전부요."

"좋은 도구가 있어서 좋겠어요."

"네, 하지만 그걸 얻은 방식은 정말 거지 같았죠."

체이스의 동네로 가는 길에 두 사람은 리카르도스에 들렀다. 체이스가 살인 당일 밤 랭글리가 진을 사러 갔었다고 알려준 곳이었다.

영수증을 통해 랭글리의 신용카드가 자정 5분 후 진 한 병을 사는 데 이용됐음을 확인할 수 있었다. 지금 일하는 직원은 그때 출근하지 않아서, 데커가 보여준 랭글리의 사진으로 신원을 확인해 주지 못했다. 데커는 사진을 그날 일하던 직원에게 문자로 보내고 확인을 요청해두었다.

그 후 두 사람은 체이스의 이웃 세 사람과 이야기를 나눴다. 그 중 한 여자는 거기서 벤틀리를 본 기억이 있다고 했지만 그날 밤인지는 확신하지 못했다. 나머지 둘은 그날 밤 체이스도 랭글리도 보지 못했다. 적어도 본 기억은 없다고 했다. 아무도 애스턴 마틴을 보지 못했지만, 체이스의 차고 안에 있었을 수도 있었다.

"막다른 골목이네요." 차로 돌아오는 길에 화이트가 말했다.

"하지만 적어도 랭글리가 살인범일 가능성이 완전히 배제된 건 아니에요."

"음, 우리가 체이스의 알리바이를 흔들어놓을 수 없다면 어느 정도는 배제된 셈이죠."

"**만약** 벤틀리를 탔다면요. 다른 차가 있었거나 택시를 탔거나 공유 서비스를 이용했을 수도 있잖아요."

"아니면 체이스의 차를 탔거나요. 모든 각도를 확인해봐야 할 겁니다."

"이 남자가 커민스를 죽였을 가능성이 있다고 보는 거군요, 안 그래요?"

데커가 화이트를 응시하며 대꾸했다. "모르겠어요, 프레디. 그래서 우리가 이 춤을 추는 거죠."

"하지만 그렇다면 체이스는 틀림없이 알고 있을 거예요."

"그렇게 생각하겠죠?"

"당신은 아니에요?"

"누군가를 위해 그런 위험까지 감수할 사람인지 잘 모르겠어요. 내 눈에는 자기 보호 본능이 꽤 강해 보이던데요?"

"하지만 만약 그 남자를 사랑한다면요? 사랑은 사람을 망쳐놓을 수 있어요. 꿈도 못 꿨을 짓을 하게 만들죠."

데커는 메리 랭커스터가 스스로 목숨을 끊은 걸 떠올렸다. 그저 사랑하는 딸을 잠깐 잊어버렸다는 이유로. "네, 그럴 수 있죠."

62

두 사람이 호텔로 돌아가 식사를 한 후 다시 차를 몰고 커민스의 집을 찾았을 때는 이미 날이 저문 한참 후였다. 도리스 클라인의 집은 여전히 불이 꺼져 있었고 차는 보이지 않았다.

화이트가 말했다. "트레버 펄먼이랑 이야기해볼 거예요?"

"그 남자가 아내가 모르는 걸 알고 있을 것 같지는 않아요. 커민스의 집에 다시 가보죠. 뭔가가 나타날지도 몰라요."

두 사람은 앞문에 걸린 경찰 자물쇠를 풀고 안으로 들어갔다.

데커는 즉시 한 손을 들고 주위를 둘러보았다.

화이트 역시 그 소리를 들었다. 누군가가 집 안에 있었다.

두 사람 다 무기를 꺼냈다. 데커는 계단을 가리켰다. 그곳이 소리의 진원지인 듯했다.

두 사람은 천천히 위층으로 올라갔다. 한 칸씩 올라갈 때마다 멈춰서 귀를 기울였다. 2층으로 올라가자 데커는 벽 너머로 고개를 뺐다.

"커민스의 침실에 불이 켜져 있어요." 데커의 속삭임에 화이트가 고개를 끄덕였다.

복도 가장자리를 따라가는 동안 소음은 점점 더 선명해졌다.

데커는 혼란 속에 화이트를 응시했다. 누군가가 우는 소리 같았다.

침실 문간에 다다라 데커는 문 오른쪽에, 화이트는 왼쪽에 붙었다. 문은 살짝 열려 있었다.

데커는 세 손가락을 편 후 하나씩 차례로 접었다. 마지막 손가락을 접은 즉시, 두 사람은 동시에 문을 박차고 안으로 들이닥쳤다. 총으로 몸 앞에 호를 그렸다.

그리고 침대에 앉아 있는 남자를 덮쳤다.

그 남자, 흐느낌의 주인공은 배리 데이비드슨이었다.

두 사람은 총을 내리지 않았다. 데이비드슨도 한 손에 총을 들고 있어서였다. 다른 손에는 스카치위스키 병을 들고 있었다.

데이비드슨이 어리둥절한 얼굴로 두 사람을 올려다보았다.

"무슨 씨, 씨발…… 여, 여기서 뭘 하는 겁니까?"

"데이비드슨 씨." 데커가 말했다. "그 총을 당장 내려놓으십시오."

데이비드슨은 자기 총을 내려다보았다. 마치 그 무기를 그때 처음 봤고, 그게 어쩌다 자기 손에 들려 있는지 궁금해하는 것 같았다.

"이, 이건 내, 내 총이에요. 도, 돈 내고 사, 산 겁니다."

"물론 그렇겠죠. 하지만 총과 술은 정말 안 좋은 조합이에요." 화이트가 말했다.

"이건 내 초, 총이에요."

"내려놔요." 데커가 말했다.

"수, 술은 하, 한 잔밖에 안 마셨어요."

"한 잔이 아닌 것 같은데요. 하지만 대화를 좀 나눠봅시다. 당신이 총을 내려놓은 **다음에요**."

"이건 내, 내 지, 집이에요. 내가 워, 원하면…… 와도 돼, 돼요."

"우리 대화를 좀 하죠. 아래층에서, 우선 당신이 총을 내려놓고 나서요."

하지만 데이비드슨은 그 대신 총을 들어 올려 총구를 자기 뺨에 겨눴다.

"그러고 싶진 않을 겁니다, 배리." 데커가 경고했다. 상상했던 메리 랭커스터의 마지막 모습이 머릿속에 다시 떠올랐다.

"주, 줄리아는 죽었어요. 주, 죽었다고요. 아, 아무것도 나, 남지 않았어요. 왜, 왜 살아야 하죠? 당신이 말해봐요."

배리의 손가락이 방아쇠를 향해 미끄러졌다.

데커가 말했다. "당신한테는 타일러가 있어요, 아들이 남아 있다고요. 아들을 외톨이로 만들 겁니까? 그러고도 아버지예요? 십 대 아들한테 이 뒷수습을 시킬 겁니까?"

데이비드슨이 데커를 올려다보았다. 마치 처음 보는 사람을 보는 듯한 눈빛이었다.

"타, 타일러한테 나, 난 모자란 아버지예요."

"하지만 타일러에게 유일하게 남은 사람이죠. 그러니 총을 이리 줘요. 대화로 해결해봅시다."

총은 그대로 쥐고 있었지만 데이비드슨의 손가락은 확실히 방아쇠에서 멀어졌다. 하지만 남자는 고집스레 고개를 저었다. "다, 당신은 내가 줄리아를 주, 죽였다고 생각하죠."

"우린 그런 말 한 적 없습니다."

"난 다 알아요!" 데이비드슨이 고함쳤다. "나, 나한테 거짓말하지 말아요."

"우린 그냥 우리 일을 하는 겁니다. 많은 걸, 많은 사람을 조사하죠."

"그럼 누, 누가 또 있죠? 네? 당신은 지금 거짓말하고 있어요. 다른 사람은 없어요. 아무도 없죠." 데이비드슨이 고개를 떨궜다.

"데니스 랭글리가 있어요. 그 남자, 당신도 알죠?"

데이비드슨이 다시 고개를 들었다. "래, 랭글리요?"

"만난 적 있죠? 프랑스 식당에서요. 타일러 생일 때 거기 있었잖아요."

데이비드슨이 천천히 고개를 끄덕였다. "그 남자는 왜요?"

"그 남자가 줄리아와 만나고 있었어요."

데이비드슨이 씩 웃었다. "그, 그 자식은 골프를 정말 못 쳤어요. 플레이하는 걸 봐, 봤죠. 클럽을 마, 마치 씨, 씨발 도, 도끼처럼 휘두르더군요."

"그렇겠죠. 이제 아래층으로 내려갑시다. 조사 상황을 알려드리죠."

"아빠!"

부르는 목소리에 돌아보니 타일러가 땀에 흠뻑 젖은 채 서 있었다.

"타, 타일러?"

"아빠, 그 총으로 뭐 하려고요?"

"내, 내 총이야."

타일러가 앞으로 한 발짝 다가섰다. "제발, 아빠. 우리 집에 가요. 차 열쇠 어디 있어요? 제가 운전할게요. 제발. 시간이 늦었어요."

타일러는 아버지에게서 총을 빼앗고 침대에서 부축해 일으켰다. "가요."

화이트는 서둘러 다가가 총을 챙겼다.

셋이 함께 데이비드슨을 반쯤 떠메고 층계를 내려가던 도중 데커가 말했다. "아버지가 여기 있는지는 어떻게 알았니, 타일러?"

"바이크를 타고 가는데 아빠 차가 입구에서 150미터쯤 떨어진 갓길에 서 있더라고요. 아빠가 여기 있을 것 같았어요. 게이트를 피하려고 골프 코스 쪽으로 걸어서 들어왔나 보다 했죠."

"왜 그냥 게이트로 들어오지 않고?"

"아빠의 전자 통행증이 만료된 것 같아서요." 타일러가 데커의 눈길을 피하며 대답했다.

"만료돼?"

"아닐 수도 있고요. 저기요, 전 잘 몰라요."

데커와 타일러는 데이비드슨을 렌터카에 태웠다. 화이트가 운전대를 잡았다.

"우리가 아버지 차 있는 곳까지 태워다 줄게. 거기서부턴 네가 맡아." 데커가 말했다. "네 바이크는 어디 있니?"

"접이식이라 아빠 차 뒤쪽에 실었어요. 아빠가 안 잠가놓으셔서요."

"혹시 아버지를 집 안까지 혼자 부축해 가기 힘들 것 같으면 우리가 따라갈게."

"전 괜찮아요. 이번이 처음도 아닌데요, 뭐." 타일러가 민망한 표정으로 덧붙였다.

타일러가 뒷좌석에 누운 아버지와 함께 메르세데스를 타고 출발한 후, 데커가 화이트를 돌아보았다. "우린 총의 탄도를 확인해 봐야 해요."

"그렇다는 건……?"

"잘 모르겠어요. 그래서 검사를 해보자는 겁니다. 그리고 다른 것도 있어요."

"뭐죠?"

"타일러는 데이비드슨이 차를 길에 대고 게이트를 피하려고 골프 코스를 통해 몰래 들어갔다고 했어요."

"그건 살인 당일 날 밤도 그럴 수 있었다는 거죠. 하지만 데이비드슨의 차는 그날 밤 차고를 떠나지 않았어요. **거기다** 알리바이도 있고요."

"차야 빌렸을 수도 있죠. 그리고 어쩌면 타일러가 자기 말대로 그날 밤의 시간대에 확신이 없을 수도 있고요."

"아버지를 감싸주려는 것 같아요?"

"타일러에겐 아버지 한 사람밖에 안 남았으니까요."

"하지만 적어도 우린 한 가지는 확실히 알죠."

"그게 뭐죠?" 데커가 물었다.

"전처를 잊었다는 그 남자의 말이 거짓말이라는 거요."

6 663

잠을 이루지 못한 화이트는 방을 나와 호텔 로비를 터덜터덜 지나 뒷문으로 나갔다. 수영장 가에 앉아서 재킷 주머니에서 담배 한 개비를 꺼냈다. 고교와 대학 때는 가끔 피웠지만 첫 아이가 생기면서 끊었다. 하지만 공황 발작이 시작된 후로 가끔씩 일탈을 허락했다. 돈테의 죽음 직후 공황 발작이 시작된 건 그저 우연이 아니었다.

그 일이 일어났을 때 화이트는 첫 비행기를 잡아탄 후 안치대 위에 죽어서 누워 있는 아이를 보려고 영안실로 곧장 차를 몰았다. 아직 부검 전이었다. 부검의가 필요한 절차를 집행하기 전에 화이트가 아이를 볼 수 있도록 미룬 것이다. 화이트는 거기에 감사했다. 그게 화이트가 유일하게 감사했던 일이었다.

가슴까지 시트로 덮여 있는 아이의 조그마한 몸뚱이를 눈을 뜨고 내려다보기까지 마치 영겁의 시간이 걸린 것 같았다. 어쩐지 자신이 눈을 뜨고 아이를 보지 않으면 아이가 죽지 않을 것만 같았다.

하지만 화이트는 아들이 갔다는 현실을 받아들여야 했다. 그리고 마침내 아들을 내려다보았을 때…….

갑자기 심장이 빨리 뛰기 시작하면서 공황 발작이 덮쳐 오는 게 느껴졌다. 공포가 배 속을 갉아먹고 폐가 들썩거리면서 호흡이 불규칙해졌다.

떨리는 손으로 지포 라이터를 켜 담뱃불을 붙였다. 한순간 일렁이는 불꽃 속에 돈테의 모습이 언뜻 비쳤다. 안치대 위에 누운 아이가 아니라, 자신이 낳았고 그 무감한 폭력이 자신의 품에서 빼앗아 갈 때까지 키워낸 아이가.

화이트는 호흡을 다스려 점차 느리게 했다. 담배 연기를 뿜었다. 연기는 수영장으로 나른하게 둥둥 떠 가다 이윽고 밤공기 속으로 사라졌다.

'돈테가 그랬듯이.'

"숨어서 담배를 피우는 타입인 줄은 몰랐네요."

화이트는 몸을 홱 돌려서 오른편에, 일렁이는 그림자의 가장자리에 서 있는 데커를 보았다.

화이트가 말했다. "어쩌다 한 번이에요."

데커는 고개를 끄덕이고 가까이 다가가 잔잔한 수영장 물을 응시했다. "잠이 안 와요?"

"아무래도 그런 것 같네요. 당신처럼요."

"난 원래 못 자요. **확실히**, 숙면은 나다운 게 아니죠." 데커가 덧붙였다.

"랭글리와 그 매춘부의 사건에 관한 파일을 하나 보냈어요."

"읽었고 사진도 봤어요. 그 여자는 살아 있는 게 요행이던데요. 그 후 신고를 취소하고 그곳을 떠났죠. 랭글리는 무죄로 자유로운 몸이 됐고요."

"그런 남자들은 절대 찻값을 치르는 법이 없죠." 화이트가 다시 담배 연기를 내뿜었다. "그리고 배리 데이비드슨의 무기는 시그 9밀리예요. 드레이먼트와 랜서에게서 발견된 탄환과 동일 구경이죠. 탄도학 검사 결과 그 두 사람을 죽이는 데 사용된 것으로 확인되면, 그러면 당신의 두 살인범 이론은 날아가는 거예요."

"어쩌면요." 데커가 말했다.

"난 다른 가능성은 안 보이는데요."

"글로리아 체이스와 데니스 랭글리도 다시 만나볼 필요가 있어요. **따로따로**요."

"체이스가 랭글리를 배신할 것 같아요?"

데커가 어깨를 으쓱했다. "또 압니까? 그리고 랭글리가 커민스를 **안** 죽였다면 그럴 수 없겠죠."

"내가 보기엔 커민스의 주요 살해 용의자가 두 명 같아요. 배리 데이비드슨이랑 데니스 랭글리. 하지만 총이 일치한다면 데이비드슨이 셋을 다 죽인 거고 랭글리는 무죄죠. 동의해요?"

"그 이론엔 문제가 있어요." 데커가 대꾸했다. "그중 큰 문제 하나는 커민스가 칼에 찔렸지 총에 맞지 않았다는 거죠."

"나도 알아요. 하지만 데이비드슨이 거기서 드레이먼트를 쐈다면, 전처를 칼로 찔렀을 가능성도 있죠."

"그리고 슬로바키아 지폐를 입에 쑤셔 넣었다?" 데커가 물었다.

화이트는 담배를 끄고 꽁초를 쓰레기통에 버렸다. "그냥 수사에 혼선을 줄 의도였을 수도 있죠."

"그리고 랜서를 병원에서 데려간 두 남자는요? 데이비드슨이나 랭글리의 공범일까요? 그리고 그동안 랜서를 어디다 가둬둔 거죠? 그리고 드레이먼트가 그냥 데이비드슨이나 랭글리가 커민스를 죽이러 갔을 때 거기 있었다는 이유로 살해된 거라면, 랜서는 도대체 왜 죽여야 합니까?"

"데커, 난 당신이 그 두 남자 중 하나가 범인이라고 믿는 줄 알았는데요." 화이트가 맥 풀린 얼굴로 말했다.

"그런 말 한 적 없어요. 두 사람은 확실히 용의자이긴 하죠. 그리고 커민스를 죽였을 수도 있고요. 하지만 드레이먼트와 랜서는 죽이지 않았어요. 켈리도요. 그럴 이유가 없었을 거예요."

"하지만 커민스를 죽였을 가능성은 있다고 생각하는 거죠?" 화이트가 물었다.

"확실히 가능하죠. 동기와 방법이 있고, 알리바이가 깨진다면 어쩌면 기회도 있었어요. 그러니 우린 그걸 추적해야 해요. 특히 이젠 데이비드슨이 보안 게이트를 회피하는 수법을 알게 됐으니까요."

"좋아요. 하지만 데이비드슨의 총을 검사했는데 드레이먼트와 랜서를 죽인 살인 무기가 아니라면요? 그러면 어떻게 되죠?"

"그럼 내가 이 사건을 완전히 잘못 본 것일 수도 있겠죠." 데커가 수긍했다.

이튿날 아침 데커와 화이트가 호텔에서 아침을 먹고 있는데 전화가 걸려왔다. 데커는 가만 듣고 있다가 전화기를 내려놓았다.

"뭐예요?" 화이트가 물었다.

"연방 지방검찰청이에요. 탄도학 검사 결과, 연방치안판사에게 배리 데이비드슨의 체포 영장을 요청했대요. 커민스 판사의 업계 인맥 때문에 연방에서 기소를 지휘하고 있어요. 데이비드슨이 세 명을 모두 죽였다고 믿고 있죠."

"그럼 탄도학이 드레이먼트와 랜서와 일치했군요. 그건 당신이 이 사건을 완전히 **잘못** 보고 있었다는 뜻이고요."

데커가 커피를 마저 비웠다. "연방보안관이 데이비드슨을 구류 중이에요. 난 그 친구와 대화를 나눠보고 싶어요. 모쪼록 술이 깬 상태면 좋겠네요."

"타일러는요?"

"엉망진창이죠. 아버지가 유죄 판결 받으면 엄청난 부담을 안고 대학에 가게 될 테니까요."

"이런 일을 겪고 대학에 들어갈 수나 있다면 말이죠."

"어쩌면 이곳을 떠나는 게 타일러에게는 최선일 겁니다."

. . .

그날 오후, 데커와 화이트는 포트마이어스의 연방 구치소에서 데이비드슨을 신문하기로 했다. 모든 절차를 마친 데이비드슨은 구치소에서 주는 원피스를 입고 손목과 발목에 차꼬를 찬 채 작고 창문도 없는 방에 갇혀 있었다.

데이비드슨은 아주 멀쩡히 깨 있었고 극도로 당황한 표정이었다. 그리고 놀랍게도 변호사를 요청하지 않았다. 적어도 아직까지는 그랬다.

데커는 보안관들에게 그 사실을 확인했고, 데이비드슨에게도 직접 물었다.

데이비드슨과 마주 앉으면서 데커는 딱한 마음을 억누를 수 없었다. 이 남자는 죄가 없든가, 아니면 그동안 본 중 가장 불행한 살인자였다. 그동안 별별 인간을 볼 만큼 봐왔는데도.

"내 총이…… 내 총이 그 두 사람을 죽였대요." 데이비드슨이 입을 열었다.

"네, 탄도학이 일치했습니다." 데커가 말했다. "그래서 당신이 체포된 거죠."

"내가 안 죽였어요. 난 그 사람들이 누군지도 몰랐다고요."

"음, 둘 중 하나는 당신 전 부인의 집에 있었습니다. 그리고 동일한 시각에 살해됐죠." 화이트가 지적했다.

"그리고 난 줄리아를 **안** 죽였어요." 데이비드슨이 쏘아붙였다.

데커가 말했다. "지난밤엔 어쩌다 그 집에 가게 된 거죠?"

"우린 타일러한테 필요할 경우를 대비해서 열쇠를 가지고 있어요. 앞문에 이상한 자물쇠가 걸려 있길래 뒷문으로 들어간 겁니다."

"경찰 자물쇠죠." 화이트가 말했다. "그래서, 살인자가 열어놓고 간 그 문이군요."

"난 아무도 안 죽였다고요!"

"알겠습니다, 하지만 **당신은** 왜 거기 있었죠?" 데커가 물었다.

"그것도 총을 갖고요." 화이트가 덧붙였다.

데이비드슨이 양손에 얼굴을 묻었다. "취했으니까요. 난…… 제정신이 아니었어요. 아마 그냥…… 줄리아가 보고 싶었던 것 같아요."

"총은 왜 가져갔죠?" 데커가 물었다. "그게 왜 필요했습니까?"

데이비드슨은 어깨만 으쓱할 뿐 아무 말도 하지 않았다.

"당신은 뺨에 총구를 갖다 댔죠. 방아쇠를 당겨서 그대로 끝을 내버릴까 봐 걱정했습니다."

데이비드슨은 이번에도 아무런 대답 없이 차꼬를 찬 손목을 문질렀다.

화이트가 말했다. "당신의 자살 충동을 누군가는 죄의식 탓으로 볼 수도 있어요."

데이비드슨은 입을 꾹 다물고 고개만 내저었다.

데커가 말했다. "타일러가 당신 차의 보안 통행증이 만료됐다고 하던데요?"

데이비드슨이 고개를 번쩍 들었다. "뭐라고요? 아니에요, 만료 안 됐어요. 자동 갱신돼요."

"그럼 왜 그냥 게이트로 들어오지 않았죠?"

데이비드슨은 그 질문에 어리둥절하고 난처한 표정을 지었다. "기…… 기억이 안 납니다."

"당신이 게이트를 피하려고 골프 코스 주차장을 걸어서 지나간 적이 있다고 타일러한테 이미 다 들었어요. 왜 그랬습니까, 배리? 그런 수고를 감수한 이유가 분명히 있을 텐데요."

데이비드슨의 얼굴에는 이제 경계심이 내비쳤다. "기억이 **안** 난다니까요."

"전 부인의 집에 가는 게 습관이 됐습니까? 상황을 **파악**하려고요?" 데커가 물었다.

데이비드슨이 데커를 노려보았다. "**염탐**이라는 뜻이겠죠, 안 그래요? 내가 아내를 스토킹하고 있었다는 거죠?"

"전 당신이 이혼을 잘 극복하지 못했다고 생각합니다. 여기 제 파트너도 같은 생각이고요."

데이비드슨은 화이트에게 물음표가 담긴 눈빛을 쏘았지만 아무 말도 하지 않았다.

"어젯밤 이전에, 당신 총을 마지막으로 보거나 쓴 게 언제였습니까?" 화이트가 물었다.

"정말 기억이 안 납니다. 오래전이었어요."

"어디다 두시죠?" 화이트가 물었다.

"타일러가 더 어렸을 때는 총 금고에 뒀어요. 하지만 요즘에는 제 서랍에 넣어두죠."

"그래서, 마지막으로 보신 게 대략 언제쯤일까요? 몇 주? 몇 달? 몇 년?" 화이트가 물었다.

"어쩌면 6개월 전쯤요. 처음 산 건 줄리아랑 결혼해서 다른 집에 살고 있을 때였어요. 집에 강도가 들었거든요."

"혹시 최근에 콘도에 찾아온 사람 중에 그걸 가져갔다가 돌려놨을 만한 사람이 있을까요?" 데커가 물었다.

"아뇨, 저랑 타일러 둘뿐이었어요."

"당신 집 열쇠를 가진 사람은요?" 화이트가 물었다.

"타일러는 당연히 가지고 있죠. 줄리아도 하나 갖고 있었고요. 비상시를 대비해서요."

데커는 화이트를 응시했다. "커민스의 집에서는 열쇠가 안 나왔죠?"

"내가 알기로는요. 하지만 아마 일부러 찾아보진 않았겠죠."

"난 그 사람들을 안 썼어요." 데이비드슨이 부르짖었다. "원하면 거짓말 탐지기 조사를 해봐요."

데커가 말했다. "하지만 왜 체포됐는지는 모르지 않으시죠?"

데이비드슨의 눈빛에 좌절감이 어렸다. "난 빌어먹을 알리바이가 있다고요."

"하지만 상대적으로 더 탄탄한 알리바이라는 게 있죠. 그리고 어쩌면 타일러가 모종의 이유로 거짓 알리바이를 댔을 수도 있고요." 데커가 지적했다.

"타일러는 거짓말 안 해요. 걔가 내가 거기 있었다고 한 건 그게 **사실이기** 때문이에요!"

"알겠습니다." 데커가 말했다. "좀 진정하세요."

"내가 어떻게 진정을 합니까! 그리고 내가 체포됐을 때 타일러는 학교에 있었어요. 그 애는 내가 여기 있는 것도 모를 겁니다."

"우리가 알려주죠." 데커가 말했다.

"변호사가 필요할 것 같아요."

"네, 맞습니다. 아직 공식 진술은 안 하셨죠?"

"안 했어요."

데커가 말했다. "변호사와 이야기하기 전에는 하지 마세요. 아마 변호사도 하지 말라고 할 겁니다. 당신의 기소인부절차(피고인에게 기소사유를 알려주고 피고인이 유죄답변이나 무죄답변을 하는 미국법상 절차 – 옮긴이)는 내일입니다. 답변을 하면 보석이 정해질 겁니다."

"난 무죄답변을 할 겁니다."

"알겠습니다." 데커가 말했다.

"내가 구치소에 계속 있어야 하나요?"

"검사가 뭘 주장하고 판사가 어떻게 결정하느냐에 달렸죠." 화이트가 대답했다. "하지만 이건 다중 살인 사건이니, 재판일까지 구속이 유지되더라도 놀라지는 마세요."

"하지만 타일러는요!"

"그 애는 스스로 앞가림을 할 수 있어요." 데커가 지적했다. "하지만 변호사를 부르세요. 알겠습니까? 유능한 사람으로요."

데이비드슨이 씁쓸한 얼굴로 웃음을 터뜨렸다.

"뭐가 웃깁니까?" 화이트가 물었다.

"데니스 랭글리가 시간이 되려나요? 정말 유능하다고 들었는데."

"하지만 이해 충돌 문제가 있죠." 데커가 대꾸했다.

"왜요? 줄리아랑 예전에 만났다는 이유로?"

데커는 아무 말도 하지 않았지만 속으로 이렇게 생각했다. '아니, 그 사람도 용의자일 수 있거든요.'

그날 4시 30분경 데커와 화이트는 미식축구 구장 근처에 서서 타일러가 루트 훈련을 하고 코치가 던지는 공을 잡는 것을 구경했다.

"저런 거나 하고 있을 때는 아닌 것 같은데." 화이트가 말했다.

"사실, 완벽하게 말이 돼요. 여기가 저 애의 안전지대거든요."

"제 아빠 일을 알고 있을까요?" 화이트가 물었다.

"아, 그럼요. 그래서 여기 있는 거죠."

거기 서 있는데 다른 젊은 남자가 그들에게 다가왔다. 키는 188센티미터 정도에 체중은 100킬로그램쯤 될까. 다리와 코어와 어깻죽지가 두툼했다. 언더아머 운동복을 입고 땀을 뻘뻘 흘리고 있었다.

"타일러랑 이야기하려고 기다리시는 건가요?" 남자가 물었다.

"그래." 데커가 대꾸했다. "우리는 FBI와 협력 중이야. 학생은 누구지?"

"드루 제임스입니다. 타일러와 같은 팀이에요. 레프트 태클이죠."

"그럼 블라인드사이드겠군. 쿼터백이 왼손잡이가 아니라면."

"맞아요. 전 블라인드사이드 태클 맞아요. 방금 웨이트실에서 운동하고 왔죠."

"절대 끝이 없지?" 데커가 물었다.

"대학에서 뛰려면요." 제임스는 타일러가 열심히 달리고 있는 구장을 응시하며 대답했다. "타일러는 1 디비전의 10위 내에 들어갈 기회가 있어요. 전 1 디비전 소속 대학의 오펜스 라인에서 뛰기엔 덩치도 좀 작고, 다른 포지션도 못 해요. 그리고 여기서 더 확 자랄 골격도 아니고요. 적당한 D2 장학금을 노리고 있죠."

"그렇게 말하니까 무슨 사업 경영 같네." 화이트가 지적했다.

"그냥, **경영학** 학위를 따고 싶어요." 제임스가 말했다. "프로로 갈 가능성은 제로거든요. 8센티미터는 더 크고 45킬로그램은 더 찌워야 할 거예요. 운동신경도 지금보다 훨씬 좋아져야 하고요."

"타일러도 자기가 NFL까지는 못 갈 거라고 생각하던데." 데커가 말했다.

제임스는 담장에 몸을 기대고 타일러가 루트 훈련을 하는 걸 구경했다. "제가 보기엔 가능성이 있는데요. 앞으로는 어떨지 모르지만."

"그게 무슨 뜻이지?" 데커가 물었다.

"타일러처럼 집중력이 강한 애는 처음 봤어요. 걔 엄마가 거기에 큰 역할을 하셨죠. 정말 그 애를 믿으셨어요. 하지만 지금은 달라요. 훈련에 나오긴 했지만 그냥 머릿속의 난장판을 몰아내려는 것 같아요. 요즘에는 전혀 집중을 못 하고 있어요. 그리고 엄마가 돌아가신 날 아침부터 지금까지 한 번도 우리랑 같이 안 뛰었어요. 원래 일주일에 두어 번씩 같이 서핑을 가곤 했는데, 그것도 안 한지 한 달은 더 됐고요."

"이유가 뭐라고 생각하니?" 화이트가 물었다.

"아마 아빠가 걱정돼서 그런 것 같아요."

"왜?"

제임스가 두 사람을 빤히 보았다. "저기요, 전 아무도 곤란하게 하고 싶지 않아요."

"그냥 네가 아는 걸 말해주렴." 화이트가 부추겼다. "우리만 알고 있을게."

제임스는 담장에 팔꿈치를 얹은 채 구장을 바라보았다. "타일러의 아빠는 걔 엄마를 절대 잊지 못했어요. 타일러 말로는 그냥 걔 엄마를 보려고 몰래 거기 숨어 들어가곤 했대요."

"정말이니?" 화이트가 데커를 재빨리 쳐다보았다.

"그리고 젊은 여자들을 만나고 다녔지만 타일러 말로는 그 여자들한테 사실은 전혀 관심도 없었대요. 아마 그냥 질투심을 자극하려고 그런 것 같다고요. 밤이면 술에 취해서 이혼한 걸 한탄하며 울었대요. 그것 때문에 타일러가 많이 힘들었나 봐요. 정말 많이요. 아빠 옆에 앉아서 그걸 들어줘야 했대요. 겨우 열일곱 살인데. 그런 일에 어떻게 대처해야 하는지 알 리가 없잖아요."

데커가 아이를 뜯어보았다. "타일러가 겪고 있는 일은 확실히 힘든 일이지."

"아이가 부모 역할을 해서는 안 되는데." 화이트가 끼어들었다.

"타일러네 집에 가본 적 있니?" 데커가 물었다.

"네, 많이요." 아이가 씩 웃었다. "걔네 아빠가 만나는 여자들 있잖아요. 전 그 여자들이랑 어울리는 게 싫지 않거든요."

"타일러의 아버지는 집에서 사업을 운영하시지."

"네, 코비드 이전부터도 그러셨어요. 전 세계에 고객들이 있는데

다 직접 만나러 갈 수 없으니까 온라인으로 하는 거죠. 고객들한테 할 말을 연습하시는 걸 들은 적 있어요. 타일러 말로는 아빠가 녹음해서 듣고 또 듣고 하신대요. 더 잘하려고요. 진짜로 하기 전에 실전처럼 완벽하게 준비해야 한다고. 그게 승자와 패자를 가르는 거라나요." 아이는 구장을 바라보았다. "타일러가 지금 하는 거랑 비슷한 거죠. 그러니까 어쩌면 타일러네 아빠는 그 애한테 좋은 것도 가르쳐준 거겠죠. '연습하면 완벽해진다'."

"맞아." 데커가 말했다.

"네. 음, 안녕히 계세요. 전 단백질 셰이크를 마시러 가야 해서요." 제임스가 자리를 떴다.

타일러가 이쪽으로 고개를 돌려 데커와 화이트를 보았다. 화이트를 보는 얼굴에는 조바심이, 데커를 보는 얼굴에는 호기심이 어려 있었다. 하지만 계속해서 30분 더 루트 훈련을 했다.

마침내 운동을 끝낸 타일러가 두 사람에게 다가와 수건으로 땀을 닦고 물 한 병을 벌컥벌컥 마셨다.

데커가 말했다. "이미 양다리 차이 문제는 상당히 좋아졌던데. 컷이 더 균형 잡히고 예리하고 깔끔해졌어."

타일러는 숨을 몰아쉬며 화난 표정으로 두 사람을 보았다. "우리 아빠를 체포하셨죠. 헛짓거리예요."

"증거에 따르면 그렇지 않던데."

"증거는 엿이나 먹으라고 해요. 아빠는 집을 나간 적 없어요."

"적어도 아빠의 총은 나갔던 것 같구나." 화이트가 지적했다.

"제가 분명히 말하지만, 전 거의 밤새 아빠 목소리를 들었어요."

"총 이야기를 좀 해보렴." 데커가 말했다.

"아빠가 옛날부터 가지고 있던 거예요. 한 번도 안 쏴봤을걸요."

"총을 마지막으로 본 게 언제였니?"

"아마 몇 년은 됐을 거예요. 제가 어렸을 때는 상자에 넣고 자물쇠를 잠가두셨어요."

"네 아버지는 누가 콘도에 온 게 한참 전이라고 하시던데."

"그게 왜요?"

"왜냐하면 네 아버지가 그걸로 두 사람을 죽인 게 아니라면, 누군가가 그걸 가져가서 사용한 후 돌려났다는 뜻이니까. 거기서 총탄 네 발이 발사됐어, 타일러. 그 네 발이 두 사람을 죽였지."

"그렇게 생각하세요? 누군가가 아빠를 모함하려 했다고요?"

"가능은 하지. 사실, 내가 보기엔 그게 네 아버지가 여기서 벗어날 수 있는 유일한 방법이야."

타일러가 잔디를 내려다보았다. "전 아빠를 잃을 수 없어요."

"이해한다." 데커가 말했다.

"보러 가도 돼요?"

"미리 약속을 잡으면 되지."

"아빠한테 뭐라고 말하죠?"

"사랑한다고. 늘 곁에서 지켜줄 거라고."

타일러가 고개를 끄덕이고 타월로 얼굴을 닦고 발을 끌며 자리를 떴다.

"저 아이는 벼랑에 서 있네요." 화이트가 지적했다.

"부디 도로 데려올 수 있길 빌어야죠."

"그게 우리 업무인가요, 데커?"

데커가 화이트를 보았다. "그렇게 될 수도 있겠죠."

"아까는 배리 데이비드슨에게 좋은 법적 조언을 줬죠. 그것도 우리 업무 같지는 않던데요. 왜 그랬어요?"

"누구나 공평한 대우를 받아야 하니까요. 그리고 이 전체 상황은 뭔가 어긋나 있어요. 내 말은, 남을 살해한 사람은 보통 살인 무기를 그렇게 순순히 경찰한테 제공하지 않아요. 실제로 그 총으로 살인을 저질렀다면, 이 지역엔 그걸 버릴 만한 커다란 물웅덩이가 많죠."

"그렇다면 누군가가 모함을 하는 거다? 누가요?" 화이트가 물었다.

"데이비드슨이 이 일로 망하면 누가 이득을 볼까요?"

"타일러는 이미 모친의 유산이 있으니 제외죠. 어쩌면 랭글리가 데이비드슨을 모함한 걸지도 몰라요."

"동기는요?" 데커가 물었다.

"그냥 데이비드슨을 엿 먹이려고요. 난 두 남자 다 남몰래 커민스를 사랑했다고 생각해요."

"그게 사실이라면 랭글리도 커민스를 죽여야만 했겠죠."

"많은 남자들이 사랑한다면서 여자들을 죽이죠." 화이트가 지적했다.

"그럼 이제 가서 글로리아 체이스를 만나서 랭글리를 얼마나 사랑하는지 확인해봅시다."

"확실히 결혼할 만큼은 사랑하겠죠." 화이트가 말했다.

6 66 666

체이스는 시내 중심가에 자리한 자기 사무실에 있었다. 그 공간은 미니멀리스트 풍이었지만 돈 냄새를 풍겼다. 젊고 열정적인 사람들이 활기차게 오갔고, 매혹적인 이미지들과 데이터들을 보여주는 대형 컴퓨터 화면들이 그들을 굽어보고 있었다. 데커는 향이 나는 탄산수와 시크한 옷차림과 외국산 자동차가 넘쳐나는 힙한 영화 세트장에 온 듯한 기분을 느꼈다. 그렇다는 건 데커가 자기 영역에서 가능한 한도까지 멀리 벗어났다는 뜻이었다.

체이스는 널찍하고 다양한 조명과 고급 인테리어와 고가의 가구가 가득한 사무실에서 두 사람을 맞았다. 표정에는 무관심함과 지루함이 반씩 섞여 있었다.

"전남편이 체포됐다면서요." 체이스가 말했다.

"소식이 빠르네요." 화이트가 대꾸했다.

"**총알**처럼 빠르죠."

'총알'이라는 단어에 찍힌 강세는 두 사람에게 그 단어가 의도적으로 사용됐음을 알려줬다.

"그래서 그 남자가 아내와 아내의 경호원을 살해했다면, 여긴 왜 오신 거죠?" 체이스가 물었다.

"그 '무죄 추정'이란 게 있잖습니까." 데커가 입을 뗐다. "하지만 그 전에 축하부터 드려야 할 것 같네요."

체이스는 생긋 웃으며 한 손을 들어 올렸다. 4캐럿짜리 다이아몬드가 손가락에서 마치 작은 크리스털 산처럼 반짝였다.

"좋네요." 화이트가 말했다. "혹시 끝이 안 좋더라도 그 돌멩이는 꼭 갖고 계세요."

"아, 끝은 **좋을** 거예요. 우린 서로 무척 사랑하거든요." 체이스는 화이트를 빤히 보았다. "그이는 무릎을 꿇고 그런 걸 다 했어요. 무척 낭만적이었죠."

"거의 쉰 아닌가요? 나이 차이가 꽤 많네요." 화이트가 지적했다.

체이스는 잠시 얼굴을 찌푸렸지만 다시 웃음을 지었다. "하지만 마흔에 훨씬 가까워 보이죠. 그리고 나처럼 아이를 갖고 싶어 하고요."

"성대한 결혼식을 계획 중이신가요?" 화이트가 물었다.

체이스는 그 물음에 약간 풀 죽은 표정을 지었다. "아뇨. 음, 우린 다음 주에 다소 조촐한 식을 올릴 거예요. 그냥 우리 둘이서만요. 그 후 비행기를 타고 베이거스로 신혼여행을 가고요."

"베이거스라, 흥미로운 선택이네요. 도박 좋아하세요?"

"아뇨, 하지만 거긴 멋진 음식점과 공연이 있죠."

"그리고 혼인 서약을 마치는 즉시 랭글리가 줄리아 커민스나 커민스의 죽음에 관련해 당신에게 했을 수도 있는 모든 말은 기밀 사항이 되겠죠." 데커가 지적했다.

체이스가 데커를 날카롭게 응시했다. "무슨 소릴 하는 거예요?"

"플로리다주는 배우자 의사소통 특권이 있습니다. 그래서 랭글리가 만약 줄리아 커민스나 다른 뭔가에 관련된 범죄 사실에 관해 당신에게 무슨 말을 했다면 그 특권을 이용해 경찰이나 다른 누구에게 발설하는 걸 막을 수 있죠. 랭글리는 당신에게 자기가 커민스를 죽였다고 말했을 수도 있지만, 일단 혼인이 성립되면 당신 입은 법적으로 봉인된 겁니다."

"그이는 그 여자를 죽이지 않았어요. 나랑 같이 있었다고요!"

"그럼 그 부분은 걱정할 필요 없겠네요. 그냥 궁금해서요. 그 속성 결혼식이 혹시 어떤 사회적인 쇼가 아니라 그 법 때문은 아니었는지. 하지만 아마 당신이 원하지 않은 거겠죠." 데커는 호화로운 공간을 둘러보았다. "그러니까, 당신은 신데렐라를 꿈꾸는 사람으로는 안 보여서요."

"봐요, 내가 꽤 화려한 식을 생각하고 있었다는 건 인정할게요. 하지만 데니스가 납득이 가게 설명해줬어요. 그러니까, 간단히 말해서 왜 남들을 위한 성대한 파티를 여느라 그 많은 돈을 써야 하죠? 그 돈으로 그냥 우리 둘이 실컷 호사를 누리면 되잖아요. 손님 300명을 호사시킬 게 아니고요."

"완벽하게 말이 되네요." 화이트가 대꾸했다. "모든 여자가 바라는 거죠, 안 그래요?"

화이트를 노려보던 체이스가 이윽고 입을 열었다. "음, **이** 여자는 그걸 바란답니다." 그러고는 데커를 돌아보고 말했다. "게다가, 배리 데이비드슨이 전 부인을 죽인 거 아닌가요?"

"살인으로 기소되긴 했지만 **그** 건으로는 아니었습니다." 화이트가 지적했다.

"뭐라고요?" 체이스는 어리둥절한 표정이었다.

"당신 약혼자가 줄리아 커민스와 결혼하고 싶어 한 건 알고 있었나요?" 데커가 물었다.

"말도 안 되는 소리. 누가 그래요?"

"판사의 가까운 지인이요. 랭글리는 결혼하고 싶어 했지만 판사가 원하지 않아서 차버렸다고 하더군요."

"난 안 믿어요."

"그 매춘부 일은 알고 계십니까?" 화이트가 물었다.

"뭐라고요?"

"당신 약혼자는 매춘부에 대한 폭행과 살인 미수 혐의로 기소됐습니다. 하지만 기소가 철회됐죠."

"그야 사실이 아니었으니까요! 그 여자가 데니스를 협박하려고 한 거예요. 이제 기억나네요. 데니스한테 전부 다 들었어요."

"그렇다면 매춘부를 만난 건 인정했군요?" 데커가 물었다.

"아뇨…… 그이는…… 그이는…… 그건 어리석은 실수였어요. 취해서 그런 거예요."

"그럼 만취 상태에서 매춘부를 두들겨 팬 건가요? 그날 밤 그 여자의 사진을 제가 봤거든요. 며칠 입원해야 했죠." 데커는 전화기를 꺼냈다. "혹시 보고 싶으시면 여기 사진 있습니다."

"보고 싶지 않아요!"

"20분, 주류 판매점에 갔다 돌아왔다, 확실합니까?"

"네! 이제 더 하실 말씀 없으시면 전 회의가 있어서요."

데커가 자리에서 일어섰다. "행복한 결혼생활을 빌겠습니다."

"아무렴, 그러시겠죠." 체이스가 일그러진 얼굴로 대꾸했다.

사무실을 나올 때 화이트가 물었다. "그래서, 어떻게 생각해요?"

"진실을 말하는 것일 수도 있고, 그보다는 간절히 믿고 싶은 진실을 말하는 것일 수도 있겠죠. 이 남자한테 많은 걸 투자했는데, 그게 삽질이면 곤란하니까요."

"그리고 속성 결혼은요?"

"어쩌면 랭글리는 그런 부분에서는 구두쇠일 수도 있겠죠. 그리고 난 그 개자식이 그 여자랑 결혼하는 데 다른 이유가 있다는 걸 간과하지 않을 겁니다. 하지만 우린 초점을 조정하고 새로운 각도를 잡아야 해요. 아니면 배리 데이비드슨이 이 일로 망가질 테니까요."

"하지만 데이비드슨이 무슨 동기가 있어서 드레이먼트와 랜서를 죽이죠?"

"드레이먼트는 확실히 커민스가 죽었을 때 거기 있었으니 그게 동기겠죠."

"그럼 랜서는요?" 화이트가 물었다.

"랜서와 드레이먼트가 데이비드슨을 뭔가로 협박하고 있었다면요?"

"뭘로요?"

데커가 말했다. "어쩌면 커민스를 염탐하고 있다는 걸 알아내서, 돈을 안 주면 폭로하겠다고 했을 수도 있죠. 그러니 우린 데이비드슨의 재무 내역을 다시 확인해봐야 해요. 드레이먼트나 랜서와 연관됐을 수 있는, 어떤 통상적이지 않은 지불 건이 있는지."

"그럴 수도 있겠네요."

"네, 그럴 수도 있죠. 하지만 내 생각엔 아닌 것 같아요. 난 여전히 서로 별개의 두 살인자가 있다고 생각합니다."

눈썹을 한껏 치켜올린 채 화이트가 말했다. "당신은 확실히 사건을 해결하는 방법이 평범하지 않네요."

"아, 지금까지 본 건 그냥 겉핥기에 불과했다는 걸 알게 될 겁니다."

6 667

"피곤해 보이네요." 데커가 화이트에게 말했다. 두 사람은 호텔 근처 음식점에 자리를 잡고 앉아 있었다.

"그냥, 캘빈이랑 줌 통화하면서 수학 숙제를 도와줬어요. 수학은 질색이에요. 잘 못하거든요. 너무 피곤해요."

"캘빈은 수학을 잘하나요?"

"나보다는 나아요. 그리고 내가 그 애 나이 때는 그런 수학 숙제는 없었던 것 같아요."

"딸은요?"

"재키는 아직 수월해요. 2년은 더 숙제를 도와줄 수 있을 거예요."

데커는 나른한 동작으로 스푼 위에 포크를 겹쳐놓았다. "내 딸은 숫자를 잘 다뤘어요. 머릿속에 숫자가 일렬로 떠오른다더군요. 그러면 수학 문제를 풀기가 더 쉬워지죠."

"멋지네요." 화이트가 데커를 자세히 뜯어보며 나직한 목소리로 말했다.

"그건 내가 아니고 제 엄마를 닮은 거예요. 캐시는 간호사였어요. 아내도 숫자 같은 걸 잘 다뤘죠."

"당신은 뭘 잘했는데요?"

"지금의 내가 되기 전에 말인가요?"

"네."

"기억 안 나네요. 정말로요. 아마 그냥 미식축구뿐이었을 거예요."

"완벽한 기억력을 가진 줄 알았는데요."

"네, 음, 완벽이 뭐죠? 확실히 인간에게 완벽함이란 없어요."

두 사람은 식사를 하면서 사건 이야기를 나눴다.

"처음 여기 왔을 때보다 진척된 게 없는 것 같아요." 화이트가 낙심한 투로 말했다. "실마리는 되는 대로 흩어져서 제각기 다른 방향을 가리키고 있고, 한 남자가 체포됐는데 범인은 다른 남자일 수도 있어요. 두 남자 다 실마리가 어느 정도까지는 말이 되는데, 끝까지 말이 되지는 않죠."

"어쩌면 그럼 엉뚱한 용의자를 보고 있을지도 모르죠." 데커가 감자튀김 하나를 입에 넣고 씹으며 말했다. 맥주잔을 들어 한 모금 마셨다.

"그건 우리가 새 용의자를 찾아야 한다는 뜻이에요. 그리고 다른 사람들이 죽은 게 카나크 로의 실종과 관련 있다고 생각한다면 완전히 새로운 사실들이 필요하죠. 어쩌면 아예 평행 우주가 필요할지도 몰라요."

데커가 맥주를 내려놓았다. "내가 궁금한 게 뭔지 알아요?"

"아뇨, 데커. 하지만 숨 참고 대답을 기다릴게요."

"연방에서 주는 연금을 포기하고 정보부를 그만둔 카나크 로가 어떻게 마이애미에 보안업체를 차리고 감마로 키워냈을까요?"

"피나는 노력과 불굴의 의지와 약간의 행운?" 화이트가 툭 던졌다. "그게 아메리칸 드림 아닌가요?"

"그런 사람들이야 많지만 대부분은 그 꿈을 십억 달러 규모의 사업으로 키워내지 못하죠."

"그럼 무슨 말이 하고 싶은 건데요?"

"그냥, 누군가가 도와준 게 아닐까 해서요." 데커가 말했다.

"도움? 어떤 도움요?"

"어떤 도움이든요."

"정보부 시절 인맥을 말하는 거예요?" 화이트가 물었다.

"네."

"음, 대통령을 경호했고 수완가들을 많이 알았으니, 당연한 일이겠죠. 아마 민간 부문에서도 그 사람들이 도와줬을 거예요."

"난 합법적인 방식 말고 다른 쪽을 생각하고 있어요." 데커가 말했다.

"왜 갑자기 그런 방향으로 생각하게 됐죠?"

"카나크 로가 시한부이고 보트를 타고 나가 사라져버렸다는 말을 들은 후로 줄곧 생각하고 있었어요."

"시한부인 것과 배를 타고 나간 게 무슨 상관인데요?" 화이트가 물었다.

"그냥, 그 남자의 과거를 조사하는 게 나쁘지 않을 것 같아요. 드레이먼트와 랜서에게 그랬던 것처럼요. 그건 확실히 우리 수사에 도움이 됐죠. 덕분에 두 사람이 DC 시절에 서로 알았고 함께 협박 사업을 운영하고 있다는 걸 알았으니."

"무슨 수로 그걸 조사하려고요?"

"우선 그 사람 딸하고 이야기해볼 수 있겠죠." 데커가 말했다.

"전화할 거예요, 아니면 내일 찾아갈 거예요?"

"한밤중이 되려면 아직 멀었는데, 지금 가도 되지 않을까요? 먼저 전화부터 하고요."

"가까운 거리가 아니잖아요." 화이트가 지적했다.

"짐을 꾸려요. 마이애미에서 하룻밤 자면 돼요."

"좋아요. 하지만 딸이 꼭 뭘 안다는 보장은 없어요."

"내가 보기에는 자기 아버지에 관해 거의 모르는 게 없는 것 같던데요." 데커는 생각난 듯 덧붙였다. "어쩌면 들키고 싶지 않은 것까지도요."

"만약 당신 생각이 틀렸다면 우린 네 건의 살인과는 전적으로 무관한 일에 시간을 낭비하는 꼴이에요. DC의 존 탤벗이 좋아하지 않을 거예요."

데커가 화이트를 빤히 보았다. "당신은 업무 성과를 그렇게 평가합니까? 상사가 얼마나 좋아하느냐를 기준으로?"

"꼭 그런 건 아니에요. 하지만 내 경력을 위한 점수 관리 방식이긴 하죠. 그리고 아무래도 당신과 달리 나는 일자리가 필요하고 계속 위로 올라가야 해요."

"그럼 우리 협상하죠, 프레디. 마이애미로 가서 로랑 이야기해봐요. 거기서 아무것도 안 나오면 여기 돌아와서 우리 본분을 지키면서 탤벗을 자랑스럽게 만들어줍시다."

"그렇게 어린애 취급할 필요는 없어요."

"내가 뭐 하나 말해줄까요?"

"글쎄요…… 내가 들어야 해요?"

"당신은 감이 아주 좋아요. 사람을 아주 잘 읽죠. 어딜 찾아봐야 하는지 알고요. 언제 용의자의 손을 잡아주고 언제 철퇴를 내리쳐야 하는지도 알죠."

"하지만?"

"그다음이 하지만이라고 누가 그래요?"

"그냥 말해요, 데커."

"내 머릿속에 들어 있는 이 망할 것이 가끔 혜안을 주긴 하지만, 그걸 다루기는 쉽지 않아요. 난 먹여 살릴 가족이 있는 것도 아니니, FBI가 날 자르고 싶어지면 그러라죠. 좆까라고 하고 난 다른 데서 내 길을 갈 겁니다."

"그럼 나는 어떻게 되죠?"

"모르겠어요. 하지만 당신과 당신 경력 선택을 내가 이래라저래라 할 입장은 못 되죠. '남의 신발을 신고 걸어보기 전에는' 어쩌고 하는 속담도 있잖아요. 난 당신하고 비슷한 신발도 없어요."

"왜 당신이 날 칭찬하고 있는 것 같은 기분이 드는 거죠? 비록 에이머스 데커답게 엉망진창으로 빙빙 돌려서 말하긴 했지만요."

데커가 자리에서 일어났다. "로한테 전화할게요. 준비하려면 얼마나 걸릴 것 같아요?"

"난 이미 준비됐어요. 당신이 상상할 수 있는 모든 면에서요."

668

"와, 이걸 보니까 나도 언젠가는 민간 부문에 뛰어들까 싶네요."
궁궐처럼 높이 솟은 로의 마이애미비치 저택을 에워싼 덱을 둘러
보며 화이트가 말했다. 로는 커피를 가져오러 잠시 자리를 비웠다.
이렇게 늦은 방문에 전혀 개의치 않는 눈치였다.

"나한테는 좀 과해요." 데커가 말했다.

"음, 난 살면서 이런 기회를 적어도 한 번은 잡아보고 싶네요."

데커는 카나크 로가 지상에서 사라진 대서양을 내다보았다. 사
람과 대형 선박은 그냥 저절로 사라져버리지 않으니, 뭔가가 사라
지게 만든 게 분명했다.

카시미라 로가 커피잔과 크림 단지와 감미료와 스푼으로 가득
찬 쟁반을 들고 데크로 나왔다. 두 여자는 각자 넣고 싶은 걸 넣고,
데커는 블랙으로 마셨다. 싸늘한 공기가 기분 좋았고 미풍은 불이
타오르는 야외 가스 화덕을 둘러싸고 앉은 세 사람에게 상쾌함을
주었다.

로는 청바지와 스웨터, 맨발에 보트슈즈로 편안한 차림새였다. 머리카락은 핀으로 틀어 올렸고 무테안경을 쓰고 있었다.

"이렇게 늦은 시간에 갑자기 왔는데 만나줘서 고마워요." 데커가 말했다.

"문제없어요. 난 요즘 잠이 줄었거든요. 체포 소식은 들었어요. 판사의 전남편이라고요. 기소가 성립될 것 같아요?"

"그 남자의 총이 랜서와 드레이먼트를 죽게 한 살인 무기였습니다." 화이트가 대답했다.

로가 데커를 보고 물었다. "어떻게 생각해요?"

"동기도, 방법도, 어쩌면 기회도 있었죠."

"하지만?"

데커는 화이트를 빤히 보았다. "내 말에 늘 **하지만**이 숨어 있는 건 아닙니다."

"그렇겠죠. 하지만 이미 살인자를 잡았다고 생각하면 왜 여기 왔죠?"

"어쩌면 당신 **아버님**의 사건 이야기를 하려고요?"

"하지만 그건 이 살인 사건들과 관련이 있다고 생각해야만 알아보겠다고 했잖아요."

"어쩌면 내가 그렇게 생각하나 보죠."

"그러니까 **하지만**은 있는 거죠." 화이트가 끼어들었다.

데커가 앞으로 몸을 숙였다. "아버님이 회사를 창립한 과정에 관해서 좀 말씀해주시겠습니까?"

"뭘 알고 싶으신데요?"

"거의 전부 다요. 아버님은 대학을 졸업한 직후 정보부에 들어갔고 16년간 재직했죠. 25년을 버텼으면 전액 연금을 받고 은퇴할 수 있었어요. 그걸 포기하고 자기 회사를 세운다는 건 엄청난 희생이죠. 정보부를 끝까지 다닌 후 연금을 받아서 회사를 설립해도 됐을 겁니다. 많은 사람들이 그렇게 하죠."

"하지만 아버지는 **그러지 않으셨죠.**"

"혹시 왜 정보부를 나오셨는지 말씀하신 적 있습니까?"

"아뇨. 하지만 **전** 겨우 5년 만에 나왔는데요."

"5년을 투자하는 것과 16년을 투자하는 건 전혀 다른 이야기죠." 데커가 지적했다.

"그리고 갬마는 이미 자리를 잡고 성공을 거뒀고요." 화이트는 그렇게 말하고 호화로운 공간을 둘러보았다. "당신은 갈 곳이 있었어요. 제국을 물려받을 준비가 됐죠."

"난 아버지가 타고난 사업가였다는 데는 의심할 여지가 없다고 생각해요. 회사를 차린 이민자는 아주 많아요."

"네, 많죠. 하지만 그중 많은 사람들이 아예 처음부터 회사를 차리죠. 그래서 전 당신 아버님이 얼마나 **타고난** 사업가였는지 잘 모르겠습니다."

"정확히 뭘 암시하는 거죠?" 로는 발끈한 눈치였다.

"암시하는 거 없습니다." 데커가 말했다. "전 그냥 아버님의 동기를 정확히 이해하려는 것뿐입니다."

"그럼 난 무슨 말을 해줘야 할지 모르겠네요."

"아버님이 정보부에서 함께 일한 누군가와 연락을 주고받으셨습니까?"

로는 뒤로 기대앉아 생각에 잠겼다. "친했던 요원이 한 명 있었어요. 이름은 당장 생각이 안 나는데, 찾아볼 수 있어요."

"지금 바로 가능할까요?" 데커가 물었다.

로가 데커를 노려보았다. "정말 인내심이 없으시네요."

"전 업무에 열의가 넘친다는 쪽으로 생각하고 싶습니다."

"전화기 좀 가져올게요. 아마 거기 있을 거예요."

로가 자리에서 일어나 방을 나갔다.

화이트가 데커를 돌아보고 말했다. "자, 이게 다 뭐 하자는 거죠?"

"우린 확실한 실마리가 하나 있어요, 프레디." 데커가 낮은 목소리로 말했다. "두 시신의 입에 들어 있던 슬로바키아 돈 말입니다. 그건 배리 데이비드슨이나 데니스 랭글리와는 접점이 **없어요**. 하지만 카나크 로와 감마 프로텍션 서비스하고는 접점이 있을지도 모르죠. 그리고 그 두 피해자는 로의 회사에서 일했고요. 그 돈이 거기 있었던 게 단순히 우연이라는 건 터무니없는 소리고, 우연이 아니라면 그건 상징적인 거예요. 모든 상징은 의미가 있죠."

"그래서 랜서와 드레이먼트와, 아마도 켈리는 카나크 로 때문에, 그 남자가 그 오래전 첩보부에 있을 때 저지른 어떤 짓 때문에 죽었다는 건가요? 내가 보기엔 **그거야말로** 타당성을 너무 무리하게 혹사시키는 것 같은데요. 왜 이렇게 늦게야 행동을 취하죠?"

"그게 우리가 알아내야 하는 부분이죠. 그리고 어쩌면 놈들은 이미 3년 전에 행동에 나섰을 수도 있어요."

"카나크 로가 실종된 것 말인가요?"

로가 그 순간 휴대전화를 들여다보며 방으로 들어왔다.

"찾았어요. 이름은 아서 다이크스. 아버지의 오랜 친구세요. 정보부에서 윗자리까지 올라갔고 꽤 오랫동안 아버지랑 함께 일하셨죠. 그분이라면 제가 모르는 걸 말해줄 수 있을 거예요."

"우리한테 연락이 갈 거라고 미리 좀 알려주실 수 있습니까?"

"네. 하지만 이 일이 아버지의 과거와 무슨 관련이 있다니, 전 도무지 믿기질 않네요."

"그래서 저희가 확인하는 거죠. 배제할지 말지를 결정하려고요."

"아버님께 적이 있었습니까?" 화이트가 물었다.

로가 화이트를 똑바로 보며 대꾸했다. "이 생에서 우린 **누구나** 적이 있죠."

669

두 사람은 마이애미에서 그날 밤을 보냈고, 이튿날 아침 데커는 아서 다이크스에게 전화를 했다. 다이크스는 오래전에 은퇴해서 포트마이어스 북쪽 푼타고르다에서 살고 있었다. 만날 약속을 잡은 데커는 마이애미를 떠나 곧장 은퇴한 요원을 찾아갔다.

다이크스는 골프 커뮤니티에 살고 있었는데, 데커는 이제 거기에 익숙해졌다. 화이트와 데커는 엘리베이터를 타고 다이크스의 아파트로 올라갔다.

다이크스는 중키에 팔십 대라고는 믿기 힘든 군살 없고 활력 넘치는 몸매와 풍성한 백발의 소유자였다. 집에는 노인들의 집에서 종종 보이는 자질구레한 잡동사니는 전혀 보이지 않았다. 다이크스는 두 사람을 맞아 집 안으로 들이며 아내와는 사별했다고 말했다. 네 자녀는 전국 각지에 흩어져 살고 있었다.

각자 아이스티를 앞에 놓고 야외 덱에 앉은 후, 다이크스는 카나크 로와 정보부 시절 이야기를 시작했다.

"카나크는 주도적이었고 목표가 명확했고 경력을 쌓고 싶어 했습니다." 다이크스가 말했다.

"하지만 그러지 않았죠." 데커가 지적했다. "전액 연금이 나오기 9년 전에 떠났죠. 왜 마음을 바꿨는지 혹시 아십니까?"

다이크스는 불편해하는 눈치였다. "20년간 근무하고 쉰 살의 나이에 은퇴할 수도 있지만, 카나크는 그렇게 나이가 많지 않았죠. 정보부를 떠났을 때는 마흔도 안 됐었어요. 속내를 알기 힘든 친구였죠. 그러니까, 저랑 오랫동안 친하게 지내긴 했지만, 우린 배경이 아주 달랐어요. 그 친구는 어려서 모국을 떠났지만 거기서 온갖 미친 상황을 좀 봤거든요. 그게 그 친구한테 영향을 미쳤겠죠. 우리가 친하긴 했지만 카나크에게는 저를 포함해 아무도 보지 못한 면이 있었어요."

"그분의 정보부 경력에 뭔가 특이 사항이 있었습니까?" 데커가 물었다.

"우린 같은 시기에 들어갔어요. 함께 훈련을 받았죠. 정상적으로 교대 근무를 했고, 레이건을 포함해 대통령 몇 분의 경호팀에 소속됐죠. 모든 게 순조로웠어요. 그러다 휙하고 나가버렸죠."

"그렇다면 급작스러운 경력 변경에 관해 아무 말씀도 못 들으셨다는 겁니까?" 화이트가 물었다.

"별말은 없었지만, 카나크는…… 달라졌어요."

"언제, 그리고 어떻게요?" 갑작스럽게 긴장한 기색으로 데커가 물었다. "가능한 한 정확히 말씀해주십시오."

"저도 많이 생각해봤습니다. 특히 당신한테 연락을 받은 후에는요. 그리고 사실 구체적인 시기를 짚어 말할 수 있습니다."

"말씀해주시죠." 데커가 말했다.

"우린 당시 레이건을 경호하고 있었습니다. 힝클리에게 저격당한 지 8개월쯤 후였을 겁니다. 물론 정보부는 그런 일이 다시는 일어나지 않도록 규칙을 바꿨죠. 어쨌든 우린 한 3개월 정도 해당 경호팀에 있었습니다. 그리고 영화나 텔레비전에서 보시는 걸 믿으면 안 되는 게, 거기엔 무슨 화려한 건 전혀 없어요. 따분함이 다죠. 대체로 99퍼센트는 우라지게 지루해요. 나머지 1퍼센트는 어떠냐고요? 거기서 실수하면 망하는 거죠."

"확실히 그렇겠네요." 화이트가 맞장구쳤다.

"우린 레이건의 연설을 위해 마이애미에 있었어요. 특별한 건 아니고, 그냥 흔한 모금 행사였죠. 연설이 끝나고 대통령이 호텔 스위트룸으로 자러 간 후 우린 근무 교대를 했어요. 몇몇은 늦은 저녁 식사 겸 술 한잔하러 갔죠. 하지만 카나크는 그러지 않았어요. 호텔에 남았죠. 이튿날 아침에 그 친구는…… 그 친구는 변해 있었어요."

"어떻게 말입니까?" 데커가 물었다.

"보통은 조례 시간에 제일 먼저 와 있는데, 그날은 제가 부르러 가야 했어요. 전날 밤 입었던 옷을 그대로 입고 있더군요. 한숨도 안 잔 것 같았어요. 너무 멍해 보여서 처음에는 숙취에 시달리나 했죠. 그런데 술은 입에도 안 댔다고 하더군요. 제가 보기에도 술병 같은 건 없었고 숨결이나 옷에서도 술 냄새는 안 났어요. 그리고 평소에도 술은 거의 입에 안 대는 친구라 정말인 것 같았죠. 무슨 일 있느냐고 물었는데 입을 딱 붙이고 있더군요. 그 친구는…… 그냥 충격으로 얼어붙은 것 같았어요. 제가 보기엔요."

"계속 말씀하시죠." 화이트가 재촉했다.

"그 친구는 정신을 차리고 근무하러 갔어요. 하지만 그 후로 이상한 일들이 자꾸 생겼죠."

"어떻게요?" 데커가 물었다.

"사무실로 전화가 걸려 오는데 무슨 전화인지 절대 말해주지 않았어요. 누가 무슨 용건으로 전화했는지요. 누굴 만난다며 사무실을 일찍 나가는데 누군지 절대 말하는 법이 없었죠. 일에도 지장이 갔고, 경위서를 몇 번 써야 했어요. 무슨 바람이라도 피우나 싶을 정도인데, 그때는 아직 미혼이었어요."

"어쩌면 만나는 **상대가** 결혼한 사람이었을 수도 있죠." 화이트가 추측했다.

"어쩌면요. 하지만 카나크는 정말 바른 생활 사나이라, 그럴 것 같지는 않았어요. 전 아내랑 같이 그 친구를 저녁 식사에 몇 번 초대해서 입을 열게 하려고 했어요. 하지만 끝내 아무 얘기도 못 들었죠."

"무슨 일이 있었던 건지 짐작할 만한 단서가 전혀 없었나요?" 데커가 물었다.

다이크스는 잠시 생각에 잠겼다 입을 열었다. "어느 날 그 친구랑 제 아파트에서 그냥 한담을 나누고 있었어요. 갑자기 그 친구가 저를 보더니 이러더군요. '아티, 내가 후회되는 게 하나 있어.' 그러는 겁니다. '마이애미의 그날 밤 자네들이랑 같이 나가지 않은 거야.'"

데커와 화이트는 서로 마주 보았다. 이윽고 데커가 물었다. "이유를 물어보셨습니까?"

"당연히 물어봤죠. 하지만 알 바 아니라는 듯 입을 꾹 다물더군요. 그 문제에 관해서는 한마디도 더 끌어내지 못했어요. 정말 애를 썼는데도요. 그날 밤 호텔에 머물렀던 다른 요원들하고도 얘기해봤는데, 도움이 되는 얘기는 전혀 못 들었습니다. 그냥 이튿날 아침까지 잤다고 하더군요. 무슨 일이 있었는지 몰라도, 카나크 혼자한테만 어떤 일이 일어난 것 같아요."

"이 이야기를 다른 사람에게 하신 적 있습니까?" 화이트가 물었다.

"그냥 제 아내한테만요."

"당분간은 아무한테도 말씀하지 마십시오." 화이트가 말했다. "저희가 어떻게 된 일인지 알아내기 전까지는요."

다이크스는 불안한 표정으로 화이트를 보았다. "네, 알겠습니다."

"달리 더 말씀해주실 건요?"

"그냥 그 친구가 정보부를 그만두고 자기 사업을 차리러 플로리다로 간 게 그 6개월쯤 후였다는 게 답니다. 그 후 결혼했고, 나중에 딸이 태어났다는 연락을 받았죠."

"경력 변화, 결혼, 딸. 짧은 시간 동안 많은 일이 있었네요." 데커가 지적했다.

"네, 맞아요."

"놀라셨습니까?" 화이트가 물었다.

"기절초풍했다는 게 더 적절한 표현이겠죠. 저뿐만 아니라 다들 그랬어요. 그러니까, 그 친구는 쏠쏠한 연금이니 의료 보험이니 하는 걸 전부 두고 떠났으니까요. 하지만 알고 보니 그 친구의 결정이 옳았죠. 부자가 됐으니까요."

"정보부를 떠난 후 만나신 적 있습니까?"

"네, 그 친구가 옛 동료 모임이나 누구 생일이나 송별회 같은 데 몇 번 왔었어요. 당시에는 이미 거물이었죠. 한번은 기사까지 딸린 롤스로이스를 몰고 왔더군요. 전 그냥 고개를 내저었죠." 다이크스가 킬킬 웃었다. "한번은 딸도 데려왔죠. 젠장, 아마 열두 살쯤이었을 텐데, 이미 자기 후계자로 키우고 있는 게 뻔히 보이더군요.

확실히 제 아버지를 우러러보고 있었어요. 나중에 그 딸도 정보부에 들어갔다고 들었습니다. 제가 은퇴한 지 한참 후에요. 이제는 감마를 운영하고 있죠."

"카나크 소식은 들으셨습니까?" 데커가 물었다.

"네, 들었습니다. 말도 안 돼요. 우린 그때쯤엔 소식이 끊겼었거든요. 마지막으로 본 게 아마 10년쯤 전일 겁니다. 제 아내인 앤이 아직 살아 있었을 때요. 그 친구는 건강하고 행복하고 만족스러워 보였죠."

"마지막으로 보셨을 때 혹시 무슨 말은 없던가요?"

"네, 그냥 '잘 지내지' 하는 뻔한 인사치레가 다였어요. 그때는 완전히 딴사람이 돼 있더군요. 당시 우리 사이의 접점은 정보부에서 보낸 세월이 전부였고, 이미 오래전 일이었죠. 배를 타고 나갔다가 실종됐다는 소식을 듣고는 도대체 이게 무슨 일인가 싶었어요. 마치 사라지고 싶었던 것 같더군요. 그리고 배가 침몰되면 당연히 뭔가가 발견될 거라고 생각하잖아요."

"그렇게들 생각하겠죠." 데커가 말했다. "카시미라는 다시 만나 보셨습니까?"

다이크스가 고개를 끄덕였다. "카나크의 추도식에 갔었어요. 장례식을 치를 수는 없었으니까요. 거기서 카시미라가 추도사를 했죠. 아주 감동적이더군요. 전 아기처럼 울었습니다. 그 애는 제 아버지를 사랑했어요. 그것만은 확실합니다."

"마이애미에서 그날 밤 무슨 일이 일어났을지 혹시 뭔가 감 잡히는 건 없습니까?" 데커가 물었다.

다이크스가 데커에게 의미심장한 눈길을 던졌다. "제가 말할 수 있는 건, 그게 무슨 일이었든, 틀림없이 인생을 바꿀 만한 일이었으리라는 겁니다. 왜냐면 **실제로** 카나크 로의 인생을 바꿨으니까요."

데커는 화이트를 한번 본 후 이렇게 물었다. "마이애미의 무슨 호텔이었습니까?"

다이크스의 눈빛이 회한에 잠겼다. "퐁텐블로요. 여러 영화와 텔레비전의 배경으로 등장해서 레이건이 좋아했죠. 제리 루이스와 시나트라도 거기서 뭔가를 찍었어요. 루실 볼, 밥 호프, 그리고 주디 갈런드도 거기 묵었죠. 그 본드 영화, 〈골드핑거〉도 거기서 일부를 찍었어요. 레이건이 아주 환장하는 영화였죠. 대통령이 되기 전에 배우였던 건 아시죠."

"네, 들었습니다. 당시 거기 묵었던 유명인은 없었습니까?" 데커가 물었다.

다이크스가 고개를 저었다. "그러니까, 미국 대통령 말고 나머지는 다 그 한참 아래였죠."

"영부인도 함께였습니까?" 화이트가 물었다.

"아뇨, 레이건 부인은 워싱턴 DC에 있었습니다. 1박짜리 행사여서요. 우린 이튿날 아침 다시 비행기를 타고 돌아갔죠. 그냥 흔한 일정이었어요."

데커는 명함을 건네며 말했다. "혹시 뭔가 더 생각나시면 전화 주십시오."

다이크스는 명함을 받고 데커를 보았다. "무슨 일이 일어나고 있는 겁니까, 데커 요원님?"

"저도 아직 모릅니다. 하지만 알게 되겠죠."

차로 돌아가는 길에 화이트가 말했다. "내가 맞혀볼게요. 다음 행선지는 마이애미 퐁텐블로죠?"

"아니면 어디겠어요?"

7 770

그곳은 이제 퐁텐블로 마이애미비치로 불렸다. 2년에 걸쳐 10억 달러를 투입해 재단장한 후 2008년에 재개장했다. 마이애미 미나 스테이크 레스토랑과 수많은 바와 이탈리아 음식점과 광동 음식점이 있었다. 로비는 널찍했고 돈 냄새를 풍겼다.

"정보부가 이곳의 숙박비를 경비 처리할 수 있었다니 놀랍네요." 컨시어지 데스크로 가는 길에 화이트가 말했다.

"당시에는 더 쌌겠죠, 아무래도. 그리고 대통령은 뭐든 자기 마음대로 할 수 있으니까."

"네, 혹시 날 만나려면 지역 메리어트로 오면 돼요. 감사합니다. 아마 여기 한 끼 식사 값이 내 월급하고 맞먹을 것 같네요."

두 사람이 컨시어지에 신분증을 제시하고 여기 온 목적을 말하자 컨시어지는 전화를 걸고 두 사람을 로비 옆의 작은 사무실로 안내했다. 젊은 여자가 자리에서 일어나 일행을 맞았다.

패멀라 로렌스는 춤추는 듯한 파란 눈동자를 가진, 활달한 20대 여성이었다. "FBI에서 오셨다고요? 매일 있는 일은 아니네요."

"그래야겠죠." 화이트가 대꾸했다.

두 사람은 로렌스 맞은편에 앉았다. 데커가 말했다. "우린 이 호텔 역사에 관심이 있습니다."

로렌스가 열정적으로 대답했다. "이곳은 **실제로** 무척 역사가 깊어요. 미국 국립사적지에 등록돼 있죠. 2012년에는 미국 건축협회 플로리다 부문에서 플로리다 내 건물 중 호텔 순위 1위에 등극했고요."

"축하드립니다." 데커가 대꾸했다. "저희는 다른 쪽 역사에 관심이 있습니다만."

"그렇군요. 어느 쪽이죠?"

"1982년 레이건 대통령이 여기서 연설을 했죠."

로렌스는 멍한 표정으로 데커를 보았다. "레이건요? 그건 전혀 몰랐네요. 하지만 제가 태어나기 20년 전 일이니까요."

"그 행사와 관련된 기록이 혹시 있을까요? 그러니까, 대통령이 여기 오는 건 꽤 큰 행사니까요."

"이곳에는 거물들이 많이 오죠. 호텔이 2008년에 재개장했을 때는 어셔와 머라이어 캐리가 공연을 했어요."

"와." 화이트가 말했다. "정말 화력이 대단하네요."

"그렇죠?" 로렌스가 웃으며 말했다. "그게, 저는 당시 겨우 여덟 살이었고 사실 지금도 그분들 음악을 듣지는 않지만 정말 멋졌을 것 같아요."

"그 말씀을 들으니 제가 할머니가 된 것 같네요." 화이트가 농담을 했다.

"하지만 대통령이라면, 그게 **진짜** 멋있는 거죠." 데커가 은근슬

쩍 운을 띄웠다. "그래서, 저희가 살펴볼 만한 기록이나 그런 게 있을까요?"

"사실은 있어요. 그리고 저도 그걸 정리하는 데 참여했기 때문에, 레이건 대통령의 연설이 거기 포함 안 된 걸 알고 있어요. 죄송합니다. 어쩌면 가서 좀 찾아봐야 할 것 같아요."

"당시 여기서 일했던 분들 중에 아직까지 계신 분은 없겠죠?"

로렌스는 컴퓨터로 확인해보았다. "가장 오래 계신 분이 2010년에 들어오셨어요." 그리고 두 사람을 쳐다보았다. "접객업은 이직률이 무척 높죠. 아무리 이런 곳이라도요."

"분명히 손님들의 태도나 행동과는 아무 관련도 없겠죠." 데커가 말했다.

"손님은 왕 아닌가요?" 로렌스가 경쾌하게 대꾸했다.

"2년 후에 자문해보시죠."

두 사람은 그곳을 나왔다. 화이트가 운전석에 앉고 데커는 휴대전화를 확인했다.

"좋아요, 구글 검색은 아무 도움도 안 되네요. 어쩌면 구식으로 해야 할 것 같아요."

"무슨 뜻이죠?"

"지역 신문요. 레이건이 연설을 하러 이곳에 왔다? 아마 뉴스 영안실에 있을 겁니다."

"그런 말을 하면 진짜 할아버지 같잖아요."

"또 다른 게 있어요."

"뭔데요?"

"아서 다이크스는 레이건이 모금 연설을 하려고 여기 왔다고 했어요."

"맞아요, 그래서요? 정치가들이 늘 하는 일이잖아요."

"다이크스는 그게 존 힝클리가 레이건을 저격한 지 8개월 후였다고 했어요. 그러니 1981년 11월이죠."

"그건 내가 태어나기도 전이네요!"

"요는, 왜 레이건은 심지어 임기가 1년도 안 돼서 모금 행사를 했을까요? 요즘 정치판이 어떻게 돌아가는지는 나도 알지만, 당시에는 대통령이 되기 위해 10억 달러가 필요하지 않았어요."

"그건 이상하긴 하네요."

"하지만 레이건은 **다른** 사람을 위해 모금을 했을지도 모르죠."

71

주차장에 세워진 차 안에서 데커는 《마이애미 헤럴드》의 디지털 아카이브에 접속했다. 필요한 검색을 하려면 우선 무료 회원 가입을 해야 했다. 데커는 레이건의 이름과 연도를 입력하고 검색을 눌렀다.

레이건의 연설에 관한 기사가 떴다. 큰 호응을 얻었다고 되어 있었지만 그건 데커의 관심사가 아니었다. 데커의 관심사는 모금 행사가 당시 플로리다주 상원의원의 은퇴로 생긴 공석에 도전하는 메이슨 태너를 위해 열렸다는 사실이었다.

데커는 레이건과 태너가 악수를 나누는 사진을 보았다. 태너는 큰 키에 숱 많은 검은 머리카락을 가졌고 잘 웃는 40대 중반의 남성이었다. 데커는 그 남자의 얼굴이 마음에 들지 않았다. 가식적이고 느끼해 보였다. 하지만 사실 데커는 대다수 정치인들을 좋아하지 않았으니 그건 편견일 수도 있었다.

전화기를 들어 화이트에게 사진을 보여주었다. "메이슨 태너예요. 미국 상원의원 후보죠."

"모금 행사가 이 사람을 위한 거였나요?"

"네. 사실 돈이 필요한 처지는 아니었다고 나와 있지만요. 기사에 따르면 조부가 스탠더드오일의 고위급이었고 엄청난 재산을 물려받았답니다. 그리고 아내는 E.F. 허튼의 상속자 중 하나였고요."

"은수저를 물고 태어났군요."

데커는 전화기로 뭔가를 검색했다. "다음 해에 꽤 큰 표차로 당선됐답니다." 그리고 다른 기사를 보며 말했다. "3선까지 마치고 지금은 은퇴해서 뉴욕에 살고 있대요."

"카나크 로에게 1981년에 무슨 일이 일어났든, 그 연설이나 태너하고는 아무 상관 없을 수도 있잖아요."

"그야 확인해보기 전엔 모르는 거죠."

"그럼 이제 태너에게 가서 뭔가 답을 얻어내야 하나요?"

"그게 썩 도움이 될 것 같지는 않아요."

"왜요?"

"이 기사에 따르면 80대 후반이고 뉴욕에 살고 있는데 알츠하이머 말기랍니다."

화이트는 긴 한숨을 내쉬었다. "끝내주네요. 모든 길이 막다른 골목으로 끝나다니, 최고예요." 그리고 데커를 응시했다. "당신은 사건들을 빨리 해결한 줄 알았는데요?"

데커가 화이트를 노려본 후 말했다. "우린 이놈의 걸 붙들고 있은 지 며칠 안 됐어요."

"슈퍼맨이 그렇다면 그런 거겠죠."

"전에 나더러 생각보다 작다고 했었죠."

"그땐 당신을 몰랐으니까요." 화이트가 반박했다.

데커는 긴 이메일을 작성하고 전송을 눌렀다.

"누구한테 보냈어요?" 화이트가 물었다.

"알렉스요."

"벌써 날 갈아치우려고요?"

"알렉스는 뉴욕에 있어요. 혹시 거기에 태너의 사무실이 있거나 우리가 가서 이야기해볼 만한 친척이 있는지 좀 확인해달라고 부탁했어요."

"좋은 생각이네요."

"하룻밤 새 일어난 일로 사람의 인생이 바뀌려면 뭔가 정말 끔찍한 일이어야 할 겁니다. 내 말은, 카나크는 당시에는 경험 많은 요원이었어요. 그리고 그 일은 그 남자를 뼛속까지 흔들어놨죠."

"그렇겠죠, 정말 그런 일이 일어났다면요."

"네." 데커가 생각에 잠긴 투로 말했다.

"하지만?"

데커는 대답하지 않았다. 아무 할 말이 없었다.

772

알렉스 재미슨은 차 안에 앉은 채 뉴욕 어퍼이스트사이드에 위치한 4층짜리 적갈색 사암 건물을 올려다보고 있었다. 어마어마한 부자인 80대의 남성 메이슨 태너의 집이었다.

데커는 이메일에서 조사가 어떤 상황에 처해 있는지 설명했고, 재미슨은 자신이 여기 오는 게 위험을 감수하는 행위임을 알았다. 이건 재미슨의 사건이 아니었고 전직 미국 상원의원인 태너는 무척 저명한 시민이었다. 그래도 다른 사람도 아닌 데커의 부탁이라 할 수 있는 데까지 해봐야겠다는 본능적인 감이 들었다. 그리고 데커처럼 재미슨 역시 마이애미에서 그날 밤 일어난 일이 태너와, 또는 태너와 관련된 누군가와 접점이 있을 것 같았다. 정 안 되면 그게 아니라고 확인할 수만 있어도 데커에게 도움이 될 것이다.

문제는 재미슨이 그냥 가서 문을 두드리고 태너에게 대화를 청할 수는 없다는 거였다. 알아보니 태너는 24시간 간병을 받고 있었다. 그리고 상원의원 시절의 측근이 아직까지 곁에 있을지도 알 수 없는 노릇이었다.

그 후 재미슨은 한 가지 생각을 떠올리고 만나는 남자에게 전화했다. 남자와는 우선순위가 전혀 맞지 않아서 헤어질 생각을 하고 있었다. 애초에 왜 만나기 시작했는지도 이해가 가지 않았는데, 아무래도 남자 집안의 부유함, 그리고 재계에서 알아주는 그 남자의 위치 때문에 얼렁뚱땅 휩쓸린 것 같았다. 하지만 남자는 태너와 같은 세계 사람이었고, 그러니 밑져야 본전이었다.

"여보세요, 케빈."

"알렉스, 드디어 연락을 줬군요. 그동안 내 전화 피했죠."

"일 때문이었어요, 케빈. FBI 요원한테는 내 시간이라는 게 없는 거 알잖아요."

"음, 이미 말했지만, 그냥 때려치우면 돼요. 내가 부양할게요."

"그건 내가 바라는 게 아니에요. 지금 자리까지 오려고 내가 얼마나 열심히 노력했는데요."

"내가 당신을 부양하는 게 정치적으로 올바르지 않다는 건 알아요. 하지만 그게 현실이에요. 난 그럴 수 있고 그러고 싶어요."

재미슨은 남자의 자기중심적인 헛소리를 끊어버리기로 결정했다. "사실은 부탁할 게 있어서 전화했어요."

"말만 해요."

"메이슨 태너라고, 혹시 알아요?"

"전직 미국 상원의원요? 우리 조부모님이 생전에 알고 지내셨죠. 부모님도 그렇고요. 지금은 치매인가 뭐 그렇다고 들었는데."

"혹시 1980년대부터 지금까지 그분과 같이 있는 누군가를 알까 해서요."

"그건 왜요? 그분을 조사하는 건 아니죠?"

"그냥 당시 그분을 알았던 사람하고 이야기를 좀 해야 해서요. 태너 씨한테는 아무 일도 없을 거예요."

"부모님한테 물어봐야 해요."

"가능한 한 빨리 그래줄 수 있어요?"

"태너한테 나쁜 일이 없을 거라고 맹세할 수 있어요?"

"설마 그분이 무슨 문제가 생길 일을 하셨겠어요? 안 그래요?" 재미슨은 역공을 했다.

"음, 부모님은 늘 그분을 무척 좋게 말씀하셨어요."

"기다릴게요. 하지만 가능한 한 빨리 연락 줘요."

"지금 바로 전화할게요. 우리 언제 또 만날 수 있어요? 가족 전용기로 생바르텔레미섬으로 갈까 생각 중이거든요. 거기에 별장 단지가 있어요. 재미있을 거예요."

"지금은 시간을 뺄 수 없어요, 케빈. 미안해요."

"봐요, 그러니까 내가 당신을 부양한다는 거예요." 케빈이 말했다.

케빈이 전화를 끊자 알렉스는 천천히 전화기를 도로 집어넣었다.

'부양받는 여자? 그래, 그게 내가 정말 꿈꾸는 삶이지.'

개인 제트기를 타고 멋진 레스토랑에 가고 화려한 가족 영지로 드라이브를 다니는 게 재미있었다는 사실은 부정할 수 없었다. 하지만 평생 그렇게 사는 자기 모습이 그려지지는 않았다. 지금까지 그렇게 열심히 일한 건 다 어쩌고. 책임을 회피하는 기분이었다. 그리고 데커가 얼마나 싫어할지 상상이 갔다.

보슬비가 떨어지기 시작했다. 재미슨은 의자에 기대앉아 플로리다에서 누구보다도 잘하는 본업을 하고 있을 데커를 생각했다.

'그리고 내가 데커를 아무리 사랑하고 데커의 모든 능력을 흠모해도, 그 사람과 앞으로 20년간 함께 일하는 내 모습은 도저히 상상이 안 가. 그냥 너무 지칠 거야. 그리고 예측 불가능하다는 건 짜 릿하긴 하지만 매일 매 순간 그걸 얼싸안을 수는 없어.'

그게 재미슨이 애초에 뉴욕으로 발령받고자 한 첫째 이유였다. 꼭 데커에게서 벗어나려던 건 아니고, 잠시라도 시간을 벌고 싶었다.

한 시간 후 전화기가 울렸다.

케빈이 말했다. "좋아요, 어머니랑 통화했어요. 태너 부인은 3년 전에 세상을 떠났지만 디어드리라는 딸이 있대요. 50대인데 아마 당신을 도와줄 수 있을 거예요. 연락처를 받아놨어요. 문자로 보낼 게요."

"고마워요, 케빈. 신세졌어요."

"달아놓을게요." 케빈이 말했다. 그리고 좀 더 열의 어린 어조로 덧붙였다. "난 정말 당신이랑 같이 있는 게 좋아요, 알렉스. 그리고 일을 그만두라고 한 거 미안해요. 바보 같은 소리였어요. 그리고 당신은 부양할 사람이 필요 없어요. 혼자서도 잘하고 있으니까."

"왜 갑자기 마음이 바뀌었죠?" 알렉스가 의심스러운 투로 물었다.

"어머니랑 이야기해봤어요. 어머니 말씀을 들으니 우리 가족이 정말 편협하고 생각이 얕았구나 싶더라고요."

"당신 가족은 자선을 많이 하잖아요."

"그냥 비슷한 사람들한테 뒤지지 않고 우리 이름을 건물에 새기 려고 하는 거죠."

"하지만 그래도 자선은 자선이죠. 꼭 하지 않아도 되잖아요."

"그건 그래요."

케빈이 이런 이야기를 하는 건 드문 일이라, 재미슨은 케빈의 의 도가 궁금했다.

"내 시간은 전부 돈을 버는 데 들어가요. 왜냐하면 난 원래 인생이 그런 거라고 배웠거든요. 사실, 우리 가족은 돈이 차고도 넘쳐요. 하지만 당신은 내게 다른 삶의 모습을 보여줬어요, 알렉스. 내가 꼭 봐야 하는 것을요. 하지만 당신은 날 그저 은수저를 입에 물고 태어났으면서 모든 걸 스스로 이뤘다고 생각하는 흔한 남자로만 보죠. 난 대다수 사람들이 실제로 어떻게 살아가는지 전혀 몰랐어요. 당신이 없었어도 결국 알게 되긴 했겠죠. 알아야만 하니까. 하지만 그런 삶의 일면을 내게 보여준 당신이 고마워요. 덕분에…… 그 덕분에 많은 생각을 하게 됐죠. 뭐가 정말 중요한가 같은, 그런 생각요. 그리고 중요한 건…… 난 당신과 함께 있는 시간을 사랑해요. 왜냐하면…… 당신은 굉장한 사람이니까요. 그리고 당신은 내가 더 좋은 사람이 되고 싶게 만들어요."

이 말은 알렉스를 놀라게 했다. "그런…… 그 말을 들으니 정말 기분이 좋네요, 케빈."

"언젠가 우리가 함께할 수 있을 거라고 생각해요?"

재미슨은 망설였다. "네. 전화할게요. 그리고 부탁 들어줘서 고마워요."

"그래요, 알렉스. 도움이 됐으면 좋겠네요."

"나도요."

케빈은 전화를 끊었고 재미슨은 다시금 의문으로 가득한 채 그대로 앉아 있었다.

"알아봐줘서 고마워요, 알렉스." 데커가 말했다. "정말 고마워요."

재미슨이 말했다. "뭘요. 도움이 됐으면 좋겠네요."

"그래서, 당신이 만난다는 남자요. 잘 안 될 것 같아요? 그러면 언젠가 DC로 돌아가게 되는 건가요?"

"음, 잘 모르겠어요, 에이머스. 그건 나중에 알려줄게요. 하지만 사건 진행 상황은 계속 알려줘요."

"네, 그럼요."

데커는 전화를 끊고 전화기를 내려다보았다.

'알렉스는 자기 삶을 살고 있어, 데커, 네 삶이 아니야.'

데커는 재미슨에게서 받은 연락처를 보았다. 디어드리 펠로스. 이혼했고 나이는 50대였다. 그건 1981년에 10대였다는 뜻이었다. 그날 밤 펠로스가 마이애미에 있었을까. 다행히도 펠로스는 지금 플로리다에 살고 있었다. 사니벨아일랜드로, 포트마이어스에서 멀지 않았다.

화이트에게 전화해 상황을 알려주었다.

"그럼 내일 아침에 사니벨로 가나요?" 화이트가 물었다.

"네. 미리 전화해두려고요. 모쪼록 만나줘야 할 텐데요."

"안 만나주면요?"

"그건 그때 가서 생각해봐야죠."

• • •

이튿날 아침 두 사람은 차를 몰아 출발했다.

"그래서, 우리랑 만나주겠대요?" 화이트가 호텔 주차장에서 차를 빼며 말했다.

"메시지를 남겨놨는데 답신은 못 받았어요."

"그렇군요. 그럼 왜 가는 거죠?"

"건너편에 뭐가 있을지는 다리를 건너봐야 알죠."

내륙에서 사니벨로 가려면 건너야 할 다리가 실제로 **세** 개나 있었다. 셋 다 뭉뚱그려 사니벨코스웨이로 불렸다.

집에 도착해보니 커다란 철문이 접근을 막고 있었다. 펠로스의 집과 옆집 사이에는 개울이 흘렀다. 철문 옆에 호출기가 있어서, 화이트는 차창을 내리고 버튼을 눌렀다.

"누구시죠?" 목소리가 들렸다.

"FBI입니다. 화이트와 데커 요원이 펠로스 씨를 만나러 왔습니다." 화이트가 데커를 본 후 다시 호출기를 돌아보았다. "어젯밤 메시지를 남겨놨는데요."

"펠로스 씨는 안 계십니다."

"언제 돌아오실까요?"

"전화해서 약속을 잡으셔야 합니다."

"전화했는데 답신을 못 받았어요."

"감사합니다."

"저기요? 저기요?" 화이트가 데커를 건너다보았다.

"창을 도로 올려요." 데커가 말했다.

화이트는 그렇게 했다.

데커가 말했다. "좋아요, 분명히 누가 우릴 지켜보고 있을 겁니다. 여길 떠나죠. 이 거리에서 우회전해서 반쯤 가서 아까 지나온 세탁소 주차장에서 기다립시다. 여기로 오려면 길은 거기밖에 없어요."

"좋아요. 하지만 뭘 기다리죠?"

"검은 메르세데스 컨버터블이 차고에서 나오고 있었어요. 하지만 멈춰서 후진해 사라졌죠. 당신은 호출기로 통화 중이라 못 봤지만요. 내 생각엔 아마 펠로스 씨였을 것 같아요. 우리가 가면 아마 다시 나오겠죠. 그 뒤를 따라가면 돼요."

"그리고 펠로스 씨가 아니면요?"

"그러면 펠로스 씨의 지인이겠죠. 그 사람을 통해 펠로스 씨를 설득해봅시다. 그렇지 않으면 영장이나 소환장이 필요할 텐데, 그러기엔 증거가 부족해요."

화이트는 데커가 말한 대로 세탁소 주차장으로 가서 차를 세웠다.

30분쯤 후, 검은 메르세데스 컨버터블이 그곳을 지나갔다. 지붕이 내려져 있어서 운전석에 앉은 사람이 보였는데, 세련되게 차려입은 50대 여성이었다.

"어젯밤 온라인에서 사진을 찾아봤어요." 데커가 말했다. "저 사람 맞아요. 밟아요."

화이트가 차도로 나가 차 세 대를 사이에 두고 벤츠를 미행했다. 10분쯤 지나 펠로스는 한 스파 주차장에 차를 세우고 내려서 입구로 향했다.

"지금 낚아채는 게 좋을까요?" 화이트가 물었다.

"아뇨, 스파를 충분히 즐기게 둡시다. 갔다 오면 기분이 좋아져서 우리 질문에 더 잘 대답해줄지도 모르죠."

화이트가 놀란 표정으로 데커를 보았다. "데커, 당신이 그런 말도 할 줄 아는 줄은 몰랐네요."

"네, 사실 나도 내 말에 놀랐어요."

두 사람은 차를 세우고 기다렸다.

"알렉스는 어떻게 지내요?" 화이트가 물었다.

"잘 있는 것 같아요." 데커가 대답했다. '속은 어떨지 몰라도.'

"이렇게 실마리를 주다니, 고맙네요."

"맞아요."

"당신 부탁이라면 다 들어주나 봐요?"

데커가 화이트를 건너다보았다. "정확히 무슨 말을 하려는 거죠?"

"그냥 내가 보기엔 그런 것 같다고요."

"아, 예."

"펠로스가 우리한테 뭘 말해줄 것 같아요?"

"전부 다요."

"정말로요?"

"꿈을 크게 가져서 나쁠 건 없죠."

"그래서 실망하면요?"

"살다 보면 그보다 나쁜 일도 얼마든지 있어요."

화이트는 비꼬려다 생각을 바꿨다. "그건 당신 말이 맞는 것 같네요."

한 시간 반 후, 펠로스가 스파에서 나왔다. 피부는 광이 나고 손발톱은 아쿠아마린 색으로 칠해졌고 머리카락은 윤기가 흘렀다.

"**저걸** 다 하는 데 돈이 얼마나 들었을지 궁금하네요." 화이트가 말했다.

데커가 차 문을 열었다. "알 게 뭡니까? 자, 가서 하는 데까지 최대한 해봅시다."

74

두 사람의 신분증을 보자 펠로스의 커다란 눈이 한층 더 커졌다.

"어젯밤 메시지를 남긴 분이시군요. 저기요, 왜 날 괴롭히는 거죠? 제 회계사들한테 가서 말하세요. 그 사람들이 다 알아서 처리하니까요. 난 그냥 돈 쓰는 것만 하지, 그 돈이 어디서 오는지는 몰라요. 그리고 세금에 관해서는 아무것도 모르고요!"

"무슨 말씀이신지 모르겠네요." 화이트가 말했다. "저희는 연쇄 살인 사건을 조사 중입니다."

펠로스는 하마터면 차 위로 쓰러질 뻔했다. "살인요? 도대체 **살인 사건**에 관해서 나랑 무슨 얘길 하고 싶은 건데요?"

"어쩌면 사람 없는 곳으로 가서 같이 말씀 나눠보시면 어떨까요?" 데커가 제의했다. "선생님 댁이라든가?"

이윽고 두 사람은 펠로스의 차를 따라가 열린 정문을 통과했다.

"와." 물가 바로 앞에 자리 잡은 3층짜리 대저택 앞에 차를 세우며 화이트가 말했다. "그러니까 세상의 나머지 절반은 **이렇게** 살고 있군요."

"절반은 아니에요." 데커가 대꾸했다. "그보다는 한 줌에 더 가깝죠."

펠로스를 따라 안으로 들어간 두 사람은 메이드 제복을 입은 여자를 지나쳤다. "커피 부탁해, 제인. 수영장으로 갖다줘." 펠로스가 여자에게 말했다.

"네, 알겠습니다."

주위를 둘러보다 사진으로 가득한 커다란 선반에 시선이 머문 데커는 그리로 가서 사진을 쭉 훑어보았다. "아버님이신가요?" 그가 커다란 단체 사진을 가리키며 물었다.

펠로스가 방을 가로질러 왔다. "네. 사실 여긴 아버지가 사시던 집이라 당신 물건이 아직 다 그대로 있어요." 펠로스가 아버지의 사진을 보며 말했다. "뼛속까지 정치가처럼 보이시죠, 안 그래요?"

"겉보기는 믿을 게 못 되지 않나요?" 데커가 되물었다.

"〈후보자〉라는 영화 혹시 보셨어요? 로버트 레드포드가 나오는?"

"봤습니다."

"그게 바로 제 아버지였어요. 신께서 보우하시길. 유쾌한 분이셨죠. 유세를 좋아하고, 악수하기를 좋아하고, 조명받길 좋아하셨지만 그 직업이 실제로 뭘 하는 직업인지는 전혀 모르셨고 애써 알려고 하지도 않으셨죠. 국회의사당에 계시는 동안 발의하거나 통과시킨 법안은 한 건도 없었어요. 전 내부 기밀 같은 걸 발설할 생각은 없지만, 그건 누구나 아는 사실이었죠."

"그럼에도 몇 번이나 재선되셨죠." 데커가 말했다.

"지금은 그게 의례적인 것 같아요, 안 그래요? 좋아요, 본론으로 들어갈까요?"

데커와 화이트는 펠로스를 따라 뒤쪽 베란다로 갔다. 인피니티 풀과 호화로운 그림들과 가구들과 조각들이 늘어서 있었다. 바로 그 너머에는 커다란 선거(船渠)가 있었고, 요트라고 불러도 될 법한 커다란 배가 계류돼 있었다.

"그래서, **세금** 문제가 있으시다고요?" 세 사람이 자리에 앉은 후 화이트가 주위를 둘러보며 물었다.

"내 소득 구간에 속하는 사람은 누구나 세금 문제가 있죠. 이미 말했지만, 그건 회계사한테 일임하고 있어요."

"남편분은요?"

"이혼했어요. 세금 문제가 **그것** 때문이죠. 아버지는 큰돈을 물려받으셨어요. 유능한 재무설계사를 두셔서 그걸 더한층 불리셨죠. 제가 아직 어릴 때 제 앞으로 신탁을 드셨어요. 전 걸음마를 뗄 무렵부터 억만장자였죠. 전남편은 절 빈털터리로 만들려고 갖은 용을 썼어요. 하지만 혼전계약서 덕분에 빈털터리는 **그쪽이** 됐고 전 해결해야 할 문제가 몇 가지 생겼죠. 전 아마 무덤에 들어갈 때까지 부자일 거예요. 그래서, 여기는 무슨 일로 오신 거죠?"

데커는 1981년 마이애미의 그날 밤 이야기를 꺼내기 전에 우선 사건을 간략히 요약 설명했다. 카나크 로 이야기는 하지 않았다.

"아버지랑 같이 거기 계셨나요?" 데커가 물었다.

펠로스가 날카롭게 대꾸했다. "도대체 왜 이런 이야기를 하는 거죠? 아버지는 치매세요."

"압니다. 그리고 왜 이 이야기를 하느냐면, 만약 당신이 아버지와 함께 있었다면, 혹시 그 연설 당일 밤에 뭔가 이상한 일이 있었던 걸 기억하실까 해서죠."

"네, 좋아요. 전 거기 **있었어요**. 아버지는 원래 뉴욕 출신이셨지만 제가 어렸을 때 플로리다로 이사 왔죠. 부모님이 그곳 기후를 좋아하셨고 세금도 뉴욕보다 훨씬 낮았거든요. 우린 당시 웨스트팜에 살았어요. 전 아버지랑 같이 마이애미로 갔어요. 대통령을 만나고 싶었죠. 겨우 열다섯 살이었으니까."

"그래서, 이상한 건 없었습니까?"

"무슨 이상한 거요?"

"평범하지 않은 거면 뭐든지요."

"딱히 기억나는 건 없어요. 대통령 연설이 끝나고 뒤이어 아버지도 한 말씀 하셨죠. 사진 촬영회에 이어 거액 기부자들 대상의 악수회도 있었어요. 전 레이건을 만났어요. 꽤 매력적인 분이었죠. 바로 얼마 전에 죽음의 문턱에서 돌아온 걸 생각하면 꽤 강건해 보였고요. 그 후 대통령은 자리를 떴어요. 그 전에는 아무도 떠날 수 없었죠. 그게 표준 절차거든요, 왜."

"그다음에는 어떻게 됐죠?"

"그다음에 난 아버지의 보좌관과 같이 호텔로 돌아갔어요. 그리고 잠자리에 들었죠."

"아버님은요?"

"분명히 나중에 오셨을 거예요. 악수를 나눌 사람이 더 있었거든요."

"하지만 그날 밤에는 못 보신 건가요?"

메이드가 들어와 커피를 놓고 다시 나갔다.

펠로스가 커피를 한 모금 마셨다. "호텔로 돌아온 후에 아버지를 본 기억은 없어요. 그야 전 아버지가 재워줘야 하는 어린아이가 아니었으니까요." 그리고 잠시 침묵에 잠겼다 다시 입을 열었다. "그날 밤 이상한 일이 없었는지는 왜 물으시는 거죠?"

그 말을 할 때 펠로스는 눈을 내리깔고 손을 살짝 떨었다. 그걸 놓칠 데커가 아니었다.

화이트가 말했다. "그날 밤 한 정보부 요원이 뭔가를 봤습니다. 말하자면 인생이 완전히 바뀔 만한 걸요. 그 이후로는 아예 딴사람이 됐죠."

펠로스가 움찔했다. "정보부 요원요? 레이건의 경호원을 말씀하시는 건가요?"

"네."

"설마 지금 하시려는 말씀이 대통령이……."

"아뇨, 그건 당연히 아닙니다." 데커가 말했다. "레이건은 그 한참 전에 자기 경호원들에 둘러싸여 잠자리에 들었습니다. 그리고 문제의 요원은 당직이 아니었고요. 동료 요원 몇 명이 식사와 술자리를 하려고 밖으로 나갔지만 그 요원은 그러지 않았습니다. 호텔에 남았죠."

펠로스는 생각에 잠긴 표정이었다. "그리고 당신은 그 사람이 그때 뭔가 **이상한** 걸 봤다고 생각하는 건가요?"

"네."

데커는 펠로스를 자세히 살폈다. "하지만 당신은 방을 나가지 않았고 아무것도 못 봤으니까, 아마도 우리를 도울 수 없으시겠죠……?"

화이트가 덧붙였다. "그리고 그건 우리가 조사 중인 최근의 연쇄 살인 사건에서 범죄자들이 무사히 빠져나간다는 뜻이죠."

펠로스가 화이트에게 냉랭한 눈길을 보냈다. "그래서, 지금 죄의식을 자극해서 내 입을 열게 만들려는 건가요?"

"우린 그저 진실을 알고 싶을 뿐입니다." 데커가 대꾸했다.

펠로스는 커피를 한 모금 더 마시고 새로 한 네일을 내려다보았다. "난 그날 밤 아주 신이 났어요. 뭐, 대통령도 만나고 했으니까요." 펠로스는 고개를 들었다. 자기 말에 두 사람이 어떻게 반응하는지 확인하려는 것 같았다. "그래서 잠이 잘 안 왔죠."

데커는 펠로스의 의중을 알아채고 작은 의자에서 커다란 몸뚱이를 고쳐 앉았다. "그리고 잠이 안 와서, 뭘 하셨습니까?"

"아마 홀로 나가서…… 돌아다녔던 것 같아요. 신선한 공기를 쐬려고요."

"그리고…… 뭔가를 보셨나요?" 화이트가 끼어들었다.

"그 정보부 요원이 어떻게 생겼나요?" 펠로스가 불쑥 물었다.

데커는 주머니에서 전화기를 꺼내어 파일을 띄우고 감마 웹사이트에 있는 카나크 로의 훨씬 젊은 시절 사진을 보여주었다.

사진을 본 펠로스가 고개를 끄덕였다. "네, 그날 밤 본 남자 같네요. 적어도 내 생각에는요. 어쨌든 오래전 일이니까요." 펠로스는 다소 방어적으로 덧붙였다. "기억은 완벽하지 않죠."

"네, 알고 있습니다." 데커의 말은 화이트에게서 놀란 표정을 이끌어냈다. "뭘 하고 있던가요?"

펠로스가 갑자기 몸을 굳히고 눈을 감더니 고개를 저었다. "이 일은 정말이지 다시 떠올리고 싶지 않아요. 과거를 억지로 끌어내는 건 무의미해요. 좋은 결과가 나올 리 없죠."

화이트가 앞으로 몸을 숙였다. "힘드신 거 압니다, 펠로스 씨. 진심이에요. 하지만 우리가 이 사건을 파헤치지 못하면 억울하게 살인 누명을 쓰고 감옥에 가게 될 사람이 있어요. 아니, 그보다 더 나쁜 일이 생길 수도 있죠. 그리고 지금 하시는 말씀은 우리만 알고 있을 겁니다. 우린 그냥 정보가 필요할 뿐이에요. 그게 답니다."

펠로스는 주머니에서 티슈를 꺼내어 눈을 두드렸다. 그리고 잠시 후 말했다. "어…… 어떤 방에서 큰 소리가 들렸어요."

"무슨 얘기인지도 들리던가요?" 데커가 물었다.

펠로스는 고개를 저었다. "하지만 문이 살짝 열려 있었어요. 그…… 그래서 안을 들여다봤죠."

"방에서 뭐가 보였나요?"

"이 요원이랑 다른 남자랑…… 여자가 있었어요. 젊은 여자가요."

"뭘 하고 있던가요."

"그……." 펠로스는 고개를 돌리고 티슈로 눈을 문질렀다. "난 정말 다 잊고 있었어요. 그런데 이제 당신들이 여기 와서 전부 다 다시 들쑤셔놨어요. 지금은 분명히 아무 의미도 없는 일일 텐데."

"의미가 있습니다." 데커가 말했다. "어떤 사람들에게는 아주 큰 의미가 있죠. 사실 살인을 저지를 정도로요. 그리고 전 당신이 그걸 결코 잊지 못했을 거라고 생각합니다. 그냥 다시 생각하고 싶지 않았을 뿐이죠. 생각하면 너무 겁이 났으니까요."

펠로스는 몸서리를 쳤다. "이 오랜 세월이 지났는데, 그 일 때문에 아무 죄 없는 사람이 감옥에 갈 수도 있다는 게 정말인가요?"

"살인에는 공소 시효가 없습니다." 화이트가 지적했다.

"맙소사. 이 일이 다시 돌아와 날 괴롭힐 줄은 꿈에도 몰랐어요." 잠시 고개를 돌려 만을 바라보던 펠로스가 다시 두 사람을 돌아보고 낮은 목소리로 말했다. "그 남자들은…… 여자를…… 시트로 감싸고 있었어요."

"여자가 죽었나요?" 화이트가 물었다.

"모…… 모르겠어요. 하지만 아마 그런 것 같아요. 움직이지 않

457

왔어요. 축…… 늘어진 것 같았죠."

"다른 남자는 누구였습니까?"

"내…… 내 생각엔 아마 직원이었던 것 같아요. 우리……."

"아버님의 유세 직원요?" 화이트가 제의했다.

"네, 하지만 이름은 몰랐어요. 젠장, 난 그 남자가 아버지 밑에서 일한 게 맞는지도 확신이 없어요. 그냥 그런 유형으로 보였죠."

"그 남자들이 당신을 봤습니까?" 화이트가 물었다.

"아뇨. 난 아무 소리도 안 냈고 아주 작은 틈새로 엿보기만 했거든요."

"그래서 남자들이 **시신을** 포장하고 있었군요?" 데커가 말했다.

펠로스는 눈을 감고 고개를 떨궜다. "그 남자들은…… 여자를 여행 가방에 넣었어요. 난…… 도망쳤어요. 그 사람들이 날 보기 전에요."

"그래서 그 사람들이 그걸 어떻게 했는지 모르시겠군요?"

"네."

"누군지 아는 여자였습니까?"

펠로스는 고개를 저었다.

"인상착의를 묘사하실 수 있나요?" 화이트가 수첩을 꺼내어 뭔가 끄적이며 물었다. "오래전인 건 압니다."

펠로스가 눈길을 내리깐 채 나지막이 말했다. "흑인이었고 20대였어요. 길고 검은 머리에 날씬하고 꽤 예뻤어요. 심지어…… 죽었는데도요. 그리고…… 알몸이었어요."

"그걸 아주 작은 문 틈새로 전부 본 겁니까?" 화이트가 미심쩍은 투로 물었다.

"음, 어쩌면 그보다는 조금 더 열려 있었나 봐요."

"그 남자들이 벌거벗은 여자의 시신을 여행 가방에 넣고 있었다면 도대체 왜 문을 열어두었을까요?" 화이트가 물었다.

"호텔방으로 들어가는 문이 아니었어요. 투룸짜리 스위트룸이었거든요. 그건…… 그건 침실로 들어가는 문이었어요."

"하지만 어떻게 그 방에 들어간 거죠?" 화이트가 물었다.

데커가 한 손을 들어 화이트의 말을 막았다. "그냥 계속 말씀하시죠. 상처 같은 게 보이던가요? 외상이나 혈흔 같은 건요?"

"아뇨, 그런 건 없었어요. 그리고 하얀 시트였으니까 그런 게 있었으면 분명히 보였을 거예요. 그 여자는 그냥…… 움직이지 않고 숨도 안 쉬는 것 같았어요."

데커가 앞으로 몸을 기울였다. "왜 호텔의 누군가한테 알리지 않았습니까? 아니면 경찰에 신고할 수도 있었을 텐데요?"

"모…… 모르겠어요. 난 그냥 어린애였어요. 무서웠어요. 혼란스러웠죠. 그…… 그냥 그 자리를 벗어나서 내가 본 걸 잊고 싶었어요. 그리고 그렇게 했죠. 이 오랜 세월 동안." 펠로스가 쏘아붙였다. "당신들이 나타나기 전까지는요."

데커가 말했다. "난 그게 전부가 아닐 거라고 생각합니다. 훨씬 더 많은 게 있죠."

"도대체 그게 무슨 소리죠?" 펠로스의 얼굴에 두려움이 어렸다.

"그건 당신 **아버지의** 방이었죠, 아닙니까? 그래서 들어갈 수 있었던 거죠? 당신은 아버지 방 열쇠가 있었어요."

펠로스는 무너져서 흐느끼기 시작했다.

"그래서, 우린 거의 40년 전에 실종됐고 아마도 살해당했을 피해자를 찾아야 하는 거군요. 거 참 식은 죽 먹기네요." 오션뷰로 돌아오는 차 안에서 화이트가 말했다.

"추적할 실마리가 있잖아요." 데커가 지적했다.

"펠로스는 자기 아버지가 방에 없었고 죽은 여자와 아무 관련 없었다고도 했어요."

"아니면 뭐라고 하겠습니까? 그리고 아마 로와 다른 남자가 현장을 처리하게 두고 먼저 떠났을 수도 있죠."

"**당신은** 그날 밤 무슨 일이 있었을 거라고 생각해요?"

데커가 어깨를 으쓱했다. "상원의원에 출마하는, 나이 지긋하고 권력과 부를 가진 백인 유부남의 침대에서 젊은 흑인 여성이 죽어 있었다? 그러면 앞날은 막힌 거죠. 일이 잘못돼서 그 여자를 죽였든, 아니면 그 여자가 뭔가 급성 질환 같은 걸로 그 남자 침대에서 죽었든요. 남자는 그걸 처리할 믿을 수 있는 보좌관을 불렀고, 어찌다 보니 카나크 로가 그 현장에 가게 된 거죠. 로가 신고하지 않은 점으로 미루어 난 그 여자가 살해당했다기보다는 자연사한 것 같아요. 그렇지 않으면 아마 신고를 했을 겁니다."

"하지만 그래도, 살인이 아니었대도, 그걸 왜 덮죠? 왜 로가 그런 위험을 감수해야 하는데요?"

"문제의 남성은 로가 경호하고 있던 대통령과 방금 같은 행사에 참여했어요. 그 사실이 새어나가면 누구에게도 좋을 게 없죠. 그리고 로는 아마 자기 윗사람을 아무 상관도 없고 알지도 못하는 일에 끌어들이고 싶지 않았을 겁니다. 그런 사건이 알려지면 다들 섣불리 결론을 내리려 하죠."

"그래서, 뭘 대가로 그걸 은폐하도록 도와주죠?"

"어쩌면 회사를 창립하기에 충분한 돈일 수도 있겠죠."

"그렇다면 카나크는 그리 바른 생활 사나이는 아니었네요. 기회를 놓치지 않은 걸 보면."

"많은 사람들이 그렇게 하죠." 데커가 대꾸했다.

"좋아요, 그 죽은 여자를 어떻게 찾아내죠?"

"그보다 중요한 건 그 방에 있던 다른 남자를 어떻게 찾아내느냐예요." 데커가 말했다.

"펠로스는 그 남자가 자기 아버지 유세에서 일한 것 같았다고 했죠. 확실한 건 아니었지만요."

"어쩌면 죽은 여자보다 추적하기 더 쉬울 수도 있어요."

"어떻게요?"

"태너의 유세 직원들을 확인해보면 되죠. 태너는 거의 20년간 상원의원으로 있었어요. FBI가 명단을 제공할 수 있을 겁니다."

"좋아요, 그건 내가 맡죠. 그리고 여자는요? 그 여자의 친구들과

461

가족들은 분명 뭔가 답을 찾고 있을 거예요."

"분명 그러겠죠." 데커가 나지막이 대꾸했다. "나라도 그럴 테니까요."

그 말에 잠시 아무 말 없이 데커를 응시하던 화이트가 입을 열었다. "그럼 이제부터 파헤쳐봐야겠네요. 우선 1981년 11월에 들어온 실종 신고들을 확인해야죠. 인상착의는 알고 있으니까. 경찰 보관소에 미해결 사건 파일이 있을지도 몰라요."

"누가 그 사건을 접수했다면 그렇겠죠."

"젠장. 이 사건 때문에 이렇게까지 과거를 파헤치게 될 줄 누가 알았겠어요? 그리고 그것 때문에 누군가가 지금 와서 사람을 죽이고 다닐 줄은."

"어쩌면 그리 멀지 않은 **과거**에도 그런 일이 있었을 수도 있어요." 데커가 지적했다.

"누구 말하는 거예요?"

"카나크 로요."

"로는 그 오랜 세월 입을 다물었잖아요. 왜 이제 와서 갑자기……." 화이트는 갑자기 생각이 떠올랐는지 말끝을 흐렸다.

"맞아요." 데커가 화이트를 보며 말했다. "카시미라는 자기 아버지가 무척 신앙심이 깊었다고 했어요. 죽음을 눈앞에 두고서 양심의 가책을 지우려고 했을 수도 있죠."

"그리고 그 가책을 지우길 바라지 않는 누군가한테 그 생각을 들켰고요."

"그리고 그 결과로 배와 함께 사라졌죠."

"그 가설을 카시미라에게 들려줄 건가요?" 화이트가 물었다. "카시미라는 용의자일 수도 있어요. 앤드루스는 확실히 카시미라를 의심하고요.”

“앤드루스의 시각은 ‘확실히’ 편향돼 있죠. 감마에 지원했다 떨어졌으니까.”

“자식들이 부모를 살해하는 일은 종종 있죠. 부모가 자신에게 위협이 된다고 느끼면요. 그리고 카나크가 이제는 **카시미라**의 것이 된 자신의 제국이 사실은 살인과 협박을 기반으로 세워졌다는 걸 만천하에 알리려고 했다면?”

“카시미라가 실제로 카나크를 죽였다면 왜 아버지가 어떻게 됐는지를 알아봐달라고 나한테 부탁하겠어요? 말이 안 되잖아요.”

“그건 맞아요. 그래서, 우린 어떡하죠?”

“계속 파헤쳐봐야죠. 우리가 할 수 있는 건 그것뿐이니까.”

“이 사건을 끝까지 파헤치려면 중국까지 파 들어가야 할 것 같아요.”

“그리고 만약 내 처음 가설이 맞다면 답은 아직 반쪽짜리에 불과해요. 그러니 당신이 태너의 보좌관들과 실종된 여성에 관해 조사하는 동안 나는 줄리아 커민스를 살해한 자에 관해 더 추적해볼 겁니다.”

“방법은요?”

“배리 데이비드슨하고 다시 이야기해봐야죠.”

“하지만 당신은 그 남자가 범인이 아니라고 생각하잖아요.”

“하지만 범인에 관한 나름의 감 같은 게 있을지도 모르죠. 그리고 데니스 랭글리를 다시 신문해볼 겁니다.”

“그 개자식은 입도 벙끗 안 할 텐데요.”

“하지만 지금쯤이면 약혼녀가 랭글리와 대화를 나눴을 겁니다. 그리고 어쩌면 프러포즈의 타이밍에 관한 우리의 의혹을 전했을 수도 있겠죠. 그랬다면 랭글리가 동요해서 뭔가 발설할지도 모르고요."

"왜 우리가 게임의 출발점으로 돌아온 것 같은 기분이 드는 거죠?"

"어쩌면 그게 사실이니까요. 다만 지금은 다른 게임의 중간 지점일지도 몰라요."

7 776

배리 데이비드슨은 보석 심리를 마치고 구류 상태였다. 구치소에서 마주 앉은 데커에게 데이비드슨은 무죄 답변을 했다고 알려주었다. 변호사를 고용했지만 데커와는 변호사가 없는 자리에서 만나기로 동의했다.

"내 변호사는 아주 재수 없는 개자식으로 악명이 높죠." 데이비드슨이 말했다.

"알아서 잘 고르셨으리라 믿습니다. 워낙 많이 널려 있으니까요. 그리고 우린 타일러와 만나봤습니다."

"면회 왔었어요. 제가 여기 들어와서 무척 화났죠. 계속 알리바이 이야기를 했는데, 판사는 듣는 척도 안 하더군요."

"알리바이는 보석 심리가 아니라 재판을 위한 겁니다."

"그리고 판사는 내가 재판 때까지 여기 있어야 한다고 했어요. 난 운영해야 할 사업이 있는데."

"충고 하나 할게요, 배리. 당신은 지금 여기에 집중해야 해요. 사업이 아니고요. 지금은 타일러도 잊어요. 이게 잘못되면 당신은 둘다 잃을 테니까요. 남은 평생 동안."

"젠장, 내가 그걸 모를까 봐요?"

"당신 태도를 보면 모르는 것 같아서요."

"날 괴롭히러 왔어요, 데커?"

"당신한테 변호사를 구하고 진술을 하지 말라고 말한 게 나였습니다."

"변호사한테 그 말을 했더니 놀랍디다. 당신이 날 속이려고 수작을 부리는 거랬는데, 어리둥절한 눈치였어요."

"난 내 패를 다 깠습니다. 당신이 부인을 죽였다고 생각하진 않지만 부정하기엔 증거가 너무 많죠. 그리고 배심원과 검사는 내 생각에는 관심도 없을 테고요. 그 사람들이 관심 있는 건 오로지 증거뿐입니다. 알겠습니까?"

데이비드슨은 자세를 더 똑바로 고쳐 앉고 집중한 표정을 지었다. "네, 알겠어요. 알아들었어요. 그럼요."

"자, 당신 알리바이는 완벽하지 않아요. 그 일부는 당신 아들이 제공한 거니까요. 당신 총으로 두 사람이 죽었어요. 당신은 동기가 있죠. 수단도 있고, 검사는 당신에게 기회도 있었다고 할 겁니다. 타일러의 알리바이를 초 단위로 물고 늘어질 테고, 아이는 만신창이가 될 수도 있어요."

"타일러가 꼭 그 일을 겪어야만 할까요?"

"네, 당신이 유죄 답변으로 바꾸지 않는 한은요."

"난 그 총을 몇 년 동안 쥔 적도 없다니까요."

"하지만 당신은 아내의 침실에서 그걸 들고 있었고, 그래서 지문이 잔뜩 묻었죠. 그리고 당신 집에 들어와서 그걸 가져갔을 만한 사람도 없다고 했고요. 하지만 전 부인이 당신 집 열쇠를 갖고 있었다고 했죠."

"맞아요. 그랬어요."

"그러니 **전 부인**의 집에 들어갈 수 있는 사람이 그 열쇠로 당신 집에 들어가 총을 빼돌려서 두 사람을 죽인 다음 도로 갖다놨을 수도 있어요. 혹시 집 건물이나 엘리베이터에 감시 카메라가 있습니까? 집에는요?"

"아뇨, 차고에는 있지만 그게 다예요. 매 순간 감시당하는 기분을 느끼고 싶은 사람은 별로 없으니까요. 나 역시 그렇고요."

"저번에 보니 보안 시스템은 없더군요."

"건물은 무척 안전하고 보안 주택단지에 속해 있죠. 방문객은 경비원에게 확인을 받아야 하고 주민은 차에 문이 자동으로 열리는 전자 태그가 있어요. 그리고 야간에는 카드기가 있어야 건물에 들어올 수 있고요."

"전 부인도 카드키가 있었나요?"

"당연하죠. 하지만 도대체 누가 열쇠와 보안 카드를 가져갔다가 내 집에 들어와서 총을 훔쳐 가죠?"

"전 부인의 집에 있었던 누군가겠죠."

"줄리아는 무척 외향적이었어요. 그리고 이혼하기 전에 우린 저녁 식사 자리와 사교 모임을 열고 사람들을 많이 초대했죠."

"사실, 그 사람들은 아무 때고 열쇠를 복제하고 보안 카드를 가져가거나 복사할 수 있었겠죠."

"누가 날 그렇게까지 미워하는데요?" 데이비드슨이 물었다.

"미움이라기보다는 아무래도 **편의**의 문제겠죠." 데커가 대꾸했다. "당신은 무척 만만한 미끼였던 겁니다. 아직 전 부인을 사랑한다는 게 뻔히 보였으니 동기는 충분하죠. 줄리아는 앨런 드레이먼 트가 자기 집에 와 있는 이유를 거짓말로 둘러댔어요. 심지어 데니 스 랭글리도 자기 집에 들여놓지 않았고요. 왜 그랬습니까, 배리? 사실을 말해요!"

"내가 아는 건 다 말했습니다."

"아니, 그렇지 않아요. 당신이 그 말을 안 하려 하는 건 아마 민 망하기 때문이겠죠. 그러니 자신에게 물어봐요. 굴욕을 당하고 싶 어요, 아니면 남은 평생을 감옥에서 보내고 싶어요? 어차피 재판 에서 밝혀질 테니, 그냥 지금 밝히는 게 나을 겁니다."

데이비드슨은 데커의 노골적인 추궁에 충격을 받은 기색이었다. 긴 한숨을 내쉬고는 입을 열었다. "줄리아는…… 줄리아는 내가 자 기 집을 감시하는 걸 알아챘어요."

"그래서 당신에게 스토킹당하는 걸 알았군요? 그리고 위협을 느 꼈나요?"

"난 줄리아를 다치게 할 마음은 추호도 없었어요, 데커. 맹세해요."

"하지만 그게 아마 줄리아가 경호를 알아본 이유겠죠. 그리고 줄 리아는 드레이먼트와 섹스를 하고 있었어요. 하지만 드레이먼트의 직업이 경호원이었다는 건 아마 가산점이 됐을 겁니다. 아마 보호 받는 기분이 들었겠죠."

"그 남자로서는 상황이 좀 안 좋게 됐죠, 안 그래요?" 데이비드 슨이 비꼬았다.

"계속 그런 식으로 말해요, 배리. 그러면 법정에서 유죄 판결은 확실히 맡아놓은 거니까요."

데이비드슨은 안색을 바꾸고 고개를 내리깔았다. "그런 뜻으로 한 말은 아니었어요."

"스토킹하는 걸 들키고 나서 줄리아에게 신변의 위협을 느낄 만한 말을 했습니까?"

"난…… 난 좀 취했던 것도 같아요. 그래서…… 무슨 말을 했을 수도 있어요."

"그래서, 내 질문의 답은 '그렇다'군요. 저기요, 여기 더 오래 앉아 있을수록 당신이 실제로 줄리아를 죽였을지 모른다는 생각이 드네요."

데이비드슨이 고개를 들고 데커를 매섭게 쏘아보았다. "그럼 당장 여기서 꺼져요, 데커. 난 어차피 변호사도 없이 당신이랑 이렇게 얘기하고 있으면 안 돼요."

"당신은 여전히 전 부인의 유산 집행자이자 신탁 관리자인가요?"

"네." 데이비드슨이 좀 더 가라앉은 목소리로 말했다. "하지만 모든 상황을 감안해서 덩컨 트로터에게 다른 누군가한테 맡기겠다고 했어요. 은행에 맡길 수도 있고요."

"왜죠?"

"줄리아가 그러길 원했을 테니까요. 그리고 내가 유죄 판결을 받으면 어차피 그런 건 못 하게 되잖아요. 어지간한 액수도 아니고. 전문가의 관리가 필요해요."

"그래서, 전 부인이 얼마나 부자였는지 아셨습니까?"

"줄리아는 한 번도 감춘 적 없어요."

데커는 고개를 끄덕이고 자리에서 일어섰다. "알겠습니다."

"이제 뭘 할 건가요?"

"가서 데니스 랭글리와 이야기해보려고요."

"정말 그 남자가 줄리아를 죽였을 수도 있다고 생각하세요?"

"당신은 어떻게 생각하는데요?"

"내가 보기엔 살인을 저지를 만큼 남에게 관심이 많지 않아 보여요. 내가 듣기로는 오로지 자기 자신한테만 빠져 있는 사람이라던데요."

"그 말이 맞을지도 모르겠네요. 그건 그렇고, 결혼한답니다."

"정말요? 누구하고요?"

"글로리아 체이스요."

"아, 맞아요. 둘이 만난다고 들었어요."

"체이스에 관해 아시는 게 있습니까?"

"한 5년쯤 전에 그 지역에 갑자기 나타나서는 판을 휩쓸었죠. 사실은 약간 더 젊을 적 줄리아를 닮았어요. 강인하고 독립적이고, 한번 물면 끝장을 보죠. 그리고 아름답고 무엇보다 머리가 좋고요. 랭글리는 행운아예요."

"어쩌면 체이스보다는 운이 좋을 수도 있겠죠."

"그게 무슨 뜻이죠?"

"시간이 지나면 알게 되겠죠." 데커가 대꾸했다.

7 777

"왜 또 돌아왔죠?" 비서인 로즈가 데커를 사무실로 안내하고 방을 나간 뒤, 데니스 랭글리가 말했다. 데커는 로즈가 전과는 전혀 달라 보인다고 생각했다. 어깨는 축 처져 있었고 처음 왔을 때 본 햇살 같던 미소는 사라지고 없었다. 그리고 전처럼 엉덩이를 씰룩씰룩 뽐내며 문을 나가지도 않았다. 이유는 명백했다.

'랭글리가 결혼한다고 말했나 보군.'

"찌그러진 페니 동전 같은 거겠죠, 아마도." 데커가 남자 맞은편에 앉으며 말했다.

"빨리 끝내시죠. 난 바쁜 사람이니까."

"협조적으로 나오시면 확실히 순식간에 끝낼 수 있을 겁니다."

"순식간에 **뭘** 끝내죠? 내 알리바이는 확고하게 성립됐고, 더는 이야기할 게 없습니다."

"판사의 집에 간 적이 없다고 하셨죠?"

"맞습니다."

"그렇다면 판사가 가지고 있던 전남편의 집 열쇠도 빼돌리지 못하셨겠군요?"

"당연하죠. 난 그런 게 있는지도 몰랐는데요."

"판사가 얘기한 적 없습니까?"

"네. 그리고 내가 그게 어떻게 생겼는지, 어디 있는지 어떻게 알겠습니까?" 랭글리가 고개를 갸웃했다. "그게 왜 문제가 되죠?"

"다음 주에 결혼하신다고 들었습니다. 그 후에는 네바다로 떠나신다고요. 왜 서두르시죠?"

"그게 당신하고 무슨 상관인지 모르겠네요."

"이유는 알아서 상상하시고 그냥 질문에 대답해주시면 어떨까요?"

"우리가 여길 왜 떠나려 하는지 당신이 알아서 **상상하면** 어떻겠습니까? 저기요, 데커, 당신 손에는 아무런 패도 없어요. 단 한 장도요. 그러니 패를 쥔 척하는 건 그만두시죠. 자꾸 이렇게 나랑 약혼자를 찾아오면 괴롭힘으로 신고할 겁니다. 신고만으로 끝나지 않을 거고요. 그러면 당신은 어떻게 될까요?"

데커는 심드렁하게 대꾸했다. "모르겠습니다. 어떻게 되죠?"

"좋아요, 우린 끝났습니다. 당신은 시간이 남아돌겠지만 난 아닙니다."

"왜 이리로 이사 왔습니까?"

"다시 말하지만 댁이 알 바 아닙니다."

데커는 남자의 목깃에 시선을 고정했다. "나중에 글로리아를 만나러 갈 건가요?"

"네, 왜요?"

"충고 하나 하죠. 셔츠 갈아입어요."

"왜요?"

"목깃에 립스틱이 묻었거든요. 흥미롭게도, 당신 조수인 로즈가 바르고 있는 것과 동일한 빨간색이네요."

랭글리는 책상 서랍에서 손거울을 꺼내어 목깃을 확인하고 티슈로 립스틱을 문질러 지웠다. "로즈가 결혼을 축하해주려다가 좀 북받쳐서 그랬어요."

"정말요? 난 로즈가 당신이 약혼했다는 말을 듣기 **전에** 키스한 것 같은데요."

"마음대로 생각해요."

"정확히 무슨 수로 그 매춘부가 당신에 대한 신고를 취소하게 한 겁니까?"

랭글리가 자리에서 일어섰다. "당신은 명예훼손 소송에 아주아주 가까이 다가가고 있어요."

"아닐걸요."

"아, 이젠 변호사라도 되셨어요?"

"아뇨, 내가 말한 건 전부 사실입니다. 그 여자는 매춘부였고 당신을 폭행 혐의로 기소했지만, 그 후 신고를 취소하고 여길 떠났죠. 아직 살아 있기를 바랍니다."

"잘 가요, 데커."

사무실을 나온 데커가 문을 닫고 로즈의 책상 앞에서 멈춰 섰다. 티슈를 구기고 있던 로즈는 데커의 눈길을 피했다.

데커는 로즈 맞은편에 앉아 입을 열었다. "결혼식 계획에 관해 들으셨나 보네요."

로즈는 고개를 끄덕이고 코를 풀었다.

"그리고 두 분 사이는 혹시……?"

"적어도 전 그랬으면 했어요. 그러니까, 그 여자를 만나는 건 알았지만, 이렇게 될 줄은……." 고개를 든 로즈의 눈은 붉게 충혈돼 있었다. "저한테 사랑한다고 했거든요."

"정말 유감입니다." 데커는 다시 코를 푸는 로즈에게 말했다. "사람이 그러면 안 되는 건데." 그리고 주위를 둘러보며 말을 덧붙였다. "이 사무실은 돈을 엄청 들여서 호화롭게 꾸몄네요. 그리고 저남자는 벤틀리를 몰고요. 내 말은, 변호사들이 잘나가는 건 알지만, 여기서 혹시 무슨 일이 일어나고 있는 겁니까?"

데커를 보는 로즈의 얼굴에 경계심이 어렸다. "회사와 관련된 이야기를 당신한테 하면 안 될 것 같은데요."

"괜찮습니다. 마음이 불편하다면 굳이 말 안 해도 됩니다. 그 남자가 당신한테 얼마나 신의를 지켰는지 생각해보면 말이죠."

데커는 여자가 나지막이 '좆까'라고 말하는 걸 들은 것 같았다.

로즈는 컴퓨터를 물끄러미 보더니 잠시 후 자판 몇 개를 두드렸다. "전 랭글리 씨의 조수이자 준법률가일 뿐만 아니라 회사의 회계도 담당하고 있어요. 자, 전 누굴 좀 만나러 가야 해서요. 이만 가봐야겠어요. 원하시면 여기 **잠깐 계셔도 돼요.**"

로즈가 사무실을 나간 즉시 데커는 책상 앞에 앉았다.

데커가 보고 있는 페이지들은 기본적으로 재무 관련 내용이었다. 그는 화면을 전부 캡처한 후 그곳을 나가면서 훑어보았다.

원한에 찬 로즈는 방금 데커에게 손쉬운 먹잇감을 주었다. 랭글리는 직원들의 처우에 좀 더 신경을 썼어야 했다.

이제 데커는 데니스 랭글리를 꽤 투명하게 이해할 수 있었다. 물론 그 전에도 그리 어려운 일은 아니었지만.

하지만 그렇다고 랭글리가 줄리아 커민스를 죽인 범인일까?

78

화이트는 전화를 열몇 통은 걸었지만 딱히 소득이랄 게 없었다.

태너의 상원의원 시절에 일했던 나이 든 직원들은 대부분 세상을 떠났거나 오래전에 은퇴했다. 화이트는 그중 몇 명의 이름을 알아내 온라인에서 젊은 시절 사진을 찾아보았다. 디어드리 펠로스에게 보여주면 카나크 로를 도와 죽은 여자를 시트에 말아 여행 가방에 넣은 남자를 알아볼 수도 있지 않을까.

하지만 그 사람이 젊은 보좌관, 비서 또는 아주 하급 직원이었다면 이제 와서 추적하기가 어려울 수도 있었다. 그런 인력까지 포괄적으로 깔끔하게 정리해놓은 목록을 과연 여태 가지고 있을까. 태너가 은퇴한 후에 많은 직원들이 다른 국회의원 밑으로 갔거나 아예 정치계를 떠났을 것이다. 그 남자가 정치 업무와는 무관한 태너의 개인 보좌관이었다면, 그래도 누군지 알아볼 수는 있겠지만, 방법이 애매했다. 태너 부인은 세상을 떠났다. 태너 씨는 도움이 안 될 것이다. 디어드리는 아직 어렸고, 그날 밤 그 남자가 누군지 알아보지 못했다. 카나크 로라면 알겠지만 아마 카나크 역시 이 세상 사람이 아닐 것이다. 그리고 이 모든 일은 카시미라 로가 태어나기도 전에 일어났다.

마이애미데이드군 경찰서에 연락해 미해결 사건 담당반 직원과 이야기를 나눠보았다. 무슨 사건 관련인지는 구체적으로 말하지 않고 여자의 인상착의와 문제의 날짜와 장소를 알려주었다. 담당 경관은 알아보고 연락 주겠지만 일이 많이 밀려 있다면서, 이름을 모르면 쉽게 찾지는 못할 거라고 했다. 거의 불가능할 거라고 말한 거나 다름없었다.

또한 독립적인 조직이 운영하는, 총 46주와 플로리다 카운티 50곳에서 일어난 미해결 사건을 다루는 데이터베이스가 있었지만, 역시 이름을 모르니 다른 정보를 가지고 검색해봐도 아무런 소득이 없었다.

'젠장.' 화이트는 눈을 비비며 데커는 어쩌고 있을까 생각했다.

다른 방면으로 새로 문의한 것들에 관해 답신 몇 통이 왔다. 교통 감시 카메라에는 문제의 시각에 랭글리의 벤틀리나 체이스의 애스턴 마틴에 관한 기록이 전혀 없었다. 배리 데이비드슨은 아무런 의심스러운 지급 내역이 없었다. 주류점에서는 연락이 없어 화이트가 전화로 직접 문의하니, 그날 밤 근무한 직원이 랭글리가 말했던 시각에 그가 들어오는 걸 봤다고 전했다.

'삼진 아웃이군.'

화이트는 이 모든 걸 데커에게 전달하고는, 어머니에게 전화해 아이들의 안부를 확인했다. 아이들에게 아직 전화기를 사주지 않았지만, 곧 사줘야 할 것이다. 특히 맏이에게는.

'그리고 머지않아 아이들은 대학에 갈 거고 그 후에는 결혼해서 자기들 삶을 살러 떠나겠지. 어머니와는 멀리 떨어져서.

그리고 난 자기연민에 빠져 있어, 프레디. 아무래도 좋지 않은 조짐이야.'

"여보세요, 우리 딸." 어머니가 말했다. "볕 좋은 플로리다에서 어떻게 지내고 있니? 볕 좋은 볼티모어는 지금 4도 대란다."

"진척이 느려요. 언제 돌아갈 수 있을지 모르겠어요."

"안 그래도 궁금했는데, 거기에는 FBI가 없니? 왜 너랑 데커가 이 사건으로 거기 불려간 거야?"

"저도 첫날부터 그게 궁금했어요. 그리고 우리랑 같이 일하는 그곳 요원도 썩 마뜩잖아했고요."

화이트는 어머니에게 앤드루스 요원이 총에 맞았고 자신도 총격을 당할 뻔했다는 이야기는 하지 않았다. 제발 어머니가 어딘가에서 그 뉴스를 보는 일이 없기만 빌었다.

"음, FBI가 너랑 데커를 아주 높이 평가해서 너희한테 어려운 사건을 맡길 거 아닐까."

"아무렴요." 화이트가 냉소적으로 말했다. "어찌나 높이 평가했는지 제 승진 기회를 두 번이나 날려버렸죠. 하지만 그냥 매력이 넘치는 제 성격 때문일 수도 있겠죠."

"그리고 네가 상대가 누구든 헛소리하는 걸 참아주지 않아서일 수도 있어. 특히 널 찍어 누르려 하는 남자 요원들을 말이야. 하지만 계속 정의의 싸움을 포기하지 말렴, 우리 딸."

아이들 이야기를 함께 나누고서 화이트는 어머니에게 가능한 한 빨리 아이들을 보러 가겠다고 약속했다.

전화를 끊고서 뒤로 기대앉아 다시금 생각에 잠겼다. FBI 요원들이 전역에 널린 사우스플로리다에 왜 굳이 자신과 데커를 파견했을까. 게다가 탬파와 마이애미에도 커다란 현장 사무소가 있는데.

'분명히 나 때문은 아니야. 그렇다면 데커 때문인가? 그야 데커가 뛰어나다는 건 알지만, 정말 그것 때문이라고?'

화이트는 상관에게 대놓고 물어보지 못했다.

'저기요, 선샤인주의 그 많은 인력을 놔두고 왜 하필이면 우리를 여기로 보내서 이 고생을 시키는 거죠?'

갑작스러운 충동으로 짐 폴라드에게 전화를 걸었다. FBI 본부인 후버 빌딩에서 근무하면서 바닥에 귀를 바짝 붙이고 다니는 탓에 FBI에 관한 모든 뒷소문을 알고 있는 친구였다.

"여보세요, 프레디, 어떻게 지내요?" 폴라드가 쩌렁쩌렁한 목소리로 물었다.

덩치에 걸맞은 목소리였다. 덩치 크고 사교적인 남자인 폴라드는 좋은 요원의 표본이었지만 배우가 되고픈 열망을 남몰래 품고 있기에 지역 극단에서 배우로 활동했다. 어떻게 봐도 평범한 사람은 아니었다. 또한 FBI 내부의 인간 드라마를 좋아했는데, 그건 파도 파도 끝이 없었다.

"사건 때문에 플로리다에 와 있어요."

"알아요, 프레디. 그것도 그 괴짜 에이머스 데커랑 같이 갔죠."

"알고 있었어요?"

"젠장, 모르는 사람이 없어요. 그 친구의 새 파트너가 되다니, 정말 안됐어요. 이전 파트너는 뉴욕으로 도망갔다던데요."

"사실 알렉스 재미슨은 그 사람을 아주 높이 평가해요." 폴라드의 말에 자신도 놀랄 만큼 화가 난 화이트가 쏘아붙였다.

"내가 들은 거랑은 다르네요."

"우리가 여기 온 걸 모르는 사람이 없다는 게 무슨 말이에요?"

"못 들었어요?"

"뭘요?"

"로스 보거트가 데커의 보호자였잖아요. 이제 그 사람이 은퇴하니까 FBI는 데커가 지긋지긋해진 거죠. 몇 번쯤 성과를 거두긴 했지만 같이 일하기에는 거지 같은 사람이라던데요."

"주류 감성은 좀 아니지만 머리가 엄청나게 좋고 사람들을 대할 때 내가 생각했던 것보다 훨씬 섬세한 면이 있는 사람이에요."

"와, 당신한테 그런 말을 들을 줄은 몰랐는데요."

"난 그냥 내 눈에 보이는 대로 말할 뿐이에요." 화이트가 차갑게 대꾸했다. "그리고 데커가 지긋지긋해졌다는 게 무슨 말이에요?"

"그 친구를 치우고 싶어 한다고요. 난 임원들이 그 친구를 싹둑 자르고 싶어 한다는 소문을 들었어요. 무례하고 명령을 안 따르고 FBI 라인을 타지 않고, 적응할 마음도 전혀 없다고요."

"데커는 성과를 내요, 짐. 난 데커의 기록을 봤어요. 사건 해결률이 **백 퍼센트**라고요. 그런 요원을 한 명만 대봐요. 그 사람은 무고한 사람을 사형수 감방에서 빼냈어요. 그리고 한 번은 미국 대통령의 목숨을 구했고 덕분에 훈장을 받았죠."

"임원들은 그런 거 관심 없어요. **위에서** 시키는 대로 행동하고 말하는 사람을 원하죠. 그리고 데커는 정장도 절대 안 입잖아요. 워싱턴 현장 사무소에 갔다가 거기서 그 친구를 몇 번 봤어요. 노숙자가 따로 없던데요."

"그 사람은 공식 FBI 요원이 아니잖아요. 자문이라고요."

"그러니까 잘라내기가 더 쉽죠. 난 오히려 여태까지 버틴 게 더 놀라운데요."

화이트는 입에서 나오려는 말을 이를 악물고 참으며 솟구치는 분노를 달랬다. "하지만 그거 가지고는 우리가 이 사건에 배정된 이유가 설명이 안 돼요. 내가 알기로 플로리다에는 요원들이 잔뜩 있을 텐데요."

"연방 판사랑 개인 경호원, 맞죠?"

"맞아요. 그런 자세한 내용을 어떻게 알았죠?"

"소문요. 섬세하게 다뤄야 하는, 정말 복잡한 사건 같던데요."

화이트는 폴라드의 잔뜩 신난 어투가 거슬렸다. "정확히 이게 무슨 상황이죠, 짐?"

"난 아무래도 윗사람들이 데커를 나자빠지라고 거기로 보낸 것 같아요. 그러고 나면 즉시 계약을 끝내겠죠."

"왜 사람을 그런 식으로 끌고 다니죠? 그냥 해고하면 될걸?"

"그 친구는 여기서 적을 좀 만들었어요, 프레디. 이제 복수의 때가 온 거죠. 그 친구한테 망신을 주고 싶은 거예요."

"그리고 난 데커랑 같이 있게 됐고요. 이 거지 같은 걸 못 해결하면 난 어떻게 되죠?"

"나도 모르죠."

"나도 적을 만들었지만, 대체로 어떤 남자 요원들이 나랑 같이하고 싶어 하지 않아서였어요."

"저기요, 프레디, 당신이 할 일은 가능한 한 낙진에서 멀찌감치 떨어져 있는 거예요. 이 일에서 무사히 빠져나올 수 있게요."

"도대체 무슨 소릴 하는 거예요? '멀찌감치 떨어져' 있으라니? 내 일을 안 하고요? 이 조사에서 태업이라도 하라는 거예요?"

"당연히 아니죠. 난 그냥, 배랑 같이 침몰되지 말라고요."

"하지만 데커는 어쩌고요?"

"뭘 어째요? 설마 그 친구가 마음에 든다는 건 아니죠?"

"난 그 사람을 오래 알지는 못했지만……."

폴라드가 끼어들었다. "음, 모쪼록, 당신이 그 친구를 오래 알 필요는 없기를 빌게요. 잘 버티고 있어요. 그만 끊어야겠어요. 보스가 와서. 그럼."

화이트는 천천히 전화기를 내려놓았다.

"무슨 걸리는 거 있어요?" 호텔 식당에서 화이트와 마주 앉은 데커가 물었다.

"왜 물어요?"

"딴생각을 하는 것 같아서요."

화이트는 어깨를 으쓱하고 물을 마셨다. "사건 때문이죠, 뭐. 답답해서요."

데커는 잠시 화이트를 그대로 응시하다 고개를 돌렸다. "그래요."

"그래서, 데니스 랭글리가 파산 상태인 걸 알아냈다고요?"

"그 친구는 체이스와 결혼한다고 말하기 전에 비서가 재무 파일들에 접근하지 못하게 막았어야 했어요."

"그 정보를 어떻게 써먹으려고요?"

"내가 알아서는 안 되는 정보죠."

"저기요, 체이스도 썩 마음에 드는 건 아니지만 랭글리는 더 싫어요. 그리고 그 남자는 그 매춘부를 폭행한 것에 대해 아무 죗값도 안 치렀죠. 그리고 난 어떤 여자든 누구든, 그 남자한테 또 똑같은 일을 당하는 건 싫어요."

"그러면 내가 그 사진을 인쇄해서 봉투에 담아 체이스의 사무실 문틈으로 밀어넣은 걸 알면 기쁘겠군요. 그리고 혹시 그 속성 결혼식을 진행할 거면 혼전계약서를 꼭 쓰라는 내용의 익명 쪽지도 넣어뒀어요. 약혼반지 청구서가 이미 추심업체로 넘어갔다는 사실도 강조했죠. 랭글리가 한 달 전에 그 반지를 샀는데 보석상에 줄 돈을 떼어먹은 모양이더라고요. 벤틀리도 곧 그 뒤를 따라갈 거고요."

"와, 내가 옆에서 그 광경을 구경해야 하는데."

"또 모르죠. 그렇게 될지도."

"적어도 당신은 뭔가 긍정적인 상황 진척이 있네요. 태너의 보좌관이랑 죽은 여자 일은 막다른 골목이에요. 그리고 다른 문의 결과들은 이미 받았죠? 아무것도 없어요."

"태너 일은 놀랍지 않죠. 벌써 40년 전이니까요. 기적이라도 일어나면 모를까."

화이트가 불안한 얼굴로 데커를 보았다. 데커는 재빨리 눈치챘다.

"하고 싶은 말이 있으면 그냥 해요. 그렇게 참다가 폭발해버릴 수도 있을 것 같으니까." 데커가 말했다.

화이트는 한숨을 푹 내쉬고 뒤로 기대앉았다. "그러기 전에 담배 한 대 피워야 할 것 같아요."

"그냥 말해주면 폐가 고마워하겠죠."

"데커, FBI에 적을 만들었어요?"

데커가 어깨를 으쓱했다. "난 업무에 맞게 차려입지 않죠. 그리고 같이 일하려면 좀 짜증 나고요. 당신도 눈치챘을지 모르지만."

화이트가 희미한 미소를 지었다. "맞아요, 하지만 아주 조금요."

"그건 왜 물어봤어요?"

"여기엔 요원들이 잔뜩 있잖아요. 굳이 우리까지 내려와서 이 일을 조사할 필요가 없죠. 그리고 심지어 앤드루스한테 우리가 온다는 걸 알려주지도 않았잖아요. 미리 알고 저항할 수 없게요."

데커가 약삭빠른 표정으로 화이트를 보았다. "우리가 왜 여기 왔는지 혹시 알아요?"

"당신은 정말 유능해요, 데커. 내 말은, 정통적이지는 않아도 정말 유능하다고요. 그리고 그것 때문에 추락하게 될지도 몰라요."

"무슨 뜻이죠?"

"이 사건이 FBI가 눈엣가시를 뽑아내는 방법일 수도 있다는 뜻이죠."

데커는 맥주를 마시고 잔을 테이블에 내려놓았다. "그래서, 이 사건을 망치면 난 끝이다?"

"그게 공정하거나 옳다는 건 아니에요."

"이 정보는 어떻게 알았죠?"

"FBI의 뒷담 좋아하는 친구한테서요. 앤드루스가 우리가 이 사건에 배정된 걸 왜 모르고 있었을까 생각하다가 그 친구한테 전화해서 알아봤죠. FBI는 보통 그런 식으로 일을 처리하지 않으니까요. 그 친구가 알려줬어요. 위에서 당신을 버리고 싶어서 이 방법이 좋겠다고 결정한 거라고요. 그러면 내가 보고하러 갔을 때 탤벗의 태도가 이상했던 것도 설명이 돼요. 앤드루스가 치워지고 우리가 추가 지원을 요청하지 않아서 좋아하는 것 같았거든요."

"오로지 우리한테만 비난이 쏟아지게요?"

"당신은 화낼 만해요. 나라도 그럴 거예요." 화이트가 말했다.

"화낸다고 뭐가 달라지나요."

"그럼 어떻게 해야 달라지죠?"

"당신과 내가 이 거지 같은 사건을 해결하면 날 못 내쫓을지도 모르죠."

"난 아닐 것 같은데요."

"하지만 해결하지 못한다 해도 당신까지 덩달아 피해를 받으면 안 돼요, 프레디. 당신은 배에서 뛰어내려 다른 걸 하러 가도 돼요."

"난 이 사건에 배정됐어요, 데커. 그냥 떠날 수는 없어요."

"날 탓해요. 도저히 같이 일 못 하겠다고요. FBI의 모든 철학에 어긋난다고. 적어도 그것만큼은 사실이겠네요. 그러면 나랑 같이 망하지 않아도 돼요."

"그 뒷담 좋아하는 친구도 비슷한 말을 했죠. 하지만, 있잖아요, FBI 눈밖에 난 건 당신 혼자만이 아니에요, 데커. 왜 볼티모어에 있던 나를 말미도 안 주고 갑자기 여기로 끌고 와서 당신이랑 붙여놨을 것 같아요?"

데커는 고개를 갸웃했다. "그럼 FBI는 나만이 아니라 당신까지 치워버릴 작정이라는 건가요?"

"그 뒷담 좋아하는 친구는 거기까지는 몰랐어요. 설사 몰랐던 게 아니라 그저 말 안 한 거라면, 이유는 뻔하고요. 후자라면 난 새로운 친구를 만들어야겠죠. 그리고 어느 쪽이든, 그 친구는 당신이 잘릴 걸 생각하면서 아주 신이 났던데요. 그리고 아마 내가 잘린다 해도 눈물 한 방울 안 흘릴 거예요."

"당신은 이런 짓을 당할 이유가 없어요. 좋은 요원이잖아요, 프레디."

"아무래도 그 정도로는 부족한가 봐요. 난 여자고 무엇보다 흑인이잖아요. 그리고 세상 돌아가는 방식을 모르는 사람들은 그게 무슨 황금 콤보 패키지인 줄 아는 모양이지만, 일선에 있는 우리는 아닌 걸 알죠. 사람들은 활짝 웃으며 박수를 치고 미디어는 좋아라 덥석 물지만, 그 후 박수 소리가 죽고 대중의 관심이 딴 데로 쏠리고 나면 매일 매순간 내 등을 찌르는 칼은 다들 잊어버려요. 정확히 그게 지금 상황이에요."

"그럼 왜 이렇게 오래 버텼죠?"

"그야 내가 오랜 시간과 노력을 들여 쌓은 경력을, 그냥 그 개자식들이 그래도 된다고 생각한다는 이유로 빼앗아 가게 놔둘 순 없으니까요. 당신도 같은 마음이었으면 좋겠네요."

"같은 마음이에요." 데커가 의자 등받이에 몸을 기대며 말했다. "그래서, 그러면 우린 이제 어떻게 되죠?"

"출구는 이 사건을 해결하는 것밖에 없겠죠. 같이요."

"젠장, 난 공짜로 이 사건을 해결하려고 했는데, 이제 보너스까지 얻게 됐네요."

화이트가 너털웃음을 터뜨렸다. "정말이지 당신이 점점 마음에 들려고 해요, 데커."

"그럼 조심해요, 프레디. 내가 너무 좋아지지 않게요."

8 80

저녁 식사 후, 데커는 신발과 양말을 벗고 맨발로 해변을 걷고 있었다.

'이 모래라는 것에 익숙해질 것 같아. 정말 역설적이군.'

이 사건은 변수가 너무 많았다. 제아무리 탁월한 기억력으로도 이 사건의 퍼즐들은 하나로 짜맞추기가 쉽지 않았다. 다른 식으로 분류해보기로 했다.

줄리아 커민스의 살인. 데커의 가설이 옳다면 커민스를 살해한 누군가는 드레이먼트나 랜서나 랜서의 생모인 패티 켈리를 살해하지 않았다.

자상 열 군데, 뒤에 남겨진 '정의는 눈멀지 않았다'라는 상징, 법적 문구, 전부 살해 동기가 지극히 개인적이라는 걸 보여주었다. 커민스는 앨런 드레이먼트와 성관계를 맺고 있었고, 경호가 필요하다는 위장으로 그걸 감추려 했다. 하지만 실제로 위협은 존재하지 않았다. 적어도 아직까지 밝혀낸 바로는 그랬다. 그리고 커민스

487

는 감마에 경호를 의뢰하지 않았다.

처음에는 살인자가 단수라는 게 타당해 보였다. 커민스를 찌른 누군가가 드레이먼트도 살해했다면, 동기는 아마 질투였을 것이다. 그 둘은 그날 밤 섹스를 했으니까.

하지만 그 두 범죄는 극과 극으로 달랐다. 칼 대 총. 개인적 광기 대 체계적이고 아마도 사무적인 범행. 그리고 거기에 드레이먼트와 랜서의 목에 쑤셔 넣어진 지폐도 있었다. 판사의 입에는 돈이 들어 있지 않았고, 그건 드레이먼트가 먼저 죽은 후 판사가 총소리를 듣고 확인하러 내려왔다는 이론에 힘을 실어주었다. 판사가 드레이먼트의 시신을 발견했을 때 드레이먼트의 살인범은 이미 도망친 후였다. 그러나 이후 판사를 살해하게 될 자가 막 현장에 도착했다. 범인은 판사를 위층 침실로 쫓아 올라가 그곳에서 범행을 저지른 후 시신에 안대를 씌우고 쪽지를 남겼다.

데커는 걸음을 멈추고 바다를 바라보았다. 멀리 만에서 깜빡이는 배의 등불만이 어둠에 점을 찍었다.

'이 사건이랑 똑같군. 거의 완벽한 어둠에 희미한 빛의 점이 몇 개 찍혀 있을 뿐이야. 하지만 그거면 충분할까?'

FBI가 데커를 쫓아내려 한다는 건 놀랍지 않았다. 로스 보거트가 은퇴한 후 데커는 그곳에서 자신에 대한 미묘한 태도 변화를 감지했다. 유리한 방향으로는 아니었다. 재미슨이 뉴욕으로 떠났을 때 데커는 실제로 자기편이 아무도 없었고, 사무실 정치 싸움 같은 데는 아무 관심도 없었다.

'내가 좀 짜증 나는 타입이긴 하지. 남이 만든 규칙을 따르길 좋아하지 않으니까. 사건을 해결하는 것만이 유일한 목표고, 그 외의 아무래도 좋은 허튼짓에는 전혀 관심 없고.'

데커는 자신과 프레더리카 화이트가 그 모든 점에서 전적으로 의견이 일치한다고 생각했다. 하지만 화이트를 자신과 함께 끌어내릴 생각은 추호도 없었다.

'화이트는 가족이 있어. FBI가 유일한 경력이고, 죽어라 열심히 일했지.'

데커는 이런 생각에 어찌나 깊이 잠겨 있었던지, 어둠 속에서 나타난 두 남자가 바로 앞으로 다가올 때까지 알아차리지 못했다.

두 남자 다 조깅복과 테니스 신발을 신고 있었다.

두 남자와 데커는 똑바로 마주 보았다.

"무슨 일입니까?" 데커가 물었다.

한 남자는 칼을, 한 남자는 총을 꺼냈다.

데커는 무기를 방에 두고 왔다.

'이런, 빌어먹을.'

데커가 총을 든 남자를 들이받으려는데 오른쪽에 번개 같은 움직임이 보였다. 발이 날아와 남자의 총을 걷어차자, 총이 빙그르르 돌며 물속으로 떨어졌다. 또 다른 발에 배를 걷어차인 남자는 끙하는 고통의 신음과 함께 무릎을 꿇었다. 또다시 옆차기에 턱을 얻어맞은 남자는 결국 모래 위에 쓰러졌다.

데커는 칼을 든 남자가 발차기의 주인을 향해 칼을 휘두르는 틈을 놓치지 않고 남자의 팔을 붙잡아 뒤로 꺾었다. 남자는 고통스러운 비명을 지르며 칼을 떨어뜨렸다. 데커가 남자에게 주먹을 휘둘러 강타를 날리는 순간 발이 날아와 칼 든 남자의 턱을 날렸다. 둔한 쿵 소리와 함께 남자의 머리가 난폭하게 옆으로 꺾였고, 남자는 얼굴을 감싸고 고통의 비명을 지르며 모래 위에 쓰러졌다.

그 순간 누군가가 데커의 손을 붙잡았다.

"얼른요!" 화이트의 목소리였다. "튀어요."

두 사람은 서둘러 해변으로 돌아가 호텔의 수영장으로 이어지는 문을 통과했다.

화이트는 전화기를 꺼내어 911을 누르고 방금 일어난 일을 설명했다. 전화를 끊고 데커를 올려다보았다.

"검은 띠라던 말, 농담이 아니었네요." 데커가 숨을 몰아쉬며 말했다. "진짜 굉장했어요."

"난 대체로 농담이란 걸 안 해요." 화이트 역시 숨을 몰아쉬며 대꾸했다. "내가 마침 바람 쐬러 나갔다가 그 두 남자가 당신한테 접근하는 걸 봤으니 망정이지."

"정말 운이 좋았죠."

"좋아요, 우선, 당신은 좀 더 조심해야 해요."

"네, 그건 알겠어요."

"둘째로, 당신이 저세상에 가면 난 정말 열 받을 거예요."

"명심하죠. 하지만 이 사건은 긍정적인 신호이기도 해요."

"어떻게요?"

"이건 우리가 어떤 자들의 신경을 건드렸다는 뜻이고, 그건 우리가 진실에 가까이 가고 있다는 뜻이니까요."

이튿날 아침, 데커는 화이트와 만나기로 한 호텔 로비로 내려왔다. 로비를 가로질러 식당으로 가는데 누군가가 다가왔다.

글로리아 체이스였다. 평소에 비하면 꽤 엄숙한 차림새였다. 원피스는 무릎 바로 위까지 내려왔고 몸에 찰싹 달라붙지 않았으며 구두 굽은 5센티미터에도 못 미쳤다.

체이스가 봉투를 들어 올리며 물었다. "당신이 보낸 건가요?"

"무슨 말씀인지 모르겠네요."

"그렇다는 걸로 알아들을게요. 잠깐 얘기 좀 할 수 있어요?"

체이스는 데커를 이끌고 듣는 사람이 없는 대기실로 갔다.

자리에 앉자 체이스는 잔뜩 낙담한 얼굴로 다리를 꼬았다.

"하필이면 함께 식장에 들어가도 될 만큼 누군가를 잘 안다고 생각한 바로 그 순간에 말이죠."

"낙원에 무슨 문제라도 생겼나요?"

"꼭 그렇게 내숭을 떨어야겠어요?" 체이스가 쏘아붙였다.

"약혼자하고는 이야기해봤습니까?"

"이야기만 했겠어요. 결혼은 절대 못 한다고 했어요. 그리고 추심업자들이 날 찾아오기 전에 그 엉터리 반지도 돌려줬고요."

"약혼자가 사치가 지나쳤나요?"

"내 직원들이 급히 뒷조사를 했어요. 처음 만났을 때 했어야 했는데. 온 사방에 빚을 졌더군요. 변호사로서 무능한 건 아니었어요. 돈을 잘 벌었죠. 다만 도박 문제가 있어서, 그래서 신혼여행을 베이거스로 가자고 한 거였어요. **내 돈으로 도박을 하려고요.**"

"유감입니다."

"진심이에요?"

데커는 봉투를 응시했다. "말보다는 행동이 증거죠."

"맞아요. 당신은 내가 결혼하게 놔둘 수도 있었죠. 내 돈이 전부 날아가게요."

"전 당신 돈보다는 안전을 더 염려했습니다."

"정말 데니스가 위험하다고 생각해요?"

"그 매춘부는 자해 공갈범이 아니었습니다."

체이스가 입술을 오므렸다. "내가 철저한 바보였나요?"

"원래 자신이 속았다는 사실을 인정하는 게 가장 어려운 법입니다. 그보다는 그냥 벌거벗은 임금님을 보고도 새 옷을 입었다고 말하기가 더 쉽죠. 모든 게 시궁창에 빠지고 잘못된 판단의 대가를 치러야 하는 순간이 오기 전까지는요." 데커는 몸을 앞으로 기울이고 말을 이었다. "하지만 다른 이야기로 넘어가죠. 혹시 랭글리의 알리바이는 그대로입니까?"

체이스가 핸드백 잠금쇠를 만지작거렸다. "내가 데니스가 자리를 비운 시간을 정확히 잰 건 아니라고 해두죠. 난 사실 샤워를 하고…… 치장을 하고 있었어요."

"그래서, 20분보다는 더 걸렸다는 겁니까?"

"데니스가 알리바이가 필요하다는 걸 알고서 자기가 얼마 동안 나가 있었는지 제게 '찔러준' 것 같아요. 사실은 얼마나 오래 나가 있었는지 잘 몰라요."

"한 시간이나 그 이상일까요?"

"전 치장하는 데 시간이 좀 걸려요. 그러니까, 네, 확실히 한 시간은 더 걸리죠."

"법적 절차에 들어가도 그 진술을 바꾸지 않으실 건가요?"

"믿어도 돼요."

체이스가 자리에서 일어나자 데커도 따라 일어섰다. 체이스는 손을 내밀어 데커와 악수를 나눴다.

"고마워요, 데커 요원님."

"솔직하게 말해주셔서 고맙습니다."

"평소 내 주특기는 아닌데, 늙은 개도 새로운 재주를 배울 수 있나 봐요."

"그런 것 같네요." 데커는 자신을 생각하며 대꾸했다.

• • •

체이스가 떠나는 동시에 화이트가 데커에게 다가왔다. "경찰들은 어젯밤 그 두 남자에 관해 아무것도 알아내지 못했어요. 놈들은 벌써 튄 지 오래고 아무 단서도 안 남겼어요."

"놀랍지 않네요."

화이트는 체이스가 간 방향을 바라보며 물었다. "왜 왔대요?"

"랭글리랑 결혼 취소한다고 알려주려고요. 그리고 커민스가 살해당한 날 밤에 랭글리가 얼마나 오래 집을 비웠는지 모른답니다. 하지만 적어도 한 시간은 넘었을 거래요. 그러니 랭글리는 다시 커민스 살인의 용의선상에 오르게 되죠."

"동기는요? 그러니까, 랭글리는 체이스를 만나고 있었어요. 두 사람은 결혼을 약속했죠. 체이스는 돈이 넘쳐나요. 랭글리의 탈출구였죠. 그런데 왜 판사를 죽이죠?"

"꼭 돈 때문일 필요는 없죠. 커민스한테 퇴짜를 맞았잖아요. 랭글리 같은 남자는 아마 거절을 잘 받아들이지 못했을 거예요. 그래서 자기 딴에는 커민스를 죽이고 자기가 동시에 두 장소에 있을 수 없다고 주장하면 체이스가 철통같은 알리바이로 자기 주장을 뒷받침해줄 거라고 생각했겠죠. 그리고 그게 아니라 해도, 일단 둘이 결혼하면 법적으로 체이스의 입을 막을 수 있으니까요."

"그럼 이제 랭글리가 살인범이라고 생각하는 건가요?"

데커가 말했다. "음, 우린 랭글리가 폭력 성향이 있다는 건 알고 있죠."

"네, 그리고 개자식이고요."

호텔을 나서는 화이트에게 전화가 걸려왔다. 마이애미의 미해결 사건 담당반 경관이었다.

"이번 생에서는 연락을 못 받을 줄 알았어요." 화이트가 말했다.

"네, 저도 놀랐습니다. 하지만 이름은 몰라도 구체적인 날짜는 알려주셨죠. 우리 실종 인물 데이터베이스에 그 이튿날 날짜를 넣어봤는데 인상착의가 일치하는 결과가 하나 나왔어요. 이름은 완다 먼로, 아프리카계 미국인으로 나이는 23세였어요. 룸메이트가 실종 신고를 했고요. 전과 기록에 따르면 먼로는 당시 퐁텐블로를 포함해 베이거스에서 일하던 이름난 매춘부였습니다."

"사진 보내줄 수 있어요?"

"전화 끊고 바로 보내드리죠."

"아마 결국 발견되지 않았겠죠?"

"네."

"그렇군요, 정말 고마워요."

1분 후 사진이 편지함에 도착했다. 사진 속 여자는 길고 검은 머리와 예쁜 얼굴에 매력적인 미소를 띠고 있었다.

"정말 아깝네요." 화이트가 말했다.

"네, 맞아요. 그 사진을 디어드리 펠로스에게 보내서 아버지의 호텔방에 있던 여자가 맞는지 확인하게 하죠."

"40년도 더 전 일이에요, 데커."

"때로 그런 기억은 머리에 불로 지진 것처럼 새겨지죠."

"당신 기억은 그런가요?" 화이트의 어조에 호기심이 묻어났다.

"뭐, 대체로 그런 셈이죠."

화이트가 이메일을 보냈다. "이젠 어쩌죠?"

"우리가 아직 확인 안 한 게 하나 있는 것 같아요."

"그게 뭔데요?"

"살인범들이 드레이먼트와 랜서의 목에 집어넣을 그 슬로바키아 구권을 어디서 구했을까요?"

화이트가 데커를 재빨리 바라보았다. "난 그냥……."

"네, 나도 그랬어요. 그리고 그게 실수였죠. 온라인에 검색했더니 주로 엣시와 이베이에서 팔고 있더군요."

"그 화폐의 최근 거래 기록을 확인해야겠어요. 시장이 클 것 같지는 않아요."

화이트는 그걸 확인하기 위해 전화를 걸었다. "최우선으로 처리하라고 했어요. 부디 영장 같은 건 필요 없어야 할 텐데."

"네."

"이젠 어디로 가요?"

"도리스 클라인하고 다시 이야기해봐야죠."

"왜요?"

"옆집에 살았고 아마 줄리아 커민스를 다른 누구보다 더 잘 알았을 거예요. 그리고 전에 감춘 게 있었죠. 어쩌면 아직도 뭔가 감추고 있을지도 몰라요."

...

클라인은 베란다에 나와 책을 읽으며 오렌지주스를 마시고 있었다. 하지만 이제 클라인을 좀 알게 된 데커는 과연 그게 순수 오렌지주스일지 의심스러웠다.

클라인은 연어색과 흰색 줄무늬가 들어간 셔츠와 흰색 칠부바지 차림이었다. 주스 옆에는 담뱃갑이 놓여 있었고 그 옆에는 꽁초 몇 개가 든 재떨이가 있었다.

"오랜만이네요." 클라인이 책을 옆에 내려놓으며 말했다. "사건은 이제 해결됐나요?"

"아뇨."

"다른 FBI 사람은 어디 있어요?"

"병원에 있죠."

"뭐라고요? 어디 아픈가요?"

"아뇨, 총에 맞았습니다."

클라인은 잔을 집어 들려다 하마터면 쏟을 뻔했다.

"맙소사, 혹시 그 사건 때문에……."

"어쩌면요." 데커가 끼어들었다.

"그렇군요." 클라인은 심각한 얼굴로 잔을 내려놓았다. "배리가 체포됐다면서요."

"맞아요. 그리고 앨런 드레이먼트와 앨리스 랜서의 살인 혐의로 기소됐죠." 화이트가 말했다. "하지만 줄리아 커민스는 아니에요. 적어도 아직은요. 어떻게 생각하세요?"

"진실을 알고 싶다면, 난 배리가 누굴 죽일 배짱이 있을 것 같지 않아요."

"가끔 커민스의 집을 감시했다고 알고 있는데요?" 데커가 물었다.

클라인이 고개를 끄덕였다. "그리고 줄리아한테 들켰죠. 둘이 싸웠고 배리는 다리 사이에 꼬리를 말고 집으로 도망쳤죠."

"그런데 전에는 그 이야기를 해야겠다는 생각이 안 들던가요?" 화이트가 따졌다.

"이미 말했듯, 난 배리가 그랬다고 믿지 않아요."

"데이비드슨의 총이 앨런 드레이먼트와 앨리스 랜서를 죽이는 데 사용됐습니다." 데커가 지적했다.

"전 배리가 총이 있는지도 몰랐어요."

"체포되기 전날 밤 그 총을 가지고 커민스의 집에 있었습니다. 자살하려는 것 같았죠. 운 좋게도 우리가 때맞춰 가서 막았습니다."

"맙소사, 배리가요?" 클라인은 담배를 꺼내 지포 라이터로 불을 붙이고 옆으로 연기를 뿜어냈다.

"놀랐습니까?" 데커가 물었다.

"배리는 그냥 끝내버리기에는 인생을 너무 즐기는 것 같았거든요. 하지만 사실 누굴 안다고 생각했는데 쥐뿔도 모른다는 걸 알게 되죠."

"데이비드슨은 확실히 이혼을 극복하지 못했어요." 화이트가 말했다.

"언젠가는 잊고 새 출발을 했으면 했는데. 정말 배리가 그 사람들을 죽였다고 생각해요?"

"모든 증거가 그 방향을 가리킨다면 내가 무슨 생각을 하느냐는 별 의미 없죠."

"그렇군요, 줄리아와 같이 자던 남자를 죽였다면 이해가 가요. 하지만 다른 여자는 뭐죠? 이름이 앨리스라고 했던가요?"

"앨리스 랜서요. 드레이먼트와 함께 일했습니다. 따로 살해당했지만 배리의 총으로 살해당했죠."

"배리가 왜 그 여자를 죽이죠? 아는 사이였나요?"

"그렇다는 증거는 전혀 발견하지 못했습니다. 하지만 그날 밤 옆집에서 데이비드슨을 봤을 수도 있습니다. 어쩌면 협박했을지도 모르죠."

클라인은 고개를 젓고는 담배를 빨아들였다. "난 내가 그래도 친구 복은 갖고 있는 줄 알았는데."

"배리가 범인이라고 결론이 난 건 아닙니다." 데커가 지적했다.

"타일러가 어머니의 살해 시각에 아버지가 집에 있었다고 증언했어요. 하지만 배리의 아들이니까 배심원은 믿지 않을 수도 있겠죠."

"좋아요, 하지만 방금 얘기한 것들을 감안하면 배리 말고 누가 그랬을 수 있죠?"

"커민스는 판사였습니다. 판사는 확실히 적을 만들죠."

"그건 맞아요."

"하지만 커민스는 위협을 받고 있지 않았습니다. 그냥 드레이먼트를 가까이에 두는 이유를 위장하는 핑계로 이용했죠. 굳이 왜 그래야 한다고 생각했을까요?"

"어쩌면 누군가한테 들킬까 봐 겁났나 보죠." 클라인이 말했다.

"다른 변수가 없다면, 그 들키면 안 되는 사람은 스토커인 전남편일 수도 있겠죠." 화이트가 끼어들었다.

클라인은 화이트를 보고 마지막으로 한번 연기를 뿜어낸 다음 담배를 비벼 껐다.

"말이 되는 것 같네요. 그래도 이미 말했지만 난 배리가 폭력적인 유형이라고는 생각 못 해봤어요."

"두 사람이 싸운 적이 있습니까?" 데커가 물었다.

"안 싸우는 부부도 있나요? 하지만 심각한 건 아니었어요. 젠장, 내 전남편이랑 나는 어땠게요? 우린 온 동네를 깨우곤 했죠. 배리와 줄리아가 그렇게 언성을 높이는 건 한 번도 못 들었어요. 하지만 줄리아는 늘 나중에 저한테 와서 얘기를 했죠. 그리고 배리가 늘 물러섰어요. 보통 줄리아가 옳고 자기주장을 뒷받침할 근거들이 있었거든요. 적어도 줄리아 말로는요."

"펄면 부부는 어떻습니까? 꽤 사이가 좋아 보이던데요."

"네, 두 사람은 잘 지내죠. 재혼한 부부들이 대체로 그렇지만요. 그때쯤이면 감을 잡으니까. 그리고 못 잡았다 해도 예전처럼 기운이 넘치지도 않고 고함을 지르기엔 폐활량이 달리죠."

"어쩌면 저도 재혼을 생각해봐야 할까 봐요." 화이트가 농담했다.

클라인이 화이트를 보았다. "아이고, 정말 자신이 있는 게 아니면 난 말리고 싶네요. 그런데 어떤 여자가 그런 자신이 있겠어요?"

"맞아요. 우린 최근에 꿈에 그리던 완벽한 왕자를 만났다고 생각한 여자를 알게 됐죠. 그런데 알고 보니 판도라의 상자였고요."

"그 여자가 상자를 안 열었나요?" 클라인이 물었다.

화이트는 데커를 곁눈질하고 웃음을 지었다. "열었죠. 착한 사마리아인의 도움을 받아서요."

"그래서, 배리는 이 일로 감옥에 가게 되나요?"

"그럴 수도 있죠." 데커가 말했다. "우리가 다른 그럴싸한 이론을 찾아내지 못하면요."

클라인이 고개를 저었다. "그럼 타일러는 양친을 모두 잃게 되는 거네요. 딱하기도 해라."

"타일러는 아버지의 무죄를 믿어요. 비록 배리의 음주와 생활방식에는 불만이 있지만요."

"타일러한테는 배리밖에 안 남았어요. 아직 어린데 얼마나 겁날까요."

"네, 그렇죠." 데커가 그만 가려고 자리에서 일어서며 말했다.

· · ·

나중에 호텔로 돌아온 후, 화이트가 데커의 방문을 두드렸다. 데커가 문을 열자 화이트는 의기양양한 표정을 지으며 말했다. "슬로바키아 화폐 거래 있잖아요. 안타를 쳤어요."

"빠르네요."

"정의의 편에 운이 따를 때도 가끔은 있어야죠. 그리고 FBI는 나중에 기소에 이용될 가능성이 있는 온라인 구매를 전문으로 캐는 팀이 있어요. 확실히 범죄자들은 그런 플랫폼에서 범죄의 도구들을 구하는 걸 좋아하니까요. 그리고 당신 말마따나 그 화폐는 거래량이 많지 않아요. 이베이에서 구매됐어요. 3주 전에요."

"이름도 알아냈습니까?"

"네."

"누구죠?"

"카시미라 로요."

데커는 즉시 로에게 연락해서 방금 발견한 사실은 언급하지 않고 만날 약속을 잡았다.

화이트는 데커에게 화폐 구매와 관련된 문서를 보여주었다. "드레이먼트와 랜서의 목에서 나온 지폐가 어떤 거였는지는 기억이 안 나요. 하지만 증거 보관함에서 확인하면 되겠죠."

"그럴 필요 없어요. 내가 기억하니까."

"무슨, 그 정도까지 상세하게 기억한다고요?"

"난 머릿속에서 사진을 볼 수 있어요, 프레디. 일련번호까지 포함해서요."

"와, 대단하네요, 레인맨. 라스베이거스엔 **우리가** 가야 하는 거 아니에요?"

두 사람은 호텔을 나와 렌터카에 올랐다. 화이트가 운전대를 잡고 마이애미로 가는 길에 데커는 이메일에 첨부된 돈의 사진을 훑어보았다.

"어때요?"

"같은 돈이에요."

"젠장, 이건 예상 밖이네요."

"꼭 당신이 생각하는 그 뜻이 아닐 수도 있어요."

"어떻게 그럴 수 있죠?"

"그래서 이렇게 마이애미로 가는 거죠. 카시미라에게 물어보려고."

"그 여자가 정말 진실을 말해줄 것 같아요?"

"두고 보면 알겠죠. 안 그래요?"

로가 말한 약속 장소는 사무실이 아니라 집이었다. 엘리베이터를 타고 올라가 노크하자 로가 직접 문을 열어주었다.

"오늘은 출근 안 하셨나요?" 데커가 물었다.

"휴가를 좀 내기로 했어요."

데커는 로가 평소의 차분하고 정돈된 상태가 아님을 눈치챘다. 물 빠진 청바지에 티셔츠 차림이었고 맨발이었다. 머리카락은 빗질을 하지 않았고, 보통 딱 적절할 정도로 화장을 하는데 지금은 아무것도 안 바른 맨얼굴인 게 확실했다.

로는 두 사람을 작은 서재로 꾸며진 방으로 안내했다. 주위를 둘러보던 데커의 눈길이 먼저 문 위의 물체에 멎은 후 작은 테이블 위에 놓인 두 물건으로 옮겨 갔다. 이윽고 아무 말 없이 화이트를 응시했다.

로는 화이트와 데커의 맞은편에 앉았다.

"무슨 일로 오셨나요?"

"혹시 이베이 좋아하세요?" 화이트가 물었다.

"뭐라고요?"

"온라인 마켓인데……."

"이베이가 뭔지는 알아요. 내가 이베이를 좋아하는지는 왜 물어보시죠?"

"사용하신 적 있나요?"

로가 뒤로 기대앉았다. "음, 아마 몇 년 사이에 몇 번쯤 구매를 했던 것 같아요."

"어떤 것들을 사셨죠?" 데커가 물었다.

"도대체 무슨 말을 하려는 거죠?"

"3주쯤 전에 뭔가 사신 적이 있습니까?"

"이게 정확히 무슨 이야기죠?"

데커가 말했다. "이베이에서 3주 전에 뭔가를 사셨다면 분명히 기억할 수 있을 텐데요."

로가 불쾌한 표정을 지었다. "왜 이러는 건지 그냥 말해주면 안 되나요?"

"우린 먼저 당신의 대답을 듣고 싶습니다." 데커가 대꾸했다.

"좋아요, 난 이베이에서 3주 전에 뭔가 산 구체적인 기억은 없어요. 사실, 대학 졸업한 후로는 거기서 뭘 산 적이 없는 것 같아요."

"그렇군요." 데커가 화이트를 건너다보았다.

화이트가 전화기를 들어 올렸다. "저희는 이베이로부터 당신이 그곳 판매자에게 3주 전에 슬로바키아 화폐를 샀다는 확인을 받았습니다. 그리고 데커는 해당 지폐가 드레이먼트와 랜서의 목에서 발견된 것과 동일하다고 확인해줬고요."

로는 영문을 모르겠다는 표정으로 화이트를 보았다. "내가 슬로바키아 구권을 왜 사죠?"

"거긴 당신 아버님의 모국이었죠." 데커가 말했다.

"하지만 아버지는 3년 전에 실종되셨어요. 이 정보는 어디서 얻었죠?"

"이베이에서요." 화이트가 전화기 화면을 보여주며 말했다. "여기 당신이 그걸 구매하는 데 사용한 신용카드 계좌와 배송용 사서함 주소가 있어요."

"난 사서함 주소가 없어요. 그리고 대학 졸업 이후로 이베이에서는 아무것도 산 게 없으니, 신용카드는 오래전에 만기됐을 거예요."

"좋습니다. 그럼 누군가가 당신의 현재 신용카드를 해킹해서 그걸 이베이에 만든 가짜 계정에 연결했을 수도 있겠군요. 혹시 카드에 그 대금이 청구됐는지 확인해주실 수 있습니까?" 데커가 물었다.

로는 자리에서 일어나서 노트북을 가져왔다. 잠시 후 고개를 들고 말했다. "좋아요, 이베이에서 그 가격과 동일한 청구액이 있어요. 하지만 내가 산 게 아니에요."

"그럼 왜 그 청구 내역을 따지지 않았죠?"

"난 요금을 하나하나 전부 확인하지 않아요. 일정 금액을 초과하면 은행에서 연락이 오죠. 이 구매 금액은 그 기준에 한참 못 미쳐요. 50달러도 안 되는걸요."

"네이플스의 사서함은요."

"이미 말했지만 난 사서함이 없어요. 그리고 있다 해도 왜 그걸 네이플스로 설정하죠?"

"그럼 누군가가 당신 신용카드 정보를 빼내서 그 지폐를 산 후 당신 이름으로 된 사서함으로 배송시킨 거군요. 왜 그 모든 수고를 감수하죠?" 화이트가 물었다.

"아무래도 두 건의 살인에 대한 누명을 씌우려고 그랬겠죠." 로가 말했다.

"흥미롭군요. 우린 이미 용의자를 체포했고 살인에 이용된 총의 주인이 그 남자라는 것도 밝혔는데요."

"저도 이해가 안 가네요."

"당신 말이 진실이라면 누군가가 당신을 응징하려는 것 같네요, 카시미라." 데커가 지적했다.

로가 고개를 저었다. "내가 누군가한테 그 정도로 미움을 샀을 거라고는 도무지 상상이 안 가요."

"당신하고 관련됐다고 생각하지는 않아요. 내 생각에는 당신 아버님과 관련된 것 같습니다. 당신 아버님이 한 어떤 일과요."

"무슨 말을 하는 거죠?"

데커는 로에게 1981년 마이애미에서 일어난 일을 간략하게 들려주었다.

말을 마치자 로는 이 새로운 사실에 큰 충격을 받은 얼굴이었다. "그러니까…… 당신 생각은 우리 아버지가……."

"난 그분이 자신이 한 일을 어떤 식으로 생각했는지 모릅니다. 하지만 그 방에 있었고, 죽은 매춘부를 여행 가방에 넣는 걸 도왔죠. 시신은 끝내 회수되지 않았습니다."

"그리고 태너 상원의원은요?"

"아마 무척 고마워했겠죠. 덕분에 아버님이 정보부를 그만두고 보안 회사를 차릴 수 있었던 거고요. 어쩌면 부유한 상원의원이자 인맥이 탄탄한 사업가였던 태너는 아버님에게 일을 많이 물어다 줄 수도 있었겠죠."

"아버지가 입을 다물어주는 대가로요?"

"전 그것 말고 다른 이유가 또 있었을까 싶은데, 당신은 있어 보입니까?" 데커가 로를 자세히 살펴보며 물었다.

로는 비명을 지르거나 울 것 같은 표정이었다. 데커는 어느 쪽이

든 이상할 게 없다고 생각했다.

하지만 로는 뜻밖에도 둘 다 하지 않았다. 자세를 똑바로 하고 말했다. "그럼 왜 이 오랜 세월이 지난 지금에야 이 일이 일어난 걸까요? 아버지는 비밀을 지키신 것 같은데요."

"아버님이 신앙심이 깊었다고 하셨죠. 아마 딸인 당신도 똑같이 키우셨을 겁니다."

"뭐라고요?"

데커는 문틀 위에 있는 십자가와, 탁자 위에 성경과 나란히 놓여 있는 묵주를 가리켰다.

"네. 독실한 가톨릭 신자셨죠. 저도 그렇게 자랐고요."

"그리고 죽음을 앞둔 독실한 가톨릭 신자가 남모를 죄의식을 가지고 있다면, 어떻게 할까요?"

로는 탁자로 걸어가 묵주를 집어 들고 만지작거렸다. "하나님 앞에서 영혼의 죄를 씻기 위해 고해를 하겠죠. 용서받고 천국으로 갈 수 있게요."

"그리고 아버님이 거기서 한 발 더 가서 그 비밀에 가담한 사람들에게 그럴 뜻을 밝혔다면요? 비밀을 그냥 사적으로 신부에게만 고해하는 게 아니라 만천하에 공개하겠다고 했다면요?"

로는 다시 돌아와 자리에 앉았다.

"그래서, 그 사람들이 아버지가 당신과 그 사람들의 죄를 털어놓지 못하도록 아버지를 죽였다는 건가요?"

"확실히 그럴싸한 가설이긴 하죠."

카시미라 로는 그예 무너져서 양손에 얼굴을 파묻고 흐느끼기 시작했다.

로의 콘도를 나온 후 화이트에게 또 다른 메일 한 통이 도착했다.

"디어드리 펠로스가 보낸 거예요." 화이트가 메일을 읽으며 말했다. "완다 먼로의 사진을 봤는데, 자기가 1981년에 본 여자가 맞는 것 같대요."

"그렇군요. 그럼 그 여자는 매춘부였고 죽었을 때 메이슨 태너의 스위트룸에 있었군요. 우리가 모르는 건 **어떻게** 죽었는지고요."

"펠로스는 핏자국은 못 봤다고 했어요. 하지만 목이 졸렸을 수도 있겠죠."

두 사람은 차를 몰아 출발했다.

"그리고 로는요?" 화이트가 물었다.

"아버지의 비밀에 충격을 받은 것 같더군요."

"가톨릭 얘기가 효과가 좋았어요."

"생애 마지막 순간의 죄의식은 어마어마하죠." 데커가 지적했다.

"카나크 로가 정말 그 오래전에 함께 일했던 사람들한테 살해당했다고 생각해요? 태너의 침대에 죽은 매춘부가 있었다는 사실을 덮으려고요?"

"확실히 우리가 아는 사실들과 잘 들어맞긴 하죠."

"그럼 태너는요? 지금 알츠하이머인 건 알지만 3년 전에는 어땠을까요?"

"아뇨, 태너는 적어도 5년 전부터 거동이 불가능했어요."

"그러면 우린 카나크와 함께 그 방에 있던 남자를 찾아야겠군요. 아직 살아 있다면요. 펠로스한테서 인상착의를 얻어내야 해요."

"또 한 가지는, 드레이먼트와 랜서를 죽인 누군가가 다른 사람들을 연루시키려 했다는 겁니다. 배리 데이비드슨의 총을 이용한 것도, 슬로바키아 지폐 구매에 카시미라 로의 신용카드를 쓴 것도 그래서죠."

"음, 정말 누군가를 제대로 연루시키려 했다면 하나를 골라서 밀고 나가는 게 좋았을 텐데요."

"그러지 않은 이유를 난 알 것 같아요."

"뭔데요?" 화이트가 물었다.

"조금만 더 두고 볼게요. 하지만 우선 그 남자를 찾아낼 수 있나 봅시다."

• • •

"이 개자식!"

데커와 화이트가 막 호텔 로비에 들어서는데 의자에 앉아 있던 데니스 랭글리가 벌떡 일어나 멱살을 잡을 기세로 다가왔다.

"무슨 일이죠?" 데커가 물었다.

"시침 떼지 마." 랭글리가 말했다. "절도와 명예훼손과 가능한 모든 혐의로 맥을 고소할 테니까. 감옥에 처박히게 해주지."

"흠, 그럼 어쩌면 당신이랑 룸메이트가 될 수도 있겠군요."

랭글리는 그 말에 경악한 표정이었다. "무슨 소리야? 난 법을 어긴 적 없어."

"정말요? 그러면 당신 사업과 재무 처리에 관해 당국이 조사에 들어간다 해도 아무 문제 없겠군요? 그리고 혹시 고객의 자금 같은 걸 맡아둔 게 있다면 회계를 투명하게 하는 게 좋을 겁니다. 도박 문제가 있는 남자는 도박 빚을 갚을 수만 있다면 그 돈이 누구한테서 온 돈인지는 신경 쓰지 않는 경향이 있거든요. 그리고 그 돈을 안 갚을 방법은 없을 겁니다. 베이거스의 카지노는 미변제자들에게 아주 독하게 굴죠. 내가 필요한 기관들에 연락해서 당신의 재무 상황에 관해 조사를 시작하게 하겠습니다."

랭글리가 주먹을 불끈 쥐었다.

화이트가 두 남자 사이에 끼어들었다. "꿈도 꾸지 말아요. 연방 요원을 공격하면 최소 5년 금고형이니까."

"날 제대로 몰아넣었다고 생각하지?" 랭글리가 화이트 너머로 데커를 노려보며 울부짖었다.

"당신은 글로리아 체이스와 그 여자의 돈을 놓친 분을 누군가에게 풀어야 했을 거고, 그 누군가가 나였겠죠. 하지만 이렇게 와준 덕분에 내가 당신한테 찾아가는 수고를 덜었네요. 커민스가 당신을 꿰뚫어보는 바람에 커민스와 결혼하려던 계획이 수포로 돌아간 게 당신의 살해 동기였습니까?"

"난 알리바이가 있어."

"이젠 아니죠. 체이스가 말을 바꿨거든요."

랭글리가 불안한 눈빛으로 화이트를 보았다. "난 줄리아를 안 죽였어요."

"난 누굴 죽였다고 공개적으로 자백하는 살인자는 아직 한 번도 못 봐서요." 데커가 대꾸했다.

"내가 왜 커민스를 죽이겠습니까? 나한테는 글로리아가 있었는데요."

"돈이 문제가 아닌 사람들도 있죠. 자존심 문제랄까. 당신 자존심은 어떤가요? 그런 거절을 받아들일 정도로 강한가요? 아니면 이제 체이스도 자신을 보호하려고 경호원을 고용해야 합니까? 당신에게서?"

랭글리가 한 걸음 뒤로 물러섰다. "이 개자식."

"음, 뭐 눈에는 뭐만 보인다고 하죠. 그리고 난 당신이 아주 잘 보입니다. 당신이 커민스를 죽인 게 아니면 왜 그날 밤 글로리아가 대주는 알리바이가 그렇게 필요했죠? 확실히 주류점에 갔었다는 건 우리가 확인했어요. 하지만 또 어딜 갔던 거죠?"

랭글리는 뒤돌아 그곳을 떠났다.

화이트는 한숨을 푹 내쉬고 말했다. "좋아요, 내 가라테 기술을 또 선보여야 하는 줄 알았어요. 그 개자식의 네모진 턱에 발을 꽂아 넣으면 정말 기분 좋긴 했겠지만요."

"놈은 약자한테만 강해요. 당신이 놈의 코를 부러뜨리면 울면서 도망칠 겁니다. 하지만 그건 중요하지 않죠. 중요한 건 놈이 여자를 열 번이나 찌를 정도로 악의를 가지고 있느냐는 겁니다."

"그리고 법률 문구가 적힌 카드도 있었죠. 놈은 변호사예요. 그 점에서는 조건이 맞죠."

"하지만 구멍 뚫린 안대는요? 그게 랭글리하고 무슨 접점이 있죠?"

"모르죠." 화이트가 인정했다.

"나도 몰라요. 하지만 그건 랭글리가 범인이 아니라는 증거일 수도 있어요."

"그럼 분명히 우리가 아직 인지하지 못한 누군가가 있어야만 해요, 데커."

"어쩌면 이미 인지하고 있을지도 모르죠."

8 885

그날 밤 늦게 화이트가 데커의 방문을 두드렸다. 두 사람은 데커의 방에서 마주 앉았다.

"앤드루스가 오늘 퇴원했어요. 재활을 시작한대요."

"잘됐네요. 완쾌해야 할 텐데."

"그리고 워싱턴 DC에서 연락이 왔어요. 디어드리 펠로스가 말한, 태너 상원의원 사무실이나 유세 때 일했던 남자의 인상착의와 일치하는 사람은 없답니다."

"아무도 기억을 못 하는 거겠죠."

"맞아요. 하지만 우린 같은 곳에 봉착했어요. 막다른 골목요." 화이트가 말했다.

"그 남자가 유세 직원이 아니었다면, 왜 태너의 방에서 그 난장판을 정리하고 있었을까요?"

"우연히 지나가던 착한 사마리아인이었다면 여자를 여행 가방에 욱여넣었을 리 없겠죠. 경찰을 불렀을 겁니다. 호텔 직원이었다

해도 마찬가지고요."

데커가 말했다. "아직 우리가 미처 생각하지 못한 뭔가가 있어요. 태너가, 대통령이 참석한 거창한 기금 마련 파티 날 밤에, 모든 정보부 요원들이 호텔을 둘러싸고 있는데 매춘부를 자기 방까지 불러들였을까요? 왜 하필이면 그 틈을 타서? 다른 날로 미루거나 자기만의 비밀 장소에서 해도 됐을 텐데요. 부자잖아요."

"당신 말이 맞아요. 상황이 말이 안 돼요."

데커는 휴대전화를 꺼내어 전화를 걸었다. "펠로스 씨, 에이머스 데커입니다. 사진을 확인해주셔서 감사한데, 한 가지 더 여쭤볼 게 있습니다. 새로 알려드릴 정보도 하나 있고요. 부디 기분 나쁘게 듣지 마시고, 왜냐하면 충격적인 이야기일 수도 있거든요……. 네, 좋습니다……. 감사합니다. 저희가 알아본 바로는 아버님 호텔방에서 그날 밤 봤다고 말씀하신 여자가 매춘부였을 가능성이 높습니다. 시신은 끝내 발견되지 않았습니다. 이제, 당시 아직 십 대셨다는 건 알지만, 아버지가 그런 일을 하실 분이었던 것 같습니까? 매춘부를 고용한다거나 하는?"

데커는 잠시 귀를 기울이고 있다가 다시 입을 열었다. "음, 그렇게 솔직하게 말씀해주셔서 감사합니다. 뭔가 새로 알아내면 연락드리겠습니다." 그리고 전화를 끊고 화이트를 보았다.

"그래서요?" 화이트가 물었다.

"당시 아버지의 성적인 **활동**은 알지 못했대요. 하지만 나이가 들어가면서 아버지가 젊은 시절에 바람기가 있었다는 걸 알게 됐답니다. 비록 아내하고 그런 문제를 터놓고 얘기해서 해결하긴 했지만요. 물론 디어드리의 말이긴 하지만, 어쨌든 실제로 오랫동안 결혼생활을 유지했죠."

"그럼 완다 먼로가 태너의 침대에 있었던 이유가 그건가요?"

"꼭 그건 아니죠. 아직 누군가가 갖다놓았을 가능성은 있어요."

"하지만 태너가 바람기가 있었다면서요?" 화이트가 지적했다.

"비록 그랬다 해도, 방금 우리가 이야기한 것처럼, 태너가 레이건과의 중요한 행사 날 밤에 매춘부를 자기 침대에 부를 위험을 굳이 감수할까요? 정보부 요원과 언론계 종사자들이 온 사방에 끓어 넘치는데? 너무 위험하죠."

"그럼 놈들은 태너가 난잡하다는 걸 알고 함정을 팠을 수도 있겠군요."

"태너는 미국 상원의원에 출마했어요. 그건 협박 대상이 되기에 훌륭한 조건이죠." 데커는 전화기를 꺼내어 검색을 했다. "메이슨 태너는 상원 정보위원회 소속이었고 나중에 4년간 의장을 맡았어요."

"그렇다는 건 국내 보안 관련 첩보에 능통했다는 거군요." 화이트가 말했다.

"맞아요. 그런데 마이애미에서 여자가, 아마도 매춘부가 자기 침대에서 죽었어요. 그 후 이 남자가 나타나서 상황을 처리해주죠. 그리고 카나크 로가 나타나서 함께 시신을 치우고요."

"그래서 태너를 함정에 빠뜨려 협박하고, 우연히 현장에 나타난 로에게 도움을 요청한다고요? 왜 그냥 로를 죽이지 않죠? 로가 총을 꺼내서 전부 다 체포해버릴 수도 있잖아요? 내 말은, 그 가능성을 이미 짚고 넘어갔지만, 나라면 그렇게 했을 거예요. **당신** 역시 그렇게 했을 거고요."

"정보부는 좀 달라요. 레이건은 카나크 로의 상관이었고, 세계 최고의 권력자였죠. 진실이 세상에 드러나면 그 파문은 심각했을 겁니다. 전국적인 추문을 만드느니 꽁꽁 묻어버리는 게 낫죠. 그리고 로는 아마도 결정을 내릴 시간이 몇 초밖에 없었을 겁니다. 그리고 잊지 말아요. 누군가가 태너를 함정에 빠뜨렸다거나 협박할 목적이었다는 걸 카나크는 몰랐을 겁니다. 아마 그 여자가 자연사했고, 그냥 태너의 평판을 구하고 선거에서 지지 않으려면 여자를 거기서 내가야 한다는 말만 들었겠죠. 여자는 눈에 띄는 상처가 없었으니 심장마비나 아마 약물 과용으로 죽었다고 믿었을 거고요. 그리고 보수를 약속받았거나, 나중에 자기 쪽에서 요구했을 수도 있겠죠. 아마 수십 년이 지나 고백하고 싶어 했던 걸 보면, 난 카나크가 입을 다무는 대가로 보수를 요구했을 거라고 봅니다. 태너야 돈이 넘쳐나니까, 그래서 로를 그냥 죽여버리지 않은 거고요. 그리고 어쩌면 매춘부는 세상에서 지워버려도 별 탈이 없을지 모르지만 정보부 요원이라면 얘기가 다릅니다. 이 잡듯이 철저한 조사가 이루어질 테고, 그럴 위험을 감수할 수는 없었겠죠. 그래서 보수를 준 겁니다."

화이트가 고개를 저었다. "맙소사, 몽땅 썩었네요. 그리고 랜서와 드레이먼트는요?"

"이미 협박을 업으로 삼고 있었잖아요. 내 생각엔 이 일이 아니면 뭔가 그 정도로 심각한 범죄 증거를 우연히 알게 돼서 그걸로 한몫 벌 수 있겠다고 믿었겠죠."

"그래서, 태너의 호텔방에 있던 그 해결사가 지금 여기 와 있다는 건가요?" 화이트가 물었다. "그리고 그 둘이 그 남자를 협박하려 했고요."

"맞아요. 다만 이 남자는 역공에 나섰죠. 그것도 강하게요. 드레이먼트를 죽인 후 랜서를 병원에서 납치해 캐낼 수 있는 정보는 다 캐낸 후 죽였죠."

516

"하지만 그러면 슬로바키아 돈은 무엇 때문이죠?"

"이 일의 배후인 누군가는 카나크 로가 그 오래전에 돈을 받아 제국을 세워놓고서 이제 와서 밀고하기로 한 게 마음에 들지 않았 겠죠. 그게 카나크를 죽인 이유고요."

"좋아요. 하지만 카시미라를 모함하는 건 왜죠?"

데커가 말했다. "카시미라가 살인으로 잡혀 들어가면, 감마 프로 텍션 서비스는 어떻게 되죠?"

"아마 같이 시궁창에 처박히겠죠. 당신은 아직 줄리아 커민스의 살인이 이 모든 것과 무관하다고 생각해요?" 화이트가 물었다.

"그래요."

"젠장, 데커. 이건 지금까지 내가 맡은 것 중에 가장 지저분한 사 건일 거예요."

데커는 아무 말도 하지 않았다. 전혀 다른 생각을 하고 있었다.

'어쩌면 어떤 면에서 이 사건은 마침내 정리되기 시작했는지도 몰라.'

데커의 휴대폰이 울렸다. 데커는 잠시 듣고 있다가 몇 마디 나지 막이 대꾸하고는 전화기를 끊었다.

"미국 검찰청에서 온 전화예요. 배리 데이비드슨이 석방됐대요."

"네? 왜요?"

"바로 아래층에 사는 이웃이 그날 밤 발코니에 나가 있었는데 11시 반쯤부터 약 3시까지 배리가 사무실에서 통화하는 소리를 들 었다고 증언했답니다. 아마 문이 열려 있었나 봐요."

"그 늦은 시간까지 뭘 하고 있었고, 왜 진즉 나서지 않았대요?"

"시신들이 발견된 날 아침에 외국에 나갔다가 방금 돌아와서 살 인 사건과 데이비드슨이 체포된 걸 인제 알았대요. 그리고 늦게 깨어 있었던 이유는 한 달 동안 아시아에 있어서 아직 시차 적응을 못 해서였고요. 하지만 배리가 그동안 내내 사무실에 있었다고 맹세했답니다."

"그럼 타일러와 배리가 진실을 말한 거군요."

"네. 아직 증거인 총이 남아 있지만, 방아쇠를 당긴 건 배리가 아니에요. 그리고 미국 검찰청도 나와 같은 생각이고요. 배리가 총이 살인 무기인 걸 알았다면 이미 없애버렸겠죠."

"그래서, 이제 추가 도로 랭글리를 향해 움직이는 건가요?"

"네, 맞아요."

86

데커는 호텔방 침대에 누워 아내와 딸의 사진을 꺼냈다.

최근에 지갑에서 매일 밤 꺼내어 보고 다시 집어넣는 것이 강박이 됐다. 꼭 닮은 두 사람의 얼굴을 보고, 눈과 입술과 목의 선들을 들여다보았다. 물론 데커는 그 사진을 언제 찍었는지 정확히 기억하고 있었다. 사실 데커가 직접 찍었다. 지역 공원으로 소풍 가서였다. 데커가 드물게 하루 쉬는 날이 캐시가 간호사로 일하던 병원에서 비상근 날짜와 맞아떨어졌다. 그리고 마침 학교도 쉬는 날이라 몰리가 소풍을 가자고 했다. 데커는 원래 썩 내키지 않았다. 집에서 할 일이 있었고, 아무리 가족과 함께라고 해도 밖에서 사람들과 어울리는 건 어색하기만 했다. 하지만 몰리가 우기는 바람에 세 사람은 소풍 가서 먹을 도시락을 함께 만들었다. 그리고 그날은 정말 굉장한 날이었다. 태양은 따뜻하고 환히 빛났고 꽃들은 활짝 피었으며 바람은 상쾌했고 세상에서 가장 사랑하는 사람들이 함께 있었다. 간단한 점심 식사는 데커가 태어나서 먹은 가장 맛있는 음식이었다.

왜냐하면 그게 마지막이었으니까.

일주일 후, 데커의 가족은 세상에 없었다.

데커는 천천히 사진을 도로 지갑에 집어넣고 눈을 감았다.

'여기서 또 다른 범죄를 해결하려고 애쓰는 게 아니라 공원에서 가족들과 함께 있으면 얼마나 좋을까.'

화이트는 알고 보니 좋은 파트너였지만 그렇다 해도……. 이건 너무 큰 변화였다. 빌어먹을 놈의 변화.

그리고 인지연구소에서 보낸 편지도 있었다. 뭔가가 일어나고 있었다. 뭔가가 변화하고 있었다.

'변화를 겪고 있는 건 나다. 돌이킬 수 없는 변화를.'

혼자서.

까무룩 잠들었던 데커는 가장 어두울 때 깨어났다.

침대에서 일어나 창가로 가 플로리다주 오션뷰의 낙원을 내다보았다.

'낙원 좋아하네. 시신과 협박으로 얼룩진 낙원도 있나.'

데커는 다시 잠자리에 들어 거의 8시에 일어났다.

샤워를 하면서 사건을 생각했다. 넓은, 거시적 수준이 아니라 벽돌 쌓기 단계부터 돌아보았다. 아무래도 그게 진짜 답이 놓여 있는 장소 같았다. 그리고 나중에야 중요성이 밝혀진 사소한 모순들도.

우선 배리 데이비드슨에 관한 새로운 사실이 있었다. 타일러는 아버지가 집을 떠난 적이 없다고 했다. 그리고 이제 이 이웃이 나타나 그걸 입증해주었다. 그 결과로 데이비드슨은 자유의 몸이 됐다. 그럼 커민스는 누가 죽인 거지?

드레이먼트와 랜서의 살인범을 잡으려면 그들이 누굴 협박 중이었는지를 알아내야 했다. 누군가를 협박하려면 상대의 어두운 비밀을 알고 있어야 하는 법이다. 두 사람은 그러기 위해 국회의사당에서 열쇠 구멍에 귀를 대고 엿듣고, 미행을 하고, 부적절한 행동을 촬영하거나 녹화했다.

데커는 카시미라 로에게서 들은 이야기를 다시 떠올렸다. 드레이먼트와 랜서에게 유부남을 만나는 걸 들켜서 협박당했다고 했다. 하지만 그 둘은 다른 고객들 역시 협박했다. 그리고 드레이먼트가 보석을 훔친 적도 있었다.

데커는 로에게 이메일을 보내고 몇 분 후 답장을 받았다.

주디스 킬로이라는 이름과 웨스트팜의 주소가 적혀 있었다.

• • •

플로리다주를 한 번 더 가로지른 후, 데커와 화이트는 주디스 킬로이의 집 앞에 도착했다. 커다랗고 대양을 면한 치장 벽토 건물로 앞쪽에 허리가 굽은 야자수들이 서 있었다. 그냥 전화 통화로도 충분히 해결할 수 있는 일이었지만, 데커는 대화하는 상대를 직접 보고 싶었다. 그리고 화상통화는 상대를 직접 만나는 것과 달랐다.

킬로이는 60대 초반의 나이로, 가벼운 차림을 하고 있었지만 몸에 걸친 장신구는 전혀 가볍지 않아 보였다. 데커와 화이트를 대서양의 멋진 전망을 자랑하는 방으로 안내했지만, 그 전망은 데커에게 왠지 현기증을 일으켰다.

"그 남자가 내 목걸이를 훔쳤다는 건 내 이름만큼이나 자신있게 말할 수 있어요. 어쩜 내가 요금을 내기 싫어서 그런 거짓말을 했다고 우길 수가 있죠? 요금은 남편 회사에서 내줘요. 게다가 우린 부자라고요, 맙소사."

"그렇게 우긴 게 누굽니까?" 화이트가 물었다.

"어떤 여자요. 이름은 까먹었어요. 저한테 전화해서는 거짓말을 잔뜩 늘어놨죠. 난 살면서 그런 모욕은 처음 당했어요. 그 일이 있고서 남편은 법적인 조치도 고려해봤는데, 그러면 너무 일이 복잡해질 것 같더라고요. 그리고 목걸이엔 보험이 들어 있었고요."

"이해합니다. 하지만 왜 그 남자가 도둑질을 했다고 그렇게 확신하시죠?"

"그 남자가 내 침실에 있는 걸 봤으니까요. 장신구를 거기 두거든요. 남자가 들어가기 전에는 거기 있던 목걸이가 남자가 나간 직후 없어졌어요. 그즈음에 집 안에 다른 사람은 아무도 없었고요. 아휴, 그 사람 짓이 맞아요." 킬로이는 깊은 한숨을 내쉬고는 마음을 가라앉혔다.

데커는 웅장한 공간을 둘러보았다. 한쪽 벽에는 킬로이가 아마 남편과 아이들과 함께 찍은 듯한, 세월의 흐름을 보여주는 사진들이 걸려 있었다.

"난 세월의 벽이라고 부른답니다." 킬로이가 데커의 눈길을 알아차리고 말했다. "세월은 참 빠르기도 하죠. 하지만 아이들이 어릴 때는 마치 하루가 48시간처럼 느껴져요. 멈춰 있는 것만 같죠. 그리고 아이를 다 키운 사람들은 다들 아이들이 눈 깜짝할 새에 자라 대학에 가고 자기 인생을 살러 떠났다고들 할 거예요. 젊은 부모들은 그런 말을 들어도 절대 믿지 않지만요." 킬로이가 잠시 뜸을 들였다 다시 말을 이었다. "직접 겪어보기 전에는 모른다니까요. 전 남편이 회사에서 위로 올라가는 동안 집에서 아이들과 있을 수 있어서 운이 좋았어요. 그 경험을 절대 다른 무엇과도 바꾸지 않을 거예요. 알아요, 그런 기회를 갖지 못한 사람들이 많죠. 그래도, 난 아이들이 전부 집에 있던 시절이 그리워요."

데커는 한 대 얻어맞은 듯한 표정의 화이트를 응시했다. 금방이라도 토할 듯 하얗게 질려 있었다.

데커가 재빨리 말했다. "앨런 드레이먼트에 관해 더 말해주실 만한 건 없습니까?"

"목걸이가 없어진 걸 알고 대놓고 추궁했는데, 자기는 그런 적 없다고 하더군요. 아주 기세등등해서는 날 바보 취급 하더군요. 내가 잘못 안 거라고, 하지만 그렇게 값나가는 게 없어졌으니 속상해하는 건 이해한다나요. 믿어져요? 그 뻔뻔함이라니."

"큰 충격을 받으셨겠군요." 데커가 말했다.

"네, 정말 충격이었죠."

"혹시 나중에 누구한테 연락받으신 적 있습니까?"

"연락요? 무슨 연락요?"

"우리는 방금 말씀하신 그 남자와 여자가 협박 사업에 관여하고 있었다고 생각합니다. 그래서 부인에게도 뭔가 비슷한 짓을 시도하지 않았을까 싶습니다. 어쩌면 목걸이가 도둑맞았다는 주장을 취소하게 하려고요."

킬로이는 입술을 굳게 다물었다. "누군가를 협박하려면 뭔가 협박할 거리를 찾아야죠. 그리고 남편과 저는 모범적인 삶을 살았어요. 남편의 스캔들은 갈색 허리띠를 차고 검은 구두를 신는다는 정도죠."

"그렇겠군요."

"뭐가 또 있나요?" 킬로이가 물었다.

"없는 것 같습니다." 데커는 자리에서 일어나며 아직 정신이 딴

데 가 있는 듯한 화이트를 끌어당겼다.

"미안했어요." 화이트가 오션뷰로 돌아오는 차 안에서 말했다.

"뭐가요?"

화이트는 데커를 보고 짧은 웃음소리를 냈다. "고마워요."

"내 아내인 캐시는 근무 시간이 길었어요. 간호사였죠. 몰리랑 떨어져 있는 걸 싫어했지만 내 수입만으로는 생활이 어려웠죠. 그리고 내 근무 일정은 말도 안 되는 수준이라, 아내는 전업으로 일하면서 가사 노동까지 떠맡아야 했어요."

"미국에는 그런 집이 안 그런 집보다 더 많을 거예요, 데커."

"네, 아마 그렇겠죠."

"거기에 불만이 있었나요? 당신 부인이요."

데커는 화이트를 응시했다. "가끔씩은 울면서 잠자리에 들었죠."

"당신은 무슨 말을 해줬어요?"

"진실을 알고 싶다면, 난 정말이지 무슨 말을 해야 할지 몰랐어요. 그냥 울음을 멈출 때까지 안아줬죠."

"어쩌면 딱 필요했던 거였을지도 몰라요." 화이트가 회한에 찬 어조로 말했다.

"그랬으면 좋겠네요." 데커가 대꾸했다.

그날 늦은 오후, 웨스트팜에서 돌아온 데커와 화이트는 커민스의 집 앞에 렌터카를 세우고 그대로 앉아 있었다.

"이 사건 조사를 시작한 게 무슨 엄청 오래전 일 같아요." 화이트가 말했다.

데커는 듣고 있지 않았다. 도리스 클라인의 집을 본 후 펄먼 부부의 집을 보았다.

"랜서의 시신을 눈에 안 띄게 저 집으로 들여가기는 힘들었을 거예요."

"그냥 차 트렁크에 실어서 갔을 수도 있죠." 화이트가 지적했다.

"그리고 그다음에는요? 진입로로 들어가서 시신을 꺼내요?"

"뭐, 아무래도 사람 없는 밤중에 했겠죠."

"여기 보안은 정기적으로 순찰을 돌아요. 그리고 특수 전자 태그가 없는 차가 어떻게 야간에 게이트에 들어가죠?"

"뭐, 그건 사실이에요. 하지만 난 클라인이 시신을 싣고 돌아다니는 건 안 그려져요. 그리고 펄면 부부는 커민스가 살해당했을 때 뉴욕에 있었고요. 그건 확인했잖아요."

"해변의 남자들 기억해요? 그 살인의 배후는 그날 밤 여기 없어도 됐어요. 대신 **그 남자들이** 여기 있었다면요."

"그 논리에 따르면 데이비드슨이나 랭글리가 그 남자들을 사주했을 수도 있겠군요."

"맞아요."

"그 남자들이 랜서를 병원에서 납치한 것과 동일한 인물들이라고 생각해요?" 화이트가 물었다.

"해변은 어두웠고 병원 영상은 화질이 별로라 확신은 못 하죠. 하지만 분명히 그럴 수도 있어요. CCTV 영상에 찍힌 남자들과 덩치가 비슷했어요."

데커는 눈을 문지르고 고개를 저었다.

"뭐예요?"

"내 완벽한 기억력이 지금은 그리 완벽하지 않아요."

"무슨 뜻이에요?"

"뭔가가 있는데 접속이 안 돼요."

"접속이 안 된다는 게 무슨 뜻인데요?"

"서로 연결돼야 하는 두 이미지가 있는데, 그게 뭔지 기억이 안 나요."

"생각날 거예요. 잠깐 시간을 줘요."

"우리한테 시간이 얼마나 있죠?"

"무슨 뜻이에요?"

"저 위에서 조사가 망했다고 선언하고 직업적 처형을 위해 우리 둘을 DC로 끌고 가기까지 얼마나 남았느냐고요."

화이트는 의자에 등을 털썩 기대고 말했다. "뭐, 난 얌전히 끌려가지는 않을 거예요."

"그럴 거라고 생각했어요."

"당신은요?"

"모르겠어요."

"이 일, 더는 하기 싫어요?"

"꼭 그런 건 아니고요. 그냥 FBI가 내가 그 일을 하기에 맞는 장소인지를 모르겠어요." 데커는 차 문을 열었다. "우리 가서 펄먼 부부와 이야기해봅시다. 어쩌면 뭔가가 튀어나올지도 모르니까요."

화이트가 엔진을 끄고 문을 열었다. "그리고 왜 도리스 클라인이 아니라 펄먼 부부한테 먼저 가죠?"

"펄먼 부부가 감마를 커민스한테 추천했으니까요. 그리고 드레이먼트가 그들 집에 있었고요."

"잠깐만요. 드레이먼트가 그 부부를 협박했을 거라고 생각해요? 하지만 그렇다면 왜 감마를 판사에게 추천하죠?"

"어쩌면 협박당하기 **전에** 그랬을 수도 있죠."

마야 펄먼은 문간에서 두 사람을 맞았다. 연푸른색 치마와 흰 블라우스에 샌들 차림이었다.

"죄송하지만 남편은 지금 집에 없어요."

"또 골프를 치러 가신 건가요?" 데커가 물었다.

마야가 웃음을 지으며 대답했다. "뭐 그런 거죠. 은퇴 생활을 즐기는 중이에요."

세 사람은 거실에 마주 앉았다. 마야는 커피나 차를 권했지만 두 사람은 사양했다.

"배리가 체포됐다고 들었어요. 하지만 그 사람이 그런 짓을 했을 거라고는 믿기질 않아요. 난 배리를 잘 알거든요. 절대 누굴 찌를 수 있는 사람이 아니에요. 하물며 자기 부인이라니."

"**전** 부인이죠. 그리고 그 남자가 판사의 집을 감시했다는 건 알고 계셨죠?" 데커가 물었다.

마야는 그 질문에 불편한 기색이었다. "그건 어디서 들으셨어요?"

"알 만한 사람한테서요."

"도리스요?"

"긍정도 부정도 하지 않겠습니다. 하지만 배리도 그 사실을 인정했죠."

"그렇군요. 하지만 그렇다고 살인자는 아니에요."

"배리를 좋게 보셨나 보네요?" 화이트가 물었다.

"누구나 그렇듯 단점은 있었죠. 하지만 늘 줄리아에게는 정말 잘했어요. 정말 다정했고 타일러에게도 좋은 아버지였어요. 그리고 같이 어울리면 참 재미있었죠."

"세금 문제가 있었다고요."

"전 그건 전혀 몰라요." 마야가 재빨리 대답했다. 어쩌면 너무 빠르지 않나 하고 데커는 생각했다.

"뭐, 배리가 구류에서 풀려났다는 걸 알면 기쁘시겠군요."

마야의 얼굴이 확 밝아졌다. "정말요? 너무 잘됐네요. 어떻게 그렇게 됐죠?"

"다른 알리바이가 제시됐습니다. 동시에 두 장소에 있을 수는 없으니까요."

"타일러가 정말 기뻐하겠어요."

"우린 커민스의 집에서 시신으로 발견된 남자에 관해 더 많은 걸 알아냈습니다." 데커가 말했다.

"아, 그렇군요. 뭐죠?"

"어떤 협박 음모에 개입했습니다. 그리고 자신이 경호하던 한 여자에게서 장신구를 훔쳤다고 신고당했죠."

"맙소사. 정말요?"

"네. 그냥 확인하려고 여쭤보는 건데, 혹시 잃어버리신 물건은 없습니까?"

"뭐라고요? 없어요. 그러니까 최근에는 장신구 목록을 확인해보지 않았어요. 대형 금고에 넣어두거든요. 거기엔 손을 못 댔을 거예요."

"그리고 협박 요구는 없었나요?"

마야는 불쾌한 표정으로 뒤로 기대앉았다. "우리를 협박할 거리가 뭐가 있어야죠, 데커 요원님."

"전 아무 말도 안 했습니다. 하지만 꼭 불법적인 게 아니어도 되죠. 그냥, 뭐, 혹시 다른 사람에게 알리고 싶지 않은 거면 됩니다. 젠장, 전 제 온라인 검색 기록을 누가 보는 것만은 절대 사양하겠습니다."

그 말에 마야의 표정이 모호해졌다. "네, 무슨 말씀인지 알겠어요. 뭐, 우린 확실히 이 남자한테서 어떤 협박도 당한 적 없어요. 만약 그랬다면 **절대** 그 회사를 줄리아에게 추천하지 않았을 거예요."

"물론 그렇겠죠." 데커는 마야의 어깨 너머로 처음 이 집에 왔을 때 봤던, 사진들이 걸린 벽을 보았다. "항해를 즐기시나 봅니다?"

마야는 요트에서 남편과 함께 찍은 사진을 돌아보았다. "예전에는 꽤 자주 했죠. 트레버는 요트와 동력 보트가 있었지만 유지하려면 품이 너무 들어서 결국 팔았어요. 이제 바다로 나가고 싶으면 그냥 빌려서 나가죠."

"배를 여기 두셨습니까?"

"아뇨, 키웨스트예요. 쿠바로 타고 나가곤 했죠."

"규제가 있을 텐데요." 화이트가 말했다.

"관계가 완화됐을 때 얘기예요. 지금은 더 힘들어졌고, 12마일 경계선을 넘어가려면 허가증이 필요하죠. 아름다운 나라예요. 혹시 가보셨나요?"

화이트는 고개를 저었다.

마야가 말하는 동안 데커는 벽에 걸린 다른 사진들을 훑어보고 있었다. 그러다 마지막 사진에 다다랐다. 데커는 호기심 어린 눈길로 자신을 보는 마야에게 물었다. "부인은 전에 변호사셨고, 남편분은 무슨 일을 하셨습니까?"

"저랑 결혼했을 때는 이미 은퇴한 후였어요. 자문이었죠. 일 때문에 전 세계를 돌아다녔고, 몇 개 국어를 할 줄 안답니다."

"무슨 분야의 자문인데요?"

"신흥 시장에 종사하는 회사들을 위해 자금을 모으는 거죠. 무척 성공했어요."

"남편분도 재혼이신가요?"

마야가 생긋 웃었다. "아뇨, 남편은 운명의 여자가 나타날 때까지 기다리고 있었다고 했어요. 전 이미 첫 결혼에서 실수를 저질렀었죠. 트레버는 신의 선물이었어요."

"미남이시네요." 데커가 벽에 걸린 사진 중 하나를 가리키며 말했다. 화이트는 고개를 돌려 정장에 타이를 맨 젊은 펼면의 사진을 보았다. 데커는 이미 전에 사진을 보았지만 당시에는 아무 의미도 없었다. 그리고 이제 그건 거의 모든 의미를 갖고 있었다.

마야가 말했다. "그이는 저때 갓 서른 살이었어요. 제가 가진 당시 사진은 저게 다죠. 그이는 뒤를 돌아보길 좋아하지 않아요. 앞만 보려고 하죠."

"탓할 수 없죠. 남편분은 언제 돌아오실까요?"

"오늘 저녁 안으로는 오겠죠. 남편이랑 하실 얘기가 있으신가요?"

"아마도요. 혹시 남편분께 말씀 전해주시면 감사하겠습니다. 그냥 관례적인 거라서요. 음, 시간 내주셔서 감사합니다."

두 사람은 집을 나와 차에 올랐다.

"좋아요, 도대체 무슨 일이죠?" 화이트가 물었다.

"내가 아까 접속 얘기했죠? 그게 이제 접속됐어요."

"더 젊었을 적 트레버 펄먼 사진 말이에요?"

"네. 전에 왔을 때도 봤는데, 그때는 그걸 비교할 대상이 없었어요."

"무슨 말이에요? 뭐랑 비교해요?"

"디어드리 펠로스의 집에 있던, 트레버 펄먼이 태너 상원의원과 함께 찍은 사진요."

"트레버 펄먼에 관해 알고 있는 모든 게 당장 필요해요." 화이트는 펄먼의 집 앞에 세워놓은 차 안에서 통화 중이었다. 펄먼 부부의 플로리다 주소를 알려주고 메이슨 태너와 트레버 펄먼의 관계도 알려주었다.

화이트는 전화를 끊고 데커를 돌아보았다. "좋아요, 다음은 뭐죠?"

"디어드리 펠로스에게 이메일을 보냈어요. 다시 만나주겠답니다."

두 사람은 사니벨아일랜드로 차를 몰아 펠로스의 해안 맨션으로 향했다.

메이드는 두 사람을 펠로스가 기다리는 인피니티 수영장으로 안내했다. 펠로스는 다채로운 색의 무무(하와이 여성 전통 복장 – 옮긴이)를 입고 햇볕을 가리기 위한 챙 넓은 모자를 쓰고 있었다.

가는 길에 데커는 다른 방의 선반에서 사진을 하나 가져갔다.

모두 자리에 앉자 펠로스는 사진 액자에 눈길을 주었다. 데커는 사진이 보이지 않게 액자를 들고 있었다. "나한테 보여주려고 가져온 건가요?"

"아뇨, 이건 다른 방에 있던 당신 사진입니다."

"그럼 **아버지의** 사진이겠군요. 이미 말했듯, 여긴 아버지 집이었어요. 난 여기 산 지 이제 6개월밖에 안 돼요. 가구와 집기가 전부 갖춰져 있었죠. 전남편과 함께 살던 집은 매물로 내놨어요."

데커는 펠로스가 볼 수 있도록 액자를 뒤집었다.

펠로스는 단체 사진에 찍힌 남자들과 여자들을 보았다. "이게 우리 아버지고, 이쪽은 우리 어머니예요. 그리고 어머니 옆에 있는 남자는 당시 아버지의 직원 전체를 관리하는 사람이었고요. 지금은 세상을 떠났죠."

"그리고 맨 끝에 있는 젊은 남자는요?"

그쪽을 본 펠로스가 입을 쩍 벌렸다.

"1981년 마이애미, 맞나요?" 데커가 물었다. "여자를 여행 가방에 욱여넣고 있던 남자?"

펠로스가 멍하니 고개를 끄덕였다.

"그럴 줄 알았습니다."

펠로스는 경악한 표정이었다. "맙소사, 그동안 내내 여기 있었군요. 하지만 그 사진은 한 번도 본 적이 없어요. 제가 찍힌 사진이 아니라서요. 이름이 뭐죠?"

"트레버 펄먼입니다. 혹시 뭔가 떠오르는 게 있나요?"

"아뇨, 없어요."

"아버님의 직원은 아니었을 것 같습니다. 그리고 아마 당시에 그 이름을 쓰지도 않았을 것 같고요."

"그럼 왜 사진에 찍혀 있죠?"

"정치가들은 사진을 많이 찍죠."

"네, 하지만 왜 아버지가 그 사진을 굳이 가지고 있었을까요? 어머니와 직원들이 찍힌 다른 사진도 많은데요."

"그건 저도 모르죠. 하지만 이 사진을 가지고 계셔서 정말 다행입니다."

"이게 다 무슨 뜻이죠, 데커 요원님?"

"부디 살인자가 곧 잡힐 거라는 뜻이어야겠죠."

• • •

펠로스와 긴 대화를 나눈 후, 그리고 화이트가 전화 몇 통을 건후, 두 사람은 다시 오션뷰의 호텔로 향했다.

그리고 화이트의 방에서 짧은 회의를 가졌다.

"좋아요, 내가 정리를 좀 해볼게요." 화이트가 말했다. "트레버 펄먼은 1981년 마이애미에서 그 난장판을 정리하는 데 협력했어요."

"이전에 이야기했듯, 어쩌면 그 난장판은 그 남자가 **만든** 것일 수도 있어요."

"함정이라고요?"

"자문이라고 했죠? 전 세계를 돌아다니고 몇 개 국어를 하고? 개인 요트를 타고 쿠바에 가고?"

"정확히 무슨 말을 하려는 거예요?"

"내 말은, 카나크 로의 배가 쿠바에 있을 거라는 데 내 전 재산을 걸어도 좋다는 겁니다. 펄먼이 카나크를 죽인 다음 그리로 가서 바다에 시신을 버렸겠죠."

화이트가 더듬거렸다. "그 말은…… 펄먼이 사주를 받아서……."

"네, 적국의 사주를 받아서 당선이 유력한 태너를 함정에 빠뜨렸죠. 태너의 정치적 운명은 펄먼과 그 배후에게 달렸어요. 자기 침대에서 죽은 여자를 처리해주고 입을 다물어주는 대가로 놈들이 요구한 건 뭐든 하겠죠. 디어드리가 아버지에 관해 뭐라고 했는지 당신도 들었죠. 실제 입법을 할 배짱은 전혀 없었고, 그냥 화려함과 영광을 좋아하는 사람이었다고요. 폭로를 막을 수만 있다면 수단 방법을 안 가렸을 겁니다."

"우리 적에게 정보를 누설하는 것도?"

"네. 그리고 펄먼의 배후에게 도움이 되는 쪽으로 표를 던지고요."

"하지만 펄먼이 태너를 협박하고 있었다면 태너가 왜 그 남자의 사진을 집에 놔뒀을까요?" 화이트가 물었다.

"태너는 어쩌면 펄먼이 그 협박 음모에 개입했다고 믿을 이유가 없었을지도 모릅니다. 어쩌면 그냥 펄먼은 자기를 도우려 했고 다른 누가 그걸 알아냈다고 생각했을 수도 있죠. 그리고 펄먼은 그런 식으로 다른 정치가들도 협박할 수 있었어요. 정치가들의 낯 뜨거운 오점을 찾아내서 목적을 위해 이용하는 건 그다지 새로운 발상은 아니죠." 데커는 말을 이었다. "그리고 로가 어찌어찌해서 그 상황을 맞닥뜨리고 펄먼은 로의 협력을 얻어내야 했어요. 아마도 스캔들을 막기 위해 어쩔 수 없이 하는 일이라고 둘러댔겠죠. 그리고 아마 여자가 약물 과용이나 뭐 그런 거였다고요. 분명히 진실이 밝혀지면 미국 대통령에게 이로울 게 없다고 겁을 줬을 겁니다. 아마 그게 로에게 먹혔을 테고요. 하지만 그 수십 년 후, 암 말기인 걸 알게 된 로는 아마도 어리석게도 펄먼에게 고해를 해야겠다고 말했고, 펄먼은 그렇게 놔둘 수 없었죠."

"그리고 드레이먼트와 랜서는요?" 화이트가 물었다.

"드레이먼트는 펄먼 부부의 집에 출입했어요. 아마 염탐하고 다니다가 뭔가 범죄의 증거 같은 걸 발견한 거겠죠. 왜냐하면 펄먼은 진짜 은퇴한 게 아닐 테니까요. 펄먼은 커민스가 드레이먼트에게 가진 관심이 오로지 성적인 것임을 분명히 알아차렸을 겁니다. 그걸 이용해 드레이먼트를 커민스의 집에 들여놓으려 했고요. 그래서, 밑밥을 다 깔아놓은 후, 커민스의 집에 있는 배리의 콘도 열쇠와 보안 카드를 훔쳐서 배리의 권총을 빼돌렸죠. 배리와 오랫동안 친구였으니 펄먼은 아마 권총의 존재를 알았을 겁니다."

"좋아요. 말 되네요."

"그 후 펄먼의 부하들이 카시미라의 신용카드를 해킹해서 슬로바키아 지폐를 구매해요. 그 후 펄먼이 이곳을 떠나 있는 사이 드레이먼트를 죽이죠. 아마 드레이먼트를 미행해서 랜서와 한패인 걸 알았을 겁니다. 그리고 랜서와 패티 켈리의 관계도 알아냈고요. 놈들은 랜서를 납치해 어딘가에 가둬놓고 입을 열게 했죠. 랜서는 켈리에게 경고했고, 켈리는 도망쳤어요. 놈들은 펄먼의 차를 이용해 시신을 쉽게 옮길 수 있었죠. 그 후 아무도 보는 사람이 없을 때 커민스의 집에 몰래 갖다놓은 겁니다. 그 후 랜서가 켈리에게 뭔가 발설했을지 모르니 우리 차에 추적기를 달고 켈리가 숨어 있는 키라르고로 미행해 켈리를 죽였죠. 총은 랜서를 죽인 뒤에 배리의 콘도 서랍에 도로 갖다놨고, 배리가 그걸 들고 전 부인의 집으로 간 건 놈들에게 엄청난 도움이 됐죠. 우리가 총을 가져가서 살인 무기인 게 밝혀졌고, 그래서 배리가 구속됐으니까요."

"젠장, 데커. 전부 말이 되네요. 하지만 왜 커민스도 동시에 죽이지 않죠?"

"커민스에게는 아무런 원한이 없었으니까요. 그리고 친구였죠.

배리는 여전히 완벽한 봉이었죠. 드레이먼트를 죽일 이유가 넘쳤으니까요. 펄먼은 그냥 판사가 시신을 발견하면 경찰을 부를 테고, 경찰이 조사를 하면 딱한 배리가 누명을 쓸 거라고 생각했겠죠. 그리고 그 후 경찰이 슬로바키아 지폐의 출처를 추적하면 카시미라로가 개입했다고 믿을 테고, 감마는 스캔들로 몰락하겠죠."

"하지만 우리가 그걸 입증할 수 있나요?"

"펄먼의 신분과 그날 밤 마이애미에서 본 상황을 확인해줄 펠로스가 있죠. 그거면 놈을 끝장내기 충분할 겁니다."

"우리 그러길 빌자고요. 놈이 **우리를** 끝장내기 전에요."

90

밤 9시에 데커는 펄먼의 집 문을 두드렸다. 디어드리 펠로스의 집을 나온 후 지금에 이르기까지 많은 일이 있었다. 그리고 앞으로 몇 분 동안은 그 어떤 상황이 벌어질지 아무도 예측할 수 없었다.

베이지색 정장 바지에 목깃이 달린 흰 셔츠를 입은 트레버 펄먼이 노크 소리에 문을 열었다. "데커 요원님. 아까 들르셨다고 아내한테 들었습니다. 들어오시죠. 파트너는 어디 계십니까?"

"다른 업무를 보러 갔습니다."

"그렇군요."

펄먼은 문을 닫고 데커를 메인 거실에 붙어 있는 작은 방으로 안내했다.

"자, 이제 나머지 멤버들도 불러보죠." 펄먼이 말했다.

다른 문이 열리더니 한 남자가 들어왔다. 해변에서 본 두 남자 중 하나였다. 손에 든 권총으로 데커를 겨누고 있었다. 그들은 데커의 몸을 수색했다. 펄먼은 데커의 총을 빼앗아 뒤쪽의 탁자에 놓았다.

"그리고 다음은 이거죠." 펄먼은 그렇게 말하고 금속탐지기를 꺼내어 데커의 전신을 훑었다. 그리고 삑 소리가 나지 않는 것을 확인하고 말했다. "놀랐네요. 분명히 도청 장치를 달고 올 줄 알았는데. 좀 앉으시죠."

데커는 자리에 앉았다. "부인은 어디 계시죠?"

"볼일이 있어서 나갔습니다. 당신 파트너처럼요."

데커는 다른 남자를 올려다보았다. 얼굴에는 화이트의 가라테의 흔적이 여전히 남아 있었다. "그렇게 작은 사람이 그런 고통을 줄 수 있을 줄은 생각도 못 했겠죠."

"그 여자는 나중에 처리할 계획입니다." 남자가 대꾸했다.

"우린 마이애미에서 일어난 일을 증언해줄 사람이 있습니다." 데커가 펄먼에게 말했다.

"아, 뉴스 피드를 아직 확인 못 했나 봅니다. 사니벨아일랜드에 끔찍한 사고가 있었어요. 어떤 여자가 죽었죠. 아주 유명한 전직 상원의원의 딸인데. 아마 발코니에서 추락했다는 것 같더군요. 참 슬픈 일이죠. 우연히도 그 일이 일어났을 때 그 지역에 있던 내 동료가 그 슬픈 소식을 문자로 전해줬어요. 디어드리 펠로스라던 가……. 어쩌면 당신도 들어봤을지도 모르겠네요. 오래전에 본 뭔가를 당신한테 이야기했다지요? 난 그냥 추측으로 말하는 겁니다."

데커는 잠시 뜸을 들이며 이 모든 소식을 처리했다. "태너의 침대에서 죽은 여자는 어떻게 준비했습니까?"

"우린 그 여자에게 돈을 줘서 거기 보냈습니다. 장래의 상원의원에게 보내는 선물로요. 태너는 모금 파티 때문에 들뜨고 고마운 마음에 정신이 반쯤 나가 있었어요. 우리 예상대로였죠. 우린 그 남자에 관한 두꺼운 파일이 있었습니다. 뇌가 하반신에 있는 남자였죠. 하지만 태너가 몰랐던 건, 그 여자한테 치사량의 마약이 투여됐었다는 겁니다. 그리고 약은 효과를 발휘했어요. 바로 태너의 침대 위에서요. 태너는 우리가 예측한 대로 겁에 질렸죠. 난 신호에 딱 맞춰 거기 가서 모든 걸 처리했습니다. 내가 대통령 밑에서 일한다고 했죠."

"그리고 그 후 카나크 로가 나타났죠."

"그게 문제였죠. 틀림없이 무슨 소리를 들었나 봅니다. 하지만 난 문제에 익숙하죠. 전부 순조롭게 해결됐어요. 그리고 디어드리 펠로스가 죽었으니 댁한테는 아무런 증거도 남지 않았죠."

"태너를 어떻게 협박했습니까?"

"태너는 당연히 그게 나인 줄 몰랐습니다. 하지만 그 방에는 감시 카메라와 도청 장치가 설치돼 있었죠. 선거에서 승리한 후 태너에게 일부 증거를 보내 선택하라고 했습니다. 태너는 현명한 선택을 내렸고요."

"이 나라도 과연 그렇게 생각할지 잘 모르겠네요. 그리고 여기 있는 당신 부하는요? 내 파트너와 나는 이 남자가 그날 밤 해변에서 나를 공격한 두 남자 중 하나였다고 증언할 수 있어요."

"펠로스가 죽었을 때 그 집 근처에 있던 내 부하는 이미 이 나라를 떠났다고 문자로 알려왔습니다. 그리고 여기 이 신사분은 내일 이맘때면 지구 반대편에 가 있을 겁니다."

"아마 드레이먼트와 랜서는 당신을 협박하려 했을 때 자기가 누굴 맞닥뜨렸는지 몰랐겠죠."

"그런 아마추어들은 내 점심 식사거리죠. 드레이먼트가 자기가 엿들은 것과 어디서 찾아낸 종이쪽지 하나로 날 협박하려 하는데,

난 하마터면 웃음을 터뜨릴 뻔했죠. 굽신대는 척, 얼른 돈을 갖다 바치지 못해 안달하는 무력한 먹잇감인 척했습니다. 하지만 사실은 놈과 한패에 대한 정보를 모으고 있었어요. 그리고 때가 무르익기를 기다려 호의를 되갚아주었죠. 난 줄리아에게 감마를 추천했습니다. 아내는 눈치 못 챘을 수 있지만, 난 줄리아가 드레이먼트 씨에게서 뭘 원하는지 쉽게 알아챌 수 있었죠. 심지어 내가 물어봤더니 그렇다고 순순히 인정하더군요." 펄먼이 씩 웃었다. "그건 우리만의 작은 비밀이었죠."

"그래서, 커민스의 집에서 열쇠와 보안 카드를 훔쳐서 배리의 총을 빼돌렸군요. 그리고 카시미라의 이름으로 슬로바키아 지폐를 주문했고요. 그 후 당신이 이곳을 떠나 있는 사이 드레이먼트의 살해를 지시했죠."

"놈이 줄리아와의 그 짧은 성적 접촉을 마치고 집을 나오려는 순간 내 부하들이 도착했죠. 난 무슨 일이 있어도 줄리아를 해쳐서는 안 된다는 엄격한 지침을 내려뒀습니다. 우린 나중에 드레이먼트의 아파트를 수색하고 전자 장비들과 나에 대해 갖고 있던 정보를 확인했죠. 랜서의 집도 똑같이 했고요. 드레이먼트에 관해 조사한 결과 그 둘이 한패라는 걸 알아냈거든요."

"그리고 패티 켈리는요?"

"우린 랜서가 그 여자한테 보낸 문자를 봤습니다. 랜서를 두들겨 패서 정보를 얻어냈고, 켈리가 잘라내야 하는 느슨한 매듭이라는 걸 알아냈죠. 켈리의 남편은 아무것도 모른다고 판단했습니다. 켈리가 남편을 두고 떠났다는 사실로 확실히 알 수 있었죠."

데커는 다른 남자를 본 후 다시 펄먼을 보았다. "우리한테 판사가 살해당했다는 말을 듣고 당신 부인은 충격을 받았지만 당신은 그냥 어리둥절해했죠. 왜냐하면 당신은 **당신** 부하들이 살해한 게 드레이먼트뿐이라는 걸 알았으니까요."

"그래요, 그게 수수께끼였죠. 내 부하들은 줄리아를 보지도 못했다고 보고했습니다. 아래층에서 드레이먼트를 죽이고 놈의 목구멍에 돈을 집어넣고 떠났죠."

"**당신은** 많은 사람들을 죽였죠, 펼먼. 그게 당신 본명인지는 모르겠지만."

펼먼은 데커 맞은편에 앉았다. "이해를 못 하는 모양인데, 죽은 사람의 수는 아무런 의미도 없습니다. 이건 전쟁이에요, 데커 씨. 그리고 어떤 전쟁에서든 사상자는 나올 수밖에 없죠. 핵심은 아군보다는 적군에서 사상자를 더 많이 만드는 겁니다."

"당신이 태너를 협박해 얻어낸 비밀들로 얼마나 많은 사람들이 죽었습니까?"

"충분하다고는 할 수 없죠. 어쨌든 소련이 무너진 이후로는요."

"우린 당신을 조사했습니다. 모든 게 완벽했죠. 어린 시절까지요. 너무 완벽했어요. 너무 완벽해서 만들어낸 것일 수밖에 없었죠."

"잘됐네요, 고맙군요. 엄밀히 말하면 은퇴한 처지지만, 그래도 앞으로 이쪽 사람들에게 배경을 만들 때 그런 오류들을 집어넣으라고 일러두죠."

"대서양에서 어떻게 카나크를 살해했습니까? 미리 배에 숨어 있었습니까, 아니면 당신 배로 카나크의 배를 덮쳤습니까?"

펼먼은 지친 얼굴로 고개를 저었다. "그게 왜 중요합니까? 우리가 카나크에게 얼마나 많은 걸 해줬는데요. 카나크는 마이애미에서 우연히 엄청난 기회를 만나 부자가 됐습니다. 그런데 그저 죽음을 앞둬서 공개적인 고해가 필요하다는 이유로 그 모든 호의를 배신하려 하다니. 뭐, 사람들은 매일 죽습니다. 카나크처럼요."

"그분은 하나님 앞에서 자신의 영혼을 구하고 싶어 했습니다."

펄먼은 데커를 한 손가락으로 가리켰다. "바로 그래서 종교가 위험하다는 겁니다. 사람이 어리석은 짓을 하게 만들죠. 내가 무신론자인 이유가 그겁니다. 마르크스가 말했듯, 종교는 인민의 아편이니까요."

"그러면 난 어떻게 되죠? 내 파트너는 내가 여기 온 것도, 왜 왔는지도 압니다. 내가 돌아가지 않으면 당신은 아주 안 좋은 상황에 처할 겁니다. 그것도 순식간에요."

"당신은 아무런 증거도 없어요. 내가 지금 당장 당신을 보내줘서, 당신이 실컷 그 온갖 이론을 퍼뜨리고 우리가 전부 털어놨다고 주장한다고 칩시다. 그래 봤자 무슨 일이 있겠습니까?"

"별거 없겠죠."

"하지만 나는 느슨한 매듭을 좋아하지 않는 사람입니다. 그리고 당신은 밤에 해변 산책하기를 좋아하죠. 여기엔 해변이 있습니다. 당신은 모래 위를 걷고 있어요." 펄먼이 캐비닛 서랍에서 주사기를 꺼내며 말을 이었다. "그리고 심장이 마구 뛰는 듯한 이상한 느낌을 받게 됩니다. 숨이 쉬어지지 않죠. 비틀대다 쓰러지고, 그렇게 끝납니다. 당신은 덩치가 큰 남자고 나이도 젊지 않으니, 그런 남자가 심장마비를 일으킨다고 해서 놀라울 건 없죠. 그리고 부검이 이뤄질 때쯤이면 이 주사기에 든 건 더는 당신 시신에서 탐지가 안 될 겁니다." 펄먼이 주사기 마개를 벗겼다. "그럼 이제 당신의 마지막 산책을 시작해볼까요, 데커 씨?"

데커는 두 남자를 번갈아 보았다. "자수하라고 설득해도 소용없겠죠?"

펄먼은 고개를 젓고는 싱긋 웃었다. "러시아어에는 그런 말이 없는 것 같네요."

"네, 그럴 줄 알았습니다." 데커가 일어섰다. "뭐, 좋습니다. 나도 이 사건이 지긋지긋하니까. 해치웁시다."

그 순간 문이 벌컥 열리고 무장한 집단이 자동 화기를 겨눈 채 방으로 쏟아져 들어왔다. 펄먼의 공범은 재빨리 총을 떨궜고 펄먼은 주사기를 떨궜다. 그리고 벽 앞으로 밀쳐졌다.

펄먼이 쏘아붙였다. "이게 무슨 상황이죠? 당신들은 여기 있을 권리가 없어요. 여긴 개인 주택입니다. 우린 그냥 무단 침입한 이 남자에게 정당방위를 행사한 겁니다."

무장한 사람들 중 하나가 헬멧을 벗었다. 화이트였다. 화이트는 눈을 가린 앞머리를 떼어내며 말했다. "괜찮아요, 데커?"

"1분 전보다는 한결 낫네요."

펄먼이 고함쳤다. "당장 내 집에서 나가! 당신들은 아무런 증거도 없어!"

데커는 탁자로 걸어가서 자기 총을 집어 들었다. 뒤돌아 총을 펄먼에게 곧장 겨누고 방아쇠를 당겼다.

펄먼은 비명을 지르며 양손으로 얼굴을 가린 채 바닥에 쓰러졌다.

하지만 총에서 나온 것은 총탄이 아니었다. 화이트와 다른 사람들이 나타나기 전에 이곳에서 이루어진 대화가 방 안에 울려 퍼졌다.

"녹음기를 총으로 위장했다고?" 펄먼이 믿기지 않는다는 얼굴로 내뱉었다.

"옛 냉전 시대가 떠오르죠, 안 그래요?" 데커는 그렇게 말하고 방아쇠를 다시 당겨서 녹음기를 껐다. "그리고 그냥 알아두시라고, 디어드리 펠로스는 멀쩡히 살아 있습니다. 핵심 증인이 되자마자

545

우리가 보호 하에 두었거든요."

"하지만, 그러면, 뉴스피드는……." 펄먼이 쏘아붙였다.

"네, 당신 부하는 구속됐습니다. 우린 몰래 잠입하려던 놈을 체포해 입을 열게 하고 그 후 놈의 전화기로 당신에게 임무를 완수했고 계획대로 외국으로 떠났다는 문자를 보냈죠. 그리고 뉴스 피드는 당신이 우리가 바라는 대로 믿도록 FBI가 파놓은 함정이고요."

데커는 펄먼을 내려다보며 말을 맺었다. "그리고 당신은 그 함정으로 곧장 걸어 들어왔죠, **아마추어**같이."

91

"망할 놈의 대사관을 불러달라고 계속 고집을 부리네요." 펄먼이 부하들과 함께 체포되고 기소된 후 화이트가 데커에게 말했다.

"블라디미르 푸틴에게 전화하라고 해요. 그래 봤자 무슨 득이 있을지 모르겠지만."

범인들은 살인 혐의 기소를 위해 경찰국에 끌려왔고, 화이트와 데커도 동행했다.

화이트는 앤드루스 요원에게 연락해 상황을 알려주었다. 잠시 거기 서 있는데 마야 펄먼이 겁에 질린 표정으로 황급히 뛰어 들어왔다.

"집에 와보니 경찰관이 와 있었어요. 그 사람이 여기까지 태워다 줬어요. 도대체 이게 무슨 놈의 상황인지 누구 좀 말해줄래요?"

"남편분과 두 동료가 살인과 살인 미수로 기소됐습니다." 데커가 말했다.

"살인요? 무슨 헛소리를. 트레버가 도대체 누굴 죽였다는 건데

요?"

"앨런 드레이먼트, 앨리스 랜서, 패티 켈리, 그리고 카나크 로요. 그리고 디어드리 펠로스라는 여성과 **저**를 살해하려 시도했죠."

마야가 입을 쩍 벌렸다. "당신을요?"

"전부 녹음했습니다." 화이트가 말했다. "당신 남편은 아주 오래 전부터 소비에트의 스파이였어요."

마야가 화이트에게 말했다. "소비에트 스파이라고요? 당신 미쳤 군요."

화이트가 여자에게 사납게 따졌다. "당신은 이 일에 관해 아무것 도 모른다는 건가요?"

"당연히 모르죠. 전혀 진실이 아니니까."

데커가 말했다. "뭐, 그러면 남편분에게 왜 **러시아** 대사관 사람을 불러달라고 고집을 부리는지 한번 물어보시든가요."

마야가 공포에 질린 표정으로 데커를 쏘아보았다. "**러시아** 대사 관이라고요?"

"네. 잘 들어보면 들릴 겁니다."

마야는 땅바닥을 내려다보았다. "맙소사, 도대체 이게 무슨 일이 죠?"

화이트가 말했다. "아주 많은 일이죠, 펄먼 부인. 그리고 그중 좋 은 일은 하나도 없고요. 당신 남편은 악당이에요. 미국인들을 협박 해 조국을 배신하게 만든 진짜 악당이죠."

마야가 한 손으로 입을 가리고 흐느꼈다. "이건 현실일 리가 없 어요. 그럴 리 없다고요."

화이트의 표정이 누그러졌다. "좋아요, 당황스러운 상황인 거 압 니다. 우선 정신을 좀 차릴 수 있게 물 한 잔 드릴게요. 그 후 사람들 없는 방으로 안내하죠. 첫 결혼에서 보신 자녀분들이 있다고 들 었는데요, 맞죠?"

마야가 멍하니 고개를 끄덕였다.

"자녀분들께 전화하셔도 됩니다. 와서 같이 있어달라고 하세요. 아셨죠? 이 일을 헤쳐 나가는 데 도움이 될 겁니다."

고개를 끄덕이는 마야의 얼굴에 감사의 빛이 어렸다. "네, 네, 고 마워요."

화이트는 마야를 데리고 갔다가 다시 데커 옆으로 돌아왔다.

"명배우든가, 아니면 트레버에 관해 아무것도 모르는 거겠죠."

"트레버는 아무 말도 안 했을 겁니다. 말해야 할 이유가 없었으 니까요. 스파이들의 비밀스러운 개수작이죠."

화이트는 데커 옆에 앉았다. "당신은 이 망할 사건을 해결했고 악당들을 무찔렀어요."

"**우리가** 한 거죠, 프레디. 당신이 없었다면 아무것도 해결하지 못 했을 거예요."

"그렇게 말해줘서 고맙네요." 화이트가 다정하게 말했다. "하지 만 판사는 펄먼이 죽인 게 아닌 것 같아요. 그리고 배리도 그랬을 리 없고요. 그러면 우리는 데니스 랭글리에게로 돌아가는 건가요?"

"모르겠어요."

"또 누가 있는데요? 랭글리는 사실 알리바이가 없잖아요. 그리 고 배리는 이제 알리바이가 두 개나 있고요. 타일러에 그 이웃 사 람까지."

데커는 묘한 표정으로 화이트를 보았다. '배리는 알리바이가 두 개 있고요. 타일러에…….' 하지만 이웃의 알리바이면 충분했다. 타 일러의 알리바이는 필요 없었다.

"데커, 나 그 표정 알아요. 뭔가 생각난 거죠, 맞죠?"

데커는 대답하지 않았다. 갑자기 속이 뒤집힐 것 같았다. '타일러가 배리의 알리바이가 아니라면? 배리가 타일러의 알리바이였다면?'

992

데커는 마침내 새벽 2시에 베개에 머리를 뉘었지만 뇌는 쉴 생각이 없는 듯했다. 이전 어느 때보다도 더 빨리 돌아가고 있었다. 이미지들이 뇌의 스펙트럼 위로 무섭도록 빠른 속도로 번뜩이며 지나갔다. 하지만 데커는 이미지 하나하나를 선명히 볼 수 없었다. 지금 떠오르는 것들은 어떤 공통점이나 단서도 없었지만. 그래도 두려웠다.

'새로운 병변들, 새로운 이상들. 어쩌면 이게 미래의 내 모습일지도 모르지. 하지만 그게 날 휘두르게 두지는 않겠다.'

데커는 이 의식의 흐름을 밀어내고 애써 사건에 집중하려 했다. 네 건의 살인이 해결됐지만 하나가 남아 있었다.

줄리아 커민스의 살인범은 아직 잡히지 않았다. 그걸 놔두고 여길 떠날 수는 없었다. '그리고 나는 왜 타일러가 범인일 가능성을 생각조차 안 해봤지? 훈련에 목숨 거는 미식축구 선수여서? 그래서…… 나 자신이 떠올라서?'

랭글리를 추가로 조사해야 하는데, 데커의 육감은 그 남자가 커민스의 살인범이 아니라고 말하고 있었다. 랭글리는 자신이 새로운 호구를 손에 넣었다고 믿었다. 그런데 왜 굳이 그런 위험을 자초하겠는가? 혹시 펄먼의 부하들이 그 여자를 죽이고 펄먼에게 거짓말을 한 건 아닐까? 만약 그렇다면 진실은 끝내 밝혀지지 않을지도 모른다.

하지만 타일러의 공모 가능성이라는 퍼즐이 이제 제자리에 맞아떨어지면서, 데커는 어쩌면 바람직하지 않은 결론을 내려야 할 수도 있었다. 늘 완벽함을 요구하는 어머니. 규칙만 강요하는 어머니. 늘 외동아들 주위를 맴도는 어머니. 그 후 남편을 내치고, 어쩌면 아들도 내치고, 중년의 위기에 빠졌다고 남편을 탓해놓고는 자신 역시 똑같은 짓을 저질렀다. 그게 아들에게 어떤 영향을 미쳤을까?

데이비드슨이 줌 통화를 하는 도중에 타일러가 몰래 콘도를 빠져나가는 건 얼마든지 가능했다. 어머니의 집으로 달려갔을지도 모른다. 거기 있는 데이비드슨을 발견한 날에도 그랬다. 그래서 죽은 남자와 함께 거기 있는 어머니를 봤다면? 그리고 어머니의 옷차림을 봤다면? 무슨 일이 일어났을까? 부엌칼을 낚아채서, 그 후 뒤쫓아 갔고, 그 후에 살인이 벌어졌다면? 그 후 뛰어서 집으로 돌아와 다시 잠자리에 든다. 아무도 알지 못한다.

'젠장.'

데커는 한쪽으로 돌아누워 벽을 응시했다. 예전 침실도 이와 비슷한 회색으로 칠해져 있었다. 그 색은 마음을 진정시켜주는 효과가 있었고 캐시는 마음을 진정시켜주는 것들을 좋아했다. 특히 병원에서 스트레스를 받은 날에는 더욱 그랬다. 가끔 밤을 무서워하는 몰리가 엄마 아빠 침대에 올라오던 게 떠올랐다. 데커는 딸이 뭘 무서워하는지 끝내 이해하지 못했지만, 캐시는 딸을 안고 어린 딸의 귓전에 뭐라 뭐라 속삭여 달래주곤 했다. 결국 몰리는 진정하고 엄마 아빠 사이에서 잠이 들었다. 으레 아빠의 거대한 손을 제 작은 손으로 꼭 쥐고서.

'그때로 돌아갈 수만 있다면 뭘 주어도 아깝지 않을 텐데. 내 손을 쥔 그 손가락을 느낄 수만 있다면.'

데커는 타일러가 이 상황을 극복하도록 돕고 싶었다. 어머니의 죽음에 마침표를 찍어주고 싶었다. 데커는 확실히 타일러를 어린 시절 자신처럼 생각하고 있었다. 아니, 어쩌면 가진 적 없었던 아들일까. 어릴 적 꿈꿨던 미식축구의 눈부신 영광 속에 빛나고 있는. 하지만 타일러는 또한 갈수록 더 커져가기만 하는 경쟁에 지속적으로 던져지는 아이들이 늘 그렇듯, 기대와 불확실함의 수렁에 빠져 있기도 했다. 언젠가 더는 자신이 가장 빠르지도, 강하지도, 가장 운동신경이 뛰어나지도 않다는, 엘리트 스포츠라는 스펙트럼에서 기껏해야 평범한 존재에 불과하다는 사실을 깨달을 날이 올 때까지 계속 그럴 것이다. 데커가 그 쓰디쓴 약을 처음 맛본 것은 오하이오주립대에서였다. 그리고 NFL에 가서는 그야말로 철저한 굴욕을 당했다. 데커는 무너지기 직전까지 갔었다. 그렇다면 이제 이렇게 물어야 할 것이다. 타일러도 그렇게 무너졌을까?

타일러의 팀원인 드루 제임스 같은 남자들은 절대 그 딜레마를 경험하지 못할 것이다. 그 고지에 도달하기 한참 전에 멈출 테니까.

데커는 침대에 일어나 앉아 기억의 형판들이 스스로 질서를 다시 찾고 제자리에 완벽히 맞아떨어지길 기다렸다. 그 과정에 자신이 더는 아무것도 보탤 게 없어질 때까지. 마치 뇌가 자율주행 모드에 들어간 것 같았다.

제임스는 타일러가 어머니가 죽은 날 아침 이후로 같이 훈련을 하지 않았다고 했다. 하지만 커민스는 그날 아침 죽지 않았다. 밤에 죽었다. 그러니 정말 타일러가 어머니의 시신이 발견된 그날 아침부터 그들과 함께 훈련을 하지 않았다면…… 어머니가 살해된 채 발견된 시각은 원래 타일러가 정상적으로 훈련했어야 할 시각보다 몇 시간 뒤였다? 하지만 제임스가 한 말 중에는 그보다 훨씬 더 중요한 것도 있었다.

그리고 갑자기 데커는 두 가지를 깨달았다. 인지연구소에서 뭐라고 했든 초능력이 자신을 배신하지 않았다는 것.

그리고 방금 자신이 줄리아 커민스의 살인 사건을 해결했다는 것.

그리고 그건 **한** 살인자가 한 여자를 죽였다는, 그런 간단한 이야기가 아니었다.

9 993

아침에 데커와 화이트는 데이비드슨의 콘도로 차를 몰았다. 엘리베이터를 타고 올라갔지만 데이비드슨의 집 바로 아래층에 멈췄다. 안에서 주인과 잠시 이야기를 나눈 후 데커와 화이트는 알아야 할 것을 알아냈다.

다시 엘리베이터를 타고 4층으로 올라가는 도중에 화이트가 데커를 보고 말했다. "그래서, 어젯밤에 생각난 거예요?"

데커는 심각한 표정으로 고개를 끄덕였다.

"도무지 이해가 안 가요, 데커. 당신은 패배의 바로 턱밑에서 승리를 낚아채고선, 마치 범죄자가 도망이라도 친 듯한 얼굴이네요."

"모든 건 승리와 패배를 어떻게 정의하느냐에 달려 있겠죠, 아마도."

...

배리 데이비드슨은 찌푸린 얼굴로 문간에 나와 두 사람을 맞았다.

"당신들을 들여놓는 게 과연 좋은 생각인지 모르겠네요."

"우린 당신을 체포하러 온 게 아닙니다." 화이트가 지적했다. "그리고 이제 당신은 무죄로 풀려났으니, 응당 웃으면서 환호라도 올려야 하는 게 아닐까요."

데이비드슨은 두 사람이 들어올 수 있도록 옆으로 비켜준 후 거실로 안내했다.

"집에 돌아오니 확실히 마음이 편하네요." 데이비드슨이 말했다. "커피를 타났는데 좀 드릴까요?"

"좋죠." 화이트가 말했다. 일행은 부엌으로 갔고, 데이비드슨은 커피 세 잔을 따랐다.

"타일러는 어디 있습니까?" 데커가 물었다.

"벌써 학교 갔죠." 데이비드슨이 대꾸했다. "하지만 오늘 밤에 같이 나가서 축하할 겁니다. 아이가 그렇게 기뻐하는 걸 보니까 정말 좋더군요. 뭐랄까, 우리 둘 다 상황이 다시 좋아지고 있는 것 같은 기분이에요."

"타일러의 방을 좀 봐도 되겠습니까?" 데커가 물었다.

"왜요?"

"엄마 집에 있는 타일러의 방을 봤어요. 여기도 똑같은지 궁금해서요."

데이비드슨이 싱긋 웃었다. "마음대로 하시죠. 여기서는 타일러가 십 대답게 있어도 된다는 걸 알게 될 겁니다. 엄마 집에서는 그게 좀 힘들죠. 복도를 따라가서 오른쪽 세 번째 방이에요."

"당신 사무실 옆이군요, 알겠습니다."

데커는 두 사람을 두고 타일러의 방으로 향했다. 지나는 길에 데이비드슨의 열린 방문으로 안을 흘끗 들여다보았다.

데이비드슨이 말했듯 타일러의 방은 전형적인 십 대 남자아이의 공간 같았다. 영화, 음악, 그리고 스포츠 포스터가 벽에 붙어 있었다. 바닥에는 지저분한 옷더미와 운동 장비와 덤벨과 미식축구 헬멧과 어깨 패드와 책과 아이패드가 어수선하게 널려 있었다. 엑스박스와 VR 고글도 보였다. 또한 카이아 거버라는 이름의 누군가가 비키니를 입고 있는 포스터와, 올리비아 로드리고라는 여자의 포스터도 있었다. 데커는 그 두 아름다운 젊은 여자가 누군지 몰랐지만 열일곱 살짜리 남자아이 대부분은 알 거라고 확신했다.

'그리고 타일러 아버지의 말이 옳아. 이곳은 엄마 집에 있는 방과는 극과 극이야.'

데커는 《블랙법률사전》을 책상에서 집어 들어 페이지들을 팔락팔락 넘겨보고, 찾을 거라고 예상한 것을 찾아냈다. 그 후 지역 도서관에서 빌린 심리 장애 관련 서적을 집어 들었다. 어떤 페이지들에는 포스트잇 노트로 표시가 돼 있었다. 데커는 그 페이지들을 쭉 읽은 후 책을 놓고 창밖에 펼쳐진 만을 바라보았다.

보통 사건을 해결하면 희열의 물결이 밀려들었다.

'이번에는 다르다.'

데커는 침실을 나와 세탁실 안을 들여다보았다. 전에 왔을 때 타일러와 이야기를 나눴던, 타일러가 어머니를 잃은 슬픔에 눈물을 쏟으며 무너졌던 곳이었다. 세탁기를 열고 안을 들여다보았다.

어젯밤 데커의 초능력 기억은 딱 때맞춰 돌아왔다. 데커는 이 조사 과정에서 보고 들은 모든 걸 떠올리고, 그것들을 다른 모든 것들과 나란히 늘어놓았다. 겹겹이 쌓인 대화의 층들, 겉보기엔 무고한 발언들, 특정한 관찰들, 그리고 온갖 다른 증거들이 데커의 개인 클라우드에서 추출되어 서로 대조 분석됐다. 그리고 그 모든 것으로부터, 깜짝 놀랄 만큼 선명한 진실이 모습을 드러냈다.

'정말이지 모든 것은 가장 사소한 세부사항에 있었다. 얼핏 보기엔 전혀 중요하지 않았던 것들이 가장 마지막 순간에 유일하게 중요한 것으로 변했다. 사람들은 큰 것에 관해서는 정말 거짓말을 잘한다. 하지만 아무도 조그만 모순까지 신경 쓸 정도로 거짓말에 능숙하지는 못하다.'

데커는 화이트와 데이비드슨이 기다리는 부엌으로 돌아갔다. 화이트는 커피를 더 따르고 데이비드슨은 달걀과 토스트를 만들고 있었다. "두 분은 어떨지 모르겠지만 난 배가 고파서요."

"마음껏 드시죠." 데커가 말했다.

세 사람은 자리에 앉았다. 데커는 자기 커피 잔을 내려다보았고 화이트는 데이비드슨을 뚫어져라 보았다.

데이비드슨이 말했다. "그래서, 듣자 하니 트레버 펄먼이 이 모든 일의 배후라면서요? 도대체 이게 무슨 망할 놈의 상황이죠? 트레버는 좋은 친구였고 줄리아를 아주 좋아했어요."

"그 남자는 사람을 여럿 죽였죠. 당신 전 부인의 집에서 발견된 한 남자와 한 여자를 포함해서요. 하지만 줄리아를 죽이지는 않았습니다."

"별도의 살인자가 있다는 게 데커의 이론이에요." 화이트가 말했다.

데이비드슨은 믿지 않는다는 표정으로 데커를 보았다. "두 살인자가 동시에 같은 장소에서 따로따로 두 사람을 살해한다고요? 무슨 약이라도 했습니까?"

"그게 사실입니다." 데커가 말했다.

"그럼 데니스 랭글리였나요? 그 개자식이 그런 겁니까?"

"식사부터 마치신 다음 이야기 나누죠."

데이비드슨은 두 사람에게 호기심 어린 시선을 꽂은 채 식사를 계속했다.

다 먹고 나자 데커가 말했다. "따라오시죠."

데커는 타일러의 방이 아니라 데이비드슨의 사무실로 앞장서 갔다. 등 뒤로 문을 닫은 후 주머니에 손을 넣어 전화기를 꺼냈다.

"경찰이 이걸 드리는 걸 깜박했습니다. 체포됐을 때 전화기와 컴퓨터를 압수당하셨죠."

"네, 맞아요." 데이비드슨이 투덜댔다. "전부 다 돌려받아야 해요. 난 그 컴퓨터로 업무를 보거든요." 데이비드슨은 전화기를 가져가려고 손을 내밀었지만 데커는 건네주지 않았다.

"뭡니까?" 데커에게 항의한 데이비드슨이 화이트를 보고 물었다. "도대체 둘이 무슨 수작을 부리는 겁니까?"

화이트가 대꾸했다. "우린 당신의 아래층 이웃과 이야기를 나눴습니다. 귀국해서 당신 알리바이를 대준 사람요."

"맞아요. 루 페리요. 그 친구가 해외에 안 나갔으면 좋았을 텐데. 그러면 애초에 체포되는 일도 없었겠죠."

데커는 바깥으로 열리는 프렌치도어를 가리켰다. "그 이웃은 자기 발코니에 나가 앉아 아이패드로 해외 뉴스를 보고 있었죠."

"그랬다고 들었습니다."

"그 사람은 그날 그 전에 거기 나가서 담배를 피우며 스카치를 마실 거라고 당신에게 말해두었습니다. 당신에게 같이 나가서 카드 게임을 하자고 했죠. 그 이웃은 아시아에서 돌아온 지 얼마 안 돼서 체내 시계가 아직 그 시간대에 맞춰져 있었습니다. 그리고 당신이 아주 늦게까지 안 잔다는 걸 알았고요. 하지만 당신은 회의가 있었죠."

"그것도 맞습니다. 그래서요?"

"그래서 당신은 그 사람이 그날 밤 밖에 나와 있을 거라는 걸 알았죠."

"맞아요. 그래서요?"

"그 사람은 당신에게 10시 30분쯤에 전화했다고 했습니다. 바깥에서 당신 목소리가 들렸다고 하더군요."

"난 발코니에 나가서 자정에 있을 첫 줌 미팅을 준비하고 있었습니다. 나중에 부재중 통화를 확인하고 그 친구한테 다시 전화를 걸었죠."

"페리도 당신이 11시 반쯤부터 거의 3시쯤에 잠자러 들어갈 때까지 당신 목소리를 드문드문 들었다고 했습니다. 아이패드로 시간을 봐서 기억한다고요."

"그래서 내가 줄리아가 살해당한 시각에 줄리아의 집에 있었을 수 없다는 걸 알았던 거죠. 누구도 동시에 두 장소에 있을 수는 없으니까요."

"네, 그런데 어느 정도는 가능하죠."

"뭐라고요?"

"타일러의 친구가 당신이 미팅 연습을 녹화한다고 하더군요."

"맞아요."

데커는 전화기를 들어 올렸다. "당신은 당신의 그날 밤 '홍콩 미팅 연습'을 전화기의 음성 메모에 녹음했습니다."

"그래서요? 늘 하는 일인데요."

"우린 루 페리의 알리바이가 등장하기 전까지는 그 메모를 확인할 이유가 딱히 없었습니다. 그리고 전 몇 가지 가능성을 떠올렸죠. 우린 페리에게 녹음을 들려줬습니다. 그날 밤 1시에서 거의 2시까지 들은 당신 목소리와 말 그대로 거의 똑같다고 하더군요."

"당연히 그랬겠죠. 난 그때 홍콩 고객과의 둘째 줌 미팅을 준비하고 있었으니까요."

"1시에서 2시까지는 그렇지 않았죠." 데커가 다시 전화기를 들어 올리며 말했다. "음성 녹음에는 시간 기록이 찍힙니다. 당신은 홍콩 미팅 연습 녹음을 10시 50분부터 시작했는데, 그건 타일러가 잠자리에 든 직후입니다. 그리고 자정 5분 전에 끝냈죠."

"그럼 페리는 그걸 도대체 무슨 수로 1시에 들었죠?"

대답 대신 데커는 프렌치도어를 열어 발코니로 나가 발코니를 둘러싼 허리 높이의 벽 위에 전화기를 올려놓았다. "당신은 그걸 여기 놓고 음량을 최대로 높여서 재생을 누른 후 집을 나갔습니다. 그래서 페리는 당신이 내내 여기 있었던 줄 안 거고요. 당신은 타일러의 전기 자전거를 로비에 세워놨었어요. 아마 그걸 뒤쪽 계단으로 끌고 내려갔겠죠. 엔진이 달린 자전거면 몇 분 만에 3킬로미터를 갈 수 있어요. 당신은 줄리아의 집으로 가서 범행을 저질렀습니다. 그리고 돌아와서 뒷정리를 하고도 다음 미팅인 2시까지는 시간이 넉넉했죠."

"미친 소리예요."

"당신은 줌 영상을 녹화했어요, 배리. 우린 그걸 봤죠. 당신은 첫 회의와 둘째 회의 사이에 다른 셔츠를 입고 있었어요. 왜 그랬습니까?"

"그…… 그건 셔츠에 뭘 좀 엎질렀거든요."

"당신 전화기의 위치 추적 기능으로 그게 그날 밤 계속 여기 있었다는 게 확인됐습니다."

"그야 **내가** 그날 밤 여길 떠나지 않았으니까요. 저기요, 이건 다 개소리예요. 유능한 변호사는 당신 주장을 갈아 마실걸요. 당신 지금 내가 아내를 죽이고 여기 돌아와서 태연하게 줌 미팅을 했다는 소립니까!"

"당신은 전에 '무참히 살해당했다'라는 말을 썼죠. 그걸 어떻게 알았을까요? 그야 당신이 그 짓을 저지른 사람이니까."

"미쳤군!"

"페리는 1시 20분경에도 당신에게 전화했다고 하더군요. 하지만 당신은 받지 않았죠."

"난 못 들었습니다. 당연하지만. 다음 줌 미팅 연습에 집중하고 있었거든요."

"아뇨, 그렇지 않았어요. 당신은 아마 아직 줄리아의 집에 있었겠죠. 줄리아의 숨통을 끊고, 증거를 심어두고, 자전거를 타고 다시 돌아왔죠. 밤늦은 시각이니 아무도 엘리베이터나 계단에서 자전거와 피 묻은 옷을 입고 돌아오는 당신을 못 봤을 겁니다. 당신은 뒤처리를 하고 옷을 갈아입고 피 묻은 옷을 세탁기에 넣고 다음 줌 미팅을 준비했죠. 나중에 나머지 흔적을 지우려고 샤워를 했고요."

"전부 당신 망상일 뿐이야."

"'레스 입사 로키토르'는요?"

데이비드슨은 그저 데커를 바라보기만 했다.

"타일러가 자기 방에 있던 법률사전에서 그 법률 문구를 형광펜으로 칠해놓았더군요. 줄리아의 시신 옆에서 발견된 카드에 적혀 있던 문구죠. 난 오늘 아침 검시관과 대화를 했습니다. 당신은 너무 충격받아서 올 수 있는 상태가 아니라며 타일러가 대신 시신의 신원을 확인하러 왔을 때, 그 카드는 증거 봉투에 아주 잘 보이게 들어 있었다고 하더군요. 난 타일러가 그걸 봤다고 생각합니다. 그리고 아마 그 전에 어머니가 그 문구를 사용하는 걸 들은 적이 있겠죠. **당신**에게요. 그래서 그게 무슨 뜻인지 알고 싶었을 겁니다."

"내 아들을 이 일에 끌어들이지 마!" 데이비드슨이 경고했다.

"과연 그게 가능할지 모르겠네요, 배리. 내가 보기에, 당신이 아내를 죽이지 않았으면 타일러가 죽였거든요. 아니면 당신이 죽였고 타일러가 덮어줬거나. 즉 공범이죠. 그렇다는 건 타일러도 감옥에 가야 한다는 뜻입니다. 대학 입학의 꿈에는 작별 인사를 해야겠죠."

"개소리!" 데커는 갑자기 덤벼든 데이비드슨을 가볍게 밀쳐냈다. 데이비드슨은 책상에 부딪혀 넘어졌다.

"고소해서 쪽박 차게 해주겠어!" 데이비드슨이 고함쳤다.

"그리고 타일러는 양극성 장애에 관한 정보를 찾아보고 있더군요. 아마 당신이 그거라고 생각한 거겠죠?"

"내 아들은 날 사랑해."

"네, 몹시 사랑하죠. 그래서, 당신은 진실을 말하고 아들을 구할 건가요? 아니면 아들도 같이 끌어내릴 건가요?"

"그 애가 날 덮어줬다는 게 무슨 소리죠?" 데이비드슨이 천천히 일어서며 음울하게 물었다.

"그 애는 그날 밤 당신 옷을 세탁했어요. 틀림없이 당신이 세탁한 후에도 얼룩이 남아 있었을 겁니다. 그 후 우리가 이 집에 처음 찾아왔을 때 타일러는 일부러 당신 술을 엎질렀어요. 세탁기를 한 번 더 돌리려고 일부러 그런 거죠. 아마 세탁기와 배수구에 남아 있는 혈흔을 제거하려고요. 하지만 그건 불가능해요. 우린 이제 그걸 확인할 겁니다. 줄리아 커민스의 혈흔이 당신 하수구에서 발견되면, 배리, 다 끝이에요. 두 사람 다. 자, 이제 어떻게 할 겁니까? 당신만, 아니면 둘 다?"

데이비드슨이 이를 드러냈다. "이 개자식. 이 나쁜 새끼!"

화이트가 엉덩이의 총에 손을 얹은 채 앞으로 나섰다. "그건 해법이 아니에요, 배리. 그런다고 문제가 사라지지는 않아요."

"나한테 원하는 게 뭐야!" 데이비드슨이 비명을 질렀다.

데커가 말했다. "정말 간단합니다. 진실이죠."

데이비드슨은 얼굴을 양손에 파묻은 채 천천히 바닥에 주저앉았다.

데커는 의자에 앉아 남자를 내려다보았다. "당신은 줄리아의 집에 들어가서 죽은 남자를 보고 분명히 경악했겠죠. 그리고 줄리아는 아마 그 남자 옆에서 무릎을 꿇고 있었을 겁니다. 줄리아는 경호원이 필요하다는 둥 하는 헛소리를 지어냈고, 다른 남자 지인들이 집에 오지 못하게 했죠. **당신이** 어떻게 반응할지 두려워한 겁니다. 안 그렇습니까? 당신이 무슨 짓을 했길래 줄리아가 두려워했죠, 배리? 스토킹? 아니면 또 다른 짓을 했습니까?"

데이비드슨은 책상 다리에 기대어 허리를 좀 더 세우고 눈을 비볐다. "무슨 말인가를 했어요. 그리고 무슨 짓을 좀 했죠. 하지만 줄리아는 당해도 쌌어요. 자기를 간절히 필요로 하는 날 버리고 가 버렸죠. 타일러는 이혼 때문에 크게 낙심했는데, 줄리아는 아랑곳 도 안 했어요. 내가 삶을 사랑한다는 이유로 날 늘 들볶았죠. 난 나 가서 파티를 즐기고 아직 젊다고 느끼고 싶었어요. 하지만 줄리아 한테는 어림도 없었죠. 그리고 어떻게 됐죠? 날 버리고 가서는 자 기가 파티를 벌이고 젊은 애들 옷을 입고 자기 인생을 즐겼죠. 전 부 다 **내가** 한다고 싫어했던 것들인데! 줄리아는 거짓말쟁이였어 요. 씨발 거짓말쟁이였죠."

"아니면 어쩌면 그냥 좀 즐기고 싶은, 중년을 앞둔 독신 여성이 었을 수도 있죠." 화이트가 말했다. "**당신** 없이요. 왜냐하면 댁의 뒤 치다꺼리를 하는 데 지쳤으니까."

"지옥에나 떨어져." 데이비드슨이 울부짖었다.

"그날 밤 줄리아를 죽일 계획으로 거기 갔습니까?" 데커가 물었다.

데이비드슨은 고개를 저었다. "당신한테는 말 안 했지만 난 그날 줄리아한테 전화를 했어요. **타일러**의 전화로요. 내 번호로 하면 안 받으니까. 경호원이 필요하다는 말을 타일러한테 전해 듣고 난 진 심으로 걱정됐어요. 그런데 줄리아가 전부 거짓말이라고 하더군 요. 사실은 그 남자랑 자는 사이라고. 그렇게 말했어요. '그 남자랑 자는 사이야'라고요. 나한테 가서 똥이나 먹고 뒈지라고 하고는 전 화를 끊어버렸죠. 그래서 난 그날 밤 가서 진짜로 어떻게 된 상황 인지 알아보려고 한 거죠."

"드레이먼트를 죽인 남자들을 봤습니까?" 데커가 물었다.

데이비드슨은 고개를 저었다. "아뇨. 내가 갔을 때는 진입로에 낯선 차가 한 대 있었어요. 뒷문이 열려 있었죠. 집에 들어갔더니 두 사람이 거기 있더군요. 처음에는 맨바닥에서 그 짓을 하고 있는 줄 알았어요. 줄리아는 알몸이나 다름없었거든요. 그때 피가 보여서, 뭔가가 잘못됐구나 했죠. 가서 도와주려고 했어요. 경찰을 부르려고 했죠. 하지만 줄리아가 날 보더니 **내가** 그 남자를 죽였다면서 비명을 지르지 뭡니까. 그러더니 나에 관해 온갖 지독한 소리를 늘어놨고, 그때 줄리아가 한 번도 진심으로 날 사랑하지 않았다는 걸 깨달았어요. 그 순간 돌아버렸죠. 부엌 서랍에서 칼을 가져와서…… 위층으로 쫓아 올라갔어요. 그리고…… 내가 한 그 짓을 했죠. 그 후 안대를 씌우고 종이에 그 문구를 적어서 가슴 옆에 놨어요."

"'사실 추정의 원칙'?"

"아내는 그 말을 내게 즐겨 썼죠. 뭔가 문제가 생길 때마다 내 탓을 했어요. 그 세금 문제요? 그건 단순한 착오였어요. 하지만 줄리아는 절대 그렇게 보지 않았죠. 레스 입사 씨발 로키토르. 늘 내 코앞에 들이댔죠. 아, 뭔가가 망했다? 틀림없이 배리가 한 거야. 씨발 사실 추정의 원칙이지."

"당신은 알리바이를 다지려고 음성 메모를 이용하는 수법을 썼죠. 전 부인을 죽일 목적으로 거기 안 간 게 확실합니까?" 화이트가 물었다.

"맹세합니다. 내 마음속 일부는…… 아주 작은 일부는 우리가 어쩌면, 글쎄요…… 그날 밤 화해할지도 모른다고 생각했어요. 어쩌면 다시 합칠지도 모른다고요."

데커와 화이트는 그 터무니없는 말에 약속이라도 한 듯 서로 눈을 마주쳤다.

데커가 말했다. "그 집에서는 당신 지문이 하나도 발견되지 않았어요, 배리. 발자국도 없었죠. 당신이 법적 문구를 남긴 카드에도 아무런 지문도 없었어요. 안대로 사용한 손수건 역시 그랬고요. 당신은 아내를 죽이는 데 사용한 칼도, 그 쪽지를 쓰는 데 사용한 펜도 가져가서 없앴죠. 제정신이 아니었던 사람치고는 꽤 세심했는데요."

"난…… 난 경찰 수사물을 보거든요. 내 지문이 찍히지 않게 아내의 다른 손수건을 사용했죠. 그거랑 칼이랑 펜을 가져갔어요. 나중에 전부 바다에 던져버렸죠."

"그리고 발자국은요?" 화이트가 물었다.

"나오는 길에 카펫을 매끈하게 펴고 손수건으로 나무 바닥에 남은 자국들을 전부 지웠어요."

"난 당신이 **실제로** 전 부인을 죽일 목적으로 거기 갔다고 믿습니다, 배리." 데커가 말했다.

데이비드슨이 데커를 노려보았다. "아내가 애원하더군요, 왜. 언제나 침착함을 잃지 않는, 아무리 사소한 것에서도 자기가 옳아야만 직성이 풀리는 그 여자가 손발을 싹싹 빌며 내게 그러지 말라고 애원했어요. 자길 해치지 말라고요. 하지만 이미 너무 늦었죠. 그리고 일단 시작하자…… 멈출 수가 없었어요. 그 후 거기 누워 있는 줄리아를 내려다봤죠." 데이비드슨은 말을 멈추고 흐느낌을 억눌렀다. "그리고…… 그리고 어쩌면 난 줄리아를 해치려고 거기 갔을지도 몰라요. 하지만 그건…… 이제 다 끝나고 나니, 내가 그런 짓을 했다는 게 믿기지 않았어요. 마치 누구 다른 사람이 저지른 일 같았죠."

"왜 안대를 씌웠습니까?" 화이트가 물었다.

"그러면…… 그러면 경찰이 줄리아가 판사여서 살해당했다고 믿을 거라고 생각했어요. 왜…… 정의는 눈이 멀었다고 하지만 사실 그렇지 않죠. 난 그러면 다들 헷갈릴 거라고 생각했어요. 특히 줄리아는 경호가 필요하다는 말을 하고 다녔으니까요."

"그러니까, 역시, 당신은 당시에 그렇게 명확하게 생각하고 있었군요?" 데커가 무심한 표정으로 데이비드슨을 보며 물었다. "의심받지 않으려고?"

"난…… 내가 무슨 생각을 하고 있었는지 모르겠어요. 겁이 났어요. 방금 줄리아를 죽였으니까, 제발!"

"당신은 겁이 났을지도 모르죠. 그 일 **후에**, **당신**이 저지른 일 때문에. 하지만 줄리아는 공포에 질렸을 겁니다. 당신은 줄리아를 열 번이나 찔렀어요, 배리. 당신 아들에게서 엄마를 빼앗았습니다. 가능한 한 가장 잔인한 방식으로요."

데이비드슨은 냉정을 되찾고 말했다. "타일러는 이 일하고 아무 상관도 없어요. 내가 전부 다 털어놓고 서명도 할게요. 하지만 내 아들에게 아무 일도 안 생긴다는 조건하에서예요. 난 거의 모든 걸 망쳐버렸지만 그 애는 아직 살아야 할 인생이 있고, 그걸 살 기회를 가져야 해요. 그걸 약속해주지 않으면, 난 모든 걸 부인하고 법정에서 당신과 미친 듯이 싸울 겁니다."

화이트는 데이비드슨을 뚫어져라 응시하는 데커를 지켜보았다.

"그건 약속할 수 있을 것 같군요." 데커가 나지막이 말했다. "당신 총이 랜서와 드레이먼트를 죽이는 데 사용된 걸 알고 꽤나 충격을 받았을 것 같은데요."

"'충격'은 너무 온건한 단어죠." 데이비드슨이 공허한 목소리로 대꾸했다.

"그날 밤 그 총으로 자살하려고 거기 갔습니까?" 데커가 물었다.

"아내를 죽인 곳에서 그렇게 하면, 어쩌면, 모르겠어요, 공평해진다고 생각한 것 같아요."

"그건 아니죠." 화이트가 끼어들었다.

"내가 방금 한 얘길 타일러도 꼭 알아야 하나요? 난…… 난 내가 그걸 견디고 살 수 있을지 모르겠어요."

데커가 말했다. "타일러도 마찬가지겠죠, 배리. 하지만 어떻게 하면 될지 최선의 방법을 어쩌면 내가 알지도 모르겠네요. 당신을 위해서가 **아니라** 타일러를 위해서요."

995

"수업 시간 아니니?" 데커가 타일러를 부르며 말했다.

데커는 미식축구 구장을 둘러싼 담장에 몸을 기댄 채, 혼자서 패스 루트를 뛰는 타일러를 지켜보고 있었다.

"수업이 없는 날이라…… 훈련이나 좀 할까 싶어서요."

타일러는 데커에게 다가와 더플백에서 꺼낸 수건으로 땀을 닦았다. "아버지가 풀려난 거 아시죠?"

"그래, 들었어."

"제가 말했잖아요. 아저씨는 들으려고도 안 했지만. 그리고 아랫집 아저씨도 같은 말을 했어요."

"맞아. 뭐 좀 물어봐도 될까?"

"그럼요, 뭔데요?"

"정말 아버지가 아무 대가도 안 치르길 바라니?"

타일러의 수건이 천천히 바닥으로 떨어졌다. "뭐…… 뭐라고 요?"

"네 아버지가 어머니를 죽였다는 걸 알면서 그렇게 모르는 척 계속 살 수 있겠니?"

타일러는 입술을 떨면서 고개를 돌렸다. "무슨 말씀을 하시는 거예요?"

"아버지가 자백했어, 타일러. 아버지는…… 더는 죄의식을 감추고 살 수 없었지. 그래서 옳은 일을 하셨어. 우릴 찾아와서 자수하셨지. 나한테 여기 와서 너한테 말해주라고 하셨어. 전부 다 미안하다고. 그럴 마음은 없었다고 하셨어. 그냥 순간 이성을 잃었다고."

"아버지는…… 아버지가 자수했다고요?"

"그래. 지금 구류중이야."

타일러의 뺨에 눈물이 흘러내렸다. "그냥 모르는 척해줄 수는 없었어요?" 타일러가 고함쳤다.

"그냥 모르는 척하는 건 내 일이 아니야. 죄지은 사람을 잡는 게 내 일이지. 네 아버지는 네 전기 자전거를 탔어. 그거 알았니?"

타일러가 천천히 고개를 끄덕였다. "훈련 때문에 마일리지를 아주 정확하게 기록하거든요. 그날 아침 4마일이 더 늘어 있었어요."

"맞아, 네 어머니의 집에 다녀오느라. 그리고 '레스 입사 로키토르'는?"

"엄마가 아빠한테 늘 하던 말이었어요. 전 그게 무슨 뜻인지 몰랐죠. 엄마 시신 옆에 놓인 쪽지에 그게 적혀 있는 걸 알고……."

"하지만 너는 그 전에 아버지가 뭘 했는지 알았지? 세탁기 말이야. 네 아버지의 술을 일부러 엎질렀지. 우리가 거기 있는 동안 세탁기를 한 번 더 돌리려고. 네가 술을 엎지른 옷을 던져 넣었을 때 세탁기 안에는 전날 밤 아버지가 입은 옷이 들어 있었지. 안 그래?"

타일러는 눈을 질끈 감은 채 고개를 저었다. "전에는 한 번도 그런 적이 없었는데, 아버지가 그날 밤 세탁기를 돌렸어요. 방에 있는데 돌아가는 소리가 들렸죠. 하지만 아침 일찍 확인해보니까 얼룩이 아직 좀 남아 있었어요. 전…… 전 그 얼룩이 뭔지 몰랐어요."

"아니, 난 네가 알았을 것 같다, 타일러. 넌 아마 자전거 마일리지와 옷의 혈흔을 봤을 거야. 그리고 그날 새벽 3시에 아버지가 샤워를 했지? 넌 그게 보통이라고 말했지만 아마 아닐 거야. 그리고 전에 드루 제임스와도 이야기를 했어. 네가 그날 아침 훈련에 안나왔다고 확인해주더라. 그때 넌 아직 네 어머니가 죽었다는 걸 알리가 없었는데 말이지."

타일러의 눈이 눈물로 반짝였다. "〈CSI〉에서 혈흔을 찾아서 하수구를 확인하는 내용이 있었어요. 그래서 아마 세탁기를 여러 번 돌리고 표백제를 쓰면……."

"증거를 없애는 건 네 생각보다 더 어렵단다."

타일러가 마침내 고개를 들어 데커를 보았다. "저기요, 전 설마 아빠가 그랬을 거라고는 도저히……."

데커의 어조가 부드러워졌다. "알아."

"전…… 전 전부 그냥 제 망상이었으면 했어요. 그냥 제가 미쳐서 말도 안 되는 생각을 한 거였으면 했죠. 엄마가 무사하다고 억지로 믿었어요. 곧 만나게 될 거라고요. 경찰이 찾아와서 엄마가 죽었다고 한 그 순간까지요."

"알아, 타일러."

"아뇨, 아저씨는 아무것도 몰라요, 씨발. 이제 아저씨 덕분에 전 엄마에다 아빠까지 잃었어요. 저한테는 아무도 안 남았어요. 아무도 없다고요. 전 외톨이예요." 타일러가 비명을 질렀다.

타일러는 데커에게 수건을 던지고는 자기 차로 뛰어갔다. 그러고는 BMW에 올라 포효하는 엔진음과 함께 떠났다.

데커는 그 자리에 가만히 서서 바라보다 이윽고 천천히 자기 차로 돌아갔다.

996

화이트와 데커는 호텔에서 체크아웃하고 공항으로 향했다. 재활 과정을 순조롭게 밟고 있는 앤드루스 요원에게는 전날 밤 찾아가서 작별 인사를 했다. 앤드루스는 데커와 화이트에게 나중에 그 동네에 오면 골프를 무료로 가르쳐주겠다고 했다.

"그게 긴장 완화에 도움이 되나요?" 화이트가 물었다.

앤드루스는 씩 웃으며 대답했다. "잘 치는 경우에 한해서요. 그러니까, 썩 도움은 안 되죠."

공항으로 가는 차 안에서 화이트가 물었다. "그래서, 랭글리가 그날 밤 커민스를 죽이지 않았다면 왜 그렇게 알리바이에 공을 들인 거죠?"

데커가 대답했다. "글로리아 체이스하고 통화했어요. 자기도 이해가 안 가서 그걸 좀 캐보려고 사립탐정을 고용했다더군요."

"그래서요?"

"알고 보니 랭글리가 만나는 여자가 또 있었대요. 주류점을 나가서 남편이 출장 간 유부녀 고객과 짧은 밀회를 가졌답니다."

"인간 말종이네요."

"그 정도 말로는 부족할 것 같은데요."

두 사람은 차에서 내려 터미널로 들어갔다.

타일러 데이비드슨이 안에서 두 사람을 기다리고 있었다.

타일러는 이전 모습에 비하면 파리한 그림자 같아 보였지만, 흔들림 없는 걸음걸이로 두 사람에게 다가와 말했다. "앤드루스 요원님한테 떠나신다고 들었어요. 전…… 전 그냥 가시기 전에 꼭 만나봐야 할 것 같아서요."

데커가 말했다. "그래, 타일러. 어떻게 지내고 있니?"

타일러가 어깨를 으쓱했다. "아빠는 좋은 변호사를 구했어요. 심신미약이나 그런 쪽으로 호소할 것 같아요. 도움이 될지는 모르겠지만요. 결국 감옥에 가겠죠. 그건 알아요."

"유감이구나." 화이트가 말했다. "네가 얼마나 힘들지 상상도 안 간다."

타일러가 데커를 올려다보며 말했다. "그냥, 아빠가 정말 나쁜 사람은 아니라는 걸 아저씨가 알아줬으면 했어요. 제가 어렸을 때는 부모님 사이가 정말 좋았어요. 우린 정말 재미있었어요. 우린 멋진 가족이었어요. 정말이에요."

"분명히 그랬겠지, 타일러. 하지만 인생은 좋을 때도 있고 나쁠 때도 있어. 좋으면서 동시에 나쁠 때도 있고. 그리고 어느 쪽도 영원히 갈 거라고 믿을 수 없지. 그러니 지금은 상황이 아주 안 좋아보여도, 그것 역시 언젠가는 끝날 거야, 타일러. 내 말 믿어."

"믿을 수 있을지 모르겠어요."

데커는 잠시 생각에 잠겼다 입을 열었다. "내 대학 시절 상대 팀에 어떤 선수가 있었어. 나와 맞붙었던 선수 중에 가장 미식축구의 이상 같은 선수였지. 텍사스대학교 러닝백이었는데, 우리랑 맞붙을 때마다 그 친구는 우리를 박살 냈어. 2학년 때 하이스먼 최종 후보에 올랐고, 3학년만 되면 수상은 맡아놨었지."

"그래서 어떻게 됐어요? 일찌감치 프로로 갔나요? 이름이 뭐예요? 그렇게 잘했으면 아마 저도 들어봤을 텐데. 전 그런 걸 찾아보거든요."

"프로 미식축구 구장에 나가보지도 못했어."

"왜요? 그렇게 잘했다면서요."

"살인 누명을 쓰고 20년간 감옥에 갇혀 있었거든. 그 절반은 사형수 감방에 있었고."

타일러가 입을 쩍 벌렸다. "미쳤네요!"

"결국 무죄가 입증되어 풀려났지. 정부의 실책에 대해 큰 보상을 받았고, 이제는 결혼해서 캘리포니아에서 아주 행복하게 살고 있어."

"그럴 만하네요."

"그 친구는 프로가 된다는 꿈을 이루지 못했어. 어쩌면 명예의 전당에 오를 수도 있었는데 말이지. 하지만 내 요점은 이거야, 타일러. 지금은 상황이 아무리 나빠도, 다시 좋아질 수도 있다고."

"그…… 그분의 상황이 좋아졌다면, 어쩌면 제 상황도 좋아질지도 모르겠네요."

"그리고 잊지 말렴. 넌 아주 많은 돈을 물려받게 될 거야." 화이트가 지적했다.

"그런 건 관심 없어요. 바란 적도 없는걸요."

화이트가 말했다. "하지만 네 어머니는 네게 그걸 물려주고 싶어 하셨어. 그리고 받으려면 아직 몇 년은 더 있어야겠지만, 그 전까지 결정을 해두렴. 데커한테 들은 그 사업을 시작할 수도 있겠지. 아니면 어떤 좋은 공적 활동에 기부할 수도 있을 테고. 선택은 **네**가 하는 거야."

데커는 타일러에게 명함을 하나 건넸다. "그리고 대학을 어디로 갈지 정하면 알려주렴. 난 대다수 사람들보다 미식축구에 관해 더 잘 아니까. 어떤 식으로라도 도움이 되면 기쁘겠다. 그리고 그냥 미식축구만이 아니라, 뭐든 하고 싶은 얘기가 있으면 연락하렴. 아무 때나 편하게 전화해도 돼."

"정말요?"

"우리 멋진 미식축구 선수들은 늘 한데 뭉치지."

타일러는 명함을 주머니에 집어넣었다. "아저씨가 많이 도와줬다고 아빠한테 들었어요……. 저를 위해 신경 많이 써주셨다고요. 아무도…… 경찰이…… 절 들볶지 못하게요."

"이건 네가 만든 일이 아니잖니. 그리고 그 상황에서 네가 뭘 했든 안 했든……. 음, 아마 내가 너였어도 별반 다르지 않았을 거야. 특히 네 나이를 생각하면 말이지. 그런데 내가 무슨 권리로 널 평가하겠니?"

"고마워요, 데커 아저씨."

"에이머스라고 부르렴. 내 친구들은 다 그러니까."

화이트는 그 말에 흠칫했다.

데커는 손을 내밀었지만 타일러는 그 손을 마주 잡는 대신 데커를 포옹했다. 데커는 타일러가 온 힘을 다해 자신을 껴안는 걸 느낄 수 있었다. 하지만 젊은 남자는 마치 겁먹은 어린애처럼 떨고 있었다. 마치 데커가 자신을 현실에 붙들어 매주는 유일한 닻인 것처럼.

눈을 감은 데커는 머릿속에서 악몽을 꾸고 잠에서 깬 딸을 안아주고 있었다. 아이를 꽉 안아주면서 안심이 되는 말을 귓가에 속삭이고 있었다. 그러는 사이 자신도 몸이 떨려왔다. 그 어린, 겁에 질린 십 대 아이를 있는 힘을 다해 끌어안고 있으니 저절로 눈물이 차올랐다.

타일러가 간 후에도 데커는 그냥 그 자리에 서 있었다. 화이트는 눈을 내리깐 채 옆에서 가만히 기다려주었다.

마침내 데커는 가방을 집어 들고 얼굴을 문지르며 터벅터벅 보안 검색대를 향했다.

화이트는 말없이 그 뒤를 따라갔다.

9 997

두 사람은 DC로 귀환하는 비행기에 올랐다. 착륙하기 직전, 화이트에게 이메일이 도착했다.

"이런."

"뭐예요?"

"탤벗 지부장이 도착 즉시 만났으면 한대요."

"그렇군요. 썩 좋은 조짐은 아니네요."

"하지만 우린 사건을 해결했잖아요. 자기가 뭘 할 수 있는데요?"

"뭐든 하고 싶은 대로 하겠죠."

비행기에서 내린 두 사람은 택시를 타고 워싱턴 현장 사무소로 향했다.

탤벗은 자기 사무실에서 기다리고 있었다. 만면에 웃음을 띤 채 자리에서 일어나 두 사람에게 손을 내밀었다. "그냥, 잘했다고 축하해주고 싶었네."

탤벗은 화이트를 무시하고 데커에게만 악수를 건넸다. 데커는 그 자리에서 얼어붙은 채 돌벽처럼 서 있었지만 화이트는 웃음을 잃지 않았다. 데커가 말했다. "바로 여기 서 있는 제 파트너는 못 보셨나 보네요. 제 파트너가 아니었다면 전 지금 플로리다의 영안실에 누워 있었을 텐데요."

탤벗이 안색을 바꾸고 화이트를 보았다. "그래, 그것도 고맙네. 화이트, 음, 요원."

탤벗은 다시 데커를 보고 말했다. "우리 자매 정보기관들이 우리에게 무척 만족하고 있네. 태너 상원의원을 오랫동안 의심해왔는데 아무런 증거도 없었거든. 자네가 그 문제를 해결해줬어."

"네, 우리가 한 거죠." 화이트가 말했지만 탤벗은 여전히 데커만 보고 있었다.

"우린 자네가 당연히 승진해야 한다고 생각하고 있었네, 데커. 자네는 진짜 특수요원은 아니니까, 우리가 할 수 있는 데는 다소 한계가 있어. 하지만 자네는 FBI의 귀중한 자원이고 우린 자네 자리를 찾아낼 거야. 내 말, 믿어도 되네. DC 지역은 아니겠지만, 자네는 중서부 출신이니 어쩌면 캔자스나 네브래스카도 괜찮겠지?"

"화이트 요원은 이스트코스트에 학교에 다니는 어린 자녀가 있습니다. 그렇게 멀리 갈 수는 없습니다."

탤벗이 화이트를 본 후 다시 데커를 보았다. "그냥 **자네** 이야기만 하는걸세."

"하지만 바로 전에 우리를 파트너로 만드셨잖습니까. 볼티모어에 있던 화이트를 끌고 와서요."

"우린 사실 화이트 요원도 승진시킬걸세. 타의 모범이 될 활약을 펼쳤으니까."

화이트의 얼굴에 놀라움과 동시에 기쁨이 어렸다. "승진이라고

요?"

"당연하지. 충분히 그럴 자격이 있어. 자네는 다른 FBI 특수요원 십수 명을 감독하는 상임요원이 될 거야. 상당한 승진이지."

"맙소사, 감사합니다. 어디서요?"

탤벗이 씩 웃었다. "아이다호주 보이시에서. 자네라면 바로 적응하겠지."

"아이다호라고요!" 화이트가 경악한 표정으로 부르짖었다.

"아이다호에서도 범죄는 **발생한다네.**" 탤벗이 말했다.

"제 아이들은…… 저는……."

탤벗이 엄한 표정을 지었다. "음…… 선택은 **자네** 몫일세. 하지만 FBI는 현장 요원들을 감축하고 있어. 예산 문제도 있고 해서. 다들 허리띠를 졸라매고 있지. 그러니 아이다호가 싫다면……."

"화이트는 아이다호에 안 갈 겁니다." 데커가 말했다.

"그건 자네가 상관할 바 아니야." 탤벗이 날카롭게 대꾸했다.

"음, 우리가 파트너임을 감안하면 제가 상관할 바가 맞죠."

"데커." 화이트가 끼어들었다. "괜찮아요. 내가 알아서 할 수……."

"아니, 정말 괜찮지 않아요. 그러니 우리 그냥 여기 남아서 계속 파트너로 우리 일을 합시다."

"그건 자네가 결정하는 게 아니야." 탤벗이 부르짖었다. 무해한 척하는 가면은 이제 벗은 후였다. "명령받은 대로 하지 않을 거면……."

"아니면 날 자르시든가요. 이 망할 놈의 짓거리를 하는 목적이 애초에 그거겠지만. 그러시죠. 그쪽 말마따나, 난 진짜 요원 같은 것도 아니니까. 그러니 진짜 요원이랑 달리 그런 거지 같은 소리는 나한테 안 통합니다."

"그게 정확히 무슨 뜻이지?" 탤벗이 외쳤다.

"내 말뜻은, 언론이 우리 얘길 들으면 아주 신이 날 거라는 거죠."

"무슨 얘기?"

"FBI의 영웅 두 명이 중범죄를 해결했고 수십 년은 활동하던 스파이의 정체를 밝혀냈는데 이곳을 운영하는 멍청한 양복쟁이들의 비위를 맞춰주지 않아서 쫓겨났다고요."

화이트는 눈을 휘둥그레 뜨고 뒤로 한 발 물러났다. 속으로는 하늘에 간절히 빌고 있었다.

"방금 나한테 **뭐라고** 했어?" 탤벗이 소리 질렀다.

"어쩌면 당신의 **자매** 정보기관들은, 화이트 요원과 내가 해준 일에 너무 감사한 나머지 우리를 받아줄지도 모르죠. 내 말은, FBI의 불알을 차줄 수 있다면 그쪽으로서는 참 신나는 일 아니겠습니까? 그리고 그쪽에도 언론 담당자들이 있을 거고, 그 사람들은 FBI가 그냥 자기 맡은 일을 열심히 하면서 나라의 안보를 지키는 사람들에게 무슨 짓을 했는지를 아주 좋아라 소문낼 겁니다. 그러니 은퇴할 날만 이제나저제나 기다리는 당신은 그 모든 일을 피하고 싶다면 가서 좀 찌그러져 있든가, 아니면 씨발 **골프**나 치는 게 어떻겠습니까. 그렇지 않으면 결국 좆되는 건 당신 연금일 테니까요. 왜, 예산 감축이니 하는 그런 거 있잖습니까. 그러니 그 길을 택할 작정이면 **댁의** 허리띠를 졸라맬 준비를 하시죠. 하지만 그 모든 걸 피할 방법이 있습니다. 그게 뭔지 정확히 알죠. 당신이 결정해요."

두 남자가 서로를 노려보는 동안, 마치 시간이 멈춘 듯했다.

마침내 탤벗이 고개를 돌린 채 나지막한 목소리로 내뱉었다. "추후 공지가 있을 때까지 기존 업무를 계속하게."

"알겠습니다." 화이트는 즉시 대답하고는 데커의 팔을 잡아당겨

억지로 방에서 끌고 나갔다.

복도를 걸어가던 화이트가 입을 열었다. "방금 저 남자를 사실상 **협박**한 거 알아요?"

"플로리다에서 있었던 그 모든 거지 같은 일 때문에 한도에 다다랐나 봐요."

건물 밖으로 나온 후 화이트가 말했다. "저기요, 우린 얘기할 거리가 한 트럭이지만, 난 정말이지 집에 가서 애들을 꼭 봐야 해요."

"당연하죠."

"그래도 하나 말해둘 게 있어요."

"뭔데요?" 데커의 말투에는 경계심이 어려 있었다.

"당신이 샌디 랭커스터한테 뭐라고 말했는지, 타일러한테 어떻게 대하는지 내가 봤잖아요……. 당신은 틀림없이 좋은 아버지였을 거예요, 데커."

데커는 깜짝 놀란 표정이었고, 화이트는 주제넘은 말을 했다는 걸 뒤늦게 깨달은 사람의 당황한 표정이었다.

"내 친구들은 날 에이머스라고 불러요." 데커가 마침내 말했다.

화이트는 씩 웃으며 대답했다. "음, 그럼 나랑 같이 볼티모어에 가서 우리 애들을 만나볼래요, **에이머스**? 우리 엄마는 요리를 아주 잘해요. 그리고 난 손님한테 딱 맞는 적포도주를 골라 내놓기로 정평이 나 있고요. 물론 맥주도 많이 있지만요. 그리고 캘빈이 전부터 미식축구를 하고 싶다고 했어요. 당신이 좀 가르쳐줄 수도 있겠죠."

"네, 나도 그러고 싶네요. 하지만 오늘은 안 돼요. 먼저 가족끼리 오붓한 시간을 가져야죠."

화이트의 표정에서 웃음기가 사라졌다. "아까 날 위해 나서줘서 고마워요."

"내가 당신에 관해 한 가지라도 알게 된 게 있다면, 프레더리카 화이트, 당신은 대신 싸워줄 사람이 필요 없다는 겁니다. 혼자서도 얼마든지 잘 싸울 수 있으니까요."

화이트가 까치발로 서서 데커를 껴안자 데커는 깜짝 놀랐다. 하지만 더 놀라운 것은 데커 자신도 화이트를 마주 포옹했다는 거였다.

"사무실에서 봐요, **파트너**." 화이트가 말했다.

"그럽시다."

데커는 떠나는 화이트를 바라보다 뒤돌아 무거운 발걸음을 옮겼다.

데커가 아파트에 돌아온 지 한 시간쯤 지났을까. 맥주 캔을 두 개쯤 비웠을 때 노크 소리가 들렸다.

문을 열자 카시미라 로가 서 있었다.

"플로리다에서 몇 분 차로 놓쳐서, 바로 회사 제트기를 타고 날아왔어요."

"왜요?"

"좀 들어가도 돼요?"

데커는 로가 들어올 수 있게 뒤로 물러섰다. 로는 청바지와 진녹색 스웨터 차림에 굽 낮은 가죽부츠를 신고 있었다. 어깨까지 머리카락을 묶지 않고 늘어뜨려서 나이보다 젊어 보였지만 적어도 데커가 보기에는 왠지 불안감이 엿보였다.

"내가 어디 사는지는 어떻게 알았습니까?"

"FBI의 인맥을 이용했어요. 기분 나빠하지 않았으면 좋겠네요."

"안 나쁩니다. 맥주 드릴까요?"

로는 망설이다 대답했다. "좋아요."

두 사람은 좁은 거실에 마주 앉았다. 그 소박한 공간을 둘러보는 로에게 데커가 말했다. "당신에겐 이런 곳이 익숙지 않겠죠. 압니다. 하지만 저 창가에 서서 왼쪽으로 몸을 기울이면 애너코스티아 강의 멋진 풍경이 꽤 잘 보인답니다."

로가 맥주를 홀짝이며 대꾸했다. "좋은데요, 왜. 나도 처음부터 줄곧 그런 곳에만 살았던 건 아니에요."

"그래서, 제게 무슨 부탁이 있습니까?"

"우선, 아버지에게 무슨 일이 일어났는지 알아봐준 것에 대해 개인적으로 감사하고 싶어요."

"더 좋은 소식이었으면 좋았을 텐데, 유감입니다."

"종지부가 찍혔으니까요. 적어도 내가 알던 것보다는 훨씬 많이 알게 됐죠."

"그냥 전화나 이메일이면 충분했을 텐데요. 바쁜 CEO 아닙니까."

"아버지는 여러모로 제 인생에서 가장 중요한 분이셨어요. 그래서 직접 만나서 말하고 싶었어요."

"이해합니다."

"그리고 제 평생 높은 제단에 올려놓고 우러러보았던 남자가 그냥 인간이었다는 걸 깨달았어요. 우리 모두와 똑같이 단점과 약점을 지닌 인간요."

"좀 더 많은 사람도, 좀 더 적은 사람도 있긴 하죠."

"그리고 아버지에게 일어난 일을 알아봐준 것 말고도, 당신은 아버지에 관해서 많은 걸 알려줬어요. 내가 알았던 것보다 훨씬 더 많이요."

데커는 인지연구소에서 보낸 찢긴 편지 조각들이 들어 있는 쓰레기통을 바라보았다. "우린 모두 남몰래 감추는 게 있죠, 카시미라. 누구나 그래요."

"그건 확실히 나한테는 맞는 말이에요." 로가 눈을 내리깐 채 말했다. "이미 알고 있겠지만요."

"그렇다고 당신이 더 못한 사람이 되는 건 아닙니다. 그저 더 인간다워질 뿐이죠. 난 살면서 완벽한 사람은 한 번도 만난 적 없습니다. 만나고 싶지도 않고요."

"나도 뭔지 알아요. 이제는요. 그것도 당신 덕분이죠."

"내가 아니었더라도 결국은 알게 됐을 겁니다."

"그리고 내가 여기 날아온 이유가 또 있어요."

"아하, 그게 뭐죠?"

로가 고개를 들고 미소를 지었다. "감마에 와서 같이 일해보지 않을래요? 당신이 사무직에 안 맞는 건 알아요. 하지만 우리 현장 조사 부서를 지휘하는 건 어때요? 당신이 감마 가족에 합류하면 정말 좋을 것 같아요. 당신과 함께 일하게 된다면 나로서는 정말 영광이고요."

"정말 좋은 제의예요. 진심으로 고맙습니다."

로의 미소가 살짝 흐려졌다. "하지만?"

"하지만 난 아마 볼티모어에서 여기로 발령받게 될 새 파트너가 있어요. 그리고 그 친구는 아이들이 있어서, 그 친구를 버리고 떠날 수는 없어요."

"정말 좋은 사람이네요, 데커 요원님. 정말 의리가 있어요."

"난 진짜 요원이 아니에요, 카시미라. 그리고 텔레비전에 나오는 요원처럼 일하지도 않고요. 그냥 데커 식으로 하죠."

"좋아요, **데커**. 당신 같은 파트너가 있어서 화이트 요원은 행운이네요."

"재미있네요. 나도 화이트가 내 파트너라서 운이 좋다고 느끼거든요."

로가 탁자 위로 명함을 밀어 보냈다. "혹시 마음이 바뀌면, 아니 그냥 대화하고 싶으면 이리로 연락 줘요. 그리고 플로리다에 돌아올 일 있으면 꼭 한번 들르고요."

"솔직히 말해서 그 모래인지 뭔지에 점점 정이 들 것 같아요."

로와 악수를 나누고 배웅하고 돌아온 데커는 남은 맥주를 마신 뒤 로가 남기고 간 명함을 응시했다. 쓰레기통을 잠시 바라보다 일어나서 갈기갈기 찢어진 인지연구소의 편지를 꺼냈다.

마치 사건을 다룰 때처럼 천천히 그리고 체계적으로 조각들을 한데 이어 붙였다. 편지 내용은 아직 전부 기억하고 있었지만, 그럼에도 단어 하나하나까지 전부 다시 읽었다.

맥주 캔을 하나 더 따고 종이봉투에 담아 주머니에 집어넣고 아파트를 나섰다. 강가에 즐겨 앉는 벤치가 있었다. 거기 앉아 흐르는 물과 이따금씩 떠가는 배들을 바라보곤 했다.

인지연구소의 편지는 앞으로 데커에게 많은 변화가 찾아올 거라고 예고했다. 적어도 뇌 기능 면에서. 어쩌면 좋은 일일 수도 있고 나쁜 일일 수도 있겠지만, 지금의 데커로서는 어느 쪽일지 짐작도 가지 않았다. 그리고 사실 인지연구소도 마찬가지였다.

'내 초능력은 이 사건에서 큰 도움이 됐지. 비록 거의 끝에 가서야 본때를 보여줬지만. 뭐, 늦었다고 생각할 때가 빠른 때니까.'

그때 옛 파트너에 생각이 미쳤다.

메리 랭커스터는 기억력이 그리 좋지 않았지만, 그걸 빼면 좋은 형사의 기질은 전부 갖고 있었다. 실제로 데커보다 사람들의 속내를 더 잘 읽어냈다. 그리고 세월을 거치면서 날카롭게 갈고 닦은 직감으로, 때로는 눈이 튀어나올 만큼 놀라운 추론을 이끌어내기도 했다. 많은 사람들이 메리를 그저 데커라는 커다란 원양 정기선 옆에 딸린 작은 예인선 정도로 보았지만, 사실 메리 랭커스터는 데커는 물론 다른 누구에 비해도 뒤지지 않았다. 그리고 데커에게 많은 걸 가르쳐줬다.

'그리고 난 매일 매순간 메리를 그리워하겠지. 내 아내를 빼고는 다른 누구보다도 날 잘 이해했던, 그리고 내 친구였던 그 여자를.'

데커는 수면에 눈길을 둔 채 새로운 파트너의 아이들을 머릿속으로 그려보았다. 어떤 모습일지 궁금했다. 엄마를 닮았을까. 그리고 화이트가 잃어버린 아이, 돈테를 생각했다. 화이트의 어머니가 자신을 실제로 만나면 정말 마음에 들어 할지도 궁금했다. 정말 요리를 잘하시려나. 다음번에 맡게 될 사건은 또 어떤 사건일까. 그리고 프레디 화이트가 메리 랭커스터 못지않게 좋은 친구가 될지도 모른다는 생각도 했다.

'나도 화이트에게 그렇게 되겠지.'

그냥 사람들이 매일 생각하는 그런 흔한 것들.

그게 바로 삶이었다. 실제로 살아가는 동안 흘러가는 시간.

아니면 도대체 무엇이 중요하겠는가?

그렇게 데커는 맥주를 들고 생각에 잠긴 채 거기 앉아서 흘러가는 유람선을 바라보았다.

(끝)

옮긴이 김지선

서강대학교에서 영어영문학을 전공하고 출판 편집자를 거쳐 전문 번역가로 활동하고 있다. 옮긴 책으로 《기억을 되살리는 남자》, 《진실에 갇힌 남자》, 《살인자의 동영상》, 《이노센트 와이프》, 《위스퍼맨》, 《83년째 농담 중인 고가티 할머니》, 《따르는 사람들》 등이 있다.

기억을 되살리는 남자

초판 1쇄 인쇄 2025년 2월 25일
초판 1쇄 발행 2025년 3월 5일

지은이 데이비드 발다치
옮긴이 김지선
펴낸이 신경렬

상무 강용구
기획편집 이다희 신유미
마케팅 최성은
디자인 굿베러베스트
경영지원 김정숙 김윤하

편집 박은경

펴낸곳 ㈜더난콘텐츠그룹
출판등록 2011년 6월 2일 제2011-000158호
주소 04043 서울시 마포구 양화로 12길 16, 7층(서교동, 더난빌딩)
전화 (02)325-2525 | **팩스** (02)325-9007
이메일 editor1@thenanbiz.com | **홈페이지** www.thenanbiz.com

ISBN 979-11-5879-232-9 03840